À PROPOS DE L'AUTRICE

Danica Winters, dont les romans captent l'intérêt grâce à un savant dosage de suspense et d'émotion, a remporté de nombreux prix. Quand elle n'écrit pas, Danica aime mettre sa patience à l'épreuve en se livrant à toutes sortes d'activités – même si la couture, la poterie ou la peinture ne sont pas ses domaines d'expertise. Les splendides paysages du Montana, une région qu'elle affectionne particulièrement, sont pour elle une source inépuisable d'inspiration et de créativité.

Un Noël pour sa fille

*

Par crainte du passé

*

Un protégé si troublant

Collection : SAGAS

Titre original :
MR. SERIOUS

Ce roman a déjà été publié en 2018

HARPERCOLLINS FRANCE
83-85, boulevard Vincent-Auriol, 75646 PARIS CEDEX 13
Service Lectrices — Tél. : 01 45 82 47 47 - www.harlequin.fr
ISBN 978-2-2804-9086-3 — ISSN 2426-993X

Composé et édité par HarperCollins France.
Imprimé en octobre 2023 par CPI Black Print (Barcelone)
en utilisant 100% d'électricité renouvelable.
Dépôt légal : novembre 2023.

FSC
www.fsc.org
MIXTE
Papier issu de sources responsables
FSC® C159065

Pour limiter l'empreinte environnementale de ses livres, HarperCollins France s'engage à n'utiliser que du papier fabriqué à partir de bois provenant de forêts gérées durablement et de manière responsable.

DANICA WINTERS

Un Noël pour sa fille

INTÉGRALE
LES MYSTÈRES DE L'HIVER

Traduction française de
KAREN DEGRAVE

SAGAS

HARLEQUIN

1

Waylon Fitzgerald croyait fermement que la plupart des gens désiraient les mêmes choses : avoir une vie sexuelle passable, suffisamment d'argent, être heureux la plupart du temps et trouver quelqu'un à aimer.

Heureusement pour lui, il n'était pas comme la plupart des gens. Ses rêves étaient bien plus ambitieux — il voulait tout cela et plus encore. Il voulait voyager, aider ceux qui en avaient besoin, réaliser ses rêves et avoir une vie gouvernée par la passion, pas par la recherche d'une satisfaction *raisonnable*.

Son casque grésilla.

— Où veux-tu que je me pose ? demanda le pilote de l'hélicoptère alors qu'ils survolaient l'étang du pâturage où sa mère avait l'habitude de mettre les chevaux à cette période de l'année.

Ses parents n'apprécieraient pas qu'il arrive en hélicoptère, mais la disparition de son ex-femme l'avait obligé à prendre le premier moyen de transport disponible. Il avait eu de la chance : son ami, qui devait déplacer cet hélicoptère de Fort Bragg à Fort Lewis, avait proposé de le déposer en chemin.

Il avait toujours aimé les hélicoptères. Il aimait le bruit que leurs pales faisaient en fendant l'air, et qui ressemblait à des battements de cœur. C'était peut-être ce que cet hélicoptère et l'armée tout entière étaient pour lui : son cœur. Il baissa les yeux vers le ranch Dunrovin et les chalets dispersés dans la forêt.

Même s'il adorait cet endroit, où il avait passé l'essentiel de son enfance, le mode de vie qu'il exigeait symbolisait ce qu'il redoutait le plus : l'ennui. Une vie entièrement composée de routines. Nourrir les chevaux, s'occuper des clients, s'occuper du ranch, s'occuper du bétail, puis se mettre au lit, prêt à faire la même chose le lendemain jusqu'au jour où l'on ne se réveillerait pas. Il ne reprochait certainement pas leur besoin de stabilité à ses parents adoptifs, Eloise et Merle Fitzgerald. C'est leur stabilité qui lui avait permis de traverser l'enfance. Il leur devait tout.

— Waylon ? insista le pilote.

— Tu n'as qu'à te poser là, répondit-il en lui montrant le parking gravillonné sur lequel aucune voiture n'était garée.

Ce qui était étrange. En général, la plupart des chalets de Dunrovin étaient loués à cette période de l'année. Il y avait les mariages hivernaux, les cours d'équitation, les gens qui prenaient des vacances à l'approche de Noël…

Des gens sortirent de la maison quand l'appareil descendit vers le sol. Sa mère adoptive agita la main. Même de loin, Waylon vit son grand sourire. Au cours des quelques années qui s'étaient écoulées depuis qu'il avait quitté le ranch, les cheveux d'Eloise avaient viré au gris et son dos commençait à se courber sous l'effet de l'âge et de l'ostéoporose. Son père, un homme stoïque et calme qui avait passé sa vie à travailler, tenait la main de sa mère.

Il y avait une blonde qu'il ne reconnaissait pas avec eux. Elle était grande et mince — elle avait le physique d'une cavalière. Quand elle se tourna légèrement vers sa mère, il put admirer la courbe parfaite de ses hanches dans son jean moulant. Était-ce une palefrenière ? Quoi qu'il en soit, il devait se méfier d'elle. Elle semblait être le genre de femme avec lequel il pouvait vivre deux choses : une passion torride ou un concours de lancer de vaisselle. Il n'était là que pour résoudre un problème avant de retourner dans sa base. Il n'avait pas besoin de drames supplémentaires.

La blonde s'abrita les yeux de la main et le fixa en fronçant les sourcils, puis elle tourna la tête vers le pommier qui se trouvait à un coin du parking. Il y avait une fillette de deux ou trois ans dans ses branches. Ses boucles brunes, agitées par le souffle des pales, lui fouettaient le visage.

Que faisait une enfant aussi jeune dans un arbre ?

La blonde dut se poser la même question car elle courut vers le pommier.

— Fais attention, dit Waylon au pilote en lui montrant l'enfant.

Son ami tira sur le manche. Ils étaient si près du sol que sa manœuvre souleva un épais nuage de poussière.

La fillette vacilla. Waylon cria par réflexe, mais le rugissement de l'hélicoptère couvrit sa voix.

La fillette essaya de s'agripper à sa branche, mais sa jupe bleue se gonfla comme une voile et la fit tomber sur le sol.

D'où Waylon était, elle parut tomber la tête la première au pied de l'arbre.

— Pose-toi, nom de Dieu ! cria-t-il en priant pour que la fillette soit encore en vie.

2

Quel homme trouvait normal de débarquer en hélicoptère dans un ranch comme s'il était un héros ? Pour qui Waylon Fitzgerald se prenait-il ? Il ne faisait que semer le chaos dans son sillage ! Du point de vue de Christina Bell, c'était une nouvelle preuve du fait qu'il ne se souciait absolument pas de l'effet que ses actions avaient sur les autres.

Elle se précipita auprès de sa nièce tombée au pied de l'arbre. Celle-ci avait poussé un cri aigu, couvert par le vacarme de l'hélicoptère qui était en train de se poser tel un éléphant dans un magasin de porcelaine.

— Ça va, Winnie ? cria Christina.

Les joues sales de la fillette étaient couvertes de larmes.

— Ça fait mal ! répondit-elle.

Christina caressa la tête de sa nièce pour la réconforter.

— Tout va bien, Win, lui assura-t-elle. Ce n'est rien. Où as-tu mal, ma chérie ?

Les sanglots de Winnie l'empêchèrent de répondre, mais elle montra son bras droit. C'était logique. Elle avait sans doute essayé d'amortir sa chute par réflexe.

Waylon accourut dès que l'hélicoptère se posa.

— Ça va, petite ? demanda-t-il en laissant tomber son sac près de Winnie.

Christina se tourna vers lui et sentit la colère enfler en elle.

— Laissez-la tranquille ! grogna-t-elle.

Il recula de deux pas, comme s'il craignait que son grognement ne soit suivi d'une morsure. C'était sans doute la chose la plus intelligente qu'il avait faite jusque-là. Elle mourait d'envie de le gifler. Il avait fait du mal à Winnie — de bien des manières. Il était responsable de tout ce qui n'allait pas dans la vie de sa nièce.

Elle le fixa tandis que l'hélicoptère décollait. Alli lui avait dit qu'il était enquêteur dans l'armée. Les photos de lui qu'elle avait vues dans la maison des Fitzgerald ne lui rendaient pas justice. Ses quatre-vingt-dix kilos de muscles, admirablement répartis, semblaient à l'étroit dans ses vêtements.

Quand il lui décocha un petit sourire comme s'il espérait gagner une carte « Vous êtes libéré de prison », elle dut baisser les yeux. Ses traits harmonieux, ses cheveux noirs et sa peau cuivrée la troublaient trop. Il ne ressemblait plus que de loin à l'adolescent échevelé dont les photos ornaient les murs de la maison des Fitzgerald. Christina ne l'aimait pas, mais elle ne pouvait pas nier que c'était l'homme le plus séduisant qu'elle ait jamais vu. Quoi qu'il en soit, Alli avait eu raison de divorcer. La manière dont Waylon était arrivé ne parlait pas en sa faveur.

Ce n'était pas parce qu'un homme était ridiculement beau qu'il était un bon mari ou un bon père.

Oui, elle le haïssait. C'était peut-être parce qu'elle haïssait tous les hommes qui abandonnaient leur femme, ou à cause de ce qu'Alli lui avait dit sur lui, mais rien ne pouvait le racheter à ses yeux. Pas même le sourire stupide avec lequel il essayait de la faire fléchir.

— La gamine va bien ? demanda-t-il d'une voix grave qui parut un peu plus suave qu'avant à Christina.

Cela ne marcherait pas. Il n'avait aucune chance de l'amadouer. Surtout pas en appelant la nièce de Christina « la gamine ». Bien sûr, il ne savait pas que c'était sa fille.

Winnie leva les yeux vers lui et essuya ses larmes de sa main valide.

— J'ai mal au bras, gémit-elle.

Waylon s'accroupit près de Christina — bien trop près. Il sentait l'huile de moteur et un parfum pour hommes épicé — le parfum de la virilité. D'un autre côté, c'était le parfum de Waylon Fitzgerald, un père indigne.

Au lieu de toucher Winnie, il s'assit sur ses talons comme si le fait d'être aussi près d'une enfant blessée le mettait très mal à l'aise.

— Est-ce que ton dos te fait mal, chérie ? demanda Christina.

Winnie secoua la tête et se leva sans se servir de son bras droit. Son poignet était rouge et enflé. Il devait être cassé, mais la fillette avait déjà cessé de pleurer.

— Comment t'appelles-tu, petite ? demanda Waylon.

— Winnie. J'aurai bientôt trois ans.

— Tu es une grande fille, répondit Waylon avant de lever les yeux vers Christina. Est-ce votre fille ?

Christina pouffa. C'était une question ridicule.

— Je suis sa tutrice.

Waylon fronça les sourcils. Il essayait de relier entre elles les informations.

— Et vous êtes...

Elle ignora sa question. Il n'avait pas besoin de la connaître. Il avait raté sa chance de lui être présenté, ainsi qu'à leurs parents, quand il avait choisi de s'enfuir avec Alli. Il ne s'était jamais soucié d'elle jusqu'ici. Il n'avait aucune raison de commencer maintenant.

Eloise et Merle Fitzgerald s'approchèrent d'eux tandis que l'hélicoptère disparaissait au loin. Eloise semblait déchirée entre la joie et l'inquiétude.

— Waylon ! s'écria-t-elle en agitant les bras. Salut, gamin !

Christina se leva et attira Winnie contre elle. L'accueil d'Eloise la fit ricaner — appeler Waylon « gamin » était aussi juste que de traiter un loup de « chihuahua ».

Waylon ne lui jeta pas un coup d'œil. Il alla à la rencontre de sa mère, qu'il prit dans ses bras et embrassa sur les joues. Il se tourna ensuite vers son père, à qui il serra la main. Waylon était du genre sérieux, apparemment. Quel manque de cœur ! Son père méritait une étreinte, même si Waylon se croyait trop viril pour ce genre de choses.

Christina soupira et se remémora toutes les raisons qu'elle avait de lui cacher que Winnie était sa fille. Pour commencer, il ne serait clairement pas un aussi bon parent qu'elle, et Winnie méritait qu'on s'occupe d'elle du mieux possible.

Eloise jeta un coup d'œil à Christina. Elle haussa un sourcil comme si elle pouvait lire dans ses pensées, avant de s'accroupir pour parler à Winnie.

— Ça va, Citrouille ? Tu es tombée de haut… mais tu es si courageuse !

— Je suis brave, mamie ! répondit Winnie.

Son sourire ne remplaça pas complètement sa grimace de douleur, mais le compliment d'Eloise sembla lui rendre de la vitalité.

— Mamie ? répéta Waylon.

— Oui, répondit Eloise en agitant la main pour se débarrasser de la question de son fils.

Elle aussi devait se demander s'il fallait lui annoncer la nouvelle. Et quand et comment le faire. Elle reporta son attention sur Winnie.

— Allons voir le Dr Richards. Tu es d'accord, Citrouille ? Je suis sûre qu'il aimerait entendre le récit de ta bravoure.

— Je veux Waylon, répondit Winnie avec l'un de ses regards suppliants qui faisaient craquer tous les habitants du ranch — et Christina encore plus que les autres.

Un instant, elle s'en voulut de ne pas avoir dit sur-le-champ à Waylon que Winnie était sa fille. Mais ce n'était pas à elle de livrer ce secret. Et, même si cette responsabilité lui appartenait, cette révélation changerait tout. Waylon voudrait sûrement assumer son rôle de père et il emmènerait Winnie avec lui. L'idée que la vie de la fillette risquait d'être bouleversée une fois de plus brisait le cœur de Christina.

Elle jeta un coup d'œil à Waylon en espérant le voir sourire — ou percevoir n'importe quel signe qui lui aurait permis de croire qu'il méritait de s'occuper de Winnie. Waylon resta parfaitement impassible quand leurs regards se croisèrent. *Tant pis pour lui*, songea-t-elle.

Il ne lui restait plus qu'à espérer qu'il ne leur prendrait pas Winnie. Il voudrait peut-être que sa fille grandisse au ranch pendant qu'il continuerait à parcourir le monde… Mais Christina n'avait pas envie de courir ce risque. Elle aimait bien trop sa nièce pour laisser M. Sérieux décider de son avenir. De toute manière, il ne voulait certainement pas de cette vie.

— J'appelle Wyatt, proposa Christina, qui vit là une bonne excuse pour s'éloigner du militaire à la beauté révoltante.

Parfois, quand les situations devenaient trop confuses, la fuite était la meilleure stratégie.

Waylon ne songeait qu'à sortir de là. Il détestait les hôpitaux. Depuis sa mission en Irak, il n'y avait aucun endroit qu'il redoutait davantage. Là-bas, si l'on se retrouvait à l'hôpital, le mal ne faisait qu'empirer.

À vrai dire, tout allait mal en Irak.

À chaque instant, il y avait un nouvel ennemi à affronter, une nouvelle bataille à gagner, un nouvel innocent à protéger... Ici, chez les civils, personne ne semblait comprendre que le monde était horrible. Son frère Wyatt, qui était assis à côté de lui dans la salle d'attente, se mit à taper du pied. Il était contrarié qu'on ne les ait pas laissés entrer dans le cabinet où un médecin examinait les radios de Winnie.

— Elle va s'en remettre, dit Waylon. Les enfants sont résistants. Et son poignet n'était pas très enflé. Il n'est peut-être pas cassé.

Wyatt hocha la tête.

— Cette enfant est particulièrement résistante, répondit-il. Le fait qu'elle n'ait pas pleuré ne signifie pas qu'il n'y a pas quelque chose de grave. Je l'ai déjà vue prendre un coup de sabot sans que ça lui fasse ni chaud ni froid.

Waylon avait presque oublié à quel point l'on attendait des membres de sa famille qu'ils soient robustes, et cela concernait même les plus jeunes. On ne pouvait pas se permettre d'être faible quand on rassemblait un troupeau ou quand on domptait un cheval. Les animaux sentaient la faiblesse et s'en servaient à leur avantage. Savoir cacher sa douleur était vital dans le Montana, où on avait toujours tendance à croire que seuls les plus costauds pouvaient survivre. Il avait très peu pensé au ranch depuis qu'il l'avait quitté après son divorce, trois ans plus tôt. Il avait presque oublié à quel point Mystery, dans le Montana, était un vestige d'une époque révolue. C'était vraiment une culture différente, un microcosme dont la société reposait sur la famille et la communauté.

Ce monde n'avait rien à voir avec celui d'où il venait.

Il fut surpris de ressentir une vague de nostalgie. Le ranch lui manquait plus qu'il ne le croyait. Certains aspects de la vie au ranch, du moins. Il jeta un coup d'œil à la porte du cabinet dans lequel sa mère et la femme blonde avaient accompagné Winnie.

La blonde semblait le haïr. Sa haine était l'une des choses qui ne lui manqueraient pas lorsqu'il s'en irait.

Avait-il le temps de la faire changer d'avis à son sujet ? Il avait surmonté de plus grands défis. Alli elle-même l'avait détesté au premier abord. Elle était serveuse dans le petit restaurant de Mystery, le Combine. Elle faisait des économies pour partir dans un autre État. Elle l'avait fusillé du regard quand elle avait posé les yeux sur lui. Alli était toujours prête à se défendre — c'était l'une des choses qu'il aimait chez elle. Bien sûr, sa force et son orgueil l'avaient aussi incitée à tomber dans les bras d'un autre homme, puis d'un autre, puis d'un autre encore.

— Avez-vous eu des nouvelles d'Alli ? demanda Waylon en essayant d'ignorer la boule qui lui venait au ventre à chaque fois qu'il pensait à sa relation avec son ex.

Wyatt changea de position sur sa chaise.

— Sa voiture est à la fourrière, répondit-il. Nous la garderons jusqu'à ce que les experts nous remettent leur rapport. Avec Lyle, ça peut prendre du temps.

— Lyle travaille encore pour vous ? Vous n'avez pas trouvé quelqu'un de plus compétent ? le taquina Waylon, même s'il savait comment les choses se passaient dans les petites villes.

— Lyle n'est pas si mauvais, pouffa Wyatt. Je t'accorde qu'il pourrait prendre un ou deux cours de rattrapage. Mais, dans l'enquête sur le meurtre de Bianca, c'est lui qui a trouvé les photos qui ont orienté nos soupçons vers Alli.

— Même un écureuil aveugle trouve une noisette de temps à autre.

Le rire de Wyatt résonna dans la salle d'attente presque déserte.

— C'est bien vrai ! Si tu veux, nous pourrons aller voir la voiture d'Alli en sortant d'ici. Tu trouveras peut-être quelque chose qui m'a échappé, mais je peux t'assurer que nous n'avons pas grand-chose à nous mettre sous la dent.

— Tu avais peut-être juste besoin que ton petit frère te montre comment on mène une *vraie* enquête. Dans l'armée, par exemple. Chez les experts.

Ils poufferent ensemble.

— C'est comme ça qu'on appelle les jeannettes, maintenant ? ricana Wyatt.

Dans des moments comme celui-ci, quand il riait à en avoir mal aux côtes, Waylon se rendait compte que le ranch Dunrovin n'était pas un simple lieu. C'était là que se trouvait sa famille — un endroit qu'il ne pouvait pas remplacer.

3

Waylon savait qu'il n'avait pas à se reprocher la blessure de Winnie, mais son cœur se serrait à chaque fois que ses yeux tombaient sur son bras bandé quand ils regagnèrent le ranch. Le Dr Richards avait dit que ce n'était qu'une foulure. Il avait néanmoins recommandé à Eloise et à la tutrice de la fillette de lui bander le bras pendant une semaine, au cas où il aurait raté une fêlure microscopique.

Waylon suivit la blonde, qui entraînait Winnie dans la cuisine. Cette femme ne lui avait pas adressé un mot depuis leur départ de l'hôpital. Elle lui envoyait des ondes d'une hostilité stupéfiante. La semaine serait longue. Au moins, quand il était dans un pays en guerre, il n'était jamais la cible unique de la fureur d'une femme.

Sa mère les rejoignit. Elle s'aperçut qu'il regardait la femme et pouffa.

— Ne t'en fais pas pour Christina, elle se calmera, lui dit-elle. Elle est très protectrice envers Winnie, c'est tout.

Il écarquilla les yeux.

— Christina ? Comme la sœur d'Alli ?

— Celle-là même. Elle nous donne un sacré coup de main au ranch. Tu ne l'avais pas reconnue ?

Il n'avait vu la sœur d'Alli qu'en photo. Alli avait pris soin de le tenir à l'écart de sa famille. Quand il avait suggéré d'inviter ses parents et sa sœur à leur mariage, elle avait décidé qu'elle voulait s'enfuir pour se marier en secret. Il aurait dû comprendre qu'Alli avait des problèmes dès ce moment-là, mais l'amour l'avait rendu aveugle. Il ne s'était même pas aperçu qu'elle l'isolait. Après deux ans de mariage, il ne voyait plus jamais ni ses amis ni ses frères.

S'il avait été plus malin, il aurait compris qu'elle le manipulait, qu'elle comptait sur lui pour assurer sa stabilité pendant qu'elle séduisait d'autres hommes. Même s'il en avait le droit, il ne la haïssait pas. Les émotions n'avaient aucune logique — et l'amour était la plus absurde d'entre elles. Non pas qu'il aime encore Alli. Ce sentiment était mort le jour où il avait quitté le ranch pour s'engager dans l'armée. Il avait laissé son passé derrière lui. Il le croyait, du moins.

Christina se tourna vers lui.

— Je ne sais pas pourquoi, mais Winnie pose des questions sur vous, lui lança-t-elle. Vous voulez peut-être y répondre vous-même.

Oui, elle le haïssait. Son ton ne permettait pas d'en douter.

Génial.

Il soupira.

— Ne t'en fais pas, gamin, l'encouragea sa mère en lui tapotant le bras. Elle aboie plus qu'elle ne mord.

Peut-être. Mais, vu l'agressivité de Christina à son égard, il n'échapperait pas à une morsure ou deux.

Winnie, assise à la table de la cuisine, attendait le sandwich au beurre de cacahuète et à la confiture que Wyatt lui préparait.

— Tu en veux un ? lui demanda son frère. C'est de ça que les jeannettes se nourrissent, n'est-ce pas ?

Il se plaça derrière Winnie pour faire un doigt d'honneur à son frère sans que la fillette le voie.

— C'est toujours mieux que de manger des donuts à longueur de journée comme les flics, riposta-t-il. N'as-tu pas un peu grossi, d'ailleurs ?

Wyatt éclata de rire.

— Il était temps que tu reviennes au ranch !

— Pourquoi ? Tu avais besoin d'un partenaire de duo comique ?

— Way-lon ! s'écria la fillette en détachant bien les syllabes, comme si son nom lui semblait compliqué. Way-lon ! Tu sais quoi ? On va s'amuser !

Waylon pouffa.

— Ah oui ?

Winnie hocha vigoureusement la tête.

— On va se déguiser, toi et moi ! Tu m'aideras ?

Il avait entendu des balles siffler à ses oreilles sur des champs de bataille, il avait fait un rempart de son corps à de hauts dignitaires, prêt à donner sa vie pour le bien commun, mais le regard que Winnie lui jeta le terrifia. Il ne savait pas comment faire face à une petite fille — et encore moins à une petite fille qui voulait se lancer dans un jeu. Si seulement elle avait voulu qu'ils démontent un fusil d'assaut... La fabrication de costumes le dépassait complètement.

Christina ricana derrière lui.

— Waylon ne fait pas ce genre de choses, chérie, intervint-elle. Je t'aiderai plus tard, si tu veux.

Piqué au vif, Waylon riposta :

— Ne t'inquiète pas, mademoiselle Winnie. Tu veux un costume ? Je suis ton homme ! déclara-t-il sans avoir la moindre idée de ce qu'il devait faire pour tenir cette promesse.

— N'avez-vous pas une mission à accomplir ? aboya Christina. N'êtes-vous pas censé retrouver ma fugitive de sœur ? Allez-vous la laisser s'en tirer si elle a réellement tué la vétérinaire et la femme de William Poe ?

Alors qu'elle le fixait, une part de sa colère sembla céder la place à l'embarras.

— Je suis désolée, reprit-elle sans le laisser répondre. Je ne voulais pas vous agresser. C'est juste que...

— ... Vous souffrez, acheva-t-il à sa place.

Elle soupira. Elle ne l'admit pas, mais il comprit à son changement de posture qu'il avait visé juste. Bien sûr qu'elle souffrait. Elle devait être terrifiée et débordée par la situation. Sa sœur était sa seule famille depuis la mort de leur mère, quelques années plus tôt.

— Je veux retrouver Alli le plus vite possible, dit Christina avant de jeter un coup d'œil à Winnie. Il faut qu'elle rentre à la maison.

Quelque chose lui échappait. Il sentait à l'air gêné des uns et des autres qu'il ne savait pas tout.

— Que se passe-t-il ? demanda-t-il sans prendre de gants.

— Que voulez-vous dire ? demanda Christina, l'air surprise.

— Vous me cachez quelque chose, les accusa-t-il en se tournant vers Wyatt, qui semblait complètement absorbé dans la confection du sandwich. De quoi s'agit-il ?

Sa mère s'approcha de la table et regarda Wyatt et Christina comme si elle leur donnait une sorte de signal.

— Tout va bien, gamin, dit-elle. On s'inquiète pour Alli, c'est tout.

— A-t-elle fait quelque chose que j'ignore ? demanda-t-il. A-t-elle fait autre chose que tuer Bianca et l'autre femme avant de disparaître ?

Sa mère lui offrit un sourire.

— C'est plutôt ce qu'elle n'a pas fait qui pose problème, répondit-elle en posant la main sur son épaule. Commence par retrouver Alli. On s'occupera du reste ensuite.

Il avait oublié à quel point sa famille était soudée. Parce qu'il avait quitté le ranch, il n'appartenait plus au premier cercle.

— Si on allait à la fourrière ? suggéra Wyatt en levant son couteau couvert de beurre de cacahuète.

— Vous n'allez tout de même pas me laisser ici toute seule à me demander ce qui se passe ! lança Christina avant de jeter un regard interrogateur à Eloise.

— Ne t'inquiète pas, je m'occuperai de Winnie, dit Eloise.

Ce qu'on lui cachait avait-il un rapport avec cette petite fille ? se demanda Waylon. Il baissa les yeux vers Winnie. Quel était son rôle dans tout cela ? Était-elle la fille d'Alli ? Était-ce pour cela qu'ils étaient tous si pressés de retrouver son ex-femme ? Il chassa cette idée de son esprit. Alli lui avait toujours dit qu'elle était stérile. Cette enfant ne pouvait pas être sa fille.

La fourrière se trouvait à côté du centre de détention, aux abords de la ville. Elle n'était pas très moderne. Wyatt ouvrit son portail en barbelés grâce à un code. À l'intérieur, il y avait toute une collection de vieux tacots et une Mustang récente. La plupart des voitures avaient un pneu crevé ou le pare-brise cassé, souvent les deux. Il y avait même quelques vieilles caravanes autour desquelles tournaient des campeurs aux allures peu recommandables.

Lorsqu'ils longèrent la cour du centre de détention, l'un des prisonniers repéra leur voiture de police. Il cracha par terre et leur fit un doigt d'honneur. Les autres prisonniers s'en aperçurent et s'empressèrent de l'imiter.

— On peut toujours compter sur un accueil princier, ironisa Wyatt en ignorant ses fans.

— J'ai l'habitude, répondit Waylon.

— Vous êtes toujours reçus comme ça ? demanda Christina en tapotant sa vitre. Je commence à comprendre pourquoi vous avez toujours cet air impassible.

Waylon et son frère échangèrent un sourire. Quelques doigts d'honneur n'étaient rien en comparaison d'un homme armé et ivre qui voulait vous tuer à cause d'une injustice qu'il estimait avoir subie de la part d'un autre policier. On finissait par s'habituer à être détesté par la plupart des gens qu'on croisait.

Bien sûr, il n'y avait pas que des criminels dans la population. Mais les gens auxquels ils avaient affaire n'étaient pas des citoyens ordinaires — et les criminels auxquels il se frottait, étaient bien plus dangereux que ceux de Wyatt. Ceux qu'il arrêtait, lui, étaient entraînés au combat et savaient manier des armes. Son travail consistait à dompter des tueurs. Wyatt n'avait à dompter que des crétins avinés.

Wyatt se gara près d'une Hyundai noire.

— On l'a trouvée bien amochée, précisa-t-il. Tu sais comment c'est.

Le véhicule avait à la fois un pneu crevé et le pare-brise cassé. Un instant, Waylon imagina les gens qui s'en étaient pris à la voiture d'Alli sur le bord de la route, simplement parce qu'ils le pouvaient. La plupart des humains démolissaient ce qu'ils trouvaient abandonné, comme si l'anonymat leur suffisait pour laisser libre cours à leurs penchants destructeurs.

— J'ai fouillé cette voiture de fond en comble avec Lyle, dit Wyatt alors qu'ils sortaient de la sienne.

— Et qu'avez-vous trouvé ?

Wyatt haussa les épaules.

— Pas grand-chose. Les empreintes n'ont rien donné. À part ça, il y avait des emballages en carton et quelques vieilles frites sous les sièges.

— Rien qui puisse nous donner une idée de l'endroit où elle est ? demanda Christina.

Wyatt la considéra en haussant un sourcil.

— Tu sais aussi bien que moi qu'elle est quelque part au Canada, répondit-il. Elle doit être en train de regarder un match de hockey en buvant une bière et en se moquant de notre stupidité.

— Elle n'est pas comme ça, protesta Christina. Elle ne nous juge pas stupides. Elle s'est juste retrouvée dans une mauvaise situation et les choses ont dégénéré. Je n'essaye pas de justifier ses actes, mais je suis sûre que nous ne savons pas tout. Alli a des problèmes, mais je ne l'ai jamais crue capable de... vous savez.

Elle baissa les yeux, l'air honteux.

Waylon eut envie de lui dire qu'il ne comprenait pas non plus comment la femme qu'il avait aimée avait pu prendre des décisions aussi stupides, mais rien ne changerait ce qu'Alli avait fait. Ils pouvaient seulement la retrouver pour qu'elle paye pour ses crimes. Et il lui poserait alors toutes les questions qui le hantaient. Il ne comprenait pas comment elle avait pu tomber dans une telle spirale d'autodestruction. Elle n'avait jamais été parfaitement équilibrée, mais il ne la croyait pas capable de tuer.

D'un autre côté, la guerre lui avait appris que tout le monde était capable de presser la détente dans certaines conditions.

— Je suis sûr qu'elle aura une explication à nous fournir, dit-il pour essayer de réconforter Christina.

Elle lui jeta un regard noir et il comprit qu'il avait échoué dans sa tentative d'apaisement.

— Nous avons trouvé une facture par terre, du côté passager, dit Wyatt en ouvrant la portière. Alli a pris de l'essence dans une station-service à quelques kilomètres de Mystery. C'est tout ce que nous savons.

Waylon jeta un coup d'œil à l'intérieur de la voiture et inspira son odeur de véhicule longuement négligé. Au fil des années, il avait inspecté un bon nombre de véhicules abandonnés par des gens en fuite. Il ne perçut pas l'odeur qu'il cherchait : celle de la mort. Le fait qu'il ne la décèle pas dans l'habitacle était leur seul indice, pour le moment.

Il ouvrit la boîte à gants, qui était vide.

— Nous avons pris les documents qui s'y trouvaient, dit Wyatt. Rien d'inhabituel : sa carte grise et son certificat d'assurance.

Waylon ferma la boîte à gants et observa l'appui-tête du conducteur pendant quelques secondes.

Une mouche en sortit comme si elle voulait lui livrer un indice. Il laissa courir ses doigts le long de la housse en tissu et sentit une déchirure sur plusieurs centimètres. Ses doigts effleurèrent quelque chose de rugueux... Du papier.

Il dégagea la feuille et la fixa avec incrédulité.

— Tu es sûr d'avoir fouillé cette voiture ? demanda-t-il à son frère en agitant le morceau de papier sous son nez.

— Dans ses moindres recoins ! protesta Wyatt. Qu'est-ce que c'est ?

C'était un pur coup de chance — autant trouver une aiguille dans une botte de foin — mais il n'était pas question qu'il l'admette devant son frère.

— Montre-moi tes mains ! ordonna-t-il avec un sourire narquois.

Wyatt fronça les sourcils, mais il obtempéra.

— C'est ça ! lança Waylon. Le problème, c'est que tu as de gros doigts. Tu ne pouvais pas l'atteindre.

Wyatt serra les poings, puis il éclata de rire.

— Très drôle. Tu as eu un coup de pot énorme et tu le sais. La housse a dû bouger quand on a remorqué la voiture.

— Quand vous aurez fini de vous chamailler, vous me montrerez ce que c'est ? demanda Christina. Est-ce un mot d'Alli ?

Waylon déplia la feuille. C'était bien l'écriture brouillonne d'Alli. Il lut :

Je suis désolée, mais je ne comprends pas, William. Pourquoi ?

Ces deux lignes donnaient l'impression qu'elle avait été interrompue pendant qu'elle écrivait et qu'elle avait fourré la feuille en hâte dans l'appui-tête. Quel était le sens de ces mots ? Pourquoi avait-elle laissé un message aussi obscur ? Voulait-elle qu'ils le trouvent ou était-il destiné à quelqu'un d'autre ?

Waylon croyait qu'il ne haïssait pas Alli, mais en cet instant il en douta.

— Ça n'a aucun sens, murmura Christina, faisant écho à ses

pensées. Que veut-elle dire par « je ne comprends pas » ? C'est elle qui est à l'origine de cette situation aberrante. C'est elle qui fixe les règles du jeu.

Waylon tendit la feuille à Wyatt, qui la rangea dans sa poche.

— Je la mettrai avec le reste, mais je suis sûr que ce sera aussi utile que les emballages en carton, grommela-t-il. Tu te souviens de William Poe ?

Waylon avait croisé l'expert-comptable une fois ou deux, mais il ne savait presque rien sur lui, en dehors de sa liaison avec Alli et de la mort tragique de sa femme.

Waylon secoua la tête.

— Poe est une véritable anguille, reprit Wyatt. À chaque fois que je crois pouvoir l'attraper, il me glisse entre les doigts. J'étais sûr qu'il était impliqué dans les meurtres de Bianca et de Monica, mais il a des alibis. Comme toujours.

— D'après ce que j'ai entendu dire, intervint Christina, ses alibis sont toujours en lien soit avec la politique, soit avec une femme.

Wyatt pouffa de rire.

— Parfois une combinaison des deux, ajouta-t-il.

— Tu les as vérifiés ? demanda Waylon.

Wyatt haussa les sourcils.

— Pour qui me prends-tu ? Je ne suis pas tout à fait incompétent !

Waylon regretta aussitôt sa question stupide. Wyatt savait ce qu'il faisait, bien sûr. Waylon n'avait pas voulu piétiner les plates-bandes de son frère. Il avait juste l'habitude de travailler seul — de commander plutôt. Le rôle d'assistant qu'on lui avait attribué dans cette enquête le mettait mal à l'aise.

— Du calme, vous deux ! Vous êtes aussi compétents l'un que l'autre, s'interposa Christina. Je suis sûre que ce n'est pas ce que ton frère voulait dire, Wyatt. Pas vrai, Waylon ?

Elle lui pressa doucement l'épaule.

— Bien sûr, répondit-il. Je suis désolé, frangin.

Quand il rencontra le regard de Christina, il fut frappé par l'éclat et la chaleur que le soleil donnait à ses yeux bleus.

Il se força à baisser les siens et entreprit de faire le tour de la voiture.

Il s'arrêta devant le pneu crevé.

— Regarde ça, Wyatt ! lança-t-il en posant son doigt sur la déchirure.

Wyatt s'approcha.

— Elle a roulé sur un caillou pointu, dit-il.

— Non, regarde mieux, insista Waylon. Ce trou a été fait par une balle.

4

Wyatt les ramena au ranch pour que Christina récupère sa camionnette et qu'ils puissent tous se mettre au travail. Elle jeta un bref coup d'œil à Waylon. Sa peau bronzée luisait sous le soleil et elle ne pouvait pas s'empêcher de le trouver séduisant.

Le voir dans son élément, quand il inspectait la voiture d'Alli, lui avait fait perdre un peu de la colère qu'il lui inspirait. Il était doué. Et sexy.

Elle aurait nettement préféré continuer à le détester ! Il lui aurait été plus facile de mettre de l'ordre dans son esprit s'il avait été un simple ennemi. Malheureusement, à chaque fois qu'il plaisantait, elle était presque tentée de le voir comme un ami.

Il se tourna vers elle tandis que Wyatt repartait.

— Vous êtes sûre que ça ne vous dérange pas de me servir de chauffeur ? demanda-t-il. Je pourrais emprunter l'une des camionnettes du ranch. Rien ne vous oblige à me tenir compagnie.

Elle apprécia qu'il lui offre une porte de sortie, mais elle n'aspirait qu'à rester avec lui.

— Je fais ça pour Alli, répondit-elle. Ce n'est pas parce que vous êtes arrivé que je vais arrêter de la chercher.

— Vous la cherchez sans relâche depuis la semaine dernière ? demanda-t-il, les sourcils froncés, comme s'il était surpris qu'elle n'ait pas baissé les bras.

— Bien sûr. C'est ma sœur. Même si je ne suis pas d'accord avec ses choix, je l'aime et je veux savoir si elle va bien.

— Si vous la trouviez, seriez-vous capable de la livrer aux autorités ? demanda Waylon.

Christina se mordit la lèvre. Cette question lui était venue à l'esprit, mais elle l'avait rangée dans un recoin de son esprit.

— J'ai besoin de savoir qu'elle va bien avant de prendre cette décision, répondit-elle.

— Est-ce que ça veut dire qu'il y a un risque que vous l'aidiez ?

Alli méritait d'être punie pour ses crimes. Elle avait tué des gens. Mais Christina devait aussi penser à Winnie. La fillette payait déjà les erreurs de sa mère. Si Alli allait en prison, Winnie devrait lui rendre visite dans cet endroit horrible. En revanche, si elle restait en cavale, les Fitzgerald et elle pourraient cacher certaines choses à Winnie jusqu'à ce qu'elle soit assez grande pour mieux comprendre la situation.

— Je vous le répète : je ferai ce choix quand il le faudra, déclara-t-elle. Pour le moment, je veux juste savoir si Alli est saine et sauve.

Waylon baissa les yeux.

— Je comprends, murmura-t-il sans la regarder. Votre sœur a un bon fond. Je ne comprends pas pourquoi elle a fait ce qu'elle a fait, mais ça ne m'empêche pas de me soucier d'elle. Moi aussi, j'aimerais savoir si elle va bien.

Christina fut surprise de l'entendre parler d'Alli de cette manière. Sa sœur n'avait certainement jamais parlé de lui avec autant de chaleur. À vrai dire, si elle y réfléchissait, ce n'était sans doute pas lui qui avait rompu. Il aimait peut-être encore Alli quand ils s'étaient séparés. L'aimait-il encore aujourd'hui ?

Elle se sentit encore plus coupable à l'idée de ce qu'elle commençait à ressentir pour lui. Comment pouvait-elle désirer l'ex-mari de sa sœur ? Cela ressemblait au sujet d'un *talk-show* télévisé.

Cette idée la fit sourire.

— Qu'est-ce qui vous amuse ? demanda Waylon.

— Je ne me moquais pas de vous, lui assura-t-elle. C'est juste que...

Elle ne pouvait pas lui dire que l'effet qu'il lui faisait lui semblait comique.

— Quoi ? insista-t-il.

— J'étais en train de me dire qu'on était à deux doigts de passer dans une émission de télé.

Alors qu'elle mettait la main devant sa bouche pour pouffer, un sourire apparut sur le visage de Waylon. Il était sincère et chaleureux. Elle crut même percevoir… un certain trouble dans ses yeux.

Non. Elle devait se tromper. Il ne pouvait pas la désirer.

Elle se sentit rougir.

— Je… Je ne parlais pas de votre famille, se justifia-t-elle en l'entraînant vers sa camionnette. Vos parents sont géniaux. C'est juste qu'avec les meurtres et tout ça… vous voyez.

— Ça va, j'ai compris, la coupa-t-il en agitant la main. Mes parents mènent une vie rangée, mais nous savons l'un et l'autre que ce n'est pas le cas des autres membres de la famille. Même en mettant la disparition d'Alli entre parenthèses. J'ose à peine imaginer ce qu'elle a pu vous dire sur moi.

Il lui jeta un bref coup d'œil comme s'il épiait ses réactions.

Christina se mordit l'intérieur de la joue. Alli prenait un malin plaisir à dresser un portrait dantesque de son ex-mari. Elle ne le faisait pas devant Winnie parce qu'elle voulait lui cacher l'identité de son père. Néanmoins, au fil des ans, certaines des choses qu'elle avait répétées à Christina avaient incité cette dernière à détester Waylon. Comme ça, par principe.

— C'est bien ce qu'il me semblait, reprit-il comme s'il avait lu dans ses pensées. Écoutez… Alli et moi avions une relation *compliquée*.

Il avait craché ce mot comme s'il avait un goût détestable.

— On n'aurait jamais dû se marier, poursuivit-il. Je croyais juste que ce qu'on vivait ressemblait à de l'amour. Je la soutenais — affectivement, psychologiquement, parfois physiquement. Ça me paraissait logique de rendre notre relation officielle, mais c'est comme si j'avais appuyé sur un interrupteur quand je l'ai épousée. Elle n'était déjà pas facile à vivre, c'est devenu encore pire.

Christina aurait dû mal prendre cette accusation, mais elle pouvait difficilement prétendre le contraire. Alli avait passé sa vie à faire de mauvais choix.

— Je croyais pouvoir supporter ses sautes d'humeur, reprit Waylon, mais j'ai fini par comprendre qu'elle ne pouvait pas être dans ma vie. Sur la fin, elle s'est mise à coucher avec d'autres hommes. Nous nous faisions du mal l'un à l'autre. Je suis parti juste à temps. C'est à cause d'elle que je me suis engagé dans l'armée. Et vous savez quoi ? Je n'ai aucun regret. C'était mieux que de laisser votre sœur réduire mon âme en miettes.

Sa sincérité surprit Christina, qui ne sut pas comment réagir. Elle aurait dû défendre sa sœur, mais Waylon à présent lui inspirait de la sympathie. Alli avait l'art de faire du mal aux gens qu'elle aimait. Cela faisait partie de sa personnalité. C'était comme si elle avait l'impression de se protéger des sentiments des autres en les repoussant. On aurait presque cru qu'elle voulait leur faire du mal avant de souffrir elle-même.

Il était évident que cela venait de leur enfance. Leur enfance s'était déroulée dans un véritable désert affectif. Leurs parents vivaient dans un monde fait de disputes et de trahisons. C'est pour cela que Christina se méfiait des hommes depuis plusieurs années. Elle avait bien failli suivre la voie de ses parents. Ne pas aimer valait mieux que prolonger le calvaire de son enfance.

— Alli a beaucoup de problèmes, répondit-elle avec un sourire complice.

— J'en ai aussi, dit Waylon, ce qui amplifia le désir qu'il lui inspirait.

Il n'était pas parfait, certes, mais Alli avait tort de dire qu'il n'avait pas de cœur. Pour une fois qu'il avait une chance de riposter, il ne la saisissait même pas.

Elle lui lança les clés de sa camionnette.

— Vous savez encore circuler dans les environs ? demanda-t-elle.

Il grimaça.

— Ce n'est pas une bien grande ville. Je crois même me rappeler où habite Poe.

Il se mit au volant et démarra.

Christina s'installa sur la banquette — bien trop près de l'homme qui commençait à faire battre son cœur de façon si étrange.

— C'est vrai que la ville n'est pas grande, lui accorda-t-elle.

Parfois, comme cette camionnette, elle était même bien trop petite.

— Pourquoi vous êtes-vous installée ici ? demanda-t-il en s'engageant sur la route. Je veux dire... il y a des tas d'endroits merveilleux dans le monde, des endroits où vous auriez ce que vous voulez en claquant des doigts.

Il se tut quelques instants, comme s'il prenait le temps de réfléchir, et interrogea à nouveau :

— Pourquoi une jeune femme qui pourrait avoir ce qu'elle veut — et qui elle veut — a-t-elle choisi d'habiter ici ?

Croyait-il sincèrement qu'elle pouvait avoir qui elle voulait ?

Christina faillit éclater de rire.

Elle n'avait jamais attiré que des crétins et des égoïstes qui ne valaient pas mieux que son père. Ils s'intéressaient à elle quand cela les arrangeait et ils s'empressaient de l'oublier dès que l'occasion se présentait.

Et elle n'était pas femme à supporter n'importe quoi pour avoir un homme à ses côtés. Elle voulait la perle rare, un homme capable de faire des efforts, qui s'intéresserait à son esprit plus qu'à son physique et dont la vie s'accorderait parfaitement avec la sienne.

Elle observa Waylon à la dérobée. Lui ferait parfaitement l'affaire. Elle travaillait dans le ranch de ses parents. Il connaissait tout le monde...

Certes, ils avaient cela en commun, mais les passions de Waylon semblaient déborder des frontières du ranch. Il menait une vie pleine d'aventures. Il lui arrivait sûrement plus souvent de sauter d'un avion que de passer le balai.

Il réalisait ses rêves.

Elle posa la tête contre la vitre et ferma les yeux. Si seulement elle avait pu être aussi libre...

Quand elle avait eu son propre appartement, après le divorce de ses parents, elle avait pu se sentir indépendante pendant une brève période. Elle aurait pu partir n'importe où à cette époque. Elle n'avait pas un sou en poche, mais elle aurait pu tenter sa chance sous d'autres cieux si elle l'avait vraiment voulu. Rien ne la retenait, à part ses craintes et ses complexes.

Pourtant elle n'avait pas envie de découvrir le monde seule. Les aventures étaient faites pour être vécues avec quelqu'un qu'on aimait, et cette conviction l'avait poussée à venir s'installer auprès de sa sœur.

Elle ne l'avait jamais regretté jusqu'à ce jour, mais la présence de Waylon — un homme qui accomplissait ses rêves — l'incitait à se demander si elle n'avait pas raté la chance de sa vie. Elle ne pouvait plus partir, maintenant. Elle devait songer à Winnie et au ranch. La famille passait avant tout.

Waylon ralentit et s'engagea dans l'allée de la maison des Poe — de la maison de William Poe, plutôt.

Christina n'avait pas encore vraiment réalisé que son amie était morte. À chaque fois qu'elle songeait à Monica, elle devait faire un effort pour se rappeler que celle-ci n'était plus là. Au cours des derniers jours, il lui était souvent arrivé de prendre son téléphone pour lui envoyer un SMS avant de revenir à la réalité.

Alors que tout avait été bouleversé dans son monde, la maison des Poe était exactement la même qu'avant la mort de Monica. L'allée était du même gris que quelques mois plus tôt et le garage, à l'écart de la maison, était toujours rempli des voitures de collection de William et de ses posters de femmes peu vêtues tirés de magazines de sport.

Elle n'avait jamais aimé ce garage, et elle aimait encore moins William. Surtout depuis que Monica lui avait dit qu'il la trompait avec autant de femmes qu'il était humainement possible. Elle ne savait pas comment Monica le supportait, mais elle l'avait toujours soutenue. Le rôle d'une amie n'était pas de juger.

La voiture de Monica était dans l'allée, comme si l'expert-comptable ne daignait plus laisser la moindre place aux affaires de sa femme maintenant qu'elle était morte.

— Ça va ? demanda Waylon.

— Oui, ça va, répondit-elle. C'est juste que je n'aime pas venir ici. Monica le comprenait. Elle avait la gentillesse de me rejoindre ailleurs.

— Vous étiez amie avec Monica ? La femme que votre sœur...

Il s'interrompit net. Craignait-il que les mots « que votre sœur a tuée » ne la fassent craquer ?

Mais il avait peut-être raison de se méfier. Ce que sa sœur avait fait à son amie lui retournait l'estomac.

— Oui, Monica est sympa, répondit-elle. Je veux dire : *était* sympa. Elle aimait se promener à cheval. Nous avons passé des heures à explorer les pistes autour du ranch. Avec le recul, je pense que l'équitation lui fournissait une bonne excuse pour échapper à son mari.

Waylon rit.

— Avec du recul, on comprend tout beaucoup mieux.

— C'est ce que vous pensez quand vous songez à votre mariage avec ma sœur ?

Les traits de Waylon se durcirent. De toute évidence, il n'avait pas envie de parler de cela. Par chance pour lui, William jaillit hors de sa maison dès qu'ils se garèrent devant. Il fit la grimace et Christina crut lire une longue série de jurons sur ses lèvres.

Waylon sortit de la voiture sans lui répondre. Manifestement, il préférait affronter l'expert-comptable enragé que parler de son mariage raté.

Christina ne pouvait pas lui en vouloir. Les relations de couple étaient des choses compliquées. Elle regarda Waylon s'approcher de William en songeant à la situation perturbante dans laquelle ils se retrouvaient.

Le jean de Waylon devait être coupé sur mesure. Un vêtement qui moulait aussi bien ses cuisses ne pouvait pas être bêtement tombé d'un cintre.

Elle pouffa en songeant à tous les articles qu'elle avait lus sur les hommes qui ne lavaient pas leurs jeans pour qu'ils ne se déforment pas et mettent mieux en valeur leurs jambes. Waylon était-il l'un d'eux ?

Cette pensée le lui rendit encore plus sympathique. Elle l'imagina en train de regarder son pantalon tous les jours en se demandant s'il devait le laver ou non. Cela le rendit un peu moins sérieux et un peu plus humain à ses yeux. Plus accessible. Mais avait-elle réellement envie de l'atteindre ?

Waylon se retourna et l'invita à le rejoindre.

Elle aurait préféré rester dans la camionnette. Elle n'avait rien à dire à William Poe. Ils avaient eu l'occasion de parler à l'enterrement de Monica.

William ne lui avait pas dit un mot tandis que les gens jetaient des poignées de terre sur le cercueil de sa femme. À la fin, quand les invités se disaient au revoir, il s'était penché vers elle et lui avait chuchoté à l'oreille : « Tout est votre faute. »

Elle n'avait pas compris comment il en était arrivé à cette conclusion. La croyait-il complice de la meurtrière de sa femme ?

Bien sûr, elle avait des liens avec tout le monde dans cette affaire, mais elle n'y tenait aucun rôle. D'un autre côté, elle n'était pas tout à fait innocente... Un soir, elle avait parlé des agissements de William avec Monica, et Alli avait tout entendu depuis la pièce voisine. Cela avait peut-être suffi à mettre Monica dans le collimateur d'Alli, mais Poe ne pouvait pas le savoir.

Il était en colère et elle était la cible la plus proche, voilà tout. Il se défoulait sur elle parce qu'il ne pouvait pas s'en prendre à sa sœur. Elle le haïssait. Ses choix avaient eu l'effet d'une bombe atomique dans leurs vies. S'il avait su maîtriser ses appétits sexuels, personne ne serait mort et Alli ne serait pas en fuite.

Christina sortit de la camionnette et s'approcha des deux hommes.

William Poe la regarda avec autant de dégoût qu'à l'enterrement de Monica. On aurait dit qu'il avait mordu dans une pomme véreuse. Mais en réalité il était le seul ver des environs !

— J'ai répondu à toutes les questions de votre frère, Waylon.

Alors que William prononçait ces mots, une petite brune sortit de la maison. Il s'en aperçut, se retourna et lui montra la porte.

— Rentre, Lisa ! ordonna-t-il.

— Que font-ils là ? demanda la femme en les montrant du doigt. Ont-ils trouvé Alli ?

— Ferme-la et rentre, Lisa !

Lisa parue choquée par le ton de William, mais elle lui obéit.

— Qui est-ce ? demanda Christina.

— Ça ne vous regarde pas, grommela l'autre en agitant la main.

Était-ce l'une de ses nombreuses conquêtes ?

— Je vous interdis de mettre les pieds sur ma propriété, poursuivit Poe. Vous n'avez pas le droit de m'interroger, de toute manière.

— Vous avez raison. Rien de ce que vous direz ne pourra être retenu devant un tribunal, répondit Waylon.

Comme s'il voulait s'attirer les bonnes grâces de l'expert-comptable, il reprit d'un ton suave :

— Mais ne voulez-vous pas que la meurtrière de votre femme soit arrêtée ?

— En tout cas, ce que vous voulez, vous, c'est juste retrouver

Alli, ricana William. Vous espérez qu'elle sera condamnée moins sévèrement si vous êtes les premiers à lui mettre la main dessus.

Il pointa un doigt accusateur vers Waylon.

— Mais je vais vous dire une chose, poursuivit-il, elle le payera cher si vous la retrouvez. J'y veillerai.

— *Si* on la retrouve ? répéta Christina, exaspérée par le ton de William. Pensez-vous qu'il y ait une chance pour que cela n'arrive pas ? Que lui avez-vous fait ?

— J'ai une meilleure question : pourquoi n'avez-vous pas dit ce que vous savez à mon frère ? intervint Waylon.

Poe fit une moue méprisante.

— Pourquoi m'intéresserais-je à votre stupide famille ? Vous êtes tous des ratés. Si vous croyez que je vais rentrer dans votre petit jeu, vous vous trompez lourdement.

— Notre petit jeu ? répéta Waylon, abasourdi. De quoi parlez-vous, Will ?

— Je m'appelle William, pas Will, Bill ou Billy. Contrairement à vous, on ne m'a pas donné le nom d'un chanteur de country. Je ne viens pas d'une famille de péquenauds.

Jusque-là, Christina croyait être celle des deux qui haïssait le plus William Poe. Mais, à en juger par la rougeur qui monta au front de Waylon, elle perdit la première place à cet instant.

— Écoutez-moi, espèce d'ordure ! grogna celui-ci. J'aurais aimé qu'on règle cette affaire à l'amiable. Vous auriez pu choisir la manière douce.

— Pour qui vous prenez-vous ? l'interrompit l'expert-comptable. Vous débarquez chez moi pour m'accuser de je ne sais quoi. Vous n'avez pas le droit d'être ici ! C'est vous, les ordures !

Waylon serra les poings. Christina le retint par le bras avant qu'il ne passe à l'attaque.

— Venez, Waylon, dit-elle en l'entraînant vers la camionnette. Au moins, vous aurez vu quel genre d'homme peut pousser une femme à tuer.

5

Eloise n'avait pas cessé de cuisiner depuis que Waylon était arrivé au ranch. De délicieuses odeurs de viande rôtie flottaient dans la maison. Après leur altercation avec William, Christina fut ravie de retrouver la chaleur et le confort de la cuisine pour aider Eloise à finir de préparer le repas.

Waylon et Colter entrèrent dans la pièce, mais ils étaient si absorbés par leur conversation qu'ils ne parurent pas s'apercevoir de sa présence.

Colter ressemblait beaucoup à son frère aîné. Ils avaient tous les deux la peau mate, des yeux marron foncé et des cheveux noirs. En revanche, leurs personnalités étaient radicalement opposées. Waylon semblait toujours prêt à se lancer dans une bataille, tandis que Colter était en permanence d'un calme olympien. C'était comme si Waylon portait le poids des responsabilités pour deux.

— Salut, Colter ! lança Christina en agitant la main.

Colter lui répondit par un grand sourire qui illumina ses traits.

— Comment vas-tu ? demanda-t-il. Ça fait une paye !

Il la serra dans ses bras si fort qu'il la souleva de terre.

Alors qu'elle riait, elle remarqua le froncement de sourcils de Waylon. Cela le dérangeait-il que son frère se montre affectueux envers elle ?

Elle se dégagea des bras de Colt.

Winnie entra en courant dans la cuisine. Ses joues et son bandage étaient couverts de traces brunes.

— Est-ce que tu es encore allée jouer dans la grange ? lui demanda Christina d'un ton sévère.

— Lewis et Clark veulent des biscuits, répondit Winnie avec autorité, comme si elle était chargée de vérifier le régime alimentaire des chevaux de la maison. Ils ont faim.

Le regard suppliant de la fillette fit fondre Christina. Les yeux de Winnie ressemblaient tant à ceux de son père que Christina jeta un coup d'œil à Waylon par réflexe. Il souriait.

Le cœur de Christina se serra. Il n'était pas censé aimer les enfants — et surtout pas Winnie. Mais, s'il tombait sous le charme de la fillette, il la lui prendrait quand il découvrirait qu'il était son père.

Christina passa les bras autour de Winnie pour se rassurer même si Waylon ne se doutait pas qu'il pouvait la lui prendre.

— Et si on allait te débarbouiller, dit-elle. Ta…

Elle s'arrêta net avant de laisser échapper le mot « mamie ». Elle ne voulait pas que Waylon recommence à s'interroger sur ce surnom. Moins il en savait, mieux cela valait.

— Quoi ? demanda Winnie.

— Rien. Allons te débarbouiller ! Il ne faudrait pas que tu ressembles à une souillon quand on passera à table.

Winnie lui échappa et se tourna vers Waylon.

— On se déguise ! dit-elle. D'accord, Way-lon ?

Le sourire de Waylon disparut. Il aimait bien Winnie, certes, mais il ne voulait sans doute pas plus s'occuper d'une enfant que lorsqu'il avait atterri au ranch.

— Ah, certainement…, répondit Waylon en singeant l'enfant et en transformant ce mot en une suite de syllabes. Tu en as toujours envie ?

Il lança un regard interrogateur à Christina.

Elle se contenta de hausser les épaules. C'était peut-être une bonne idée. Parfois, il suffisait à un homme de passer une heure avec un enfant débordant d'énergie pour avoir envie de s'enfuir — surtout un homme comme lui, qui ne devait pas savoir distinguer un gobelet d'un biberon.

Winnie lui prit la main et l'entraîna vers sa chambre, à l'autre bout de la maison. Elle l'occupait seule depuis la disparition d'Alli.

— Viens, Way-lon ! On va bien s'amuser !

Winnie était si enthousiaste que Christina fut brièvement tentée de délivrer Waylon en prenant sa place.

Cela ne la dérangeait pas, elle, de vivre au pays des costumes et des rêves d'enfant. Elle aimait la vie de la campagne, où l'on se rassemblait pour coudre et pour dîner le dimanche. Cette existence avait une sorte de perfection harmonieuse qu'elle trouvait très réconfortante.

Waylon avait grandi dans ce monde, mais il était évident qu'il n'y était pas attaché. Il était sans doute plus à l'aise sur un champ de bataille qu'au milieu des chiffons roses et des paillettes.

Eloise entra dans la cuisine avec un sac de maïs alors que Waylon et Winnie en sortaient.

— Il compte vraiment jouer avec elle ? demanda-t-elle à Christina, les yeux écarquillés par la surprise.

— Tu connais Winnie. Elle a une manière bien à elle de faire battre les cœurs, même les plus endurcis.

Eloise esquissa un sourire.

— Je ne suis pas sûre que Winnie soit la seule à posséder ce don, répondit-elle.

Cette remarque mit Christina mal à l'aise même si elle ne la comprit pas bien. Elle n'avait aucun effet sur Waylon. Quant au trouble inattendu et perturbant que Waylon déclenchait chez elle... Eloise n'avait sûrement rien remarqué.

Christina s'enfuit de la cuisine et s'arrêta à la porte de la chambre de Winnie. Celle-ci était en train de parler de ses animaux en peluche à Waylon. Elle lui expliquait que le chat tigré orange et blanc qu'elle avait baptisé Joufflu était son préféré. Hier, le chat s'appelait Hank.

Leur échange fit sourire Christina. Winnie n'était plus la même depuis la disparition de sa mère. Il était bon de la voir retrouver un peu de joie de vivre.

Elle poussa doucement la porte pour jeter un coup d'œil à l'intérieur sans les déranger. Winnie avait mis sa robe de Belle au bois dormant et Waylon avait un diadème violet en équilibre précaire sur la tête.

Elle pouffa de rire et repartit vers la cuisine.

Eloise tirait le rôti du four et Colter remuait la salade. Christina entendit les rires de Wyatt et de sa fiancée, Gwen, qui mettaient la table dans la salle à manger. Cette scène lui procura un profond bien-être.

Elle était si heureuse d'appartenir à cette famille... Elle ne savait pas comment elle s'en serait sortie si elle avait été seule à gérer la disparition d'Alli. Rien que s'occuper de Winnie était un travail à temps plein. Heureusement qu'elle n'était pas isolée face à l'adversité.

Elle regretta que cet instant de quiétude ne puisse pas durer éternellement. Mais tout, dans la vie, était soumis aux caprices du temps, les bonnes choses comme les mauvaises. Même les choses intangibles comme l'amour... Cela avait toujours été le cas pour elle, du moins.

Seul son amour pour Winnie était indestructible. Aimer un enfant était une expérience extraordinaire. Les enfants pouvaient nous rendre fous, mais on leur pardonnait tout à la fin de la journée quand ils murmuraient : « Je t'aime. » Christina enroula les bras autour de son torse. Ce bonheur lui serait-il retiré ?

— Penses-tu que Waylon survivra à cette épreuve ? lui demanda Wyatt, brisant le fil de ses pensées.

— Je...

L'apparition de Waylon dans la cuisine l'empêcha de répondre. Malheureusement, il ne portait plus son diadème.

— Avez-vous du papier d'aluminium ? demanda-t-il avec un sourire espiègle.

Eloise sortit une boîte d'un tiroir et la lui tendit.

— Tu ne vas pas la déguiser en papillote, j'espère ? pouffa-t-elle.

Waylon leva la boîte comme s'il tenait une baguette magique.

— Ne craignez rien ! J'ai la situation bien en main.

— Essayes-tu de te convaincre que tu n'obéis pas aux ordres d'une enfant de deux ans et demi ? ironisa Wyatt en haussant un sourcil.

Waylon éclata de rire, ce qui le transfigura. Des rides à peine visibles apparurent au coin de ses yeux. En les observant, Christina eut l'impression de découvrir un secret qui n'était là que pour elle. Elle essaya de se ressaisir, mais son désir ne fit que s'intensifier.

— Et alors ? riposta-t-il. Je me suis laissé contrôler par des femmes plus cruelles. Celle-ci est charmante, elle m'aime bien et elle apprécie ma compagnie. Je ne peux pas en dire autant de toutes.

Il jeta un regard inquiet à Christina et pinça les lèvres comme s'il regrettait d'avoir fait cette plaisanterie.

— Je veux dire..., balbutia-t-il. Je ne parlais pas spécialement d'Alli...

Elle décida de l'épargner.

— Je ne vous reproche rien, répondit-elle. Je suis mal placée pour porter des jugements sur les relations des autres.

Eloise et Gwen échangèrent un regard entendu. Si elles croyaient qu'il se passait quelque chose entre Waylon et elle, elles se trompaient lourdement. Elle n'était rien pour lui et ce qu'elle commençait à ressentir n'était sans doute que sa manière de s'adapter au lien naissant entre Waylon et Winnie. Eloise et Gwen pouvaient penser ce qu'elles voulaient, Waylon et elle ne partageraient jamais que leur amour pour la fillette.

Celui-ci l'effleura quand il passa près d'elle pour quitter la cuisine. Une chaleur malvenue se répandit de l'endroit qu'il avait touché dans tout son corps. Elle s'empressa de frotter son bras comme si cela pouvait faire disparaître la sensation.

Quand Waylon eut refermé la porte de la chambre de Winnie, Wyatt regarda Eloise, puis Christina.

— Le lui avez-vous dit ? demanda-t-il.

Christina baissa les yeux. Elle craignait que Wyatt n'y lise les pensées qui se bousculaient dans son esprit.

— Vous ne pensez pas qu'il a le droit de savoir ? insista Wyatt.

— Bien sûr qu'il a le droit de savoir, répondit Eloise. Mais ça fait bientôt trois ans. On n'est plus à quelques jours près.

— Il sera furieux quand il le découvrira, dit Wyatt. Il ne comprendra pas pourquoi vous le lui avez caché. Je ne le comprendrais pas, moi-même.

Gwen s'approcha de lui et enroula les bras autour de sa taille.

— Ce n'est pas à nous de décider, murmura-t-elle.

— Il nous en voudra quand même quand il découvrira la vérité, répondit Wyatt en caressant doucement la main de sa fiancée.

Le cœur de Christina se serra. Gwen avait de la chance d'avoir conquis l'un des frères Fitzgerald. Ils avaient des problèmes, comme tout le monde, mais c'étaient des gens bien, même Waylon. Non : surtout Waylon. Elle n'osa pas imaginer ce qu'elle ressentirait s'il lui caressait la main. Ses jambes avaient failli la trahir alors qu'il n'avait fait que l'effleurer en passant.

Elle se força à détourner les yeux du couple et à se rappeler qu'elle ne voulait pas de relation. Bien sûr, cela commençait par des fleurs et des mots tendres, mais rien d'aussi bon ne pouvait durer.

— Quand nous le lui dirons, il ne sera plus possible de revenir en arrière, déclara Eloise, brisant le fil de ses pensées. Il devra faire des choix importants. Je suis sûre qu'il voudra faire de son mieux... mais nous ne pouvons pas deviner ce qu'il décidera.

Wyatt secoua la tête.

— On ne peut pas le laisser dans l'ignorance, déclara-t-il.

— Je sais, répondit Eloise. Mais la disparition d'Alli complique beaucoup la situation. Waylon a assez de problèmes à résoudre, tu ne crois pas ?

— Il est solide, lui rappela Wyatt. Il peut supporter la vérité et faire ses propres choix.

— Personne ne dit le contraire, Wyatt, intervint Christina pour aider Eloise. Nous voulons juste être sûres qu'il est prêt à encaisser le coup.

— Allons ! s'écria Wyatt. Personne n'est jamais prêt à devenir un père ou une mère. Même quand on se croit prêt, on ne comprend ce pour quoi on a signé que lorsqu'on est dedans.

Eloise haussa un sourcil.

— Avez-vous quelque chose à nous annoncer ? demanda-t-elle en dessinant un cercle sur son ventre du bout du doigt.

Gwen écarquilla les yeux.

— Non... Pas encore..., balbutia-t-elle.

Wyatt pouffa.

— Allons, maman, ne la torture pas ! intervint-il.

Eloise éclata de rire.

— Vous ne pouvez pas m'en vouloir d'espérer d'autres petits-enfants, se défendit-elle. Mlle Winnie a besoin de complices.

Les joues de Gwen s'empourprèrent et Wyatt fronça les sourcils. Christina les plaignit pour la pression que la mère de famille leur faisait subir. Au moins, elle échappait à cela. On lui parlait en permanence de son célibat — comme à toutes les femmes qui n'étaient pas encore mariées à vingt-trois ans — mais c'était une promenade de santé en comparaison des interrogatoires sur les enfants.

Heureusement, la porte de la chambre de Winnie s'ouvrit avant la question embarrassante suivante.

Ils se turent tous.

Waylon entra dans la cuisine les sourcils froncés.

— Que se passe-t-il ? demanda-t-il. Pourquoi êtes-vous si calmes ?

— Comment ça, gamin ? répondit Eloise avec le sourire. On n'est pas calmes : on attendait juste que vous ayez fini de jouer pour passer à table.

Elle indiqua le rôti du menton. Elle avait pris la situation en main avec maestria.

Christina esquissa un sourire. Eloise avait des choses à lui apprendre.

— Soit, grommela Waylon.

Il avait l'air de ne pas en croire un mot, mais il n'insista pas.

Il se tourna vers le couloir et déclara :

— Mesdames et messieurs, je suis fier de vous présenter la princesse Léonia du Pays des Lions et son chat, M. Joufflu.

Il ponctua son annonce d'une révérence exagérée.

Il se mit à fredonner la chanson de Miss America. Christina, qui n'en croyait pas ses oreilles, ne put s'empêcher d'éclater de rire.

Winnie entra dans la pièce. Sa démarche ressemblait plus à celle d'une cow-girl qu'à celle de la princesse qu'elle était censée être. Elle portait toujours sa robe de Belle au bois dormant. Son poignet bandé était enveloppé de papier d'aluminium pour lui donner l'apparence d'une épée. Elle avait aussi une couronne en aluminium, ornée de deux grandes pointes qui ressemblaient étrangement à des cornes de diable.

Winnie avait du rouge à lèvres rose — plus d'un côté que de l'autre et un peu sur les dents. Elle avait un sourire éblouissant et ses yeux pétillaient de joie.

Comme Christina aurait aimé redevenir une petite fille, même pour quelques minutes ! Elle regrettait de ne plus savoir trouver cette joie pure qui existe dans certaines choses que la plupart des adultes estiment ridicules.

Elle aurait aimé remonter à l'époque où il lui suffisait de se déguiser pour oublier ses ennuis. Il n'y avait pas à se soucier de l'avenir, des factures et de ce qu'il fallait faire pour rendre les autres heureux. Une robe rose et une couronne bancale contenaient à elles seules le monde entier.

Wyatt se pencha vers elle pour lui chuchoter à l'oreille :

— Il n'est pas parfait, mais il ne ferait peut-être pas un si mauvais père.

C'était bien ce qu'elle pensait à cet instant. Certaines choses, comme le regard fier de Waylon, prouvaient qu'il tenait déjà beaucoup à Winnie. Et rien n'était plus important que l'amour.

6

Waylon, qui avait le sommeil léger d'habitude, avait dormi profondément et fait des rêves étranges.

C'était comme si le ranch de Dunrovin commençait à l'enfermer dans son monde de sucres d'orge et de princesses. Il avait déjà réussi à s'en échapper, mais c'était à la fin de sa relation avec Alli. Maintenant qu'il était de retour, il lui semblait que son mariage désastreux était la seule raison qui l'avait poussé à le quitter.

Quand il se traîna en bâillant dans la cuisine, il fut surpris d'y trouver Christina devant la cafetière. L'odeur du café frais se mêlait au parfum de la femme envoûtante qui lui tournait le dos. Il inspira profondément. Elle sentait le shampooing, la paille et une odeur boisée qu'il ne parvint pas à identifier.

Les hanches de Christina se balançaient doucement comme si elle dansait sur une musique qu'elle seule pouvait entendre. En tendant l'oreille, Waylon devina la mélodie qu'elle fredonnait. Une mèche s'échappa de son chignon noué à la hâte. Christina était d'une beauté éblouissante. S'il n'avait pas été là pour retrouver sa sœur, il aurait essayé de la séduire.

Il se contenta de rester figé à l'admirer.

La veille, quand il avait dansé avec Winnie, il avait vu Christina sourire. Ce sourire lui avait presque permis de croire qu'il lui plaisait, mais il n'était pas sûr de savoir déchiffrer cette femme. Elle était compliquée. Elle pouvait être folle de rage un instant et le regarder l'instant suivant comme s'ils étaient sur le point d'échanger plus que des numéros de téléphone.

Il rit.

Christina sursauta et se retourna.

— Depuis quand êtes-vous là ? demanda-t-elle en tirant sur sa chemise de nuit.

Elle la boutonna rapidement jusqu'en haut comme si elle ne supportait pas l'idée qu'il voie un bout de peau nue.

Le seul fait d'avoir pensé le mot *nue* le fit sourire et frissonner. Oui, il n'aurait pas demandé mieux que de la voir nue sur son lit...

— Depuis quand êtes-vous là, Waylon ? répéta-t-elle en le regardant comme s'il avait perdu la tête.

— Pardon ? Ça ne fait pas très longtemps.

Il se força à consulter l'horloge du four le temps de reprendre le contrôle de son corps. Il n'y pouvait rien s'il était du matin... Il changea de position pour cacher son embarras et ajouta :

— Je comptais juste boire une tasse de café avant d'aller voir l'endroit où la voiture d'Alli a été retrouvée.

— Je me doutais que vous aviez quelque chose en tête, répondit-elle. Je suis contente de vous avoir surpris. Je veux vous accompagner.

— N'êtes-vous pas déjà allée là-bas ?

Elle ouvrit un placard et en tira deux tasses.

— Si, mais depuis que je vous ai vu inspecter la voiture, hier... J'ai envie de croire que vous trouverez un indice qui a échappé aux autres, comme ce mot dans l'appui-tête, par exemple.

C'était un coup de chance, mais il n'était pas sûr de vouloir l'admettre. Il aimait qu'elle lui prête une sorte de pouvoir d'investigation surnaturel. Il ne demandait qu'à être le héros de Christina.

— N'espérez pas trop, répondit-il. Il n'y a sans doute plus rien à trouver. Les hommes de Wyatt ont fait du bon boulot, d'après le rapport qu'il m'a montré. Et ça fait presque une semaine... Nous aurons de la chance si nous retrouvons l'endroit exact.

— J'y suis allée, je vous montrerai, dit Christina avant de remplir les deux tasses d'une main tremblante.

— Ça va ? s'inquiéta-t-il.

Les mâchoires de Christina se crispèrent. Elle posa la cafetière et serra les poings comme si elle en voulait à ses doigts d'avoir trahi sa faiblesse.

— Oui, ça va, répondit-elle en rougissant un peu.

Il n'insista pas. Il craignait trop de retrouver la première Christina qu'il avait rencontrée, celle qui le tolérait à peine.

— Tenez ! dit-elle en lui tendant l'une des tasses. Vous le prenez noir, n'est-ce pas ? Tous les policiers que je connais prennent leur café noir. Je croyais que c'était pour prouver leur virilité, mais Wyatt m'a expliqué que vous étiez juste trop paresseux pour accorder plus d'efforts à quelque chose qui était déjà bon au naturel.

Elle parlait pour camoufler son malaise et elle rougissait de plus en plus. Elle finit par tenir sa tasse à deux mains pour les empêcher de trembler.

— Oui, je le prends noir, mais j'ai un ami qui ne boit que de la crème avec un nuage de café, plaisanta-t-il pour essayer de détendre l'atmosphère.

Il but une gorgée, qu'il trouva délicieuse. Cette femme savait faire le café. Pour quoi d'autre était-elle donc douée ?

— Êtes-vous sûre de ne pas vouloir venir pour le seul plaisir de ma compagnie ? demanda-t-il.

Elle lui décocha un sourire ironique adorable.

— Il s'agit de ma sœur, répondit-elle, pas de vous et moi.

— Vous et moi ? pouffa-t-il. Vous ne pourriez pas simplement dire « nous » ?

Elle but une longue gorgée de café — si longue qu'il se demanda comment elle réussissait à ne pas se brûler la langue.

— Mais ce n'est qu'une question de mots, ajouta-t-il. Je ne sous-entends pas qu'il y a un « nous ». C'est juste que...

Elle avait le sourire aux lèvres quand elle baissa sa tasse.

— Vous pouvez vous arrêter, dit-elle. Nous savons l'un et l'autre où nous en sommes. Nous n'avons pas besoin d'en discuter.

Elle alla remplir sa tasse.

— Quand regagnerez-vous votre base, au fait ? demanda-t-elle.

— J'ai une semaine de congé, répondit-il. Et je ne l'ai obtenue que parce que mon commandant me devait une faveur. L'armée n'aime pas offrir des vacances à ceux qui n'ont plus que quelques mois avant de se réengager.

Elle fronça les sourcils.

— C'est ce que vous comptez faire ? Rempiler pour quatre ans ?

Il haussa les épaules.

— J'adore mon travail et mes camarades. Ils sont comme ma famille.

— Comme votre famille, répéta-t-elle d'un air songeur. Votre travail est-il dangereux ?

Elle plongea son regard dans le sien. Il s'empressa de baisser les yeux de crainte qu'elle n'ait le pouvoir de fouiller dans sa mémoire.

Oui, son travail était dangereux. La dernière fois qu'il avait frôlé la mort, c'était quand il avait fait un rempart de son corps à son commandant à Falloujah. Heureusement, sa veste en kevlar avait arrêté la balle du sniper, mais un éclat s'était logé dans son coude. Celui-ci le faisait encore souffrir de temps à autre. Cela lui rappelait qu'il avait failli donner sa vie pour la patrie.

À en juger par l'expression de Christina, c'était la dernière chose qu'elle avait besoin d'entendre.

— Allons-y ! dit-il. Et plus de questions !

Son froncement de sourcils s'accentua.

— Si vous ne voulez pas de moi…

— Vous resteriez ici ? demanda-t-il, le sourire aux lèvres. Nous savons tous les deux que vous n'êtes pas du genre à vous tourner les pouces. Quoi que vous pensiez de moi, vous ne raterez pas cette chance de découvrir quelque chose.

— Alors je vais m'habiller ! répondit-elle en posant son café. Ne bougez pas !

Elle lui jeta un regard menaçant. Il leva les mains pour se défendre.

— Juré craché !

Elle se précipita dans sa chambre. Quelques minutes plus tard, elle réapparut déguisée en cow-girl — bottes en peau d'autruche, jean moulant et chemise à carreaux mauve — avec son manteau sur le bras.

— Vous êtes prêt ? lui lança-t-elle.

— Toujours.

Il ouvrit la porte et la laissa sortir la première.

Comme à chaque fois qu'elle passait près de lui, il inspira profondément. Elle sentait si bon…

Ils roulèrent en silence en direction de la frontière entre le Montana et l'Alberta. Waylon n'avait pas pris cette route bordée de lacs et de rivières depuis longtemps et il contempla le paysage avec joie. C'était bien le « dernier meilleur endroit », comme disait le slogan de l'État.

Le Montana rappelait une époque passée où la nature sauvage était peuplée d'hommes qui avaient le courage de l'affronter.

Ce fut Christina qui brisa le silence.

— Je suis désolée pour hier, dit-elle. C'était juste que Winnie... Sachez que je ne vous déteste pas. Je suis irritable, par moments.

Elle semblait sincère, mais il avait toujours l'impression qu'elle lui cachait quelque chose.

— Je ne vous en voudrais pas si vous me détestiez, répondit-il. Les divorces provoquent des tensions dans la famille et avec les amis. Vous soutenez votre sœur et j'admire votre loyauté, même si elle ne joue pas en ma faveur.

Elle le fixa un moment comme si sa réponse la surprenait, mais elle ne fit aucun commentaire.

— Ma famille n'aimait pas beaucoup votre sœur, il serait juste que vous me le rendiez, reprit-il. Mais la situation était compliquée. Je doute qu'Alli vous ait raconté tout ce qui s'est passé.

Il serra le volant plus fort.

— Je veux dire..., balbutia-t-il. J'ai des torts, évidemment. J'ai commis des erreurs, mais je ne suis pas le seul à avoir fait de mauvais choix.

Christina baissa les yeux.

— Je sais que je n'ai entendu qu'une version de l'histoire, admit-elle. Je m'en rends mieux compte depuis votre arrivée. Je vois votre lien avec vos parents et vos frères. Je vois aussi que vous faites des efforts avec Winnie. Il n'y a pas longtemps, on m'a dit quelque chose qui m'a aidée à prendre du recul. Si c'est vrai pour moi, ça l'est sans doute aussi pour vous.

— Quoi donc ?

Elle lui décocha un petit sourire qui fit manquer un battement à son cœur.

— On m'a dit que, si nous étions des livres, il y aurait en chacun de nous un chapitre que l'on ne voudrait pas lire à voix haute.

Il s'étonna.

— Juste un ?

Le sourire de Christina s'élargit.

— C'est ce qu'on m'a dit, répondit-elle en haussant les épaules.

Il songea un instant à poser la main sur la sienne, mais il se retint. Ils progressaient enfin. Il ne voulait pas tout gâcher en la poussant dans une direction dans laquelle elle ne voulait pas aller. Pour le moment, il valait mieux qu'il se contente de la regarder sourire et qu'il ignore les caprices insistants de son corps.

— C'est là ! s'écria Christina en lui montrant une portion un peu plus large du bas-côté.

Il y avait de hautes herbes sur les bords de la route. Un peu plus bas, un étang les séparait d'une prairie qui s'étendait jusqu'au pied des montagnes. Leurs sommets étaient déjà couverts de neige. Il y aurait probablement une tempête d'ici peu.

Alors qu'il se garait, un énorme semi-remorque passa sur la route. Il produisit un vacarme assourdissant et fit trembler les vitres de leur voiture.

— D'où vient-il, à votre avis ? demanda-t-il à Christina.

— Je ne sais pas, mais il y a beaucoup de camions sur cette route quand il ne neige pas. La traversée de l'État est un peu plus longue de ce côté, mais ils peuvent rouler plus vite. Les gens qui vivent dans le coin détestent ça. Il y a deux ans, un camion-citerne qui transportait du pétrole s'est renversé. Il a pollué la nappe phréatique. L'Agence de protection de l'environnement a dû faire des tas d'analyses. Elle a fini par déclarer que l'eau était redevenue potable, mais les gens du coin disent qu'elle a toujours une drôle d'odeur.

Waylon ne demanda pas comment la compagnie pétrolière avait réussi à échapper à ses responsabilités. Il savait comment les agents fédéraux travaillaient. Ils étaient souvent prêts à accepter quelques dommages collatéraux s'il y avait plusieurs millions de dollars en jeu.

— Il y a quand même quelques gens du coin qui aiment les camionneurs, poursuivit Christina.

— Qui ?

— Il y a une petite ville à une vingtaine de kilomètres d'ici qui n'existe presque que grâce à eux, dit-elle en tendant le bras. C'est le dernier endroit où l'on peut acheter de l'essence et des provisions avant la frontière de l'État.

Il repensa à la facture que Wyatt avait trouvée dans la voiture d'Alli. Il croyait qu'elle n'avait aucun intérêt, mais elle venait peut-être de la petite ville dont parlait Christina. Était-ce un indice qui avait échappé à son frère ? Mais quelle importance si Alli s'était arrêtée là avant de passer la frontière ? C'était logique. Wyatt lui avait dit qu'il avait remonté cette piste. S'il y avait eu quelque chose à découvrir, son frère l'aurait fait. C'était un bon policier — et un excellent frère.

Son envie de trouver quelque chose qui aurait pu les mettre sur la piste d'Alli n'y changeait rien : il n'y avait que des graviers sur ce bord de route.

Il prit quelques instants pour inspirer l'arôme des montagnes en hiver. L'air frais et pur, si différent de l'air poussiéreux de l'Irak, lui picota le nez.

Christina s'approcha.

— Ça va ? s'inquiéta-t-elle. Vous ne dites plus rien.

— Je réfléchissais, répondit-il en se tournant vers elle.

Il baissa les yeux vers ses mains. Ses doigts lui semblaient faits pour être glissés entre les siens.

— À quoi ? insista-t-elle.

Il ne pouvait pas lui dire qu'il pensait à son envie de la toucher. La présence de Christina lui faisait prendre la mesure de sa solitude depuis qu'il avait quitté le Montana et Alli. N'avait-il envie de la toucher que parce qu'il se sentait seul ? Non, sans doute pas. Il aurait pu sortir avec d'autres femmes, mais aucune ne lui avait rien inspiré. L'effet que Christina avait sur lui l'incita à se demander s'il avait commis une erreur en quittant Mystery. Sauf qu'ils n'auraient pas pu sortir ensemble s'il était resté.

Oh ! Alli ! Elle ne supporterait jamais qu'il se passe quelque chose entre sa sœur et lui.

Il devait renoncer à Christina. Leur relation n'était pas seulement improbable : elle était presque taboue.

Malheureusement, la seule idée qu'il devait garder ses distances vis-à-vis de Christina lui donna envie de se rapprocher d'elle.

S'il voulait avoir une chance avec elle, il devait agir avant qu'Alli ne revienne dans leurs vies.

Il prit la main de Christina. Alli lui avait fait assez de mal comme cela. Il ne la laisserait pas l'empêcher de suivre un élan de son cœur. Christina tressaillit, mais elle glissa ses doigts entre les siens au lieu d'écarter sa main.

Le cœur de Waylon manqua un battement. Son désir était-il partagé ?

Un autre semi-remorque approcha, sauf que celui-ci ralentit et s'arrêta derrière leur camionnette. Waylon jeta un regard mauvais au chauffeur. Cet imbécile gâchait tout alors qu'il osait enfin faire le premier pas avec Christina !

Celle-ci s'écarta aussitôt de lui, comme si elle regrettait de s'être laissé toucher.

— Salut ! lança le chauffeur en descendant de sa cabine. Vous avez besoin d'aide ?

L'homme passa la main dans ses cheveux longs et emmêlés. Il avait un accent canadien, mais les plaques de son camion étaient du Montana.

Waylon avait presque oublié les coutumes du Montana. Si vous tombiez en panne au bord de la route, il y avait toujours quelqu'un qui s'arrêtait pour vous aider. Cet usage datait de l'époque des pionniers. À vrai dire, les choses n'avaient pas beaucoup changé depuis lors : au cœur de l'hiver, il pouvait s'écouler des heures — voire des jours — avant que l'on tombe sur quelqu'un d'autre. Dans un univers aussi hostile, un acte de bonté pouvait faire la différence entre la vie et la mort.

— Non, tout va bien, répondit Waylon en se forçant à sourire.

L'homme se tourna vers Christina.

— Ça va, mademoiselle ?

Supposait-il qu'elle était là contre son gré ? Cette idée dut surprendre Christina, qui écarquilla les yeux.

— Oui, ça va, répondit-elle. Merci de vous en inquiéter.

Ce n'est qu'à cet instant que Waylon remarqua que l'homme cachait une batte de base-ball derrière ses jambes.

Croyait-il vraiment qu'il avait amené Christina au milieu de nulle part pour la violer ? Le monde dans lequel il vivait incitait-il cet homme à tirer ce genre de conclusions ?

L'idée qu'il y avait encore des hommes sur terre capables de venir en aide à une femme qu'ils ne connaissaient pas était réconfortante. Cela rendit à Waylon un peu d'espoir dans le genre humain.

— Vous êtes militaire ? demanda le chauffeur.

— Quoi ?

Waylon baissa les yeux, s'attendant presque à voir un treillis, mais non. Il portait un jean et une chemise rouge.

— Oui, répondit-il.

— Ça se voit, dit le chauffeur. Je n'arrive pas à croire qu'ils vous aient laissés sortir du bac à sable irakien.

Waylon pouffa.

— Laissez-moi deviner : vous êtes un marine ?

— Certains d'entre nous sont de vrais hommes, répondit le chauffeur en riant.

Christina lui jeta un regard bizarre. Elle semblait ne pas savoir quelle attitude adopter pendant qu'ils se taquinaient.

— Je suis désolé, lui dit Waylon avant de se tourner vers le chauffeur. Je vous présente ma...

Quel titre lui donner ? Son ex-belle-sœur ? Son amie ? Sa petite amie ?

— Je vous présente mon *amie* Christina, reprit-il. Comment vous appelez-vous ?

— Daryl, répondit l'homme en serrant la main de Christina. Daryl Bucket.

— Je suis ravie de vous rencontrer, Daryl, répondit Christina. Et merci de vous être arrêté. C'était très noble de votre part. Un point pour les marines !

Elle jeta un regard espiègle à Waylon.

— Vous ne pouvez pas lui donner un point alors que j'ai traversé tout le pays pour vous aider ! plaisanta-t-il.

Cela lui valut un sourire.

— Merci, Daryl, dit-il à son tour. Je n'étais pas rentré à la maison depuis longtemps. J'avais oublié la générosité des gens du coin.

— Y a pas de quoi, répondit Daryl. Il y a une semaine, je suis tombé sur une fille qui avait des ennuis. On dirait que cet endroit attire la malchance.

L'instinct de policier de Waylon se réveilla aussitôt.

— Vous êtes tombé sur une fille ici la semaine dernière ? À quoi ressemblait-elle ? demanda-t-il.

Daryl haussa les épaules.

— Elle était de taille moyenne, mince, brune, assez charmante…

— Vous a-t-elle dit comment elle s'appelait ?

Daryl fronça les sourcils.

— Non. Je le lui ai demandé, pourtant.

Alli correspondait vaguement à la description. Était-ce elle que ce chauffeur avait rencontrée au bord de la route ?

— Elle était garée juste là, poursuivit Daryl.

— Vous souvenez-vous du modèle de sa voiture ?

Daryl acquiesça.

— Oui. C'était une Hyundai noire assez récente. Mon ex-femme a acheté la même juste avant qu'on ne divorce.

Waylon essayait de rester calme, mais les idées se bousculaient dans sa tête.

— Cette femme vous a-t-elle dit pourquoi elle s'était arrêtée ?

Daryl se gratta la tête.

— Elle avait un pneu crevé. Je lui ai proposé de le changer, mais elle a dit qu'elle n'avait pas de roue de secours. Au lieu de ça, elle m'a demandé si je pouvais l'emmener.

— Au Canada ? demanda Christina.

Daryl secoua la tête.

— Non, elle voulait aller dans une petite ville pas loin d'ici.

— Laquelle ? Vous vous en souvenez ?

— Bien sûr que je m'en souviens : j'y vis. Je m'y suis installé après mon divorce. Heureusement pour elle, j'étais sur le chemin du retour.

— Et où habitez-vous ? insista Waylon.

— À Mystery. Vous connaissez ?

Christina hocha discrètement la tête quand leurs regards se rencontrèrent. Ils pensaient la même chose : ils tenaient une piste. Ils se rapprochaient d'Alli — et du moment où ils retrouveraient une existence dans laquelle ils ne pouvaient qu'être séparés.

Il contempla les yeux bleus de Christina comme si c'était la dernière fois qu'il la voyait. Il allait devoir se résigner à ne jamais la tenir dans ses bras.

7

Enfin un semblant de bonne nouvelle ! Sa sœur était en vie. Elle l'était quand elle avait croisé le chemin de Daryl, du moins. Dieu seul savait ce qui lui était arrivé depuis et ce qui se passait dans sa tête. Malgré toutes les incertitudes qui demeuraient, Christina se détendit un peu pour la première fois depuis une semaine.

Mais de la colère se mêlait à son soulagement. Pourquoi sa sœur était-elle revenue le jour même où elle s'était enfuie ? Elle avait mis en scène sa propre disparition. Pour quelle raison ? Et pourquoi revenir à Mystery ? Les surveillait-elle depuis tout ce temps ?

Il ne manquait pas de gens, en ville, pour faire circuler la rumeur qu'Alli était un danger public. Christina avait fait la sourde oreille jusque-là. Alli avait tué Bianca et Monica parce qu'elles avaient une relation avec William. Elle n'avait aucune raison de s'en prendre au reste de la population de Mystery.

Se trompait-elle complètement sur sa sœur ? Alli était-elle plus dangereuse qu'elle ne le croyait ? Avait-elle complètement perdu la tête, comme certains le prétendaient ? Avait-elle une liste de gens à abattre ? Ils devaient la retrouver pour le savoir.

Même s'il s'agissait de sa sœur, l'idée qu'Alli guettait peut-être sa prochaine victime donna la chair de poule à Christina. Alli avait beaucoup de problèmes. La plupart concernaient ses relations avec les hommes — la plus récente étant sa liaison avec William Poe. Était-elle rentrée à Mystery pour surveiller William ? Avait-elle des projets sinistres le concernant ?

Alli avait toujours été rancunière.

Même si Christina détestait William, elle n'était pas sûre de pouvoir résister à la tentation de l'avertir. Il avait le droit de savoir qu'il était peut-être en danger. Elle essaya de se convaincre que c'était peu probable, mais Alli s'était comportée si bizarrement dans les semaines qui avaient précédé sa disparition… Christina n'avait aucun moyen de deviner ce que pensait sa sœur.

Elle soupira et reporta son attention sur la route qui les ramenait au ranch.

— Tout va s'arranger, dit Waylon en posant la main sur la banquette, la paume vers le haut.

Christina fixa ses doigts. Leur discussion avec Daryl lui avait presque fait oublier le moment que Waylon et elle avaient partagé juste avant. Dès qu'elle se souvint de la sensation de sa main dans la sienne, une douce chaleur se répandit dans son ventre.

Elle avait même senti le cœur de Waylon battre aussi vite que le sien, comme s'il avait été aussi troublé qu'elle. Ce qui était absurde. C'était un très bel homme. Elle ne se trouvait pas laide, mais elle ne voyait pas comment elle aurait pu le rendre nerveux.

— Je l'espère, répondit-elle en approchant timidement la main de la sienne. J'espère qu'on retrouvera Alli.

La première fois qu'ils s'étaient tenu la main, cela lui avait paru parfaitement naturel. Maintenant qu'elle se donnait la peine de réfléchir à tout ce qui les empêchait de sortir ensemble, elle commençait à se dire que les suggestions de sa libido étaient peut-être contraires à son intérêt.

Elle n'avait aucun mal à imaginer ce que les braves gens de Mystery penseraient de cette relation. Ce qu'on disait d'elle ne l'empêchait pas de dormir, en général, mais elle avait bien conscience que le simple fait de faire des courses deviendrait une épreuve.

Elle pouvait se contenter de profiter de lui pendant quelques jours… Personne ne saurait ce qui se serait passé entre eux. Le tout était qu'elle empêche son cœur de lui embrouiller les idées. Pourquoi se soucier de l'avenir ? Elle n'avait jamais eu de liaison éphémère, mais cela ne lui semblait plus un grand tabou, à son âge. Faire l'amour pour le seul plaisir de faire l'amour lui donnerait peut-être même un peu d'assurance.

Son cœur lui avait toujours compliqué la vie. Elle pouvait essayer de l'ignorer, cette fois.

Elle cessa brusquement d'hésiter et posa la main dans celle de Waylon.

C'était déjà bon de se sentir un peu plus en vie que d'habitude. Waylon pressa ses doigts, ce qui suffit à la faire frissonner de plaisir.

— Je..., balbutia-t-elle sans savoir quoi dire.

Devait-elle l'avertir qu'elle ne voulait qu'une liaison fugace ?

— Ça va s'arranger pour Alli, dit-il. Maintenant que nous savons qu'elle est en vie, je suis sûr que nous la retrouverons vite.

Il ne pensait pas du tout à la même chose qu'elle. Elle songea un instant à orienter la conversation vers ses propres préoccupations, mais elle y renonça. Il valait mieux laisser certaines choses dans l'ombre. C'était sans doute ce que pensait Waylon. Il devait comprendre que ce qui allait peut-être se passer entre eux avait une durée de vie limitée.

— Une minute, murmura-t-elle quand elle comprit le sens de ce qu'il venait de dire. Tu la croyais morte ?

Les doigts de Waylon se crispèrent un instant.

— Eh bien... ça fait une semaine que personne ne l'a vue alors que tous les policiers de la région la cherchent. Il est étrange qu'ils n'aient pas trouvé le plus petit indice, à part le témoignage de gens qui croient aussi avoir vu Elvis au supermarché.

Alli ne pouvait pas être morte. Bien sûr, cette idée avait traversé l'esprit de Christina, mais elle ne lui avait accordé aucune attention. Ce n'était pas possible. Elle se rendait bien compte que certains verraient son attitude comme du déni, mais la mort d'Alli n'avait aucun sens. Qui aurait pu la tuer ? Les proches de Bianca étaient effondrés — surtout sa mère, Carla — mais ils ne semblaient pas du genre à pousser la vengeance jusqu'au crime.

Oui, Alli était forcément en vie.

— Elle a abandonné sa voiture pour brouiller les pistes, dit-elle. C'était malin.

— Oui, lui accorda Waylon. En faisant du stop, elle peut aller n'importe où aux Etats-Unis. Mais certains détails me tracassent. Si elle est rentrée à Mystery, pourquoi a-t-elle acheté assez d'essence pour rouler pendant des heures juste avant ? Je ne comprends pas non plus comment le mot et la balle qu'on a trouvés s'intègrent au puzzle.

Il avait raison. Cela ne tenait pas debout.

— Il est possible qu'elle ait écrit le mot avant de perdre la tête. Possible aussi que quelqu'un ait tiré dans son pneu alors que la voiture était déjà abandonnée. Comment le savoir ? répondit-elle pour essayer de neutraliser sa peur grandissante.

— Tu as raison. Je ne comprends pas ta sœur. Et je ne comprends pas pourquoi elle a fait semblant de prendre la fuite avant de revenir à Mystery.

— Elle ne pouvait peut-être pas s'éloigner de...

Elle s'interrompit net avant de prononcer le nom de Winnie.

— Je pense que nous devons rentrer à Mystery le plus vite possible, ajouta-t-elle.

Winnie était-elle en danger ?

— Pourquoi ? demanda-t-il. À quoi penses-tu ?

Il n'attendit pas sa réponse pour accélérer.

Elle secoua doucement la tête. Il fallait qu'elle le lui dise. Il ne poserait peut-être pas trop de questions... Et rien ne l'obligeait à lui répondre.

— Je pense à Winnie, dit-elle. Winnie est la fille d'Alli. Alli veut peut-être la récupérer.

— Quoi ? s'écria Waylon en freinant brusquement. C'est la fille d'Alli ? Mais elle ne pouvait pas tomber enceinte !

Il avait prononcé le mot *enceinte* comme si c'était une insulte.

— Elle le pouvait et c'est ce qui lui est arrivé. Si Alli est retournée à Mystery, c'est sans doute pour Winnie.

Waylon reprit de la vitesse et se tut un long moment, comme Christina l'avait craint.

— Quel âge a Winnie ? finit-il par demander.

Christina songea à mentir, mais il ne pouvait rien en sortir de bon.

— Deux ans et demi, répondit-elle.

Il pianota sur le volant comme s'il comptait sur ses doigts, puis il secoua la tête et poussa un soupir de soulagement. Christina relâcha le souffle qu'elle avait retenu sans s'en apercevoir.

— Elle a deux ans et demi, répéta-t-il. Alors qui est le père ?

Christina jura mentalement.

— Je… Elle… Tu connais Alli, répondit-elle.

Elle devait le lui dire, songea-t-elle. Tout de suite. Il lui avait posé la question sans détour.

— Elle sortait avec Poe, n'est-ce pas ? Peut-il être le père de la fillette ? demanda Waylon.

— Non. Winnie était déjà née quand Alli a commencé à coucher avec lui.

Elle détestait se retrouver dans cette position, mais il ne lui appartenait pas de révéler la vérité à Waylon. Eloise et elle avaient décidé d'annoncer la nouvelle en présence de toute la famille. Si elle craquait maintenant, Waylon en voudrait terriblement à sa mère, qui n'était pas là pour se défendre. Christina devait protéger Eloise en gardant le secret encore un peu. Eloise était comme une mère pour elle. C'était grâce à elle si elle avait une vie décente, un foyer… Elle lui devait tout — ce qui incluait sa loyauté.

Mais elle s'en voulait quand même de mentir.

Il n'y avait pas de bonne solution. Il n'y avait que l'instant présent et ce qu'ils devaient faire de toute urgence.

— Si Alli met la main sur Winnie, nous ne la reverrons jamais, insista-t-elle. Nous devons la protéger.

— Si Alli veut enlever Winnie, pourquoi ne l'a-t-elle pas encore fait ? demanda Waylon

C'était une bonne question.

— Nous ne la laissons jamais seule.

— Même la nuit ? demanda Waylon en haussant un sourcil.

Christina baissa les yeux.

— Winnie dort avec moi depuis que sa mère a disparu, expliqua-t-elle. Elle a l'impression d'avoir été abandonnée. Elle ne supporte plus de rester seule.

— Oh. Je vois, dit-il comme s'il venait juste de prendre conscience que Winnie avait des besoins d'enfant. Crois-tu vraiment que la petite soit en danger ? Si c'est le cas, il vaut peut-être mieux que je m'occupe d'elle.

— Toi ?

Elle n'avait pas eu l'intention de mettre cette nuance de stupeur dans son exclamation, mais elle ne pouvait plus revenir en arrière.

À en juger par l'expression de Waylon, le coup avait porté.

— Je veux dire que tu as déjà beaucoup à faire, ajouta-t-elle. Est-il bien raisonnable que tu te charges d'une enfant en plus ? Le mieux que tu puisses faire pour protéger Winnie, c'est retrouver Alli avant qu'elle ne fasse une nouvelle bêtise. Et puis Winnie est en sécurité au ranch.

Waylon lui jeta un bref coup d'œil.

— D'abord, c'est le premier endroit où Alli cherchera Winnie si elle veut l'enlever, répondit-il. Nous ne pouvons pas la laisser là-bas. Ensuite, Alli ne sait peut-être pas que je suis ici. Ça nous donne un petit avantage. Enfin, je ne sais pas pour qui tu me prends, mais je te jure que je ne suis pas un monstre avec les enfants. J'aime les enfants. Même si je n'en ai pas moi-même, je ne manque pas complètement d'expérience. N'oublie pas que j'ai été adopté. Mes parents ont hébergé d'autres orphelins. Je les ai aidés à s'en occuper dès que j'ai été en âge de le faire.

— Être seul responsable d'un enfant est très différent. Tu n'es pas prêt, répondit Christina d'une voix sèche — en regrettant son manque de contrôle une fois de plus.

Waylon inspira profondément.

— Tu as raison. Je sais que c'est différent. Et je comprends à l'intonation de ta voix que c'est ton expérience douloureuse qui te fait réagir comme ça. Je sais que tes parents vous ont fait beaucoup de mal, à Alli et à toi, mais tu peux me faire confiance.

— Nous disputer ne servira à rien, concéda-t-elle. Nous devons juste retrouver Winnie. Nous pourrons la confier à Gwen et Wyatt.

Elle avait confiance en beaucoup de choses — elle était sûre que le soleil se levait à l'est, que le vent soufflait et que le temps passait — mais elle ne s'était jamais fiée à un homme. Pas complètement. Elle ne commencerait pas maintenant, alors que la vie de sa nièce était peut-être en jeu.

8

Elle lui cachait quelque chose. Sa tendance à éviter son regard le prouvait. Mais il savait aussi qu'elle était sincèrement terrifiée pour Winnie. Il ne pouvait pas douter de son inquiétude, ni l'ignorer.

Christina lui livrerait son secret quand elle y serait prête. Il devait juste être patient.

Winnie... La fillette avait deux ans et demi. Alli et lui étaient divorcés depuis trois ans et demi. Il était impossible qu'il soit le père de Winnie. Aucun doute là-dessus.

Il essaya de se souvenir de la dernière fois où il avait couché avec Alli, mais tout ce qui lui revenait datait de l'époque où ils étaient encore mariés. C'était une période à laquelle il n'aimait pas penser. Alli avait tout fait pour lui briser le cœur.

Wyatt et Gwen étaient dans l'écurie avec Winnie quand ils rentrèrent à Dunrovin.

Le ranch n'avait pas changé du tout. L'écurie avait toujours sa vieille couche de peinture rouge et le corral était toujours entouré d'une barrière verte. Il y avait toujours une guirlande lumineuse vert et rouge sur la façade de l'écurie et un drapeau américain planté devant la maison. Un instant, il lui rappela ce à quoi il avait voué sa vie et pourquoi.

Il suivit Christina dans l'écurie en admirant le balancement de ses hanches. Ses longs cheveux blonds cascadaient dans son dos comme une crinière — ce qui allait à merveille avec sa capacité à rugir. Il n'y connaissait pas grand-chose en astrologie, mais il était prêt à parier qu'elle était Lion.

Elle le rendait fou, mais c'étaient les mêmes attributs — ses tendances à le repousser, à lui cacher des choses et à illuminer la pièce d'un seul sourire — qui le séduisaient. Elle le provoquait comme aucune femme avant elle. C'était parce qu'elle était un mystère à ses yeux qu'il commençait à être tenté de revenir vivre au ranch.

Il comptait se réengager, mais il n'était plus si sûr que ce soit une bonne idée, tout à coup.

— Salut ! leur lança Gwen, qui brossait un cheval avec Winnie. Ça va ?

La fillette se jeta dans les jambes de Christina. Quand il l'avait interrogée sur Winnie, Christina avait seulement dit être sa tutrice. Pourquoi s'était-elle montrée si évasive ? Si William n'était pas le père et lui non plus, qui était-ce ? Si Christina connaissait son identité, pourquoi la lui cachait-elle ?

Winnie lâcha Christina et tendit les bras pour qu'il la porte.

— Wyatt ne veut pas que je porte ma couronne ! se plaignit-elle en montrant sa tête nue.

— Pourquoi ? demanda Waylon quand il l'eut calée sur sa hanche.

Winnie haussa les épaules et mit son pouce sale dans sa bouche.

— Tu n'étais pas en train de brosser les chevaux ? demanda-t-il.

— Oui, c'est amusant ! répondit-elle en gardant son pouce entre ses dents. Lewis a fait des bêtises.

Elle lui montra un hongre bai qui se balançait d'un côté à l'autre.

— Je n'arrive pas à croire que tu lui aies interdit de porter sa couronne, Wyatt ! lança-t-il à son frère. Quel rabat-joie !

— Mademoiselle Winnie ! dit Wyatt. Tu sais très bien que Lewis n'aime pas les choses qui brillent. Tu n'as pas envie de lui faire peur avec tes cornes de diablotin, n'est-ce pas ?

— Des cornes de diablotin ? répéta Winnie en fronçant les sourcils.

— Je veux dire : ta magnifique couronne, se corrigea Wyatt. Waylon est doué pour bien des choses, mais on ne devrait peut-être pas lui confier la réalisation des costumes.

Le froncement de sourcils de Winnie s'accentua.

— J'étais belle ! protesta-t-elle.

— Bien sûr, chérie, répondit Gwen, qui vint tirer la fillette des bras de Waylon. Si on allait boire un chocolat chaud ? Ça te tente ?

Elle jeta un regard entendu à Wyatt avant de poser Winnie, qui se précipita hors de l'écurie sans répondre.

Wyatt mit une petite tape sur les fesses de sa fiancée.

— Merci, Gwen, dit-il.

— Tu devrais enfermer Lewis dans sa stalle, répondit-elle.

Wyatt hocha la tête avec un grand sourire. Le cœur de Waylon se serra. Il n'avait jamais regardé Alli comme son frère regardait Gwen à cet instant.

Il jeta un coup d'œil à Christina. Y avait-il une chance pour qu'il aime un jour quelqu'un de cette manière, du plus profond de son âme ?

Wyatt détacha Lewis du mur et le fit rentrer dans sa stalle. Le cheval lui montra les dents. Après avoir fermé la porte de la stalle, Wyatt lui donna un sucre et le flatta.

— Alors, avez-vous trouvé quelque chose ? leur demanda-t-il.

Christina jeta un bref coup d'œil à Waylon, puis elle baissa les yeux.

— Nous avons rencontré un chauffeur de poids lourd, répondit Waylon.

Il expliqua à son frère que Daryl Bucket avait ramené Alli à Mystery le jour même de sa disparition.

Les traits de Wyatt se durcirent.

— Pourquoi est-elle revenue ? demanda-t-il.

La réponse lui vint dès qu'il rencontra le regard de Christina.

— Winnie, murmura-t-il.

— Je pense qu'Alli essayera de l'enlever, répondit Christina.

Wyatt secoua la tête.

— J'ai du mal à croire qu'elle soit revenue pour ça.

— Pour quoi d'autre ? demanda Waylon. Dans le doute, on devrait surveiller Winnie jusqu'à ce qu'on ait retrouvé Alli.

— J'en parlerai à Gwen, promit Wyatt. Nous ne laisserons pas Winnie seule une seconde. J'ai du mal à croire qu'Alli puisse lui faire du mal, mais je sais que les gens sont capables de tout, dans certaines circonstances.

Waylon le savait aussi. Ils ne pouvaient pas avoir confiance en Alli. Ils devaient protéger la fillette jusqu'à ce que la situation s'éclaircisse.

— Moi aussi, j'ai du mal à croire qu'Alli puisse faire du mal à Winnie, dit Christina, dont les yeux s'emplirent de larmes.

— Ne t'en fais pas, Gwen et moi prendrons bien soin de Winnie, promit Wyatt. Nous partons tout de suite. N'oubliez pas de dire à maman que la petite est avec nous quand elle rentrera des courses, sinon elle paniquera.

— Aucun problème, répondit Waylon.

Christina lui jeta un regard furieux dès que Wyatt les quitta.

— Ma sœur n'est pas aussi mauvaise que vous semblez le croire tous les deux, dit-elle.

Waylon comprenait très bien pourquoi elle était contrariée. Si l'un de ses frères avait été à la place d'Alli, il n'aurait pas cessé de l'aimer pour autant. Il se serait retrouvé coincé entre son amour pour lui et la haine que ses actes lui auraient inspirée. Il regretta de ne pas pouvoir attirer Christina dans ses bras pour l'apaiser par ses baisers.

Cela n'avait aucun sens. Alli ne s'était jamais comportée de cette manière et Christina ne savait plus quoi penser. Pourquoi ne se livrait-elle pas à la police ? Cela simplifierait tout.

Depuis quelque temps, Alli ne faisait que créer des problèmes.

Christina soupira. Si elle était honnête, Alli avait toujours créé des problèmes. Elle adorait sa sœur, mais une part d'elle la haïssait dans la même mesure.

Elle sentit que Waylon la fixait et leva les yeux. Sa libido se réveilla dès que leurs regards se rencontrèrent.

Quand il lui sourit, les sensations qu'elle essayait d'ignorer la submergèrent. Ce n'était que du désir, se rappela-t-elle avec fermeté. Et il était encore plus dangereux que sa sœur. Son univers sombrerait dans le chaos si elle y cédait.

Bien sûr, le désir pouvait mener à l'amour… Mais elle serait folle de tomber amoureuse d'un homme dont le départ était imminent.

Du danger et de la folie… C'étaient les ingrédients d'un désastre.

Waylon la délivra du fil de ses pensées en demandant :

— Où ta sœur peut-elle être si elle est revenue à Mystery ?

— Elle n'avait que ce ranch, répondit-elle en haussant les épaules.

— Peut-elle s'être réfugiée chez Poe ? La protégerait-il de la police ?

— Après ce qu'elle a fait à Monica ? Jamais de la vie. Poe la déteste. Il déteste tous les habitants de ce ranch, comme il le dit à qui veut l'entendre. Et puis il est déjà passé à autre chose.

— Effectivement, répondit Waylon. Mais il faut bien qu'Alli soit quelque part — et assez bien planquée pour que personne ne l'ait aperçue.

L'idée que quelqu'un se cache dans la petite ville de Mystery était presque risible, sauf qu'apparemment Alli réussissait cet exploit. Où était-elle ? Tout le monde la connaissait et les meurtres de Bianca et de Monica avaient fait la une du journal local. Personne ne pouvait avoir envie de la soutenir.

Christina elle-même avait été la cible de regards haineux, surtout de la part des proches de Bianca. Ils lui en voulaient d'être la sœur d'une meurtrière, comme s'ils pensaient qu'elle aurait pu faire quelque chose pour empêcher Alli de perdre la tête.

Avait-elle une part de responsabilité dans ce qui était arrivé ?

Aurait-elle pu intervenir à temps si elle s'était davantage impliquée dans la vie de sa sœur ?

Elle soupira. Les habitants de Mystery finiraient peut-être par lui pardonner d'être la sœur d'Alli, mais elle se demanderait jusqu'à la fin de ses jours si elle aurait pu infléchir le cours du destin.

— Si on faisait une pause, suggéra Waylon en lui prenant la main. Parfois, je trouve les réponses que je cherche quand j'arrête de me concentrer sur le problème.

Elle voyait très bien ce qu'il voulait dire. Pour sa part, ses meilleures idées lui venaient toujours sous la douche. Mais il n'était pas question qu'elle l'avoue… Ils n'étaient pas prêts à parler de douches.

Elle se sentit rougir. Voilà qu'elle s'imaginait encore en train de faire l'amour avec Waylon. Elle n'était pourtant plus une adolescente incapable de contrôler ses hormones ! Elle était adulte. Elle était censée mieux maîtriser ce qu'elle ressentait.

Parce que ce n'était qu'une pulsion animale, primitive. Elle retrouva son calme dès qu'elle découvrit un semblant de logique dans son comportement.

Elle laissa Waylon l'entraîner hors de l'écurie. Elle devait prendre la logique pour guide, pas la chaleur qui l'envahissait lorsqu'ils se touchaient, ni la joie que lui procurait le fait qu'il ait envie de la toucher.

Il ne devait pas manquer de soupirantes. Elle en éprouva un pincement de jalousie désagréable et malvenu. Elle leva la tête et observa les rides presque imperceptibles au coin de ses yeux. Waylon lui caressa le dos de la main.

— Qu'y a-t-il ? demanda-t-il d'une voix un peu rauque.

Elle refusa de se laisser envoûter par son timbre et trouva la réponse le plus éloignée possible de ce qu'elle ressentait.

— Nous avons fouillé tous les chalets, dit-elle. Maintenant que la saison touristique est terminée, nous en fermons presque la moitié pour l'hiver. Les skieurs sont moins nombreux que les randonneurs.

Elle se rendait bien compte qu'elle parlait pour ne rien dire, mais c'était la faute de Waylon. Sa seule présence lui en donnait l'envie.

Il lui décocha un grand sourire, comme s'il avait bien conscience de l'effet qu'il lui faisait.

— Alli sait-elle quels chalets seront fermés cet hiver ? demanda-t-il.

— Tous ceux qui travaillent au ranch ont accès à cette information.

— Alors, on ferait sans doute bien d'aller visiter ces chalets. Ils constituent d'excellentes planques. Personne ne s'y rendra avant des mois et personne ne se promène autour.

Elle ne protesta pas. Toute activité était bonne à prendre si elle lui permettait de recommencer à ignorer ce qu'elle ressentait. Se rapprocher aussi vite de Waylon ne pouvait pas être dans son intérêt.

9

Ainsi, son ex-femme était peut-être en ville… Ou, plutôt, ils savaient qu'elle y était revenue la semaine précédente, ce qui constituait à peine un indice. À moins qu'elle ne soit déjà repartie. Ou qu'elle n'ait voulu lancer la police sur une fausse piste en abandonnant sa voiture au nord de Mystery avant de prendre la direction du sud. C'était une bonne tactique, que Waylon employait fréquemment. Pendant l'exercice, il essayait souvent de passer derrière les lignes ennemies. Quand il y arrivait, il était presque sûr de l'emporter.

Alli l'avait dérouté en choisissant de rentrer à Mystery. Mais il ne se laisserait pas surprendre. Ils devaient être prêts à tout. Elle n'était pas stupide. Elle ne l'avait jamais été. Ils ne devaient pas la sous-estimer, surtout si cela mettait Winnie en danger.

Plus il songeait à Winnie, plus elle lui inspirait de compassion. C'était une autre victime d'Alli — un autre cœur qu'elle avait brisé.

Il connaissait le drame d'être abandonné par ses parents. C'est ce que Colter et lui avaient vécu. Wyatt et Rainier quant à eux n'avaient pas été abandonnés, mais leurs parents biologiques leur avaient fait vivre une autre version de l'enfer. Certaines blessures ne guérissaient jamais. On essayait de les oublier, jusqu'au jour où elles se rouvraient et gâchaient votre présent, voire votre avenir.

Il jeta un coup d'œil à Christina alors qu'ils grimpaient les marches du perron du chalet Sacajawea. Il n'avait pas changé depuis son départ du ranch. Il y avait une image de Sacajawea et de son bébé peinte sur la porte. Waylon avait toujours aimé cet endroit, qui évoquait le Far West. Il y avait même des dessins de bisons et de faux impacts de balles sur les murs.

— Je n'ai pas l'impression qu'elle soit venue là non plus, dit Christina en pressant son visage contre un carreau. Tout a l'air en ordre, comme dans les autres chalets.

Ils avaient inspecté tous les chalets du ranch sans trouver le moindre indice. Ils tournaient en rond et Waylon détestait le sentiment d'impuissance qui le tenaillait.

Il soupira. Christina se tourna vers lui.

— On finira par la retrouver, lui assura-t-elle. Au moins, Winnie ne risque plus rien. Gwen et Wyatt ne la quitteront pas des yeux.

Elle glissa une mèche derrière son oreille et se lécha les lèvres. Cela suffit à réveiller la libido de Waylon, qui se demanda aussitôt comment elle embrassait. Elle était si sexy... Elle devait être le genre de femme à embrasser très doucement, au début, comme si elle goûtait un excellent whisky, comme si elle pouvait découvrir tout ce qui rendait ce baiser unique dès les premiers instants.

Il ne pouvait pas nier que la seule pensée de l'embrasser était plus enivrante que le meilleur whisky du monde.

Son téléphone sonna. C'était sa mère.

— Allô ?

— Où es-tu ? demanda-t-elle d'un ton où perçait la panique. Reviens tout de suite au ranch, s'il te plaît !

— On n'est pas très loin, au chalet Sacajawea, répondit-il. Que se passe-t-il ?

— Winnie est-elle avec vous ? demanda sa mère au lieu de répondre à sa question.

Il fit la grimace. Il avait oublié de la prévenir.

— Elle est avec Wyatt et Gwen, s'empressa-t-il de dire pour la rassurer.

Eloise poussa un grand soupir.

— Dieu merci ! s'écria-t-elle.

— Est-ce que tout va bien, à part ça ? s'inquiéta-t-il.

Christina lui jeta un regard interrogateur et s'approcha pour mieux entendre la conversation.

— Oui. Je me suis juste inquiétée en revenant des courses,

quand j'ai trouvé la porte d'entrée ouverte et la chambre de Winnie sens dessus dessous. Avez-vous trouvé ce que vous cherchiez ?

Il interrogea Christina du regard.

— Est-ce que quelqu'un est allé dans la chambre de Winnie ? lui demanda-t-il.

— Gwen y a pris quelques affaires, mais elle n'a sûrement pas tout dérangé, répondit-elle. Et je suis *sûre* d'avoir fermé la porte quand on est partis.

L'estomac de Waylon se noua.

— On arrive, lança-t-il à sa mère. Papa est avec toi ?

— Oui, répondit Eloise.

— Tant mieux ! soupira-t-il en entraînant Christina vers la camionnette. Ne sortez pas de la maison. On a découvert qu'Alli était revenue à Mystery et... On ne sait pas de quoi elle est capable. Soyez prudents.

Malgré les efforts que Waylon faisait pour éviter les ornières, ils étaient très secoués. Il n'était pas étonnant que ses parents ferment près de la moitié des chalets pendant les mois d'hiver. On pouvait à peine les atteindre dès qu'il se mettait à neiger. Ses parents ne voulaient pas courir le risque que des clients mal préparés aient un accident. Les gens sous-estimaient toujours la rudesse du climat du Montana. Il pouvait faire beau et doux à un moment, puis neiger si fort l'heure suivante qu'on risquait de mourir d'hypothermie.

Alli détestait ce climat fait de changements brutaux — sans doute parce qu'il y avait assez de changements brutaux en elle. Elle ne supportait pas la rivalité.

Quand ils regagnèrent la maison, toutes les lumières étaient allumées, même la guirlande de l'écurie. En d'autres circonstances, Waylon aurait été sensible à la beauté de l'endroit. Dans l'état d'esprit où il était, les taches de lumière rouge sur le sol et la clôture prirent des allures de mares de sang.

Sa mère était à la fenêtre du salon. Elle se retourna pour appeler son père dès qu'ils s'engagèrent dans l'allée. Celui-ci la rejoignit à la fenêtre quelques secondes plus tard et les salua. Il avait l'air soulagé.

Waylon n'avait jamais vu ses parents effrayés — surtout pas son père. Merle était la quintessence du courage et de la détermination. Il avait passé d'innombrables nuits à aider des vaches à mettre bas — pour voir le veau mourir souvent dans ses bras. Même avant de vivre au ranch, il avait eu son lot de tragédies et de morts pendant la guerre du Vietnam. Il évitait d'en parler. Waylon ne l'avait entendu évoquer la guerre qu'une seule fois, un soir où ils avaient beaucoup bu. Il avait raconté que les hommes de son unité volaient les dents en or des morts. Waylon en avait eu la chair de poule. Mais c'était aussi ce soir-là qu'il avait compris qu'il voulait servir son pays.

Son père avait survécu à l'enfer. C'était un héros. Waylon voulait lui ressembler. Il voulait réparer les erreurs des générations précédentes. Il voulait rendre le monde meilleur. À cause des fantômes de son passé, il éprouvait un besoin insatiable de protéger ceux qui n'avaient pas la force de se défendre.

Waylon voulait ressembler à son père, mais il n'avait jamais eu l'impression d'être un héros, même en plein territoire ennemi. La plupart du temps, il avait l'impression d'être un imposteur.

À cause d'Alli.

Il avait juré de la protéger des dangers du monde et il avait trahi la promesse qu'il lui avait faite. Quand il n'avait plus su comment gérer leur relation, il l'avait abandonnée dans le Montana.

Il ricana. Non, il n'était pas un héros. Les héros ne fuyaient pas.

Son père attira sa mère dans ses bras et caressa doucement ses cheveux gris. Waylon trouva ce geste infiniment touchant.

C'était peut-être dans les moments de faiblesse que l'amour se révélait le plus, dans les moments où notre âme était à nu et où le monde entier pouvait voir nos peurs. Dans ces moments-là, ceux qui s'aimaient ne faisaient pas semblant d'être invincibles : ils trouvaient le réconfort dont ils avaient besoin dans les bras l'un de l'autre.

Ses parents sortirent de la maison pour les accueillir.

— Pourquoi avez-vous mis autant de temps à rentrer ? lui lança sa mère.

Waylon consulta sa montre. Le trajet ne leur avait pris qu'une dizaine de minutes. Pourquoi Eloise était-elle aussi inquiète ?

— S'est-il passé autre chose ? demanda-t-il.

Sa mère secoua la tête.

— Ne lui en veux pas, Eloise, intervint son père en lui prenant la main.

— Comment pourrais-je ne pas lui en vouloir ? répliqua sa mère. Son frère et lui n'ont pas jugé utile de me prévenir que Winnie était avec Gwen. Tu sais que j'ai toujours eu peur de perdre l'un de nos enfants.

Waylon avait presque oublié que Rainier avait été enlevé par sa mère biologique quand il avait huit ou neuf ans. Celle-ci s'était glissée dans la maison et l'avait tiré de son lit. Ils n'avaient découvert sa disparition que le lendemain matin. Ils avaient d'abord cru que Rainier était sorti visiter le ranch, mais ils en avaient fouillé les moindres recoins sans le retrouver.

Eloise était terrifiée. Waylon se souvenait qu'elle était tombée à genoux dans le salon et avait pris sa tête entre ses mains quand elle avait compris ce qui s'était passé.

Des dizaines des policiers s'étaient lancés à la recherche de Rainier, mais il leur avait fallu deux semaines pour le retrouver et le ramener au ranch. Après cet incident, Eloise avait exigé d'être informée de tous les déplacements des enfants qui se trouvaient sous son toit. Waylon était certain que le besoin de tout contrôler de sa mère était le fruit de sa culpabilité. Il pouvait le comprendre. Lui-même se serait senti terriblement coupable s'il était arrivé quelque chose à Winnie.

— Je suis désolé, dit-il. Ça m'est sorti de l'esprit.

Il était sincère. Il imaginait facilement la terreur d'Eloise.

Celle-ci acquiesça, mais ses traits restèrent tendus.

— J'ai failli avoir une crise cardiaque ! insista-t-elle. Je ne demande pas grand-chose, mais je tiens à ce que tu respectes les règles de la maison tant que tu seras chez nous.

Cela ne dérangeait pas Waylon. Sa vie entière consistait à obéir à des règles. Mais il songea qu'il ne resterait pas assez longtemps au ranch pour avoir vraiment à s'en soucier, et cette idée l'emplit de tristesse. Dans quelques jours, il regagnerait un monde qui n'avait rien à voir avec celui de ses parents.

Il chassa cette pensée de son esprit. Il n'y avait pas de place pour les sentiments dans la vie qu'il avait choisie.

— Et n'oubliez pas de fermer la porte quand vous sortez, ajouta Eloise.

— Je l'ai fait, je te le jure ! se défendit Christina. Je l'ai même verrouillée.

— Alors tu as trouvé la porte ouverte en rentrant ? demanda Waylon.

Sa mère hocha la tête.

— Est-ce que quelqu'un avait une bonne raison d'entrer dans la maison ?

— Nous n'avons aucun client depuis..., commença Eloise sans prendre la peine d'achever cette phrase. Nos palefreniers venaient de rentrer d'une promenade quand je suis arrivée. Ils m'ont dit qu'ils avaient trouvé la porte ouverte.

— Et ils n'ont pas pensé à la fermer ? demanda Christina.

Eloise secoua la tête.

— Tu connais les palefreniers... Certains d'entre eux sont peut-être réellement nés dans une écurie, plaisanta-t-elle.

Cela fit rire Christina et Merle, mais Waylon serra les dents. Quelqu'un s'était introduit dans la maison après leur départ.

— Avez-vous prévenu la police ? demanda-t-il.

— Non, j'attendais de savoir si c'était vous, répondit Eloise.

— Alors il est temps d'appeler Wyatt, conclut Waylon. Je vais jeter un coup d'œil à l'intérieur en l'attendant. Avez-vous touché à quoi que ce soit ?

Son père secoua la tête.

— Non, répondit-il. On t'a attendu. Je me charge d'appeler Wyatt.

— Merci. Je reviens.

— Tu n'y vas pas tout seul ! s'écria Christina en lui emboîtant le pas.

Il esquissa un sourire. Il ne savait pas si elle le suivait parce qu'elle ne le croyait pas capable de s'en sortir tout seul ou parce qu'elle avait envie d'être avec lui, mais il appréciait sa compagnie.

Apparemment, tout était en ordre dans le salon. Le chaos commençait dans le couloir. La porte entrouverte de la chambre de Winnie projetait un rectangle de lumière sur les jouets éparpillés par terre. Un ours en peluche bleu qui se trouvait sur le lit de Winnie, la veille, était planté au milieu du couloir. Avec ses petits yeux noirs tout ronds, il semblait être le témoin horrifié d'un crime abominable.

— Winnie est toujours avec Wyatt, n'est-ce pas ? demanda Christina, que la scène semblait mettre aussi mal à l'aise que lui.

— Oui, répondit-il. Elle ne risque rien.

Il lui paraissait urgent de mettre Alli derrière les barreaux, tout à coup. Ils ne pouvaient pas vivre comme cela. Personne ne devait vivre dans la crainte qu'il arrive du mal à un être cher.

La chambre de Winnie était ravagée. Ses jouets étaient éparpillés, les photos et les dessins qui ornaient les murs en avaient été décrochés et même son lit avait été défait. Waylon fixa la couverture qui gisait à ses pieds avec un frisson d'horreur — sans doute parce que le lit était l'endroit le plus sûr dans l'instinct d'un enfant. Lui-même, quand il était petit, se cachait sous sa couverture par peur des monstres.

— Heureusement que Winnie n'était pas là ! souffla Christina.

— Pourquoi Alli a-t-elle fouillé la chambre de sa fille ? demanda-t-il. Que cherchait-elle ?

Christina se mordit la lèvre et tourna la tête vers le placard. Elle s'empressa d'aller l'ouvrir et en tira un petit coffre noir. Son cadenas était ouvert. Christina posa le coffre par terre et souleva le couvercle. Le coffre contenait une liasse de documents. Christina les en sortit l'un après l'autre et les empila par terre.

— Que cherches-tu ? lui demanda-t-il.

— Alli et moi... Notre grand-mère m'a laissé quelque chose en héritage. Alli et moi, on était les seules à le savoir, répondit-elle, ce qui n'expliquait qu'à moitié ses gestes fébriles.

— De quoi s'agit-il ?

Christina se figea un instant et leva les yeux vers lui.

— Elle m'a légué une bague ornée d'un diamant de trois carats. Il est parfaitement pur et entouré de saphirs. Cette bague est magnifique.

— Tu avais rangé un diamant de trois carats dans la chambre d'une fillette ?

Elle fronça les sourcils.

— Et pourquoi pas ? se défendit-elle. La bague était dans un coffre, dans la maison. Ça me semblait être un endroit sûr.

Waylon s'en voulut de l'avoir mise sur la défensive.

— Ce n'est pas ce que je voulais dire, dit-il pour se rattraper. Je suis juste surpris que tu ne l'aies pas gardée dans ta chambre.

Les traits de Christina se détendirent un peu.

— À vrai dire, je n'ai pas pensé à cette bague depuis un bon moment, avoua-t-elle. Ma grand-mère voulait qu'elle me serve de bague de fiançailles. Elle est magnifique mais, comme je ne pensais pas la porter, je l'ai rangée dans le coffre en espérant qu'elle serait utile à Winnie, un jour.

— Tu croyais que tu ne porterais jamais cette bague ?

Comment pouvait-elle imaginer qu'elle ne se marierait jamais ? Elle était belle et intelligente. N'importe quel homme aurait de la chance de l'avoir dans sa vie.

Elle sortit le dernier document du coffre. Il y avait un petit écrin en velours noir dans un coin. Christina poussa un soupir de soulagement.

— Elle est encore là !

Elle souleva l'écrin avec précaution, comme s'il suffisait qu'elle le secoue pour casser la bague qu'il contenait.

— J'espère que Winnie aura plus de chance que moi et qu'elle la portera un jour, murmura-t-elle.

— Tu as bien dû avoir une relation sérieuse avec quelqu'un, dit-il en fronçant les sourcils. Attends... N'étais-tu pas avec un Steve, ou quelque chose comme ça, quand j'étais marié avec Alli ?

Christina pinça les lèvres.

— Steve ? Je n'ai pas pensé à lui depuis des années. Nous n'étions pas faits l'un pour l'autre, si tu vois ce que je veux dire.

Oui, il voyait parfaitement ce qu'elle voulait dire.

— L'aimais-tu ?

Il regretta aussitôt cette question. Cela ne le regardait pas. D'un autre côté, il éprouvait un besoin irrépressible d'en savoir plus sur Christina.

Elle le fixa un long moment comme si elle se demandait pourquoi il lui posait cette question.

— Ce... Ce n'est pas si simple, finit-elle par répondre en baissant les yeux vers l'écrin.

— Bien des gens ont aimé quelqu'un et l'ont perdu, lui dit-il.

Elle secoua la tête.

— Ce n'est pas ça. Je ne sais pas ce que ma sœur t'a dit sur nos parents, mais ils n'ont pas été un bon exemple pour nous. Ils se disputaient en permanence et ils avaient tous les deux des liaisons extraconjugales.

Elle fit tourner l'écrin entre ses doigts comme si c'était un talisman qui pouvait la protéger de ses sombres pensées.

— Je ne veux pas d'une relation comme la leur, conclut-elle.

— C'est pourquoi tu tiens les hommes à distance, répondit-il.

Elle lui offrit le sourire coupable le plus charmant qu'il ait jamais vu.

— Alors Alli t'a parlé de moi ?

Il éclata de rire.

— Non. J'ai deviné tout seul.

Christina éclata de rire à son tour. C'était un son si beau et si inattendu que Waylon retint son souffle, de peur que son rire ne s'éteigne.

— Il y a des choses que je ne peux pas nier, finit-elle par répondre, le sourire aux lèvres. C'est juste que je ne veux pas perdre mon temps à tomber amoureuse de quelqu'un qui n'est pas fait pour moi.

Parlait-elle de lui ? Était-elle en train de tomber amoureuse de lui ou le prévenait-elle qu'elle ne le ferait pas parce qu'elle ne voulait pas perdre son temps ?

Les femmes étaient si compliquées ! Si elle l'aimait bien — ou si elle ne l'aimait pas —, elle pouvait le dire, tout simplement. Pourquoi tournait-elle autour du pot ?

En tout cas, il n'était pas assez stupide pour s'enfoncer en répondant quelque chose. Il ne l'intéressait pas, visiblement. Ne voyant pas d'autre stratégie que la fuite, il se leva. Alors qu'il se dirigeait vers la porte, une idée le fit s'arrêter net.

— Une minute, dit-il en se tournant vers Christina. Ouvre l'écrin, s'il te plaît.

Le couvercle émit un petit clic, puis Christina lâcha un son bref, comme si elle avait reçu un coup de poing dans l'estomac.

— Elle n'a pas osé ! s'écria-t-elle.

Elle tourna l'écrin vers lui. Il était vide. Au lieu d'une bague, ils avaient de nouvelles questions sans réponse.

10

Pourquoi Alli avait-elle volé la seule chose à laquelle elle tenait ? Christina essayait de retenir ses larmes, mais elle sentait qu'elle pouvait perdre ce combat à tout instant. Cette fois, sa sœur avait dépassé les bornes.

Elle ferma l'écrin et le posa dans le coffre, qui glissa de ses genoux. Une part d'elle savait qu'elle aurait dû le manipuler avec plus de précautions, au cas où il y aurait eu des empreintes à relever, mais elle ne parvenait pas à s'en soucier. Les émotions violentes qu'elle éprouvait depuis une semaine avaient fini par lui engourdir l'esprit.

Elle fixa le coffre. La police prendrait-elle seulement la peine d'essayer de relever des empreintes ? Sa sœur et elle étaient les seules à connaître l'existence de cette bague. L'identité de la personne qui l'avait volée n'était pas un mystère. Une seule question subsistait : pourquoi sa sœur avait-elle fait quelque chose d'aussi cruel ?

— Wyatt a-t-il examiné le compte en banque d'Alli ? demanda Waylon.

Elle acquiesça.

— Il le surveille, mais elle n'a fait aucune opération depuis sa disparition.

— A-t-elle retiré une grosse somme juste avant ?

— Quelle grosse somme ? Alli vivait au jour le jour. Elle consacrait tout ce qu'elle gagnait à Winnie.

— Je lui verse une pension alimentaire. Elle ne met rien de côté ?

Il fronça les sourcils. Sans doute pensait-il à tout l'argent qu'il avait donné à Alli depuis leur divorce.

Christina haussa les épaules.

— Je ne sais pas comment ma sœur gère son argent. Je sais juste que sa vie est plus difficile depuis la naissance de Winnie, à la fois émotionnellement et financièrement.

Waylon ouvrit la bouche, puis la referma, comme s'il lui était venu une idée dont il hésitait à faire part.

— Qu'y a-t-il ? demanda-t-elle.

— Quoi ?

— Qu'as-tu en tête ? Ne t'inquiète pas : tu ne peux rien dire sur ma sœur que je n'aie pas déjà pensé.

— Cela peut-il avoir un rapport avec sa santé mentale ? demanda-t-il. Elle voulait peut-être la bague pour la porter elle-même. Elle était peut-être jalouse de toi.

— Tu insinues que ma sœur est folle ?

Elle essaya de s'emporter, mais elle était trop choquée pour ça.

— Non, mais… Elle a eu des liaisons quand on était mariés, balbutia Waylon. Si elle était déprimée à cause de sa rupture avec William, ça l'a peut-être incitée à penser qu'elle pouvait s'en prendre à n'importe qui.

— Alors tu insinues que ma sœur a volé la bague pour me blesser, par pure jalousie ? C'est ridicule. Elle ne ferait jamais une chose pareille. Elle a peut-être volé la bague pour la vendre, parce qu'elle avait besoin d'argent.

Comme elle ne savait plus quoi dire, elle se contenta de regarder Waylon qui se balançait d'un pied sur l'autre. Il se trompait sur Alli. Elle ne lui ferait jamais de mal — Christina l'espérait, du moins.

— Je lui ai donné quarante mille dollars quand on a vendu la maison au moment du divorce, reprit-il. Avec ça, elle aurait pu s'acheter un appartement à crédit. Je suis sûr que ma mère l'aurait aidée, si elle le lui avait demandé. Pourquoi ne l'a-t-elle pas fait ? Où est passé l'argent ? Alli a toujours été instable. Et si elle avait d'autres problèmes ?

Christina se leva et fit tomber le Lego qui s'était incrusté dans sa cuisse.

— Tu l'accuses de se droguer, maintenant ? demanda-t-elle d'une voix très calme.

Si Waylon était aussi intelligent qu'elle le croyait, il comprendrait que c'était un avertissement.

— Non ! s'empressa-t-il de répondre. Pourquoi commences-tu toujours par penser au pire ? Elle a pu s'attirer toutes sortes d'ennuis... La drogue en fait partie, je te l'accorde. Crois-tu que ce soit le cas ? Crois-tu que ce soit ça qui l'ait incitée à voler et à tuer ?

Christina pensait que le problème d'Alli était d'être tombée amoureuse de William Poe. Bien sûr, l'amour et la drogue étaient parfois très proches. En un sens, Alli avait toujours été en quête de sa prochaine dose. Sur la fin, William Poe l'obsédait tant qu'elle avait sans doute tué Bianca et Monica. La grande différence était qu'avec les drogues dures on finissait par faire une overdose.

Christina leva les yeux. Waylon la fixait. Il attendait une réponse. Il voulait qu'elle lui dise que son hypothèse était crédible. Et c'était peut-être le cas. Plus ils fouillaient dans les activités de sa sœur, plus ils découvraient de secrets inquiétants. Mais tout tournait autour des hommes : Waylon, William ou n'importe lequel de ses autres amants.

L'amour ne valait pas tous les problèmes qu'il causait.

Quand Waylon prit sa main, elle se demanda si elle se trompait. Sa sœur était-elle impliquée dans quelque chose de plus dangereux que ce qu'ils avaient découvert jusque-là ? Ils présumaient qu'Alli avait agi par jalousie, mais ils passaient peut-être à côté d'autre chose qui pouvait avoir des conséquences pour eux tous.

— Tu connais Alli. Tu la *connaissais*, du moins, quand vous étiez ensemble. Elle est impulsive. Ça ne me surprendrait pas qu'elle ait trempé dans un truc louche et se soit laissé déborder, admit-elle.

— Une fois, quand on était mariés...

Il s'interrompit net et la regarda comme si lui parler de sa relation avec Alli le mettait mal à l'aise, tout à coup.

Il lui offrit un sourire désolé, particulièrement sexy.

— Tu peux continuer, l'encouragea-t-elle. Nous l'avons aimée tous les deux.

Ses réticences à parler d'Alli avaient-elles un rapport avec ce qu'il ressentait pour *elle* ?

Mais elle ne devait pas y penser. Cela risquait de rendre la tension érotique qu'il y avait entre eux plus réelle. Elle en avait assez que son corps et son esprit lui rappellent qu'elle avait envie de l'embrasser.

C'était sans doute une bonne chose qu'il parle de sa sœur. Cela l'aiderait peut-être à arrêter de rêver tout éveillée. Ses fantasmes étaient délicieux, mais ils étaient dangereux pour sa tranquillité d'esprit.

Elle inspira profondément, ce qui attira son attention sur le parfum de Waylon. Il sentait une eau de toilette pour hommes et l'air pur de l'hiver.

— Comprendre ce qui a fait basculer Alli n'est pas le plus urgent, finit-il par dire. Ce qui compte, c'est la bague et la sécurité de Winnie. Si Alli vend la bague, elle reviendra peut-être chercher sa fille dans les heures qui suivent. Il ne lui manquait peut-être que cet argent pour s'enfuir.

— Sauf qu'elle aurait pu voler d'autres choses dans le ranch, si elle avait besoin d'argent. Non, ça ne doit pas être ça, répondit-elle en cherchant une explication raisonnable au comportement illogique de sa sœur. Et si elle voulait m'envoyer un message ?

— Peut-être, lui accorda Waylon. Mais il se peut aussi qu'elle n'ait rien pris d'autre parce qu'elle avait peur que des gens s'aperçoivent que ça provenait du ranch. Elle a pu craindre que ses éventuels acheteurs ne préviennent la police…

— Tout le monde n'a pas de bons sentiments envers cette famille, Waylon, coupa-t-elle, plus sèchement qu'elle ne le voulait. Ce que je veux dire, c'est que… William Poe n'est pas le seul qui aimerait voir le ranch Dunrovin faire faillite.

— Tu te trompes, nous avons beaucoup d'amis dans la communauté de Mystery. Mes parents font des dons aux œuvres caritatives et tu sais combien d'enfants ils ont élevés…

Waylon n'avait pas tort. Sa famille était connue pour sa générosité. Mais tout le monde n'appréciait pas les personnes généreuses, et beaucoup de gens essayaient de profiter d'eux. Elle-même avait empêché plus d'un employé de profiter de la générosité d'Eloise.

Deux mois plus tôt, une jeune femme avait frappé à la porte du ranch pour demander du travail. Elle avait dit à Eloise que ses parents l'avaient chassée après l'avoir surprise avec un homme qui leur déplaisait.

Bien sûr, Eloise l'avait embauchée comme femme de ménage. En à peine deux semaines, elle avait volé pour deux mille dollars de bijoux à trois clientes. Eloise les avait remboursées, mais c'est Christina qui avait renvoyé la coupable. Si elle ne l'avait pas fait, Eloise l'aurait sans doute gardée.

Il s'était produit presque la même chose quand Alli était arrivée au ranch, sauf que c'était le cœur de Waylon qu'elle avait volé.

Christina leva la tête et crut lire de la sympathie dans les yeux de Waylon quand leurs regards se rencontrèrent.

— Tout le monde sait qu'Alli a déjà volé, dit-il.

— C'est vrai.

Elle sortit de la chambre. Elle ne pouvait rien faire de plus ici. Alli lui avait fait parvenir son message : elle ne se rendrait pas et elle se moquait éperdument de ce que Christina ressentait.

— Attends ! lui lança Waylon. Où vas-tu ?

Elle n'en savait rien. Elle ne pouvait simplement plus être au milieu du chaos que sa sœur avait laissé derrière elle.

— Ton frère et ses hommes peuvent s'occuper de ça, répondit-elle. Je suis épuisée. Je… n'arrive plus à faire face.

Elle prit la direction de sa chambre, de l'autre côté du bâtiment, mais elle s'arrêta au milieu du couloir. Elle avait envie de s'échapper de cette maison, tout à coup. Sauf qu'elle n'avait nulle part où aller. Elle n'avait que ce ranch et elle n'avait même plus sa nièce pour lui tenir compagnie. Elle n'avait que Waylon et les sensations qu'il provoquait en elle.

Elle se tourna vers lui, prit sa main et l'entraîna vers la porte.

— Sortons ! suggéra-t-elle.

— Quoi ? Mais Wyatt arrive…, protesta-t-il.

Il la suivit pourtant dehors sans résister.

— Il peut se débrouiller sans nous.

Sauf que Wyatt était déjà là, devant la maison, avec les Fitzgerald. Il les salua dès qu'il les vit.

Christina soupira, lâcha la main de Waylon et changea de direction. Impossible de s'échapper à présent. Pourquoi fallait-il qu'il y ait toujours quelque chose d'urgent à faire quand elle avait envie de souffler un peu ?

Il n'y avait rien d'étonnant à ce que Waylon se soit éloigné du ranch dès qu'il l'avait pu. Rien d'étonnant non plus à ce qu'il soit pressé de repartir. Cet endroit était comme une zone de sables mouvants. Dès qu'on lui donnait un morceau de son cœur, on s'y retrouvait plongé jusqu'au cou. Après cela, plus on se débattait pour en sortir, plus on s'y enfonçait.

Waylon rejoignit Wyatt le premier. Il lui parla de l'état de la chambre de Winnie et de la bague manquante.

Wyatt se tourna vers Christina.

— As-tu une photo de cette bague pour qu'on puisse la montrer aux prêteurs sur gages qui se trouvent dans les environs ? demanda-t-il.

Ainsi, lui aussi pensait qu'Alli allait vendre la bague. Il était peut-être temps qu'elle ouvre les yeux. Tout le monde sauf elle semblait voir sa sœur telle qu'elle était. Elle avait fait des choix impardonnables. Elle avait pris des vies et détruit des familles. Elle avait privé Winnie de sa mère et l'avait abandonnée, elle.

Il était grand temps qu'elle renonce à la fausse image qu'elle avait de sa sœur. Alli n'était plus la petite fille qu'elle avait connue. Elle était devenue une étrangère au cœur de pierre.

Waylon posa la main dans son dos et répéta la question de Wyatt :

— As-tu une photo de cette bague ?

Elle secoua la tête.

— Non, mais elle est facilement reconnaissable. C'est un diamant de trois carats entouré de petits saphirs.

Sa voix faillit se briser. Elle ne reverrait sans doute jamais ce bijou, le dernier objet qui la reliait à sa grand-mère.

— Ne t'inquiète pas, dit Eloise en s'approchant pour la prendre dans ses bras. Les garçons vont retrouver ta bague. La situation s'éclaircira quand ils sauront où se trouve ta sœur. Elle ne peut pas être loin.

Eloise n'avait rien d'autre à avancer pour la rassurer et, de toute évidence, elle ne croyait pas elle-même à ce qu'elle disait. Pourtant Christina apprécia les efforts qu'elle faisait pour la réconforter.

— Et qui sait ? Tu auras peut-être bientôt une nouvelle bague, ajouta Eloise en jetant un regard insistant à Waylon.

Qu'insinuait-elle ?

Christina s'écarta et observa Eloise avec méfiance. Elle ne

pouvait pas avoir deviné quel lien s'était tissé entre elle et Waylon. Christina elle-même n'y voyait pas très clair. Bien sûr, il était bel homme et elle passait son temps à s'imaginer dans ses bras, mais cela s'arrêtait là. Elle n'avait ni le temps ni la force de caractère nécessaire pour gérer un homme pareil.

Elle se retourna et commença à s'éloigner. Elle ne supportait plus le regard ironique d'Eloise et l'air surpris de Waylon. Elle ne supportait plus la pression que faisaient peser sur elle ceux qui l'entouraient. Ses propres émotions lui suffisaient amplement.

— Où vas-tu ? lui lança Eloise.

Elle ne se retourna pas et se contenta d'agiter la main.

— Attends ! cria Waylon.

Elle entendit les graviers crisser sous ses pieds quand il courut pour la rattraper.

— Je ne pense pas que ce soit une bonne idée que tu sortes seule tant que ta sœur est dans la nature, dit-il. Où comptes-tu aller, d'abord ?

Elle monta dans la camionnette sans répondre et attendit qu'il l'y rejoigne.

— Vas-tu me dire ce que tu comptes faire ? insista-t-il.

Mais elle n'avait pas de réponse à lui fournir. Elle démarra et laissa tourner le moteur quelques secondes tout en essayant de mettre de l'ordre dans ses pensées. Le ciel était devenu gris au-dessus des montagnes et une tempête s'annonçait.

Cela faisait écho à sa vie. Alors qu'elle pensait avoir trouvé une stabilité, des nuages se rassemblaient au-dessus de sa tête et menaçaient de tout bouleverser. Mais les tempêtes apportaient une pluie bienfaisante — si l'on survivait au vent et aux éclairs.

Ces pensées la firent soupirer.

— Qu'y a-t-il ? demanda Waylon.

— Rien.

Elle laissa son regard se perdre au loin. Elle ne savait pas quelle était la force la plus destructrice dans sa vie. Était-ce sa sœur, qui abîmait tout ce qu'elle touchait, ou Waylon, dont les yeux lui faisaient des promesses qu'il ne pouvait tenir. Au moins, avec Alli, elle avait l'espoir qu'un séjour en prison et un bon suivi psychologique lui rendraient un jour la sœur qu'elle avait perdue.

Si elle tombait amoureuse de Waylon, son univers exploserait. Or elle ne pouvait pas changer ses désirs et devenir quelqu'un d'autre pour lui.

Elle souleva une gerbe de graviers en démarrant. Malgré la tempête qui approchait, elle avait besoin de fuir cet endroit, de s'échapper de la réalité, ne serait-ce que pour un moment. Elle avait besoin de trouver un peu de sérénité.

Waylon posa la main sur sa cuisse. Ce geste la surprit tant qu'elle fit un écart et mordit sur le bas-côté.

— Eh ! s'écria Waylon sans écarter sa main. Es-tu sûre d'être en état de conduire ?

Elle inspira profondément et s'efforça d'ignorer les battements frénétiques de son cœur. Elle n'avait aucune chance de retrouver son calme s'il continuait à la toucher comme cela.

— Je suis désolé que la chambre de Winnie ait été ravagée, dit-il en se trompant totalement sur ce qui la préoccupait. Je suis sûr que Wyatt trouvera des indices. Et nous avons emmené Winnie ailleurs à temps.

Elle apprécia qu'il parle d'autre chose que de sa main sur sa cuisse — même si elle ne voulait pas qu'il l'écarte, ce qui de toute évidence aurait mieux valu. C'était si bon d'être touchée par un homme... Et pas n'importe lequel : par Waylon Fitzgerald. Elle s'était juré de le haïr éternellement et elle n'avait même pas réussi à le faire durant une journée entière.

Faisait-il cet effet à toutes les femmes ?

Il était si sérieux. Mais sous son masque de détermination virile se cachaient tant de douceur et tant de gentillesse qu'il était difficile de ne pas s'attacher à lui. Elle n'en tombait pas amoureuse, non. Elle ne faisait que s'approcher d'une source rafraîchissante.

Elle s'engagea sur un vieux chemin forestier. Comme elle n'était passée par là que une fois ou deux, elle interrogea Waylon du regard quand elle arriva à un croisement. Il esquissa un sourire et lui indiqua de prendre à gauche.

Il semblait prêt à consacrer un peu de son temps à se perdre avec elle.

Le chemin s'éleva régulièrement jusqu'à ce que les nuages soient si près qu'elle eut l'impression qu'elle aurait pu les toucher. C'était l'un des aspects du Montana qui lui plaisait le plus : le ciel y était presque à portée de main.

Quelques flocons voletaient dans le ciel. Au lieu de faire demi-tour et de quitter ce chemin qui ne promettait rien de bon si la tempête éclatait, elle poursuivit sa route.

Elle jeta un coup d'œil à Waylon pour savoir si elle le rendait nerveux.

Pour une fois, elle comprenait son besoin d'être toujours en mouvement. Il était tellement plus facile de se laisser porter par les événements.

La neige finit par la forcer à mettre les essuie-glaces en route. Quelques instants plus tard, elle roula sur un nid-de-poule. La secousse poussa Waylon vers elle.

Le cœur affolé, elle se gara au bord du chemin.

— Sortons ! dit-elle.

— Quoi ? s'écria Waylon en la retenant par le bras. Une minute ! Où veux-tu aller ?

Christina désigna un sentier du menton.

— On va marcher un peu par là.

Waylon fronça les sourcils.

— On ne peut pas sortir se promener. Il neige et il fera bientôt nuit. Qu'est-ce qui ne va pas, Christina ? As-tu quelque chose à me révéler à propos d'Alli ? Tu sais que tu peux tout me dire. Je ne te jugerai pas.

Elle ne savait pas si elle pouvait le croire, mais il n'était pas question qu'elle admette que c'était ce qu'il lui inspirait qui la perturbait le plus.

Waylon approcha la main de son visage et glissa une mèche égarée derrière son oreille. Les nuages gris se reflétaient dans ses yeux, mais leur teinte y était beaucoup moins menaçante. Elle avait l'impression qu'il aurait suffi que Waylon cligne des yeux pour qu'ils disparaissent et que le soleil brille.

Elle pressa sa joue contre sa main.

Waylon s'approcha, puis se figea, les lèvres à quelques millimètres des siennes, comme s'il avait peur qu'elle ne le repousse. Elle ne bougea pas. Elle voulait connaître ses baisers et ses caresses.

Elle avait envie de lui comme elle n'avait jamais eu envie de personne.

Elle s'embrasa dès qu'il effleura ses lèvres. La réalité surpassait tout ce qu'elle avait pu imaginer.

Lorsqu'elle s'adossa à la portière, il lui sourit.

— Est-ce que je t'ai déjà dit à quel point je te trouvais belle ? demanda-t-il.

Elle rit et cacha son visage dans ses mains. Cela faisait si longtemps qu'on ne lui avait pas dit ce genre de choses. Cela faisait si longtemps qu'on ne l'avait pas regardée de *cette* manière. Elle se sentit idiote à l'observer entre ses doigts. Elle aurait dû avoir plus d'assurance. Elle était assez âgée pour savoir comment se comporter en face d'un homme qui la désirait.

Le sourire de Waylon s'élargit quand il sortit sa chemise de son jean pour glisser ses mains dessous. Ses caresses la faisaient frissonner de désir.

Elle laissa échapper un gémissement. Non, elle n'avait jamais autant désiré un homme.

— Waylon, murmura-t-elle.

Il ne répondit pas. Au lieu de cela, il la poussa doucement et l'allongea sur la banquette arrière de la camionnette puis il se pencha pour déposer une série de baisers sur son ventre. Les hanches de Christina se soulevèrent de leur propre initiative. Oui, c'était bien ce dont elle avait besoin... Cela faisait trop longtemps qu'elle ne s'était pas sentie pleinement vivante.

Waylon se redressa pour déboutonner lentement sa chemise. Quand il découvrit son soutien-gorge noir, il se figea pour la contempler.

Elle se sentit terriblement vulnérable, tout à coup. Elle rentra le ventre et bomba le torse pour être le plus sexy possible.

— Arrête, dit Waylon d'une voix rauque. Tu es parfaite comme tu es.

Le cœur de Christina manqua un battement lorsqu'il se plaça entre ses cuisses et laissa courir ses doigts sur son buste avant d'écarter son soutien-gorge. Elle se cambra et gémit de plus belle quand il prit la pointe d'un sein entre ses lèvres.

— Waylon !

C'était si bon…

— J'ai envie de toi, gémit-elle. S'il te plaît…

Il se redressa et lui décocha un sourire de prédateur.

— Tu en es sûre ?

Sa part animale n'avait jamais été plus sûre de quoi que ce soit, mais le peu de logique qu'il lui restait lui souffla que c'était une mauvaise idée. Elle avait toujours eu du mal à donner son corps sans livrer son cœur et elle ne risquait déjà que trop de tomber amoureuse de Waylon.

Oui, c'était une mauvaise idée, une erreur de débutante. C'était une erreur que commettaient les gens qui pensaient qu'il y avait toujours de l'espoir et qui croyaient aux contes de fées. Des gens qui n'étaient pas comme elle. Elle était trop forte pour tomber amoureuse.

Elle posa les mains sur le torse de Waylon et le repoussa doucement.

— Attends, dit-elle d'une voix qui trahissait la faiblesse de sa détermination. J'ai envie de toi, mais…

— Moi aussi, j'ai envie de toi, la coupa-t-il, les yeux étincelants de désir. Tu sais quoi ?

— Quoi ?

— Tu es incroyablement sexy, dit-il en laissant courir ses doigts sur son ventre.

À sa grande honte, elle pouffa comme une adolescente.

— Et ? l'encouragea-t-elle.

— Et je t'apprécie. Tu es forte et généreuse. J'apprécie aussi ton honnêteté. Tu me dis toujours ce que tu penses, même si je n'ai pas envie de l'entendre.

En entendant ce compliment, elle pensa brusquement à Winnie. Si Waylon appréciait son honnêteté, il ne savait vraiment pas à qui il avait affaire. Elle était le contraire exact de la femme qu'il croyait tenir dans ses bras.

Non, il ne fallait pas qu'ils fassent l'amour. Si elle voulait au moins conserver son amitié, elle devait lui dire la vérité — quelles qu'en soient les conséquences.

11

Waylon ne comprenait pas comment les choses avaient pu aussi mal tourner. L'instant d'avant Christina tremblait sous ses caresses et l'invitait à aller plus loin par ses mouvements de hanches, l'instant suivant elle le repoussait. Elle avait pourtant l'air de prendre autant de plaisir que lui.

Arrêter de la toucher était une vraie torture. Son goût de menthe lui manquait déjà. La caresser lui avait procuré des sensations d'une intensité qu'il n'oublierait jamais.

Il n'avait jamais accordé beaucoup d'importance à un baiser jusque-là, mais embrasser Christina était une expérience unique. C'était comme s'il suffisait que leurs lèvres s'effleurent pour qu'un nouveau plan d'existence s'ouvre à eux — un monde dans lequel le temps, l'espace et les besoins des autres n'avaient plus aucun poids.

Christina ne devait pas avoir ressenti la même chose que lui puisqu'ils n'étaient pas en train de se croire seuls au monde.

Quel était le problème ?

Il se passa la main sur le visage et soupira. L'atmosphère était pesante, maintenant. Il avait été stupide de céder à la tentation. Cela avait tout compliqué. Les prochains jours allaient lui paraître interminables.

Était-ce pour cela qu'elle l'avait repoussé ? Parce qu'il s'en allait dans quelques jours ?

Il eut envie de poser la main sur sa cuisse et résista à la tentation. Christina était tassée contre sa portière comme si elle voulait mettre le plus de distance possible entre eux. Elle ne voulait sûrement pas qu'il la touche.

Il ouvrit la bouche pour lui dire qu'ils pouvaient essayer de se parler, mais il la referma aussitôt. Cela ne pouvait pas marcher. Parler ne suffisait pas. Une grande partie de ce que deux personnes échangeaient passait par le langage du corps. Comme lorsqu'ils s'étaient arrêtés au bord de la route. C'était le regard et les gémissements de Christina qui lui avaient dit qu'elle partageait ses sensations.

Parce qu'elle l'avait désiré — jusqu'au moment où ils avaient parlé. Il n'aurait pas dû ouvrir la bouche. Cela ne lui attirait que des ennuis. D'un autre côté, il était sans doute bon qu'ils se soient interrompus si elle ne ressentait pas la même chose que lui. Maintenant qu'il avait l'esprit plus clair, il était presque soulagé. Il l'appréciait et la désirait, mais leur relation n'avait aucun avenir.

Elle ne semblait pas être le genre de femme capable de supporter son mode de vie. Il était un militaire, un nomade qui se déplaçait de base en base. Toutes les femmes n'étaient pas prêtes à suivre leur mari dans ses pérégrinations. Et il y avait les missions...

Elle méritait qu'un homme consacre sa vie à la rendre heureuse et il ne pouvait pas être cet homme. Il avait donné la sienne à son pays. Christina, de son côté, faisait passer Winnie avant tout. Et elle lui avait dit qu'elle n'avait pas l'intention de quitter le ranch. À moins qu'il ne l'ait imaginé ?

— As-tu jamais songé à quitter Dunrovin ? demanda-t-il.

Il n'était pas sûr de vouloir connaître la vérité, mais son cerveau tournait en boucle en ce qui la concernait. Sa réponse l'aiderait peut-être à gérer les sentiments grandissants qu'elle lui inspirait.

Elle se mordilla la lèvre, ce qui lui rappela leur baiser. Il en eut une érection instantanée, qu'il s'efforça d'ignorer.

— Oui, j'y ai songé, mais ce n'est plus vraiment une option, répondit-elle. Bien sûr, ça peut encore changer... On ne sait jamais ce que l'avenir nous réserve.

Elle avait une expression étrange, comme si elle lui cachait quelque chose.

En général, c'était quand il interrogeait des gens qu'ils avaient cet air-là. La dernière fois qu'il l'avait vu, c'était en enquêtant sur une tentative de meurtre à la base de Bragg, quelques mois plus tôt. D'après la victime, son mari était rentré tard après une soirée bien arrosée. Cela se produisait régulièrement et les époux s'étaient disputés. D'après la femme, son mari s'était armé d'un tranchoir et avait menacé de la tuer. Elle avait eu de la chance de s'en sortir avec juste quelques bleus et quelques égratignures à déplorer.

Quand Waylon avait interrogé le mari, il s'était montré évasif. Il avait eu la même expression que Christina et c'était ce qui avait permis à Waylon de résoudre l'affaire. Méfiant, il était retourné sur les lieux, il avait reconstitué les faits et il avait fini par comprendre que c'était la femme qui tenait le tranchoir.

Si c'était à cela que ressemblaient tous les mariages dans l'intimité, il se réjouissait d'être redevenu célibataire. Cette idée le fit grimacer. De loin, beaucoup de mariages semblaient être des rêves, mais ils s'apparentaient à des cauchemars quand on savait ce qui se passait derrière les portes closes. Même si Alli et lui ne s'étaient jamais entre-tués, leur union n'avait pas été plus heureuse que celle de ces gens.

— L'avenir..., commença-t-il.

Il laissa sa phrase en suspens pour chercher la formulation la plus claire de ce qu'il voulait dire.

— Il y a peu de chose que l'on peut conquérir dans la vie, et l'amour et l'avenir n'en font pas partie, reprit-il.

Christina se gara sur le parking du ranch, coupa le moteur et posa les mains sur ses genoux. Elle resta immobile un long moment avant de lever les yeux vers lui.

— Conquérir ? répéta-t-elle. Non, je ne crois pas qu'on puisse conquérir l'amour. On peut changer un cœur et le posséder, au moins pour un temps, mais on ne peut pas garder toujours ce qui ne nous appartient pas.

Que voulait-elle dire ? Était-elle en train d'avouer qu'il possédait une partie de son cœur ou l'avertissait-elle que cela ne se produirait jamais ? Pourquoi fallait-il qu'elle parle par énigmes ? Les femmes étaient si compliquées ! Surtout elle. Il ne la comprenait pas. Alors que cela aurait dû l'agacer, cela lui donnait seulement envie d'apprendre à la connaître. Il devait être merveilleux de posséder un morceau de son cœur.

Il tendit la main vers elle, mais elle s'échappa de la camionnette avant qu'il ne la touche et courut vers l'écurie.

Par la porte ouverte, il vit que sa mère y nourrissait une vieille jument. Christina s'approcha d'elle et lui dit quelques mots. Eloise lâcha la paille qu'elle tenait et se tourna lentement vers Waylon. Elle esquissa un sourire triste avant de répondre à Christina.

Quelque chose ne tournait pas rond. D'après l'expression de sa mère, il devinait que ce qui était sur le point de se produire ne lui plairait pas.

Il sortit de la camionnette et les rejoignit dans l'écurie. Leur tension était palpable.

— Que se passe-t-il ? demanda-t-il aux deux femmes qui évitaient son regard.

— Es-tu sûre que ce soit le bon moment ? demanda sa mère à Christina.

— Ce ne sera jamais le bon moment, mais si nous attendons plus...

Christina leva enfin les yeux vers lui. Ils étaient pleins de larmes.

— Je suis désolée, Waylon, murmura-t-elle.

— Pourquoi ?

Il détestait la pitié qu'il lisait dans ses yeux. Il connaissait ce regard. La dernière personne qui l'avait fixé de cette manière était l'assistante sociale qui l'avait retiré à sa famille biologique. C'était un regard qui disait que rien ne serait plus jamais pareil.

Il éprouva le besoin de s'enfuir. Il ne pouvait pas rester planté là à attendre le coup qu'il sentait venir.

Sa mère le retint par le bras quand il tourna les talons.

— Je te connais, Waylon. Ce n'est pas quelque chose que tu veux fuir.

Elle lui offrit un petit sourire qui l'aida à résister à la panique. Il serra, puis desserra les poings.

— Très bien. Qu'est-ce qui se passe exactement ? répéta-t-il.

— Tu n'as pas à t'inquiéter, ce n'est pas quelque chose de tragique, commença Christina en lui prenant les mains. Il n'est pas nécessaire que quoi que ce soit change à cause de ça.

Il serra les dents. À présent, il était sûr que son univers était sur le point d'être bouleversé.

— Ma sœur a commis beaucoup d'erreurs, comme tu le sais,

reprit Christina. Tu es la victime de plusieurs d'entre elles. Mais il y en a une... Enfin, ce n'est pas vraiment une erreur... Mais nous...

Sa mère vola au secours de Christina.

— Nous sommes autant à blâmer qu'Alli, intervint-elle. Nous aurions dû te le dire bien plus tôt.

— Quoi donc ? grogna-t-il.

— C'est à propos de Winnie, murmura Christina.

Le cœur de Waylon manqua un battement.

Christina trouva la force de soutenir son regard, mais il y lut de la peur.

— Winnie est ta fille, Waylon.

12

Le Dog House — le meilleur bar de Mystery — était plein à craquer. Waylon dut se frayer un chemin à coups de coude jusqu'au seul tabouret libre du comptoir. Il n'aurait sans doute pas dû prendre la camionnette de Christina sans lui demander sa permission, mais il avait du mal à se faire le moindre reproche dans ces circonstances. Il n'éprouvait qu'un violent sentiment de trahison.

Comment sa famille avait-elle pu trouver normal de lui cacher qu'il avait une fille ?

Christina et sa mère avaient bafouillé des excuses pendant qu'il s'enfuyait de l'écurie. Elles avaient juré qu'elles voulaient le lui dire, mais qu'elles avaient respecté la décision d'Alli.

Il avait fait la sourde oreille. Rien ne pouvait justifier qu'elles aient gardé ce secret.

Il avait une fille.

Il était le père de Winnie.

Il fit signe au barman.

— Whisky ! commanda-t-il.

Le barman le lui servit.

— Autre chose ? demanda-t-il.

— Et une pression, répondit Waylon.

Le barman haussa un sourcil.

— Dure journée ?

— Vous ne me croiriez pas si je vous la racontais, grommela Waylon.

Le barman pouffa. Il servit sa bière et la fit glisser jusqu'à lui sans en renverser une seule goutte.

— Celle-ci est pour moi, dit-il. Mais je parie que votre histoire n'arrive pas à la cheville de certaines qu'on a pu me raconter.

Waylon rit à son tour. Il le croyait volontiers. L'alcool et les secrets allaient bien ensemble. C'était l'une des raisons pour lesquelles il buvait très rarement. Il n'aimait pas ouvrir son cœur plus qu'il n'était nécessaire. À sa décharge, on n'apprenait pas tous les jours qu'on avait une fille de deux ans. Une fille qui avait déjà su se faire une place dans son cœur… et à laquelle il ne pouvait pas faire de place dans sa vie.

Qu'allait-il faire ?

Il vida son whisky d'un trait. Quand l'alcool lui brûla la gorge, il inspira profondément pour se délecter de cette sensation.

Il était père. Cette pensée était aussi violente que le whisky. Comment cela avait-il pu se produire ?

La dernière fois qu'Alli et lui avaient fait l'amour, c'était juste avant qu'il ne demande le divorce. Non… Il se trompait. Il y avait eu une dernière fois après le divorce, le soir où il lui avait dit qu'il s'engageait dans l'armée. Lorsqu'ils s'étaient fait leurs adieux.

Quels adieux !

Au moins, sa fille ne risquait pas de connaître l'enfance malheureuse que son père avait vécue. Elle ne serait ni abandonnée ni maltraitée. Elle serait heureuse au ranch, comme il l'avait été. C'était un merveilleux endroit pour grandir, au milieu des chevaux, dans ce paysage magnifique de torrents et de montagnes.

Mais il ne pourrait pas la voir grandir. Il s'était engagé. L'armée était toute sa vie.

Il se passa la main sur le visage et sentit ses joues rugueuses. Il avait besoin de se raser. Mais il avait besoin de bien des choses — à commencer par une famille en laquelle il puisse avoir confiance.

Comment avaient-ils pu lui faire cela ? Et pourquoi ? Ils essayaient peut-être de le protéger… Mais de quoi ? Un enfant n'était pas une menace. Pensaient-ils qu'il n'était pas prêt à devenir père ? S'ils craignaient qu'il n'abandonne sa fille comme il avait lui-même été abandonné, ils se trompaient lourdement sur son compte ! Son malheur lui avait inculqué le sens des responsabilités. Jamais il ne ferait subir à quelqu'un ce qu'il avait vécu.

Il repensa au moment où il avait rencontré Winnie et soupira.

Elle était tombée d'un arbre par sa faute. Soit, il ne savait pas comment on élevait un enfant, mais il était prêt à apprendre. Il baissa les yeux vers sa bière. Les deux grosses bulles qui apparurent à la surface avaient l'air de le fixer d'un regard accusateur. Il but une gorgée. Il ne supportait pas que qui que ce soit — ou quoi que ce soit — mette en cause sa capacité à être un bon père.

Il était parfaitement capable d'élever un enfant. Il était un homme responsable. Bien des gens qui ne le valaient pas assumaient leur paternité tous les jours. Et il ferait du très bon boulot. Il inscrirait Winnie dans un cours de danse et elle pourrait même faire du hockey quand elle serait plus grande, si elle en avait envie.

Il pensa à toutes les choses qu'il avait envie de faire avec Winnie et prit conscience du temps considérable qu'exigeait l'éducation d'un enfant. Elle n'allait pas encore à l'école. Même s'il l'inscrivait dans une crèche, il faudrait qu'il l'y emmène et qu'il l'y récupère. À la base de Bragg, il n'aurait personne pour l'aider.

Et il n'intégrait pas ses missions dans son calcul. Il avait passé près d'un tiers des trois dernières années dans des zones de conflit. Ce serait sans doute pareil s'il se réengageait. Cela signifiait que Winnie passerait son temps à attendre son retour.

Si seulement Alli le lui avait dit ! Mais elle ne voulait sans doute pas partager Winnie avec lui. Même s'ils avaient passé une dernière nuit ensemble, ils ne s'étaient pas quittés en bons termes. La garde partagée d'un enfant aurait sans doute aggravé les choses — et c'était toujours l'enfant qui souffrait le plus quand des parents se disputaient.

Même s'il ne supportait pas que son père et sa mère lui aient menti, il eut l'impression de les comprendre pendant un bref instant. Winnie ne méritait pas d'être un pion dans un divorce. Au moins, elle jouissait de la protection et de l'amour de ses parents à Dunrovin. Alli lui avait accordé cela. Après tout, il lui aurait été facile de disparaître avec sa fille sans jeter un regard en arrière. Si Winnie ne connaissait pas son père, elle connaissait au moins ses grands-parents. D'un autre côté, Alli avait peut-être seulement choisi la solution de facilité. Ses parents avaient dû beaucoup l'aider à élever sa fille secrète.

La haine qu'elle devait lui vouer lui brisa le cœur. Elle n'avait aucune confiance en lui. Il devait admettre qu'il le lui rendait bien — et il venait de découvrir à quel point c'était justifié.

Elle aurait pu lui confier Winnie quand elle avait disparu, mais elle avait choisi sa sœur. Elle avait choisi de garder son secret. Elle aurait pu l'appeler et le laisser gérer la situation. Elle ne l'avait pas fait.

Bien sûr, cela aurait entravé ses plans si elle avait effectivement l'intention d'enlever Winnie. Tant qu'il n'était au courant de rien, Winnie restait au ranch — facile à trouver. Alli n'attendait sans doute plus que le bon moment pour agir. Maintenant qu'elle avait de l'argent grâce à la bague, elle allait essayer de disparaître avec la fille qu'elle lui avait cachée.

Alli était la quintessence de l'égoïsme. Tout ce qu'elle avait fait — y compris l'épouser —, elle ne l'avait fait que pour elle-même. Elle était incapable de générosité, et cela incluait sa fille, visiblement.

Par conséquent, il n'était pas question qu'elle remette la main sur Winnie. Elle était capable de tout. Sa fille serait en danger avec elle. Même s'il n'avait pas été son père, Waylon aurait fait passer la sécurité de l'enfant avant tout. C'était devenu un besoin instinctif, surtout maintenant qu'il connaissait la vérité.

Sa fille...

Ce mot tournait dans sa tête et pesait de plus en plus lourd sur ses épaules. Mais, étrangement, ce poids ne le dérangeait pas. Il était bon de penser qu'il n'était pas seul au monde, même s'il avait le devoir de protéger Winnie.

Il commença à se lever, puis se figea. Il pouvait protéger sa fille de beaucoup de choses, mais il ne pouvait pas la priver complètement de sa mère — même s'il s'agissait d'une mère qui avait ravagé sa chambre pour trouver une bague.

Mais était-ce vraiment pour cette raison qu'Alli s'était introduite dans le ranch ? Il avait le sentiment que quelque chose lui échappait.

En général, il adorait ce moment des investigations, quand il s'agissait de trouver la clé du puzzle. Mais il détestait cette enquête. Son enjeu était trop important. Heureusement que c'était Wyatt qui en était chargé. Il était incapable de la moindre objectivité à présent — et il le serait encore moins si Alli touchait à un cheveu de leur fille.

Ce mot recommença à tourner dans son esprit, mais il lui semblait déjà un peu moins aberrant.

Il but une longue gorgée de bière. Il n'était pas prêt à rentrer au ranch et à se confronter aux regards fuyants de ses parents. Il lui faudrait un bon moment pour s'habituer à l'idée qu'il était père, mais il lui faudrait encore plus longtemps pour leur rendre sa confiance. La confiance se méritait.

En même temps, il sentait que sa résolution s'émousserait s'il soutenait le regard de Christina. Il était facile d'être en colère tant qu'il n'avait pas à lui faire face et qu'il n'entendait pas sa voix.

Si l'un de ses frères lui avait demandé de garder un secret, il aurait probablement fait le même choix que Christina. En un sens, il devait respecter sa loyauté et celle de ses parents, même s'ils s'étaient montrés loyaux envers la mauvaise personne.

Bien sûr, ils l'avaient peut-être fait parce qu'ils voulaient garder Winnie au ranch. Ils devaient penser qu'ils avaient agi au mieux.

Il fallait qu'il leur parle. Il ne pouvait pas échapper à cette discussion.

Alors qu'il se retournait pour partir, il repéra William Poe à deux tables de lui. Il était avec une brune trop maquillée qui ressemblait à la femme que Christina et lui avaient aperçue dans sa maison. Lisa.

Waylon se retourna et fit signe au barman, qui s'approcha en essuyant une pinte

— Un autre whisky ? demanda-t-il.

— Non merci. Connaissez-vous ce type, là-bas ? demanda Waylon en indiquant William du menton.

— Bien sûr. C'est William Poe, un habitué. Pourquoi ?

Le barman se pencha pour que leur conversation soit aussi discrète que possible.

— Et connaissez-vous la femme qui l'accompagne ? demanda Waylon.

Le barman acquiesça.

— Oui, elle s'appelle Lisa — Lisa Chase, je crois.

— Viennent-ils souvent ?

— Ils ne sortent ensemble que depuis un mois ou deux, répondit le barman en haussant les épaules. Poe change de petite amie comme de chemise. Je suis sûr qu'elle sera remplacée dans quelques semaines. En général, je ne connais même pas leurs noms.

— Alors pourquoi connaissez-vous le sien ?

— Parce que c'est elle qui paye.

C'était logique. S'il avait travaillé dans un endroit pareil, Waylon lui-même aurait voulu savoir qui payait l'addition.

— Parce que c'est William qui paye, d'habitude ?

Le barman hocha la tête.

— Il paraît que l'argent de sa femme est bloqué depuis son décès et qu'il dépense une bonne partie du sien pour rechercher la femme qui l'a tuée. C'est ce qu'il dit, du moins. Avez-vous entendu parler de cette affaire ?

Waylon fut soulagé que cet homme ne sache pas qui il était. L'anonymat garantissait une certaine liberté.

— Que s'est-il passé ? demanda-t-il.

— L'une des ex de Poe a perdu la tête, apparemment. Elle a tué sa maîtresse, la vétérinaire du coin, et sa femme. Pour la femme, ça a été sanglant.

Il se passa le pouce sur la gorge.

— Au moins, ça a été rapide, ajouta-t-il. Je préférerais mourir comme ça plutôt que du cancer.

Waylon partageait son sentiment. Il avait vu son lot de morts. La plus spectaculaire avait été un suicide à la bombe, à Tikrit. Il ne restait plus du type que des morceaux de chair collés à un mur. Au moins, ce genre de mort était déshumanisant. S'il n'y songeait pas trop, les morceaux de chair ne formaient pas vraiment une personne. C'étaient des stratégies mentales comme celle-ci qui lui avaient permis de rester sain d'esprit.

Il tapota le bord de son verre. Sain d'esprit ? Il avait sans doute besoin d'une bonne thérapie. C'était sûrement pour cela que ses parents lui avaient caché l'existence de Winnie. Il était difficile d'avoir une relation normale avec un enfant quand on menait une vie comme la sienne Il serait exagérément protecteur. Tous les parents qui avaient vu de près les horreurs de ce monde l'étaient.

Il ne pouvait pas en vouloir à ses parents d'avoir voulu protéger Winnie, non pas du monde, mais de lui.

Il tira un billet de sa poche et le posa sur le comptoir.

— Merci pour les verres et les informations, dit-il. Si vous entendez autre chose sur William ou sur son ex qui a perdu la tête, je m'appelle Waylon. Vous pouvez me trouver au ranch Dunrovin.

Le barman écarquilla les yeux. Il venait de l'identifier.

— Waylon ? Waylon Fitzgerald ? demanda-t-il.

Il hocha la tête et s'éloigna avant que le barman ne l'interroge. Trop de questions tournaient dans sa tête pour qu'on lui en pose.

Heureusement, William et Lisa étaient trop occupés à s'embrasser pour le voir passer. Leurs regards énamourés lui donnèrent la nausée. Ce salaud venait juste de perdre sa femme et il s'affichait en public avec sa nouvelle conquête.

Lui n'avait jamais rêvé de passer d'une femme à l'autre sans réfléchir. Non. Il voulait trouver quelqu'un pour la vie.

Subitement, il revit Christina allongée sur la banquette de la camionnette. Elle était si belle...

Même s'il lui en voulait encore de lui avoir caché que Winnie était sa fille, il repensa avec délectation à sa peau de pêche, si douce sous ses baisers. Il avait gâché sa chance d'être avec elle. De bien des manières, il lui semblait incarner l'obscurité et elle, la lumière. Ils se complétaient admirablement.

S'il jouait bien ses cartes, avait-il une chance de trouver un arrangement avec elle concernant Winnie ? Il ricana. Il avait autant de chances de s'entendre avec Christina que de rencontrer une licorne. Mais il était sûr d'une chose : ils voulaient l'un et l'autre que Winnie soit en sécurité et heureuse.

13

Debout près de la fenêtre, Christina attendait le retour de Waylon. Elle comprenait parfaitement qu'il lui en veuille. Elle n'aurait pas été surprise d'apprendre qu'il avait abandonné sa camionnette devant l'aéroport. Il devait tous les détester, à cet instant — elle plus que quiconque.

Elle aurait dû essayer de convaincre Alli de lui dire la vérité, mais sa sœur n'était pas du genre à revenir sur ses décisions. Bien sûr, elle aurait pu le dire à Waylon elle-même malgré l'interdiction d'Alli, mais il lui semblait que cela aurait fait plus de mal que de bien. Elle n'en était plus si sûre, à présent.

Plus elle songeait au mal qu'ils avaient fait à Waylon, plus elle était certaine qu'il était parti pour de bon. Il l'avait déjà fait. Elle ne pourrait pas le lui reprocher. Parfois, quand on recevait trop de coups, on ne pouvait que fuir. C'était la seule tactique qu'elle connaissait pour protéger son cœur et la vie avait dû enseigner la même leçon à Waylon.

Elle repensa au moment où ils s'étaient embrassés, dans la camionnette. Elle avait eu raison de lui demander d'arrêter, mais une part d'elle le regrettait. Bien sûr, cela lui facilitait les choses maintenant qu'il était parti, mais elle aurait aimé saisir cette chance de se sentir en vie.

Elle alla s'asseoir dans un fauteuil, à l'autre bout du salon, sans prendre la peine d'allumer la lumière. Elle continua à attendre Waylon même si elle ne croyait plus à son retour.

C'était bon d'être seule dans le noir. C'était la première fois depuis une éternité qu'elle n'avait pas de problème urgent à résoudre. Cela ne la dérangeait pas de s'occuper de Winnie, mais elle n'avait plus un instant pour elle.

Elle ferma les yeux et inspira profondément. C'était sans doute à cela que ressemblait la vie de Waylon. Elle pouvait comprendre qu'il n'ait pas envie de s'occuper de sa fille s'il était habitué à un tel calme. Ce serait un vrai défi de passer de la routine militaire à l'éducation d'une fillette de deux ans qu'il ne connaissait pas.

Il devait être terrifié.

Elle aussi avait été terrifiée quand elle avait lu la lettre dans laquelle Alli la désignait comme tutrice de Winnie. Même si elle connaissait la fillette depuis sa naissance, il lui semblait impossible de prendre le relais de sa sœur. Mais elle n'avait pas eu le temps de trop analyser ses émotions. Elle avait dû choisir entre élever l'enfant ou l'abandonner aux soins de quelqu'un d'autre. Et elle n'abandonnerait jamais sa nièce.

Bien sûr, si Waylon décidait de la prendre à sa charge, elle n'aurait pas le choix. Elle devrait l'accepter. Il serait absurde de contester sa décision devant la justice, qui donnerait certainement gain de cause au père. C'était un homme sérieux qui gagnait correctement sa vie et c'était le plus proche parent de Winnie. Elle ne pouvait pas rivaliser. Elle ne possédait qu'une vieille camionnette et elle entraînait des chevaux, ce qui ne payait pas grand-chose de plus que ses factures.

Elle cacha son visage dans ses mains et regarda la lune entre ses doigts.

Des sanglots la secouèrent quand elle songea à Winnie dans l'avion qui l'emporterait vers un endroit où elle-même ne mettrait jamais les pieds. Bien sûr, elle la reverrait sûrement pendant les vacances, ici et là, mais cela n'aurait rien à voir avec l'intimité qu'elles partageaient depuis sa naissance. Elle était sur le point de perdre sa nièce.

Elle essuya ses larmes et tenta de se calmer. Cette idée lui était insupportable, mais le choix ne lui appartenait pas.

Si Waylon était bien parti, la femme, en elle, qui n'aspirait qu'à se blottir dans ses bras serait dévastée. La tutrice de Winnie, en revanche, était soulagée.

Elle secoua la tête. Comment pouvait-elle être aussi égoïste ?

Même si Waylon était parti, elle ne pouvait pas élever Winnie comme si c'était sa propre fille. Maintenant que Waylon connaissait la vérité, elle n'était plus que la tante de la fillette.

Winnie avait besoin de son père pour apprendre à lacer ses souliers et à faire du vélo. Un jour, elle aurait besoin qu'il l'accompagne jusqu'au pied de l'autel.

Cette pensée la fit sangloter de plus belle. Elle était si débordée par ses émotions qu'elle ne se rendit compte que Waylon était auprès d'elle que lorsqu'il posa la main sur son épaule.

— Ça va ? s'inquiéta-t-il. Il y a quelque chose qui ne va pas ?

Elle se leva et se jeta dans ses bras. Il sentait le whisky, mais elle s'en moquait. Il était là. Il ne s'était pas enfui. Il était revenu alors que rien ne lui aurait été plus facile que de disparaître dans la nuit.

— Je suis désolée, Waylon, gémit-elle entre deux sanglots.

Elle se rendait bien compte qu'elle détrempait le col de sa chemise, mais elle n'avait pas la force de s'écarter.

Il poussa un profond soupir, comme s'il était aussi perdu qu'elle.

Elle releva la tête. Il lui décocha le demi-sourire qu'il semblait lui réserver, parce qu'elle ne l'avait jamais vu quand il y avait quelqu'un d'autre dans la pièce. Elle adorait ce sourire, qui lui donnait l'impression que Waylon avait le pouvoir d'apaiser toutes ses craintes.

Il prit son visage entre ses mains et essuya ses larmes. La libido de Christina se réveilla aussitôt. Elle le voulait. Elle pressentait qu'elle le voudrait toujours, mais il fallait qu'elle se contente de ces instants. Il partirait dans quelques jours en emportant son cœur...

Mais ils avaient cette nuit.

Elle pouvait saisir cette chance de lui appartenir.

— Je suis désolée de ne t'avoir rien dit. Je ne pouvais pas...

— Je comprends, la coupa-t-il. N'en parlons plus. Tu as fait ce que tu estimais devoir faire.

La manière dont il prononça ces mots incita Christina à se demander s'ils avaient un sens caché. L'avertissait-il qu'il ferait ce qu'*il* estimait devoir faire ?

Elle ouvrit la bouche pour lui demander quelles étaient ses intentions, mais elle changea d'avis et la referma. Elle ne voulait pas le savoir. Cela ne pouvait que gâcher cet instant. Ils auraient bien le temps de parler plus tard, quand elle aurait senti ses baisers et ses caresses.

— Je… Veux-tu…, balbutia-t-elle.

Elle était pathétique. Cela faisait une éternité qu'elle n'avait pas essayé de séduire un homme. Contrairement à ce que les gens disaient, c'était quelque chose qu'on oubliait. Ce n'était pas parce qu'elle l'avait fait des années plus tôt que cela lui reviendrait naturellement.

Elle enroula les bras autour de la taille de Waylon et posa la tête contre son torse. Son cœur battait aussi vite que le sien.

— As-tu appelé Wyatt pour prendre des nouvelles de Winnie ? demanda-t-il comme s'il avait besoin de parler d'autre chose que de ce que leurs corps étaient en train d'exprimer.

Elle retint son souffle en priant pour que cette question s'évapore, mais Waylon se raidit entre ses bras. Elle finit par se soumettre à la réalité et recula d'un pas. Au lieu de la lâcher, comme elle s'y attendait, Waylon posa les mains sur ses hanches.

— Comment va Winnie ? demanda-t-il, les sourcils froncés. Pleures-tu à cause d'elle ? Tu ne dois pas t'inquiéter. Elle est en sécurité. Je ne permettrai pas qu'il lui arrive quoi que ce soit de mal.

C'était décidément quelqu'un de bien.

Qui ferait sans doute un bon père.

Elle sentit une larme rouler sur sa joue et s'empressa de baisser la tête pour qu'il ne la voie pas se remettre à pleurer.

— Oui, j'ai appelé ton frère, répondit-elle. La petite va bien. Gwen l'a mise au lit il y a deux heures. Ça a été un peu difficile parce qu'ils avaient oublié sa peluche préférée.

— Faut-il que je la lui apporte pour qu'elle puisse s'endormir ?

Christina craignit que ses jambes ne la trahissent. Il était si prévenant…

Elle essuya ses larmes et se redressa.

— Non. Winnie a fini par s'endormir. Mais il n'est pas très étonnant qu'elle régresse, ces temps-ci, vu tout ce qui se passe dans sa vie.

Waylon fronça les sourcils.

— Qu'elle régresse ? répéta-t-il.

Elle hocha la tête.

— Elle recommence à faire pipi au lit alors qu'elle avait appris à aller sur le pot.

Waylon écarquilla les yeux.

— Tu veux dire qu'elle porte de nouveau des couches ?

Les jambes de Christina tremblèrent un peu moins. Waylon n'était peut-être pas l'homme idéal, finalement.

— As-tu peur de changer des couches ?

Il éclata de rire.

— Non. Ça fait un moment que je ne l'ai pas fait, mais j'ai changé pas mal de marmots quand mes parents servaient de famille d'accueil. C'est juste que je n'avais pas assez réfléchi à ce que Winnie traverse. C'est une enfant robuste.

Elle hésita à répondre, mais elle n'était pas du genre à se taire quand elle avait une opinion.

— Et de nouveaux changements dans sa vie... ne pourraient que lui rendre plus difficile encore le fait d'être séparée de sa mère.

Il hocha la tête, puis il pressa doucement ses hanches avant de la lâcher.

— Je sais.

Oui, elle aurait mieux fait de se taire. Elle regrettait déjà le pouvoir magique de son contact.

— Mais tu dois faire ce qui te semble le mieux pour elle, ajouta-t-elle en lui prenant les mains. C'est ta fille. Y as-tu réfléchi ?

Il souleva l'une de ses mains pour y déposer un baiser.

— Honnêtement... je n'ai pris aucune décision. Je ne suis sûr que d'une chose pour le moment, c'est que j'ai envie de toi.

Il l'entraîna dans le couloir jusqu'à son ancienne chambre, à laquelle ses parents n'avaient pas touché. Il y avait encore des posters de joueurs de football des années 2000 accrochés au mur et une maquette du Faucon Millenium suspendue au plafond.

Elle esquissa un sourire. Combien d'hommes étaient assez courageux pour inviter une femme dans une pièce remplie des souvenirs de leur enfance ?

Elle était passée devant sa chambre des centaines de fois sans lui accorder la moindre attention. Alors qu'il fermait la porte, elle se retint de pouffer en découvrant la housse de couette de *La Guerre des étoiles*. Il y avait même Dark Vador sur l'oreiller.

— Quand as-tu dormi ici pour la dernière fois ? demanda-t-elle en essayant d'ignorer les signaux que leurs corps se lançaient.

Il esquissa un sourire un peu gêné, comme s'il prenait seulement conscience de l'effet que la décoration de cette chambre devait avoir sur elle.

— J'ai décoré ma chambre à la base de la même manière. Ça te plaît ? plaisanta-t-il. Mais, comme je suis plus âgé, j'ai d'autres figurines.

Elle éclata de rire.

— Je ne savais pas que tu étais un passionné de *La Guerre des étoiles*, le taquina-t-elle alors qu'il posait les mains sur ses hanches.

— Ne me lance pas sur le sujet ! l'avertit-il sur un ton qui prouvait que c'était bien la dernière chose qu'il avait à l'esprit.

— Préférerais-tu être ailleurs ? demanda-t-elle en se sentant d'humeur à badiner pour la première fois depuis une éternité.

Il pouffa. Comme elle aimait son rire ! Il enroula les bras autour de sa taille et l'attira contre lui. Son corps se chargea de répondre à sa question.

Elle glissa les doigts dans ses cheveux courts et fut surprise par leur souplesse. Ils étaient comme l'homme auquel ils appartenaient : d'apparence rugueuse et d'une douceur infinie quand on s'en approchait.

Elle pressentait qu'il laissait peu de gens voir l'homme qu'il était vraiment. Cette pensée la flatta. C'était un honneur que d'être dans ses bras au milieu des vestiges de son enfance.

Il l'incita à enrouler les jambes autour de sa taille en la soulevant.

— Je ne sais pas comment on s'est retrouvés là ni pourquoi, mais je m'en réjouis, murmura-t-il tout près de ses lèvres.

Elle en frissonna.

Il n'attendit pas sa réponse pour l'embrasser. Ses lèvres étaient puissantes et généreuses. On pouvait deviner tant de choses sur un homme rien qu'à la manière dont il embrassait... Les baisers de Waylon n'étaient que des promesses d'avenir chargées de passion.

Tout en l'emportant vers le lit, il laissa ses mains glisser sous ses fesses et poussa un grognement qu'elle avala avec délice. Puisqu'il la tenait bien, elle ondula contre lui pour le provoquer.

Il s'écarta d'elle pour l'observer les yeux mi-clos.

— À quoi joues-tu ? grogna-t-il.

— À ton avis ? répliqua-t-elle.

— Es-tu sûre de vouloir…

Elle le fit taire en pressant les lèvres contre les siennes.

Il l'allongea sur le lit, se plaça au-dessus d'elle et la rendit folle de désir en embrassant sa gorge. Quand elle se cambra, il entreprit de déboutonner son chemisier en embrassant chaque centimètre de peau qu'il découvrait.

N'y tenant plus, elle tira brutalement sur la chemise de Waylon.

— Doucement ! protesta-t-il avec un sourire irrésistible. Je compte profiter de toi toute la nuit.

Le cœur de Christina manqua un battement. Elle ne savait pas jusqu'où son corps était capable d'aller, mais elle était prête à tester ses limites. Elle ouvrit la bouche et chercha quelque chose à répondre.

Elle fut juste capable de supplier :

— S'il te plaît !

Le rire de Waylon résonna dans tout son corps.

Il ouvrit son dernier bouton et fit glisser son chemisier de ses épaules.

— S'il y a une chose pour laquelle je suis doué, c'est pour obéir à des ordres, dit-il.

Elle se sentit rougir lorsqu'elle comprit qu'il voulait qu'elle mène la danse. C'était quelque chose qu'elle n'avait jamais fait, mais cela rendait sa requête encore plus érotique. Il l'incitait à se fier à lui et à rechercher des plaisirs inédits.

Même si elle appréciait sa démarche, elle ne trouva pas comment formuler ses désirs tandis qu'il couvrait son ventre de baisers.

Il dut sentir sa timidité.

— Aimes-tu que je t'embrasse là ? demanda-t-il en lui montrant le grain de beauté qu'elle avait sur la hanche.

Il illustra son propos en embrassant longuement l'endroit en question.

— Oui, souffla-t-elle.

— Veux-tu que je descende davantage ? murmura-t-il en laissant courir ses doigts sur son ventre.

Elle hocha lentement la tête, le sourire aux lèvres.

Il déboutonna son jean et déposa une série de baisers au bord de sa culotte. Elle en trembla de désir. Une part d'elle voulait qu'il la prenne sur-le-champ, l'autre se délectait de chaque baiser comme s'il devait être le dernier.

Si seulement elle avait pu vivre cela jusqu'à la fin des temps... Rien n'avait jamais été aussi bon.

Il fit lentement glisser son jean sur ses jambes, puis il le laissa tomber par terre.

Elle en profita pour se redresser et l'attira à elle par son ceinturon. Elle ouvrit très lentement sa braguette sans manquer de remarquer que sa respiration était de plus en plus courte. La chaleur de son membre attira sa main comme les flammes attirent les papillons.

Waylon poussa un grognement sourd quand elle posa la main dessus. De l'autre, elle fit glisser son jean, qui tomba à ses pieds. Il ne prit même pas la peine de s'en dégager. Il semblait complètement absorbé par ses sensations.

Ils se sourirent quand leurs regards se rencontrèrent.

— Christina, grogna-t-il quand elle glissa les doigts sous son boxer.

Elle envisagea de le faire jouir dans sa bouche, mais elle en voulait plus. C'était sa chance de le goûter tout entier.

Elle tira sur son boxer pour exposer son membre impressionnant. Un petit rire lui échappa alors qu'il se débarrassait de sa chemise.

— Qu'est-ce qui t'amuse ? demanda-t-il.

— Rien.

Ce qui se passait entre eux n'avait rien d'amusant. Son rire n'était que l'expression de la nervosité dont elle n'arrivait pas à se débarrasser. Elle n'avait pourtant plus vingt ans ! Son corps et son âme avaient bien changé depuis cette époque.

Waylon s'écarta d'elle et l'observa comme s'il pouvait lire dans ses pensées.

— Tu sais ce que j'aime le plus chez toi ? demanda-t-il.

Elle haussa un sourcil pour l'avertir qu'il avait intérêt à trouver une bonne réponse et s'appuya sur un coude.

— Quoi donc ?

— Ta confiance en toi... C'est surtout remarquable dans ta façon de bouger.

Elle esquissa un sourire un peu amer. Heureusement qu'il n'avait pas accès à ce qui se passait dans sa tête. Il n'imaginait pas les doutes qui l'assaillaient la plupart du temps. Elle était peut-être plus douée qu'elle ne le croyait pour feindre l'assurance.

— Que se passe-t-il quand je me mets à remuer ? l'encouragea-t-elle.

— Tu bouges comme personne. J'ai l'impression que tu ne le fais que pour moi, répondit-il avant de prendre l'une de ses pointes de seins entre les lèvres.

— Est-ce que ce n'est pas un peu égoïste ? le taquina-t-elle.

Il lui jeta un regard espiègle.

— Égoïste ? Je t'assure que je suis l'homme le plus généreux que tu aies jamais rencontré.

Il la fit tressaillir en glissant la main entre ses cuisses.

— Je pense qu'il vaut mieux que je te le prouve, ajouta-t-il.

Il glissa les doigts en elle avec autant de douceur que d'assurance.

— Tu aimes ? demanda-t-il d'une voix rauque.

— Oui…, gémit-elle. Mais je veux te sentir tout entier en moi.

Il pressa les lèvres contre les siennes et la pénétra sans cesser de l'embrasser. Ce fut encore meilleur qu'elle ne l'avait imaginé. Ce fut même si bon qu'elle se demanda si leurs corps n'avaient pas été faits l'un pour l'autre.

Elle sentit vite approcher la jouissance. Les traits tendus et le souffle court de Waylon indiquaient qu'il n'en était pas loin non plus. Subitement, son corps la trahit et elle s'offrit entièrement à lui.

14

Il avait beaucoup neigé pendant la nuit. Il y avait une épaisse couche de flocons sur le rebord de sa fenêtre et le sol était couvert d'un tapis blanc.

Christina se blottit davantage contre Waylon comme si elle avait senti le froid qui habitait ses pensées.

Il avait dû faire des choix difficiles dans sa vie — et son divorce avait été sa pire épreuve jusque-là —, mais le plus difficile de tous s'annonçait : qu'allait-il faire de cette relation nouvelle ? Il ne s'imaginait pas capable de tomber amoureux aussi vite.

La chevelure blonde de Christina était étalée sur son torse. Il enroula une mèche autour de son doigt. Ses cheveux étaient aussi doux et forts qu'elle. Tout en elle — même le regard furieux qu'elle lui avait décoché quand ils s'étaient rencontrés — était parfait.

Il caressa ses cheveux en prenant bien garde à ne pas la réveiller. Il avait besoin de la toucher. Ils n'avaient plus que quelques jours à passer ensemble avant qu'il ne reparte à l'autre bout du pays.

Tout s'était passé si vite… Il ne connaissait Christina que depuis quelques jours et il songeait déjà à changer de vie pour elle. Mais il n'avait pas peur de l'avenir même si les événements se bousculaient — et c'est ce qui aurait dû l'inquiéter le plus.

Ce n'était pourtant pas la première fois qu'il tombait amoureux. Il aurait dû être plus prudent… mais quelque chose en Christina lui faisait oublier toute précaution. Il espérait qu'il ne le regretterait pas. Il ne supporterait pas de se faire briser le cœur par une autre sœur Bell. Il ne pouvait pas passer sa vie entière dans l'armée.

Il se raidit quand il entendit des pas dans le couloir. On frappa brièvement à la porte et la poignée tourna. Waylon s'empressa de tirer la couverture sur leurs corps enlacés.

Wyatt entra dans la chambre. Il était déjà en uniforme à cette heure matinale.

— Bouge tes…

Il s'interrompit net, ouvrit et ferma plusieurs fois la bouche, puis sortit de la chambre en tirant la porte derrière lui.

Génial.

Waylon soupira. Il passerait la matinée à supporter des questions et des regards obliques.

On frappa doucement à la porte. Wyatt semblait prêt pour le deuxième round.

— Quoi ? grommela Waylon.

— Il faut qu'on parle. J'ai du nouveau, répondit son frère. Prends ton temps.

Waylon rit sous cape. Comme s'il avait besoin de la permission de son frère pour faire quoi que ce soit, surtout en matière de femmes ! Bien sûr, il devait reconnaître qu'il y avait des moments, comme celui-ci, où il ne savait pas vraiment ce qu'il devait faire. Mais en discuter avec son frère lui faisait autant envie qu'une séance chez le dentiste. Même si Wyatt et lui pouvaient parler de beaucoup de choses, Christina lui semblait ne pas en faire partie. D'un autre côté, Wyatt la connaissait mieux que lui.

Il se glissa hors des bras de Christina le plus doucement possible pour ne pas la réveiller. Il grelotta dès qu'il quitta le lit. C'était étrange… Il avait passé des centaines d'heures d'entraînement dans la boue ou dans des marécages et il croyait avoir eu froid… Mais ce n'était rien en comparaison de ce qu'il ressentait à cet instant.

Il s'habilla en contemplant Christina.

Elle poussa un petit gémissement, comme si elle protestait dans son sommeil contre son départ. Cela rappela à Waylon ceux qu'elle avait poussés quelques heures plus tôt. Comme sa libido se réveillait, il se força à détourner les yeux. Le temps manquait pour ce qu'il voulait lui faire, mais il se promit de la faire rugir comme la lionne qu'elle était dès qu'il le pourrait.

Wyatt, qui l'attendait dans le salon, se tourna vers lui quand il y entra. Waylon soupira. Il n'avait aucun mal à imaginer ce que son frère voulait lui dire.

— Vas-y ! Vide ton sac ! l'encouragea-t-il.

Son frère esquissa un sourire espiègle.

— Que veux-tu que je te dise ?

Waylon ricana.

— Si c'est à moi de décider : rien du tout.

— Je vais quand même te dire une chose, répondit Wyatt. Tu as intérêt à ne pas lui faire de mal. Elle n'est pas aussi forte qu'elle en a l'air. Elle a encaissé beaucoup de coups, surtout ces derniers temps. Gwen et elle s'entendent bien, mais même Gwen ne réussira peut-être pas à la remettre sur pied si tu lui brises le cœur.

— Ce n'est pas mon intention.

— Que ce soit ton intention ou non, tu la pousses à tomber amoureuse en couchant avec elle.

Waylon ne pouvait pas le nier.

Wyatt lui décocha le regard qu'il lui réservait quand ils étaient enfants et qu'il s'attirait des ennuis.

— Il n'y a pas de bonne manière de sortir du trou que vous êtes en train de creuser, l'avertit-il.

Si, il y en avait une, mais il n'était pas question qu'il en parle. Tout risquait de mal tourner s'il commençait à imaginer un avenir.

— Je n'appellerais pas ça « creuser un trou », protesta-t-il.

— Et tu appelles ça comment, au juste ? Tu la laisseras tomber comme tu as laissé tomber Alli, et tu vois ce que ça a donné !

Il écarta les bras comme si Alli était un spectre omniprésent.

— Tu te fous de moi ? s'insurgea Waylon.

Il essaya de contrôler sa colère. Il ne pouvait pas en vouloir à son frère de s'inquiéter pour Christina. Wyatt était sans doute bien plus sage que lui… Mais il n'avait pas le droit de lui attribuer l'entière responsabilité de l'échec de sa relation avec Alli.

— Tout n'est pas de ma faute, se défendit-il. Alli est une grande fille. Elle est responsable de ses décisions.

Wyatt soupira et se massa l'arête du nez.

— Tu as raison. C'est juste que…

— C'est juste que tu ne veux pas que Christina souffre, acheva Waylon à sa place. Je t'assure que je ne le veux pas non plus.

— Si c'était vrai, tu n'aurais pas…

— Arrête ! le coupa Waylon. Tu étais censé ne me dire qu'une chose. Ça suffit. Je te demande de me croire quand je te dis que je me soucie de Christina.

Wyatt acquiesça.

— Je suis content qu'on soit d'accord, répondit-il. Je ne veux pas gérer les dégâts que tu laisses derrière toi une deuxième fois.

— Ça suffit ! grogna Waylon. Si tu ne m'as réveillé que pour ça, je vais retrouver Christina.

— Attends ! lança Wyatt alors qu'il tournait les talons. Je suis désolé. Ça… m'a surpris, c'est tout. Je ne t'ennuierai plus avec ça, c'est promis. Tu sais comment ça s'est passé entre Gwen et moi… Je suis mal placé pour donner des conseils.

Son frère redevenait raisonnable.

— Merci, dit Waylon. Tu sais comment c'est. Il arrive que des choses nous tombent dessus.

— Comme l'amour, tu veux dire ? demanda Wyatt en scrutant son visage comme s'il pouvait y déchiffrer ses sentiments.

Waylon resta silencieux. Aimait-il Christina ? Il aimait beaucoup de choses en elle : sa personnalité, son intelligence, sa détermination, la manière dont ses cheveux cascadaient dans son dos… Elle était si sexy ! Mais elle pouvait aussi lui mettre les nerfs à vif en quelques secondes si elle le voulait — surtout quand ils parlaient de Winnie.

S'il décidait d'emmener Winnie à Bragg… toute l'affection que Christina pouvait avoir pour lui disparaîtrait en même temps que son indépendance. Et elle lui reprocherait sûrement d'être un mauvais père s'il laissait Winnie au ranch.

Il ne voyait pas de bonne solution.

— Pourquoi m'as-tu réveillé ? demanda-t-il, en partie pour échapper à l'interrogatoire de son frère.

— J'ai pensé que tu aimerais savoir qu'on a retrouvé la trace de la bague volée chez un prêteur sur gages de Flintock.

— Il y en a au moins quatre plus près d'ici, fit Waylon en essayant de se souvenir de cette ville, au sud de Mystery, qui n'était qu'un point minuscule sur la carte.

Wyatt hocha la tête.

— Alli a peut-être cru qu'on ne chercherait pas jusque-là.

— Elle n'était pas sortie du comté. Elle devait savoir que tu serais prévenu.

— Elle espérait peut-être qu'on ne se rendrait pas compte que la bague avait été volée.

— As-tu inspecté les documents qui se trouvent dans le coffre ? Sais-tu s'il manque quelque chose ?

Wyatt haussa les épaules.

— Je peux te dire que la chambre a été fouillée de fond en comble, mais je ne sais pas s'il manque quelque chose. Même Christina ne sait pas précisément ce qu'il y avait dans ce coffre.

— Ne serait-il pas logique qu'il y ait des documents officiels ? L'extrait de naissance de Winnie ou son attestation de Sécurité sociale ? As-tu trouvé ce genre de choses ?

— Il y a des documents, mais je ne les ai pas regardés de près.

— Je te parie ce que tu veux que ces documents-là manquent également.

Ils se rendirent dans la chambre de Winnie, que quelqu'un avait rangée. Toutes les peluches avaient retrouvé leur place. Wyatt tira le coffre du placard et examina les documents qu'il contenait.

— Comment l'as-tu deviné ? demanda-t-il quand il leva les yeux.

— J'imagine que c'est parce que je pense à tout ce dont je vais avoir besoin depuis que je sais que Winnie est ma fille. Si Alli veut l'enlever, il lui faut ces documents — surtout si elle a l'intention de franchir une frontière. Winnie a-t-elle un passeport ?

Wyatt blêmit.

— Laisse-moi deviner, poursuivit Waylon. Il a disparu aussi ?

Wyatt hocha la tête.

— Mais Gwen ne laissera pas Alli s'approcher de Winnie, ne t'inquiète pas.

— Si Alli réussit à enlever Winnie et à quitter le pays, nous ne les reverrons jamais. Gwen ne doit pas laisser Winnie sans surveillance un seul instant, c'est bien compris ?

— Elle le sait, répondit Wyatt. Elle ne reculera devant rien pour protéger Winnie. Elle l'aime de tout son cœur — encore plus que toi, peut-être. Elle la connaît depuis sa naissance.

Cette remarque blessa Waylon, mais il n'avait pas le temps de se soucier de ses sentiments. Il fallait sans doute qu'il s'habitue à ce que tout le monde lui reproche une erreur qu'il ne pensait pas avoir commise. Si c'était le prix à payer pour qu'il ait sa fille dans sa vie, il y était disposé.

On frappa à la porte et Christina entra dans la chambre. Elle était habillée et elle s'était relevé les cheveux, mais ses paupières étaient encore gonflées par le sommeil.

— Que faites-vous là ? demanda-t-elle d'une voix un peu pâteuse.

— Je te l'expliquerai en chemin, répondit Waylon avant de lui prendre la main pour l'entraîner dehors.

— En chemin ? Où allons-nous ? demanda-t-elle.

Au moins, elle commençait à avoir confiance en lui. Malheureusement, Wyatt avait raison. Dans quelques jours, il ferait du mal à Christina, même s'il se souciait d'elle.

Sa raison savait qu'ils n'auraient pas dû coucher ensemble, mais son cœur lui répondait qu'il avait fait le bon choix. Il n'avait pas été aussi heureux depuis une éternité. Ce qu'il venait de vivre ne ressemblait en rien à une aventure d'un soir, même s'ils paraissaient tous les deux décidés à se contenter de cela.

Mais une nuit suffisait parfois à tout changer. Rien ne serait plus jamais pareil entre eux. Ils partageraient jusqu'à la fin de leurs jours cette intimité particulière que ne connaissaient que les amants.

— Je pars devant. Essaye de ne pas te laisser distancer, dit Wyatt avant de se diriger vers sa voiture de patrouille.

Waylon hocha la tête et ouvrit la portière pour Christina.

— Si tu veux que je t'accompagne, il me faut une tasse de café — surtout après la nuit qu'on vient de passer, dit-elle avec un sourire timide.

— Désolé, mais nous n'avons pas le temps de prendre un café, répondit-il.

— Alors dis-moi au moins où on va.

— À Flintock. On a eu un tuyau concernant la bague de ta grand-mère. Quelqu'un l'a déposée chez un prêteur sur gages.

Le sourire de Christina disparut. Il regretta aussitôt de lui avoir répondu, mais il ne pouvait pas remonter le cours du temps. Leur nuit de répit et de plaisir était officiellement terminée, même s'il n'aspirait qu'à ramener Christina entre ses draps de *La Guerre des étoiles*.

Il sourit intérieurement. Combien de fois avait-il rêvé d'amener une fille dans sa chambre quand il était au lycée ? Cela ne s'était jamais produit. Il avait fallu qu'il arrête de l'espérer pour le vivre.

Il s'installa au volant et suivit Wyatt sur la route de Flintock.

Maintenant qu'ils étaient en chemin, il ne ressentait plus aussi nettement la complicité qui s'était développée entre Christina et lui au cours des dernières heures. Elle devait prendre de mieux en mieux conscience que leur temps était compté.

Elle posa la main entre eux sur la banquette, la paume vers le haut. Il hésita. Alors qu'il s'apprêtait à la lui prendre, elle la ferma et posa le poing sur son genou.

— Ton frère a-t-il une opinion sur le fait qu'on ait couché ensemble ? demanda-t-elle.

— Oui.

— Laquelle ?

Il posa la main sur le poing de Christina pour essayer de l'empêcher de se rétracter davantage. Il ne supporterait pas qu'elle érige à nouveau des barrières entre eux. Tant qu'il était là, il voulait que leur relation reste ce qu'elle avait été pendant la nuit : un mélange de confiance, de joie et de légèreté. En même temps, il savait que certains fantasmes ne survivaient pas à la lumière du jour. La réalité les anéantissait comme le soleil repoussait les ombres.

Comme Christina gardait son poing serré, il écarta sa main. Elle ne voulait pas qu'il la touche. C'était une mesure de protection. S'il avait été plus malin, il aurait suivi son exemple.

— Tu connais Wyatt, répondit-il. Il croit qu'il sait tout parce qu'il est l'aîné.

— Et que croit-il savoir en ce qui nous concerne ?

Il haussa les épaules.

— Wyatt n'a pas toujours raison.

— Alors il pense que c'est une mauvaise idée ?

Il ne savait pas de quoi il avait le moins envie de parler entre la bague de la grand-mère de Christina et l'état de leur relation. Les deux sujets semblaient la crisper. Il aurait donné n'importe quoi pour la revoir sourire.

— Certaines choses formidables ont commencé par de mauvaises idées, répondit-il.

Elle éclata de rire. C'était un son si agréable qu'il ne put s'empêcher de rire avec elle. Comme il aurait aimé entendre cela tous les jours !

— Toi et moi, nous sommes trop vieux pour croire encore que le cœur nous mène toujours dans la bonne direction, finit-elle par dire. Le cœur est inconstant.

— Veux-tu dire que tu regrettes ce qui s'est passé entre nous ?

Le fait qu'elle prenne la discussion en main le mit mal à l'aise — d'autant plus qu'elle semblait le pousser vers la sortie.

Elle baissa les yeux.

— Je sais — comme tu dois le savoir — que ce qui s'est passé la nuit dernière était merveilleux, mais…

— Mais tu n'attends rien d'autre de moi, acheva-t-il à sa place en se préparant au coup qu'il était sur le point de recevoir.

— Ce n'est pas ça…

Elle releva la tête. Il y avait des larmes dans ses yeux.

— C'est juste qu'il ne peut rien se passer de plus, reprit-elle. Nos vies sont trop différentes. Ta place n'est plus ici. Tu as le monde entier à portée de main. Si je te demandais de rester, je te demanderais de renoncer au monde. Ce ne serait pas juste.

— Et si tu venais vivre avec moi ? suggéra-t-il sans avoir réfléchi le moins du monde à cette option.

— Ce n'est pas si simple. Il y a Winnie, le ranch… Ta mère a besoin de moi. Ma place est ici. Que ferais-je de mes journées si je te suivais ?

— On serait ensemble. N'est-ce pas le plus important ?

Sa peur de la perdre s'entendit dans sa voix, mais il n'était plus capable de contrôler ses émotions.

— Tu me connais à peine…

— Je te connais plus que tu ne veux bien l'admettre, la coupa-t-il. Je sais à quoi ressemble ton visage quand tu es pleinement heureuse et quand quelqu'un que tu aimes est en danger.

Il esquissa un sourire en repensant à leur rencontre.

— Et je sais que tu veux tout maîtriser parce que tu as peur de souffrir.

Elle soupira. Il avait visé juste, apparemment.

— Tu as raison, Waylon. Je ne veux pas souffrir. Et je ne voudrais pas plus souffrir dans un an. Réfléchis... Qu'est-ce que je ferai pendant que tu travailleras ? Je me tournerai les pouces dans ta base ? Et Winnie ? Tu ne peux pas penser que grandir dans une base militaire est mieux pour elle que dans un ranch.

— Des tas d'enfants grandissent dans des bases militaires, protesta-t-il.

— C'est vrai. Ils se déplacent en permanence. Ils se font des amis, puis ils les perdent.

— Ça les rend forts. Ils comprennent qu'ils ne peuvent compter que sur eux-mêmes et sur leur famille.

— Parce que tu crois que Winnie sera faible si elle grandit ici ? Ici, elle aurait de la stabilité — et c'est quelque chose dont elle a désespérément besoin depuis la disparition de sa mère.

Christina avait raison. Winnie méritait la meilleure enfance possible et elle comprenait sûrement mieux que lui de quoi elle avait besoin.

Christina tendit la main, mais il n'était pas question qu'il lâche le volant. Il ne pouvait pas lui montrer son chagrin. Il s'était déjà rendu bien trop vulnérable. Il avait été stupide ! Il avait presque oublié à quel point les blessures du cœur faisaient souffrir.

Leur relation n'avait aucun avenir. Au mieux, ils pouvaient être amis et regretter ce qu'ils auraient pu vivre si leurs existences n'avaient pas contrarié leurs rêves.

Il fut soulagé de passer le panneau de Flintock. Il pourrait bientôt sortir de cette voiture et échapper à cette conversation.

Flintock n'était constitué que d'une voie de chemin de fer, une station-service, deux bars, deux églises, un prêteur sur gages et une banque. C'était le genre d'endroit où ne s'arrêtaient que les automobilistes fatigués qui avaient besoin de soulager un besoin naturel. Waylon se gara à côté de Wyatt sur le parking du prêteur sur gages.

Sa boutique était un petit bâtiment carré recouvert d'un crépi qui s'effritait. La boutique semblait plongée dans l'obscurité, mais le panneau accroché à la porte indiquait qu'elle était ouverte. Le propriétaire avait-il teinté les vitres pour dissimuler les échanges suspects qui avaient lieu à l'intérieur ?

Il détesta cette boutique sur-le-champ, mais elle n'était peut-être pas aussi louche qu'elle en avait l'air. Au moins, quelqu'un avait appelé Wyatt. Ce quelqu'un aurait très bien pu refuser d'acheter la bague à Alli ou la revendre sans rien dire. Il aurait sans doute préféré ne pas avoir affaire à la police.

Waylon sortit de la camionnette avec soulagement. Christina et lui rejoignirent Wyatt, qui les attendait près de sa voiture.

— Le type qui nous a prévenus s'appelle Herb, précisa son frère. Il est assez sympa. Il fait ce métier depuis longtemps... mais il a peut-être des choses à cacher. Si ça ne t'ennuie pas, j'aimerais que ce soit moi qui pose les questions.

Waylon hocha la tête. Il n'avait aucune envie de jouer ce rôle de subalterne, mais ce n'était ni son enquête ni sa juridiction.

La plupart des lampes de la boutique étaient éteintes. Il y avait tout juste assez de lumière pour qu'ils se frayent un chemin entre des rangées de vieilles guitares et des étagères de DVD d'un autre temps. Cet endroit puait la tristesse et les vies gâchées.

Un vieil homme était assis sur un tabouret derrière un long comptoir vitré au fond de la boutique. C'était dans ce comptoir qu'étaient exposés les armes et les bijoux. Waylon fut frappé par ce voisinage qui ne lui parut pas si aberrant que cela. Tous ceux qui avaient porté les alliances qui avaient échoué là devaient avoir eu le cœur brisé.

Mais c'était peut-être son chagrin qui parlait.

— Bonjour ! leur lança l'homme en se levant.

Il était large d'épaules. Même s'il s'était voûté avec l'âge, il mesurait encore au moins un mètre quatre-vingt-dix. Le tabouret vacilla derrière lui comme s'il craignait qu'il ne se rassoie.

Wyatt tendit la main à l'homme.

— Bonjour, Herb. Merci de nous avoir appelés. Je te présente mon frère et sa petite amie, Christina. La bague qu'on cherche lui appartient.

Waylon fit semblant de ne pas remarquer l'air surpris de Christina.

— Ah ! dit l'homme en observant Christina de la tête aux pieds. Cette bague est presque aussi belle que sa propriétaire.

Christina baissa les yeux.

— L'avez-vous achetée, Herb ? demanda Waylon pour lui venir en aide.

Herb ouvrit un livre de compte. Cet objet semblait venir d'un passé lointain, mais il était banal dans les endroits du monde où la connexion à Internet — et parfois même les portables — était encore un luxe.

— Ce type vendait pas mal de choses, dit-il en tapotant son carnet. Plusieurs tableaux et deux bagues.

— Le type ? s'écria Christina. La personne qui vous a vendu la bague était un homme ?

Waylon était aussi surpris qu'elle. À sa connaissance, il n'y avait pas d'homme dans la vie d'Alli en dehors de William Poe. Était-ce lui qui avait vendu la bague ? C'était assez peu vraisemblable. William n'aurait sans doute pas pris un tel risque alors que tout le monde observait ses faits et gestes.

— À quoi ressemblait-il ? demanda Wyatt. À un homme d'affaires ?

Lui aussi pensait à William, visiblement.

Herb secoua la tête.

— Non. Il avait un gros ventre et de longs cheveux gras. Il était assez sympa — bavard comme les gens qui passent beaucoup de temps seuls. Je crois qu'il m'a dit qu'il était chauffeur routier.

— Un routier ? répéta Waylon avant d'échanger un regard entendu avec son frère. Vous ne vous souvenez pas de son nom, par hasard ?

Herb secoua la tête une nouvelle fois.

— Non, mais j'ai dû le noter quelque part.

Waylon fouilla sa mémoire à la recherche du prénom du routier qu'ils avaient rencontré à l'endroit où Alli avait abandonné sa voiture.

— Est-ce que ça pourrait être Daryl ? finit-il par demander.

Daryl était-il plus impliqué qu'il ne le prétendait ? Aidait-il Alli depuis qu'il l'avait trouvée au bord de la route ? La connaissait-il depuis plus longtemps ? Leur enquête était-elle engagée sur une fausse piste depuis le début ?

Les questions se bousculaient dans son esprit — mêlées aux reproches qu'il se faisait. Il s'était tant laissé distraire par les secrets de sa famille et les élans de son cœur qu'il était passé à côté d'un indice évident.

D'un autre côté, le gars ne leur avait pas donné grand-chose. Il était difficile de savoir s'il connaissait mieux Alli qu'il ne le prétendait. Ce n'était peut-être pas lui qui avait vendu la bague... À moins qu'Alli n'ait tendu un piège à Daryl pour les lancer sur une fausse piste ?

Herb tira une vieille boîte en fer de sous le comptoir. Il l'ouvrit et la fixa pendant quelques instants, les sourcils froncés, avant de la tourner vers eux. Elle contenait une bague en or ornée d'un gros diamant entouré de saphirs. C'était une bague magnifique. La description de Christina ne lui rendait pas justice. Mais c'était le cas pour presque tout dans la vie : les mots étaient rarement à la hauteur de la réalité.

Waylon jeta un coup d'œil à Christina, qui avait les yeux écarquillés et la main sur la bouche.

— Combien avez-vous donné à ce type pour la bague de ma grand-mère ? balbutia-t-elle.

— Je lui ai donné cinq cents dollars, mais vous ne me devez pas un centime, répondit Herb. Les tableaux ne m'ont presque rien coûté.

Il leur montra deux tableaux posés contre le mur derrière lui. Ils avaient des taches de peinture ici et là. Si l'on avait dit à Waylon que c'étaient des œuvres de Winnie, il l'aurait cru.

— Ce type semblait calé en matière de bijoux, mais il ne connaît rien à l'art, reprit Herb. Ces deux tableaux valent au moins dix bagues comme celle-ci. Ce sont des originaux. Je crois que je vais les expédier chez Sotheby's pour qu'ils soient vendus aux enchères.

Waylon regarda mieux les deux tableaux. Celui de droite n'était constitué que d'une grosse tache rouge entourée de lignes noires. Il comprenait bien pourquoi le vendeur avait cru que ces tableaux n'avaient aucune valeur. Mais lui non plus ne connaissait rien à l'art. Il ne comprenait pas pourquoi des gens étaient prêts à dépenser des centaines de milliers de dollars pour accrocher quelque chose sur un mur au lieu de découvrir le monde et de faire de nouvelles expériences.

— Vous a-t-il dit d'où sortaient ces tableaux ? demanda-t-il.

— Vous savez comment c'est, répondit Herb en haussant les épaules. Certains clients nous racontent leur vie, mais les histoires qu'on aimerait connaître sont celles qu'on n'entend pas. Vous avez de la chance que j'aie noté son nom et son adresse. Il était fuyant. À vrai dire, je ne serais pas surpris qu'il m'ait menti.

Herb sortit la bague et une fiche cartonnée de la boîte pour les tendre à Waylon.

« Jeb Bush », lut Waylon. Herb avait raison. Cela ressemblait à un faux nom.

— As-tu déjà entendu parler de la route des Chevreuils, Wyatt ? demanda-t-il en tendant la fiche à son frère.

Celui-ci y jeta à peine un coup d'œil avant de la jeter sur le comptoir.

— Non. Cette adresse n'existe pas. As-tu demandé à voir son permis de conduire ou sa carte d'identité ? demanda-t-il à Herb.

Herb secoua la tête.

— Non, mais j'ai relevé son numéro d'immatriculation quand il est parti, répondit-il.

Ils tenaient enfin une piste ! Il ne leur restait plus qu'à espérer mettre la main sur Alli avant que quelqu'un ne soit blessé.

15

Cinq cents dollars. Non seulement sa sœur avait tué des gens, mais elle avait volé le seul objet qui avait une valeur symbolique à ses yeux pour empocher cinq cents dollars. La gorge de Christina se serra. Elle aurait dû être plus forte, mais les coups de sa sœur portaient.

Alli avait peut-être réellement un problème de drogue. Si elle était honnête, cette idée lui était venue avant que Waylon ne la formule, mais elle avait toujours essayé d'avoir foi en sa sœur. Avec le recul, elle se sentait idiote. Si elle s'était attendue au pire de sa part, elle aurait moins souffert de ses actions.

Christina fit tourner la bague de sa grand-mère entre ses doigts. Elle était un peu petite pour elle, mais Christina ne voyait pas de meilleur endroit que son doigt pour la ranger dans l'immédiat. C'était ironique. Elle protégeait tout en le gardant près d'elle, sauf son cœur.

De l'autre côté du parking, Wyatt attendait que l'un de ses hommes lui fournisse l'identité du propriétaire de la voiture dont Herb avait relevé le numéro d'immatriculation. De minuscules flocons de neige qui ressemblaient à de la cendre commencèrent à tomber. Le vent les éparpilla dans la ville.

Elle songea au pouvoir immense des secrets et frissonna. Ceux de sa sœur lui avaient coûté très cher — et ils étaient sur le point de lui coûter l'avenir qu'elle aurait aimé avoir avec Waylon.

Elle baissa les yeux vers la bague, sur laquelle un flocon tomba et fondit. Elle songea à la retirer pour la garder dans sa poche. Cela valait sans doute mieux. Son poids symbolique — la loyauté, la fidélité, l'amour qu'elle représentait — lui semblait accablant, tout à coup.

Elle releva la tête et rencontra le regard de Waylon.

— Ça va ? s'inquiéta-t-il. Je suis sûr qu'elle a vendu la bague parce qu'elle pensait qu'elle n'avait pas d'autre choix. Les gens désespérés prennent des mesures désespérées.

— Je sais. C'est juste que…

Elle laissa sa phrase en suspens et repensa à l'expression de Waylon quand elle était dans ses bras. Ce qu'elle avait lu dans ses yeux ressemblait plus à de l'amour qu'à du simple désir.

— C'est juste que quoi ? l'encouragea Waylon.

Il fit deux pas vers elle, puis s'arrêta comme s'il n'était pas sûr d'être le bienvenu.

— Je ne suis pas une bête sauvage, dit-elle. Je ne te mordrai pas.

Sauf que son ton ressemblait dangereusement à des grognements… Le regard que Waylon lui jeta le confirma.

— Je suis désolée, reprit-elle. Je n'ai rien à te reprocher. J'aimerais juste… qu'Alli arrête de se comporter comme elle le fait. C'est comme si elle faisait exprès de nous faire du mal, à Winnie et à moi. Je ne comprends pas ce que j'ai pu faire pour mériter ça. J'ai toujours essayé de l'aider. Je suis venue ici pour elle. J'ai accepté de devenir la tutrice de sa fille. Je voulais juste être là pour elle parce que nous ne pouvions compter que l'une sur l'autre…

La boule qui s'était formée dans sa gorge l'empêcha de poursuivre.

Waylon se précipita vers elle et la prit dans ses bras. C'était trop dur, tout à coup. Le rencontrer. Perdre Alli. Se battre pour Winnie. Être forte en permanence… Elle s'autorisa à être faible, pour une fois.

Il arrivait qu'on ait besoin de céder à un moment de fatigue pour retrouver ses forces.

Elle posa la joue contre le torse de Waylon, qui lui caressa doucement le dos. C'était si bon d'être dans ses bras… C'était une relation comme celle-ci qui manquait à sa vie sans qu'elle le sache. Maintenant qu'elle en avait pris conscience, elle ne pouvait plus imaginer vivre sans lui. Que ferait-elle quand il s'en irait ? Les choses ne redeviendraient jamais ce qu'elles avaient été.

Pourquoi la vie était-elle si compliquée ? Pourquoi fallait-il se battre à chaque instant ? Pourquoi ne pouvait-elle pas simplement s'engager dans cette relation, comme elle en avait envie ?

Elle inspira profondément et s'efforça de reprendre le contrôle de ses émotions. Elle ne pouvait pas craquer comme cela. La situation était trop grave pour qu'elle perde son temps à se lamenter à propos de choses impossibles.

Elle s'arracha aux bras de Waylon alors que Wyatt s'approchait d'eux.

— Ça va, Christina ? demanda-t-il.

Il était bien normal qu'il s'inquiète. Il ne l'avait jamais vue chercher du réconfort dans les bras d'un homme. Mais, si la vie avait appris quelque chose à Christina, c'était que tout était possible.

Elle déglutit avec peine avant de répondre :

— Oui, ça va. Alors ? Du nouveau ?

— Il semblerait que ce véhicule appartienne bien à votre Daryl, répondit Wyatt. Voulez-vous venir l'interroger avec moi ?

— Allons-y ! répondit Waylon. S'il sait où Alli se cache, nous pourrons mettre la main sur elle dans la journée.

— Ce qui te permettra de filer ? demanda Christina en ayant bien conscience de l'amertume de son ton.

Elle recula quand Waylon voulut la reprendre dans ses bras. Il la regarda avec un mélange de surprise et de chagrin. Plutôt que de croire ce que ce regard lui disait — qu'il avait besoin d'elle — elle détourna les yeux.

Le téléphone de Wyatt sonna.

— Qu'y a-t-il, chérie ? demanda-t-il en décrochant.

Une voix féminine hystérique lui répondit. Ce devait être Gwen, mais Christina ne comprit pas un mot de ce qu'elle disait.

Wyatt blêmit.

— Non..., murmura-t-il. Ça ira. Je suis sûr qu'elle va bien. Comment a-t-elle fait pour l'enlever ?

Pour enlever qui ?

Christina jeta un coup d'œil à Waylon, qui avait les lèvres pincées et le regard étincelant de fureur.

— Il ne parle pas de Winnie, hein ? demanda-t-elle alors qu'elle connaissait déjà la réponse.

Wyatt se passa la main sur le visage.

— Calme-toi, dit-il. J'arrive. Nous retrouverons Winnie, je te le jure.

Quand Wyatt raccrocha et tourna la tête vers elle, il y avait des larmes dans ses yeux.

Winnie avait été enlevée. Un instant elle était en sécurité auprès de Gwen, l'instant suivant elle s'était volatilisée.

Il avait laissé Alli enlever leur fille alors qu'il avait promis à Christina de la protéger. S'il arrivait quoi que ce soit à Winnie, il ne se le pardonnerait jamais. Il n'était père que depuis la veille et il avait déjà laissé sa fille tomber entre de mauvaises mains.

Christina avait bien raison de penser qu'il n'était pas à la hauteur de la tâche. Il n'avait pas le droit de considérer Winnie comme sa fille. Il ne méritait pas ce privilège.

Wyatt avait foncé chez lui pour rejoindre Gwen, qui ne s'était pas calmée pendant leur conversation. Waylon imaginait facilement ce qu'elle ressentait à cet instant. Une part de lui aurait aimé la tenir pour responsable, mais il savait qu'il ne pouvait s'en prendre qu'à lui-même. Alors qu'il n'aurait pas dû quitter Winnie des yeux, il avait confié sa protection à d'autres.

Il observa Christina à la dérobée tout en fonçant vers l'adresse que Wyatt leur avait donnée. Les traits de Christina étaient durs. Elle fixait le pare-brise avec une telle intensité qu'elle aurait dû le faire fondre. Elle puisait dans ses réserves pour se montrer forte — et c'était aussi ce qu'il devait faire.

Leurs émotions étaient de trop, pour le moment. Tant qu'ils n'avaient pas retrouvé Winnie, ils ne devaient songer qu'à cela et se concentrer sur ce qu'ils pouvaient contrôler. Après cela, ils pourraient s'occuper d'Alli et peut-être parler de leur avenir. Pour le moment, les risques que sa fille courait suffisaient à lui briser le cœur.

— Alli ne fera pas de mal à Winnie, dit-il, autant pour s'en convaincre lui-même que pour rassurer Christina.

Elle ne cilla même pas.

— Bien sûr. C'est impossible, répondit-elle d'une voix dénuée de toute émotion.

Il gérait bien mieux ses moments de faiblesse que sa façade glaciale.

— Je suis désolé, murmura-t-il, ne sachant plus comment la réconforter.

Cette fois, elle tourna la tête vers lui. Son regard était aussi dur que sa voix. Le cœur de Waylon se serra.

— Je t'avais prévenu. Je t'avais dit que Winnie n'était pas en sécurité. On aurait dû la garder auprès de nous.

Il se retint de lui rappeler qu'ils étaient engagés dans une activité qui n'aurait pas été possible s'ils avaient eu la charge d'une enfant. Elle le détestait, à cet instant. Il aurait été désastreux qu'il évoque ce qu'ils faisaient pendant ce temps-là. Il ne pouvait pas lui en vouloir, d'ailleurs. Il se détestait tout autant. Même si c'était par négligence, il avait trahi Winnie.

— Tu as raison, répondit-il, parce qu'il méritait tous ses reproches. Je n'aurais pas dû quitter Winnie des yeux. Je m'en veux terriblement. Je sais que c'est ma faute. J'ai été stupide de penser que Gwen pourrait la protéger. Alli connaît le ranch et les habitudes de Gwen. Si je m'étais fié à mon instinct, rien de tout ça ne se serait produit.

— On a peut-être... commis une énorme erreur, répondit Christina.

— Ce n'est pas ce que je voulais dire. Tu le sais très bien. Ce qui s'est passé la nuit dernière...

— ... était une énorme erreur, acheva-t-elle à sa place. Il ne serait rien arrivé à Winnie si elle était restée notre priorité.

Elle le fusilla du regard.

— Je t'ai pourtant dit dès que tu as mis les pieds au ranch que Winnie passait avant tout, poursuivit-elle. Je suis sa tutrice. Ta présence l'a mise en danger.

— Ce n'est pas parce que je suis là que ta sœur l'a enlevée ! s'écria-t-il. Et ce qui s'est passé entre nous n'est pas une énorme erreur. Je sais que ça t'a fait autant de bien qu'à moi. Tu es furieuse et inquiète. Je le comprends parfaitement. Mais n'oublie pas qu'on est dans le même camp.

— On n'est pas dans le même camp, répliqua-t-elle. On ne l'a jamais été.

Elle était folle de rage, ce qui était bien légitime, mais elle avait tort. Malheureusement, il était futile de se défendre.

Il pouvait juste la regarder détruire le lien qu'ils venaient de créer.

Il avait toujours voulu être un héros. Il voulait sauver ceux qui en avaient besoin et aider les gens à franchir les épreuves les plus difficiles que le destin leur réservait. Il ne se doutait pas que les siennes l'attendaient dans le Montana.

Il ne lui restait plus qu'à prier pour que tout finisse bien. Si Winnie était blessée, si Alli prenait une décision stupide, la rage l'aveuglerait à coup sûr. Il ne serait plus un héros. Il ne serait plus qu'un homme assoiffé de vengeance.

— On retrouvera Winnie, répéta-t-il. On commencera par fouiller le ranch de fond en comble. Le plus probable est qu'elle soit encore dans le coin.

Il entendit à peine ses propres mots, comme s'ils provenaient de l'extérieur de la voiture.

Christina grommela quelque chose qu'il se réjouit de ne pas comprendre.

Ils s'engagèrent sur un chemin de terre à la frontière du comté. Il y avait une cabane tout au bout. Son toit était couvert d'une bâche et l'une de ses fenêtres ne tenait que grâce à du ruban adhésif. Même pour le Montana, c'était un trou à rat.

Un instant, Waylon se demanda si Alli avait mené Winnie dans cet endroit horrible. Il chassa cette pensée de son esprit. Il devait mener cette enquête comme n'importe quelle autre et tâcher d'oublier que c'était sa fille qu'on avait enlevée. Si cela devenait personnel, il perdrait la lucidité dont il avait besoin pour bien faire son travail.

Il se gara derrière la cabane, qui penchait un peu, comme si elle avait honte de son état.

Il sortit de la camionnette et en fit le tour pour ouvrir la portière de Christina. Ce n'était pas grand-chose, mais il espérait qu'elle comprendrait qu'il faisait des efforts pour l'apaiser.

— Et, si tu crois que je vais t'attendre ici, tu te mets le doigt dans l'œil ! dit-elle avant de se diriger vers la cabane.

Il la rattrapa.

— Je ne te demanderai jamais de rester à l'écart pendant qu'un homme fait le boulot, se défendit-il. Me prends-tu pour un macho ?

Il regretta immédiatement cette question. Il n'était pas sûr de vouloir connaître la réponse.

Christina pouffa, mais elle s'arrêta et se tourna vers lui. Son regard s'adoucit un peu.

— Non, tu n'es pas un macho, répondit-elle. Mais tu dois faire tout ce que tu peux pour sauver ma nièce.

Sur ces mots, elle monta les trois marches du perron et frappa.

Un store bougea. Quelqu'un les épiait de l'intérieur.

— Daryl ? lança Christina. Daryl Bucket ? On sait que vous êtes là ! Ouvrez !

Ils entendirent des pas. Daryl entrouvrit la porte avec méfiance. Ses joues étaient couvertes d'une barbe de trois jours et son T-shirt semblait lui servir de torchon depuis un bon moment.

— Que voulez-vous ? demanda Daryl d'une voix rauque qu'il devait à un sérieux tabagisme, à en juger par l'odeur qui s'échappait de la cabane.

— Je ne sais pas si vous nous reconnaissez, mais..., commença Waylon.

— Je sais qui vous êtes. Que faites-vous là ?

— On aimerait vous poser quelques questions. Rien de grave, mais vous pouvez peut-être nous aider, répondit Waylon.

C'était un miracle qu'il réussisse à rester courtois alors qu'il n'aspirait qu'à ouvrir la porte d'un coup de pied, saisir Daryl à la gorge et le secouer jusqu'à ce qu'il ait craché tout ce qu'il savait.

Daryl passa la main dans ses cheveux gras.

— D'accord. Entrez. Mais je n'ai pas beaucoup de temps. J'ai des choses à faire.

Quand il ouvrit la porte en grand, Waylon vit qu'il était encore armé de sa fidèle batte de base-ball.

Ils le suivirent dans un couloir étroit dont les murs étaient couverts de photographies qui semblaient dater de la guerre du Vietnam. On y voyait des marines poser devant de vieux tanks et de vieux hélicoptères dans une jungle. Daryl laissa courir sa batte le long du mur, ce qui produisit un raclement déplaisant.

Une fois dans le salon, il se laissa tomber dans un fauteuil élimé et posa sa batte sur ses genoux.

Qu'avait-il vécu pour éprouver le besoin d'être toujours armé ? Daryl et lui avaient au moins une chose en commun : ils savaient à quoi ressemblait le monde extérieur.

Quand on avait connu la réalité brutale d'un champ de bataille, il était impossible de retrouver un vrai sentiment de sécurité. La sécurité n'était qu'une illusion — une illusion dont il avait bercé Christina en lui disant que Winnie ne risquait rien. Comment avait-il pu être aussi stupide ? Comment avait-il pu mépriser les leçons que la vie lui avait données et oublier qu'il ne pouvait compter que sur lui-même ?

Dans le fond, la seule chose qui le différenciait de Daryl était qu'il n'était pas armé d'une batte. La vie les avait abîmés de la même manière.

— Que pouvez-vous avoir à faire ? demanda Christina sur un ton agressif.

— Ça ne vous regarde pas, répondit Daryl.

— Vous avez raison, intervint Waylon pour compenser l'attitude de Christina. On est désolés de vous déranger si vous êtes occupé. On est là parce qu'on pense que vous pouvez nous aider.

— Comment est-ce que je pourrais vous aider ?

— On a entendu dire que vous aviez vendu quelques objets hier soir. Est-ce vrai ?

Pour toute réponse, Daryl fit tourner sa batte entre ses doigts.

— Il n'y a rien de mal à se faire un peu d'argent de poche de temps à autre, ajouta Waylon pour l'encourager. J'en aurais bien besoin moi-même.

— Vous êtes encore dans l'armée, répondit Daryl. Vous ne pouvez pas comprendre. Mon engagement pour votre pays aurait dû me valoir une retraite, vous ne croyez pas ? Mais je n'y ai pas droit.

— Comment ça ?

Daryl ricana.

— Comme j'étais canadien, je n'ai eu que des postes minables, vous voyez ce que je veux dire ? Tout ce que j'y ai gagné, c'est la nationalité américaine. Et, maintenant que je sais comment marche votre pays, j'ai envie de repasser la frontière dans l'autre sens.

Waylon s'approcha de la fenêtre pour donner un peu d'espace à Daryl.

— Je vous comprends, lui assura-t-il. Bon. Vous avez vendu une bague. Ce n'est pas un problème.

Il jeta un bref coup d'œil à Christina, qui s'empressa de cacher sa main derrière son dos.

— Alors quel est le problème ? demanda Daryl. Que faites-vous chez moi ?

— On aurait aimé savoir comment cette bague s'est retrouvée en votre possession. Vous vous en souvenez ?

— Elle l'a volée ? demanda Daryl.

— Oui, répondit Waylon. Savez-vous où elle est ?

Daryl secoua la tête.

— Je ne sais même pas comment elle m'a retrouvé. Elle a frappé à ma porte et elle m'a demandé de l'aider à se débarrasser de quelques trucs. À ma décharge, elle ne m'a pas dit qu'elle les avait volés. Je ne lui aurais rien acheté, si j'avais su.

— Vous avez donné un faux nom, pourtant, lui rappela Waylon.

Daryl se raidit.

— Est-ce qu'on va m'arrêter ? Je n'étais pas sûr. C'était juste un pressentiment. Et j'avais besoin de l'argent. Elle m'a fait un bon prix… C'était un investissement, rien de plus.

— Non, on ne vous arrêtera pas, répondit Waylon. La police n'aura aucune raison de s'intéresser à vous si vous répondez à nos questions.

— Écoutez… J'aimerais vous aider, mais je ne sais rien.

En voyant Daryl baisser les yeux et rougir un peu, Waylon comprit qu'il leur cachait une partie de l'histoire — une partie qu'il n'avait pas envie de raconter devant une femme.

Waylon se tourna vers Christina.

— Pourrais-tu nous laisser seuls quelques minutes ? lui demanda-t-il.

Il était navré de lui suggérer cela alors qu'il lui avait promis de ne pas la mettre sur la touche quelques minutes plus tôt, mais cela semblait nécessaire.

Contrairement à ce qu'il craignait, Christina ne protesta pas.

— Avez-vous quelque chose à boire dans la cuisine, Daryl ? demanda-t-elle.

— Il doit rester du café et il y a des bières dans le frigo. Servez-vous.

Christina quitta la pièce.

— Alors, c'était un bon coup ? demanda Waylon à Daryl dès qu'ils furent seuls. Je veux dire : la fille qui vous a vendu la bague...

Daryl tressaillit et écarquilla les yeux. C'était donc bien cela.

— Tous les hommes ont des besoins, reprit Waylon en haussant les épaules. Et Alli est une très belle femme... Il est normal que vous ayez eu envie d'elle.

En réalité, l'idée qu'Alli avait couché avec cet homme pour le manipuler le faisait grimacer intérieurement, mais Daryl n'y était pour rien.

Daryl fronça les sourcils.

— Alli ? Qui est Alli ? Elle m'a dit qu'elle s'appelait Sharon — je crois.

Il n'était pas étonnant qu'Alli lui ait donné un faux nom. Cela semblait à la mode, ces derniers temps.

— À quoi ressemblait-elle ?

— Je vous l'ai déjà dit : brune, dans les un mètre soixante-dix, mince... J'ai même eu l'impression qu'elle avait perdu du poids depuis la fois d'avant. C'est une des raisons pour lesquelles j'ai eu envie de l'aider.

Daryl aurait aimé lui faire croire qu'il avait agi par bonté d'âme, mais il avait déjà admis qu'il avait obtenu des faveurs sexuelles et profité d'un vol. Il n'était pas un saint.

— Vous souvenez-vous d'autre chose ?

Daryl secoua la tête.

— Vous l'avez vue nue. A-t-elle des grains de beauté caractéristiques ? Des tatouages ?

Daryl fronça les sourcils.

— Elle a une tache de naissance à l'intérieur de la cuisse, répondit-il avant de s'essuyer le front et de jeter un regard inquiet en direction de la cuisine.

Alli n'avait pas de tache de naissance.

— Vous en êtes sûr ? demanda-t-il. Ça ne pouvait pas être un bleu ?

— Oui, j'en suis sûr. Elle est à peu près grosse comme ça, rouge foncé, répondit Daryl en faisant un cercle avec son pouce et son index. Sharon m'a dit qu'elle détestait porter des shorts à cause de cette tache.

Quand ils étaient mariés, Alli était presque toujours en short pendant l'été. Alli pouvait avoir menti à Daryl, mais il était impossible de contrefaire ce genre de particularités physiques. En revanche, Alli avait un petit éclair tatoué sur la cheville.

— Sharon avait-elle des tatouages ? demanda Waylon.

Daryl leva les yeux comme si ses souvenirs se trouvaient au plafond.

— Non. Je ne crois pas. Et puis ce n'est pas le genre. Elle est assez classique, si vous voyez ce que je veux dire.

Alli était tout sauf classique. Ce n'était pas elle que Daryl décrivait. Mais alors qui ? Et comment cette femme avait-elle eu la bague ? Alli pouvait la lui avoir vendue... Mais Waylon avait le sentiment que quelque chose clochait.

Que ne voyait-il pas ? Que ne comprenait-il pas ?

— Et vous êtes sûr que la femme qui a frappé à votre porte est celle que vous avez secourue au bord de la route ?

Daryl hocha la tête.

— Oui.

— Et où l'avez-vous déposée ? demanda-t-il. L'avez-vous amenée ici ?

Daryl s'essuya le front.

— Non, je ne l'ai pas ramenée ici. Elle ne semblait pas... ce genre de femme.

— Alors où l'avez-vous déposée ?

Daryl baissa les yeux. Il était évident qu'il cherchait un mensonge vraisemblable. Waylon se raidit. Daryl avait-il quelque chose de grave à cacher, contrairement à ce qu'il avait cru jusqu'ici ?

— Inutile de me mentir, l'avertit-il. Je le saurai et je passerai le relais à la police.

Les doigts de Daryl se crispèrent sur sa batte.

— Je ne veux pas qu'elle ait des ennuis, c'est tout. Elle avait l'air d'une chic fille.

— Ce *n'est pas* une chic fille ! s'écria Waylon, perdant patience.

Faites-moi confiance. Nous avons de bonnes raisons de croire qu'elle a enlevé une petite fille. Voilà pourquoi elle avait besoin d'argent. Voilà pourquoi elle est venue vous voir. Plus vite vous répondrez à nos questions, plus nous aurons de chances de sauver l'enfant !

— Elle a voulu que je la dépose au milieu de nulle part, à un kilomètre au nord de la ville. Je pense qu'elle ne voulait pas que je sache où elle allait. Elle est douée pour garder ses secrets, si vous voyez ce que je veux dire ? Je me souviens qu'elle n'arrêtait pas de parler d'un ranch... Le ranch Dunrovin. Vous le connaissez ?

L'estomac de Waylon se noua.

— Que vous a-t-elle dit ?

— Qu'elle allait raser l'endroit, une personne à la fois, répondit Daryl.

— Et vous avez trouvé que c'était une « chic fille » ? s'écria Christina.

Elle venait d'entrer dans la pièce avec un verre d'eau qu'elle tenait d'une main tremblante.

— Où est-elle, Daryl ? Où est ma nièce ?

— Je n'en sais rien, je le jure ! se défendit Daryl. Tout ce que je sais, c'est qu'elle veut se venger. Je ne sais pas pourquoi.

Il déglutit avec peine.

— Si j'étais vous, je commencerais les recherches par ce ranch, ajouta-t-il.

16

— C'est forcément Alli. Qui d'autre pourrait vouloir enlever Winnie et nous faire du mal ? demanda Christina en contenant difficilement sa colère.

Cela n'avait aucun sens. Winnie n'était qu'une enfant innocente. Alli était la seule personne à avoir une raison de l'enlever. Sauf si quelqu'un haïssait les Fitzgerald et voulait faire du mal à tous ceux qui habitaient le ranch, comme Daryl le prétendait.

C'était comme s'ils pourchassaient un fantôme — un fantôme qui connaissait tous leurs points faibles.

Tout le monde aimait Winnie. Si quelqu'un voulait faire du mal aux habitants du ranch, elle était la cible parfaite. Elle était le cœur de la famille.

Waylon lui prit la main tout en écrasant l'accélérateur sur la route du ranch.

— Je ne sais pas pourquoi cette femme fait tout ça, mais on la retrouvera, lui assura-t-il. Et je la tuerai de mes propres mains si elle touche à un cheveu de Winnie.

— Tu ne crois quand même pas qu'elle ferait du mal à une enfant ?

— Il ne faut pas sous-estimer les gens, répondit-il. Certaines personnes n'ont aucun sens du bien et du mal. Ils pensent avoir raison de faire ce qu'ils font. On ne peut pas exclure que cette femme soit psychotique et capable de tout.

Christina se pencha pour jeter un coup d'œil au compteur de vitesse. Ils roulaient à cent dix kilomètres/heure.

— Tu ne peux pas aller plus vite ? demanda-t-elle.

Waylon accéléra encore. Le ranch apparut bientôt à l'horizon. Le parking était rempli de voitures de police aux gyrophares allumés et d'agents. Même les chevaux étaient agités. Alors qu'ils approchaient, une jument les suivit en galopant le long de la clôture de son pâturage comme si elle s'inquiétait pour Winnie, elle aussi.

L'amour d'un enfant avait le pouvoir d'unir les personnes les plus improbables, songea Christina.

Elle pressa les doigts de Waylon. Elle avait besoin de lui et il lui donnait l'impression d'avoir tout autant besoin d'elle. Elle l'aimait, même si cela perturbait son existence. Elle aimait l'intensité de son regard, sa force… tout en lui. Où qu'il aille, quoi que l'avenir leur réserve, elle continuerait à l'aimer. Elle ne pouvait plus se mentir.

Eloise se précipita vers la camionnette quand ils réussirent à se garer entre deux voitures de police. Il y avait même une ambulance. Les infirmiers attendaient au milieu des policiers. Tout le monde avait l'air inquiet.

Waylon lâcha sa main et baissa sa vitre.

— On organise une battue, annonça sa mère d'une voix qui menaçait de se briser. On va fouiller le ranch dans ses moindres recoins. Wyatt a posté des hommes sur toutes les routes autour de Mystery. Tout le monde la cherche. Tout le monde…

Waylon sortit de la camionnette et prit sa mère dans ses bras. Christina le suivit.

— Ne t'inquiète pas, maman, dit Waylon. On la retrouvera. Elles ne peuvent pas être loin. Comment va Gwen ?

D'un signe de tête, Eloise leur montra Gwen assise sur les marches du perron. Elle avait les bras enroulés autour du torse et se balançait doucement. Wyatt lui frottait le dos tout en parlant à l'un de ses hommes.

— Aussi mal que tu peux l'imaginer, répondit Eloise. S'il arrive quelque chose…

— Arrête, maman, la coupa Waylon d'une voix ferme. Il ne lui arrivera rien.

Christina n'en était pas sûre, mais elle hocha la tête. Ils devaient être forts pour que les autres puissent s'appuyer sur eux.

— Qu'a dit Gwen ? demanda-t-elle. A-t-elle vu la femme qui a enlevé Winnie ?

— Elle a du mal à mettre de l'ordre dans ses idées. Elle dit qu'elle n'a rien vu. Une minute Winnie jouait dans le salon, la minute suivante elle n'était plus là. Wyatt n'a pas trouvé de traces de pneus dans l'allée. Il pense que Winnie est encore dans le ranch et que la personne qui l'a enlevée a peut-être des complices.

Un frisson parcourut Christina.

— Combien de complices ?

Eloise haussa les épaules.

— Nous n'en savons rien.

Christina jeta un coup d'œil à Waylon, qui avait les lèvres pincées et les sourcils plus froncés que jamais.

— Et si ce n'était pas Alli qui conduisait sa voiture ? dit-il. Elle n'a peut-être jamais quitté Mystery.

— Ou elle a pu partir en stop dans l'autre sens, suggéra Christina. Elle est peut-être au Mexique, à l'heure qu'il est.

— Ou elle est peut-être... morte, intervint Eloise avant de se couvrir la bouche. Je suis désolée, Christina. Je n'aurais pas dû dire ça.

— Non, murmura Christina. Alli n'est pas morte. Elle ne peut pas être morte. Elle doit être avec Winnie. Wyatt a sans doute raison. Alli a dû convaincre quelqu'un de conduire sa voiture. Et d'enlever Winnie.

Elle prononça ces mots avec le plus de conviction possible, mais elle mesurait bien l'improbabilité de ce scénario.

Alli n'avait pas une foule d'amies. Si elle avait connu une Sharon, Christina en aurait entendu parler au moins une fois. Ou pas. La vie d'Alli n'était qu'une pelote de secrets dangereux.

Ce n'était pas la première battue de Waylon, mais c'était la première fois qu'il avait un espoir de retrouver la victime en vie. Il avait peut-être tort, mais il ne pouvait pas envisager l'hypothèse contraire.

Malgré tous les efforts qu'il faisait pour garder son calme et rester professionnel, il n'arrivait pas à oublier que c'était la vie de sa fille qui était en jeu.

En ratissant le terrain, ils soulevaient des nuages de neige comme si les flocons désobéissaient aux lois de la nature dans l'espoir de regagner la sécurité du ciel. Si seulement il pouvait être aussi simple d'échapper aux épreuves de la vie…

Un policier le héla.

— Monsieur Fitzgerald ! Est-ce que ceci appartient à votre fille ?

L'homme souleva une veste rose qui avait un grand dessin de Dora l'exploratrice dans le dos. L'une des manches était distendue, peut-être à cause du bandage de Winnie.

Waylon déglutit péniblement. Il ne voulait pas admettre qu'il connaissait trop mal sa fille pour savoir ce qu'elle portait. Il jeta un regard interrogateur à Christina. Celle-ci hocha discrètement la tête.

— Oui, répondit-il avant de rejoindre le policier à grands pas.

Un peu de soulagement se mêla à son inquiétude. Ils tenaient enfin un indice — et la preuve que Winnie était sans doute encore dans le ranch. Maintenant, il ne restait plus qu'à la trouver dans une zone de plusieurs hectares.

La veste était couverte de neige et en partie gelée. Quand le policier la retourna, ils découvrirent une tache de sang sur l'épaule. Waylon jeta un coup d'œil à Christina. Elle était blanche comme un linge et elle avait les yeux écarquillés.

— Ce n'est sans doute pas le sien, dit-il en se plaçant entre le policier et elle pour lui cacher la veste. Si elle tient de son père, elle a sûrement mordu sa ravisseuse.

Christina garda les yeux grands ouverts comme si elle pouvait voir la veste à travers son corps.

— Il faut qu'on la retrouve, Waylon, balbutia-t-elle. Il faut qu'on la retrouve tout de suite.

Elle se mit à tourner autour de la zone les yeux au sol. Tout le monde baissa la tête. On cherchait maintenant des traces de sang dans la neige.

Waylon essaya d'ignorer la panique qui le gagnait. Winnie n'était pas blessée. Elle ne pouvait pas être blessée. Il la sauverait. Il *devait* la sauver. Il ne pourrait pas supporter de vivre dans un monde qui lui aurait pris sa fille quelques jours après la lui avoir donnée.

Quand Christina glissa la main dans la sienne, il se rendit compte qu'il était resté pétrifié alors que tout le monde s'était remis en mouvement, sauf le policier qui avait trouvé la veste parce qu'il était en train de la prendre en photo.

— Allons-y, murmura Christina. Elle a besoin de toi. Il n'y a pas de temps à perdre.

Ils commencèrent à gravir lentement une petite colline. L'herbe gelée avait été piétinée par les vaches qui étaient allées s'abreuver à l'étang voisin. Rien ne prouvait que des humains soient passés par là récemment.

Mais il était sûr que Winnie n'était pas loin. Il pouvait presque sentir sa présence. Il s'était attaché si vite à cette enfant... Il prit brusquement conscience de la solitude qui avait été la sienne loin du ranch. Il s'était amputé d'une partie de lui-même — de l'amour de sa famille, qui était aussi grand que le ciel du Montana.

Il prit de l'avance sur Christina et atteignit le premier l'étang entouré de joncs. Les animaux qui étaient venus s'y abreuver avaient creusé des tranchées dans leur masse. Il s'engagea dans l'une d'elles, sur de la boue gelée par le vent froid de l'hiver.

Subitement, il trouva étrange que Noël approche. Winnie n'avait pas arrêté d'en parler quand ils avaient passé du temps ensemble. Elle voulait un chiot.

Il esquissa un sourire en songeant à la tête que ferait sa mère s'il offrait un chiot avec un gros nœud rouge à Winnie. Eloise serait sûrement furieuse... Mais elle ne pouvait pas résister aux animaux en mal de tendresse — surtout quand ils remuaient la queue et vous léchaient le visage.

La tristesse le gagna. Winnie méritait d'avoir le Noël de ses rêves. Elle méritait d'être aimée et protégée, d'avoir tout ce qu'elle désirait... Ils devaient la retrouver.

— Waylon ! Regarde ! s'écria Christina.

Elle pointa le doigt vers l'autre côté de l'étang et s'élança dans cette direction. Après l'avoir suivie quelques instants, Waylon repéra le morceau de tissu bleu qui flottait près de la berge.

À cette distance, il ne voyait pas bien ce que c'était — ni ce qu'il couvrait.

Il fonça.

Ce n'était pas Winnie. Non. Cela ne pouvait pas être Winnie.

Cela faisait à peine une heure qu'elle avait disparu. Et qui pouvait vouloir tuer une petite fille ?

Il aurait aimé croire que c'était impossible, mais il savait les humains capables de tout. Il ne pouvait plus qu'espérer que son instinct se trompait et que sa fille était en sécurité loin de cet étang.

Il dépassa Christina. Il ne fallait pas qu'elle arrive la première. Il devait la protéger de ce qu'ils s'apprêtaient à découvrir.

— Va chercher les autres ! lui lança-t-il.

Elle continua à courir derrière lui sans prendre la peine de répondre.

— Winnie ! cria-t-elle d'une voix terrifiée.

Non, ce n'était pas sa fille qui flottait dans l'étang, songea encore Waylon. Ce ne pouvait pas être elle.

Il dévala la berge et entra dans l'eau. Celle-ci était glacée, mais il s'en aperçut à peine. Il attrapa ce qui flottait, l'attira vers lui et le retourna. C'était Winnie.

Elle avait les yeux fermés et les lèvres bleues. Il posa deux doigts sur sa gorge et sentit de faibles battements.

Heureusement, son entraînement prit les choses en main. Il sortit la fillette de l'étang, l'allongea par terre et entreprit de la ranimer.

Il pressa son torse une fois, deux, trois, quatre…

— Allez, Winnie, allez ! Réveille-toi, bébé. Respire !

Elle ne réagit pas.

Depuis combien de temps était-elle dans l'eau ? S'il y avait une justice en ce monde, elle ne mourrait pas. Ce n'était qu'une enfant. Elle ne méritait pas de payer pour ses erreurs. Il fallait qu'elle vive !

Christina tomba à genoux près de lui et prit la main de Winnie.

— Reviens, chérie, gémit-elle.

Il continua à presser le torse de Winnie en priant comme il n'avait jamais prié. Il fallait qu'il la ramène parmi les vivants, dans un monde où ils pourraient être ensemble — tous les trois.

— S'il te plaît, bébé ! la supplia-t-il. J'ai besoin de toi.

Winnie ouvrit les yeux et se mit à cracher. Elle voulut se redresser, mais elle était trop faible. Elle retomba sur le dos.

Waylon la souleva et la serra contre son cœur.

— Je suis désolé, bébé, murmura-t-il alors qu'elle toussait contre son épaule. Je te tiens. Tu ne risques plus rien.

Il se leva.

— Elle va s'en sortir, dit-il à Christina, dont les joues étaient inondées de larmes. Nous l'avons retrouvée.

— Maintenant, il ne nous reste plus qu'à trouver la femme qui a fait ça pour le lui faire payer, répondit-elle.

17

Christina observait Waylon avec inquiétude. Il était si anxieux qu'il bousculait l'infirmière à laquelle il avait confié Winnie.

— Sortez pendant que je l'ausculte, s'il vous plaît, monsieur Fitzgerald, dit celle-ci.

Il la fusilla du regard.

— Très bien, concéda-t-elle sans attendre sa réponse. Vous pouvez rester auprès de l'enfant, mais...

— Ce n'est pas n'importe quelle enfant, c'est ma fille ! s'emporta Waylon. Et je ne m'éloignerai pas d'elle tant que je ne serai pas sûr qu'elle est en sécurité.

— Elle ne risque rien dans cet hôpital, monsieur, répondit l'infirmière, qui n'avait visiblement pas compris la gravité de la situation.

Christina s'approcha de Waylon et lui prit la main.

— Personne ne doit entrer dans sa chambre à part le personnel de l'hôpital, est-ce bien clair ? dit-elle à l'infirmière.

Celle-ci haussa un sourcil. Elle ne semblait pas s'attendre à devoir se défendre sur deux fronts à la fois. Elle acquiesça.

— Je vais demander à la sécurité de poster des gardes devant la porte, promit-elle. Ils ne laisseront passer personne. Mais il faut que vous sortiez, maintenant. Vous avez fait tout ce que vous pouviez faire en nous l'amenant en vie. C'est à nous de jouer.

— Merci, dit Christina, avant de prendre le bras de Waylon. Viens ! Elle ne risque rien.

— On ne peut pas la laisser, protesta Waylon. Elle a besoin de nous.

Elle jeta un coup d'œil à Winnie, qui dormait profondément.

— Ne t'inquiète pas, insista-t-elle. Ils s'occuperont bien d'elle et ils la protégeront. N'oublie pas que la personne qui a fait ça est encore dans la nature. Nous devons la retrouver. Nous devons l'empêcher de faire du mal à quelqu'un d'autre.

Dans le couloir, ils se retrouvèrent noyés dans une masse d'hommes en uniforme. Il y avait au moins une quinzaine d'agents de police dans le service.

Gwen et Wyatt, qui se trouvaient près de l'entrée, se précipitèrent vers eux dès qu'ils les virent.

— Va-t-elle s'en sortir ? demanda Gwen, les yeux gonflés.

Elle devait avoir pleuré pendant des heures.

Christina acquiesça.

— Elle est en vie et une infirmière s'occupe d'elle. Elle a besoin de chaleur et de repos.

— A-t-elle dit quelque chose ? demanda Wyatt à Waylon. A-t-elle vu quelque chose ?

Waylon secoua lentement la tête.

— Elle se contente d'être en vie. On a eu de la chance de la trouver à temps.

— Mes hommes inspectent encore les lieux, dit Wyatt. Ils ont retrouvé les documents manquants sous un caillou dans l'étang.

Il sortit son téléphone pour leur montrer une photo des papiers au milieu d'un bouquet de joncs.

— Quoi ? s'écria Christina. Pourquoi s'en sont-ils débarrassés ?

— Je n'en ai aucune idée, mais ça ne doit pas être l'argent qui les intéresse, s'ils ne les ont pas vendus. Un passeport rapporte beaucoup au marché noir. Certaines personnes s'en servent pour emmener des enfants à l'étranger illégalement.

Un frisson parcourut Christina. Comment pouvait-on exploiter des enfants ? Elle devait avoir vécu dans un univers parallèle jusque-là parce qu'elle n'avait jamais songé à ces atrocités.

Un médecin et plusieurs infirmières entrèrent dans la pièce où se trouvait Winnie. Le silence se fit dans le couloir. Un autre médecin s'approcha d'eux.

— Êtes-vous les parents de Winnie Bell ? leur demanda-t-il.

Christina ne sut pas quoi répondre. Elle n'était pas la mère de

Winnie et elle ne resterait plus longtemps sa tutrice, maintenant que Waylon avait découvert sa paternité.

— Oui, répondit Waylon en pressant ses doigts.

Le médecin leur offrit un sourire encourageant.

— Ne vous inquiétez pas, leur dit-il. Nous soignons tous les ans des enfants qui tombent à travers la glace en faisant du patinage. Nous avons de l'expérience dans ce domaine et les enfants sont bien plus robustes qu'on ne le croit. Vous l'avez trouvée juste à temps. Si c'est une battante, elle s'en sortira.

— C'est une battante, lui assura Waylon.

Le médecin hocha la tête.

— Je suis ravi de l'entendre. Et vous ? Comment allez-vous ?

— Bien, répondit Waylon. Ce n'est pas nous qui flottions dans un étang glacé.

Le médecin remonta l'une des manches de Waylon pour découvrir son avant-bras, qui était rouge et couvert de petites pustules.

Waylon arracha son bras au médecin et baissa sa manche.

— Ne vous en faites pas, je vais bien, grommela-t-il.

— Où avez-vous retrouvé Winnie, déjà ? demanda le médecin.

— Quelle importance ?

— C'est juste que les éruptions cutanées comme la vôtre sont rares à cette époque. Cela dit...

— Je suis tendu, le coupa Waylon. Ce doit être de l'urticaire.

— Non, insista le médecin en reprenant le bras de Waylon. Ça ressemble à une réaction allergique au sumac vénéneux.

— Il n'y en a pas dans la région. Il fait trop froid.

Le médecin fronça les sourcils.

— Je sais. Ce doit être une plante de la même famille. Des orties, peut-être. Étrangement, j'ai traité une femme qui avait les mêmes symptômes il y a quelques jours.

Christina aussi avait vu quelque chose d'approchant sur un labrador du ranch qui était allé jouer près de l'étang.

— Quelle femme ? demanda-t-elle.

Elle avait bien conscience que le secret médical interdisait au praticien de lui répondre, mais elle devait essayer.

— Vous savez que je ne peux pas vous le dire.

Une infirmière sortit de la chambre de Winnie et s'approcha d'eux.

— Docteur Nay ? Le Dr Rogers a besoin de vous, dit-elle au médecin.

— Je suis désolé de ne pas pouvoir vous aider davantage, conclut celui-ci.

— Ce n'est pas grave : nous reviendrons avec un mandat, répondit Wyatt. Je n'aurai aucun mal à en obtenir un.

— Je me ferai un plaisir de vous aider, lui assura le médecin. Tout ce que je peux faire pour le moment, c'est prendre soin de Winnie.

Il se tourna vers Waylon.

— Vous devriez prendre du Benadryl et mettre une crème à la calamine là-dessus, lui dit-il. Si vous le soignez, ça disparaîtra en quelques jours.

— Merci, docteur, répondit Waylon.

Il avait une voix résignée et les épaules affaissées. Christina aussi se sentait abattue. Ils tenaient peut-être un indice, mais de nouveaux obstacles se dressaient devant eux.

Elle comprenait la nécessité du secret médical, mais tout ce qui freinait leur enquête la déprimait. Ils devaient trouver cette femme de toute urgence.

Personne ne s'approchait de cet étang à cette période de l'année. La seule bonne raison de le faire était d'avoir quelque chose à cacher... Alli y était-elle allée pour préparer le meurtre de sa fille ? Campait-elle dans les environs ? Cet étang, tout en n'étant pas visible de la maison, en était assez proche pour qu'Alli les surveille facilement.

Christina sentait presque les pièces du puzzle s'emboîter.

Elle avait hâte de se retrouver en face de sa sœur. Elle avait hâte de lui rappeler tout le mal qu'elle avait fait à leur famille et de la placer devant ses responsabilités. Et elle avait beaucoup de questions à lui poser.

— C'est une sacrée allergie que vous avez là ! dit l'infirmière en observant le bras de Waylon. Le Dr Nay a raison : vous devriez faire quelque chose. Ma cousine a eu le même problème il y a quelques jours.

Sa cousine ?

— Ah oui ? Et comment s'appelle votre cousine ? demanda Waylon.

— Lisa. Lisa Chase. Pourquoi ? répondit l'infirmière, qui, par chance, semblait avoir oublié qu'elle était tenue au secret.

— Est-elle venue se faire soigner à l'hôpital ? demanda Wyatt.

L'infirmière fronça les sourcils.

— Oui. Le Dr Nay lui a dit la même chose qu'à vous : Benadryl et calamine. C'est la seule chose à faire à ce stade. Il faudra ajouter des antibiotiques si vous vous grattez et que les pustules s'infectent.

Waylon hocha la tête, mais Christina comprit à son expression qu'il se moquait éperdument de l'avis médical de l'infirmière. Il se balançait d'un pied sur l'autre comme un coureur avant un sprint.

— Merci, dit-il. Je suivrai vos conseils.

— Si vous voulez, je peux demander à un médecin de vous prescrire...

— Ça ira, merci, la coupa-t-il.

Il prit la main de Christina et pressa ses doigts. Ils avaient enfin le début d'une réponse.

— Wyatt ? lança-t-il à son frère.

— Je posterai des hommes devant la chambre de Winnie, répondit celui-ci. Je te jure que personne ne s'approchera d'elle.

Il n'était pas étonnant que les deux frères aient fait carrière dans les forces de l'ordre : ils faisaient passer la sécurité des plus faibles avant tout et savaient faire face à n'importe quelle situation.

18

La haine n'était pas une nouveauté dans l'univers de Christina. C'était une émotion qu'elle connaissait bien. Elle l'avait découverte en regardant ses parents se déchirer, puis sa sœur les imiter — la forçant, elle, à mener une vie qu'elle n'avait pas choisie. Mais Christina n'avait jamais haï personne autant qu'elle haïssait Lisa Chase à cet instant.

Cette femme avait essayé de tuer l'une des rares personnes qu'elle aimait de tout son cœur.

Waylon se gara devant la maison de William Poe. Ils n'avaient pas échangé un mot du trajet.

Comment se faisait-il que tout tournât autour de cet homme horrible ? C'était un vrai poison. D'abord Bianca, puis Monica et Alli… Et maintenant Lisa Chase. Il avait toujours clamé son innocence — et les autorités l'avaient lavé de tout soupçon —, mais sa chance finirait par tourner. On finirait par trouver la preuve qu'il tirait les ficelles. C'était du moins ce qu'elle espérait.

Sauf qu'il ne tirait peut-être pas les ficelles… Ce n'était peut-être qu'un homme qui avait le pouvoir de faire perdre la tête aux femmes. Elle suivit Wyatt et Waylon jusqu'à la porte de la maison. Il n'était sans doute même pas là. Il avait l'art d'être en déplacement quand des crimes ébranlaient la communauté de Mystery.

Un petit gémissement lui échappa quand Wyatt frappa à la porte.

— Qu'y a-t-il ? s'inquiéta Waylon.

— Rien, murmura-t-elle alors que la porte s'ouvrait.

William Poe se planta devant eux, les bras croisés. Il avait les traits tirés, mais son costume était impeccablement repassé.

— Que voulez-vous ? grogna-t-il.

— Votre amie Lisa Chase est-elle chez vous ? demanda Wyatt.

— Pourquoi voulez-vous le savoir ? Elle n'a rien fait, répondit William, les yeux étincelants de rage. Je ne sais pas ce que vous avez contre moi ni pourquoi, mais j'en ai assez ! C'est du harcèlement.

— Du harcèlement ? s'écria Christina. Les catastrophes s'enchaînent depuis que vous êtes entré dans nos vies ! Les gens s'entre-tuent, disparaissent, font du mal à des enfants...

William ricana.

— Parce que vous croyez que ça a un rapport avec moi ? Alors vous êtes aussi cinglée que votre sœur ! Je n'ai pas envie d'avoir affaire à vous. Avez-vous seulement remarqué que tout tourne autour de votre maudit ranch ?

— La ferme ! grommela Waylon.

— Non, je ne la fermerai pas. Votre famille n'a apporté que des ennuis à notre communauté. Il est grand temps que vous fassiez faillite et que le ranch soit vendu au plus offrant. Je rendrai service à tout le monde quand je vous forcerai à mettre la clé sous la porte.

— Est-ce une menace ? demanda Wyatt.

William éclata de rire.

— Je ne suis pas du genre à me contenter de menaces. Quand je dis que je vais faire quelque chose, je le fais.

— Comment osez-vous vous en prendre à ma famille ? s'écria Christina.

Elle voulut sauter à la gorge de William, mais Waylon l'en empêcha.

— Pas ici, pas maintenant, lui murmura-t-il à l'oreille. Laisse Wyatt s'occuper de lui. Ça ne fera que compliquer les choses si tu le touches.

— Nous ne sommes pas ici pour nous disputer avec vous, Poe, dit Wyatt. Nous voulons juste parler à Lisa Chase. Est-elle chez vous, oui ou non ?

— Pourquoi est-ce que je vous le dirais ?

— Parce que je pourrais appeler des renforts et prévenir la presse si vous ne nous aidez pas, répondit Wyatt. Il suffit d'un coup de fil pour que votre vie privée soit étalée dans les journaux. Je serais navré que des photos de vous et de vos conquêtes féminines atterrissent entre les mains des reporters.

— Qui menace qui, maintenant ? grommela William. Comment osez-vous venir chez moi et me traiter comme un criminel ? Je n'ai rien fait !

— Ça, c'est ce qu'on verra..., répondit Wyatt en haussant les épaules.

Waylon se pencha vers Christina.

— De quelles photos parle Wyatt ? demanda-t-il à voix basse.

— La police a trouvé des photos compromettantes pendant l'enquête sur le meurtre de Bianca. Il y en avait une d'Alli dans un déshabillé en dentelle.

Waylon lui jeta un regard surpris avant de reporter son attention sur son frère et Poe.

— Je suis sûr que la presse adorerait trouver un lien entre Alli et vous, ajouta Wyatt. Avec tout ce qui s'est passé...

— Si ces photos sont publiées, j'intenterai un procès au département du shérif...

— Ne vous méprenez pas, Poe, je n'ai aucune intention de violer la loi, se défendit Wyatt. Mais je suis sûr qu'il existe d'autres exemplaires des photos qu'on a trouvées.

— C'est ridicule ! s'écria William. Ma relation avec Alli est finie depuis longtemps.

Christina jeta un coup d'œil à Waylon, dont le visage ne trahissait aucune émotion.

— Savez-vous où est Alli ? demanda-t-elle, incapable de se taire plus longtemps. Je dois retrouver ma sœur.

William se tourna vers elle.

— Qu'est-ce qui vous fait croire que le sort de votre sœur m'intéresse ? lui lança-t-il.

La manière dont il prononça ces mots la mit mal à l'aise. Elle eut l'impression qu'il savait quelque chose qu'elle ignorait — quelque chose de sinistre.

— Qu'est devenue ma sœur, Poe ? insista-t-elle entre ses dents.

William éclata de rire.

— Je vous l'ai dit : je me moque de votre sœur. Elle ne m'a causé que des ennuis depuis...

— Que vous l'avez larguée ? le coupa-t-elle. Vous savez quoi ? Jusqu'ici, j'avais du mal à comprendre le comportement d'Alli. Après vous avoir écouté cinq minutes, je vois mieux pourquoi elle a perdu la tête.

Poe fit un pas vers elle.

— Tu ferais bien de t'occuper de tes affaires plutôt que de me montrer du doigt, petite fille, grogna-t-il.

Elle sentit les doigts de Waylon se crisper sur son bras.

— Avant que quelqu'un ne soit blessé — vous, par exemple — je répète ma question : où est Lisa ? demanda Wyatt. Si vous décidiez d'agir dans votre propre intérêt, pour une fois ?

Poe s'écarta de Christina et jeta un coup d'œil par-dessus son épaule.

— Vous ne l'aimez pas, Poe, insista Wyatt. Vous n'aimez que vous-même. Arrêtez de couvrir Lisa, sinon vous allez vous retrouver au cœur de notre enquête. Appelez-la et conseillez-lui de répondre à nos questions.

Poe grommela quelque chose que Christina ne comprit pas. À en juger par son air hostile, elle n'avait rien manqué.

— Lisa ! cria-t-il. Ramène-toi ! Le shérif et sa bande de péquenauds veulent te poser des questions.

Lisa apparut dans l'embrasure de la porte.

— Je te conseille de ne rien dire, ajouta William. J'appelle mon avocat.

— Pour moi ? demanda Lisa.

William éclata de rire.

— Dans tes rêves, répondit-il. Je ne sais pas dans quoi tu t'es fourrée, mais c'est ton problème. Ce qui est important, c'est que ça ne me retombe pas dessus.

Il se retourna et pointa le doigt vers Wyatt.

— Et aucune photo ne paraîtra dans la presse, grogna-t-il. J'ai joué votre jeu. On est bien sur la même longueur d'onde ?

— On ne sera jamais sur la même longueur d'onde, Poe, intervint Waylon. On ne te prendra jamais pour autre chose que le sale parasite que tu es.

Poe rentra chez lui sans répondre.

— Sale parasite ? pouffa Wyatt. C'est tout ce que tu as trouvé ?

Waylon haussa les épaules.

— Je l'aurais bien traité de...

— Ça suffit ! aboya Lisa. William n'est pas parfait, mais il ne mérite pas que vous parliez de lui comme ça.

Elle fusilla Wyatt du regard.

— Surtout vous, qui appartenez aux forces de l'ordre ! Vous êtes censé protéger les innocents.

Wyatt pouffa.

— Poe est tout sauf innocent, répondit-il.

— Bien sûr que si, il est innocent, dit Lisa.

Elle jetait des regards affolés autour d'elle, comme un animal pris au piège, tout en grattant les plaques rouges qu'elle avait sur le bras.

— Qu'est-ce qui vous fait dire ça ? demanda Wyatt.

— Il est innocent parce que c'est moi qui les ai tuées. Il ne voulait pas que je leur fasse de mal, mais il fallait bien que quelqu'un agisse dans l'intérêt de tous.

— Qui avez-vous tué ? demanda Wyatt d'une voix dure.

— Alli était la première, répondit Lisa.

Elle fixait Wyatt, mais son regard était complètement éteint, comme si elle voyait à travers lui.

— Vous avez tué Alli ? murmura Christina.

Ces mots lui avaient fait l'effet d'un coup de massue, au point qu'elle craignait que ses jambes ne la trahissent.

— Elle le méritait, répondit Lisa. Elle n'était pas innocente. La petite fille, par contre... C'est dommage. Je n'avais pas envie de la tuer. Mais elle ne voulait pas me suivre. Elle criait sans arrêt. Ça a été encore pire quand je lui ai dit que j'allais la vendre.

— Vous vouliez vendre ma fille ? s'écria Waylon.

Lisa acquiesça comme si le trafic d'enfants était la chose la plus naturelle du monde.

— Je n'aurais plus jamais eu à m'inquiéter pour l'argent, répondit-elle avant de jeter un coup d'œil par-dessus son épaule. Je ne veux pas avoir à dépendre des autres. Ça mène au désastre.

Elle regarda Christina droit dans les yeux.

— Votre sœur en savait quelque chose, conclut-elle.

— Où est-elle ? Où est Alli ? Qu'avez-vous fait de son corps ?

Lisa fronça les sourcils.

— Elles sont ensemble, répondit-elle. Je me suis donné beaucoup de mal pour que la mère et la fille soient réunies dans la mort.

— Comment avez-vous pu ? s'écria Christina.

Waylon la retint alors qu'elle allait se jeter sur Lisa.

— Comment j'ai pu quoi ? demanda Lisa, l'air surpris. Tuer votre sœur ? Facilement. Je lui ai juste mis une balle dans la tête. C'était aussi simple que de tirer dans le pneu de la voiture.

Elle glissa la main dans son dos et dégaina un revolver.

— C'était aussi simple que ça, dit-elle en pointant l'arme sur Christina.

En une fraction de seconde, Waylon plaqua Lisa au sol et lui arracha son arme.

Quand Lisa releva la tête, elle saignait du nez, ce qui ne l'empêcha pas d'éclater de rire.

— Je t'ai ratée, mais ton heure viendra ! lança-t-elle à Christina avec un regard de démente. Même si ce n'est pas moi qui appuie sur la détente, vous y passerez tous.

Waylon posa un genou entre les omoplates de Lisa et lui tordit les bras derrière le dos.

— Il n'arrivera rien à personne, grogna-t-il. Parce que je suis prêt à tout pour protéger ceux que j'aime.

19

Christina n'était pas seulement sous le choc : elle était brisée. Et Waylon ne pouvait rien faire d'autre que de la serrer dans ses bras. Il l'avait serrée dans ses bras quand Wyatt avait menotté Lisa et l'avait embarquée. Il l'avait serrée dans ses bras quand ils avaient appris que le corps de sa sœur avait été retrouvé dans l'étang. Ils étaient dans son lit, à présent, et il la serrait dans ses bras tandis qu'ils regardaient le plafond.

S'il n'avait tenu qu'à lui, il l'aurait serrée dans ses bras jusqu'à la fin des temps.

Elle n'avait presque rien dit depuis l'arrestation de Lisa. Il avait renoncé à lui parler de nourriture.

L'une des mèches de Christina tomba sur son torse quand elle changea de position. Il glissa doucement les doigts dans ses cheveux pour essayer de la réconforter de la seule manière qu'il connaissait. Il ne pouvait pas changer ce qui s'était passé. Malgré ses efforts, tous les habitants de Dunrovin avaient connu une tragédie qui pèserait longtemps sur leur vie.

Christina leva la tête et plongea son regard dans le sien.

— Que vas-tu faire ? demanda-t-elle.

— Comment ça ?

— Quand pars-tu ?

Elle se redressa davantage et s'appuya sur les coudes.

Il prit son visage entre les mains et caressa sa peau soyeuse.

— Je resterai aussi longtemps que tu auras besoin de moi, déclara-t-il.

Elle pouffa doucement.

— Nous savons tous les deux que c'est impossible, répondit-elle. Tu t'es engagé dans l'armée. Tes supérieurs voudront te récupérer.

Il lui sourit, mais le poids qui pesait sur sa poitrine depuis qu'il avait compris ce qu'il ressentait pour elle s'alourdit.

— Il me reste quelques jours de congé. Mais vous pourriez m'accompagner à Fort Bragg, Winnie et toi...

Christina tourna la tête vers la fenêtre. Dehors, de petits flocons dansaient dans la lumière intermittente de la lune.

— Je ne pense pas que ce soit une bonne idée de faire déménager Winnie, dit-elle. Ce ranch est la seule maison qu'elle ait jamais connue et il n'y a déjà eu que trop de changements dans sa vie.

Quand elle lui fit de nouveau face, ses yeux étaient remplis de larmes.

— Mais c'est à toi de décider, ajouta-t-elle. Tu es son père.

— C'est à toi qu'Alli a confié sa fille, pas à moi, lui rappela-t-il.

Les larmes de Christina roulèrent sur ses joues.

— Ce qu'Alli pouvait vouloir n'a plus aucune importance.

— Si, ça en a. Elle t'a choisie parce qu'elle savait que tu serais une mère formidable. Elle t'a choisie parce que tu es quelqu'un de bien et parce qu'elle t'aimait. Moi aussi, je t'aime.

Christina écarquilla les yeux de surprise. Elle ouvrit la bouche, puis la referma, comme si elle ne savait pas quoi répondre.

— Ne dis rien, si tu préfères, s'empressa-t-il d'ajouter. Je n'attends pas de toi que tu partages mes sentiments. Tu n'es pas obligée de me répondre. Je t'aime, et qu'importe que tu m'aimes ou non. J'aime tout en toi : ta force, la manière dont tu fais passer les besoins de Winnie et ceux de tout le monde avant les tiens... Tu es la personne la plus généreuse que j'aie jamais connue. Je serais stupide de ne pas t'aimer.

— Non, c'est moi qui serais stupide de ne pas t'aimer, répliqua-t-elle avant de presser les lèvres contre les siennes.

La libido de Waylon se réveilla, comme toujours quand il touchait Christina. Quand elle s'écarta de lui pour le regarder, il sentit son cœur se serrer un peu plus.

Elle l'aimait.

Il l'aimait.

Mais trop de choses faisaient obstacle à leur relation. Parfois, il ne suffisait pas que des gens s'aiment pour qu'ils soient ensemble. Christina ne quitterait jamais le ranch.

— J'ai peur, murmura-t-elle en posant la tête sur son torse.

Ces mots résonnèrent dans l'esprit de Waylon aussi fort que si elle avait crié. Il la serra contre son cœur.

— De quoi as-tu peur ?

— J'ai peur de l'avenir et j'ai peur de te perdre.

Un rayon de lune fit briller le diamant de sa bague quand elle prit sa main dans la sienne.

Il soupira.

— C'est vrai que je dois partir dans quelques jours, mais Winnie et toi pouvez m'accompagner, comme je te l'ai proposé. Vous pouvez commencer par passer une semaine sur la base pour vous faire une idée. Nous reviendrons pour Noël.

— Et après ? demanda-t-elle. Qu'on aime ta base ou non n'est pas le problème.

Elle avait raison et il savait ce qu'il devait répondre — quelque chose qui allait bouleverser son existence. Quand il était arrivé au ranch, sa carrière passait avant tout. Il avait suffi de quelques jours pour que Christina et Winnie se fassent une place dans son cœur et deviennent le centre de gravité de sa vie.

— Je n'en ai plus que pour quelques mois et rien ne m'oblige à me réengager, dit-il. Je peux revenir ici. Nous pourrions avoir notre propre maison et nous marier.

— Nous marier ? murmura-t-elle en essuyant ses larmes.

Il prit sa main et lui retira la bague de sa grand-mère.

— Je t'en offrirai une autre si tu préfères, mais...

Elle le retint quand il essaya de se lever.

— Tu ne veux pas que je me mette à genoux ? s'étonna-t-il.

Elle éclata de rire.

— La bague est parfaite et tu es fou si tu crois que je suis disposée à te lâcher, ne serait-ce qu'une minute, répondit-elle.

Il rit avec elle et déposa un baiser sur son front.

— Est-ce que ça veut dire que tu acceptes de devenir ma femme ?

— Demande-le-moi encore, exigea-t-elle. C'est tellement bon que j'ai envie de l'entendre deux fois.

Il prit sa main et plaça la bague au bout de son doigt.

— Mademoiselle Christina Bell, même si nous ne nous connaissons pas depuis longtemps, je sais que je veux passer le reste de ma vie à tes côtés. Je ne supporterais pas que nous soyons séparés. Je sais que la vie peut nous y forcer, mais je jure de toujours revenir auprès de toi.

Elle lui sourit.

— Peux-tu me promettre de ne pas être toujours sérieux et de m'aimer inconditionnellement ?

— Oui.

— Alors oui, Waylon Fitzgerald, j'accepte de devenir ta femme.

Il glissa la bague à son doigt.

Malgré tout ce qui se passait dans leur vie et au ranch, il se sentit pleinement heureux. Toutes ses craintes et les blessures du passé n'étaient rien de plus que cela : du passé. Il suffisait qu'ils aillent de l'avant pour vivre leur conte de fées.

DANICA WINTERS

Par crainte du passé

INTÉGRALE
LES MYSTÈRES DE L'HIVER

Traduction française de
KAREN DEGRAVE

SAGAS
HARLEQUIN

Titre original :
MR. TAKEN

Ce roman a déjà été publié en 2018

1

Malgré tous les efforts que faisait Whitney Barstow pour le chasser de son esprit, elle avait un souvenir qui refusait de s'effacer — et que le temps n'altérait d'aucune manière : celui du jour où elle avait failli mourir. Elle se souvenait de la fumée qui lui avait envahi les poumons et donné la migraine. La fumée âcre était comme des mains qui lui couvraient le nez et la bouche. Plus elle essayait de respirer, plus les mains invisibles l'étouffaient. Elle avait voulu les repousser, ce qui lui avait laissé de petites cicatrices sur le visage. Celles-ci lui rappelleraient jusqu'à la fin de ses jours à quel point elle tenait à survivre.

Dès qu'elle fermait les yeux, elle se retrouvait dans la grange. Les portes étaient fermées. L'étincelle qui était tombée sur la paille avait provoqué une véritable explosion. Ce son était resté gravé dans sa mémoire. La chaleur aussi. La chaleur… Certaines nuits, elle se réveillait en sursaut, trempée de sueur, en train de se débattre pour échapper à une fournaise imaginaire.

Elle fixa la grange qui était comme le cœur du ranch Dunrovin et songea à ceux qui avaient perdu la vie ce jour-là. Une larme roula sur sa joue. Elle ne se remettrait jamais de la mort de son étalon noir. Elle croyait encore sentir son odeur de paille et son trot léger. Rien ne serait plus jamais comme avant. Elle ne pouvait pas revenir en arrière et empêcher le malheur de le frapper. Elle ne pouvait pas changer ce qui s'était produit.

Elle ne pouvait faire qu'une chose pour tenir ses souvenirs à distance : ne plus jamais monter en selle.

Dix ans après le drame, il lui était toujours presque impossible d'entrer dans une grange. Si elle y était obligée, elle laissait la porte ouverte pour sentir la brise, qui était comme la garante de sa liberté. Elle ne voulait plus jamais se sentir piégée, ni par quelqu'un ni par le feu. Plus jamais.

— Whit ! Ça va, chérie ? lui lança Eloise Fitzgerald depuis le bureau d'accueil.

Whitney essuya rageusement la larme qui avait roulé sur sa joue. Il n'y avait pas de place pour la vulnérabilité dans sa vie. C'était toujours la faiblesse émotionnelle qui la plaçait dans des situations difficiles. Tant qu'elle restait forte et qu'elle tenait le monde à distance — même Eloise Fitzgerald, la matrone bienveillante de la famille Fitzgerald — elle ne courait aucun risque.

— Oui, ça va ! répondit-elle à sa patronne. Je voulais juste prendre un peu l'air avant l'arrivée des premiers clients du week-end.

Mme Fitzgerald sortit sous le porche et serra les bras autour de son torse pour se protéger du vent glacé de décembre.

— Quel froid ! s'écria-t-elle. Tu vas attraper la mort si tu ne rentres pas, petite.

Cela fit pouffer Whitney. Il serait ironique qu'elle meure d'hypothermie après avoir failli disparaître dans un incendie.

— Je ne suis pas frileuse, répondit-elle avant de décocher à Eloise un sourire qu'elle espérait apaisant.

Mais sa patronne n'était pas disposée à la laisser s'exposer ainsi.

— Tu sais ce que je dis toujours : « On n'a rien quand on n'a pas la santé », insista-t-elle en tendant le bras pour l'inviter à rentrer.

Ma santé va bien, merci, songea Whitney.

C'était tout le reste qui aurait pu s'améliorer. Elle n'était sortie avec personne depuis deux ans, et son meilleur ami était le chien du ranch, Milo, que personne d'autre qu'elle ne semblait remarquer. Certains jours, quand le téléphone refusait de sonner et qu'elle ne trouvait rien à faire, elle avait l'impression que Milo et elle n'étaient que des fantômes.

Elle avança jusqu'à la clôture et caressa l'une des ampoules de la guirlande de Noël qui y était accrochée. Elle était peut-être comme le fantôme des Noëls passés, une énigme destinée à avertir les autres que des malheurs les frapperaient s'ils s'obstinaient dans leurs erreurs comme elle-même le faisait.

Mais peut-être passait-elle juste trop de temps seule, préoccupée par ce qu'elle avait à faire, ou perdue dans ses pensées. Le ranch fonctionnait au ralenti depuis les meurtres. Il y avait beaucoup moins de clients que d'habitude, même pour la fête du solstice. C'était comme si plus personne n'était capable de se sentir détendu et joyeux, même pendant les vacances, depuis que plusieurs femmes s'étaient fait tuer dans le ranch et aux environs.

Elle avait peut-être besoin de parler à quelqu'un et d'exprimer ce qu'elle ressentait. Elle n'était sans doute pas la seule que l'inquiétude rongeait. Elle avait horreur de se confier, mais Eloise était certainement le meilleur choix si elle devait absolument le faire. Cette femme avait tout vu et tout vécu. Elle avait élevé de nombreux enfants qui venaient de milieux très différents. Elle avait travaillé dur, elle avait souvent eu faim, mais elle avait toujours le sourire aux lèvres et une soupe sur le feu. Elle était parfaite : toujours calme et prête à aider ceux qu'elle aimait. Gérer le ranch dans la tourmente des derniers événements avait requis toute son énergie. Malgré cela, elle avait trouvé le temps de venir régulièrement voir Whitney pour s'assurer qu'elle s'adaptait à son nouveau rôle.

— Rentre, s'il te plaît, insista encore Eloise, qui commençait à claquer des dents.

Whitney s'y résigna pour lui faire plaisir. Elle entra dans la maison, puis dans le bureau encombré, où Eloise la suivit. La pièce disparaissait sous des piles de livres et des documents en désordre. Whitney grimaça et jeta un coup d'œil à Eloise, qui regardait son capharnaüm comme si elle le voyait pour la première fois.

— Crois-tu qu'il serait possible de classer quelques-uns de ces papiers, chérie ? demanda-t-elle.

— Bien sûr !

Whitney s'empressa de fourrer une liasse de documents dans le tiroir du bas, qui débordait déjà. Quand elle voulut le fermer, les nouvelles brochures du ranch et un carnet rempli de notes presque illisibles tombèrent par terre.

Elle rit pour dissimuler son embarras et se décala un peu dans l'espoir de cacher l'étendue des dégâts à Eloise.

Sa patronne, qui était toujours polie et élégante, même dans les situations les plus inconfortables, lui offrit un sourire plein de bonté.

— Veux-tu que je te montre comment je m'y prendrais pour organiser tout ça ? demanda-t-elle.

Whitney apprécia qu'Eloise se montre patiente au lieu d'essayer de la faire culpabiliser, mais elle n'aimait pas qu'on ait pitié d'elle.

— Merci, mais je devrais...

Elle fut sauvée par la sonnette du comptoir d'accueil. Elle était certaine de pouvoir assumer ses nouvelles responsabilités. D'ailleurs, le désordre avait diminué au cours de la dernière semaine, même si Eloise ne s'en rendait sûrement pas compte. Ce n'était pas la peine qu'elle s'en vante. Même si son bureau n'avait jamais été aussi bien rangé depuis un mois, il était toujours dans un état catastrophique.

Alors qu'elle sortait de son bureau pour accueillir les premiers clients, elle faillit bousculer un homme et s'arrêta net. D'autant plus que ce n'était pas n'importe quel homme, mais Colter, l'un des fils Fitzgerald — celui qui était incroyablement beau et presque aussi discret qu'elle.

— Désolée, balbutia-t-elle. Je ne voulais pas...

Elle recula d'un pas dès qu'elle s'aperçut qu'elle était trop près de lui — assez près pour sentir l'odeur de la fumée sur sa peau malgré son parfum épicé.

L'odeur du feu était impossible à effacer tout à fait, quel que soit le nombre de douches que l'on prenait ou la quantité de parfum que l'on employait. Aussi tenace que ses souvenirs de l'incendie, elle avait une manière d'imprégner une personne jusqu'à son âme. Mais peut-être était-ce juste parce que Whitney savait quel métier Colter faisait — quels étaient les risques qu'il courait et la panique à laquelle il devait faire face jour après jour — que l'odeur de la fumée la frappait autant sur lui. C'était comme un réflexe conditionné : les pompiers l'incitaient à penser à la fumée, qui l'incitait à penser... à la peur.

Elle recula encore. Colter était très séduisant, avec son chapeau de cow-boy noir et ses yeux de la couleur du whisky, mais il était aussi l'incarnation du danger.

— Ce n'est pas grave, répondit-il avec un sourire si large qu'il en était presque comique. Mais tu n'as qu'à le dire si tu veux me toucher, tu sais.

— Tu es vraiment imbu de toi-même, Colter, répliqua-t-elle sans pouvoir s'empêcher de rougir.

Évidemment, elle avait imaginé bien des fois qu'elle laissait courir ses doigts sur les muscles de son torse. Toutes les employées du ranch fantasmaient sur au moins l'un des frères Fitzgerald — qui, ces derniers temps, tombaient l'un après l'autre dans les bras de femmes plus jolies et plus accomplies qu'elle.

— Personne ne m'a jamais dit ça ! se défendit-il.

Elle eut l'impression que son accent du Montana était encore plus prononcé que d'habitude.

— Si personne n'a eu le courage d'énoncer une évidence, je me ferai un plaisir de m'en charger : Colter Fitzgerald, tu n'es pas le plus beau cadeau que Dieu ait fait aux femmes, le taquina-t-elle. D'ailleurs, au cas où tu ne le saurais pas, tu es le dernier homme avec lequel je sortirais. Je préférerais sortir avec…

Elle dut s'interrompre le temps de chercher un nom avec lequel finir sa phrase. Personne ne lui vint à l'esprit. Son cœur battit de plus en plus vite à mesure que les secondes s'égrenaient. Il ne fallait pas qu'il la voie comme cela… Elle voulait être calme, posée et surtout spirituelle — ce qu'elle n'était absolument pas pour le moment.

— Tu préférerais sortir avec qui ? l'encouragea-t-il avec un sourire trop séduisant et un haussement de sourcils.

— Tu vois très bien ce que je veux dire, grommela-t-elle. Je préférerais sortir avec n'importe qui plutôt qu'avec toi.

— Tant que tu ne le fais avec personne en particulier, je garde toutes mes chances, répondit-il avant d'éclater d'un rire aussi troublant que son regard.

Whitney grogna, sauf que ce son n'exprima pas autant de contrariété qu'elle le souhaitait. Elle eut plutôt l'impression d'entendre le bruit horrible qu'émettait une femme quand elle essayait de ne pas tomber amoureuse d'un homme. Or il n'était absolument, catégoriquement, définitivement pas question qu'elle tombe amoureuse du célèbre Colter Fitzgerald. Non, cela ne se produirait pas. Jamais elle ne se laisserait séduire tant qu'elle serait saine d'esprit. Il ne lui restait plus qu'à espérer que sa santé mentale tienne le coup... Elle soupira.

Oui, elle tiendrait le coup.

Un nouveau tintement de la sonnette lui rappela qu'il y avait des clients à l'accueil. Elle n'était pas à son poste et ils devaient commencer à s'impatienter.

— Je suis désolée, mais j'ai des choses à faire, contrairement à d'autres, dit-elle.

Sur ces mots, elle contourna Colter en prenant bien garde à ne pas le toucher.

Son rire la suivit dans le couloir, et elle ferma la porte derrière elle en arrivant dans l'entrée pour lui échapper. Elle ne voulait pas penser à Colter une seconde de plus qu'il n'était nécessaire.

Un homme et une femme se tenaient devant le comptoir d'accueil. Ils devaient avoir dans les vingt-cinq ans. À en juger par les talons aiguilles de la femme, sa coiffure élaborée et son sac Louis Vuitton, ils faisaient partie de leur clientèle aisée. Ils venaient sans doute dépenser leur argent dans un week-end romantique avec promenade en traîneau et galipettes sur une peau d'ours devant un feu de cheminée.

La femme tenait une boule de fourrure qui était peut-être l'un de ces rats de New York dont tout le monde parlait. En effet, quand Whitney s'approcha du comptoir, la créature leva la tête et grogna. C'était bien un chien. Il devait porter un nom stupide comme Fifi ou Fredrico. Étrangement, la plupart de leurs riches clients avaient un animal de ce genre, comme si c'était un accessoire nécessaire — sauf que celui-ci était l'un des plus laids que Whitney ait jamais vus.

— Que puis-je faire pour vous ? demanda-t-elle avec l'amabilité d'une professionnelle du tourisme.

— Vous avez pris votre temps, cracha la femme.

— Je suis sûr qu'elle était occupée, chérie, intervint l'homme en tapotant la main de sa compagne, dont l'annulaire s'ornait d'un énorme solitaire.

L'avait-il fait exprès ? Était-ce un geste machinal par lequel il mettait en avant leur fortune et leur position sociale ? Whitney se força à sourire davantage, même si le Montana avait des principes simples et sains : personne ne s'y souciait de ce que les autres gagnaient ou possédaient. On ne respectait que les gens qui avaient prouvé qu'ils le méritaient. C'était l'une des raisons pour lesquelles elle avait choisi de venir s'installer dans cet État plutôt que de rester dans le Kentucky.

— Qu'est-ce que ça peut faire si elle était occupée ? s'écria la femme. Je m'en moque ! On a traversé la moitié du pays pour venir ici. C'est la moindre des choses qu'elle soit à son poste pour nous accueillir.

Whitney se mordit la langue plutôt que de dire à cette femme que le ranch Dunrovin était un endroit magnifique et majestueux, mais que ce n'était pas un Hilton. Si cette cliente voulait être dorlotée à chaque instant, elle aurait dû choisir un hôtel qui lui aurait offert tous les services qu'elle désirait plutôt qu'un ranch.

— Si vous avez envie de vous faire masser pendant votre séjour, il y a un spa à une quinzaine de kilomètres au sud d'ici, ajouta Whitney en se forçant à rester professionnelle. Je peux vous prendre un rendez-vous.

— Quinze kilomètres ? aboya la femme. Où sommes-nous ? En enfer ?

Elle jeta un regard furieux à son mari, qui avait dû choisir leur destination.

Celui-ci offrit un sourire timide à Whitney. Le comportement atroce de sa compagne semblait le mettre très mal à l'aise.

— Serait-il possible de faire venir la masseuse ? demanda-t-il.

— Je vais voir ce que je peux faire, répondit Whitney.

Elle était certaine que la masseuse locale, Jess Lewis, serait scandalisée par cette requête — mais elle était tout aussi certaine que quelques billets supplémentaires la calmeraient.

Elle inscrivit le nom des clients sur le registre et leur donna la clé de leur chalet. C'était le plus luxueux du ranch : dans les quatre-vingts mètres carrés, sur deux niveaux, avec du cuir et du marbre partout.

— N'hésitez pas à faire appel à moi si vous avez besoin de quoi que ce soit, conclut-elle en s'obstinant à être polie, même si cela lui donnait l'impression de mâcher une poignée de sable.

— De fait, vous pouvez vous rendre utile, répondit la femme en lui tendant la créature qui ressemblait à un rat. Je n'ai pas envie d'avoir Francesca dans les pattes ces prochains jours. Occupez-vous d'elle.

Whitney se raidit quand la femme la força à prendre le chien.

Qu'elle s'en occupe ? Pas question d'ajouter baby-sitter pour chien à ses innombrables fonctions. Elle avait des choses à faire.

Elle posa lentement l'animal à ses pieds.

— Je..., balbutia-t-elle.

— Parfait, reprit la femme, qui n'avait clairement pas l'habitude qu'on lui refuse quoi que ce soit, même si ses requêtes étaient aberrantes.

L'homme ouvrit la porte et s'effaça pour laisser sortir sa femme, dont les talons aiguilles cliquetèrent comme des doigts impatients sur une table. Whitney fixa l'écran de son ordinateur pendant quelques instants. Les personnes de ce genre avaient tenu une grande place dans sa décision de quitter l'État dans lequel elle avait grandi. Heureusement, ceux-là n'étaient que de passage. Ils disparaîtraient bientôt de sa vie.

Un courant d'air glacé l'arracha à ses pensées. Ils avaient laissé la porte ouverte. Des flocons de neige portés par le vent venaient se poser sur le registre. Elle contourna le comptoir. Alors qu'elle s'apprêtait à fermer la porte, elle vit le chien qui ressemblait à un rat dans l'allée. Sa fourrure brune se repérait facilement dans la neige. La créature courait follement vers la liberté. Whitney resta immobile. Vu la propriétaire qu'il avait, ce chien méritait qu'on lui laisse une chance de s'évader.

D'un autre côté, Whitney devrait rendre compte de sa disparition devant ladite propriétaire et elle n'avait aucun mal à imaginer sa réaction. Eloise avait beau avoir bon cœur, cette bévue lui coûterait certainement son travail et sa chambre au ranch. Elle devrait repartir de zéro.

La liberté de ce chien n'avait pas autant de valeur à ses yeux.

Comment s'appelait-il, déjà ?

— Fifi ! cria-t-elle.

L'animal ne ralentit même pas.

— Frederico !

Comme le chien continuait à courir, elle se résigna à se lancer à sa poursuite. Ses bottes de cow-boy claquèrent sur les planches du porche.

— Reviens, Lassie !

Quelqu'un éclata de rire derrière elle. Elle se retourna pour fusiller Colter du regard.

— Timmy est encore tombé dans le puits ? plaisanta-t-il.

— Si tu n'as pas l'intention de m'aider à attraper cette bête, tu pourrais au moins avoir l'élégance de te taire ! lui lança-t-elle.

Son rire faiblit un peu — mais il continua à rire.

— D'accord. Sauvons la petite Lassie. Où est-elle passée ?

Whitney se tourna vers la route. Un gros camion bleu approchait.

— Non ! Arrêtez-vous ! cria-t-elle comme s'il y avait la moindre chance pour que le chauffeur l'entende alors que toutes ses vitres étaient fermées.

Il ne semblait même pas la voir.

Il continuait à foncer vers eux. Alors qu'il approchait du portail du ranch, le chien jaillit d'un buisson pour traverser la route. Il s'arrêta en plein milieu, comme hypnotisé par l'énorme véhicule.

— Non ! hurla Whitney.

Alors le chien se mit à courir vers le camion. Juste avant l'impact, il plongea entre les barres de la grille, placée en travers de la route pour empêcher le passage du bétail.

Timmy n'était pas tombé dans le puits, mais ils avaient quand même une mission de sauvetage à accomplir.

2

Colter Fitzgerald était prêt à sauver des vies tous les jours, mais c'était la première fois qu'il devait sauver un chien des mâchoires d'une grille anti-bétail. Il fit signe au chauffeur du camion qu'il pouvait se remettre en route. Le type avait des cheveux noirs et gras qui brillaient au soleil d'hiver. Un frisson parcourut Colter quand il s'aperçut qu'il y avait une batte de base-ball posée sur son tableau de bord.

La situation aurait pu dégénérer en une fraction de seconde. L'expression du chauffeur était loin d'être amicale. Elle était même tellement hostile que Colter fut soulagé que l'homme ne soit pas descendu de sa cabine pour demander à qui appartenait le chien qui l'avait forcé à piler. Il répondit à son bref signe de tête et regarda le camion s'éloigner. Une confrontation avec un inconnu agressif était bien la dernière chose dont il avait besoin — surtout dans sa quête pour impressionner Whitney.

Whitney Barstow ne travaillait pas depuis très longtemps pour sa mère. Si ses souvenirs étaient bons, cela faisait exactement trois mois qu'elle avait frappé à la porte du ranch pour lui demander n'importe quel emploi qui n'exigeait pas qu'elle s'occupe des chevaux. Cela avait paru étrange à Colter, sur le coup, que quelqu'un veuille travailler dans un ranch, mais pas avec les animaux. Il n'y avait pas réfléchi davantage : chacun avait ses bizarreries. De plus, il oubliait tout — presque jusqu'à son propre nom — dès qu'il apercevait les yeux gris de Whitney. Il en oubliait aussi tous ses défauts, si elle en avait. À ses yeux, elle était parfaite. Même sa manière d'être toujours agacée quand ils se croisaient l'émerveillait.

Il la regarda s'accroupir près de la grille.

— Ça va aller, gentil chien, dit-elle sur le ton qu'elle devait employer avec les enfants en bas âge. On va te tirer de là, ne t'en fais pas.

Colter sentit un sourire s'épanouir sur son visage quand elle leva les yeux vers lui. Le soleil illuminait ses cheveux blonds, qui ressemblaient à des fils d'or.

— Qu'allons-nous faire ? demanda-t-elle en indiquant la grille du menton.

Certains barreaux étaient un peu tordus — juste assez pour qu'un petit animal se glisse entre eux. Bien sûr, au lieu d'être resté là où ils auraient pu l'attraper facilement, le chien s'était blotti dans un coin de la tranchée creusée sous la grille. Il tremblait comme une feuille et ses yeux étaient écarquillés par la terreur. Il devait faire bien froid dans ce trou. Avec son corps maigrichon et ses poils courts, la pauvre créature n'était pas conçue pour supporter des températures négatives très longtemps. Ils devaient agir vite.

Colter se redressa et courut vers la grange.

— Je sors le tracteur ! lança-t-il à Whitney par-dessus son épaule.

Elle hocha la tête, puis reporta son attention sur le chien.

— Viens ici, chéri, le supplia-t-elle.

Colter ne savait pas grand-chose sur ce petit animal qui était peut-être un chihuahua, mais il était sûr que Whitney n'arriverait jamais à gagner sa confiance. Ces chiens étaient connus pour s'attacher exclusivement à une personne. D'après un client qui en possédait un et avec lequel il avait échangé quelques mots, c'était précisément le charme de cet animal : il ne jurait que par son propriétaire.

La porte de la grange coulissa avec un furieux grincement métallique. Colter prit une profonde inspiration. Il aimait l'odeur des animaux presque autant qu'il aimait les animaux eux-mêmes. Beaucoup de gens trouvaient ce mélange de relents de foin, de transpiration et d'excréments répugnant, mais pour un pompier comme lui c'était le parfum de la vie. Chaque fois, il lui rappelait qu'il avait de la chance de le sentir. C'était une odeur bien différente de celle de la cendre. Il avait lu de nombreux poèmes dans lesquels celle-ci était censée évoquer le renouveau, mais elle n'avait jamais fait jaillir l'image d'un phénix dans son esprit. Pour lui, elle n'était associée qu'au deuil et à la destruction.

Il ramassa une chaîne en acier et décrocha les clés suspendues près de la porte, puis il courut jusqu'au tracteur qui était garé sous le préau.

Celui-ci démarra en crachotant. La vieille bête avait du mal à se mettre en route à cause du froid, mais elle avait survécu à bien pire. Colter passa la première et avança. Le véhicule émit un grondement qui était comme la promesse de nombreuses années de service supplémentaires. Son père et sa mère avaient fait du bon travail. Ils avaient entretenu le ranch pour que tout y dure au-delà de leur mort et soit encore utile à la génération suivante. Il avait du mal à imaginer que ses parents aient pu mener une autre existence, qui ne tournait pas autour du ranch, des allées et venues des clients et des enfants qui avaient séjourné chez eux pour de plus ou moins longues périodes.

Mais c'était il y a longtemps. Ses parents avaient consacré presque toute leur vie à cet endroit. Il aurait peut-être pu dire que c'était son intention en tant que pompier. Il était prêt à tout donner à son métier, aux vies sur lesquelles il pouvait avoir un impact, mais ce n'était pas la même chose. Son métier et son mode de vie avaient un terme. Quand son corps le trahirait, quand il ne serait plus physiquement capable de bien faire son travail, quelqu'un de plus jeune que lui prendrait sa place. En réalité, quand il quitterait sa caserne, ce serait un peu comme s'il n'y avait jamais mis les pieds. Seuls les gens qu'il aurait aidés se souviendraient de lui.

Il souffla sur ses doigts, qui commençaient à s'engourdir, tout en conduisant le tracteur jusqu'à la route. Il avait peut-être tort de penser qu'il n'avait rien à voir avec les phénix. Il était peut-être né des cendres d'un pompier qui avait servi avant lui. Quand il aurait passé l'âge, un autre naîtrait des siennes pour grossir les rangs de leur bataillon.

Cette idée ne le perturbait pas. Même si personne n'en parlait, c'était une évidence quand on menait cette vie. Mais il ne pouvait s'empêcher de se demander s'il avait fait un mauvais choix quand il songeait à la vie de ses parents. Il n'avait d'ailleurs tiré qu'une seule personne d'un bâtiment en flammes — et c'était un ivrogne qui s'était endormi avec une cigarette entre les lèvres. La plupart de ses missions étaient des accidents de la route, des démarrages de feux de forêt et des urgences médicales. S'il avait choisi de rester au ranch, il aurait pu aider ses parents à l'agrandir et à le moderniser. Il aurait contribué à créer quelque chose à léguer aux générations suivantes. Étrangement, aucun de ses frères n'avait jamais parlé de ce qui se passerait ensuite.

Ensuite.

Ce mot résonna de manière assourdissante dans sa tête malgré le bruit du tracteur. Si la tendance des derniers mois se prolongeait, il ne resterait rien dont ils auraient à s'inquiéter. Les réservations pour les mois à venir se faisaient de plus en plus rares. S'ils ne trouvaient pas un moyen de rétablir la situation, ils n'auraient plus assez de trésorerie pour entretenir le ranch dès l'été prochain.

Comme il détestait être pessimiste, il essaya de chasser ces pensées de son esprit. Les choses n'allaient jamais aussi mal qu'on l'imaginait. Pour lui, elles semblaient toujours s'arranger quand il le fallait. Il espérait qu'il en irait de même pour le ranch. Au moins, il y avait la fête du solstice, ce mois-ci.

Si c'était une réussite, cela allégerait un peu le fardeau de ses parents. Les ennuis d'argent étaient bien la dernière chose dont ils avaient besoin après les meurtres. Ce n'était pas son rôle, mais il avait l'intention de faire tout ce qui serait en son pouvoir pour que les finances du ranch restent à flot — surtout si cela lui permettait de passer pour un héros aux yeux de la seule femme qu'il avait envie d'impressionner en sauvant des chiens.

Whitney se redressa et lui fit signe de s'approcher davantage avec le tracteur. Elle était incroyablement belle. Elle s'étira, puis posa les mains sur ses hanches. Il ne put s'empêcher de regretter que ce ne soient pas ses mains à lui. Comme il aurait aimé sentir sa peau, laisser courir ses doigts sur ses courbes envoûtantes et ses cuisses musclées...

Elle était si forte — non seulement physiquement, mais encore émotionnellement. Elle était même si forte qu'il ne savait presque rien de son passé. Elle était si mystérieuse qu'il brûlait d'en savoir plus sur elle. Il rêvait de gagner sa confiance et de l'entendre s'épancher auprès de lui. Il savait juste qu'elle venait du Kentucky — et il ne le savait que parce qu'il avait réussi à jeter un coup d'œil sur son CV avant que sa mère ne l'embauche.

Pourquoi était-elle si réservée ? Parfois, il se demandait si elle se cachait de quelqu'un ou si elle leur cachait quelque chose. Pour débarquer dans un ranch perdu au milieu de nulle part, dans le Montana, il fallait forcément fuir ses souvenirs.

S'il avait de la chance, Whitney se confierait peut-être un jour. Ce n'était pas parce que les choses s'arrangeaient toujours pour lui qu'il s'estimait chanceux — et il faudrait qu'il le soit pour que Whitney finisse par le voir autrement que comme un désagrément.

— Pourquoi t'a-t-il fallu si longtemps ? lui lança-t-elle alors qu'il descendait du tracteur, la chaîne sur l'épaule.

Le dégoût et la réprobation qu'il lut dans ses yeux lui parurent plus lourds que la chaîne en acier. Il ne lui avait fallu que quelques minutes pour aller chercher le tracteur… Mais il savait mieux que personne que le temps semblait ralentir quand il y avait une urgence. Les minutes devenaient des heures et elles avaient tendance à rendre les gens fous.

Il lui offrit un grand sourire en espérant que cela dissiperait un peu de la mauvaise humeur qu'il lui inspirait.

— J'aurais pu passer la troisième, j'imagine, mais j'étais sûr que ce chien n'irait nulle part, se défendit-il.

Elle secoua la tête et se détourna de lui. Oui, elle le détestait.

— Passe-moi la chaîne ! lui ordonna-t-elle par-dessus son épaule. Il faut qu'on tire ce chien de là avant qu'il ne meure d'hypothermie.

— Tiens ! répondit-il en lui tendant un bout de la chaîne. Accroche-la à la pelle du tracteur. Je m'occupe de la grille.

Elle fit ce qu'il lui avait demandé pendant qu'il traînait l'autre extrémité de la chaîne jusqu'à la grille. Quand il se pencha pour voir le petit chien, celui-ci leva la tête vers lui et poussa un gémissement. Ce son lui fendit le cœur. Il s'empressa d'attacher la chaîne au barreau central de la grille pour pouvoir la soulever horizontalement. Il ne voulait pas courir le risque de blesser l'animal pendant la manœuvre. C'était une opération délicate. Il suffisait d'un faux mouvement ou d'un maillon faible dans la chaîne pour qu'une catastrophe se produise en une fraction de seconde.

Il tira sur la chaîne pour s'assurer qu'elle était bien attachée, puis regagna le tracteur. Après s'être approché, il leva la pelle lentement et sans à-coups. La chaîne se tendit en cliquetant.

— Prête ? lança-t-il à Whitney.

Elle hocha la tête.

Il recommença à lever la pelle. La grille, qui était collée au sol par la glace, résista quelques instants avant de céder avec un claquement métallique. Il recula de quelques mètres pour être sûr que personne ne serait blessé si la chaîne cassait. Il n'y aurait pas de victime dans cette intervention.

Il s'empressa de tirer le chien de son piège glacé. Le pauvre animal tremblait de froid et de terreur. Colter le caressa pour essayer de le rassurer.

Whitney le rejoignit. Elle l'observa un moment, puis elle lui sourit. Il fut surpris par la chaleur qu'il lut dans son regard. Quand il lui rendit timidement son sourire, elle baissa les yeux — presque trop vite, comme si quelque chose la mettait mal à l'aise. Elle ouvrit les trois premiers boutons de sa chemise rouge de style western et tendit les bras.

— Donne-le-moi, dit-elle.

— Ça, c'est un bon chien, dit-il à la bête en la passant à Whitney.

Celle-ci prit l'animal aussi délicatement que s'il s'était agi d'un objet en porcelaine et le glissa dans sa chemise pour le réchauffer contre sa peau. Ce geste permit à Colter d'apercevoir un bout de son soutien-gorge rouge. Il songea instinctivement à ce qu'elle portait sous son jean. Whitney était sans doute le genre de femme qui avait toujours des sous-vêtements assortis. Une image d'elle en culotte et soutien-gorge apparut dans son esprit et le força à fermer les yeux. Il en eut une érection instantanée très inconfortable.

Ce n'était que du désir. Il ne pouvait pas s'agir d'autre chose. Ou peut-être que Whitney lui semblait si inaccessible qu'il ne pouvait pas s'empêcher de vouloir l'atteindre.

— Eh ! lança-t-elle pour le tirer de ses pensées.

— Quoi ?

Il essaya de regarder n'importe quoi sauf le carré de peau nue à côté du chien. Il était sûr qu'il aurait suffi qu'elle bouge légèrement pour qu'il revoie son soutien-gorge défendu.

— Tu veux une bière ? demanda-t-elle en pointant son doigt vers l'autre côté de la route.

Il se retourna et traversa pour observer de plus près ce qu'elle lui montrait. C'était une bouteille de Heineken plantée dans la neige. Il y avait un chiffon enfoncé dans le goulot et du liquide à l'intérieur. Il la ramassa, retira le chiffon et renifla. L'odeur puissante de l'essence lui brûla les narines et le fit grimacer.

Il remit le chiffon dans le goulot et fixa la bouteille jusqu'à ce que Whitney vienne se planter à côté de lui.

Il n'aurait pas dû la toucher. Il avait été stupide de la ramasser. Maintenant, il y avait ses empreintes dessus.

— Qu'est-ce que c'est ? demanda Whitney.

Il tourna la tête et hésita. Devait-il lui dire la vérité ? Il ne voulait pas la perturber à cause de ce qui n'était peut-être qu'une mauvaise plaisanterie. D'un autre côté, si c'était sérieux, il ne pourrait pas maintenir éternellement Whitney dans l'ignorance.

— Malheureusement, ce n'est pas une bière, finit-il par répondre en levant la bouteille. C'est un cocktail Molotov.

Elle écarquilla les yeux et tendit la main. Il s'empressa d'écarter la bouteille hors de sa portée. Ce n'était pas la peine qu'il y ait aussi les empreintes de Whitney sur ce maudit objet.

Elle continua à fixer la bouteille, mais elle laissa retomber son bras.

— Tu plaisantes ? balbutia-t-elle. Pourquoi ? Qui ?

Il repensa au chauffeur du camion bleu. Il ne l'avait pas vu jeter quoi que ce soit en passant, mais cette bouteille n'était pas là depuis très longtemps. Cependant, cela pouvait aussi être quelqu'un d'autre — quelqu'un qui s'était dégonflé à la dernière minute et avait laissé son projectile inflammable derrière lui en guise d'avertissement.

Dans tous les cas, quelqu'un avait voulu attaquer le ranch. Quelqu'un qui voulait faire du mal aux gens qu'il aimait.

3

Whitney ne se laissait pas effrayer facilement, mais la bouteille que tenait Colter lui donna la chair de poule. Bien des gens avaient un problème avec le ranch Dunrovin depuis les meurtres et l'enlèvement, mais ce n'était pas une explication suffisante. Pourquoi quelqu'un serait-il venu là avec l'intention d'aggraver la situation ? Pourquoi jeter un cocktail Molotov ? Pourquoi vouloir faire du mal à tous ceux qui travaillaient là ? Personne parmi les habitants et les employés du ranch n'avait rien à se reprocher.

En tout cas, aucun n'avait rien fait de mal depuis qu'il était au ranch. Il valait mieux qu'elle laisse son passé de côté dans ce domaine. Elle se mordit la joue tout en caressant machinalement le chien blotti dans sa chemise.

— Ne devrait-on pas appeler la police ? demanda-t-elle en désignant l'objet du menton.

Colter soupira.

— Probablement, mais je ne suis pas sûr que ce soit une bonne idée que la police revienne aussi vite dans le coin. Ce n'est peut-être rien. Juste quelqu'un qui avait ça dans sa remorque et qui l'a perdu quand il a passé la grille. Ce n'est peut-être qu'une réserve d'essence, ou quelque chose comme ça…

Ses efforts pathétiques pour la réconforter étaient vains. Elle entendait bien dans sa voix qu'il mentait. Ils savaient l'un et l'autre que cet objet n'avait rien d'anodin. C'était l'instrument de quelqu'un qui avait l'intention de causer des dégâts.

Mais elle était d'accord avec Colter dans une certaine mesure. S'il y avait bien une chose dont le ranch n'avait pas besoin, c'était de plus de publicité négative. Même si le frère de Colter, Wyatt, était l'un des adjoints du shérif, il n'arriverait sans doute pas à empêcher les fuites. S'ils appelaient la police, tout le monde connaîtrait vite le dernier rebondissement du feuilleton qu'étaient devenus les malheurs du ranch. D'un autre côté, s'ils n'appelaient pas la police, il ne resterait aucune trace de cet incident, et si quelque chose d'autre se produisait…

Elle sentit un goût de bile dans sa bouche et déglutit péniblement.

Non, il ne se produirait rien d'autre. La meurtrière avait été arrêtée. Certes, les habitants du ranch avaient mauvaise réputation. Certains jours, elle avait l'impression qu'ils avaient une cible peinte sur le dos… Mais cela ne voulait pas dire que la terre entière voulait les anéantir. Colter avait peut-être raison. Ce n'était sans doute qu'une réserve d'essence.

— Y a-t-il de l'huile, dedans ? demanda-t-elle en montrant la bouteille de bière.

Colter fit tourner le liquide qu'elle contenait. Celui-ci fonçait le verre de la bouteille comme s'il avait une teinte rougeâtre.

— Oui, je crois, répondit Colter. Pourquoi ?

Elle esquissa un sourire. Cela apaisait un peu ses craintes.

— Tu as peut-être raison, dit-elle. C'est sans doute tombé d'une remorque. Je veux dire que si c'est de l'essence mélangée avec de l'huile…

— … ça peut être pour une tronçonneuse, acheva-t-il à sa place. C'est peut-être tombé de la remorque de quelqu'un qui allait juste se couper un sapin pour Noël dans la réserve fédérale. Tu es géniale, tu sais ça ?

Whitney sentit son sourire s'élargir et s'efforça d'ignorer son cœur, qui battait plus vite quand Colter la regardait comme cela. Elle se répéta que son estime d'elle-même ne dépendait pas de lui, mais elle ne réussit pas à s'en convaincre pleinement. Il était si craquant… Dès qu'il souriait, elle avait du mal à le trouver aussi irritant qu'elle l'aurait voulu. Si elle était honnête, Colter n'était pas antipathique. Et il avait l'art d'inciter les gens à se détendre en sa présence. À vrai dire, c'était exactement le genre d'homme dont elle avait besoin. Mais il ne pouvait rien se passer entre eux — ni maintenant ni jamais. Elle devait rester indépendante et indifférente.

— Je n'ai rien de génial, se défendit-elle avec trop peu de véhémence à son goût.

Elle ne voulait surtout pas avoir l'air de jouer les séductrices qui élaborent des stratégies compliquées pour que les hommes tombent amoureux d'elles. Elle n'était pas et elle ne serait jamais une femme de ce genre — une femme au charme instinctif, qui avait plus sa place sur un podium que dans un ranch.

Elle baissa les yeux avec stupeur quand Colter lui prit la main. Ce geste lui parut si incongru qu'elle resta paralysée quelques secondes avant de se dégager et de se détourner de lui. Il ne pouvait pas avoir un faible pour elle. Elle ne pouvait pas avoir un faible pour lui. Il ne voudrait plus lui adresser la parole s'il connaissait la vérité.

— Attends, Whitney ! Je suis désolé ! lui lança Colter.

Elle continua à foncer vers son bureau.

Elle ne pouvait pas se permettre de se retourner. Elle ne pouvait pas courir le risque de croiser son regard parce qu'elle était sûre que le sien trahissait son désir de sentir ses caresses — pire : de gagner son amour. Elle aurait désespérément voulu connaître le grand amour, mais ce n'était pas parce qu'elle voulait quelque chose qu'elle devait l'obtenir. Surtout pas alors qu'elle n'était pas certaine d'avoir fini de fuir.

Le chien sauta par terre dès qu'elle eut fermé la porte de son bureau. Le pauvre animal était couvert de boue. Il avait même un chewing-gum collé aux côtes. Il courut dans le panier de Milo et se roula en boule sur la couverture. Whitney songea qu'elle n'arriverait jamais à expliquer ce qui s'était passé à ses propriétaires s'ils découvraient l'incident.

S'ils découvraient l'incident...

Elle ne devait rien leur dire, bien sûr. Non. Elle pouffa ironiquement en songeant à tous les « non » qui constituaient sa vie. Quelle que soit la direction dans laquelle elle se tournait, elle devait dresser une barrière. Non.

Dans le fond, les choses n'avaient pas beaucoup changé depuis le Kentucky.

C'était pareil quand elle était chez ses parents, à Louisville.

Quand elle leur avait dit qu'elle partait pour ne plus revenir, qu'elle suivait son instinct, ils avaient simplement répondu : non. Ils ne la comprenaient pas. Ils pensaient qu'elle obéissait au désir égoïste de tourner le dos après tout ce qui s'était passé avec Franck. Mais ils ne connaissaient pas toute la vérité — une vérité qui la hantait et qui menaçait de reparaître à chaque instant tant qu'elle restait là-bas.

Cependant son départ tenait peut-être en partie au fait qu'elle voulait mener une autre vie. Elle voulait avoir de nouveau des chevaux auprès d'elle — pas assez près pour les toucher, mais près quand même. Quand on aimait les animaux, on ne pouvait pas leur tourner le dos. Les souffrances du passé n'y changeaient rien.

Elle s'adossa à la porte et ferma les yeux. Non, elle ne devait pas déterrer le passé. Non.

Des coups frappés derrière elle la firent sursauter. Elle se retourna et vit Colter à travers la vitre.

Pourquoi ne comprenait-il pas qu'elle voulait qu'il la laisse tranquille ?

Au lieu d'ouvrir la porte, elle baissa le store pour qu'il ne la voie plus. Elle ne pouvait pas lui faire face pour le moment. Son cœur se brisait quand il la regardait de cette manière — comme s'il pouvait y avoir plus que de l'amitié entre eux. S'il se produisait quelque chose... elle devrait reprendre la fuite. Il lui faudrait quitter le ranch. Elle ne pouvait révéler son passé à personne. Elle ne devait pas laisser ses sentiments la rendre vulnérable.

— J'ai compris : j'ai les mains calleuses, plaisanta Colter depuis l'autre côté de la porte.

Il essayait de faire retomber la tension, mais il se trompait s'il croyait que ce serait facile.

— À moins que ça n'ait rien à voir avec mes mains, poursuivit-il. Tu n'as peut-être pas envie de me parler, tout simplement. Ce n'est pas un problème. Je voulais juste te dire que j'avais remis la grille en place. Si tu as besoin de quoi que ce soit, dis-le-moi. Je vais rester dans le coin pour donner un coup de main à mon père.

Au lieu de partir, il resta planté derrière la porte comme s'il attendait une réponse. Elle garda le silence.

De longues secondes s'écoulèrent avant qu'elle ne l'entende

s'éloigner. Elle fut tentée de jeter un coup d'œil par la fenêtre pour savoir où il allait. Avait-il compris le message ? La laisserait-il tranquille ? Mais elle résista à la tentation. Elle devait rester forte.

Le téléphone sonna. Jamais elle n'avait été aussi soulagée d'entendre ce son désagréable.

— La réception du ranch Dunrovin, bonjour, que..., commença-t-elle.

— Nous avons besoin de serviettes, lança sèchement la voix à l'autre bout du fil.

Whitney jeta un coup d'œil à la console pour voir le numéro de la chambre. Bien sûr, c'était Mme Talons Aiguilles. Elle se mordit la joue, le temps de laisser défiler toutes les répliques cinglantes qui lui venaient à l'esprit.

— Je m'en occupe tout de suite, madame, répondit-elle. Je vous envoie une femme de chambre. Avez-vous besoin d'autre chose ?

Elle entendit un bruit de moteur et des crissements de pneus sur le parking.

— Où se trouve le club le plus proche ? demanda la cliente. Nous voulons aller danser — claquer des talons, ou peu importe comment vous ploucs appelez ça.

Whitney ravala sa colère et laissa juste échapper un petit rire ironique.

— Le seul club à ma connaissance dans les parages est un sandwich, madame, répondit-elle. En revanche, il y a plusieurs bars dans les environs. Le Dog House, par exemple, à sept ou huit kilomètres d'ici. Il est surtout fréquenté par des gens des environs, mais il arrive qu'on y danse le week-end.

Le Dog House était bien loin des bars country qu'on voyait dans les films, qui avaient un taureau mécanique dans un coin et dans lesquels tout le monde dansait. Ce bar avait plutôt l'air d'être le garage de quelqu'un — ce qu'il avait sans doute été dans un lointain passé.

Mme Talons Aiguilles soupira si bruyamment que Whitney se demanda si elle avait collé sa bouche contre le téléphone.

— J'imagine qu'on devra s'en contenter, répondit-elle. Inutile que je vous interroge sur les restaurants locaux. Je préfère repartir affamée que de manger quoi que ce soit de ce que cette ville a à offrir.

Chaque syllabe que prononçait cette femme la lui faisait haïr un peu plus.

— Je vous fais porter vos serviettes, conclut Whitney avant de raccrocher.

Elle n'était pas capable de supporter la voix de cette femme une seconde de plus.

Comme il n'était pas question qu'elle se retrouve en sa présence, elle appela la gouvernante. Elle tomba sur le répondeur et laissa un message.

Après cela, elle fixa le téléphone un long moment. Et si elle demandait à Colter de l'aider ? Il ne travaillait pas pour le ranch, mais il sauterait peut-être sur l'occasion si elle l'intéressait autant qu'il le laissait paraître. Cela l'occuperait un moment, et elle aurait ainsi le temps dont elle avait besoin pour recouvrer ses esprits et réfléchir à ce qu'il lui inspirait.

Contente de son plan, elle poussa un soupir de satisfaction et sortit de son bureau. Quand elle ouvrit la porte d'entrée, elle découvrit une Chevrolet noire sur le parking. Debout près de la voiture, Colter serrait dans ses bras une grande blonde qui, la tête rejetée en arrière, éclata de rire. Ce son résonna longtemps dans la cour enneigée.

Whitney était stupide de rester plantée là à regarder cette femme en train de faire bouffer ses cheveux et de jouer avec le col de la veste de Colter, mais elle ne saisissait pas la signification de ce qu'elle était en train de voir. Elle trouvait tout à fait cohérent que cette femme soit attirée par le beau pompier qui avait l'art de mettre les gens à l'aise, mais elle ne comprenait pas la jalousie qui la gagnait.

Colter lui avait pris la main quelques minutes plus tôt. À présent, ses mains étaient posées sur les hanches de la blonde. Lui avait-il caché qu'il était déjà engagé dans une relation ?

Jouait-il avec elle ? Apparemment, c'était le cas. Et il devait remercier sa bonne étoile : elle l'avait repoussé juste à temps avant que Mlle Jean Moulant ne vienne coller son corps de mannequin contre le sien.

Whitney grinça des dents si fort qu'elle fut surprise que Colter ne l'entende pas de l'autre bout de la cour.

La femme mystérieuse se hissa sur la pointe des pieds et embrassa Colter sur la joue.

Ce fut la goutte qui fit déborder le vase.

Whitney tourna les talons et rentra en claquant la porte.

Très bien. Si Colter voulait sortir avec toutes les femmes de la ville, cela ne lui posait aucun problème. Il les aurait toutes sauf elle. Elle avait mieux à faire que perdre son temps avec lui.

Il y avait une photo de Colter accrochée au mur, juste à côté de la porte. Il portait sa combinaison de pompier et il avait un grand sourire. C'était ironique. Son travail consistait à empêcher les gens de brûler. Il devait être doué, parce qu'il avait réussi à l'empêcher de brûler d'amour pour lui.

4

Colter se dégagea des bras de Sarah. Il y a quelque temps, cela ne l'aurait pas dérangé qu'elle se colle à lui, mais plus maintenant — pas après tout ce qui s'était passé entre eux. Leur relation s'était effondrée plus brutalement que le marché immobilier, Sarah ne s'intéressant qu'à deux choses dans la vie : son activité de traiteur et son propre bien-être. Bien sûr, elle était belle, mais la beauté avait perdu de sa valeur aux yeux de Colter. D'autres qualités, comme la sincérité, la gentillesse et l'altruisme, lui paraissaient bien plus importantes.

Il jeta un coup d'œil à la fenêtre du bureau de Whitney par-dessus son épaule. Il aurait juré qu'il avait entendu une porte claquer, mais elle n'était pas dans les parages, heureusement. Il n'aurait pas aimé qu'elle se fasse de fausses idées sur la situation.

— Quand m'inviteras-tu de nouveau à dîner, Colter ? demanda Sarah en jouant avec les boutons de sa chemise.

Il lui sourit et prit sa main pour l'écarter doucement mais fermement.

— C'était sympa, mais…

— Mais quoi ? le coupa-t-elle en battant des cils.

Il détestait les discussions comme celle-ci. Il ne voulait ni la blesser ni lui donner de faux espoirs, et elle lui rendait la tâche difficile.

— Mais ça ne marche pas entre nous. Tu vois ce que je veux dire ? répondit-il en choisissant la stratégie la moins risquée.

— Je suis sûre que ça se passerait très bien si on essayait à nouveau, Colter, répliqua Sarah d'une voix suave. C'est juste que…

je venais juste de quitter Kent quand on est sortis ensemble, tu sais. Je n'étais pas vraiment en forme. J'aimerais que tu m'accordes une deuxième chance.

— Ce n'est pas toi…

— C'est *moi*, le coupa-t-elle encore. Je sais. Change de disque. Ou bien apprends à dire la vérité aux femmes, tout simplement. Si je ne t'intéresse pas, ce n'est pas grave.

Elle rejeta ses cheveux derrière ses épaules et ajusta sa veste comme si cela lui suffisait pour surmonter le fait qu'on repousse ses avances.

— Ce n'est vraiment pas à cause de toi, Sarah, insista-t-il. C'est juste que je ne cherche personne pour le moment.

Ce mensonge pesa lourdement sur sa conscience et lui fit jeter un nouveau coup d'œil en direction du ranch. Sarah avait raison : elle ne l'intéressait pas. Il ne se donnait la peine de mentir que pour éviter de la blesser. C'était Whitney qu'il désirait — Whitney qui ne voulait surtout pas avoir affaire à lui.

— Fais-moi signe quand tu chercheras quelqu'un, répondit Sarah. J'attendrai.

Elle n'avait pas cessé de sourire, comme si elle était sûre que cela valait encore la peine d'espérer.

Il poussa un soupir résigné.

— Que fais-tu ici, d'abord ? demanda-t-il.

— J'ai besoin de discuter du buffet avec ta mère. Est-elle là ?

— Je crois qu'elle est à l'intérieur, répondit-il en indiquant le ranch du pouce.

— Viendras-tu à la fête ? demanda Sarah.

Il n'avait pas vraiment de réponse à cette question. S'il disait non, elle le croiserait et serait contrariée qu'il lui ait menti. S'il disait oui, elle essayerait d'obtenir quelque chose de lui. Il n'avait pas envie de passer cinq minutes de plus à se défendre contre ses assauts.

À ce moment, son père sortit de la maison et obliqua vers la grange.

— Excuse-moi, mais j'ai promis à mon père de lui donner un coup de main, déclara-t-il.

Sarah prit un air déçu, mais il lui tourna le dos sans lui laisser le temps de répondre.

— On se verra à la fête, alors ? lui lança-t-elle.

Plutôt que de courir le risque de lui répondre, il s'engouffra dans la grange.

C'était un thème récurrent dans sa vie : les femmes qui ne l'intéressaient pas le pourchassaient et celles qu'il désirait ne daignaient même pas lui donner l'heure. Il était sorti avec beaucoup de femmes, mais cela n'était jamais allé bien loin. La dernière qu'il avait invitée à dîner avait passé toute la soirée à parler de son travail. Elle était jolie, ils s'étaient bien entendus, mais elle ne correspondait pas plus à ce qu'il cherchait que toutes celles qui l'avaient précédée. Si cela continuait comme cela, il n'aurait jamais aucune relation sérieuse.

Il était peut-être simplement destiné à rester célibataire. Un statut qu'il appréciait, dans une certaine mesure. Il n'y avait que le nécessaire dans son réfrigérateur : de la viande, du fromage et de la mayonnaise — un régime simple, épuré, que certains trouveraient peut-être un peu répétitif. Il devrait renoncer à ses habitudes s'il s'engageait dans une relation : les femmes n'étaient jamais simples. Et aucune d'elles n'était plus compliquée que la mystérieuse Whitney Barstow.

Il pouffa en imaginant la tête que ferait Whitney si elle voyait son appartement. Il contenait si peu de choses qu'elle tournerait sans doute les talons immédiatement.

Il était plus simple de vivre de cette manière, blotti dans son monde d'habitudes et de minimalisme, même s'il se sentait parfois un peu seul. Il pouvait gérer la solitude. Au moins, il était sûr de ne pas avoir le cœur brisé

Cette idée le fit penser à son père biologique. Il n'avait qu'un seul souvenir de lui. Il avait deux ans et son père les abandonnait, son frère Waylon et lui, devant la caserne des pompiers. Il avait l'impression d'avoir du sable dans les yeux parce qu'il venait juste de se réveiller, mais ce souvenir était d'une netteté extraordinaire. Il croyait encore voir le visage de son père, ses yeux rougis par des années de labeur et de misère. Il se souvenait aussi de sa voix rendue rauque par le tabac.

— Mes garçons, avait-il chuchoté par peur que les pompiers ne l'entendent de l'autre côté de la porte. Ne vous jetez jamais dans les flammes. Quand ça brûle… fuyez !

S'engager dans une relation revenait à se jeter dans les flammes.

— Je vois que Sarah recommence, lui dit Merle, son père adoptif, en enroulant une corde.

Colter prit une poignée de friandises pour chevaux et la tendit à la jument qui occupait la première stalle.

— Pourquoi voudrais-tu qu'elle change ? Elle est toujours Sarah, répondit-il.

Il avait prononcé son nom comme si c'était un adjectif, ce qui fit rire son père.

— Au moins, tu ne peux pas lui reprocher de baisser les bras facilement, répliqua son père. Un de ces jours, elle te ligotera à son lit.

— Alors je basculerai en enfer, conclut Colter en flattant l'encolure de la vieille jument. Est-ce que je peux t'aider pour quelque chose ?

— Si tu as vraiment trop peur de ressortir et d'affronter ton ex, tu peux m'aider à descendre les décorations pour la fête, répondit son père en lui montrant la soupente. On a besoin des guirlandes et des couronnes. Ta mère houspille tout le monde pour que ce soit parfait.

Colter n'avait pas besoin que son père lui explique pourquoi. Il avait bien conscience des enjeux de cette fête.

— Avez-vous vendu d'autres billets ? demanda-t-il en s'approchant de l'échelle qui permettait d'accéder à la soupente.

— On en a vendu une cinquantaine, pour le moment. On a aussi eu quelques donations mais, si on en reste là, on parviendra juste à couvrir les frais de la fête. Il faudrait qu'on vende au moins cent billets de plus pour que ce soit une bonne opération.

Colter commença à gravir l'échelle pour que son père ne voie pas l'inquiétude qui devait se peindre sur son visage.

— Qui sait ce qui se passera ? l'encouragea-t-il. L'année dernière, beaucoup de gens sont venus sans avoir réservé.

— C'est là-dessus qu'on compte.

La voix de son père trahissait ses craintes et son scepticisme.

— Je détesterais devoir renvoyer des employés, ajouta-t-il, mais si la situation ne s'arrange pas…

Whitney ne travaillait pas au ranch depuis très longtemps. Si ses parents décidaient de se séparer d'une partie du personnel, ils le feraient le plus équitablement possible. En d'autres termes, ils se fonderaient sur l'ancienneté des employés. Puisque Whitney venait d'arriver, elle serait l'une des premières à partir. Il devait trouver un moyen d'empêcher cela.

Colter atteignit le haut de l'échelle. Il entra dans la soupente et se dirigea vers le coin où ses parents entreposaient les décorations de Noël. Les couronnes, les guirlandes et les boules étaient rangées dans des caisses rouge et verte, toutes soigneusement étiquetées. Ses parents faisaient tout avec un soin méticuleux et c'était une qualité qu'il appréciait énormément. Cela rendait la vie tellement plus simple. Quand tout était bien organisé, on ne courait pas le risque de perdre le contrôle de son univers.

Il y avait une épaisse couche de poussière et quelques brins de paille sur le sol. Il faisait bon dans la soupente, grâce à la chaleur que les chevaux dégageaient en dessous, et l'air était chargé d'un délicieux parfum d'herbe. Colter venait souvent ici quand il était petit. Il se cachait dans les caisses et il fabriquait des châteaux forts avec les couvertures des chevaux. Parce qu'ils étaient les deux plus jeunes, il jouait souvent avec Rainier, près des chevaux.

Il soupira profondément lorsqu'il songea à la direction désastreuse que la vie de Rainier avait prise. Si seulement ses parents avaient fourni des codes, des instructions à son frère… il aurait peut-être fait autre chose de son existence.

Colter souleva la première caisse et repartit vers l'échelle.

— Je te les passe au fur et à mesure, annonça-t-il à son père.

Le plancher émit un craquement sinistre, puis la planche sur laquelle il posa le pied bougea. La caisse qu'il tenait l'empêchait de voir le sol. Alors qu'il se penchait sur le côté, un nouveau craquement l'avertit du danger, mais il n'eut pas le temps de s'écarter avant que la planche ne cède. Il tomba.

Les bords déchiquetés du trou lui entaillèrent les jambes. La douleur qui l'envahit fut instantanée, intense et irréelle, comme si c'était quelqu'un d'autre qui souffrait.

C'était un accident qu'il avait toujours redouté, mais il imaginait que cela lui arriverait au cours d'une intervention, parce qu'un plancher en flammes céderait sous son poids — certainement pas dans l'univers rassurant de la grange familiale. Le monde qu'il avait fabriqué dans son esprit, un monde maîtrisé et sûr, venait de le trahir. Il ressentit presque la même chose que dans son enfance… Et il n'en revenait pas. Comment pouvait-il de nouveau se sentir impuissant alors que tout s'effondrait autour de lui ?

Il lâcha la caisse et un son étrange lui échappa — le son de la fatalité qui prenait le pouvoir. La caisse heurta bruyamment le sol. Son couvercle sauta et des guirlandes en jaillirent. Colter griffa le plancher devant lui en cherchant désespérément quelque chose à quoi se raccrocher. Il devait se rattraper avant de passer à travers le trou.

Son père poussa un drôle de cri, qui tenait à la fois de l'exclamation de surprise et de l'appel au secours. Enfin, Colter parvint à enrouler ses doigts autour de la pointe acérée d'une planche cassée. Il se coupa et s'enfonça des échardes dans la paume, mais il s'y agrippa de toutes ses forces pour ralentir sa chute.

Malgré sa force, la secousse produite par son arrêt brutal faillit lui faire lâcher prise. Ses jambes se balançaient juste au-dessus du seau de friandises des chevaux.

Il entendit le grincement de la porte de la grange, puis Whitney apparut, les yeux agrandis par la surprise et l'effroi.

— Colter ! s'écria-t-elle.

Il y avait de la peur dans sa voix.

Il sentit du sang couler le long de ses jambes jusque dans ses bottes. Il lâcha prise et tomba. Le seau bascula sous son poids en répandant les friandises qu'il contenait à des mètres à la ronde, mais il amortit sa chute, comme il l'espérait.

Pendant quelques instants, il resta parfaitement immobile pour faire un bilan de ses sensations. Il s'était tordu la cheville et il s'était fait plusieurs entailles, mais il n'en mourrait pas.

— Ça va, Colter ? s'inquiéta Whitney en accourant auprès de lui.

Elle posa doucement la main sur son épaule comme si elle avait peur de lui faire mal.

— Oui, ça va, répondit-il, autant pour s'en convaincre lui-même que pour la rassurer.

Il se redressa péniblement. Son jean était déchiré et une longue coupure, sur le côté de sa cuisse, saignait abondamment dans la poussière.

— Que s'est-il passé ? demanda son père.

Colter leva les yeux. Le trou par lequel il était tombé était dentelé d'un côté, mais les trois autres côtés étaient bizarrement réguliers. Il ramassa un morceau de planche qui était tombé près de lui.

Oui... Il repéra tout de suite les traces distinctives des dents d'une scie. Il leva le bout de bois pour le montrer à son père et à Whitney.

— Tout le monde, au ranch, savait qu'on monterait là-haut pour aller chercher les décorations de Noël, dit-il.

Son père prit le bout de bois et l'examina sous tous les angles.

— Non, ce doit être un accident, répondit-il. L'un des volontaires a peut-être scié quelque chose là-haut sans s'apercevoir qu'il passait à travers le plancher. Ça peut se produire.

La voix de son père trahissait le fait qu'il n'y croyait pas lui-même.

Personne ne découpait un rectangle parfait dans un plancher par accident. Toute personne saine d'esprit savait que le premier qui marcherait à cet endroit avait de grandes chances de se blesser — un endroit où il devait *nécessairement* marcher pour récupérer les caisses. Quelqu'un avait fabriqué un piège. Et c'était un mauvais piège parce que n'importe qui pouvait tomber dedans. Il ne permettait pas de viser quelqu'un en particulier.

Colter repensa à la bouteille de bière remplie d'essence qu'il avait trouvée. Il avait essayé de se convaincre que ce n'était pas une menace, que ce n'était qu'un objet anodin tombé d'une remorque, mais il n'en était plus si sûr, à présent. La probabilité que ces deux incidents se produisent le même jour devait être dérisoire, voire nulle.

Mais le cocktail Molotov ne pouvait pas faire grand mal là où il était. S'ils n'étaient pas tombés dessus par hasard, il aurait été recouvert par la neige en deux jours. Quelqu'un s'en était-il débarrassé parce qu'il avait failli se faire surprendre avec un projectile inflammable à la main ? Cela n'avait guère de sens.

Tout cela ressemblait à un plan d'adolescent mal conçu. À moins que quelqu'un n'ait voulu leur laisser un message pour les avertir que le ranch Dunrovin serait bientôt attaqué.

5

Whitney pouvait comprendre le besoin de Colter de jouer les durs à cuire, mais pas à ce point-là. Il prétendait qu'il ne s'était pas fait mal alors qu'il boitait bas et qu'il grimaçait à chaque pas.

— Laisse-moi nettoyer ça, dit-elle en montrant l'endroit où son jean déchiré laissait voir ce qui devait être la plus profonde de ses blessures.

— Ne t'inquiète pas, je vais bien, répondit-il.

Mais les cernes qui se creusaient sous ses yeux et sa voix plus rauque que d'habitude trahissaient sa douleur.

— Ne sois pas borné, répliqua-t-elle. Cette blessure a besoin d'être désinfectée même si rien de vital n'est touché. Et je ne me suis pas encore prononcée sur la nécessité de t'emmener aux urgences.

Colter secoua la tête.

— Il n'est pas question que j'aille voir un médecin, grommela-t-il.

Lorsqu'il atteignit le bas du perron, il dut soulever sa jambe comme si elle était trop engourdie pour le gravir. Whitney le suivit à l'intérieur et pointa le doigt vers le grand fauteuil en cuir placé près de la cheminée, dans le salon.

— Assieds-toi ! ordonna-t-elle. Je reviens.

Il ouvrit la bouche comme s'il envisageait de protester, mais il finit par la fermer et boitilla jusqu'au fauteuil.

Elle alla dans la salle de bains et sortit la trousse de secours du placard. Elle en voulait toujours à Colter. Qu'il soit blessé ou non, il avait quand même tripoté la blonde devant la maison.

Elle savait qu'elle n'aurait pas dû être jalouse, mais ce sentiment se développait en elle comme une gangrène. Colter Fitzgerald ne lui devait strictement rien. À vrai dire, personne ne semblait être en position de lui demander des comptes. Sa vie sentimentale était bien trop remplie pour qu'elle se laisse aller à rêver de lui. Malgré cela, elle ne put empêcher ses pensées de dériver vers le moment où il tenait le chien dans ses bras.

Non, elle ne pouvait pas laisser son charme altérer le fait qu'il l'exaspérait la plupart du temps. Il ne pouvait rien se passer entre eux. Elle ne cherchait pas de nouvelle relation — et surtout pas avec lui.

Elle sortit de la salle de bains. Alors qu'elle passait l'angle du couloir, elle aperçut la blonde et Eloise auprès de Colter. Sans réfléchir, elle se précipita dans la petite pièce qui servait de bureau à Merle et Eloise, avant que les deux femmes ne la voient. Elle se sentit aussitôt mal à l'aise dans ce bureau bien rangé. Les étagères étaient chargées de manuels de gestion et de classeurs organisés par couleurs. Elle resta immobile, adossée à la porte, tandis que la blonde passait de la pommade à Colter dans la pièce voisine.

Whitney balaya le bureau du regard. Elle n'avait rien à faire là, mais il n'était pas question qu'elle entre dans le salon et qu'elle s'adresse poliment à cette femme. Non seulement elle se jetait aux pieds de Colter, mais elle avait sûrement de bonnes chances de parvenir à ses fins.

La gangrène gagna du terrain et Whitney craignit que la jalousie ne finisse par l'étouffer.

Comme elle n'était pas capable de prendre du recul émotionnellement par rapport à la situation, elle s'écarta de la porte pour mettre le plus de distance physique possible entre la blonde et elle. Elle finit par se cogner au bureau. Une feuille en tomba et vint se poser à ses pieds.

Whitney se pencha pour la ramasser. C'était une facture de plus de cinq mille dollars. En haut de la facture, la banque avait tamponné « rejeté » à l'encre rouge. Bien que cela ne la concerne pas, un malaise l'envahit. Il n'y avait pas plus déprimant que de regarder une facture en sachant qu'elle ne pouvait pas être payée.

Elle avait vu d'innombrables documents de ce genre dans son enfance, à l'époque où ses parents divorçaient. Ces grosses lettres rouges étaient comme les cicatrices d'une période de sa vie qu'elle voulait oublier et que ce papier lui rappelait brutalement.

Il n'y avait rien d'étonnant à ce que tout le monde soit tendu dans le ranch. Elle savait que la situation financière de ses employeurs était fragile, mais elle ne se doutait pas que c'était aussi grave.

Elle posa la facture sur un tas dans le porte-lettres et s'écarta du bureau pour s'éloigner des souvenirs qu'il ravivait.

Mais les choses n'allaient peut-être pas aussi mal qu'elle l'imaginait. Cette facture était peut-être isolée dans la comptabilité. Elle fut tentée de jeter un œil sur les autres pour en avoir le cœur net, mais elle se l'interdit. Cela ne la regardait pas. Et à quoi bon comprendre précisément le problème puisqu'elle ne pouvait pas le résoudre ?

D'un autre côté, son avenir était en jeu. Si les Fitzgerald ne pouvaient pas payer leurs factures, ils ne pourraient pas conserver longtemps tout le personnel qu'ils employaient. Elle avait eu beaucoup de chance de trouver ce travail. Quand elle lui avait parlé de la vie qu'elle menait dans le Kentucky, Eloise l'avait invitée à la rejoindre dans le Montana.

Elle avait même eu la gentillesse de payer son billet d'avion alors qu'elle ne pouvait pas se le permettre, comme Whitney venait de le découvrir.

Si les choses tournaient mal, il faudrait qu'elle reparte dans le Kentucky. Elle n'avait aucune chance de trouver un autre emploi dans la petite ville de Mystery. Il y avait très peu d'activité dans les environs, et personne ne voudrait d'une fille comme elle, dont le passé était étalé dans tous les journaux.

Whitney fixa la pile de factures. Une fois de plus, son avenir était à la merci du monde qui l'environnait et elle ne pouvait rien faire pour prendre sa destinée en main.

Incapable de supporter plus longtemps la vue des lettres rouges, elle s'enfuit du bureau. La blonde était encore dans le salon avec Colter. Whitney tenta de disparaître dans le couloir. Malheureusement, Eloise la vit.

— La voici ! s'écria-t-elle. Approche, Whitney ! Connais-tu Sarah ?

Whitney traversa le salon en ayant l'impression de marcher

vers l'échafaud. Sarah souriait. Ses dents blanches étaient aussi parfaites que tout le reste de sa personne.

— Je suis ravie de vous rencontrer, Whitney, dit-elle en lui tendant la main.

— Moi aussi, répondit Whitney.

Elle joua le jeu, mais lâcha la main de la blonde le plus vite possible. Elle n'avait aucune envie de rencontrer la petite amie de Colter, ou peu importait ce que cette femme était pour lui.

— Sarah s'occupe du buffet de la fête, ajouta Eloise comme si elle sentait que l'atmosphère était tendue.

Whitney se força à sourire pour la rassurer. Son amie n'avait pas besoin de motifs d'inquiétude supplémentaires. D'après la facture que Whitney venait de trouver, la vie d'Eloise était assez compliquée comme cela.

— Je suis sûre qu'il sera très réussi, répondit-elle avec une amabilité qui n'était destinée qu'à Eloise.

Colter leva la tête et fronça les sourcils.

— Ça va ? lui demanda-t-il.

— Très bien, répondit-elle en baissant les yeux.

Elle était certaine qu'il comprendrait qu'elle était une bien piètre menteuse si leurs regards se croisaient. Elle lui tendit la trousse de secours qu'elle avait glissée sous son bras.

— Tiens !

Colter prit la trousse et la regarda comme s'il voulait lui demander son aide.

Whitney évita son regard et vit Eloise prendre le bras de Sarah.

— Et si nous finissions de passer le menu en revue ? suggéra Eloise. Tu as parlé d'un problème avec les crevettes...

Sarah ouvrit la bouche pour protester — elle n'avait clairement pas envie qu'on l'éloigne de force de l'homme sur lequel elle avait des vues —, mais Eloise l'entraînait déjà vers la cuisine.

Whitney fit quelques pas en direction de la porte d'entrée. Se retrouver brusquement seule avec Colter la mettait mal à l'aise. Les murs étaient couverts de photos des gens qui avaient travaillé pour le ranch au fil des ans.

Elle posa les yeux sur une photo qui devait dater des années 1990. On y voyait un homme aux cheveux un peu trop longs et au regard à la fois sombre et triste. Il lui parut vaguement familier — mais ce n'était peut-être que son expression, son air de se sentir seul au milieu des gens. Elle fixa ses traits un long moment sans comprendre pourquoi cet inconnu avait attiré son attention.

Colter la rejoignit en boitant et en grimaçant. Il balaya les photos du regard.

— Il s'est passé bien des choses dans cet endroit, dit-il.

— Et il est passé bien des gens, répondit-elle avant de jeter un coup d'œil en direction de la cuisine d'où leur parvenaient les voix étouffées d'Eloise et de Sarah.

Colter suivit la direction de son regard.

— Qu'y a-t-il entre vous ? demanda-t-elle sans détour.

Il écarquilla les yeux et ouvrit la bouche comme s'il attendait simplement que la bonne réponse en tombe.

— Je vous ai vus devant la maison, tout à l'heure, ajouta-t-elle, les yeux baissés. Je sais que ça ne me regarde pas. Mais je sais aussi... que tu as beaucoup de connaissances féminines. Je ne voudrais pas qu'elle imagine...

— Elle peut imaginer ce qu'elle veut, la coupa Colter, retrouvant subitement l'usage de la parole.

— Alors vous ne sortez pas ensemble ?

Il changea de jambe d'appui et tressaillit comme s'il s'était fait mal.

— Je... On est sortis ensemble pendant un moment, mais ce n'était pas une relation sérieuse.

— Néanmoins, c'est ton ex.

Elle releva timidement la tête et rencontra son regard.

— Comme je ne considère pas vraiment ce qui s'est passé entre nous comme une relation, je ne la considère pas vraiment comme mon ex, répondit-il.

— Moi si, répliqua-t-elle avec une aigreur qui la dérangea elle-même.

Il la fixa un long moment avant de détourner les yeux. Le cœur de Whitney se serra. Elle n'aurait pas dû l'agresser de cette manière. Tout le monde avait un passé. S'il regardait le sien de trop près, elle était certaine qu'il trouverait des choses qui lui déplairaient. Malgré elle, elle repensa à l'incendie et à l'homme qui l'avait provoqué.

Colter tourna les talons pour s'éloigner. Elle le retint par le poignet.

— Je suis désolée, dit-elle quand il se tourna vers elle. Je suis de mauvaise humeur, c'est tout. Tu n'as rien fait de mal. Et je n'ai aucune raison d'être jalouse. Tu peux sortir avec qui tu veux.

Ce n'était pas comme si Colter l'appréciait, de toute manière. Il ne la connaissait pas. S'il avait un faible pour elle, c'était seulement parce qu'il ne savait rien d'elle.

— Je n'ai pas envie de sortir avec n'importe qui, répondit-il. La seule personne avec laquelle j'aimerais passer du temps, c'est toi.

Il écarta sa main de son poignet et la prit entre les siennes.

— Je n'ai rien désiré d'autre depuis le jour de ton arrivée, ajouta-t-il.

Elle eut envie de s'abandonner à la joie que ces mots lui procurèrent, mais elle ne pouvait pas se le permettre. Elle était à deux doigts de perdre son travail et sa place dans ce ranch. C'était une raison suffisante pour choisir la prudence — à laquelle s'ajoutaient les incidents étranges qui se multipliaient.

Elle dégagea sa main.

— Je ne sais pas pour qui tu me prends, mais je peux t'assurer que je ne suis pas parfaite, déclara-t-elle. Je ne suis pas le genre de femme avec lequel les hommes ont envie de sortir. Tu ne voudrais pas de quelqu'un comme moi si tu me connaissais mieux.

— Je te connais, que tu veuilles l'admettre ou non, répliqua-t-il.

Elle laissa échapper un petit rire sarcastique.

— Ce n'est pas parce qu'on se croise depuis que je me suis installée ici que tu me connais. Tu me *vois*, c'est tout. Il y a des choses dans mon passé que tu ne pourrais pas accepter. Et nous avons des différences fondamentales. Pour commencer, tu as plus de conquêtes à ton tableau de chasse qu'il n'y a de myrtilles dans un cake. Je ne veux pas avoir besoin de jouer des coudes pour obtenir l'attention d'un homme.

— Comment peux-tu savoir si nous avons des différences fondamentales tant que nous ne sommes pas sortis ensemble ?

demanda-t-il en s'adossant au fauteuil le plus proche. Et y a-t-il des myrtilles dans les cakes ?

Elle réprima un sourire et grogna. Il avait peut-être raison. Elle n'avait pas la moindre idée de ce qu'on mettait dans un cake, mais il n'était pas question qu'elle le reconnaisse. Il ne manquait jamais une occasion de l'agacer. Il ne prenait rien au sérieux — et c'était un trait de caractère auquel elle avait du mal à résister, pour son malheur.

— Assieds-toi ! ordonna-t-elle en lui indiquant le fauteuil contre lequel il s'était adossé. Je vais soigner ta jambe — à condition que tu me promettes de ne plus me demander de sortir avec toi.

— C'est juste valable pour aujourd'hui ou c'est pour toujours ? demanda-t-il avec un grand sourire.

Elle soupira. Elle n'avait pas la force de lui fournir la réponse qui s'imposait. Elle aimait autant qu'elle détestait ce qu'il lui faisait ressentir. Il était bien plus simple de faire abstraction de cet aspect de l'existence et de rester hors de portée des hommes. Dès qu'ils entraient dans sa vie, des choses déplaisantes arrivaient dans leur sillage : des drames, des intrigues, des dangers...

L'amour était trop risqué — surtout avec un homme comme Colter, le célibataire le plus séduisant du comté.

Elle alla chercher la trousse de secours pendant qu'il s'installait dans le fauteuil et soulevait la jambe déchirée de son jean pour découvrir sa blessure. Elle était profonde et il y avait des éclats de bois plantés dans sa chair.

— Tu devrais peut-être aller aux urgences, dit-elle en s'asseyant à ses pieds.

Colter chassa cette idée d'un revers de la main.

— Tout ira bien si c'est correctement nettoyé, répondit-il.

Sa force impressionna Whitney malgré elle. Il plaisantait alors qu'il devait beaucoup souffrir. Cela la peinait de l'admettre, mais Colter était vraiment un homme incroyable... Sauf qu'elle ne cherchait pas d'homme, si incroyable soit-il.

— Tu ne m'as pas répondu, dit-il. Pendant combien de temps suis-je censé m'abstenir de te demander de sortir avec moi ?

Elle se mit à tapoter la blessure avec un morceau de gaze imprégné de Bétadine en attendant de trouver une réponse satisfaisante.

— Tu n'es pas en cause, finit-elle par balbutier. Tu es quelqu'un de bien. C'est juste que pour le moment…

Elle jeta un coup d'œil en direction du bureau de ses parents.

Colter perdit son sourire et l'espoir qu'il y avait dans ses yeux s'évanouit. C'était comme si une partie de son âme s'était évaporée et Whitney s'en voulut terriblement d'avoir provoqué ce phénomène. Mais elle ne devait surtout pas changer d'avis. Elle devait s'en tenir à sa stratégie coûte que coûte.

— Et tu dois te concentrer sur les endroits où tu mets les pieds, reprit-elle. Tu vois ce qui arrive quand tu penses à moi tout le temps : tu tombes à travers un plancher. Je suis un danger pour ta santé.

En prononçant ces mots, elle pensa à toutes les fois dans sa vie où cette plaisanterie n'en avait pas été une, à tous les gens pour qui elle avait représenté une menace.

Où qu'elle aille, quoi qu'elle fasse, elle n'apportait que de la tristesse à ceux qui lui étaient chers. Pour protéger Colter et tous les habitants du ranch, elle ne devait plus jamais tomber amoureuse.

6

Il avait neigé pendant la nuit. Quand il se réveilla, Colter trouva le paysage couvert d'une pellicule scintillante. La météo avait prévu quinze centimètres de neige aujourd'hui et peut-être autant demain. Mais, dans le fin fond du Montana, quinze centimètres pouvaient aussi bien signifier cinq centimètres que soixante. Cela dépendait du sens du vent et des caprices des tempêtes hivernales.

Colter adorait cette période de l'année. Certaines personnes détestaient le froid et la grisaille permanente de la vallée, mais il avait toujours conçu son environnement comme une couverture gigantesque. Les montagnes étaient les bords de son univers et les nuages son couvercle, comme si le monde le protégeait de ses brutalités en le serrant contre son sein.

Il enfila le pull rouge que sa mère lui avait offert pour Noël, l'année précédente. Il devait retourner au ranch. Ses parents avaient besoin d'aide pour déneiger les allées et pour les préparatifs de la fête. Il ne restait plus que deux jours avant la fête du solstice, qui devait être le grand événement de ces vacances. Et il devait réparer le plancher de la soupente. Il pouvait aussi leur donner un coup de main pour accueillir les clients qui commençaient à arriver.

S'il était honnête, ses parents se débrouilleraient très bien tout seuls, même s'ils appréciaient son aide. Ceux qu'il voulait vraiment aider, c'était Whitney et le pauvre petit chien qu'ils avaient sauvé la veille. Du moins, c'était l'excuse qu'il fournirait à Whitney si elle lui demandait ce qu'il faisait dans son bureau.

La neige crissa sous ses bottes quand il marcha jusqu'à sa camionnette. Il y monta, démarra et laissa tourner le moteur un moment, le temps que le chauffage se mette en route. Sa respiration produisait d'épais nuages blancs devant son visage. D'après le thermomètre du tableau de bord, il faisait moins dix. Ce genre de froid n'était propice qu'à trois choses : les crises de nerfs, les incendies domestiques et les engelures.

Il ne serait pas surpris si la caserne l'appelait. Ce serait payé en heures supplémentaires, ce qui était toujours appréciable, mais il n'avait aucune envie de participer à une intervention aujourd'hui. Sa jambe et ses mains ne s'étaient pas encore remises de sa chute. Ce ne serait pas long mais, d'ici là, il lui faudrait consacrer de l'énergie à ignorer la douleur. À chaque fois qu'il lui arrivait un accident de ce genre, il craignait que cela ne l'empêche de faire correctement son travail et que quelqu'un n'en fasse les frais. Il ne se pardonnerait pas que quelqu'un souffre à cause de lui.

Sur la route du ranch, ses pensées dérivèrent vers la plus grande de ses faiblesses : Whitney. Il pensait à elle presque en permanence depuis trois mois. Elle lui avait clairement fait comprendre qu'elle ne voulait pas sortir avec lui. Pourtant, à chaque fois qu'ils étaient ensemble, il y avait comme... une étincelle. Quelque chose crépitait entre eux — et Whitney en avait bien conscience, à en juger par certains de ses regards.

Il avait besoin d'être auprès d'elle, même si ce n'était qu'en tant qu'ami. C'était comme si elle l'aimantait. Leur relation évoluerait peut-être, ou peut-être pas, mais il avait besoin d'avoir Whitney dans sa vie.

C'était la femme la plus déroutante qu'il ait jamais rencontrée. Une minute elle semblait ouverte au monde et à un avenir joyeux avec lui, la suivante elle s'enfonçait dans les ombres de ses pensées et devenait inaccessible. C'était comme si un rideau tombait autour d'elle. Colter comprenait très bien ce qui se passait dans ces moments-là. Il avait vu la même expression d'innombrables fois sur le visage de son frère Waylon. C'était l'expression qui accompagnait le souvenir de la douleur et de la perte.

Whitney ne lui avait rien dit sur son passé, mais ce n'était pas nécessaire pour qu'il comprenne qu'elle traînait de lourdes valises. Quelle importance ? Tout le monde avait un passé. Même s'il faisait de gros efforts pour tenir le sien à distance grâce à l'humour, il en souffrait toujours quand il y pensait trop. Si seulement Whitney pouvait se confier à lui... Ensemble, ils arriveraient sûrement à neutraliser ce qui la tourmentait.

Il l'espérait, du moins.

Mais ses secrets étaient peut-être plus terribles qu'il ne l'imaginait. Et si elle avait tué quelqu'un ? Abandonné une personne qu'elle aurait renversée au bord de la route ? Cette idée ridicule le fit pouffer. Ce n'était pas le genre de Whitney. Elle était un peu coriace par moments, mais elle était pleine de tendresse dans tous les domaines qui comptaient. Non, il ne la suspectait pas d'avoir commis un crime atroce. Néanmoins, le désir qu'elle lui inspirait ne suffisait pas à lui faire oublier son impression d'errer dans les ténèbres en ce qui la concernait. Elle lui cachait quelque chose, quelque chose qu'elle ne voulait confier à personne — quelque chose qu'il brûlait de découvrir.

C'était peut-être pour cela qu'elle l'attirait autant : parce qu'il n'avait jamais rencontré de femme aussi mystérieuse. Elle était comme un défi, une quête qu'il désirait mener à bien autant qu'il la désirait, elle.

Alors qu'il approchait du ranch, il tomba sur un embouteillage. Le conducteur arrêté sur la file d'à côté était sorti de sa voiture. Il tendait son téléphone vers le ciel, sans doute à la recherche d'un peu de réseau.

Colter baissa sa vitre.

— Que se passe-t-il ? lui demanda-t-il.

— La route est bloquée et, bien sûr, il n'y a pas de réseau, répondit l'homme avec un fort accent du nord-est du pays avant d'enfoncer son téléphone dans sa poche. Je ne sais même pas si on est au bon endroit.

Il écarta les bras de frustration.

Il conduisait une voiture blanche du genre de celles que les touristes louaient à l'aéroport. Elle avait des pneus normaux, ce qui était très dangereux sur des routes fraîchement enneigées.

— Vous allez à Dunrovin ? demanda Colter.

L'homme acquiesça.

— On nous a dit que c'était un endroit merveilleux, mais on n'a vu que de mauvaises routes, jusqu'ici. Et vous n'avez pas de réseau ! Tout ce que vous avez, c'est un aéroport qui ressemble à un salon des années 1970.

Colter éclata de rire. S'il avait dû expliquer à quelqu'un à quoi ressemblait leur aéroport, il n'aurait jamais trouvé une aussi bonne description que celle de cet homme. L'aéroport était tout orange et marron, des couleurs que soulignait le mobilier en cerisier qui datait de sa construction.

— Je ne cherche pas à être blessant, ajouta l'homme en projetant un gros nuage de vapeur.

— Vous ne m'avez pas blessé, répondit Colter. Il arrive même que je reconnaisse que nous sommes un peu en retard par rapport au reste du pays.

— Mais c'est le charme du Montana, concéda l'homme. Sauf quand on a besoin de passer un coup de fil.

Il éclata de rire.

— Ne vous inquiétez pas : j'ai un téléphone qui marche, dit Colter. Rentrez vous réchauffer dans votre voiture. Je vous promets de vous conduire au ranch.

L'homme hocha la tête avec gratitude, releva le col de sa veste et rentra dans sa voiture.

Colter sortit de sa camionnette et avança le long de la file de voitures arrêtées. La route était bloquée par un pin qui était tombé en travers, seule tache de couleur dans un univers blanc. Même si son tronc était déjà partiellement recouvert par la neige, Colter remarqua immédiatement des traces de tronçonneuse à sa base.

Il y avait une enveloppe rouge coincée entre les branches de l'arbre. Quelques flocons étaient tombés dessus. En soufflant pour les chasser, Colter ne réussit qu'à les faire fondre. Ils tachèrent le papier comme des larmes.

Il ramassa l'enveloppe et l'ouvrit. Ses doigts étaient si engourdis par le froid qu'il eut du mal à sortir la carte qu'elle contenait. C'était une photo de sa famille et des employés du ranch, prise devant la porte de la maison. Il reconnut la photo que ses parents avaient choisie pour illustrer la lettre d'information de cette année. Ils l'envoyaient aux habitants de Mystery et à tous les anciens clients. Ils avaient dû en poster des milliers. Mais celle-ci avait quelque chose qui la distinguait nettement des autres : tous les visages avaient été barrés d'un X au marqueur noir.

Il retourna la carte et lut :

Vous faites du mal à ma famille, j'en ferai à la vôtre. C'est la guerre.

Un frisson le parcourut.

Le cocktail Molotov, le plancher... Ces incidents étaient liés. Quelqu'un leur avait envoyé un avertissement. Quelqu'un voulait s'en prendre à eux.

Il fixa la carte. À quelle famille avaient-ils fait du mal ?

Il songea à William Poe et à la mort de sa femme. William les tenait pour responsables de l'assassinat de son épouse et il les avait menacés, mais Colter avait du mal à croire qu'il emploierait ces méthodes. Il était du genre à faire jouer ses relations politiques, pas à couper des arbres pour empêcher les clients du ranch d'atteindre leur destination, ni à fabriquer des cocktails Molotov.

Les seules personnes qui étaient liées au meurtre de sa femme étaient Christina et la petite Winnie, mais seulement parce qu'elles étaient la sœur et la fille d'Alli, qui avait été accusée du crime pendant un temps. Elles étaient toutes les deux à Fort Bragg avec Waylon. Elles étaient censées revenir pour Noël. Colter était sûr que Christina avait accepté d'accompagner Waylon parce qu'il lui était difficile de faire face aux habitants de Mystery après les événements tragiques auxquels sa sœur avait été mêlée, ce qu'elle avait payé de sa vie.

Si seulement il existait une solution aussi simple à ses problèmes... Les seuls éléments dont il disposait étaient une lettre de menace, un cocktail Molotov inemployé et une blessure à la cuisse.

Il relut la carte plusieurs fois en se concentrant dans l'espoir de découvrir un indice, mais les lettres finirent par se brouiller sous ses yeux.

Cela avait-il un lien avec des événements passés qu'il ne connaissait pas ? Ses parents ne lui disaient pas tout.

Il glissa la carte dans sa poche, redescendit la file de voitures et frappa à la vitre de l'homme avec lequel il avait parlé.

— Est-ce que je peux vous aider ? demanda celui-ci.

Colter, qui caressait le bord de la carte dans sa poche, fronça les sourcils.

— Pardon ?

— Pour l'arbre, précisa l'homme. Est-ce que je peux vous aider à le dégager ?

— Ah ! Non, ne vous inquiétez pas. J'ai une tronçonneuse dans le coffre.

— Vous vous promenez avec une tronçonneuse ? demanda l'homme, l'air incrédule.

Quand on vivait dans le Montana, il était indispensable d'apprendre à se débrouiller seul. Souvent, s'il y avait quelque chose à réparer ou si l'on devait se tirer d'une situation délicate, l'on ne pouvait compter que sur sa propre ingéniosité. Dans le monde de Colter, il fallait être toujours prêt, comme un scout.

— C'est loin d'être mon premier arbre en travers d'une route, répondit-il en se forçant à sourire. Ce n'est pas grand-chose. Il ne me faudra que quelques minutes pour le dégager de là.

Cela prit quelques minutes de plus à cause de sa douleur à la cuisse, mais il finit par découper l'arbre en tronçons déplaçables qu'il chargea dans le coffre de sa voiture. Cela ferait des bûches pour l'hiver prochain. Pendant qu'il travaillait, il ne songea qu'à une chose : quelqu'un s'était donné la peine d'abattre cet arbre pour leur faire parvenir un message.

S'il n'était pas passé par là, tous ces gens seraient restés coincés pendant des heures avant que quelqu'un ne s'aperçoive qu'il y avait un problème. Ça aurait été un horrible début de vacances pour leurs clients, qui venaient à Dunrovin pour se reposer de leurs soucis, pas pour en rencontrer de nouveaux.

Le ranch bourdonnait d'activité quand il y arriva. Alors qu'il se garait, l'homme auquel il avait parlé sur la route sortit de la maison avec une clé à la main. Colter fut soulagé de le voir sourire. Il devait avoir parlé à Whitney. Elle avait l'art de rendre les gens heureux. C'était pour cela qu'elle faisait si bien son travail, et c'était sans doute la raison pour laquelle sa mère l'avait embauchée alors que le ranch avait des difficultés financières.

Un couple sortit de la maison peu après lui avec des chocolats chauds dans lesquels flottaient des marshmallows. Les tasses en forme de bonshommes de neige firent sourire Colter.

Il regarda les clients partir en direction de leur chalet. Il était bon de voir de l'animation dans le ranch. Cela lui rappela les nombreuses bonnes années qu'ils avaient connues — des années où ils avaient tant de clients que les chalets étaient réservés six mois à l'avance.

Ils renoueraient bientôt avec la prospérité. Il en était certain.

Il tira la carte de sa poche et la lut une fois de plus. Quelqu'un voulait voir disparaître le ranch autant qu'il voulait le voir prospérer. Celui qui avait écrit ce message avait raison sur un point : ils étaient en guerre. Colter devait faire tout ce qui était en son pouvoir pour ramener le ranch à la vie et lui offrir un bel avenir, même si cela supposait qu'il sacrifie ses propres rêves.

Il posa la carte sur le tableau de bord et s'enfonça dans son siège. À quoi rêvait-il ?

Cela faisait longtemps qu'il n'avait pas réfléchi à sa vie et à ce qu'il voulait en faire. Son métier avait certaines limites. Pour commencer, il n'avait aucune chance de devenir riche. Même s'il consacrait toute son énergie à la caserne, il était peu probable qu'il finisse par devenir capitaine. De toute manière, les postes à responsabilités n'étaient pas faits pour lui et ce n'était pas de cette manière qu'il trouverait l'épanouissement.

Dans le fond, ce qu'il désirait par-dessus tout, c'était fonder une famille. Il songea à Waylon et à sa fille Winnie. Il adorait cette petite, et le fait qu'elle était à l'autre bout du pays l'attristait. Elle avait apporté tant de joie et tant de légèreté au ranch…

Colter se sentait prêt à mener une vie remplie des sourires d'une fillette comme Winnie. Il adorerait avoir des enfants à peu près du même âge que ceux de ses frères. Cela les rendrait encore plus proches et cela leur fournirait un merveilleux prétexte pour profiter davantage de la magie du ranch.

Surtout, il voulait qu'il y ait une femme dans sa vie, quelqu'un avec qui il pourrait tout partager : la joie d'avoir une famille, les soirées d'hiver au coin du feu, les promenades à cheval le week-end… Il voulait une femme qui lui sourie quand il rentrait chez lui, qui l'aide à bâtir un foyer et qui soit sa partenaire en toutes choses dans la vie.

Tout à coup, il comprit à quel point il se sentait seul. Bien sûr, il avait des parents et des frères, mais ce n'était pas la même chose que d'être engagé dans une relation amoureuse sincère et profonde. Il avait envie de connaître une telle relation, dans laquelle chacun finissait les phrases de l'autre et aidait l'autre à devenir meilleur.

Il avait envie qu'on le complète.

Il vit Whitney sortir de la maison. Elle ramassa la boîte orange qui contenait la tronçonneuse de son père — il n'avait pas remarqué qu'elle était posée près du perron — et se dirigea vers la cabane à outils. Il posa la main sur la poignée de la portière, mais il hésita avant d'ouvrir. Que faisait Whitney avec la tronçonneuse de son père ? Cela n'avait aucun sens.

Il lâcha la poignée et regarda Whitney disparaître dans la cabane. Deux minutes plus tard, elle en ressortit, glissa une mèche derrière son oreille et verrouilla la porte.

Après avoir épousseté un peu de sciure qui était sur son jean, elle balaya les environs du regard comme pour s'assurer que personne ne l'avait vue. Était-il possible qu'elle se soit servie de la tronçonneuse pour abattre l'arbre qui avait bloqué la route ?

Colter s'empressa de chasser cette pensée de son esprit. Ce n'était pas parce qu'il ne savait pas qui avait écrit la carte de menace que tout le monde devait être considéré comme coupable. Et Whitney était bien la dernière personne qu'il suspectait d'avoir abattu cet arbre. Elle n'avait aucune raison de perturber l'arrivée des clients. Son avenir dépendait autant que celui de ses parents du succès du ranch. En abattant cet arbre, elle aurait agi à l'encontre de son propre intérêt.

D'un autre côté, le saboteur devait avoir une certaine connaissance des habitudes du ranch.

Whitney remarqua sa présence quand il changea de position et lui fit un signe de la main. Il lui sourit et agita la main à son tour avant de sortir de sa camionnette.

— Que fais-tu là ? lui lança-t-elle.

Elle s'arrêta devant les marches du perron.

Colter ne put s'empêcher de remarquer le coup d'œil qu'elle lança à la cabane par-dessus son épaule.

Elle avait les yeux brillants et les joues rougies par le froid, mais elle attendit qu'il la rejoigne.

— J'ai pensé que vous auriez besoin d'un coup de main après la tempête de la nuit dernière, répondit-il. Pour déneiger les allées ou des choses de ce genre…

— C'est très gentil à toi, dit-elle. Comment va ta jambe ?

Il la souleva et l'agita pour l'amuser.

— Elle est toujours attachée au reste, répondit-il. Ça guérira vite. Ce n'est pas bien grave.

— Je peux y jeter un coup d'œil, si tu veux, proposa-t-elle.

Même s'il faisait un froid mordant, Colter sentit ses joues le brûler quand il imagina les mains de Whitney sur sa cuisse une deuxième fois. Cela faisait longtemps qu'il n'avait pas laissé une femme le toucher. Bien sûr, ses gestes n'avaient rien d'érotique — mais ils n'étaient pas tout à fait neutres non plus. Et Whitney n'avait pas caché sa contrariété quand elle l'avait vu avec Sarah.

Elle s'était montrée agressive — jalouse — quand il lui avait dit qui était Sarah. Une part de lui mourait d'envie de demander à Whitney si elle allait mieux, mais il ne voulait surtout pas lui rappeler qu'il l'avait contrariée la veille. D'autant moins qu'elle lui avait fait promettre de ne plus lui proposer de sortir avec lui.

Il n'était pas désespéré. Quand une femme ne voulait pas de lui dans sa vie, il avait assez d'amour-propre pour le comprendre et l'accepter. Mais il ne pouvait pas ignorer l'étincelle qui se produisait à chaque fois qu'ils étaient en présence l'un de l'autre. Il n'était pas question qu'il fasse une nouvelle tentative alors qu'elle avait repoussé ses avances, mais il ne pouvait pas s'empêcher d'espérer qu'elle finirait par changer de dispositions à son égard.

Whitney rentra dans la maison. Avant de la suivre, il jeta un coup d'œil à sa camionnette. Il eut l'impression que l'enveloppe rouge de la carte posée sur le tableau de bord le narguait.

Il devait appeler Wyatt pour lui en parler. Mais s'il y avait la moindre chance que Whitney soit impliquée… elle aurait de gros ennuis. Wyatt était déterminé quand il s'agissait de défendre sa famille. Quels que soient les sentiments de Colter à son égard,

Wyatt ferait tout pour qu'elle comprenne qu'il ne fallait pas s'en prendre aux Fitzgerald et à Dunrovin.

Colter était persuadé que ses soupçons étaient infondés. Il avait juste été témoin d'une scène qu'il ne pouvait pas comprendre hors de son contexte. Mais il ne pouvait prendre aucun risque tant qu'il n'était pas tout à fait sûr de l'innocence de Whitney.

7

Colter la fixait si intensément que Whitney ne put s'empêcher de frissonner. Il n'avait pas l'air triste ni fâché. Il la regardait plutôt comme si elle venait de commettre un crime impardonnable.

Était-ce à cause de leur discussion de la veille à propos de Sarah ?

Elle avait passé la moitié de la nuit à se retourner dans son lit et à réfléchir à chacun des mots qu'elle avait prononcés. Vers 3 heures du matin, elle avait réussi à se convaincre qu'elle avait dit ce qu'elle devait dire, même si elle aurait pu être plus éloquente. Sauf qu'il suffisait que Colter la regarde de cette manière pour qu'elle revienne à la case départ. Avait-elle mal géré la situation ?

— Je… suis désolée pour hier, dit-elle pour briser le silence inconfortable qui s'était installé entre eux.

Il cligna des yeux comme si elle le tirait de ses pensées et qu'il avait besoin d'un moment pour revenir à la réalité, puis il retrouva son sourire habituel. Cela aida Whitney à se détendre un peu.

— Tu n'as aucune raison de l'être, répondit-il en se passant la main sur le visage. Je veux dire… j'ai écouté ce que tu avais à dire. Je ne veux pas que tu penses que… que je ne respecterai pas les frontières que tu as posées. Si tu ne veux pas sortir avec moi, ce n'est pas grave. Tu n'as aucune raison d'être désolée.

Elle avait de nombreuses raisons de l'être, au contraire — à commencer par le fait qu'il avait cru ce qu'elle lui avait dit. Elle mourait d'envie de lui expliquer que son refus n'avait rien à voir avec lui, mais elle ne pouvait pas revenir en arrière et réparer ce qu'elle avait bêtement abîmé entre eux. Elle le voyait bien dans ses yeux : par sa faute, il n'avait plus confiance en elle.

Il était impossible de vivre avec quelqu'un en qui l'on n'avait pas confiance.

Pouvait-elle faire quoi que ce soit pour lui faire perdre cette expression ?

— Merci, murmura-t-elle.

— Que faisais-tu, à l'instant ? demanda-t-il en indiquant la porte du menton.

— Pardon ?

— Je t'ai vue ranger la tronçonneuse de mon père dans la cabane. As-tu décidé de te lancer dans une carrière de bûcheron ?

Il rit de sa plaisanterie, mais cela sonna faux.

— L'un des clients m'a signalé qu'elle traînait devant la maison, répondit-elle.

Il hocha la tête. Pourquoi évitait-il son regard ?

— Est-ce que ce client t'a dit qui l'avait déposée là ? lui demanda-t-il.

Pour être honnête, elle n'avait pas accordé beaucoup d'attention à cet incident. Le client qui était arrivé dans la voiture blanche, David Hellman, lui avait juste dit qu'il avait vu une boîte traîner devant la maison. Il lui avait aussi raconté qu'il avait été retardé par un arbre qui bloquait la route.

— Tu ne crois quand même pas que j'ai quelque chose à voir avec cet arbre abattu qui a bloqué la route, j'espère ? s'écria-t-elle.

Comment pouvait-il la suspecter d'une chose aussi absurde ?

— Je ne ferai jamais rien qui puisse nuire à ce ranch, ajouta-t-elle sans le laisser répondre. Je me sens chez moi à Dunrovin. Si ça ne tient qu'à moi, j'y resterai de nombreuses années.

Le sourire de Colter s'élargit.

— De nombreuses années ? répéta-t-il.

— Je sais qu'on ne se connaît pas bien, dit-elle en essayant de rester calme alors qu'elle était outrée qu'il la suspecte de vouloir nuire au ranch. Mais je croyais que tu avais compris que je n'étais pas du genre à faire du mal aux gens...

— ... auxquels tu tiens ? acheva-t-il à sa place.

Elle comprit à son ton que, ce qu'il voulait vraiment savoir, c'était si elle tenait à lui.

Le souvenir de l'incendie chassa toute autre pensée de son esprit. Ce dont elle avait essayé de le convaincre était vrai. Son cheval était mort à cause d'elle. Elle avait essayé de le sauver, mais si elle s'était donné un peu plus de mal… Et voilà qu'elle se trouvait de nouveau face à un pompier.

— Je veux dire…

Elle laissa sa phrase en suspens quand la porte du bureau s'ouvrit. Le petit chien qui ressemblait à un rat jaillit de la pièce avant qu'Eloise n'apparaisse.

— Où vas-tu, toi ? demanda Whitney à l'animal.

Milo sortit du bureau à son tour. Le vieux chien du ranch était un croisement de labrador et de griffon, avec le poil ébouriffé. À côté du chihuahua soigneusement toiletté, il avait l'air plus rustique que jamais.

Milo la fit sourire en léchant la tête du petit chien, ce qui mit un terme à ses grognements menaçants.

Colter se pencha pour le caresser.

— Je ne nourrirais pas trop d'espoirs, si j'étais toi, mon vieux, lui dit-il. Vous n'appartenez pas aux mêmes mondes.

Milo tourna la tête vers elle et la fixa de ses grands yeux marron. Elle aurait juré qu'il souriait, comme s'il avait sa propre opinion sur sa relation avec Colter et qu'il essayait de lui faire passer le message. Elle lui tira la langue. Elle n'avait pas besoin que qui que ce soit — et surtout pas son meilleur ami — critique ses décisions.

Eloise pouffa, puis se tourna vers elle.

— Si ça ne te dérange pas, j'aimerais que tu donnes un mot à Sarah à propos du menu quand tu iras en ville, lui dit-elle. Tu veux bien ? Je n'arrive pas à la joindre. Je tombe directement sur le répondeur. J'ai laissé un message, mais je ne voudrais pas qu'elle l'ait trop tard pour passer à l'épicerie avant la fermeture.

Eloise lui tendit un morceau de papier sans attendre sa réponse. Heureusement, Colter lui prit le mot presque aussitôt.

— As-tu essayé de lui envoyer un texto, maman ? demanda-t-il.

Eloise planta ses poings sur ses hanches et lui lança un regard outré.

— Tu me crois donc si en retard que ça ?

Colter haussa les épaules et lui décocha un grand sourire.

— Très bien, répondit-il. Je suis à tes ordres.

— Merci. Et quand vous achèterez de la nourriture pour… le

petit chien, ajouta-t-elle comme si elle ne se souvenait pas non plus du nom de l'animal, ne prenez que de la pâtée organique garantie sans OGM. Sa maîtresse a beaucoup insisté sur ce point.

Whitney ricana. Une heure plus tôt, elle avait vu le petit chien s'amuser avec Milo dans la prairie. Ce qu'il avait avalé là-bas n'avait aucune chance de répondre aux critères de sa maîtresse. Bien sûr, cela faisait partie des choses qu'elle passerait sous silence si elle était sommée de faire un rapport sur les activités du chien.

— Aucun problème, répondit-elle d'un ton sarcastique. Préfère-t-elle la saveur « filet mignon » ou « côtelettes » ? Mais je la comprends. Quand on a un animal, on veut ce qu'il y a de mieux pour lui.

Elle n'avait pas oublié ce qu'elle était prête à sacrifier pour les animaux qu'elle avait aimés.

— Si tu dois aussi aller en ville, est-ce que ça t'ennuierait qu'on y aille ensemble ? demanda Colter. On pourrait prendre ma camionnette. J'ai besoin de planches pour réparer la soupente. À moins que papa ne l'ait déjà fait ?

Il interrogea sa mère du regard.

Eloise secoua la tête.

— Ton père court partout comme un poulet sans tête depuis ce matin. Il est en train de nourrir les animaux, mais je l'ai entendu parler de déblayer la grange avant la soirée dansante.

— Si tu le vois, dis-lui de ne pas se soucier du plancher, je m'en occupe, promit Colter. Dis-lui aussi que je lui donnerai un coup de main pour déblayer la grange.

Eloise tourna la tête vers Whitney et lui décocha un sourire entendu. Il était si chaleureux et si complice que Whitney, troublée, s'empressa de baisser les yeux. Elle ne savait pas comment réagir. Elle aurait aimé se confier à Eloise, mais il y avait tant de choses qu'elle ne pouvait pas comprendre... Et même si elle comprenait, par miracle, elle ne la regarderait plus jamais de la même manière.

Même si personne ne semblait trouver cela normal, il était bien plus facile de garder ses distances comme elle le faisait.

Ils empruntèrent la rue principale en direction du magasin de bricolage. On avait cloué des planches sur la porte de la boutique d'antiquités qui avait appartenu à la femme de William Poe, mais la vitrine était toujours remplie des objets hétéroclites qu'elle avait placés là avant sa mort. Dans une large partie du monde, la vie suivait son cours quand quelqu'un disparaissait. Ici, à Mystery, la mort d'une personne était une raison suffisante pour que la ville entière soit en deuil.

Même si Noël était tout proche, il n'y avait pas grand monde en ville. Quelques personnes sortaient des magasins avec des sacs et une femme marchait sur le trottoir avec des rouleaux de papier cadeau sous le bras.

Colter se gara et coupa le moteur. Le trajet avait été calme — presque trop calme. Il n'avait songé qu'à l'enveloppe rouge posée sur le tableau de bord et à ce qu'elle signifiait.

Il croyait Whitney innocente — elle n'avait forcément rien à voir avec l'arbre abattu —, pourtant l'incident ne semblait pas la surprendre. Elle avait juste paru vexée qu'il la soupçonne quand il l'avait interrogée.

Ses amis policiers lui avaient expliqué que les innocents avaient tendance à s'emporter quand on les accusait d'un crime, tandis que les coupables se justifiaient et tentaient de détourner l'attention des enquêteurs. Whitney avait fait les deux.

Il sortit de la camionnette et en fit le tour pour ouvrir la portière de Whitney. Quand elle leva la tête vers lui, il perçut une expression de tristesse dans son regard — et quelque chose d'autre qu'il ne parvint pas à identifier.

Il cherchait des indices là où il n'y avait rien à trouver. Le cynisme n'était pas son fort. C'était la spécialité de Waylon. Les circonstances l'obligeaient à se méfier de tout le monde, mais il détestait cela. Il aimait vivre dans un monde où les gens étaient innocents jusqu'à ce qu'on ait prouvé le contraire.

Il résista à la tentation de tendre la main à Whitney pour l'aider à sortir de la voiture.

Une fois dehors, elle se tourna vers lui et demanda :

— Crois-tu que certaines choses soient trop importantes pour qu'on les laisse derrière soi, Colter ? Que, quoi qu'on fasse, elles reviendront toujours nous pourrir la vie ?

Cette question le désarçonna.

— D'où te vient cette idée ?

Whitney secoua la tête.

— Je ne sais pas. Je réfléchissais juste... à tout.

Il n'était pas sûr de comprendre ce qu'elle voulait dire — et encore moins si elle parlait de leur relation ou non —, mais il valait sans doute mieux qu'il ne lui demande pas de préciser. Elle s'ouvrait enfin à lui. C'était une occasion unique qu'il ne devait pas gâcher.

— Je pense que nous avons tous fait des choses dont nous ne sommes pas fiers, répondit-il. Les gens parfaits n'existent pas. La vie peut être compliquée, mais ce n'est pas une raison suffisante pour se couper des autres et arrêter de vivre.

— Se protéger pour ne pas souffrir n'est pas arrêter de vivre, répliqua-t-elle. C'est être malin.

Il la comprenait jusqu'à un certain point. Lui aussi trouvait plus simple de ne pas s'exposer — même avec elle. Il était douloureux de se faire rejeter. On risquait de devenir amer si on se laissait blesser trop profondément.

— Je ne veux pas être aigri quand je serai vieux, tu comprends ? demanda-t-il en espérant que cette question ne ressemblait pas à une accusation.

— Tu sous-entends que je suis amère ?

— Non ! Pas du tout ! s'écria-t-il.

Comment pouvait-il corriger le tir ?

— Ce que je veux dire, c'est que je ne veux pas être malheureux quand je serai plus âgé, expliqua-t-il. Quand je trouverai la femme de mes rêves, j'aurai envie d'être avec elle pour toujours. Je veux une vie qui ne contienne que du bonheur.

— La vie n'est pas faite que de journées ensoleillées et de bouquets de roses, répondit Whitney. Elle est aussi pleine de souffrances et de doutes. Elle est faite de combats et de fins de mois difficiles... Et ce n'est pas mieux quand on est marié.

— Si on aime quelqu'un, on peut tout surmonter, y compris les moments difficiles, insista-t-il.

Elle esquissa un sourire, mais il ne suffit pas à camoufler la tristesse qu'il y avait dans ses yeux.

— Deux personnes ne peuvent pas s'aimer à ce point-là, déclara-t-elle.

Il n'était pas d'accord avec elle. Qu'avait-elle donc vécu pour rejeter aussi catégoriquement l'un des plus grands plaisirs de l'existence ?

— Pour penser ça, tu n'es jamais tombée amoureuse, répondit-il.

Elle écarquilla les yeux et ouvrit la bouche, sans doute pour riposter, mais elle la referma presque aussitôt.

— Quand on aime vraiment quelqu'un et que cet amour est réciproque, on est capable de conquérir le monde et de triompher de toutes les épreuves que la vie nous réserve.

— Combien de fois es-tu tombé amoureux ? demanda-t-elle.

Il comprit tout de suite que c'était un terrain miné. Il n'y avait pas de bonne réponse à cette question.

— Et toi, combien de fois es-tu tombée amoureuse ? riposta-t-il.

Elle leva un index.

— Rien qu'une fois, répondit-elle en le regardant droit dans les yeux. Et ça m'a suffi pour comprendre que l'amour n'était pas fait pour moi.

— Quand l'as-tu compris ?

Elle inspira profondément avant de répondre :

— Quand il a frotté l'allumette.

8

Le dicton « Il faut se méfier de l'eau qui dort » vint à l'esprit de Colter, mais il ne lui parut pas suffisant pour décrire la femme qu'il avait envie de prendre dans ses bras. Elle avait bien plus de secrets qu'il ne l'avait imaginé et elle se décidait enfin à lui révéler une partie de son passé. Il en était honoré, mais il était aussi pétrifié par la peur de ne pas être à la hauteur.

— A-t-il essayé de te tuer ? demanda-t-il d'une voix rauque.

L'idée que quelqu'un ait voulu faire du mal à Whitney lui faisait venir un goût de bile dans la bouche.

— Ma mort ne lui suffisait pas. Il voulait d'abord détruire tout ce à quoi je tenais. Il voulait me briser.

— Que s'est-il passé ?

Il s'adossa à la grille de sa camionnette et essaya de prendre une pose détendue pour lui faire comprendre qu'il était prêt à écouter tout ce qu'elle voudrait bien lui dire.

Elle se mordit la lèvre avant de répondre :

— Je n'ai pas envie d'en parler.

Il se redressa. Sa tentative pour lui donner envie de se confier à lui s'était avérée inutile. Whitney s'approcha de lui — si près que le parfum de son shampooing l'enveloppa. Elle sentait merveilleusement bon, comme des draps fraîchement lavés qui sèchent dans une brise printanière.

Elle serra les poings, puis elle les desserra et lui prit la main.

— Merci de m'avoir écoutée, murmura-t-elle. J'avais juste besoin... J'imagine que *j'ai* besoin d'un ami.

— Je serai toujours là pour toi, promit-il en serrant ses doigts.

Il haïssait cette zone amicale d'où il craignait de ne jamais sortir, mais il prendrait tout ce que cette femme extraordinaire voudrait bien lui offrir. Elle avait tant à donner… Il suffisait qu'elle sorte de sa coquille. S'il avait le pouvoir de lui donner le sentiment d'être aimée et protégée, il ne demandait qu'à l'aider.

Elle pressa ses doigts à son tour et lui sourit.

— Tu n'as pas idée de ce que ça représente pour moi, dit-elle. Je… n'en ai parlé à personne depuis que j'ai quitté le Kentucky.

— Ma mère sait-elle ce qui t'est arrivé ?

Whitney secoua la tête.

— Elle ne connaît que les grandes lignes. Elle sait qu'il y a eu un incendie et que je ne pouvais pas rester là-bas.

— Ma mère est une femme de cœur. Je suis sûr que c'est pour ça que mes frères et moi avons réussi à nous en sortir.

Whitney se raidit quand il caressa doucement le dos de sa main, mais il persévéra. Elle se détendit peu à peu comme un cheval rétif.

— Vous vous ressemblez beaucoup, ta mère et toi, tu sais, répondit-elle. Vous essayez de rendre heureux les gens qui vous entourent. Vous êtes très généreux.

Elle ne pouvait pas imaginer le plaisir que cela lui procurait qu'elle pense cela de lui. La plupart des femmes le complimentaient sur son physique, ses jeans ou d'autres atouts superficiels. Bien sûr, cela ne le dérangeait pas qu'elles le trouvent sexy, mais il appréciait qu'on lui reconnaisse d'autres qualités.

Il souleva la main de Whitney pour y déposer un baiser, puis suspendit son geste. Elle voulait un ami — un ami à qui il était possible de tenir la main, apparemment, mais rien qu'un ami, dans l'immédiat. C'était à elle de décider de la direction de leur relation et de la vitesse de son évolution.

— Merci, dit-il en laissant retomber son bras. Mais j'ai des défauts, comme tout le monde.

Elle lui sourit encore et les ombres qui semblaient l'envelopper à chaque instant se dissipèrent comme par magie.

— Peux-tu préciser ? le taquina-t-elle. Je ne te demande ça que dans l'intérêt de notre amitié et de mes recherches concernant le genre humain.

La manière dont elle prononça ces mots fit germer l'espoir au fond de sa poitrine. Voulait-elle qu'il soit plus qu'un ami, finalement ? Était-il le pire des imbéciles parce qu'il l'espérait ?

— Est-ce que tu ronfles ? poursuivit-elle sans le laisser répondre. Attends ! J'espère bien que non !

Il éclata de rire.

— Je te jure que je ne ronfle pas, se défendit-il. Ce serait rédhibitoire ?

Le sourire de Whitney s'élargit.

— Une chose est sûre, c'est que je ne sortirais pas avec un homme qui n'est pas gentil avec sa mère. À quelques exceptions près, je pense qu'on peut deviner beaucoup de choses sur un homme en observant sa relation avec ses parents.

— Ai-je réussi le test ?

Elle haussa un sourcil.

— Et si je te disais que tu as échoué ?

Il sentit son espoir grandir.

— Alors j'en conclurais qu'il faut qu'on passe plus de temps ensemble pour que je te prouve que je suis un homme formidable.

— Ah oui ? J'allais dire que tu avais une bonne relation avec ta mère, mais je n'en suis plus si sûre. Il faut peut-être qu'on passe plus de temps ensemble pour que j'en aie le cœur net.

Il pouffa.

— Mais, avant que je ne m'engage dans une étude aussi sérieuse, y a-t-il d'autres bizarreries dont je devrais être informée ? poursuivit-elle. Des tue-l'amour rédhibitoires ?

Elle l'entraîna vers le magasin de bricolage. Elle souriait toujours, mais elle avait recommencé à se mordiller la lèvre. Il avait vite remarqué ce tic — et il adorait la rougeur que cela donnait à ses lèvres. Il était sûr qu'elles prenaient la même teinte quand on l'embrassait… Il aurait donné n'importe quoi pour l'embrasser, à cet instant.

Ils entrèrent dans le magasin, dans lequel flottait une odeur d'huile de moteur et de pop-corn.

— Voyons ce qui serait vraiment rédhibitoire…, continua-t-elle. Je n'aime pas qu'on me donne des ordres. Et j'ai besoin qu'on soit patient avec moi.

Il avait de la patience à revendre et il avait compris depuis longtemps qu'il ne fallait pas donner d'ordres aux femmes. À vrai dire, il ne comprenait pas les femmes qui laissaient l'homme qu'elles prétendaient aimer contrôler leur vie. Réciproquement, il ne voulait pas que quelqu'un essaye de contrôler la sienne.

— D'après mon expérience, les seules relations qui fonctionnent sont celles dans lesquelles les gens roulent en tandem, répondit-il. Quand ils s'entraident et s'incitent mutuellement à devenir meilleurs. Quand on essaye de commander les gens qu'on prétend aimer… je trouve ça condescendant. Tu vois ce que je veux dire ?

— Oui. C'est comme si on pensait que l'autre n'est pas capable de faire ses propres choix.

Elle lâcha sa main et lui indiqua le rayon menuiserie du menton.

— Pendant que tu trouves ce dont tu as besoin, je vais nous chercher du pop-corn, suggéra-t-elle. Ça te tente ?

Elle fuyait leur conversation, mais il ne pouvait pas lui en vouloir. Même s'il appréciait qu'elle ait commencé à se confier à lui, il savait à quel point il était inconfortable de s'ouvrir à autrui. Elle ne s'en rendait peut-être pas compte, mais il partageait ses craintes. Chez lui, la pudeur était aussi instinctive que l'acte de respirer.

Il prit un chariot et s'engagea dans le rayon menuiserie. Il ne lui fallut pas longtemps pour trouver les planches dont il avait besoin. Alors qu'il poussait le chariot vers les caisses, Whitney réapparut. Le sourire aux lèvres, elle souleva le carton de pop-corn comme si c'était une offrande de paix. Au même moment, son pied buta contre le coin d'une pile de cartons de guirlandes et de boules de Noël, qui avait été placée au milieu de l'allée. Elle perdit l'équilibre. Elle commit l'erreur d'essayer de rattraper les pop-corns qui s'échappaient du carton et s'étala de tout son long.

Elle releva la tête, les yeux écarquillés par la surprise, et Colter abandonna son chariot pour se précipiter auprès d'elle.

— T'es-tu fait mal ? s'inquiéta-t-il en s'agenouillant à côté d'elle. C'était une sacrée chute.

Elle posa le front par terre et laissa échapper un grognement.

— Je n'arrive pas à croire que je me sois vautrée comme ça… Et que tu m'aies vue.

Elle se redressa en pouffant.

— Je te jure que je ne suis pas maladroite, d'habitude, ajouta-t-elle. Je ne suis pas une Bella Swan.

— Une Bella Swan ? répéta-t-il sans comprendre.

— Tu sais… L'héroïne de *Twilight*.

Il éclata de rire.

— Alors tu aimes les romans de vampires ?

Il lui prit le bras pour l'aider à se relever, puis il épousseta sa veste en prenant bien garde de ne pas toucher ses seins.

— J'aime les bonnes histoires, répondit-elle.

Il remarqua avec plaisir qu'elle avait rougi.

— Triompher d'une pile de décorations de Noël dans un magasin de bricolage est une bonne histoire, plaisanta-t-il en lui montrant la pyramide effondrée.

Whitney se passa la main sur le visage.

Il ramassa les boîtes les plus proches et entreprit de reconstituer la pyramide.

— Ai-je cassé quelque chose ? s'inquiéta Whitney avant de se pencher pour ramasser une boîte.

Il observa celles qu'il tenait.

— Celles-ci ont l'air d'aller, répondit-il. Mais ça ne me dérangerait pas que les premières décorations qu'on achète ensemble soient cassées.

Whitney se figea et le regarda un long moment — assez longtemps pour lui faire regretter d'avoir fait allusion à la relation qu'il espérait avoir avec elle.

Elle finit par baisser les yeux et posa sa boîte sur la pile.

— *Si* nous avions une relation, je suppose qu'elle commencerait par des choses cassées, dit-elle d'un ton énigmatique.

Son espoir grandit encore.

— Si on sortait ensemble… qu'aimerais-tu faire pour notre premier rendez-vous ? demanda-t-il.

Elle ramassa une autre boîte en se mordillant la lèvre.

— Je ne sais pas, répondit-elle. Et toi ?

Il haussa les épaules.

— Je crois que j'aimerais faire une promenade à cheval. J'en fais depuis l'enfance. Je ne connais rien de mieux pour se détendre après une journée difficile.

— Ce serait un problème pour toi qu'une femme ne monte pas à cheval ? demanda-t-elle.

Il hocha la tête.

— Ça me compliquerait beaucoup les choses. C'est une partie importante de ma vie. Il y a toujours eu des chevaux autour de moi. Je les considère un peu comme des membres de la famille. Tu vois ce que je veux dire ?

Les épaules de Whitney s'affaissèrent et elle lui tourna le dos. Un instant plus tard, elle se mit à trembler. Il lui prit le bras et la força à se tourner vers lui. Une larme avait roulé sur sa joue.

Il ne comprit pas pourquoi elle se mettait subitement à pleurer.

— Ça va ? s'inquiéta-t-il. T'es-tu fait mal en tombant ?

— Je... ne monte plus à cheval, balbutia-t-elle. Je ne peux pas.

Elle essuya la larme si brutalement qu'elle se fit une trace rouge sur la joue.

— Nous..., reprit-elle. Nous ne pouvons pas... pour d'innombrables raisons.

Il était navré de l'avoir rendue triste. Tout espoir l'abandonna. Il ne pouvait pas réparer ce qui était cassé en elle. Et il ne pouvait pas la forcer à ressentir quelque chose si elle n'était pas prête à le faire.

— Ne t'en fais pas pour ça, répondit-il en essayant d'ignorer sa déception. Alors tu faisais de l'équitation, avant ?

Il rassembla les pop-corns qui s'étaient répandus par terre et les poussa vers la pile de boîtes. Elle lui plaisait tant... Toutes ses imperfections étaient parfaites... Mais elle l'avait rejeté.

Il avait été stupide d'espérer plus que son amitié. Il poussa un soupir résigné. Il fallait qu'il s'en contente. Il ne devait pas oublier que cela valait mieux que de ne pas la voir du tout. Au moins, en étant son ami, il avait un peu d'elle dans sa vie.

Elle ramassa la dernière boîte.

— J'avais le meilleur cheval du monde, répondit-elle. Il avait un pedigree spectaculaire. J'avais projeté de le faire se reproduire. Je l'avais surnommé Rudy.

— Que s'est-il passé ?

Il regretta aussitôt cette question. C'était trop personnel. Quand retiendrait-il qu'elle se fermait comme une huître s'il se montrait trop pressant ?

Elle inspira profondément et se dirigea vers le chariot.

Son regard lui rappela celui d'un cheval qui a tant souffert qu'il lui faudra un long moment pour réussir à faire de nouveau confiance à un humain.

— Tu n'es pas obligée de me répondre si tu n'en as pas envie, ajouta-t-il pour essayer de la mettre à l'aise.

— Il... est mort dans l'incendie.

— Celui que ton ex a allumé ?

Elle jeta des regards inquiets autour d'elle, comme si elle cherchait la sortie la plus proche.

— Il... J'ai essayé de le sauver.

Elle prit le chariot et le poussa vers les caisses. Ils n'échangèrent plus un mot. Quand ils se retrouvèrent sur le parking, il brûlait de lui demander de qui elle parlait — le cheval ou son ex —, mais le chariot faisait tant de bruit qu'il aurait dû hurler pour se faire entendre.

Il plaça les planches dans le coffre de la camionnette, puis observa Whitney à la dérobée pendant qu'il rapportait le chariot. Elle lui cachait quelque chose. Quelque chose qu'elle craignait ? Quelque chose qu'elle ne voulait pas admettre ?

Elle tapait un texto quand il revint vers la voiture et elle s'empressa de glisser son téléphone dans sa poche lorsqu'elle le vit.

Il se mit au volant, ouvrit la bouche pour dire quelque chose, puis se ravisa. Si Whitney voulait lui parler, elle le ferait au moment de son choix.

Et il savait que certains secrets devaient être laissés tranquilles.

9

Whitney ne savait pas ce qui l'embarrassait le plus : avoir trébuché sur une pile de décorations de Noël ou s'être confiée à l'homme à qui elle voulait livrer ses secrets en sachant pertinemment qu'elle ne pouvait pas se le permettre. Si elle lui disait tout, il serait aussi menacé qu'elle. Elle ne pouvait pas protéger tout le monde — elle ne pouvait même pas se protéger elle-même. Et si Franck découvrait qu'elle avait parlé... Elle n'y survivrait sans doute pas. Elle avait eu de la chance, la première fois.

Son téléphone vibra. C'était un texto de sa mère. Elle l'invitait une fois de plus à rentrer pour Noël alors qu'elles savaient l'une et l'autre que ce n'était pas possible. À chaque fois qu'elles se parlaient, sa mère lui demandait où elle était et si elle était en sécurité. Leurs conversations ne faisaient qu'accroître la frustration de Whitney. La solitude et les secrets commençaient à la ronger. La dissimulation n'était pas dans sa nature et elle détestait devoir vivre de cette manière.

Colter fredonnait la chanson qui passait à la radio. Elle mourait d'envie de reprendre sa main. C'était si bon de redécouvrir le contact d'un humain — et il était évident qu'il avait apprécié son geste. Mais les centaines d'articles qu'elle avait lus, dans des magazines ou sur Internet, sur des femmes qui s'étaient engagées dans une relation alors qu'elles étaient harcelées lui revinrent à l'esprit. Si Colter postait une photo d'elle ou s'il disait quoi que ce soit sur Facebook, Twitter ou n'importe quel réseau social, ce ne serait qu'une question de temps avant que Franck ne la retrouve. Alors il lui faudrait reprendre la fuite.

Elle était fatiguée de courir. Elle était fatiguée de se cacher et de vivre dans la peur jour après jour. Même si elle mourait d'envie d'avoir quelqu'un comme Colter dans sa vie, elle devait agir dans leur intérêt à tous les deux parce qu'elle n'était pas sûre d'avoir fini de courir. Elle devait renoncer à lui. Il n'aurait aucun mal à trouver une femme qui n'avait pas vécu autant de drames qu'elle. Il n'aurait aucun mal à trouver une femme qui serait ravie de faire du cheval. Il pouvait trouver quelqu'un qui n'aspirait qu'à vivre, qui ne redoutait pas qu'on prenne sa photo par peur que les fantômes de son passé ne reviennent le hanter. Il pouvait trouver une femme qui n'était pas une menace pour lui.

Ils se garèrent devant Pretties and Pastries, le petit café de Sarah Rizzo. Son accident au magasin de bricolage avait fait oublier à Whitney qu'ils avaient autre chose à faire. Son estomac se noua. Le café avait un auvent rayé rose et blanc et un dessin de l'atelier du Père Noël sur la vitrine, où l'on voyait trois petits elfes en train d'assembler un train.

Sarah était absolument parfaite. Elle dirigeait une entreprise. Elle savait cuisiner. Ses cheveux étaient d'un blond de rêve. Et — contrairement à Whitney — elle n'avait pas deux petites poignées d'amour à la taille quand elle s'asseyait. Surtout, elle n'avait pas un passé tragique.

Whitney ravala son manque d'assurance. Elle essaya, du moins. Malheureusement, il s'obstina à refaire surface.

Colter aurait dû être avec Sarah. Il lui avait juré qu'il ne ressentait rien pour elle, qu'elle n'était pas faite pour lui, mais même Whitney voyait bien, sur le papier, toutes les raisons pour lesquelles il se trompait. Sarah était tout ce qu'un homme aussi stable que Colter pouvait désirer.

— Veux-tu m'attendre dans la voiture ? proposa-t-il en indiquant la jolie boutique de Sarah du menton.

Ce que Whitney voulait, c'était retrouver la sécurité de son bureau, où elle n'était pas débordée par ses émotions chaotiques, mais comme ce n'était pas une option et qu'elle était bien obligée d'affronter la réalité… Elle devait en tirer le meilleur parti possible. Cela commençait par le fait d'accepter qu'il existât d'autres femmes dans le monde qui avaient envie de sortir avec Colter. En tant qu'amie, elle n'avait pas le droit d'être jalouse ou possessive. Elle devait lui indiquer la bonne direction, même si cela la forçait à lui indiquer la porte de Sarah Rizzo.

Colter devait comprendre que la belle restauratrice était son meilleur choix, mais il ne le comprendrait pas tant qu'il penserait qu'il pouvait se passer quelque chose entre eux.

Dans le combat qui opposait son cœur et sa tête, elle devait laisser sa tête gagner cette bataille. Peu importait que cela aille à l'encontre de ce qu'elle ressentait.

— Non, je t'accompagne. Je devrais au moins lui dire bonjour, répondit-elle en se forçant à sourire.

Colter l'observa, les sourcils froncés, mais il pouvait la regarder autant qu'il le voulait : il ne comprendrait jamais ce qu'elle avait en tête. Les hommes étaient intelligents, mais ils n'étaient pas conçus pour comprendre les femmes.

— D'accord, finit-il par dire très lentement, comme s'il prononçait plus de deux syllabes. Nous n'en aurons que pour quelques minutes.

Il ramassa le mot que sa mère avait écrit pour Sarah sur le tableau de bord. Juste à côté se trouvait une enveloppe rouge. Quand ses doigts l'effleurèrent, il écarta sa main comme s'il s'était brûlé.

Elle envisagea un instant de rester dans la voiture pour comprendre ce qui avait provoqué cette réaction, mais elle y renonça. Tout comme elle, il avait le droit de laisser certains aspects de sa vie dans l'ombre.

Il vint ouvrir sa portière, mais il ne lui offrit pas la main pour l'aider à descendre. Elle apprécia sa réserve. Ce qu'elle avait à faire serait bien moins difficile si elle ne sentait pas la chaleur de sa peau contre la sienne.

Une clochette tinta quand Colter ouvrit la porte du café avant de s'effacer pour la laisser passer. Elle inspira profondément avant d'entrer. Une merveilleuse odeur de beurre et de pain frais flottait dans l'air. Il faisait chaud et les murs étaient couverts d'étagères sur lesquelles trônaient des théières et des tasses d'un autre siècle. Un instant, elle se crut dans un salon anglais. Il y avait même quelque chose de maternel dans l'atmosphère, qui contrastait vivement avec l'allure de la blonde mince qui sortit de la cuisine pour les accueillir.

Sarah s'essuya les mains sur son tablier. Son visage s'illumina quand elle vit Colter, puis son sourire perdit un peu de son éclat lorsque son regard glissa vers Whitney. Ce n'était pas grave. Whitney comprenait parfaitement sa déception. Elle avait ressenti la même chose quand elle avait vu Sarah pendue au cou de Colter. Dans l'esprit de Sarah, il y avait une compétition entre elles, et elle devait croire qu'elle perdait du terrain.

— Bonjour ! leur lança Sarah. Que puis-je faire pour vous ?

— Comme ma mère n'arrive pas à te joindre depuis ce matin, elle nous a demandé de te transmettre un message, répondit Colter avant de lui tendre le morceau de papier.

Sarah déplia le mot et le lut à voix haute.

— Dites-lui que ça ne pose aucun problème, déclara-t-elle en glissant le mot dans sa poche. Je n'ai pas commencé à envelopper les crevettes. Je peux encore changer la recette. Voulez-vous venir jeter un coup d'œil en cuisine ?

— Non, on ferait mieux de..., commença Colter.

Whitney ne le laissa pas finir sa phrase.

— Avec plaisir, répondit-elle en essayant d'avoir l'air plus enthousiaste qu'elle ne l'était en réalité.

— Très bien, dit Sarah.

Elle parut surprise et elle regarda Colter pendant quelques secondes comme si elle cherchait une explication sur son visage.

Elle les entraîna dans la cuisine, où trois jeunes femmes s'affairaient. L'une d'elles étalait de la pâte, les deux autres confectionnaient des biscuits au chocolat en forme de fers à cheval et de sapins de Noël.

— J'essaye de faire le plus de choses possible en avance, expliqua Sarah. Si tout se passe comme prévu, je n'aurai plus qu'à mettre tout ça au four avant la fête.

Elle leur indiqua une petite table au fond de la cuisine.

— Voulez-vous vous asseoir ? proposa-t-elle.

Colter invita Whitney à prendre un siège la première, mais elle sentit à la raideur de son geste qu'il était profondément mal à l'aise. Si cela le dérangeait que Sarah et elle soient dans la même pièce et s'adressent poliment l'une à l'autre, c'était sans doute qu'il était plus intéressé par la restauratrice qu'il ne le disait. Cette pensée réveilla la jalousie de Whitney. Même si elle s'était convaincue que c'était ce qu'elle voulait, il lui était plus difficile qu'elle ne l'avait imaginé de se retrouver chez Sarah. Elle avait l'impression d'être la maîtresse qui envahissait le territoire de la femme légitime.

Elle aurait peut-être dû rester dans la voiture, comme Colter le lui avait suggéré, mais elle ne pouvait plus faire marche arrière. Elle devait se montrer forte et affronter ses peurs, même si cela l'obligeait à voir Colter en présence d'une femme qui l'attirait.

Whitney s'assit le plus gracieusement qu'elle put.

— Ne bougez pas. Je vais nous chercher des assiettes, dit Sarah.

Les autres femmes la regardèrent comme si elle avait perdu la tête.

— Oh ! Ce sont mes cousines, au fait, ajouta Sarah comme si elle avait complètement oublié leur présence.

— Enchantée, dit Whitney en se forçant à sourire.

Colter les salua d'un signe de tête.

Les deux femmes qui faisaient des biscuits se chuchotèrent quelque chose à l'oreille et pouffèrent. Mal à l'aise, Whitney se passa la main dans les cheveux, même si elle était sûre que ce qui faisait rire les deux cousines n'avait rien à voir avec son apparence — et tout à voir avec la situation dans laquelle elle se trouvait.

Sarah sortit trois assiettes d'un placard. Elle y plaça des boulettes de viande qui mijotaient sur le fourneau et des pommes de terre qu'elle sortit du four. Elle posa les assiettes sur la table comme s'ils étaient chez elle pour dîner, et pas dans sa boutique où ils l'interrompaient dans son travail.

— J'ai prévu d'en servir à la fête, dit-elle. Qu'en pensez-vous ?

Elle joignit les mains et se tordit nerveusement les doigts comme si leur opinion était de la plus haute importance pour elle.

Colter goûta le premier. Whitney l'imita et trouva la boulette si délicieuse qu'elle prit immédiatement une nouvelle bouchée. Sarah était indéniablement une bonne cuisinière. Si la situation avait été différente, Whitney aurait adoré l'avoir comme amie — une amie qui aurait pu lui apprendre à cuisiner.

— C'est délicieux, assura Colter.

— Bravo, Sarah, dit Whitney après s'être essuyé la bouche avec sa serviette en papier. Je suis impressionnée.

— C'est très gentil, Whit, répondit Sarah avec un grand sourire. On est peut-être parties du mauvais pied, toutes les deux. Je suis contente de voir que je m'étais trompée sur toi.

Whitney préféra lui laisser ses illusions, mais la tension que Sarah avait sentie entre elles était bien réelle. Néanmoins c'était l'occasion d'arranger les choses. Whitney devait se comporter comme une adulte. Elles avaient peut-être une chance de devenir amies, après tout... Whitney ne pouvait pas nier qu'elle en manquait. Et il arrivait que les amis les plus inattendus soient ceux auxquels on finissait par tenir le plus.

— Maman va adorer, dit Colter, sans doute pour briser le silence inconfortable qui s'était installé pendant qu'elle cherchait comment réagir.

Sarah le remercia d'un signe de tête.

— J'espère, répondit-elle. J'aimerais continuer à m'occuper des buffets du ranch.

— Il n'y a aucune raison pour que ma mère change de traiteur, déclara Colter avant de jeter un regard inquiet à Whitney, comme s'il craignait de marcher sur ses plates-bandes.

— As-tu encore de grands projets pour vos clients, Whitney ? demanda Sarah. Je n'ai entendu que des compliments à ton sujet.

— C'est très gentil de me dire ça, Sarah, répondit Whitney, avec son plus beau sourire. Demain matin, on emmènera ceux de la haute faire une promenade en traîneau.

Sarah haussa un sourcil.

— Ceux de la haute ? répéta-t-elle. Je ne connais pas cette expression.

— Ceux de nos clients qui ont l'habitude de vivre comme des princes, expliqua Whitney.

— Oh ! Je comprends, dit Sarah.

Elle repoussa ses cheveux derrière ses épaules et prit une bouchée avant d'ajouter :

— J'ai entendu dire qu'il y aurait même un mariage ou deux, Colter.

Colter jeta un bref coup d'œil à Whitney avant d'acquiescer.

— Waylon et Wyatt ont beaucoup de chance, dit-il.

Whitney espéra que cette conversation n'irait pas plus loin. Sans qu'elle comprenne pourquoi, entendre parler de mariage lui donnait envie de se cacher dans un trou de souris.

— Sais-tu quand ils prévoient de se passer la corde au cou ? demanda Sarah.

Colter haussa les épaules.

— Ils ont parlé de se marier à Noël, quand toute la famille sera réunie, répondit-il.

— Rainier sortira bientôt ? demanda Sarah.

— Qui est Rainier ? demanda Whitney, qui commençait à avoir l'impression d'être en dehors de la conversation.

Sarah éclata de rire, mais elle se ressaisit presque aussitôt.

— Rainier est le plus jeune de mes frères, répondit Colter, qui semblait surpris par sa question. Je croyais que tout le monde avait entendu parler de lui. Il y a toujours eu des drames dans la famille.

— Surtout ces derniers temps, intervint Sarah. Mais je sais bien que vous n'y êtes pour rien.

— Merci, dit Colter. Malheureusement, ce n'est pas l'avis de tout le monde.

— Tu sais aussi bien que moi qu'il ne faut pas juger les gens sur les actions des membres de leur famille, répondit Sarah.

Elle sourit et indiqua d'un signe de tête ses cousines qui continuaient à travailler tout en écoutant leur conversation.

— Eh ! s'écria l'une d'elles. Tu n'es pas une sainte non plus.

Sarah hocha la tête et jeta un regard complice à Colter.

— Tu as raison, dit-elle. J'ai fait certaines choses dont je ne suis pas fière. Mais nous pouvons tous dire la même chose, n'est-ce pas ?

Whitney se demanda de quoi Sarah, la perfection incarnée, pouvait bien parler. Y avait-il un pan de son existence dont elle ignorait tout ? Y avait-il autant de squelettes dans les placards de la restauratrice que dans les siens ?

Elle en doutait sincèrement.

Colter posa sa serviette à côté de son assiette vide et se leva.

— Je dirai à ma mère que tu as intégré sa requête au menu, promit-il. Et merci pour l'en-cas.

L'allusion que Sarah venait de faire semblait l'avoir mis au bord de la panique.

Il devait s'être passé plus de choses entre eux que ce que Colter lui avait dit. Whitney se leva, ramassa les assiettes et les déposa dans l'un des éviers.

— Oui, merci, dit-elle à son tour, soulagée qu'ils s'en aillent.

Sarah les raccompagna jusqu'à la porte alors qu'un couple entrait dans la boutique.

— Si ta mère veut d'autres changements, ça risque d'être délicat, mais je ferai de mon mieux pour la satisfaire, dit-elle. En attendant, soyez prudents.

Whitney trouva son ton inquiétant, mais elle fit de son mieux pour ignorer le frisson qui la parcourut. Son imagination semblait avoir tendance à s'emballer quand il s'agissait de Sarah.

— Et réserve-moi une danse, Colter ! lança celle-ci quand ils furent sur le trottoir.

Elle ferma la porte de sa boutique sur ces mots. Whitney se retint de grincer des dents. Elle avait une envie soudaine de jeter sa relation amicale avec Colter aux orties. Sarah avait déjà gagné. Pourquoi éprouvait-elle le besoin d'en remettre une couche ?

— Je suis désolé, dit Colter. Tu n'étais pas obligée de m'accompagner, tu sais.

Elle lui offrit un sourire.

— Ce n'était rien, répondit-elle. Sarah est gentille.

— Tu le penses vraiment ? demanda Colter en scrutant son visage.

Il ne fallait surtout pas qu'il devine sa jalousie et son manque d'assurance. Elle devait s'en tenir à son plan et faire ce qui lui semblait juste, même si c'était le contraire de ce qu'elle désirait. Colter méritait d'être avec une femme qui n'aurait aucun mal à s'intégrer à sa vie, pas avec une femme qu'il devrait aider à échapper à un fou.

10

Pourquoi avait-il fallu que Sarah le place dans une situation aussi désagréable ? Alors que Whitney commençait enfin à s'ouvrir à lui après des mois d'efforts de sa part, voilà qu'il s'était retrouvé au milieu d'un jeu bizarre dont il ne comprenait pas les règles. Whitney regardait par la fenêtre depuis qu'ils avaient pris le chemin du ranch.

C'était bien le dernier endroit où il voulait aller. Il était sûr que Whitney disparaîtrait dès qu'il se serait garé, et avec elle le peu de progrès qu'ils avaient faits dans la journée.

— Veux-tu qu'on dîne quelque part avant de rentrer ? proposa-t-il en lui indiquant l'horloge du tableau de bord. Tout le monde aura déjà mangé. Nous devrons nous débrouiller tout seuls, de toute manière.

Whitney lui offrit un sourire plein de douceur.

— On vient juste de manger chez Sarah, lui rappela-t-elle.

— C'est vrai, dit-il en se reprochant son idée stupide. Mais ce n'était pas grand-chose. Tu dois avoir encore faim.

Whitney haussa les épaules, l'air résigné. Il y avait tant de tristesse dans son geste que le cœur de Colter se serra.

— Je te jure qu'il n'y a rien entre Sarah et moi, ajouta-t-il.

Il aurait donné n'importe quoi pour revoir la femme qu'elle était une heure plus tôt — la version vibrante et lumineuse d'elle-même qu'il aimait tant.

— Il devrait y avoir quelque chose entre vous, répondit Whitney. Vous êtes faits l'un pour l'autre. Ma vie…

Elle écarta les mains et soupira.

— Je n'ai rien d'attirant, reprit-elle. Je n'ai rien à te donner — rien de ce que Sarah pourrait t'offrir, elle. Elle est intelligente, drôle, ambitieuse, et tu lui plais, de toute évidence.

— Ne te compare pas à elle. Vous n'avez rien en commun.

— C'est exactement ce que je dis, Colter.

— Non. Dans ma bouche, c'est un compliment. Tu es une femme accomplie et libre. Je ne sais pas ce qui s'est passé... dans le Kentucky, mais je conclus de ce que tu m'as dit que tu es la femme la plus forte que j'aie jamais rencontrée.

— Est-on fort quand on fuit ?

Était-ce ce qu'elle avait fait ? Fuir sa ville natale et l'homme qui avait essayé de la tuer ?

— Ton... ex est-il dans la nature ? demanda-t-il.

Whitney tourna la tête vers lui. Il devina à la crispation de sa mâchoire qu'elle se demandait si elle devait lui dire ce qu'elle pensait ou non.

— Il s'en est tiré avec une tape sur la main, finit-elle par répondre. Il a brûlé la grange de mes parents, tué trois chevaux de grande valeur et failli me tuer — ce qui était le but de la manœuvre —, mais il n'a fait que trois mois de prison. Tu trouveras tous les détails sur Internet, si ça t'intéresse. Le jury a conclu que ce n'était pas prémédité, que ce n'était qu'un accident.

— Mais ce n'en était pas un ?

Elle secoua la tête. Ses yeux étaient emplis de larmes, mais elle semblait faire de gros efforts pour les empêcher de couler.

— Il voulait me tuer. Il a dit qu'il me tuerait. Il a bloqué la porte...

Elle inspira profondément avant d'ajouter :

— Je sens encore la fumée.

Il ne connaissait que trop bien l'odeur d'un lieu qui s'embrasait. Dans ses cauchemars, il se retrouvait souvent coincé dans un bâtiment en flammes sans issue, obligé d'affronter le brasier en sachant qu'il allait mourir... Sauf qu'il échappait toujours aux terreurs de ses cauchemars en se réveillant. Se retrouver pour de bon au milieu des flammes avec nulle part où aller, nulle part où se cacher, était une tout autre affaire.

— Je savais que même si j'arrivais à sortir de la grange... il m'attendait dehors, poursuivit-elle. Mais il fallait que j'essaye.

J'ai réussi à trouver un passage près de l'endroit où il avait allumé l'incendie, après qu'un des murs s'est effondré.

Elle retroussa ses manches pour lui montrer ses bras, qui étaient couverts de cicatrices de brûlures au troisième degré.

— Je me suis protégé le visage, expliqua-t-elle. Une planche enflammée m'est tombée dessus pendant que je courais.

— Nom de...

Colter effleura délicatement son bras. Elle tressaillit, mais elle ne le repoussa pas.

— Je suis désolé, Whitney, balbutia-t-il. Je ne me doutais pas que c'était si grave.

— Quand je me suis relevée, j'ai entendu Rudy dans la grange. Il avait si peur... J'ai voulu y retourner pour le sauver, mais une autre planche m'est tombée dessus et m'a assommée. Alors j'ai... laissé mourir l'être qui m'était le plus cher.

Sa voix menaçait de se briser, mais elle retenait toujours ses larmes.

Colter se gara au bord de la route pour consacrer toute son attention à leur conversation.

— L'incendie... Rudy... ce n'était pas ta faute, lui dit-il. Même si tu avais réussi à atteindre ton cheval, tu serais sans doute morte en essayant de le tirer de là. Il ne faut jamais retourner dans un bâtiment en flammes.

— C'est pourtant ce que tu fais, toi. J'aurais dû sauver mon cheval comme tu sauves des gens. Je ne vois pas la différence.

Il l'attira dans ses bras. Au lieu de protester, comme il le redoutait, elle posa la tête sur son épaule.

— Ce que je fais n'a rien à voir avec ce que tu as essayé de faire, bébé, répondit-il. Je suis équipé. J'ai reçu une formation pour savoir comment me comporter face au feu. Je prends le moins de risques possible. Si les pompiers qui sont intervenus quand ta grange a brûlé n'ont pas essayé de sauver les chevaux... c'est que tu n'avais aucune chance d'y arriver.

Elle soupira. Même s'il voulait juste la réconforter, Colter ne put s'empêcher d'apprécier la sensation de son corps contre le sien.

— Je n'aurais pas dû le quitter, insista-t-elle. J'ai ouvert les portes des stalles, mais Rudy ne voulait pas me suivre. Je me suis éloignée de lui pour ouvrir la porte de la grange, que j'ai trouvée bloquée. Si seulement je l'avais forcé à me suivre... Mais j'étais terrifiée. Je suis restée pétrifiée devant la porte, à prier pour qu'elle s'ouvre et qu'on soit tous sauvés.

Il ne savait pas quoi dire pour la réconforter. Il pouvait à peine imaginer ce qu'elle ressentait à cet instant, mais il comprenait qu'elle soit partie le plus loin possible du Kentucky.

— Et Franck..., poursuivit-elle. J'avais fait une demande d'ordonnance de protection, mais il est revenu une semaine après sa sortie de prison. Les documents officiels ne peuvent rien contre la haine. J'ai même eu l'impression qu'il était encore plus déterminé.

— T'a-t-il menacée ? Que s'est-il passé ?

Il essayait de rester calme, mais il se rendit compte que sa voix trahissait la rage qui le gagnait.

Au lieu de répondre, Whitney glissa une mèche derrière son oreille et pressa davantage la tête contre son torse.

— J'entends battre ton cœur, murmura-t-elle.

— Réponds-moi, insista-t-il. Crois-tu qu'il risque de recommencer ? Sait-il que tu es ici, dans le Montana ?

Elle se mordit la lèvre.

— Je n'ai dit à personne où je me trouvais, mais tu sais aussi bien que moi que, quand quelqu'un est assez déterminé, il finit toujours par trouver ce qu'il cherche. Je veux juste rester cachée le plus longtemps possible. Il finira peut-être par recouvrer ses esprits et tomber amoureux de quelqu'un d'autre. Ou bien il comprendra que ce qu'il a fait était criminel.

— Les gens comme lui ne changent pas, répondit-il. Il continuera. Il te laissera peut-être tranquille, mais ce sera parce qu'il aura reporté son attention sur quelqu'un d'autre.

— Ou quelque chose d'autre... Comme Dunrovin, murmura-t-elle.

— Crois-tu que ce soit lui ? Le plancher, le cocktail Molotov...

Elle secoua la tête.

— Il n'est pas du genre à faire les choses à moitié, répondit-elle. Il boit. C'est toujours comme ça que ça commence. Il se soûle et l'alcool lui donne l'impression qu'il peut conquérir le monde entier. Le lendemain, quand l'alcool se dissipe, il regrette ce qu'il a fait et il s'excuse. Alors, comme il se sent mal, il recommence à boire. C'est un cercle vicieux.

Colter se passa la main sur le visage. Était-ce Franck qui s'en prenait à sa famille ? Whitney était la seule à le connaître, au ranch. Il ramassa l'enveloppe rouge sur le tableau de bord et en tira la carte pour la lui montrer.

— Le crois-tu capable de faire ça ? demanda-t-il.

Elle prit la carte et regarda la photo un long moment avant de la retourner, puis elle lut à voix haute :

Vous faites du mal à ma famille, j'en ferai à la vôtre.

Elle semblait encore plus pâle que d'habitude à la lumière de la lune.

Elle prit l'enveloppe des mains de Colter pour y glisser la carte et la reposa doucement sur le tableau de bord.

— Non, je ne crois pas que ce soit lui, répondit-elle en frottant ses mains contre son jean. Il ne s'en prendrait pas à vous tous. Il ne s'en prendrait qu'à moi. Il n'a jamais fait de mal à mes parents. Il est difficilement contrôlable, mais je ne crois pas qu'il veuille tuer tous les gens qui m'approchent. Je veux dire… toi et moi… on ne s'est même pas embrassés. Il ne peut pas savoir…

Elle admettait enfin qu'elle percevait aussi l'étincelle qui se produisait dès qu'ils étaient ensemble. Colter en éprouva un immense plaisir.

— Tu as donc un faible pour moi ? la taquina-t-il.

Elle esquissa un sourire.

— Je te l'ai déjà dit plusieurs fois, Colter Fitzgerald, mais je vais le répéter : tu n'es pas le plus beau cadeau que Dieu ait fait aux femmes, quoi que tu en penses.

Il éclata de rire.

— Tu dis ça, mais ton sourire dit le contraire, répliqua-t-il.

Elle lui tira la langue.

— Ma mère m'a toujours dit que, si on tirait la langue, un oiseau passerait pour chier dessus, lança-t-il en riant.

— C'est absurde, répondit-elle. En plus, on est en plein hiver, de nuit, dans une voiture.

Il leva les mains pour se défendre.

— C'est ma mère qui le dit !

Whitney rit à son tour.

— Ma mère m'a toujours dit qu'il ne fallait pas se coucher l'estomac vide, reprit-elle en haussant un sourcil. Si ça te tente toujours, on pourrait aller quelque part… manger une glace, par exemple.

— Une glace ? Au mois de décembre ?

Elle haussa les épaules.

— Nous avons tous des vices. Il se trouve que les glaces et le chocolat font partie des miens. Je préfère les avoir ensemble, mais je peux faire des concessions.

Il pouffa.

— J'aime les femmes qui savent ce qu'elles veulent, mais qui sont prêtes à faire des compromis quand c'est nécessaire.

— Tant qu'il y a de la glace à l'arrivée, je suis prête à tous les compromis.

Qu'il était bon de rire !

Il démarra et fit demi-tour pour retourner en ville. Il s'était remis à neiger. Les petits flocons qui dansaient autour de la voiture lui donnèrent l'impression d'être dans une boule à neige : son monde avait été secoué, mais cela ne l'empêchait pas d'être beau dans son chaos tourbillonnant.

Le seul autre café de la ville, le Dew Drop, était fermé. Seuls le bar et la station-service étaient encore ouverts.

— Est-ce qu'il t'arrive parfois d'avoir l'impression que ce n'est pas ta journée ? demanda-t-il en riant.

Whitney lui donna un petit coup de coude.

— Je dois prendre ça pour moi ?

— Mais non ! Tu es la meilleure partie de ma journée, je t'assure ! s'empressa-t-il de répondre.

Il posa la main sur la banquette en espérant qu'elle la prendrait.

— Pour être honnête, il n'était pas nécessaire que j'aille au ranch aujourd'hui. Je sais que mes parents sont capables de tout gérer.

— Alors pourquoi es-tu venu ? demanda-t-elle d'une voix douce.

Elle glissa timidement la main vers la sienne et posa le bout de ses doigts sur sa paume.

— Est-il bien nécessaire que je réponde ?

— Je ne voudrais pas me faire des idées, dit-elle en souriant.

— Quel genre d'idées ?

Elle effleura sa paume tandis qu'il se garait devant la station-service ouverte vingt-quatre heures sur vingt-quatre.

— Ce n'est pas vraiment que je me fais des idées, se corrigea-t-elle. C'est plutôt que j'espérais que tu étais venu pour me voir. Je sais que tu n'habites pas tout près et je suis sûre que tu as plein d'autres choses à faire.

Il détacha sa ceinture, se pencha vers elle et prit son visage entre ses mains.

— Les distances n'ont aucune importance quand il s'agit de te voir, lui assura-t-il. J'irais te retrouver à l'autre bout du monde, s'il le fallait.

Whitney ferma les yeux et soupira. Sa peau était fraîche et douce comme de la soie sous ses doigts. Il la contempla, les yeux fermés. Elle était si belle… Elle était parfaite. Il ne la connaissait que depuis quelques mois, mais c'était la femme dont il rêvait depuis toujours.

Il avait envie de l'embrasser, mais il se contenta de la regarder respirer en priant pour que ce moment de quiétude dure le plus longtemps possible. Finalement, elle ouvrit lentement les yeux, battit des cils et lui sourit.

— Je ne comprends pas pourquoi tu ressens ce que tu ressens, mais je suis la fille la plus chanceuse du monde, dit-elle.

À sa grande surprise, elle grimpa sur lui et s'assit à califourchon sur ses genoux. Alors elle prit son visage entre ses mains et plongea son regard dans le sien.

— Quoi qu'il se passe ce soir, nous resterons amis, c'est d'accord ? demanda-t-elle.

C'était bien la dernière chose qu'il voulait, mais il était sûr qu'elle s'écarterait s'il protestait. Il ne pouvait pas faire ce sacrifice. Il attendait cela depuis trop longtemps.

— Es-tu d'accord ? insista-t-elle.

Il ouvrit la bouche pour dire quelque chose de léger qui ne l'engageait à rien, mais il ne trouva aucune réponse qui le satisfasse. Déçu, il referma la bouche et se contenta d'acquiescer.

— Ne parlons pas de relation, et surtout pas d'amour,

ajouta-t-elle en se mettant à onduler. L'amour ne fait que rendre les choses plus dures.

Elle se pencha pour presser les lèvres contre les siennes. Il posa les mains sur ses hanches et l'attira plus près de lui pour lui montrer l'effet qu'elle avait sur lui. En matière de choses plus dures, elle n'avait pas à chercher plus loin.

Quand elle s'écarta pour respirer, il regretta sur-le-champ le contact de sa bouche. Comme c'était une perte inacceptable, il attira son visage vers le sien et laissa courir la langue sur ses lèvres. Il voulait la goûter tout entière, mais c'était elle qui conduisait la danse — au propre comme au figuré.

Cette idée le fit pouffer.

Elle s'écarta.

— Qu'y a-t-il ? demanda-t-elle avec un air méfiant.

— Rien, répondit-il d'une voix rendue rauque par le désir. Je pensais juste qu'on ne devrait peut-être pas faire ça sur le parking de la station-service. Ils ont des caméras, tu sais.

Il lui montra celle qui était installée au-dessus de la porte d'entrée et qui pointait dans leur direction.

— Je ne serais pas étonné que quelqu'un soit en train de nous regarder en ce moment même, ajouta-t-il.

Elle lui décocha un sourire espiègle.

— Veux-tu qu'on lui offre un vrai spectacle ?

Il croyait avoir atteint les limites de son érection, mais il comprit qu'il s'était trompé dès qu'elle déboutonna sa veste.

— Qu'en penses-tu, Colter ? demanda-t-elle en laissant sa veste glisser de ses épaules.

Le pull blanc qu'elle portait en dessous mettait admirablement sa poitrine en valeur. La manière dont elle avait prononcé son nom le fit penser à la douceur du miel et à la chaleur de l'été — c'était une promesse de vie au cœur de l'hiver.

— Tout ce que tu voudras, Whit, murmura-t-il en glissant l'une de ses mèches derrière son oreille. Je t'appartiens.

De toute manière, il était peu probable que la caméra soit allumée. La plupart du temps, les propriétaires d'endroits comme celui-ci n'en plaçaient que pour leur effet dissuasif. Pour être honnête, il était prêt à courir le risque.

Whitney acheva de retirer sa veste et la posa sur la banquette, puis elle se retourna pour changer la station de la radio. Elle s'arrêta lorsque de la musique country envahit l'habitacle. Il aimait beaucoup la chanson qui passait, mais il était sûr que les ondulations de Whitney étaient en train de la lui rendre inoubliable.

Elle se pencha pour lui sucer le lobe de l'oreille tandis qu'elle déboutonnait son jean. Comme elle avait les mains un peu froides, il ne put s'empêcher de tressaillir lorsqu'elle laissa courir ses doigts sur son membre. Il eut envie de rejeter la tête en arrière pour mieux s'abandonner au plaisir, mais elle tenait toujours le lobe de son oreille entre ses lèvres, comme pour lui rappeler qui était aux commandes. Ce n'était pas nécessaire. Elle pouvait ordonner autant qu'elle voulait... Il était certain d'adorer chaque seconde de sa soumission.

Il glissa les mains sous son pull et sentit un soutien-gorge en dentelle qui ne fit rien pour calmer ses ardeurs. Whitney arrêta de le caresser le temps de retirer son pull, qu'elle posa sur sa veste.

Ce qu'il vit l'excita encore plus. Le soutien-gorge était rose — peut-être de la même teinte que les pointes de ses seins. De nouvelles ondulations lui arrachèrent un grognement. Il laissa courir ses mains sur la peau laiteuse de Whitney et glissa les doigts sous la ceinture de son jean avant de le déboutonner.

Il découvrit que sa culotte était assortie à son soutien-gorge. Soit c'était une femme si méticuleuse qu'elle prévoyait toujours sa tenue dans ses moindres détails, soit elle avait anticipé ce qui était en train de se produire. Il préférait la deuxième hypothèse. Il trouvait excitant qu'elle les ait imaginés en train de jouer avec la limite entre l'amitié et... autre chose, comme ils le faisaient à cet instant.

En caressant la poitrine de Whitney, il s'aperçut qu'elle avait la chair de poule. Même s'il n'était pas sûr que ce soit à cause de la température, il se pencha pour monter le chauffage. Pour sa part, il avait déjà l'impression d'être dans un sauna, mais il savait que c'étaient les doigts de Whitney qui l'embrasaient.

Il dégrafa son soutien-gorge. Whitney le retint le temps de sortir les bras des bretelles.

Il mourait d'envie de voir ses seins. Il mourait d'envie de sentir son corps nu contre le sien, de prendre ses mamelons entre ses lèvres… Il voulait tout ce qu'elle avait à lui offrir.

Il l'embrassa encore et aspira sa lèvre pour lui faire comprendre à quel point il la désirait.

On frappa à la vitre à cet instant.

— Mon Dieu ! s'écria Whitney.

Elle s'écarta vivement de lui, attrapa son pull et l'enfila.

— Non, non et non, gémit-elle.

Colter essuya la buée qui commençait à couvrir la vitre. Son frère Wyatt — en uniforme — se tenait près de sa voiture.

Wyatt lui décocha un grand sourire.

Derrière lui, un homme attendait au volant d'une vieille Ford bleue. Les vitres étaient givrées, mais Colter devina ses longs cheveux gras presque noirs et ses mains, dont la peau ressemblait à du cuir, crispées sur le volant. Il vit aussi parfaitement bien la batte de base-ball posée sur le tableau de bord.

Colter reporta son attention sur son frère et baissa sa vitre. La chaleur que ses ébats avec Whitney avaient générée se dissipa immédiatement. Il s'éclaircit la voix et se passa la main dans les cheveux, plus par réflexe que pour s'assurer que tout était en place.

— Oui ? dit-il en essayant d'avoir l'air innocent alors qu'il se sentait coupable.

Wyatt se pencha et sourit à Whitney, qui enfilait sa veste le plus naturellement du monde.

— Vous vous amusez bien ? leur demanda-t-il.

— On s'amusait bien avant ton arrivée, répondit Colter sans savoir s'il devait assumer ses responsabilités ou jouer les imbéciles pour sauver l'honneur de Whitney.

Il n'était pas du genre à se vanter de ses conquêtes, mais il pouvait difficilement nier qu'ils étaient dans les bras l'un de l'autre — et qu'il espérait plus.

— Je m'en réjouis, mais vous avez conscience que vous êtes filmés, j'espère, dit Wyatt en montrant la caméra. La loi concernant l'outrage à la pudeur s'applique aussi à Mystery, vous savez. L'employé de la station-service m'a fait comprendre que vous lui aviez offert un spectacle intéressant, mais ça n'a pas suffi à l'impressionner.

— Tu parles ! répliqua Colter. Je parie qu'il est juste jaloux.

— Même si c'est le cas..., répondit Wyatt en souriant.

Colter leva les mains en signe de reddition.

— Ça ne se reproduira pas, promit-il avec une assurance qu'il regretta aussitôt.

Il jeta un coup d'œil à Whitney, qui acquiesça. Elle avait perdu son sourire — et lui l'espoir qu'ils aillent plus loin.

11

Whitney ne se rappelait pas avoir jamais eu autant honte. Sa mère lui aurait probablement fait la morale si elle avait su ce qu'elle venait de faire, puis elle lui aurait fait la leçon sur l'intérêt de se comporter comme une dame en toutes circonstances. Sauf qu'elle en avait assez de se surveiller. Elle en avait assez de vivre dans les frontières étroites que la peur et le chagrin avaient tracées autour d'elle. Pour une fois, elle était sortie de sa zone de sécurité. Bien sûr, cela avait mal fini.

Elle se sentait plus que stupide. Pourquoi ne s'en était-elle pas tenue à son plan ? Pourquoi avait-elle obéi à son désir au lieu d'aller manger une glace ?

Maintenant, elle ne pouvait même plus regarder Colter sans rougir. Elle avait l'impression d'être redevenue une lycéenne qui rentrait chez elle après un premier rendez-vous. Sauf que ce n'était pas censé être un rendez-vous… jusqu'à ce qu'elle les oriente dans cette direction. Si seulement elle n'avait pas pris la main de Colter ! Rien ne serait arrivé.

Malgré ses regrets, elle ne pouvait pas changer ce qui s'était passé. Deux des frères Fitzgerald, un employé de la station-service et peut-être un passant innocent l'avaient vue en sous-vêtements.

Elle laissa échapper un grognement et se passa la main sur le visage comme si cela pouvait effacer les pensées qui se bousculaient dans son esprit. Elle avait un million de raisons de s'interdire ce qu'elle venait de faire et elle n'en avait pris aucune en considération.

Elle commettait la même erreur que dans le Kentucky, où elle était sortie avec Franck sans écouter la petite voix qui lui conseillait de fuir à toutes jambes. Non, il avait fallu qu'elle reste jusqu'à l'incendie, malgré tous les signes avant-coureurs. Il avait fallu que sa vie soit menacée pour qu'elle suive son instinct.

Elle jeta un coup d'œil à Colter. Il tenait le volant à deux mains et il plissait les yeux pour distinguer la route à travers le rideau de neige qu'éclairaient les phares. Une tempête approchait.

Il était étrange que son instinct l'ait conduite là, à ce moment précis, au creux de ses bras.

Non, elle devait rester rationnelle. Au diable, ses émotions ! Elle ne devait pas tomber dans leur piège. Elle savait bien que le désir était un maître inconstant et capricieux.

Pourtant, elle devait admettre que son attirance pour Colter n'avait rien d'inconstant. Et la manière dont il l'avait caressée... C'était si bon ! C'était un homme, un vrai. C'était quelqu'un qui prenait ce qu'il voulait, quand il le voulait, sans demander la permission de personne. En même temps, ce n'était pas une brute. Dans ses bras, elle avait eu l'impression de danser. Tous leurs mouvements se complétaient comme s'ils étaient soigneusement chorégraphiés.

Elle osait à peine imaginer ce que cela aurait donné s'ils avaient fini entre des draps. Cette pensée la fit rougir de plus belle.

— Ce n'est pas grave, Whit, dit Colter sans quitter la route des yeux. Wyatt n'en parlera à personne.

Elle n'avait même pas songé à cette éventualité. Wyatt semblait être un chic type, mais cela ne lui garantissait pas que personne, à Dunrovin, ne saurait jamais rien de leur petite escapade.

— Tu en es sûr ? demanda-t-elle. Ce qu'il a vu...

Colter lui décocha un regard malicieux qui la fit sourire une fois de plus. Réagirait-elle de cette manière à chaque fois qu'il poserait les yeux sur elle, désormais ? Si c'était le cas, son travail allait s'en trouver grandement compliqué — ce qui était bien la dernière chose dont elle avait besoin.

— Nos parents ont fait de nous des gentlemen, lui assura Colter. Je doute que Wyatt ait vu grand-chose, et personne n'en saura rien.

Alors il posa encore la main sur la banquette. Même si elle mourait d'envie de la prendre, Whitney se jura qu'elle n'en ferait rien.

Il agita les doigts pour la tenter, mais elle tint bon. Elle croisa les bras sur son torse et se força à regarder le paysage. Les nuits comme celle-ci avaient quelque chose de magique. Le vent faisait tourbillonner les flocons dans la lumière des phares comme de minuscules confettis. Malheureusement, si elle percevait bien ce que le monde avait de festif, elle n'était plus en mesure de l'apprécier.

— Tu m'en veux ? demanda-t-il en reposant la main sur le volant.

Il avait compris qu'elle ne la prendrait pas.

Elle se tourna vers lui et secoua la tête.

— Non, ce n'est pas à toi que j'en veux.

— À qui, alors ?

Il essaya de l'amadouer par l'un de ses sourires irrésistibles. Celui-ci la fit fondre, mais elle réussit à ne pas le lui rendre.

— Je suis sûr que ce type était juste contrarié que tu sois avec moi, ajouta-t-il. Tu es une très belle femme. Et, si tu crois que tu lui en veux, tu peux te dire que ce n'est rien en comparaison de ce que je ressens.

Elle ne put s'empêcher de pouffer.

— Ce n'est pas à l'employé de la station que j'en veux, même s'il était jaloux. Je crois que tu te trompes sur ce point, d'ailleurs.

— Alors pourquoi es-tu contrariée ? Est-ce que c'est à toi que tu en veux parce que tu m'as embrassé ? Je t'interdis de le regretter.

— Tu n'y es pour rien, lui assura-t-elle. Je n'aurais pas dû laisser les choses prendre cette tournure. C'était une…

Colter freina si brutalement qu'elle dut s'agripper au tableau de bord. Les pneus glissèrent sur la route verglacée et la camionnette obliqua vers le bas-côté au ralenti. Colter donna un coup de volant dans l'autre sens pour compenser, mais la voiture partit en tête-à-queue.

Tout en continuant à essayer de reprendre le contrôle de la voiture, il plaça le bras droit devant elle pour amortir le choc qui s'annonçait.

Whitney retint son souffle, mais ils atterrirent sans trop de brutalité dans un tas de neige laissé par le passage du dernier chasse-neige. Comme ils étaient complètement gelés à cette période de l'année, le côté de la camionnette avait dû souffrir.

— Ça va ? s'inquiéta Colter en laissant retomber son bras.

Elle acquiesça, même si l'adrénaline l'avait complètement engourdie.

— Et toi ?

Il se passa la main sur le visage avant d'acquiescer à son tour.

— As-tu vu le cheval ? demanda-t-il en indiquant les ténèbres d'un signe de tête.

Non, elle n'avait rien vu. Au moment où Colter avait freiné, elle était perdue dans ses pensées.

— Il a filé juste devant nous, expliqua-t-il. Je ne crois pas l'avoir touché, mais ce n'est pas passé loin.

— Que fait un cheval dehors en pleine nuit, et au milieu d'une tempête de neige ?

— Je n'en ai aucune idée, mais il ressemblait à Clark.

— Un cheval du ranch ?

À cause de la tempête, elle ne s'était pas rendu compte qu'ils étaient presque à destination. Elle avait dû emprunter cette route des dizaines de fois depuis son arrivée dans le Montana, mais il faisait si noir et la neige était si dense qu'elle aurait aussi bien pu être sur la face cachée de la lune.

— Ta mère ne s'assure-t-elle pas que les chevaux sont enfermés avant d'aller se coucher ? s'étonna-t-elle.

Colter hocha la tête.

— Et jamais elle n'en aurait laissé un dans l'enclos par une nuit pareille. Il fait trop froid.

— Es-tu sûr que c'était l'un des nôtres ?

Les traits de Colter se durcirent.

— Non, à moins qu'il ne se soit passé quelque chose de grave.

Il voulut redémarrer, mais les pneus patinèrent dans la neige. Il essaya ensuite d'alterner marche avant et marche arrière pour donner de l'élan au véhicule sans plus de résultat.

Il grommela un juron, mais Whitney comprit qu'il ne servait qu'à dissimuler sa panique grandissante. Il neigeait aussi dans le Kentucky — près de soixante centimètres par an dans certains endroits. C'était loin d'être la première fois qu'elle se retrouvait coincée par la neige au bord d'une route, mais un mauvais pressentiment la gagna. Elle repensa au cocktail Molotov et à la lettre de menace.

— Tu ne crois quand même pas qu'il est arrivé quelque chose

à ta mère ? demanda-t-elle, l'estomac noué et un goût de bile dans la bouche.

La mâchoire de Colter se crispa, et elle regretta d'avoir posé cette question. Il n'avait pas besoin qu'elle verbalise ses craintes.

— Je suis sûre qu'elle va bien, dit-elle pour essayer de corriger son erreur. Le cheval a dû s'enfuir.

— Je l'espère, répondit-il en tirant son téléphone de la poche de sa veste.

Il fit défiler son carnet d'adresses jusqu'au numéro de sa mère et appela en mettant le haut-parleur. Le téléphone sonna un long moment avant que le répondeur ne se mette en route.

— Ne t'inquiète pas. Elle doit être en train de dormir, dit-elle avec l'impression désagréable d'être en train de mentir. Il est déjà tard.

— Ma mère dort toujours avec son téléphone sur la table de nuit, répondit-il. Au cas où elle aurait besoin de gérer une urgence comme celle-ci.

Il avait raison, songea-t-elle. C'était de plus en plus inquiétant.

— Je vais essayer de pousser. Prends ma place, dit Colter avant de sortir de la camionnette.

Whitney glissa derrière le volant.

Elle attendit qu'il lui donne le signal pour appuyer sur l'accélérateur. Les pneus recommencèrent à patiner. Colter poussait assez fort pour secouer la camionnette, mais elle resta coincée.

Pire : l'un des pneus s'enfonça plus profondément dans la neige. Colter finit par renoncer et rentra dans la voiture. Ses joues étaient rouges et la sueur perlait à son front.

— Merde, grommela-t-il, le souffle court. J'espérais que ça suffirait.

— Est-on loin du ranch ? demanda-t-elle.

Colter plissa les yeux comme s'il cherchait à distinguer de la lumière au loin, mais il n'y avait que de la neige à perte de vue.

— Je pense qu'on est à moins de un kilomètre, finit-il par répondre. Si ce cheval s'est échappé de la grange, il n'a pas pu aller très loin, n'est-ce pas ?

Elle eut l'impression qu'il n'avait posé cette question que pour se rassurer, mais elle répondit quand même.

— Tu as sûrement raison, dit-elle pour l'encourager, mais elle entendit elle-même que cela sonnait faux. Qui sait ? Il a peut-être réussi à franchir la clôture grâce à une congère. Ce n'est pas la neige qui manque dans le Montana.

Colter lui sourit, mais ce sourire parut aussi peu sincère à Whitney que sa réponse.

— Clark n'est peut-être pas le seul à s'être échappé. Commençons par essayer de retrouver les chevaux, suggéra-t-il. Nous rentrerons au ranch avec eux. Tu sais monter à cru, n'est-ce pas ?

Elle l'avait fait pendant des années, mais il n'était pas question qu'elle remonte sur un cheval. Même s'il faisait un froid de loup, elle était sûre de pouvoir regagner le ranch à pied. Par contre, elle ne pouvait pas courir le risque de s'approcher d'un cheval. Les chevaux lui brisaient le cœur, comme les hommes — sauf que c'était elle qui les avait trahis.

— Non, je ne peux pas, répondit-elle en secouant la tête. Mais je peux t'aider à les retrouver. Tu n'auras qu'à les ramener au ranch et revenir avec un autre véhicule.

Il la regarda comme si elle avait perdu la raison.

— Je pense qu'on n'est pas très loin, mais le vent est glacial et on se perd facilement dans une tempête, lui rappela-t-il.

— Mais on doit retrouver les chevaux, répondit-elle. Qui sait où ils seront demain si on les laisse en liberté ? Y a-t-il un abri naturel, dans le coin, où ils pourraient se protéger du froid ?

— Non, rien que des pâturages, répondit Colter.

Whitney se mordit la lèvre.

— Ce n'est pas si grave, reprit-elle. Ils doivent tous avoir leur pelage d'hiver, maintenant.

— Je n'en suis pas sûr. Ma mère les rentre dans la grange tous les soirs. Je ne crois pas qu'ils soient capables de supporter un froid pareil. En plus, ils pourront nous ramener au ranch si nous les retrouvons, insista-t-il.

— Commençons par les chercher, soupira-t-elle.

Colter sortit une lampe de poche de sous la banquette et la lui tendit.

— L'important, c'est qu'on reste ensemble, dit-il. Il ne faudrait pas qu'on se perde. Le froid peut devenir un ennemi mortel par une nuit comme celle-ci.

Elle prit la lampe de poche, l'alluma et quitta la chaleur confortable de la camionnette.

— Ne dit-on pas qu'il faut rester dans son véhicule pour éviter l'hypothermie, dans des situations comme celle-ci, monsieur le pompier ? lança-t-elle à Colter en ne plaisantant qu'à demi.

Il pouffa.

— Si, mais nous nous trouvons dans des circonstances particulières, répondit-il. Et n'oublie pas que je suis un professionnel.

— Alors je suis censée te suivre sans hésiter, quitte à affronter le pire ? demanda-t-elle en riant.

Colter hocha la tête.

— Tu es censée me suivre sans hésiter, mais je n'ai pas l'intention de t'entraîner vers le pire.

Elle se retint de lui rappeler que l'enfer était pavé de bonnes intentions. Elle ne voulait pas le vexer. Et puis elle connaissait déjà l'enfer. À côté, cette nuit glacée ressemblait à un rêve.

12

Ils laissèrent les phares de la camionnette allumés et avancèrent sur la route en appelant les chevaux. D'après les traces de sabots qui s'entrecroisaient dans la neige, il y avait au moins cinq chevaux en liberté.

— Clark ne peut pas être bien loin, dit Colter. Les autres non plus, d'ailleurs. Leur instinct les aura incités à rester ensemble.

Whitney acquiesça en resserrant son écharpe.

Le fait qu'il y ait plusieurs chevaux échappés ne prouvait pas nécessairement qu'on les avait fait sortir de la grange, mais cela rendait cette hypothèse plus probable. Mais, si quelqu'un avait permis aux chevaux de s'échapper, pourquoi ? Qu'avait-il à y gagner ?

À cette heure, tous les habitants du ranch devaient dormir. Si Colter et elle n'avaient pas tant tardé à rentrer, personne ne se serait aperçu de la disparition des chevaux avant le lendemain matin. La personne qui les avait lâchés espérait peut-être qu'ils s'éloigneraient pendant la nuit et seraient d'autant plus difficiles à retrouver… Mais cela n'expliquait pas son geste.

Elle se souvint que certains clients avaient prévu de faire une promenade le lendemain matin. Était-il possible que quelqu'un qui connaissait leur planning ait voulu les faire passer pour incompétents ? Cette explication lui semblait tirée par les cheveux.

À moins qu'il ne s'agisse d'une diversion…

Les ténèbres les enveloppèrent à mesure qu'ils s'éloignèrent de la camionnette, et bientôt les phares du véhicule ne furent plus que deux points lumineux dans la nuit. Il semblait aussi faire de plus en plus froid. Ils marchèrent sans dire un mot pendant un moment, avec le vent et les crissements de leurs bottes dans la neige pour unique fond sonore.

— Maman ne laisserait jamais les chevaux dehors par un temps pareil — pas sans une couverture, au minimum, finit par dire Colter d'une voix inquiète.

Whitney ne travaillait au ranch que depuis quelque mois, mais elle avait bien vu qu'Eloise prenait grand soin de ses bêtes. Colter avait raison, mais elle ne répondit rien pour ne pas amplifier son inquiétude.

— Je n'y comprends rien, poursuivit-il. Pourquoi s'en prendre aux chevaux du ranch ?

Ils avaient parlé de leurs projets du lendemain à Sarah. Elle pouvait très bien être allée au ranch après leur départ et avoir fait sortir les chevaux sans que personne ne la voie. Mais Whitney avait du mal à y croire. Même si le comportement de Sarah lui avait paru bizarre, il n'était pas dans l'intérêt de la restauratrice de nuire au ranch.

Mais était-ce bien au ranch qu'on avait voulu nuire ? Dans l'esprit de Sarah, le coup ne visait peut-être qu'elle... Elle essayait peut-être de la faire passer pour incompétente aux yeux des clients. Elle savait que c'était elle qui devrait affronter la colère de la clientèle si les activités étaient perturbées.

Whitney repensa à leur départ du café. Elle avait trouvé Sarah menaçante, et ce n'était peut-être pas le fait de son imagination, ainsi qu'elle l'avait cru.

— Crois-tu que Sarah...

— Quoi, Sarah ? la coupa Colter.

Son ton la dissuada d'insister. Elle n'avait aucune preuve, seulement l'impression dérangeante que quelque chose d'évident lui échappait — quelque chose qui reliait tous les événements étranges des derniers jours.

— Connais-tu bien la famille de Sarah ? demanda-t-elle en repensant à la carte.

— Pas vraiment, répondit Colter. Elles ne vivent dans la région que depuis quelques années. Une des cousines de Sarah a épousé l'un des fils Carter. Je crois qu'elles viennent de l'Idaho.

Si Colter n'avait pas eu affaire à la famille de Sarah, ce n'était sans doute pas d'elle que venait la carte — mais cela ne prouvait pas qu'elle n'avait pas fait sortir les chevaux.

Une odeur de feu de cheminée lui chatouilla les narines et lui rappela les hivers du Kentucky. Elle se souvint de sa famille rassemblée autour du sapin de Noël et des soirées douillettes près de la cheminée. Pour la première fois depuis son arrivée dans le Montana, la nostalgie l'envahit.

Elle adorait être réveillée, le matin de Noël, par les odeurs qui s'échappaient de la cuisine. Sa mère préparait toujours la même chose, ce jour-là : des œufs, des saucisses et des pommes de terre sautées. Et le café qu'elle faisait... Il était si fort et si noir que son père disait pour plaisanter qu'il avait le pouvoir de faire fondre les cuillères.

Elle en eut l'eau à la bouche.

Il était étrange que la simple odeur du feu de bois ait le pouvoir de la ramener si loin dans le temps. Voilà qu'elle se retrouvait dans la peau de la petite fille qui attendait avec impatience l'arrivée du Père Noël, certaine qu'elle avait été assez sage pour être sur sa liste.

Cette année, elle en était moins sûre. Elle avait commis tant d'erreurs... Quand elle comparait celle qu'elle était autrefois et la femme qu'elle avait été forcée de devenir, elle se reconnaissait à peine. Toutes les choses qu'elle avait aimées n'étaient plus que des souvenirs. Elle ne se sentait même plus chez elle dans la maison où elle avait grandi.

Quand Franck avait brûlé la grange, il ne lui avait pas seulement fait perdre ce qu'elle aimait : il lui avait volé son identité. Elle ne pouvait pas plus la retrouver que Rudy. Elle ne serait plus jamais la jeune femme qu'elle avait été. Elle n'était plus capable d'insouciance. Elle avait vu la face obscure de l'humanité, le monde terrifiant de ceux qui — pour dire les choses telles qu'elles étaient — n'allaient pas bien dans leur tête.

Colter glissa sa main dans la sienne comme s'il avait senti son besoin d'être réconfortée.

— Tu n'as pas trop froid ? demanda-t-il.

Elle serra sa main. Le bout de ses doigts commençait à s'engourdir malgré ses épais gants en laine et elle apprécia la chaleur qu'il lui communiquait.

— Ça va, répondit-elle avec le sourire. Je regrette juste qu'on n'ait pas trouvé d'endroit où manger une glace.

Il s'arrêta net et la força à le regarder.

— Tu ne t'en veux pas, j'espère ? Tu sais...

Il laissa sa phrase en suspens.

Elle ne regrettait pas d'être sortie du droit chemin avec lui — pas complètement, du moins. Cela faisait longtemps qu'elle n'avait pas désiré qu'un homme la caresse comme il l'avait fait.

— Rien de ce genre, lui assura-t-elle en pressant ses doigts. J'ai faim, c'est tout.

Son estomac gargouilla comme pour lui donner la réplique.

— Aurais-tu préféré manger une glace plutôt que ce qu'on a fait ? la taquina-t-il.

— Non, mais la neige commence à me faire penser aux marshmallows. Ne t'étonne pas si tu me vois plonger dans une congère dans deux minutes.

Colter éclata de rire et ils se remirent en route. Elle s'appliqua à éclairer leurs pas tout en balayant les ténèbres du faisceau de sa lampe de temps à autre. Elle tressaillit quand celui-ci se refléta dans deux grands yeux.

— Clark, chéri...

Elle pressa la main de Colter et lui indiqua le cheval d'un signe de tête.

— As-tu une longe ou une corde pour l'attacher ? demanda-t-elle.

Colter secoua la tête.

— Non. Nous allons devoir le monter.

Cette idée glaça le sang de Whitney. Il n'était pas question qu'elle remonte sur un cheval. D'un autre côté, elle ne voulait pas laisser Clark seul dans la nature.

Elle quitta la route pour s'approcher de l'animal en marchant prudemment dans l'épaisse couche de neige. Une part d'elle souhaitait que le cheval prenne peur et s'enfuie, mais dans ce cas Colter et elle passeraient la nuit à le chercher dans des pâturages glacés.

Clark secoua la tête et gratta le sol quand ils s'approchèrent de lui. Il frissonnait et le blanc de ses yeux était visible dans la nuit. Il devait être terrifié après avoir manqué de se faire percuter par leur voiture.

— N'avance pas trop vite, murmura Colter derrière elle. S'il s'enfuit, nous ne sommes pas près de rentrer au ranch.

S'ils ne mettaient pas la main sur Clark, le froid allait rendre leur long trajet insupportable. Même si Whitney était bien couverte, ses orteils commençaient déjà à la faire souffrir. Elle était robuste, mais personne n'était assez fort pour résister indéfiniment à des températures pareilles et au vent qui rendait l'air encore plus froid.

Le vent… Elle se retourna. Ses empreintes s'effaçaient déjà. S'ils n'attrapaient pas le cheval rapidement, ils n'arriveraient bientôt plus à distinguer leurs traces.

Elle n'avait pas vraiment eu peur… jusque-là. La gravité de la situation la frappa comme l'une des bourrasques qui lui fouettaient le visage. S'ils se perdaient, leur expédition deviendrait un combat pour la survie.

Était-ce le but que poursuivait la personne qui avait libéré les chevaux ? Elle savait peut-être que Colter et elle avaient de grandes chances de tomber dessus et qu'ils essayeraient de les attraper. Cette personne espérait peut-être qu'ils se perdraient et qu'on les retrouverait gelés dans un fossé le lendemain.

Elle chassa cette pensée de son esprit. C'était ridicule. Personne ne pouvait avoir monté un scénario aussi tordu. Les chevaux étaient toujours un peu espiègles. Clark était sans doute le meneur de la bande. Ils pouvaient avoir pris peur à cause de la tempête. Il suffisait que quelqu'un ait oublié de fermer la grange et qu'ils aient trouvé une faille dans la clôture.

Tous les problèmes qu'ils rencontraient n'étaient pas forcément des agressions. Parfois, ce n'étaient que des ennuis. Toutes les personnes qui possédaient un cheval l'avaient laissé s'échapper au moins une fois. Il était dans la nature de ces animaux de vouloir être libres. Elle écarta les bras dans l'espoir d'inciter Clark à s'approcher d'elle. Il fit quelques pas, mais il s'arrêta et hennit lorsqu'il perçut son odeur.

— Essaye, toi, dit-elle à Colter.

Le cheval devait connaître son odeur. Il la trouverait sûrement plus rassurante que la sienne.

Ce bel étalon noir, même s'il ressemblait beaucoup à Rudy, ne la connaissait pas. À ses yeux, elle n'était qu'une inconnue à laquelle il n'avait aucune raison de se fier. Contrairement à elle, l'expérience ne lui avait pas appris que c'étaient rarement les inconnus qui nous faisaient le plus de mal.

Colter s'approcha lentement de l'étalon.

— Approche, petit, lui dit-il d'une voix à la fois douce et autoritaire. Que fais-tu là ?

Le cheval frissonna et souffla.

— Tu es un bon garçon, reprit Colter en tendant la main.

Clark fit un dernier pas hésitant et laissa Colter glisser ses doigts dans sa crinière. Colter le flatta en souriant.

— Bon garçon, répéta-t-il avant de passer sur le côté de l'animal.

Il grimpa sur son dos d'un mouvement fluide. Le cheval tourna la tête pour lui jeter un coup d'œil et commença à avancer.

— Pas si vite ! dit Colter. Je ne t'ai pas demandé de te mettre en route. Nous avons une passagère à embarquer d'abord.

Clark s'arrêta et souffla.

— Il n'est pas d'accord, visiblement, plaisanta Whitney.

— Il n'aime pas qu'on lui donne des ordres, répondit Colter. Et il n'est pas le seul du genre que je connaisse…

— Je suis une employée modèle ! se récria-t-elle en pouffant. Je t'interdis de penser le contraire.

— Je ne parlais pas de toi en tant qu'employée. Ma mère t'adore. C'est juste que je sais que tu n'es pas le genre de femme à te laisser faire.

Elle songea aussitôt à Franck et son cœur se serra. Elle s'était laissé faire — pas physiquement mais émotionnellement, pendant bien trop longtemps. Elle avait été bien trop docile et elle avait cédé à trop de caprices. Mais elle avait changé depuis son arrivée dans le Montana. Colter la voyait comme elle voulait qu'on la voie : forte, inflexible et courageuse.

Mais avait-elle vraiment acquis ces qualités ou n'était-ce qu'un masque ?

Face à Franck ou à quelqu'un comme lui… elle doutait d'être capable de tant de bravoure. Elle s'imaginait plus facilement tomber à genoux pour le supplier de l'épargner. Elle ne serait plus jamais la fille coincée dans la grange qui était prête à tout pour survivre. Il lui semblait que sa bonne étoile avait dû épuiser ses forces ce jour-là. La prochaine fois — s'il devait y avoir une prochaine fois — elle n'aurait sans doute ni la force ni la chance de survivre.

Colter lui tendit la main pour l'inviter à grimper derrière lui.

Elle recula par réflexe.

— Je rentrerai à pied, dit-elle. Ça ne me dérange pas.

— On est à plus de un kilomètre du ranch, lui rappela-t-il. Si tu montes avec moi, tu pourras profiter de ma chaleur.

Il l'encouragea par un sourire irrésistible.

Elle savait que sa phobie était absurde. Ce n'était pas de la peur à proprement parler. C'était juste qu'elle ne pouvait pas monter sur un cheval sans se lier à lui. Pour elle, le seul fait d'épouser les mouvements de l'animal était une promesse d'amour et de protection. Le cheval devait comprendre que son cavalier ne ferait jamais rien qui ne soit pas dans son intérêt. C'était cette intimité qui la terrifiait. Elle aurait trop l'impression d'avoir retrouvé Rudy.

Cela réveillerait trop de souvenirs et un chagrin qu'elle n'avait pas la force d'affronter.

Si elle montait sur le dos de Clark, elle exposerait son cœur à des émotions qu'il n'était pas prêt à ressentir. C'était bien trop risqué.

Colter la rendait déjà terriblement vulnérable. L'avenir dirait si elle avait commis une erreur en s'ouvrant à lui. Elle ne pouvait pas livrer davantage d'elle-même tant qu'elle ne le savait pas.

— Je ne suis pas prête, lui dit-elle.

Colter posa la main sur sa cuisse et acquiesça.

— D'accord. Si c'est comme ça que tu ressens les choses, je comprends, dit-il.

Elle aurait aimé croire qu'il comprenait réellement ce qu'elle ressentait, mais elle en doutait. Il ne pouvait pas imaginer ce qu'elle avait vécu. Il ne pouvait pas se rendre compte qu'il suffisait qu'elle songe à monter sur un cheval pour avoir la poitrine oppressée, ni que le souvenir de l'odeur du feu lui revenait dès qu'elle s'approchait de ces animaux. Il ne comprenait pas son traumatisme. Personne ne le pouvait — elle y arrivait à peine elle-même.

Elle se détourna de Colter, de crainte qu'il ne lise son chagrin sur son visage. Elle préférait qu'il continue à la croire forte et volontaire.

Elle marcha à côté de Clark que Colter faisait avancer au pas. Ils regagnèrent la route et prirent la direction du ranch. Ils n'avaient fait que quelques centaines de mètres quand elle entendit des bruits de sabots derrière eux. Elle se retourna et vit quatre chevaux qui marchaient en file indienne sur les traces de Clark. Ils les rejoignirent vite. Elle progressait moins vite que les animaux, mais Colter n'avait aucun mal à les retenir.

Les chevaux avaient l'air fatigués. La jument baie ne cessait pas de frissonner. Whitney avait hâte de les ramener dans la grange. Ils auraient probablement survécu une nuit dehors, mais elle souffrait de les voir lutter contre les éléments.

Il neigeait de plus en plus dru. Même si elle était bien couverte, elle ne sentait plus ses doigts — au point qu'elle se cogna la joue en voulant s'essuyer le nez.

Elle sentit le regard de Colter et son inquiétude. Il arrêta Clark et mit pied à terre. Il retira son écharpe pour l'attacher autour du cou de Clark et s'en servir comme d'une longe.

— Tu peux remonter sur son dos. Je vais bien, lui assura-t-elle.

Elle lui montra le halo vert et rouge d'une guirlande de Noël qu'on devinait au loin.

— On est presque arrivés, ajouta-t-elle.

Colter lui prit la main. Ce contact brûla les doigts de Whitney comme s'il était en feu. Il dut sentir que ses mains étaient glacées, parce qu'il fronça les sourcils.

— Non, tu ne vas pas bien, répondit-il avant de soulever sa main pour souffler sur ses doigts.

La chaleur de son souffle lui fit mal. Ses efforts ne suffirent pas à réveiller ses sensations, mais sa douceur et sa gentillesse ramenèrent son cœur à la vie.

13

La soirée de la veille avait été éprouvante. Par bonheur, il avait trouvé ses parents paisiblement endormis quand ils étaient rentrés au ranch. Puisqu'ils étaient sains et saufs, Colter les avait laissés dormir.

Cela faisait bien longtemps qu'il n'avait pas eu aussi peur de perdre ses parents. Cette angoisse avait fait rejaillir de mauvais souvenirs de sa mémoire — des souvenirs de l'époque où ses parents biologiques le laissaient livré à lui-même. À chaque fois, il craignait que quelque chose de terrible ne leur arrive et qu'ils ne reviennent pas. Bien sûr, cette peur avait cessé d'être pertinente le jour où son père l'avait abandonné devant la caserne des pompiers. Quand il était petit, il se demandait souvent si c'était son inquiétude qui provoquait les malheurs des gens autour de lui, comme s'il leur portait la poisse.

Il avait laissé derrière lui sa psychologie d'enfant. Grâce à la vie nouvelle qu'Eloise et Merle lui avaient donnée, il avait compris qu'il ne contrôlait que sa propre destinée — et pas entièrement. Ce n'était pas sa faute si ses parents l'avaient abandonné. Ce n'était pas à cause de lui qu'ils se droguaient et qu'ils le négligeaient, et il n'avait jamais eu le pouvoir de leur faire du mal parce qu'il désirait secrètement qu'ils disparaissent.

Pourtant, ses terreurs d'enfant lui étaient revenues la veille. Il avait eu peur que sa malédiction n'ait frappé sa mère parce qu'il avait évoqué la possibilité qu'elle ait été blessée. Une part de lui s'attendait à la trouver étendue sur le sol. Il était rassuré, à présent, mais cette pensée lui donnait encore la chair de poule.

Il secoua la tête et sortit pour voir comment allaient les chevaux. Deux des évadés sortirent la tête de leur stalle quand il entra dans la grange. Il ramassa une poignée de friandises avant de s'approcher d'eux.

— Espèce de rebelle ! dit-il à la jument, Jingles, en lui en donnant une. J'espère que tu as dormi un peu, contrairement à moi.

Il lui frotta le front.

La jument releva la tête et le fixa. Il aurait presque juré qu'elle se moquait de lui.

En rentrant, ils avaient trouvé les portes de la grange et des stalles ouvertes. Ils avaient interrogé tout le monde pendant une réunion exceptionnelle, dans la matinée, mais personne n'avait admis avoir commis la moindre erreur. À vrai dire, il ne s'attendait pas à ce que le coupable se dénonce, vu l'état dans lequel était sa mère.

Il ne l'avait vue aussi énervée qu'une seule fois : le jour où Rainier s'était fait arrêter.

La porte s'ouvrit derrière lui avec son grincement métallique familier.

Un homme d'une soixantaine d'années aux cheveux encore bruns attachés en queue-de-cheval passa la tête à l'intérieur.

Ce n'était pas un employé, mais Colter avait l'impression de l'avoir déjà vu quelque part.

— Je peux vous aider ? lui demanda-t-il.

— Je cherche Sarah, répondit l'homme d'une voix rauque de fumeur. Est-elle ici ?

— Sarah… Sarah Rizzo ? demanda Colter. La Sarah qui s'occupe du buffet ?

L'homme acquiesça.

— Elle m'a donné rendez-vous ici pour me parler d'un travail.

— Pourquoi vous a-t-elle donné rendez-vous ici ?

L'homme haussa les épaules.

— Je fais juste ce qu'on me demande, l'ami, répondit-il.

— Comment vous appelez-vous ?

— Si Sarah n'est pas là…

L'homme disparut sans prendre la peine de répondre.

Colter lui courut après.

— Attendez !

L'homme était déjà au milieu du parking quand Colter le rattrapa.

— Arrêtez-vous une minute, s'il vous plaît. Comment vous appelez-vous ? insista-t-il.

L'homme s'arrêta et se tourna vers lui.

— Daryl.

— Daryl comment ?

L'homme jeta un coup d'œil à la porte du ranch comme s'il regrettait de ne pas avoir marché plus vite, ce qui lui aurait permis d'échapper à cet interrogatoire.

— Daryl Bucket, répondit-il.

Ce nom disait quelque chose à Colter.

— Est-ce qu'on se connaît ? demanda-t-il à l'homme.

Daryl pinça les lèvres et haussa à nouveau les épaules.

— Comment je peux savoir qui vous connaissez et qui vous ne connaissez pas ?

Sarah avait-elle réellement l'intention de donner du travail à cet homme ? Qu'était-il capable de faire, à part exaspérer les gens ?

— Je ne crois pas que Sarah soit au ranch. Je ne l'ai pas vue aujour...

— Dans ce cas, je vais l'attendre à l'accueil, coupa Daryl en indiquant la fenêtre du bureau de Whitney du menton.

Sauf qu'il n'était pas question que Colter laisse cet homme seul avec Whitney.

— Et si vous repartiez, plutôt ? suggéra-t-il. Je dirai à Sarah que vous êtes passé.

Daryl répondit par un sourire qui découvrit ses dents jaunes et que Colter trouva menaçant.

— Je ne sais pas pour qui vous vous prenez, mais j'ai besoin de ce travail, dit-il. Je suis chauffeur de poids lourd et les affaires vont mal. J'ai besoin de faire quelque chose pendant ces vacances. J'ai des factures à payer. Je ne passerai pas à côté de cette chance.

Qu'importe que ce type tente de faire jouer la corde sensible, Colter se fiait à son instinct — et son instinct lui disait que Daryl avait des choses à cacher.

La porte du ranch s'ouvrit brusquement et son père, Merle, sortit avec Whitney.

Le visage de son père s'illumina.

— Daryl ! C'est toi, vieille canaille ?

Daryl tourna la tête et son sourire perdit aussitôt son caractère menaçant.

— Que fais-tu là ? demanda Merle.

— J'espère me faire engager par la restauratrice qui s'occupe de vos buffets. Elle m'a donné rendez-vous ici quand je lui ai dit qu'on se connaissait.

Il indiqua Colter d'un signe de tête.

— Mais celui-là me menait la vie dure, ajouta-t-il.

Merle décocha un clin d'œil à Colter.

— Il a tendance à être rude avec les inconnus, répondit-il. On a essayé de lui faire passer cette habitude, mais… sans grand succès, comme tu peux le constater.

Daryl jeta un regard oblique à Colter.

— Ce pauvre homme va croire que vous êtes sérieux, monsieur Fitzgerald, intervint Whitney.

Colter la remercia par un sourire, mais il ne réussit pas à croiser son regard. Faisait-elle exprès de regarder ailleurs ? Il espérait bien que non. Ils s'étaient beaucoup rapprochés la veille. Il ne voulait surtout pas qu'elle le regrette, même s'ils étaient peut-être allés un peu trop vite. Pour lui, cela avait été un moment spécial. S'il avait la moindre chance de revivre cela, il ne la laisserait pas passer.

— Je te taquine, Daryl, dit Merle en posant la main sur l'épaule de l'homme. Je te présente mon fils, Colter — le pompier.

Daryl écarquilla les yeux et fixa Colter sans rien dire.

— Ravi de faire votre connaissance officiellement, dit celui-ci, qui se força à se montrer aimable pour faire plaisir à son père.

— Moi aussi, répondit Daryl tout en le toisant de la tête aux pieds comme s'il se demandait quelles seraient ses chances en cas de bagarre.

— Daryl a travaillé au ranch quand on s'y est installés, expliqua Merle. Ça fait un bail, hein, Daryl ?

Daryl se contenta d'acquiescer. Il ne semblait pas enchanté de participer à la conversation.

— C'est Daryl qui m'a appris à me servir de l'équipement lourd, poursuivit Merle. Je ne sais pas comment j'aurais fait pour mettre l'affaire sur pied sans lui.

— J'ai toujours eu un faible pour cet endroit, dit Daryl.

— On s'en est sortis, comme tu peux le constater, dit Merle en embrassant son domaine d'un ample mouvement de bras. Et c'est en partie grâce à toi.

Il était évident qu'il aimait ce type, mais cela n'obligeait pas Colter à en faire autant.

Sarah arriva à cet instant dans sa Chevrolet flambant neuve. Elle les salua de la main et tout le monde la regarda approcher en silence. Colter eut l'impression que les secondes s'écoulaient aussi lentement que des gouttes d'huile. Il essaya d'ignorer l'appréhension qui le gagnait sans qu'il comprenne pourquoi.

— Il paraît que votre retour a été mouvementé, hier soir, dit Sarah en riant lorsqu'elle les eut rejoints.

Whitney se raidit, mais elle se força à sourire.

— Rien d'insurmontable, répondit-elle. Comment se fait-il que tu le saches déjà ?

— Rien d'excitant n'échappe au réseau téléphonique, dit Sarah en agitant la main. Mme Fitzgerald a rencontré Mme Babinski ce matin. Celle-ci a appelé sa sœur, qui a appelé Mme Long, qui m'a appelée.

Il était presque impossible de garder un secret dans une petite ville comme Mystery, dont la population féminine estimait accomplir son devoir civique en colportant toutes sortes d'informations.

— Que s'est-il passé ? demanda Daryl.

Colter fut soulagé de constater que ses faits et gestes n'étaient pas connus d'absolument tout le monde.

— Ils ont failli percuter l'un de nos chevaux, qui avait réussi à s'échapper avec quelques camarades, répondit Merle. Ça leur a fait faire une sortie de route. Ils ont eu de la chance de ne pas mourir d'hypothermie sur le trajet du retour. D'après la météo, il y avait un ressenti de moins quarante avec le vent la nuit dernière.

— Les chevaux vont bien ? demanda Daryl.

Colter lui trouva quelque chose de sympathique pour la première fois depuis que ses yeux s'étaient posés sur lui.

— Oui, répondit-il. Heureusement, ils avaient déjà leur pelage d'hiver. Mais ils étaient un peu nerveux, ce matin. On leur a donné une ration supplémentaire.

Daryl hocha la tête d'un air approbateur.

— Que fais-tu là, Sarah ? demanda Whitney.

Colter était certain qu'elle n'avait pas eu l'intention de poser cette question sur un ton suspicieux, pourtant c'est ce qu'elle fit. Il avait d'abord cru que les rapports des deux femmes s'étaient détendus la veille, quand ils étaient passés à la boutique de Sarah, mais Whitney l'avait ensuite interrogé sur la famille de Sarah comme si elle la suspectait d'être impliquée dans l'évasion des chevaux.

Sarah lui décocha un sourire éblouissant et haussa un sourcil comme si le ton de Whitney et ce qu'il impliquait l'amusaient. Sarah était d'une beauté parfaitement conventionnelle. Elle était blonde et mince, avec une poitrine généreuse qui aurait ravi bien des hommes, mais elle n'était pas son type. Malheureusement, il avait l'impression qu'il n'arrivait pas à le faire comprendre à Whitney. Il avait hâte que les vacances de Noël soient passées pour ne plus tomber aussi souvent sur Sarah. D'un autre côté, il aurait également moins de raisons de venir au ranch, ce qui lui permettait de croiser Whitney.

— Je fais passer quelques entretiens d'embauche ce matin, répondit Sarah. J'ai pensé que Mme Fitzgerald voudrait donner son avis.

Elle se tourna vers Daryl.

— Vous êtes Daryl, je présume, dit-elle en lui tendant la main. Si nous allions dans le bureau de Mme Fitzgerald ? Elle doit nous attendre.

Merle consulta sa montre.

— Si ça ne te dérange pas, Colter, j'aimerais dire quelques mots à Daryl, déclara-t-il. Je te filerai un coup de main pour dégager ta camionnette juste après.

Sarah, Merle et Daryl se dirigèrent vers la maison. Whitney les regarda s'éloigner en ayant l'air de se mordre la langue.

— Sarah, attends ! appela-t-elle subitement.

Elle jeta un regard désolé à Colter avant de courir après la restauratrice.

Sarah s'arrêta et fit signe aux deux hommes d'entrer sans elle.

— Que puis-je faire pour toi ? demanda-t-elle à Whitney en posant une main sur sa hanche.

Colter suivit Whitney avec une appréhension grandissante. Quoi qu'elle ait en tête, cela ne pouvait pas bien se passer. Il en avait l'intime conviction. Il y avait trop de tension entre Sarah et Whitney pour que leur confrontation fasse progresser quoi que ce soit. Il aurait aimé avoir le pouvoir de calmer les choses. Le ranch avait bien assez de problèmes sans leur rivalité.

— Qu'as-tu fait après notre départ, hier soir ? demanda Whitney en se plantant devant Sarah.

— Quoi ? Pourquoi me demandes-tu ça ? s'écria Sarah avant de regarder Colter comme si cela pouvait l'aider à comprendre la question de Whitney.

À vrai dire, les soupçons de Whitney l'avaient incité à réfléchir quand ils s'étaient quittés. Il était rentré chez lui et il avait passé la nuit à essayer de dresser une liste de suspects. Sarah ne lui semblait pas très convaincante dans le rôle, mais toutes les autres personnes auxquelles il avait pensé non plus.

Il savait que c'était naïf de sa part, mais c'était le maigre espoir que les incidents s'arrêtent d'eux-mêmes qui lui avait permis de s'endormir au petit matin. La personne qui avait écrit la carte de menace comprendrait peut-être qu'elle s'était lancée dans un combat qui n'en valait pas la peine.

— Vas-tu laisser ta petite secrétaire me traiter comme ça, Colter ? s'insurgea Sarah. Je me suis toujours conduite correctement avec ta famille. Je ne comprends pas à quoi elle joue.

Whitney fronça les sourcils. Elle était si furieuse qu'il crut qu'elle allait sauter à la gorge de la restauratrice.

— Tu as raison, Sarah, dit-il pour apaiser les choses. Tu es une collaboratrice irréprochable. C'est juste qu'il s'est produit quelques incidents assez inquiétants, ces derniers temps. Dis-lui où tu étais hier soir et ça s'arrêtera là. Il n'y a pas de quoi en faire un plat. On veut seulement rayer les innocents de notre liste de suspects.

— Et elle est longue, votre liste, ou il n'y a que moi dessus ? demanda Sarah.

Il gratta ses bottes sur la grille que ses parents avaient placée devant le perron.

— Où étais-tu, Sarah ? répéta-t-il.

Elle exprima son indignation par un soupir.

— J'ai préparé plusieurs des entrées du buffet, répondit-elle. Mes cousines et moi y avons travaillé jusqu'à 10 heures, environ, puis nous sommes rentrées chez nous.

— Es-tu rentrée seule ? demanda Whitney.

— Qu'est-ce que ça veut dire ? Crois-tu que j'invite n'importe qui chez moi ? s'écria Sarah avant de se tourner vers lui. Que sais-tu de ta petite secrétaire, Colter ? T'a-t-elle dit qui elle était ? T'a-t-elle parlé de son passé ?

Il jeta un coup d'œil à Whitney. Elle avait les mâchoires crispées et les joues rouges — et sans doute pas à cause du froid.

— Il ne s'agit pas du passé de Whitney, répondit-il. Nous voulons savoir où tu étais et avec qui, c'est tout. N'essaye pas d'esquiver la question.

— C'est absurde, Colter ! répliqua Sarah. Mais, puisque tu préfères continuer à nier l'évidence, tu mérites bien d'être avec une femme comme elle — qui a des squelettes plein ses placards, et pas seulement au sens figuré. Je ne sais pas de quoi elle m'accuse, mais je peux t'assurer que je ne me soucie que de mon entreprise et de ma famille.

— Pourquoi étais-je certaine que tu mentionnerais ta famille ? ricana Whitney. Tu joues les innocentes, mais tous les indices dont nous disposons nous incitent à regarder dans ta direction.

— Qu'as-tu à y gagner, Whitney ? demanda Sarah en approchant son visage à quelques centimètres de celui de sa rivale. Crois-tu que tu peux venir semer le trouble dans la région comme si tout le monde avait oublié qui tu étais et ce que tu as fait ? Je te connais. Je sais que tu as fait accuser ton petit ami d'un incendie que *tu* as déclenché pour toucher l'argent de l'assurance. Tu devrais être en prison.

— Tu ne sais pas de quoi tu parles, répondit Whitney, qui était devenue livide.

Elle se tourna vers Colter et dit d'un ton suppliant :

— Ne l'écoute pas. Je te jure que c'est faux. Je n'ai rien à voir avec l'incendie.

— D'après ce qu'on m'a dit, elle a tout mis en scène, reprit

Sarah avec l'air satisfait des gens qui se croient dans leur bon droit. Si tu étais malin, tu demanderais à ta mère de la renvoyer avant qu'un incendie mystérieux ne frappe le ranch. Dunrovin n'a pas besoin de ça.

14

Whitney fonça vers la maison — en donnant un coup d'épaule à Sarah en passant —, rentra et claqua la porte derrière elle. Colter songea à la suivre, mais l'expérience lui avait appris qu'il valait mieux laisser quelques minutes aux femmes pour reprendre leurs esprits quand elles étaient furieuses.

Et il avait Sarah à gérer.

— C'était cruel, lui dit-il en songeant qu'il aurait pu choisir des adjectifs moins sobres que « cruel ».

Elle tourna la tête vers lui. Elle avait des larmes de rage dans les yeux.

— Tu ne crois quand même pas que j'ai pris *plaisir* à faire ça, j'espère ? Mais elle m'a tellement énervée… Je ne ferai jamais rien pour entraver le succès de ce ranch. Mon propre succès en dépend. Nous sommes tous liés dans une ville de cette taille.

Sa réponse ne manquait pas de bon sens, mais la vivacité avec laquelle elle se défendait et la bassesse du coup qu'elle avait porté à Whitney incitaient Colter à se demander si elle n'avait pas quelque chose à cacher. Était-elle aussi furieuse parce que Whitney avait effleuré un secret ?

— Es-tu rentrée seule hier soir ? demanda-t-il le plus gentiment qu'il put.

Sarah inspira entre ses dents.

— Tu es le seul homme que j'aimerais amener chez moi, Colter, répondit-elle en lui prenant la main.

Ce contact lui fut désagréable. Il eut l'impression que sa main glaçait la sienne malgré les gants en cuir qu'elle portait. Elle pressa ses doigts. Au lieu de lui rendre son geste d'affection, il retira la main.

— Ce n'est pas une bonne idée, Sarah, dit-il sans trouver le courage de soutenir son regard.

Il détestait les situations émotionnellement déséquilibrées. Cela rendait les choses embarrassantes et tout ce qu'on pouvait dire sonnait faux.

— Tu es une chouette fille, ajouta-t-il, mais...

— Mais tu sors avec elle ? acheva-t-elle à sa place.

Il acquiesça.

— Contrairement à ce que tu penses, c'est une fille épatante.

— Tu es stupide, Colter, cracha Sarah. Tu tournes le dos à une femme qui a sa vie en ordre — moi — pour jouer à la poupée avec *elle* ? Elle ne t'attirera que des ennuis. Tu le regretteras.

Son ton donna la chair de poule à Colter.

— Que veux-tu dire ?

— Tu me le demandes vraiment ? ricana-t-elle.

Elle grimpa les marches du perron, mais se retourna avant de franchir la porte et pointa le doigt vers lui.

— Tu m'appelleras pour t'excuser quand ça dégénérera entre vous, lui lança-t-elle. Et je te dirai que je t'avais prévenu. Retiens bien ces paroles.

Elle entra dans la maison en claquant la porte.

Colter resta pensif. Cela semblait devenir une constante dans sa vie. Alors qu'il n'avait rien demandé, il devait gérer un ennemi dont il ne savait rien et deux femmes qui voulaient qu'il leur coure après sans vraiment l'admettre.

Heureusement, il avait un plancher à réparer.

Il entra dans la grange et ferma la porte derrière lui pour ne pas laisser sortir la chaleur des animaux. Clark tourna la tête vers lui et retroussa les babines comme pour lui réclamer une friandise.

— Dans tes rêves, petit rebelle ! lui lança-t-il même s'il devait bien reconnaître que les pitreries de Clark l'aidaient à se détendre.

Le cheval rejeta la tête en arrière et hennit une réponse qui ne devait pas être très polie.

— Ce n'est pas comme ça que tu obtiendras ce que tu veux, mon petit, pouffa Colter.

Il se dirigea vers l'atelier qui occupait un coin de la grange. Il y avait toute une collection d'outils de maréchal-ferrant suspendue au mur : des ciseaux, des piques, des marteaux, des brosses… Un peu de bricolage ferait le plus grand bien à ses nerfs, il en était certain. Il prit les outils dont il avait besoin, puis ses planches et monta dans la soupente. Un cheval hennit, ce qui provoqua une vague d'agitation dans toute la grange.

Il posa ses outils et laissa courir ses doigts le long des planches qui avaient été sciées. Il ne comprenait décidément pas pourquoi quelqu'un avait fait cela. C'est Merle qui était censé monter dans la soupente pour récupérer les décorations de Noël. Il était logique d'en conclure que c'était à lui qu'on voulait du mal, mais son père était l'un des hommes les plus aimables qu'il connaissait. Bien sûr, il se montrait souvent distant envers les gens qu'il ne connaissait pas, mais il était le premier à proposer son aide quand quelqu'un était en difficulté.

Et sa mère était faite du même bois.

Il repensa à la carte de menace. Leur ennemi devait viser les membres de sa famille sans faire de distinctions. Pourtant, aucun de ses frères ne lui avait parlé d'incidents bizarres… Ce qui ne prouvait pas grand-chose, puisqu'il n'avait lui-même parlé de ses découvertes ni à eux ni à leurs parents. Peut-être essayaient-ils, comme lui, de régler le problème sans affoler personne.

Il ne serait pas plus surpris que cela de découvrir qu'ils lui avaient caché un problème de cette ampleur. Ils avaient tous traversé des périodes difficiles. Si la situation l'exigeait, ils auraient tous le réflexe de protéger ceux qu'ils aimaient. C'était l'une des choses qu'ils avaient en commun — avec l'amour des animaux.

Il ramassa une boîte de vis, mais elle glissa de ses doigts engourdis et lui échappa. Elle se renversa en tombant sur le plancher et plusieurs vis roulèrent dans le trou.

— Merde ! grommela-t-il en rattrapant les autres qui s'apprêtaient à en faire autant.

Il ne voulait pas qu'elles tombent dans les friandises en contrebas. Si un cheval en avalait une, il ne se le pardonnerait jamais.

Il les remit dans la boîte et se redressa pour aller chercher celles qui avaient roulé contre une pile de caisses. Son attention fut attirée par une capsule verte avec une étoile rouge, qui était posée sur l'une des caisses. Il la prit et l'examina, les sourcils froncés. C'était une capsule de bouteille de bière.

Quand il releva la tête, il devina quelque chose de vert derrière la caisse. Il la poussa et découvrit trois bouteilles de bière vides — de la même marque que celle qui avait servi à fabriquer le cocktail Molotov qu'il avait trouvé.

Il y avait un vieux chiffon couvert de taches d'huile près des bouteilles. Tout un côté était déchiré et il y avait un morceau déjà détaché un peu plus loin.

Il voulut déplacer une autre boîte et la sentit cogner contre quelque chose. Il enjamba prudemment les bouteilles et découvrit un jerrican d'essence.

Il tira son téléphone de sa poche et appela Wyatt, qui décrocha dès la première sonnerie.

— Salut, frangin ! Comment ça va ? demanda Wyatt d'une voix enjouée.

Colter s'en voulut de lui gâcher sa journée, mais il fallait qu'il l'informe de sa découverte. S'il y avait une chance pour qu'ils empêchent un prochain « incident » de se produire, il devait la saisir.

— J'aurais besoin que tu fasses un saut au ranch, dit-il à son frère. Es-tu dans le coin ?

— Je sors juste de chez moi, répondit ce dernier en perdant son entrain. Que se passe-t-il ?

Il ne fallut pas longtemps à Colter pour lui expliquer ce qui s'était passé dans les derniers jours, du cocktail Molotov à la carte de menace.

Dix minutes plus tard, la porte de la grange s'ouvrit avec son grincement habituel. Wyatt entra, son téléphone à la main.

— Je suis là-haut ! lui lança Colter.

— Pourquoi ne m'as-tu pas prévenu plus tôt ? demanda Wyatt en fourrant son téléphone dans sa poche. Je n'arrive pas à croire que tu aies laissé autant de choses se produire sans me tenir au courant. C'était stupide, Colter. Terriblement stupide. Qui sait de quoi cette personne est capable ?

Colter soupira. Il aurait dû se douter que Wyatt réagirait de cette manière. Son frère était pessimiste en ce qui concernait la nature humaine, tandis que lui s'était toujours efforcé de rester optimiste. Jusqu'à ces derniers jours, il croyait que son frère se trompait, qu'il n'était pas sain de consacrer toute son attention au mal dont les humains étaient capables. À présent, il reconnaissait que c'était peut-être prudent. Au moins, de cette manière, on était toujours prêt à faire face au pire.

— Quelqu'un aurait pu être blessé, Colter, conclut Wyatt.

Quelqu'un avait déjà été blessé et cette personne s'appelait Whitney, songea-t-il. Mais il n'avait pas l'intention de parler de leur relation à son frère, ni de ce qu'il avait découvert sur son passé. Il était sûr que son frère le mitraillerait de questions auxquelles il ne voulait pas répondre — pas avant d'avoir reparlé à Whitney, du moins. Surtout après les accusations de Sarah.

Elles l'avaient profondément ébranlé. Il était sûr que Whitney ne lui avait pas menti sur ce qui s'était passé dans le Kentucky, mais il commençait à croire qu'elle ne lui avait pas tout dit.

Il chassa cette pensée de son esprit. Elle ne lui avait pas menti et c'était le plus important. Ce n'était pas son genre. Et d'où Sarah avait-elle pu tirer ce qu'elle croyait savoir ? Il s'agissait probablement de ragots venus d'une source peu fiable.

— Pourquoi ne prends-tu jamais rien au sérieux, Colter ? grommela Wyatt.

— Ce n'est pas le cas, protesta Colter. Ces incidents me paraissent très sérieux. J'espérais juste régler le problème moi-même.

Comment pouvait-il faire comprendre sa décision à son frère ?

— Tu croyais pouvoir gérer un tueur potentiel tout seul ? s'écria Wyatt. Tu plaisantes ou quoi ?

Il ressortit son téléphone pour prendre des photos de la scène.

— Une affaire comme celle-ci pourrait nous attirer les fédéraux, poursuivit-il. Y as-tu seulement pensé ? As-tu la moindre idée de ce qui se passerait si le FBI découvrait que quelqu'un fabrique des cocktails Molotov au ranch ?

— Je ne suis pas stupide, répondit Colter.

Il ramassa sa scie pour découper proprement le côté du plancher qui avait cédé. Grâce à cette tâche, il avait quelques minutes pour se calmer avant de tenir un propos qu'il regretterait.

Wyatt était contrarié, voilà tout. Il était compréhensible qu'il lui en veuille de ne pas l'avoir mis au parfum immédiatement. Si les rôles avaient été inversés, il lui en aurait voulu, lui aussi. Mais Wyatt devait comprendre qu'il ne s'agissait pas que de lui avoir caché quelque chose. La situation était plus compliquée.

Colter posa sa scie.

— J'avais bien conscience des risques, Wyatt, déclara-t-il. C'est pour ça que je voulais régler le problème tout seul. Je ne voulais pas que d'autres soient impliqués. Plus il y aura de gens au courant, plus il y aura de risques que le pire se produise.

— C'est ridicule ! répliqua Wyatt.

— Non, ce n'est pas ridicule. Ce ranch n'a pas besoin de nouveaux drames. Papa et maman ont déjà du mal à boucler les fins de mois. Ne comprends-tu pas que c'est leur avenir qui est en jeu ?

Wyatt s'approcha pour l'aider quand il plaça la première planche.

— C'est si grave que ça ? demanda-t-il.

Colter acquiesça.

— Et ça ne fera qu'empirer si les gens apprennent qu'il se passe des choses bizarres au ranch, répondit-il en vissant la planche. Mais nous avons une chance de nous en sortir si nous nous serrons les coudes. L'union fait la force...

— ... La division, la faiblesse, acheva Wyatt à sa place.

Ils se turent quand la porte grinça. Colter jeta un coup d'œil en contrebas. Whitney se tenait près de la porte avec l'air de vouloir être n'importe où ailleurs. Elle leva les yeux vers lui.

Wyatt s'approcha à son tour et lui sourit.

— Salut, Whitney ! lança-t-il. Ça va ?

— Salut ! répondit-elle en agitant la main. J'ai vu ta voiture sur le parking. Que se passe-t-il ?

Elle devait être encore perturbée par son échange avec Sarah, mais Colter ne voulait pas en parler devant son frère. Tel qu'il le connaissait, Wyatt la traiterait comme une suspecte. Les circonstances du moment ne pouvaient qu'aggraver son cynisme naturel. Whitney ne méritait pas qu'on lui fasse subir cela. Elle n'avait déjà que trop souffert, et Colter était certain qu'elle n'était pas capable du crime dont Sarah l'accusait.

— Est-elle au courant de tout ? lui chuchota Wyatt à l'oreille.

Colter hocha la tête.

— Nous avons découvert autre chose, dit-il à Whitney. Quelqu'un est venu ici pour fabriquer des cocktails Molotov.

— C'est pour ça que tu as appelé ton frère ? demanda Whitney en se tordant nerveusement les doigts. Et tu crois que j'y suis pour quelque chose ?

— Quoi ? répondit Colter, surpris.

— À cause de ce que Sarah t'a dit..., répondit-elle. Me crois-tu capable de faire une chose pareille ?

Sa voix tremblait comme si elle était au bord des larmes.

— Je ne sais pas d'où Sarah tire cette idée, reprit-elle, mais je te jure que j'aimais Rudy. J'aimais... j'aimais la vie que je menais. Elle me manque terriblement.

Elle se mit à pleurer et cacha son visage dans ses mains.

Colter s'empressa de descendre de la soupente et la prit dans ses bras. Il se moquait éperdument de ce que Wyatt en penserait.

— Calme-toi, murmura-t-il. Je sais que tu n'es pas capable de ce dont elle t'accuse. Elle ne le fait que parce qu'elle est jalouse.

Whitney secoua la tête.

— Quand je suis venue ici, j'espérais que tout serait plus simple, dit-elle entre deux sanglots. J'espérais que je n'aurais plus besoin de penser à ce qui s'est passé. Je voulais une page blanche...

— Arrête de pleurer, s'il te plaît, murmura-t-il en lui caressant les cheveux. Tu as une page blanche. *Nous* avons une page blanche. Je veux que tu saches que j'ai confiance en toi. Calme-toi.

Wyatt descendit de la soupente et lui jeta un regard interrogateur avant d'aller ranger la scie et le marteau. Colter ne comprit pas si c'était à cause de sa relation avec Whitney ou de ce qu'elle venait de dire. Dans les deux cas, il était sûr d'avoir droit à un interrogatoire en règle dès qu'il se retrouverait seul avec son frère.

Whitney s'écarta de lui et recula vers la porte comme si la situation lui semblait brusquement embarrassante.

— Je suis désolée, dit-elle. Je ne voulais pas vous déranger. C'est juste que...

— Ne t'en fais pas, intervint Wyatt. Je comprends. Gwen et moi avons traversé des périodes difficiles, nous aussi. Parfois, on a simplement besoin de communiquer. C'est ce qu'elle me dit, en tout cas.

Il pouffa.

Whitney esquissa un sourire et s'essuya les joues.

— Je ne suis pas une pleurnicheuse, en général, je vous le jure.

— Je sais que tu es une fille solide. Notre mère n'embauche pas n'importe qui, répondit Wyatt pour lui remonter le moral.

Ils savaient pourtant bien, l'un et l'autre, que leurs parents n'étaient pas toujours soucieux de leur propre intérêt quand ils embauchaient quelqu'un. Ils étaient un peu trop vulnérables face aux histoires tristes et aux situations compliquées, mais Colter apprécia les efforts que faisait son frère pour consoler Whitney.

D'après la manière dont elle regarda Wyatt, Colter comprit qu'elle connaissait aussi les faiblesses de leurs parents.

— À ce propos, crois-tu qu'on devrait leur parler de ce qu'on a découvert ? lui demanda son frère.

Colter secoua la tête.

— On devrait sûrement le dire à papa, mais il en parlerait à maman, répondit-il. Attendons au moins que les fêtes soient passées. Crois-tu pouvoir tirer quelque chose des bouteilles d'ici là ? Des empreintes, par exemple ?

Wyatt acquiesça sèchement.

— Je peux essayer, mais pas sans l'aide de mes hommes. Et s'ils pensent que nous devons prévenir le FBI... Je préférerais ne pas mettre le doigt dans cet engrenage.

Il se passa la main sur le visage.

— Je commence à comprendre pourquoi tu ne m'en as pas parlé tout de suite, ajouta-t-il. Je ne peux pas *ne pas* ouvrir une enquête, Colter.

— Merci de voir enfin les choses de mon point de vue, pouffa Colter. Mais il faut que tu nous laisses quelques jours — au moins jusqu'à Noël — avant d'impliquer d'autres personnes dans l'enquête. Avec un peu de chance, ça se tassera tout seul ou nous aurons mis la main sur le coupable d'ici là.

— Pour ça, on doit agir vite, répondit Wyatt. Avez-vous des indices ? Soupçonnez-vous quelqu'un ?

Colter haussa les épaules et Whitney jeta un coup d'œil à l'extérieur.

— Whitney ? insista Wyatt, à qui sa réaction n'avait pas échappé.

Elle se mordit la lèvre.

— J'ai juste... l'impression que Sarah est impliquée, d'une manière ou d'une autre. Le coupable connaît forcément les habitudes du ranch, et elle est souvent dans le coin, ces derniers temps.

— Pourquoi voudrait-elle nous nuire ? demanda Wyatt.

Whitney jeta un coup d'œil à Colter avant de baisser les yeux.

— Disons que Sarah a des sentiments pour moi que je ne partage pas, répondit Colter pour offrir un répit à Whitney.

Wyatt haussa un sourcil.

— Une maîtresse délaissée ? demanda-t-il.

Colter grimaça comme s'il avait un mauvais goût dans la bouche.

— Non, ce n'est pas ma maîtresse, répondit-il. On est sortis ensemble, c'est vrai, mais c'est de l'histoire ancienne. Même si elle m'en veut, j'ai du mal à imaginer qu'elle puisse menacer tous les habitants du ranch. Elle m'a expliqué que son succès était lié au nôtre. Pour être honnête, je ne crois pas qu'elle ait autant de cran. Et, même si elle n'est pas parfaite, ce n'est pas un monstre.

— Et tu as découvert tout ça au cours de votre brève liaison, c'est ça ? grommela Whitney.

— C'était juste après son divorce, expliqua-t-il. Ça ne s'est pas bien passé. Ça s'est même très mal passé. Je pense que c'est pour ça qu'elle veut une deuxième chance.

Wyatt se balança d'un pied sur l'autre. Assister à cette discussion devait l'embarrasser.

— Je vous attends dehors, annonça-t-il. Quand vous aurez fini...

Il n'acheva pas sa phrase et ferma la porte en sortant.

Colter essaya d'ignorer la nervosité qui le gagnait. Il ne voulait surtout pas se disputer avec Whitney. Il espérait qu'ils pourraient juste aller de l'avant, qu'il leur suffisait de faire abstraction de leurs passés respectifs, mais tout semblait toujours mal tourner pour lui dès que les émotions s'en mêlaient.

Lorsqu'il ouvrit la bouche pour essayer de rassurer Whitney, elle se jeta dans ses bras et pressa les lèvres contre les siennes. Elle laissa courir sa langue sur sa lèvre inférieure, puis elle la suça et la mordilla. Elle était à la fois tendre et passionnée. C'était tout ce qu'il aimait dans un baiser : une promesse de chaleur et d'ivresse, avec un soupçon de la douleur qui accompagnait toujours l'extase.

Il adora ce baiser, et il adora Whitney parce qu'elle le lui offrait par surprise.

Il la pressa contre le mur de la grange, emprisonna ses deux poignets au-dessus de sa tête d'une main et glissa l'autre sous son pull. Il avait tant envie d'elle qu'il n'y avait aucune place pour l'hésitation dans son esprit. Il glissa les doigts sous son soutien-gorge et prit l'un de ses seins dans sa main. Sa peau était chaude, mais sa pointe de sein tendue pressa contre sa paume. Il n'aspirait qu'à se débarrasser du pull de Whitney pour la prendre entre ses lèvres. Son envie de la goûter était si puissante qu'un gémissement lui échappa.

Whitney aspira, ce qui fit passer un courant d'air froid sur ses lèvres rendues brûlantes par leurs baisers. Jamais il n'avait autant désiré une femme. Il n'aspirait qu'à la prendre — ici, maintenant, de toutes ses forces.

La porte de la grange grinça.

— Il faut que vous voyiez...

Wyatt s'interrompit net et se racla la gorge.

Colter retira la main de sous le pull de Whitney et prit quelques secondes pour recouvrer ses esprits avant de se tourner vers son frère.

— Qu'y a-t-il ? demanda-t-il.

— Je... crois que j'ai trouvé quelque chose, répondit Wyatt en regardant ses pieds tandis que Whitney ajustait sa tenue.

Colter suivit son frère hors de la grange en essayant de ne pas s'apitoyer sur son sort. Le monde entier semblait avoir l'art de lui mettre des bâtons dans les roues dès qu'il faisait des progrès avec Whitney.

Il glissa la main dans la sienne. Au moins, elle semblait lui avoir pardonné sa liaison avec Sarah. Elle était peut-être sincèrement disposée à s'engager dans une relation avec lui. Le baiser qu'elle venait de lui donner était un bon signe, en tout cas.

Wyatt les entraîna sur le côté de la grange.

— Regarde ! dit-il en lui montrant des traces de pneus dans la neige. Que remarques-tu ?

— Rien, répondit Colter en secouant la tête.

À ses yeux, c'étaient des traces de pneus parfaitement ordinaires, mais il n'avait pas les compétences de Wyatt.

— Regarde bien, insista son frère, qui s'accroupit pour lui montrer les motifs triangulaires imprimés dans la neige. D'abord, ces pneus sont neufs. Ensuite, il ne s'agit pas de n'importe quels pneus : ce sont des Goodrich tout-terrain.

— Et alors ? demanda Whitney.

Wyatt esquissa le sourire d'un homme qui savait exactement ce qu'il faisait — d'un homme qui était sur le point de gagner la partie.

— Ces pneus sont très chers, répondit-il. Aucun véhicule du ranch n'en est équipé.

— Mais comment peux-tu savoir que c'est la personne qui fabrique des cocktails Molotov dans la grange qui s'est garée là ? demanda Colter.

— Il n'y avait qu'une série d'empreintes de pas quand j'ai découvert ces traces, répondit son frère. Elles allaient droit à la porte de derrière de la grange et nulle part ailleurs. Et on ne peut voir une voiture garée ici que depuis les pâturages. C'est un excellent endroit où se garer si on veut échapper à l'attention des habitants du ranch.

— Ce n'est qu'un faisceau de présomptions, pas une preuve, lui fit remarquer Colter, qui s'en voulait de contrarier ainsi les efforts de son frère.

Le sourire de Wyatt s'élargit.

— Ce serait le cas… s'il n'y avait pas aussi ça, dit-il en lui montrant une capsule de bouteille de bière à moitié enfoncée dans la neige.

C'était une capsule verte avec une étoile rouge — qui provenait d'une bouteille de la même marque que celles qui étaient entreposées dans la grange.

— Je crois qu'il suffit de trouver qui conduit une voiture équipée de pneus de luxe pour mettre la main sur le coupable, conclut Wyatt.

15

Sarah pouvait protester de son innocence autant qu'elle le voulait, elle était forcément coupable. Whitney en était certaine. Tout la désignait : elle avait un mobile, elle était souvent au ranch, elle avait une nouvelle voiture et de l'argent. Colter refusait de voir de quoi Sarah était capable, mais Whitney n'était pas dupe. Elle ne savait que trop bien ce que certaines personnes pouvaient faire au nom de l'amour. Ces personnes-là ne se souciaient pas de la vérité, et encore moins des conséquences de leurs actes sur les gens qui les entouraient. Elles ne songeaient qu'à la personne qu'elles aimaient. Rien d'autre n'existait à leurs yeux. Leur irresponsabilité et leur manque d'empathie les rendaient terriblement dangereuses.

Un frisson la parcourut.

Les fantômes de son passé la laisseraient peut-être tranquille un jour, mais cela semblait trop improbable pour qu'elle ose l'espérer.

Colter et Wyatt prenaient des photos des traces de pneus. Elle les plaignait du fond du cœur. Il était terrible de devoir cacher des choses aux gens qu'on aimait de peur que la vérité n'ait des conséquences funestes. Elle s'était retrouvée dans cette situation bien trop souvent. Elle repensa au jour où elle avait compris que Franck avait un problème. C'était le jour du bal de fin d'études, au lycée. Elle y était allée avec des amies, et Paul, un garçon qu'elle connaissait depuis l'école primaire. Ce garçon était gay, mais elle était la seule à le savoir.

Pendant que ses amis et elle dînaient avant le bal, elle avait vu Franck les regarder à travers la vitrine du restaurant. Cette image s'était gravée dans sa mémoire. Elle croyait encore le voir, immobile, en train de fusiller Paul du regard. Quand ils étaient sortis du restaurant, ils avaient trouvé les pneus de la voiture de son ami crevés. Ils avaient dû appeler ses parents pour qu'ils viennent les chercher et les emmènent au bal. Ils n'avaient pas beaucoup dansé. Paul avait passé la soirée à se demander comment il allait faire remorquer sa voiture jusqu'à un garage, et elle à hésiter à lui dire qui avait crevé ses pneus.

Finalement, elle avait décidé de ne pas dénoncer Franck parce qu'elle craignait qu'il ne se venge. Quand il avait menacé de s'en prendre à Paul, elle avait essayé de lui expliquer que ce n'était qu'un ami. Par chance, Franck s'était calmé lorsqu'elle lui avait expliqué pourquoi il n'avait aucune raison d'être jaloux de lui. Cet épisode l'avait désemparée. Elle s'était sentie prisonnière des caprices d'un fou. Brusquement, elle avait compris que Franck était capable de tout — et, malheureusement, la terreur qu'il lui avait inspirée était fondée.

Elle avait commis tant d'erreurs… Elle ne pouvait pas se permettre d'en commettre une de plus. En traversant le parking, elle s'aperçut que la voiture de Sarah n'était plus là. Étrange… Les avait-elle vus entrer dans la grange ? Les avait-elle entendus discuter et s'était-elle esquivée avant qu'on ne la soupçonne ?

Trop tard.

Elle consulta sa montre. Si elle se dépêchait, elle avait encore le temps de faire ce qui devait être fait. Un instant, elle songea à dire à Wyatt et à Colter où elle allait et ce qu'elle avait en tête, mais elle était sûre que Colter prendrait la défense de Sarah. Il l'avait toujours fait, jusqu'ici. Il ne pouvait pas être objectif. Le fait qu'il ait encore un faible pour son ancienne petite amie — ou peu importait le titre qu'il lui donnait — aurait dû la contrarier, mais ce n'était pas le cas. La générosité de Colter était l'une des choses qu'elle admirait en lui.

La vie n'avait pas été tendre envers lui, mais cela ne l'avait pas incité à se fabriquer une carapace. Il semblait capable de toujours prendre les choses comme elles venaient sans être encombré par les douleurs de son passé.

Elle aurait voulu lui ressembler davantage. Elle aurait aimé être capable de pardonner et de vivre dans le présent au lieu d'être lestée par le poids de son histoire.

Il ne lui fallut que deux minutes pour récupérer les clés de sa voiture et se mettre en route. Quand elle atteignit le café de Sarah, le crépuscule enveloppait déjà les bâtiments inspirés par l'architecture du XIXe siècle de Mystery. Cette petite ville était pittoresque et pleine de charme. Elle semblait jaillie d'une époque où les gens vivaient selon d'autres règles que celles d'aujourd'hui. Whitney essaya de se projeter dans ce passé mythique et révolu. Comment vivait-on dans un monde qui tournait autour de l'extraction de métaux et où le danger était omniprésent ?

Mais la vie était-elle si différente, en fin de compte ? Seuls les vêtements et les méthodes d'extraction avaient vraiment changé. La principale ressource naturelle du Kentucky n'était ni l'or, ni l'argent, ni l'uranium, mais le charbon. Là où elle avait grandi, les mineurs souffraient encore de silicose. Ici, ils succombaient plutôt à toutes sortes de cancers provoqués par les produits chimiques qu'on employait dans les mines.

Elle était certaine que les mineurs de la génération suivante souffriraient d'une autre maladie mystérieuse liée au mode de vie qui serait le leur.

Elle sortit de sa voiture. La température avait baissé d'au moins dix degrés depuis que le soleil s'était couché. Le froid était redevenu aussi dangereux que la nuit précédente. Quand elle repensa à sa longue marche dans la nuit avec Colter, une douce chaleur se répandit dans son ventre. Même s'ils s'étaient retrouvés dans une situation terrible, ce n'était pas qu'un mauvais souvenir, loin de là. Ils avaient vécu une véritable aventure et il lui semblait que la vie aurait dû être faite de péripéties de ce genre — des expériences d'une intensité à couper le souffle et des moments de joie pure à partager avec ceux qu'on aimait.

Que ce soit le bon moment ou non, que ce soit une bonne idée ou non, Colter était l'homme qu'elle voulait avoir dans sa vie. Il n'était jamais possible d'expliquer rationnellement pourquoi on donnait son cœur à quelqu'un, mais elle se réjouissait d'être venue dans le Montana, où la vie rappelait celle d'un passé lointain et où elle avait eu la chance de le rencontrer. Elle aimait cette région presque autant qu'elle aimait Colter.

Parvenue devant le café, elle s'arrêta pour regarder à travers la vitrine. Il devait faire chaud à l'intérieur. La buée qui s'était formée sur la vitre avait gelé, et le dessin qui l'ornait semblait avoir été peint sur une fine couche de glace. Sarah n'était pas dans la salle, mais il y avait du bruit dans la cuisine.

Elle n'avait pas la moindre idée de ce qu'elle allait dire à sa rivale. Quelles questions devait-elle lui poser ?

Elle n'était même pas tout à fait sûre d'être sur la bonne piste. Peut-être était-elle incapable d'être objective à cause de ce que Sarah lui inspirait, comme Colter, mais avec des préjugés contraires. Elle s'en voudrait terriblement si elle se trompait. Elle savait ce que l'on ressentait quand on était accusé d'un crime qu'on n'avait pas commis — mais c'était précisément Sarah qui l'avait montrée du doigt. Cela lui semblait un indice de plus, d'ailleurs. Les coupables avaient tendance à détourner l'attention d'eux-mêmes en accusant les autres.

Pour être honnête, ce qu'elle craignait le plus, c'était que le coupable soit quelqu'un qu'elle connaissait beaucoup mieux que Sarah et qui l'effrayait bien plus : Franck.

Il lui suffit d'envisager la possibilité qu'il soit à Mystery pour que la nausée la gagne. Il était désolant que le seul fait de penser à lui provoque encore de telles réactions physiques. Elle détestait qu'il ait encore le pouvoir de la terroriser. C'était désespérant... mais elle ne pouvait rien y faire. Elle pouvait juste espérer qu'il n'avait pas découvert où elle était et qu'il n'était pas l'auteur des incidents qui troublaient la vie du ranch.

Si c'était lui le coupable, elle se retrouverait dans la même situation que le jour où il l'avait épiée à travers la vitrine du restaurant avant de gâcher sa soirée. Il n'avait jamais été particulièrement discret quand il s'agissait de lui nuire. Malheureusement, il était doué pour ne pas se faire prendre — ou pour échapper aux conséquences de ses actes.

Parce qu'elle pensait à Franck, elle ne put s'empêcher de jeter un coup d'œil par-dessus son épaule, mais il n'était pas là. Il ne pouvait pas être là... sauf si c'était de lui que Sarah tirait ce qu'elle croyait savoir. Ce n'était pas invraisemblable. Depuis le début, il l'avait accusée d'avoir allumé l'incendie. C'était ce qu'il avait dit à son avocat et au tribunal. C'était le roi des menteurs et des manipulateurs. Il était si doué que son avocat avait fini par le croire. Pendant le procès, il s'était battu vaillamment pour prouver l'innocence de son client. Il avait bien failli réussir à le faire acquitter.

Il n'y avait personne sur les trottoirs. La plupart des magasins étaient encore ouverts, sans doute parce que leurs propriétaires espéraient contre tout espoir que quelqu'un viendrait acheter des cadeaux pour Noël. Il y avait quelques voitures garées dans la rue. Elle n'en reconnut aucune.

Elle entra dans le café. Une odeur délicieuse de pain frais flottait encore dans l'air, mais elle en perçut une autre — une odeur puissante qu'elle fut incapable de reconnaître malgré tous ses efforts.

— Sarah ? appela-t-elle.

Elle ne savait toujours pas ce qu'elle lui dirait. Elle espérait simplement que les mots lui viendraient quand la restauratrice sortirait de la cuisine.

Personne ne répondit.

— Il y a quelqu'un ? demanda-t-elle en traversant la salle du café.

Un bruit de verre brisé la fit se précipiter dans la cuisine. La porte de derrière claqua au moment où elle y entrait. Par la fenêtre, elle vit quelqu'un vêtu d'un gros manteau et d'un bonnet marron s'enfuir vers la gauche du bâtiment et disparaître.

— Attendez ! cria-t-elle. Arrêtez-vous !

Elle voulut se lancer à la poursuite de l'inconnu, mais la chaleur l'en empêcha. Une langue de flammes courait sur le sol et l'un des murs. La terreur la pétrifia. Elle ne pouvait plus que fixer les flammes bleu et orange qui envahissaient la pièce. Il y avait du liquide par terre. Du combustible. Elle avait déjà vu cela. Elle avait déjà senti cette chaleur — la même chaleur.

Elle allait mourir. C'était la fin. Elle n'échapperait pas au feu une deuxième fois. Sa bonne étoile avait déjà fait son travail. Elle était destinée à mourir de cette manière, visiblement.

Au moins, elle allait rejoindre Rudy.

Une épaisse fumée noire envahit la cuisine. Elle avait une horrible odeur d'essence — l'odeur que Whitney haïssait plus que tout.

Il fallait qu'elle se ressaisisse. Elle ne pouvait pas rester là jusqu'à ce que les flammes la dévorent.

Elle devait se battre.

Cette fois, elle n'avait personne d'autre à sauver qu'elle-même. Elle devait agir.

Elle se força à détourner les yeux des flammes et réussit à briser le sortilège qui la paralysait.

Elle s'enfuit de la cuisine. La vitrine, qui était couverte de givre deux minutes plus tôt, était brisée. Le sol de la salle était couvert d'éclats de verre. Au milieu d'un cercle de flammes qui s'étendait rapidement gisait une bouteille de bière qui — Dieu merci — ne s'était pas cassée quand on l'avait lancée à travers la vitrine.

Quelqu'un avait essayé de la piéger.

Quelqu'un l'*avait* piégée.

Elle regarda la porte à travers le rideau de flammes. Pour qu'il lui reste une petite chance de s'en sortir, elle devait agir vite. Il fallait qu'elle contourne le brasier, dont la fumée noire avait déjà envahi la pièce.

La fumée... C'était elle qui tuait avant que les flammes n'atteignent la victime.

Elle se mit à quatre pattes pour en inhaler le moins possible et entreprit de longer le mur qui n'avait pas encore été gagné par l'incendie. Les éclats de verre colorés de la vitrine lui entaillèrent les mains et les genoux, mais elle s'en aperçut à peine. Elle continua à avancer. Encore un mètre... Un petit mètre...

Enfin, elle atteignit la porte et réussit à l'ouvrir. Alors qu'elle dévalait les marches du perron, la lumière rouge et bleu d'un gyrophare apparut au bout de la rue. Elle ferma les yeux et s'effondra sur le trottoir enneigé.

Elle s'était battue et elle avait gagné. Elle avait survécu.

16

Des amis de Colter l'avaient appelé quand ils avaient reconnu l'une des voitures du ranch devant le café, mais ce n'était pas nécessaire : Wyatt et lui avaient entendu l'appel d'urgence sur la radio de Wyatt alors qu'ils dégageaient sa camionnette du tas de neige.

Il aurait dû deviner où Whitney était partie. L'instant d'avant, elle examinait les traces de pneus dans la neige avec eux et, brusquement, elle avait disparu. Alors qu'il croyait commencer à la connaître, il s'était laissé surprendre.

Il espérait de tout cœur qu'elle allait bien, comme on le lui avait assuré. Ses amis lui avaient dit qu'elle était sortie du café juste à temps. Elle avait inhalé de la fumée, mais elle s'en remettrait. Même si Colter avait confiance en ses amis, son cœur lui interdisait de les croire tant qu'il n'avait pas vu Whitney de ses propres yeux.

Il se gara près du café et sortit de sa camionnette. Le bâtiment n'était plus qu'un brasier, et les pompiers faisaient tout leur possible pour que l'incendie ne gagne pas les bâtiments voisins. La plupart des boutiques et des maisons de Mystery étaient en briques, mais elles contenaient assez de bois pour qu'un feu se propage si l'on n'intervenait pas assez vite.

Whitney n'était pas dans les environs. Où était-elle ?

Son chef de brigade, Turner, se tenait près du camion. Il donnait des ordres aux hommes qui manœuvraient la lance. Colter s'approcha de lui.

— Pourquoi n'es-tu pas en tenue ? demanda Turner, qui ne plaisantait qu'à demi. On aurait bien besoin d'un coup de main.

— J'arrive du ranch, répondit Colter. Mais si tu veux que j'aille chercher mon équipement...

Turner agita la main.

— On a appelé la brigade rurale en renfort, le coupa-t-il. J'espère que les gars arriveront vite.

L'incendie était encore plus grave qu'il n'en avait l'air. Colter aurait dû prêter main-forte à ses camarades, mais il n'était pas question qu'il aille chercher son équipement tant qu'il n'avait pas trouvé Whitney.

Il balaya la scène du regard sans la dénicher — mais il repéra la Chevrolet de Sarah garée de l'autre côté de la rue.

Il y avait tout un groupe de badauds sur le trottoir, des employés des boutiques voisines et des habitants du quartier. Ils ne voulaient sûrement pas manquer l'événement qui nourrirait les commérages des jours à venir. Au moins, ils parleraient d'autre chose que de sa famille, pour changer... sauf s'ils décidaient de lier sa famille à la catastrophe.

Il se figea. Y avait-il effectivement un lien entre l'incendie et les menaces dont sa famille faisait l'objet ?

— Y avait-il quelqu'un d'autre que Whitney dans la boutique quand l'incendie s'est déclaré ? demanda-t-il à Turner.

— Je n'en sais rien, répondit son ami. Mlle Barstow ne nous a pas dit un mot. Elle est dans l'ambulance.

Colter tourna aussitôt les talons pour aller la retrouver.

— Une minute ! dit Turner en le retenant par le bras. Connais-tu bien cette fille ?

Colter détesta l'inquiétude qu'il lut dans les yeux de son chef et la manière dont il le dévisageait. Il avait quelque chose en tête qu'il craignait de lui dire ou de lui demander.

— Oui. Pourquoi ?

Turner lâcha son bras.

— Cet incendie n'est pas accidentel, répondit-il en creusant une tranchée dans la neige du bout de sa botte. Sarah m'a dit qu'il y avait eu une sorte d'incident entre ton amie et elle. Elle a l'air de penser que Whitney a quelque chose à voir avec le sinistre. Si c'est le cas...

Turner n'avait pas besoin d'en dire plus.

— Whitney ne ferait jamais une chose pareille, s'empressa de répondre Colter. Elle est innocente.

Il le pensait sincèrement, mais un doute horrible s'insinua en lui. Avait-il tort ? Se trompait-il depuis le début sur le compte de Whitney ?

Non. Il avait confiance en elle. Elle s'était épanchée auprès de lui. Elle lui avait parlé de son passé et des blessures dont elle ne s'était pas remise. Le fait qu'elle se soit ouverte à lui de cette manière était un cadeau du ciel. Quel genre d'homme serait-il s'il accordait le moindre crédit aux commérages ? Il devait respecter Whitney, l'apprécier et la soutenir. Il devait la voir telle qu'elle était et non telle que des gens qui ne la connaissaient pas la dépeignaient. La vérité finirait par être révélée. Il ne voulait pas avoir honte de ses choix le moment venu.

Pour cela, il devait défendre ce qu'il croyait juste et obéir à son cœur.

Pour cela, il devait se battre pour Whitney.

— Comment peux-tu être sûr qu'elle n'a rien à voir avec cet incendie, Colter ? insista Turner. D'après ce que Sarah m'a dit, elle ne travaille au ranch que depuis peu. Or il se passe des choses bizarres depuis quelques mois...

— Tu ne peux pas l'accuser de tous les incidents qui se sont produits au ranch sans la moindre preuve, grommela Colter.

Il essaya de maîtriser la colère qui le gagnait. Son chef ne voulait pas de mal à Whitney et il ne pouvait pas savoir qu'il avait un faible pour elle. Il essayait de bien faire son travail, c'était tout — mais il n'en était que plus difficile pour Colter de l'entendre accuser Whitney d'un crime qu'elle n'avait pas commis.

— S'il n'avait tenu qu'à elle, elle ne se serait jamais retrouvée confrontée à un autre incendie, crois-moi, répondit-il. Le feu la terrifie. Je t'assure qu'elle n'est pas capable de ça.

Turner haussa un sourcil.

— Comment ça, « un *autre* incendie » ? demanda-t-il. Y a-t-il quelque chose que je devrais savoir ? Quelque chose qui m'aiderait à comprendre ce qui se passe et que tu ne me dis pas ?

Colter secoua la tête. Pourquoi avait-il fallu qu'il dise cela ?

— Si tu me caches quelque chose, tu devras bientôt chercher un autre travail, le menaça Turner.

Leur amitié semblait se déliter de minute en minute.

— Tu n'as pas le pouvoir de me virer, Turner, répondit Colter.

— Si tu caches quelque chose qui m'aiderait à mettre la main sur la personne qui a déclenché cet incendie, je peux t'assurer que ça remontera jusqu'à des gens qui n'hésiteront pas à te mettre à la porte.

Colter leva les mains en signe de reddition. Il ne fallait pas que cela dégénère. Il ne pouvait pas mettre sa carrière en danger parce qu'il était furieux et qu'il éprouvait le besoin de protéger Whitney.

— On est amis, Turner, rappela-t-il à son chef. Ne laissons pas cette conversation tout gâcher entre nous.

— Alors réponds à ma question, Fitzgerald ! grommela Turner entre ses dents.

Colter soupira.

— Whitney et sa famille ont été victimes d'un incendie criminel, expliqua-t-il. C'est pour ça qu'elle est venue dans le Montana. Elle a fui ses mauvais souvenirs.

Turner hocha la tête avec l'air d'attendre qu'il en dise plus.

— Tu dois me croire quand je te dis qu'elle n'est pas capable de ça, insista Colter. Si je me trompe, je...

— Tu quoi ? demanda Turner sur un ton un peu moins agressif.

— Je jetterai l'éponge, répondit-il. Tu n'auras pas besoin de me faire virer parce que je démissionnerai.

Turner soupira à son tour.

— Très bien, dit-il. Je demanderai à mes hommes de regarder ailleurs, mais tu ferais bien de prier pour que tes sentiments pour elle ne te rendent pas aveugle.

Colter s'éloigna en direction de l'ambulance sans répondre. Il était sûr que sa stupeur se peignait sur son visage. Il venait de miser son avenir sur une intuition. Il n'en revenait pas lui-même.

Il avait conscience de ses nombreux défauts, mais il ne s'était jamais pris pour un imbécile. Même s'il se trompait, ce n'était pas le moment de commencer à douter de lui. Pour l'instant, il devait juste suivre son intuition et espérer avoir raison.

Sauf qu'il lui était déjà arrivé de se tromper.

Il n'aurait jamais imaginé que ses parents biologiques seraient capables de l'abandonner. Bien sûr, il n'était qu'un enfant, à l'époque, mais il avait confiance en eux et ils l'avaient trahi. Et voilà qu'il recommençait à se fier aveuglément à quelqu'un pour la seule raison qu'il l'aimait.

Les portes de l'ambulance étaient fermées. Il frappa avant d'ouvrir. Whitney était seule, assise sur le brancard, un masque à oxygène sur la bouche. Même si son visage était couvert de suie, il fut frappé par sa pâleur. Il lut dans ses yeux qu'elle avait vécu son pire cauchemar.

Il entra dans l'ambulance et s'assit à côté d'elle en faisant bien attention à ne pas la toucher au cas où elle serait blessée.

— Ça va ? lui demanda-t-il.

Elle baissa les yeux et se tordit les doigts. Elle avait les mains bandées. Il comprit à son air d'animal aux abois qu'elle risquait de tomber en état de choc s'il s'y prenait mal. Il devait la faire parler — n'importe quoi ferait l'affaire tant que cela l'empêcherait de penser à ce qui venait de se produire.

— Lassie veut que tu rentres à la maison, dit-il en espérant que cela la ferait rire.

Elle cligna plusieurs fois des yeux, mais elle ne répondit rien.

— Tu aurais dû voir le cirque que m'a fait ce petit rat, poursuivit-il. La bestiole n'arrêtait pas de tourner en rond. Il était évident qu'elle essayait de me dire quelque chose. Si j'avais été plus intelligent, j'aurais compris qu'elle voulait m'avertir. Je dois être bouché. Je devrais parler chien, maintenant.

Whitney plissa les yeux comme si elle était sur le point de sourire. Elle retira le masque à oxygène et le posa sur le brancard.

— Tu parles couramment le langage comique, en tout cas, répondit-elle.

Il éclata de rire, mais il se ressaisit aussitôt quand il la vit tressaillir.

— Nous avons tous des dons, mais je crois que je dois ce talent à mes frères, répondit-il. Ils m'ont entraîné pour que je sois le plus performant possible en matière de séduction.

Il écarta une mèche de son visage et se réjouit de ne pas la sentir sursauter.

— J'ai réussi à te séduire, non ? ajouta-t-il en lui décochant un clin d'œil.

— Colter...

La manière dont elle prononça son nom lui fit comprendre qu'il n'aimerait pas ce qui allait suivre.

— Arrête, la coupa-t-il. Je suis un excellent parti. Je veux dire... quelle femme ne serait pas ravie d'hériter de tout ça ?

Il plia les bras pour faire jouer ses biceps comme un culturiste.

— Tu es ridicule, pouffa-t-elle.

L'entendre rire calma un peu l'inquiétude de Colter.

— Tu n'as encore rien vu, chérie, répliqua-t-il. Ça te dirait qu'on rentre, si les infirmiers sont d'accord pour te laisser partir ?

— Tes collègues veulent que je fasse une déposition.

Ses joues perdirent immédiatement le peu de couleur qu'elles avaient retrouvée.

— Ça peut attendre demain, lui assura-t-il. Je leur dirai de passer au ranch. Ça te va ?

Elle hocha la tête et lui offrit un sourire de soulagement.

— Je reviens, dit-il avant de sortir de l'ambulance pour rejoindre Turner.

Il ne lui fallut pas longtemps pour convaincre son supérieur de les laisser rentrer au ranch — mais Turner ne manqua pas cette occasion de lui rappeler ce qu'il avait mis dans la balance.

17

Le trajet du retour parut interminable à Colter, mais c'était sans doute parce qu'il roulait bien plus lentement que d'habitude pour être sûr de n'avoir aucun accident. Il ne voulait surtout pas imposer une longue marche à Whitney comme la nuit précédente. Bien sûr, il ne demandait qu'à passer plus de temps avec elle, mais il n'était pas question qu'il lui fasse courir des risques inutiles.

Il lui semblait que tout conspirait pour leur rendre la vie difficile dès qu'ils étaient ensemble.

Il posa la main sur la banquette. Whitney y glissa la sienne sans dire un mot. Ils avaient d'innombrables raisons de renoncer à être ensemble — et Whitney en avait exposé quelques-unes —, mais cela ne changeait pas les envies de son cœur.

— Veux-tu m'expliquer ce qui s'est passé ? demanda-t-il en caressant le dos de sa main.

Elle soupira.

— Je n'ai pas envie d'en parler, répondit-elle sans cesser de regarder la route.

Il le comprenait facilement, mais il fallait qu'il sache ce qui était arrivé dans le café de Sarah.

— Je t'ai couverte, tu sais, dit-il. Mes collègues pensent que c'est un incendie volontaire. Ils voulaient t'interroger comme suspecte. Je les en ai empêchés.

Elle tourna enfin la tête vers lui et pressa ses doigts.

— Tu as fait ça pour moi ?

Il hocha la tête.

— Pourquoi ? demanda-t-elle.

L'estomac de Colter se noua quand il repensa aux risques qu'il avait choisi de courir.

— Je te connais, répondit-il. Je sais que tu es quelqu'un de bien. Si je pensais qu'il y avait la moindre chance pour que tu aies allumé cet incendie, nous ne serions pas ici à cet instant — et nous ne nous serions pas embrassés hier soir.

— Crois-tu vraiment me connaître ?

Son estomac se noua davantage.

— Oui, je le crois. Et toi ? Que sais-tu de moi ?

— Tes aliments préférés sont le jambon, les pommes de terre sautées et les haricots verts, répondit-elle, le sourire aux lèvres. Et tu aimes les films d'action.

Il éclata de rire.

— Comment le sais-tu ?

— Ta mère me l'a dit. Il paraît que tu es un grand fan de *L'Arme fatale*.

— Alors tu as parlé de moi avec ma mère ? demanda-t-il, aussi surpris que flatté. Depuis combien de temps es-tu amoureuse de moi, au juste ?

— Tais-toi donc ! riposta-t-elle. Tu sais très bien ce que je ressens.

Non, il ne le savait pas. Il comprenait ce qu'elle sous-entendait parce qu'il n'avait pas oublié ce qu'elle lui avait expliqué, mais il lui semblait toujours qu'il se passait quelque chose de magique entre eux dès qu'ils étaient ensemble.

Il se gara sur le parking du ranch. Il avait projeté de rentrer chez lui plutôt que de dormir chez ses parents, mais la perspective de retrouver son oreiller n'avait plus aucun attrait, tout à coup.

Cela ne l'empêchait pas de comprendre que Whitney ne pouvait pas vouloir de lui après ce qui lui était arrivé.

Il sortit de sa camionnette et en fit le tour pour ouvrir la portière de Whitney. Il réfléchissait trop. Il était stupide de s'entêter. Malgré sa détresse, elle avait été parfaitement claire : elle estimait qu'il ne pouvait rien se passer entre eux.

Mais cela ne l'empêchait pas de se conduire comme un gentleman en la raccompagnant jusqu'à sa porte.

Elle sortit de la camionnette et prit la main qu'il lui tendait.

Elle pressa tendrement ses doigts et l'entraîna vers la maison sans dire un mot.

Le silence y régnait, même s'il n'était pas particulièrement tard — moins tard que la veille, du moins.

Il la suivit jusqu'à sa chambre, qui était petite. Elle devait s'y sentir un peu à l'étroit.

Quand il était enfant, cette pièce servait de chambre d'amis. Il lui parut brusquement étrange que sa mère y ait installé Whitney. Avait-elle présumé qu'elle ne resterait pas longtemps au ranch ?

Il chassa cette pensée de son esprit. Sa mère ne faisait jamais rien sans raison, mais il avait compris depuis longtemps qu'il était inutile d'essayer de percer sa logique.

Il s'arrêta à la porte de la chambre et lâcha la main de Whitney en ayant l'impression que ses derniers espoirs lui échappaient en même temps que ses doigts.

— Dors bien, lui dit-il. Je peux rester si tu as besoin de quoi que ce soit... Je peux aussi rentrer chez moi.

Il se passa la main dans les cheveux, bien conscient qu'il devait la mettre aussi mal à l'aise qu'il l'était lui-même.

Il n'aspirait qu'à la suivre dans sa chambre pour la plaquer sur le lit, mais c'était impossible. Ce n'était pas pour ce soir et cela ne se produirait jamais, d'après les éléments dont il disposait.

— Veux-tu vraiment rentrer chez toi ? demanda-t-elle avec une pointe de déception dans la voix.

Mais peut-être n'avait-il entendu que sa propre envie qu'elle soit déçue.

— Ce... n'est pas nécessaire. Je peux dormir sur le canapé, répondit-il en jetant un coup d'œil dans le long couloir.

— Il y avait quelqu'un dans le café de Sarah, tout à l'heure, dit-elle soudain.

Cela le désarçonna.

— Quoi ? Qui ? Tu as *vu* quelqu'un ?

Elle prit sa main, l'attira à l'intérieur et ferma la porte. Elle l'entraîna jusqu'à son petit bureau et l'invita à s'asseoir dans le fauteuil avant de répondre :

— Je ne sais pas si c'était un homme ou une femme. J'ai juste vu quelqu'un s'enfuir en courant après avoir jeté la bouteille.

— Quelqu'un a jeté une bouteille ? Pourquoi ne l'as-tu pas dit à mes collègues ?

Elle haussa les épaules.

— J'étais secouée. Et je ne savais pas ce que tu avais dit, ni avec qui tu avais parlé. Je ne voulais pas courir le risque de t'attirer des ennuis.

Il se leva pour s'approcher d'elle. Sa peau et ses vêtements étaient imprégnés d'une puissante odeur de fumée. Il prit son visage entre ses mains le plus délicatement possible.

— Tu ne dois pas t'inquiéter pour moi, lui dit-il. Jamais. Je peux encaisser beaucoup de choses, crois-moi. Par contre, tu dois veiller à ta propre sécurité et éviter de t'attirer des ennuis. Si mes collègues savaient que tu leur as caché quelque chose comme ça... Je t'ai dit qu'ils croyaient...

Elle posa un doigt sur ses lèvres pour l'empêcher de continuer.

— Je leur parlerai demain matin, c'est promis.

Elle réveilla sa libido en traçant le contour de ses lèvres du bout du doigt.

— D'ici là... je veux oublier et explorer, ajouta-t-elle avant d'écarter le doigt pour l'embrasser.

Les lèvres de Colter étaient un peu rugueuses à cause du froid de l'hiver et de l'air sec du Montana. Elle se hissa sur la pointe des pieds et mêla son souffle au sien. Il y avait encore quelques millimètres entre eux, mais elle n'avait pas été aussi près de qui que ce soit sur le plan émotionnel depuis Franck. Non, elle ne voulait pas penser à Franck, ni maintenant ni plus jamais. Mais l'incendie... Il n'était pas étonnant que son esprit l'ait déterré de sa mémoire. Quelle que soit l'énergie avec laquelle elle essayait de refouler ces souvenirs, les actions de Franck avaient laissé une marque indélébile sur la toile de sa vie.

Cette pensée la fit hésiter et s'écarter un peu de Colter.

Sortir avec lui était sûrement une erreur. Elle était peut-être destinée à souffrir à chaque fois qu'elle s'engagerait dans une relation avec un homme. Colter était quelqu'un de bien, un héros, mais elle ne pouvait pas en déduire qu'il ne lui briserait pas le cœur.

Elle n'était pas sûre de pouvoir supporter de souffrir une deuxième fois… D'un autre côté, elle ne pouvait pas s'interdire de vivre. Elle avait besoin de ces moments d'intimité. Elle avait besoin de lui.

Elle avait besoin de croire en un avenir heureux. À cet instant, elle ne pouvait trouver le bonheur auquel elle aspirait que dans ses baisers.

— Ça va ? s'inquiéta-t-il en lui caressant la joue.

Elle posa la main sur la sienne.

— Ça ira si tu m'embrasses, répondit-elle.

Il n'avait pas besoin qu'elle l'encourage davantage. Il pressa les lèvres contre les siennes sans hésiter. Elle aima sa force et son assurance, qui lui donnaient envie de s'abandonner entièrement à lui.

Il laissa courir sa langue sur ses lèvres. Elle songea aussitôt à toutes les parties de son corps que sa langue pouvait explorer et elle eut envie de plus — de bien plus. Elle laissa courir ses doigts dans ses cheveux courts. Ils étaient à la fois doux et forts, comme tout le reste de sa personne. C'était une combinaison parfaite. Colter était peut-être l'homme dont elle rêvait depuis toujours sans le savoir.

Il laissa ses lèvres glisser vers sa gorge. Elle renversa la tête en arrière et se délecta des sensations qu'il lui procurait. Tout en l'embrassant, il la poussa vers le lit. Quand elle le toucha, il la souleva pour l'inciter à enrouler ses jambes autour de sa taille. Son érection lui prouva qu'il avait autant envie d'elle qu'elle avait envie de lui.

Il la coucha sur le lit et déboutonna adroitement son chemisier pour découvrir son soutien-gorge en dentelle. L'odeur de la fumée et le parfum du désir les enveloppaient. C'était un mélange envoûtant — le parfum de l'amour.

— Danse pour moi, dit-elle pour essayer de reprendre le contrôle de ce qu'elle ressentait.

Elle voulait savourer chaque seconde qu'elle passait avec lui.

— Quoi ? pouffa-t-il. Tu es sérieuse ?

— Ou je peux danser pour toi, si tu préfères, proposa-t-elle en inclinant la tête sur le côté.

— Tu réussis toujours à me surprendre.

Il se leva et lui décocha un sourire plein de charme et un peu timide.

Il se mit à fredonner quelque chose en tirant sa chemise de son jean. Elle ne reconnut pas la chanson, mais cela ressemblait à un vieux tube country. Il entreprit de déboutonner sa chemise tout en balançant les hanches. Quand il atteignit le dernier bouton, il se retourna pour agiter les fesses.

Elle éclata de rire.

— Oh oui, chéri ! Exactement comme ça, l'encouragea-t-elle.

Il se mit une petite claque sur les fesses et dansa avec plus d'assurance.

Il avait vraiment de jolies fesses. Elle ne put s'empêcher de se pencher pour les pincer. Elles étaient aussi musclées que le reste de son corps.

— Eh ! Interdiction de toucher la marchandise ! s'écria-t-il en s'écartant.

— Et si j'ai envie de te toucher ? gémit-elle.

Il haussa un sourcil.

— À quel point en as-tu envie ?

Elle replia l'index pour lui ordonner d'approcher.

— Viens ici que je te le montre...

Il fit un pas vers elle.

Elle attrapa la ceinture de son jean pour l'attirer plus près. Sa peau était brûlante. Elle ouvrit sa braguette et découvrit un boxer à motif vichy rouge et noir. Elle laissa son jean glisser jusqu'au sol. Il acheva de s'en débarrasser d'un coup de pied.

— Très classe, approuva-t-elle en tirant sur l'une des jambes du boxer.

Il n'était pas vraiment remarquable, mais elle avait éprouvé le besoin de dire quelque chose pour meubler le silence. Elle venait brusquement de prendre conscience de l'importance de ce qui était en train de se passer.

Si elle s'engageait sur cette voie, tout changerait entre eux. Ils ne pourraient pas redevenir de simples amis. Même s'ils ne le faisaient qu'une fois, l'air serait toujours chargé de l'électricité que produisait le souvenir d'avoir passé une nuit ensemble.

On se donnait l'un à l'autre en faisant l'amour, et le souvenir de ce don réciproque durait une vie entière. Whitney savait qu'elle ne pourrait pas oublier ce qu'elle aurait ressenti dans ses bras, ni la manière dont il l'aurait embrassée. Elle savait qu'elle sentirait toujours une petite décharge d'excitation quand elle serait près de lui.

Et c'était ce qu'elle voulait.

Elle entendit Colter inspirer entre ses dents quand elle retira son jean et sa culotte, qu'elle laissa tomber par terre.

— Tu es si belle, murmura-t-il.

Elle eut le réflexe de se couvrir les seins, en partie parce qu'elle était encore embarrassée par l'incident de la station-service, mais elle suspendit son geste. Les hommes aimaient les femmes qui avaient confiance en elles, qui étaient capables de prendre le contrôle dans la chambre à coucher et qui n'avaient pas peur d'être elles-mêmes.

Elle n'avait jamais été une telle femme, mais elle avait traversé tant d'épreuves... Elle pouvait bien s'accorder un peu d'amour et de bienveillance — exactement ce qu'elle attendait de lui.

Au lieu de se couvrir les seins, elle laissa courir ses doigts sur ses courbes et lui sourit. Elle s'allongea au bord du lit, les cheveux étalés autour de la tête, et retira le boxer de Colter du bout des orteils.

Son membre impressionnant était en parfaite harmonie avec le reste de son corps.

— Approche, dit-elle en se caressant le ventre jusqu'à effleurer le triangle de boucles entre ses cuisses.

Il s'approcha en gémissant et se pencha pour déposer un baiser au creux de son genou. Il remonta le long de son corps par une série de petits baisers jusqu'à ce que ses lèvres se pressent contre les siennes. C'était si bon qu'elle en oublia presque comment respirer.

— J'ai envie de toi, gémit-elle en glissant les doigts dans ses cheveux.

Il s'écarta un peu pour plonger son regard dans le sien.

— S'il te plaît, le supplia-t-elle.

Il lui sourit et s'allongea sur elle. Il lui fit pousser un cri d'extase quand il la pénétra tout en l'embrassant.

Leurs corps communiquèrent sans paroles. C'était plus que ce à quoi elle s'attendait. C'était plus que ce qu'elle aurait pu imaginer…

Il n'y avait pas de doute : ils étaient faits l'un pour l'autre.

18

Si Colter avait cru au Père Noël, il lui aurait demandé de faire en sorte que le reste de sa vie ressemble à sa dernière nuit. Whitney Barstow était une femme extraordinaire. Ce n'était pas seulement parce qu'il n'avait jamais pris autant de plaisir entre des draps qu'il avait pensé à elle à chaque instant toute la matinée tandis qu'il nettoyait la grange pour la fête.

Bien sûr, il ne pouvait pas nier que c'était aussi pour cela. Mais ce qu'elle lui apportait dépassait largement le plaisir charnel. Elle remplissait tellement sa vie qu'il ne se souvenait déjà presque plus de l'existence qu'il menait avant de la rencontrer. À chaque fois qu'il fermait les yeux, il revoyait son sourire et ses cheveux étalés sur l'oreiller quand il s'était forcé à se lever.

Il n'avait aucune envie de la quitter, mais il avait estimé que cela valait mieux. Il ne voulait pas que les autres habitants du ranch découvrent qu'ils avaient passé la nuit ensemble.

Même s'il savait qu'ils ne pourraient pas garder leur relation secrète très longtemps, il devait respecter le désir de discrétion de Whitney. S'il n'avait tenu qu'à lui, il serait monté au sommet du silo à grain et il aurait crié à qui aurait voulu l'entendre qu'elle était tout pour lui.

Il ratissait la paille d'une stalle quand il entendit le grincement familier de la porte de la grange.

— Oui ? lança-t-il.

Il ne put empêcher sa voix de trahir sa contrariété. Il n'aspirait qu'à rester seul avec ses souvenirs de la nuit précédente.

— Colter ? appela Whitney. Es-tu là ?

Il posa son râteau et sortit de la stalle.

— Je suis ici ! Tu as bien dormi ?

Elle laissa la porte ouverte et jeta un dernier coup d'œil dehors avant de s'approcher de lui.

— Jusqu'à ce que je découvre que tu n'étais plus là, répondit-elle. J'ai fait quelque chose de travers ?

Il n'était même pas venu à l'esprit de Colter qu'elle pouvait avoir ce genre d'inquiétudes après la nuit qu'ils avaient passée.

— Bien sûr que non ! Tu es folle ? s'écria-t-il en essuyant son front trempé de sueur du dos de la main. Je voulais juste m'assurer que personne ne découvre... tu sais quoi.

Il la prit dans ses bras et déposa un baiser sur son front.

— Tu ne feras jamais rien de travers, lui assura-t-il. En tout cas pas dans un lit. C'était extraordinaire.

Elle leva les yeux et lui sourit.

— Je pense que tu t'es taillé la part du lion, répondit-elle. Ce soir, ce sera à mon tour de prendre les commandes.

La perspective de passer la nuit suivante entre ses bras le fit sourire comme un idiot.

— Je suis presque sûr que tu as pris les commandes plusieurs fois la nuit dernière, mais je ne demande qu'à te laisser faire ce que tu veux de mon corps, répliqua-t-il en riant.

Quelqu'un toussota non loin d'eux. Colter tourna la tête vers la porte. La silhouette de sa mère se découpait sur fond de neige dans l'embrasure.

— Bonjour, maman ! lui lança-t-il en s'écartant de Whitney.

Il se sentit rougir quand il prit conscience que sa mère avait probablement entendu ce qu'il venait de dire.

— Bonjour, répondit Eloise avant de se retourner pour fermer la porte.

Il croisa le regard effrayé de Whitney.

— Peux-tu laisser la porte ouverte, s'il te plaît, maman ? s'empressa-t-il de demander.

— Bien sûr ! répondit Eloise avant de jeter un regard attendri à Whitney. Désolée, chérie. J'avais oublié.

Whitney agita la main.

— Ce n'est pas grave. Ça va mieux. C'est juste qu'avec l'incendie, hier soir...

— Je comprends très bien, la coupa Eloise. Je ne sais pas où j'avais la tête.

Elle s'approcha d'eux.

— C'est à cause de ça que je vous cherchais, d'ailleurs, reprit-elle. Wyatt m'a parlé de la carte et des bouteilles que vous avez trouvées. Vous n'auriez pas dû me cacher tout ça.

— J'essayais juste de te protéger, maman, se défendit-il.

— C'est ce que Wyatt m'a dit, mais tu devrais savoir que je peux supporter d'entendre la vérité, depuis le temps.

— Je suis désolé, lui dit-il. Je pensais que tu avais assez de problèmes à gérer comme ça.

Sa mère lui offrit un sourire et pressa son épaule.

— Avez-vous parlé à Sarah, ce matin ? demanda-t-elle.

— Non, pourquoi ? répondit Whitney, qui réussit à cacher l'aversion que la restauratrice lui inspirait.

— Je n'arrive pas à la joindre, dit sa mère. Elle m'a laissé un message pour me dire que tout le buffet de notre soirée du solstice se trouvait dans le café. Tout est parti en fumée.

Elle soupira. Colter lut de la panique dans ses yeux.

— Je ne sais pas ce qu'on va faire, poursuivit-elle. Qui viendra à notre fête s'il n'y a rien à manger ?

— Ce n'est pas pour la nourriture que les gens viennent, maman, répondit-il pour la consoler. Ils veulent se rassembler pour passer une soirée mémorable.

Sa mère esquissa un sourire triste.

— Cet incendie viendra s'ajouter à la liste des choses qu'on nous reproche, dit-elle. Qu'on le veuille ou non, les gens commencent déjà à dire qu'il doit y avoir un lien avec notre ranch.

Elle croisa les bras et baissa les yeux.

— On devrait peut-être annuler, tout simplement, soupira-t-elle. On ne peut pas mettre nos amis et nos clients en danger pour une fête.

Whitney secoua vigoureusement la tête.

— Non. Nous ne pouvons pas nous laisser gouverner par la

peur, dit-elle. La fête doit avoir lieu comme prévu. Le ranch a besoin de la recette de la soirée et...

— ... Et nous devons montrer à nos voisins que nous sommes bien décidés à rester, la coupa Colter. Nous devons leur montrer que nous sommes prêts à nous défendre.

— Et s'il se passait quelque chose ? insista sa mère. Les gens ont peut-être raison. Et si la personne qui a mis le feu au café attendait juste le bon moment pour nous attaquer ? Quand tout le monde sera dans la grange ? Une nouvelle tragédie est bien la dernière chose dont nous avons besoin.

Elle avait raison. Il y aurait peut-être des centaines de personnes dans la grange et aux environs, ce soir. Si quelqu'un voulait agir contre eux, c'était le moment idéal. Ils avaient été avertis.

— Et si on appelait des renforts ? suggéra-t-il.

— Que veux-tu dire ? demanda sa mère.

— Wyatt pourrait charger quelques-uns de ses hommes d'assurer la sécurité de la fête et je pourrais demander à mes copains de la caserne de leur donner un coup de main. Je suis sûr qu'ils ne demanderaient qu'à nous aider si on leur expliquait la situation.

— Et s'ils nous disaient que c'est trop risqué ? répondit sa mère. Ils pourraient nous demander d'annuler. Et, même s'ils ne le font pas, ils seraient en danger à cause de nous, eux aussi.

— Pour commencer, nous ne sommes pas sûrs que l'incendie ait un rapport avec les menaces que nous avons reçues, dit-il.

Il prit conscience de l'absurdité de cette remarque dès qu'il la fit. De qui se moquait-il ? Bien sûr que l'incendie avait un rapport avec le ranch. On s'était servi de cocktails Molotov pour le déclencher et il s'était produit la veille de leur grande soirée. Ce n'étaient pas des coïncidences. La personne qui voulait leur ruine était passée à la vitesse supérieure.

Ils ne pouvaient pas savoir jusqu'où elle était prête à aller. Ils avaient eu de la chance que personne ne soit blessé jusqu'ici — et il s'en était fallu de peu pour Whitney.

À en juger par le regard de sa mère, elle aussi trouvait sa remarque absurde.

— Très bien. Admettons qu'on annule, dit-il. Comment le ranch encaissera-t-il le coup ?

Sa mère fronça les sourcils.

— Nous avons beaucoup investi dans cette fête, répondit-elle : la pub, le buffet, les boissons, les invitations, le DJ... La totale. Mais on s'en sortira.

— Non, vous ne vous en sortirez pas sans la recette de ce soir, intervint Whitney. J'ai vu la facture, sur ton bureau. Tu n'as aucune raison de nous cacher la gravité de la situation.

Les joues d'Eloise s'empourprèrent.

— Tu as fouillé mon bureau ? s'écria-t-elle.

— Non. Je ne voulais pas... Je voulais juste..., balbutia Whitney.

— Elle ne voulait pas violer ton intimité, maman, dit Colter pour voler à sa rescousse. Et puis tout le monde a compris que le ranch traverse une passe difficile, tu sais.

Les épaules d'Eloise s'affaissèrent.

— Bien sûr, soupira-t-elle. Je suis désolée, Whitney. Je n'aurais pas dû m'énerver. C'est juste que...

— Tu essayais de nous protéger, acheva-t-il à sa place en lui prenant la main. Et nous t'aimons pour ça. Mais laisse-nous t'aider, pour une fois. Unissons nos forces pour sauver cet endroit que nous aimons tous. Nous voulons tous que les affaires du ranch soient florissantes.

— Mais le buffet ? insista Eloise.

— Ne t'inquiète pas, maman. Je suis sûr qu'on peut trouver une solution pour la nourriture. Occupe-toi juste d'organiser la fête.

Des larmes brillaient dans les yeux de sa mère.

— Tu es si gentil, murmura-t-elle. J'ai de la chance de t'avoir.

Elle enroula les bras autour de son cou et déposa un baiser sur sa joue avant de sortir de la grange.

Sa mère n'était pas du genre à montrer ses émotions. Elle était toujours calme et maîtresse d'elle-même. Il pouvait compter sur les doigts d'une main les fois où il l'avait vue au bord des larmes. Il n'en eut que plus envie de l'aider.

— Qu'allons-nous faire ? lui demanda Whitney.

Il attendit d'être sûr que sa mère ne les entendait plus avant de répondre :

— Je n'en ai aucune idée. Aller au supermarché ?

— Il nous faudra une éternité pour acheter tout ce dont on a besoin et préparer un buffet décent, soupira Whitney avant de tirer son téléphone de sa poche pour regarder l'heure. Mais on peut tenter le coup, j'imagine.

— Es-tu bonne cuisinière ? lui demanda-t-il.

Elle lui offrit un sourire coupable.

— Je peux faire des sandwichs au fromage fondu mieux que personne, répondit-elle.

— Et je suis le spécialiste des tartines de confiture et de beurre de cacahuète, répliqua-t-il.

Whitney éclata de rire.

— Soit. La cuisine n'est peut-être pas notre point fort, mais je peux commander des pizzas comme personne.

— Moi qui croyais que toutes les filles du Sud savaient cuisiner, la taquina-t-il.

— Moi qui croyais que tous les garçons du Nord avaient de bonnes manières et savaient se tenir tranquilles, riposta-t-elle en lui donnant un petit coup de coude dans les côtes.

— Quand je suis avec toi, j'ai envie de tout sauf de me tenir tranquille.

Il ne lui laissa pas le temps de répliquer et pressa les lèvres contre les siennes.

Elle se lova contre lui et lui rendit son baiser avec une ardeur qui le renvoya au moment où elle l'avait chevauché, la nuit précédente. Il en eut une érection instantanée. Son corps n'aspirait qu'à revivre cela.

Elle se frotta contre son membre avant de le ramener à un semblant de réalité en disant :

— On a des sandwichs à faire.

Il grogna. Elle avait raison, mais il n'avait aucune envie de retrouver la vie réelle, où des corvées et des dangers les attendaient.

Whitney s'écarta de lui avec un sourire désolé qui lui fit comprendre qu'elle regrettait autant que lui que le devoir les appelle.

Une idée vint brusquement à Colter.

— Wyatt est un excellent cuisinier, lui dit-il. Il faut que je l'appelle. Il peut peut-être nous donner un coup de main.

Il tira son téléphone de sa poche, mais il prit quelques instants pour respirer et reprendre le contrôle de son corps avant d'appeler son frère.

— Même si Wyatt et Gwen nous aident, nous aurons du mal à tout acheter et tout préparer pour ce soir, lui fit remarquer Whitney. Pour commencer, nous n'avons qu'un four.

— Je sais, mais nous n'aurons vraiment que des sandwichs à proposer si nous nous débrouillons tout seuls. Mes parents ont subi trop de coups durs, ces derniers temps. Je veux qu'on fasse quelque chose de spécial pour eux — quelque chose qui restera gravé dans leur mémoire.

— J'ai l'impression que tes parents ne sont pas près d'oublier cette fête, quoi qu'on serve à manger aux clients, répondit-elle avec un sourire triste.

— C'est vrai, mais je veux que ce soit un bon souvenir — pas celui de l'année où tout a viré à la catastrophe.

Il composa le numéro de son frère et posa le téléphone contre son oreille.

— Salut, frangin, quoi de neuf ? demanda Wyatt, qui semblait épuisé.

— Avez-vous trouvé quelque chose qui pourrait vous aider à attraper le coupable ? demanda Colter en espérant que son frère l'avait coffré et qu'ils n'avaient plus rien à craindre.

Wyatt soupira.

— Nous n'avons retrouvé que quelques fragments de bouteilles, répondit-il. Il n'y avait aucune empreinte dessus, malheureusement. Alors j'ai envoyé les bouteilles qu'on a trouvées dans la grange au labo, mais ça n'a rien donné non plus. J'ai l'impression que celui qui est derrière tout ça a toujours un coup d'avance sur nous. C'est désespérant. Nous avons affaire à quelqu'un de déterminé, mais pas de stupide. Et vous ? Avez-vous du nouveau ?

Colter jeta un coup d'œil à Whitney et désactiva le micro de son téléphone.

— Il faut que je lui parle de ce que tu as vu, lui dit-il. Mais si tu préfères le faire toi-même…

Whitney acquiesça et tendit la main.

Il remit le micro en route et lui donna le téléphone.

— Bonjour, Wyatt, c'est Whitney, dit-elle. À propos d'hier soir…

Elle mit le haut-parleur.

— Quoi ? demanda Wyatt d'une voix chargée d'appréhension.

— J'ai vu quelqu'un s'enfuir du café. Je n'ai pas distingué son visage, mais je dirais que c'était un homme, d'après la carrure. Il portait un bonnet marron et un gros manteau — tu sais : l'un de ceux où il y a plein de poches.

— Pourquoi ne nous l'as-tu pas dit hier soir ? s'écria Wyatt.

— Je...

— Mais qu'est-ce qui t'a pris ? poursuivit son frère, de plus en plus énervé. Tu as dissimulé des informations qui pourraient nous aider à identifier le coupable ! Te rends-tu compte que nous n'avons rien d'autre ?

— Ne crie pas, Wyatt, intervint Colter pour arrêter son frère avant qu'il ne dépasse les bornes. Elle pensait faire au mieux.

— Vous n'avez absolument rien fait « au mieux » ces derniers jours, ni l'un ni l'autre, s'emporta Wyatt. Je n'arrive pas à y croire ! Ne comprenez-vous pas quels risques vous faites courir à tout le monde en gardant des informations pareilles pour vous ?

Colter s'efforça de contrôler la colère qui le gagnait. Son frère n'avait pas tort, mais il ne pouvait pas comprendre ce que Whitney subissait. Il voyait le monde de son point de vue de policier — ce qui était une bonne chose, en partie, mais ce qui l'empêchait aussi de se mettre à la place des autres.

— Whitney était en état de choc, insista-t-il. Tout ça est très dur pour elle. N'en rajoute pas.

Wyatt se tut pendant un long moment. Colter n'espérait pas vraiment qu'il fasse marche arrière — ce n'était pas son genre. Dans les situations comme celle-ci, il était comme un chien qui avait trouvé un os : on ne pouvait pas le lui faire lâcher.

— Soit, finit par soupirer Wyatt. J'en parlerai au détective. Y a-t-il autre chose que j'aurais besoin de savoir ? Quelque chose que vous auriez préféré garder pour vous ?

Oui, ils avaient d'autres secrets, mais ceux-ci ne regardaient personne.

— On vient de voir maman, répondit Colter. Elle est dans tous ses états. Le buffet de ce soir a été entièrement détruit dans l'incendie.

Wyatt inspira profondément.

— A-t-elle un plan de secours ? demanda-t-il.

— Non. Elle est complètement dépassée par la situation. Mais nous avons réussi à la dissuader d'annuler.

— Ça aurait peut-être mieux valu, répondit Wyatt.

— Non. Ils ont besoin de la recette de cette soirée. Sans elle... je ne sais pas comment ils s'en sortiront.

— Qu'est-ce que je peux faire pour vous aider ?

— Pour commencer, nous devons garantir notre sécurité et celle des clients. Peux-tu demander à quelques-uns de tes hommes de nous donner un coup de main ?

Il entendit un véhicule s'arrêter sur le parking et sa mère parler à ce qui devait être un livreur.

— D'accord, répondit Wyatt. Je les envoie au ranch dès que possible.

Colter s'approcha d'une fenêtre et reconnut la camionnette du fleuriste sur le parking.

— Le plus tôt sera le mieux, dit-il. Il y aura beaucoup d'allées et venues, aujourd'hui. Ça me rassurerait qu'on puisse garder tout le monde à l'œil.

— Et j'ai une idée pour le buffet, ajouta Wyatt. Ne vous occupez pas de ça. Il y a quelques personnes qui me doivent des services.

— Ah oui ?

— Ne vous en faites pas. Je me charge du repas.

Wyatt ne semblait plus fatigué, tout à coup. Il y avait même une pointe d'excitation dans sa voix.

C'était dans des moments comme celui-ci, quand le monde n'était plus qu'un tourbillon de stress, que Colter appréciait pleinement d'appartenir à cette famille. Ils avaient leurs problèmes et leurs querelles, comme tout le monde, mais ils se soutenaient toujours quand la situation l'exigeait. Leurs parents leur avaient appris à pardonner, à comprendre et à épauler. Surtout, ils leur avaient appris à aimer.

19

Whitney entourait la porte de la grange de guirlandes tandis que Colter et son père décoraient le sapin et que quelques employés ajoutaient des lampes un peu partout. L'odeur des chevaux flottait encore dans l'air, mais elle était recouverte par le parfum des copeaux de sapin et de cèdre qu'ils avaient répandus par terre. Les heures passant, cet endroit ressemblait de plus en plus à un tableau de Norman Rockwell et de moins en moins au théâtre d'incidents inquiétants.

Whitney admirait profondément Colter et sa famille. Ils n'avaient pas tous un lien biologique, mais ils partageaient un amour qui semblait capable de triompher de toutes les difficultés. Elle repensa à sa famille. Tous ses Noëls n'avaient pas ressemblé à celui-ci. Il y avait eu les deux ans où les réveillons s'étaient achevés par des disputes entre ses parents et ceux de Franck, des soirées qui avaient toutes fini en larmes.

Elle avait toujours pensé qu'elle avait la chance d'avoir une bonne famille. Ce n'était pas faux, mais il lui semblait à présent qu'aucune famille n'était aussi solidaire que les Fitzgerald.

C'était comme s'ils étaient l'incarnation de l'esprit de Noël. Ils étaient tous altruistes, protecteurs, attentionnés et généreux.

Elle aimait Colter, mais elle avait du mal à croire qu'elle serait à sa place dans cette famille. Elle ne se sentait pas digne de faire partie d'un monde aussi merveilleux. Il y avait tant de squelettes dans ses placards… Et si Franck était le responsable des incidents des derniers jours… Les Fitzgerald avaient beau être les gens les plus généreux qu'elle connaisse, ils ne réussiraient peut-être pas à lui pardonner d'avoir ajouté de nouveaux problèmes à leur vie, qui n'en manquait pas. Elle ne pourrait pas leur en vouloir.

Elle ferma les yeux et essaya de se souvenir plus précisément de ce qu'elle avait vu. Rien ne lui permettait d'affirmer que la personne qui s'était enfuie était Franck — mais rien ne lui permettait de l'exclure non plus.

Si c'était lui, pourquoi ne s'était-il pas arrêté pour lui faire face ? Quand il avait brûlé la grange, il avait tenu à lui faire savoir qu'il la haïssait et qu'il voulait sa mort. L'auteur de l'incendie s'était enfui. Il ne voulait pas qu'elle puisse l'identifier.

Franck avait-il retenu une leçon de son procès ? Il voulait peut-être s'assurer qu'elle ne témoignerait pas contre lui, cette fois. Mais la boule qu'elle avait au creux du ventre lui disait qu'il ne se serait pas contenté d'essayer de la piéger dans un bâtiment en flammes. Il aurait assisté au spectacle pour avoir la certitude qu'elle était bien morte.

Elle déglutit plusieurs fois pour surmonter une vague de nausée.

Non, ce n'était pas Franck qui menaçait tout le monde. Cela n'avait pas de sens.

Mais, si ce n'était pas lui, elle n'avait que des questions sans réponse. Ils devaient découvrir qui s'en prenait à eux avant que quelqu'un ne soit blessé.

Elle repensa à Sarah.

Colter avait obstinément essayé de la convaincre que Sarah ne voulait de mal à personne. Il avait avancé quelques bons arguments, mais cela ne rayait pas Sarah de la liste des suspects. Après tout, elle n'avait pas de meilleur moyen de détourner l'attention d'elle que de mettre le feu à son propre café. Sarah avait-elle voulu qu'elle la voie sortir de la cuisine ? Elle avait pu mettre un bonnet et un manteau pour paraître plus masculine et orienter l'enquête vers une fausse piste.

Elle l'avait accusée d'avoir brûlé la grange, dans le Kentucky, pour toucher l'argent de l'assurance. Avait-elle eu cette idée parce qu'elle projetait elle-même d'arnaquer son assurance ?

Avec cet argent, elle pourrait probablement se dispenser de travailler.

D'un autre côté, bien des gens haïssaient le ranch et ses habitants

— à commencer par William Poe, le comptable du comté. Il n'était peut-être pas étranger aux incidents. Ces derniers temps, il avait un lien plus ou moins direct avec tous les drames qui s'étaient produits. Il était impossible de le prouver, bien sûr.

Il était intelligent — et Wyatt avait dit que celui qui fabriquait des cocktails Molotov dans la grange était loin d'être un imbécile.

Il était au moins assez futé pour ne pas se faire prendre.

Elle descendit de l'escabeau et observa son œuvre. Les guirlandes formaient des arcs gracieux autour de la porte, et les étoiles de Noël qu'elle avait placées dans tous les coins de la grange ajoutaient des taches rouges au décor vert, blanc et brun.

— Avez-vous besoin d'aide pour le sapin ? lança-t-elle à Colter et Merle en s'approchant d'eux.

Colter esquissa un sourire coupable et jeta un coup d'œil à son père, ce qui incita Whitney à se demander de quoi ils étaient en train de parler.

Merle lui tendit une boîte de boules rouges.

— Tu peux accrocher ça, si tu veux, lui dit-il. Il faut que j'aille voir où en est ma femme. Elle comptait appeler le barman pour s'assurer que tout est en ordre.

Elle prit la boîte et commença à suspendre les boules aux branches du sapin. Il devait mesurer au moins six mètres de haut. Les ailes de l'ange touchaient presque le plafond de la grange. Sans doute à cause de sa taille, il lui rappela le sapin de Noël du Capitole. Une chose était sûre : la nation en aurait été fière.

— Comment va Lassie ? demanda Colter en montrant la petite chienne qui les regardait, assise à la porte de la grange.

— Très bien, répondit-elle. Je lui ai donné un bain et fait un brushing. Depuis, elle pense qu'on est les meilleures amies du monde.

Elle s'approcha de la chienne et se pencha pour lui gratter la tête.

Maintenant qu'elle était propre — et qu'elle n'était plus dans les bras de sa maîtresse — elle ressemblait un peu moins à un rat. À présent, Whitney la trouvait presque mignonne dans sa bizarrerie. Et la chienne et elle avaient des choses en commun : elles avaient eu un accident qui leur aurait été fatal si des gens n'étaient pas venus à leur secours.

Elle prit la chienne dans ses bras pour la déposer sur la couverture étalée sous le sapin comme si elle était un cadeau de Noël. Milo alla se coucher à côté d'elle. La chienne qu'ils avaient surnommée Lassie était quatre fois plus petite que lui. Près de lui, elle avait l'air d'être un chiot de un mois. Mais sa petite taille ne l'empêchait pas d'avoir beaucoup de personnalité. Elle se leva pour se glisser entre les pattes avant de Milo et le força à les écarter pour lui faire de la place.

— On dirait qu'il s'est trouvé une petite copine, lança Colter.

— Ça semble être à la mode, répliqua-t-elle avant de se hisser sur la pointe des pieds pour déposer un baiser sur sa joue.

— Viens-tu d'admettre que tu es ma petite amie ? demanda-t-il, l'air surpris.

Apparemment, il était sûr qu'elle ne changerait jamais d'avis sur la nature de leur relation.

— Si tu joues bien tes cartes..., le taquina-t-elle alors qu'elle n'aspirait qu'à lui sauter au cou et à revivre leurs heures de passion de la dernière nuit.

Ses caresses l'avaient ramenée à la vie. Entre ses bras, elle avait oublié son passé un moment. Il avait même réussi à apaiser la terreur qui l'avait paralysée après l'incendie. Alors qu'elle croyait cela impossible, il lui permettait de se sentir de nouveau entière.

Le bruit d'un véhicule qui se garait sur le parking l'arracha à ses pensées. Les chiens levèrent le nez, comme pour analyser une odeur qu'elle ne percevait pas.

— Qu'est-ce que c'est, à ton avis ? demanda-t-elle à Colter.

Colter haussa les épaules.

— Je n'en ai aucune idée.

Il plaça sa dernière boule sur le sapin et posa la boîte vide près des autres, qui formaient un monticule impressionnant.

Elle le suivit dehors. Il y avait une camionnette à laquelle était arrimée une remorque au milieu du parking, et un gril industriel dans la remorque. Le conducteur sortit de la camionnette.

— Bonjour, monsieur le maire ! le salua Colter, qui semblait pris de court. Que faites-vous là ?

— Ton frère m'a dit que l'incendie vous avait mis dans une

situation difficile. J'ai un gril dont je ne me sers pas. Je me suis dit qu'il pourrait vous être utile.

— Wyatt vous a appelé ? s'étonna Colter.

Le maire acquiesça.

— C'est un chic type, tout comme toi. C'est le moins que je puisse faire après les années que vous avez consacrées à la sécurité de cette ville. Sans des hommes comme vous et un ranch comme celui-ci, il ne resterait plus grand-chose de Mystery.

Whitney ne put s'empêcher de se demander si le maire se montrait serviable parce qu'il avait l'intention de se représenter aux prochaines élections, cependant ses mobiles cachés n'avaient aucune importance. Tout ce qui comptait, c'était qu'il était là pour leur prêter main-forte quand ils en avaient le plus besoin.

— Merci, monsieur le maire, dit-elle en lui serrant la main.

— Malheureusement, nous n'avons rien à mettre dessus, soupira Colter.

Le maire se tourna vers la route. Une file de voitures approchaient du ranch. Elles se garèrent une à une sur le parking. Whitney reconnut le propriétaire du Dog House, le bar local, l'épicier et le boucher. Il y avait un bon nombre d'autres gens qu'elle ne connaissait pas. Ils entreprirent tous de décharger leurs véhicules pour emporter des caisses de fromages, de viandes, de fruits et de noix dans la grange. Il y avait même des chocolats et des petites quiches.

Merle et Eloise sortirent pour voir ce qui se passait. Eloise écarquilla les yeux et se couvrit la bouche.

— Mon Dieu ! s'écria-t-elle, les larmes aux yeux, en descendant les marches du perron. Que faites-vous ?

Les caisses continuèrent à affluer jusqu'à ce que la sellerie de la grange soit presque complètement encombrée.

— Votre fils nous a expliqué dans quelle situation vous étiez, madame Fitzgerald, dit le maire avec un grand sourire. On voulait vous montrer à quel point ce ranch nous paraît important pour la ville. Vous avez tant donné à notre communauté au fil des ans, vos enfants et vous… Il était temps qu'on vous rende la pareille.

— Oh mon… Vous… vous n'aviez pas à faire tout ça, balbutia Eloise d'une voix presque brisée. Nous…

— Ça nous fait plaisir, la coupa le maire. Nous voulons que ce soit le plus beau solstice de l'histoire du ranch Dunrovin.

Une larme roula sur la joue d'Eloise et la gorge de Whitney se serra. Le spectacle qu'elle contemplait était magnifique. Des moments comme celui-ci rendaient foi en l'humanité. Quelqu'un leur voulait du mal, mais il y avait aussi des gens qui ne demandaient qu'à tendre une main secourable.

Malgré toute la joie et tout l'amour qu'il y avait dans l'air, une petite voix lui souffla qu'elle ne devait pas se fier aux apparences. Quelque chose ne collait pas. C'était peut-être parce que son passé l'avait rendue paranoïaque, mais elle accorda du crédit à la petite voix.

D'après son expérience, le monde s'effondrait autour d'elle dès que sa vie commençait à prendre tournure. Si seulement le monde pouvait s'abstenir, cette fois... Elle voulait continuer à espérer connaître un avenir heureux et à croire que les humains étaient plus souvent bons que mauvais.

20

Un quart d'heure avant le début officiel de la soirée, le parking du ranch était plein. Les policiers qui s'étaient portés volontaires pour assurer la sécurité avaient été obligés de s'occuper de la circulation pour que chacun trouve une place. Wyatt et Gwen discutaient avec quelques-uns d'entre eux sous le porche.

Sa mère et l'un des employés du ranch, installés à une table près de la porte de la grange, vendaient des entrées et recueillaient des dons. De la musique country et le brouhaha produit par des dizaines de personnes qui parlaient en même temps s'échappaient de la grange. Tout était parfait, jusqu'aux guirlandes lumineuses qu'on avait accrochées au bord des toits. La neige reflétait les ampoules multicolores et le ranch semblait enveloppé d'un halo magique.

Tous ceux qui attendaient leur tour pour entrer parlaient de la beauté des décorations.

L'odeur de viande grillée qui flottait dans l'air mettait l'eau à la bouche de Colter.

Tout se passerait bien. Il le fallait. Quelque chose de si parfait ne pouvait pas tourner mal.

Sa mère lui fit signe d'approcher.

— Je viens de recevoir un coup de téléphone, lui dit-elle, folle de joie. Ton frère Rainier... On lui a accordé la liberté sur parole. Il sera là la semaine prochaine.

Colter n'avait pas vu son frère depuis son incarcération. Malgré la joie de sa mère, il ne savait pas ce que cette nouvelle lui inspirait. Rainier avait toujours soutenu que sa condamnation était injuste, mais il n'avait jamais nié qu'il avait agressé la victime.

Il était peut-être temps que Colter oublie le passé — tant que son frère prouvait qu'il avait changé et qu'il était capable de prendre des décisions qui n'étaient pas dans son seul intérêt.

Les choses commençaient à s'arranger au ranch. Il ne fallait surtout pas que le retour de son frère génère de nouveaux problèmes.

— C'est génial, maman, répondit-il avant de serrer sa mère dans ses bras.

Elle lui rendit son étreinte, mais avec moins de force que lorsqu'il était enfant. C'était comme si le dernier mois lui avait coûté plusieurs années de vie.

— Il rentrera juste à temps pour Noël, dit-elle. Nous serons tous réunis. Waylon, Wyatt, toi...

Elle s'éventa avec la main, sans doute pour refouler ses larmes.

— Ce sera un Noël merveilleux, finalement, dit-elle. C'est un miracle après tout ce qui nous est arrivé.

Colter jeta un coup d'œil à Whitney. Elle souriait, mais cela ne l'empêcha pas de lire de l'inquiétude dans ses yeux. Il ne pouvait pas lui reprocher de se méfier du monde qui les entourait. Elle avait connu l'enfer. Si l'occasion se présentait dans les heures prochaines, il ferait tout son possible pour lui rendre sa légèreté.

Il lui décocha son sourire le plus sexy pour lui faire comprendre ce qu'il avait en tête. Ses joues s'empourprèrent et elle s'empressa de tourner la tête vers l'homme qui s'adressait à elle.

Le vent souleva sa robe quand elle se pencha pour lui tendre un ticket — assez pour qu'il voie un bout d'élastique de son porte-jarretelles noir.

Oui, il faudrait qu'il examine cela de plus près.

Colter était particulièrement en forme, ce soir, songea Whitney en le regardant entrer dans la grange avec un homme qu'il lui avait présenté comme un vieil ami de lycée. Elle était sûre qu'il connaissait presque tout le monde parmi les centaines de personnes qui se pressaient dans la grange ou se promenaient autour.

Il lui semblait irréel qu'ils aient parlé d'annuler la fête le matin même. Il y avait tant de monde ! Et presque tous les gens qui arrivaient prenaient le temps d'offrir leurs vœux à Eloise. Quelqu'un lui avait même parlé d'écrire un article dans le journal local.

Avec un peu de chance, un événement comme celui-ci pouvait rendre sa popularité au ranch.

Eloise l'appela d'un signe de tête.

— Veux-tu bien aller me chercher mon appareil photo, s'il te plaît ? lui demanda-t-elle. Il est dans mon bureau. J'aimerais prendre quelques photos de plus pour notre site Internet. Je tiens à remercier dans les formes tous ceux qui sont venus.

En traversant la cour, Whitney passa à côté du couple qui lui avait confié Lassie. Elle offrit un sourire aux clients, mais ils firent semblant de ne pas la voir. Visiblement, ils ne l'estimaient pas digne qu'on la reconnaisse comme un être humain parce qu'elle était une employée.

La perspective de leur rendre la chienne lui répugnait profondément. Elle avait envie de séquestrer la pauvre bête jusqu'à ce qu'ils abandonnent les recherches et qu'elle ne risque plus rien. Mais cet animal ne lui appartenait pas, même si elle mourait d'envie de le garder.

Cet animal ne lui appartenait pas... Cela la fit penser à Colter. Elle l'avait taquiné sur la nature de leur relation et elle lui avait fait comprendre ce qu'elle désirait, mais certaines choses ne pouvaient pas advenir, comme adopter la chienne. Certaines choses n'étaient pas destinées à lui appartenir.

Elle traversa la maison silencieuse en trouvant étrange qu'elle soit si calme alors qu'un joyeux chaos régnait à quelques dizaines de mètres de là. Elle se sentit presque triste. Elle ramassa l'appareil photo sur l'étagère du bureau d'Eloise — en évitant soigneusement de regarder ce qui se trouvait sur le bureau — puis elle alla dans la cuisine pour se servir un verre d'eau avant de rejoindre la fête.

Elle apprécia de se retrouver seule pendant quelques minutes et elle laissa son esprit vagabonder. Il s'était passé tant de choses ces derniers jours... Cela n'aurait pas dû la surprendre que la vie puisse changer du tout au tout en quelques heures, mais c'était le cas. C'était sans doute parce qu'une dynamique positive avait résulté d'actes malintentionnés qu'elle était surprise. C'était presque comme si l'univers essayait finalement de compenser ce qu'elle avait subi.

Elle but une gorgée d'eau et posa le verre à côté de l'évier. Une lueur orange et rouge, se reflétant sur la fenêtre de la cuisine, attira son regard.

Des flammes couraient sur l'un des murs de la cabane à outils. Elle sortit l'extincteur de sous l'évier et se précipita dehors. Quand elle voulut retirer la goupille, elle s'aperçut qu'elle tenait encore l'appareil photo et le laissa tomber dans la neige.

Elle tira la goupille quand elle ne fut plus qu'à quelques mètres de la cabane. Elle leva les yeux vers les pointes des flammes qui dansaient dans la nuit. Comment faisait-elle pour se retrouver toujours près des incendies alors qu'elle n'aspirait qu'à mener une vie paisible ?

— Ne bouge plus ! ordonna un homme derrière elle.

Elle se retourna. L'homme avait de longs cheveux gras qui semblaient collés sur sa tête et il tenait une batte de base-ball.

— Daryl ? Que fais-tu là ? demanda-t-elle alors que son sang se glaçait dans ses veines.

Même s'il avait l'air un peu fou, il n'avait certainement pas l'intention de lui faire du mal. Ils se connaissaient à peine.

— Merle t'a-t-il engagé pour la fête ? demanda-t-elle de la voix la plus neutre possible.

Daryl éclata de rire.

— Stupide femme ! cracha-t-il.

Elle leva l'extincteur et le pointa vers lui.

— Que fais-tu, Daryl ?

Son sourire inquiétant s'élargit. À la lumière des flammes, ses dents jaunies par le tabac paraissaient presque noires. Avec ses yeux où se reflétait l'incendie, il ressemblait à l'idée qu'elle se faisait du diable.

— Que comptes-tu faire avec ça ? demanda-t-il en pointant un doigt vers l'extincteur. Espères-tu me noyer sous la neige carbonique ?

Elle leva l'objet plus haut comme si c'était un gourdin.

— Si tu fais un pas de plus, tu verras ce que je compte en faire, répondit-elle.

Il éclata encore de rire, si fort qu'il rejeta la tête en arrière.

— C'est dommage qu'il ait fallu en arriver là, mais tous ceux qui vivent dans ce ranch auront ce qu'ils méritent. Je m'en assurerai.

— C'est toi qui as écrit la lettre de menace ?

Elle remarqua un filet de bave au coin de ses lèvres et frissonna de dégoût.

— Si tu avais été maligne, tu aurais pris mon avertissement au sérieux et tu serais partie. Si quelqu'un a quelque chose à se reprocher, c'est toi. Tu es si arrogante ! Comme tous les autres. Ce n'est pas étonnant que tu te sois acoquinée avec Colter. Vous vous ressemblez.

— Mais Wyatt nous a dit que tu l'avais aidé… Tout le monde t'apprécie et tu es un vieil ami de Merle… Pourquoi veux-tu nous faire du mal ?

Il fonça vers elle, sa batte levée. Elle s'abattit sur l'extincteur, dont Whitney se servit comme d'un bouclier. Le bruit du choc lui fit bourdonner les oreilles. Il avait été si fort qu'elle espéra que quelqu'un l'avait entendu depuis le parking. Il était aussi possible que les gens remarquent la fumée qui commençait à s'élever de la cabane.

— Au secours ! cria-t-elle.

Elle jeta l'extincteur sur Daryl, mais il esquiva facilement et se remit à rire. Elle vit quelque chose tomber de sa poche pour atterrir dans la neige.

— Crois-tu vraiment pouvoir me battre ? demanda-t-il.

Elle jeta un coup d'œil au petit objet noir qui gisait aux pieds de Daryl. Quand elle le vit lever sa batte, elle fit un pas de côté pour éviter le coup et trébucha sur une racine. Elle eut l'impression de tomber au ralenti.

Elle reçut la batte dans les côtes. La douleur fut si violente qu'elle fut sur le point de s'évanouir.

Elle roula sur elle-même dans la neige pour essayer d'échapper à Daryl, mais il était trop tard. Sa bonne étoile l'avait abandonnée.

C'était la fin.

Daryl leva sa batte et la frappa à la tempe. L'amour, la douleur, les lumières de Noël et les flammes de l'incendie disparurent au même instant.

21

Quand le DJ mit le premier slow, des couples se détachèrent de la foule pour prendre place sur la piste de danse. Ils tournèrent comme s'ils étaient les rouages de la grande machine qu'était la fête. Colter esquissa un sourire. Tout allait si bien que même Wyatt et ses amis avaient commencé à se détendre. Certains buvaient une bière tout en montant la garde près de la porte.

Par bonheur, leurs craintes étaient injustifiées. Peut-être que celui qui avait mis le feu au café de Sarah avait pris peur et enfin compris qu'il fallait qu'il s'arrête.

Il balaya la fête du regard à la recherche de Whitney. Sarah se trouvait près de sa mère. Elle s'était fait un chignon, ce qui accentuait la dureté de ses traits. Il se dirigea vers les deux femmes.

— Bonsoir, mesdames, leur lança-t-il avant de saluer Sarah d'un signe de tête. Je suis surpris que tu sois venue. Comment te sens-tu ?

Elle haussa les épaules.

— Toujours en état de choc, répondit-elle. Je n'arrive pas à y croire.

— L'inspecteur en incendies est-il passé ?

Sarah hocha la tête.

— Il était avec un détective. Ils ont trouvé ce qu'ils appellent des « dispositifs incendiaires ». D'après ce qu'ils m'ont dit, quelqu'un s'est servi d'une sorte de carburant pour allumer le feu.

— Ont-ils un suspect ? demanda-t-il même s'il savait par Wyatt qu'ils n'avaient presque aucune piste.

— Non, mais quand ils auront mis la main sur le coupable...

À en juger par son expression, ce n'était pas une menace en l'air.

— Ne t'en fais pas, lui dit-il. Ils ne s'arrêteront pas avant d'avoir résolu l'enquête.

Du coin de l'œil, il vit sa mère lui jeter un regard inquiet, qui l'incita à rester dans le vague.

— Nous faisons tous de notre mieux pour empêcher un nouveau crime et pour mettre la main sur le coupable, ajouta-t-il. Justice sera rendue.

Une bourrasque glacée s'engouffra dans la grange et le fit grelotter alors qu'il croyait avoir chaud.

Sarah ricana.

— J'ai perdu tout le fruit de mon travail, dit-elle. Mon avenir, mon gagne-pain… Tout. Sauf si la personne qui a fait ça meurt, justice ne sera pas rendue.

La manière dont elle prononça ces mots la fit paraître aussi dangereuse que le pyromane. Un frisson parcourut Colter. L'expression de sa mère trahissait qu'elle était aussi mal à l'aise que lui.

— Savez-vous où est Whitney ? demanda-t-il pour changer de sujet.

Les mâchoires de Sarah se crispèrent.

— Je lui ai demandé d'aller chercher mon appareil photo dans mon bureau, répondit sa mère. C'était il y a un quart d'heure, à peu près.

— Et elle n'est pas revenue ?

Sa mère secoua la tête.

— Elle doit être en train de prendre des photos de la fête, répondit-elle. Je pense en mettre quelques-unes dans la prochaine brochure.

Colter sentit qu'elle essayait de tempérer son excitation, mais le renversement de situation de ce soir lui avait rendu son optimisme.

— Nous avons de la chance qu'autant de gens nous soutiennent, répondit-il. D'ailleurs… tu devrais peut-être en profiter pour faire une collecte pour la reconstruction de ton café, Sarah. Je suis sûr que tout le monde a envie de t'aider. J'ai entendu plusieurs personnes en parler.

Sarah esquissa un sourire las.

— Le café était assuré, répondit-elle. Les choses devraient finir par s'arranger. Je préférerais éviter de faire appel à la charité de mes voisins.

Son courage face à l'adversité le surprit. Elle n'était peut-être pas aussi détestable qu'il commençait à le croire.

— C'était juste une idée, conclut-il en posant une main sur son épaule.

— Et c'est une bonne idée, intervint sa mère. On peut attendre que tu aies rouvert ton café et organiser quelque chose pour le relancer.

— *Si* je rouvre mon café, la corrigea Sarah.

— Nous continuerons à avoir besoin de quelqu'un pour nos buffets, répliqua sa mère.

Colter fut soulagé que leur conversation ait pris un ton plus léger.

— Si vous voulez bien m'excuser, mesdames, dit-il. Je vais chercher Whitney.

Sarah et sa mère étaient déjà si investies dans les projets qu'elles échafaudaient qu'Eloise se contenta de le chasser du geste. La connaissant, il se dit qu'elle n'avait sans doute lancé cette conversation que pour lui permettre de déguerpir. Il lui en fut vivement reconnaissant. Même s'il appréciait Sarah et s'il était désolé de ce qui lui arrivait, il ne voulait pas trop s'impliquer dans ses affaires par loyauté envers Whitney.

Whitney et Sarah finiraient peut-être par devenir amies, mais il savait que ce jour n'était pas près d'arriver.

Dehors, les gens s'étaient rassemblés sous les lampes chauffantes. Ils discutaient en buvant de la bière ou du vin chaud. Il ne vit Whitney nulle part. Il interrogea quelques-uns de ses amis, mais personne ne l'avait croisée depuis un bon moment.

Il traversa le parking. Une odeur de feu de bois et de cannelle flottait dans l'air. Il chercha sa source, mais il ne vit aucun feu de camp dans les environs. Elle devait venir de la cheminée de la maison. Il avait toujours adoré cette odeur, mais il lui trouva quelque chose de bizarre.

Il découvrit la porte du ranch ouverte. Il entra dans la maison, où régnait un silence inconfortable.

— Whitney ? Es-tu là ? appela-t-il.

Il ne reçut aucune réponse.

Toutes les pièces étaient plongées dans l'obscurité, sauf la cuisine. Il y trouva un verre d'eau posé près de l'évier, avec une marque de rouge à lèvres rose sur le bord. Si c'était Whitney qui y avait bu, elle ne devait pas être loin. Il l'appela de nouveau sans plus de succès.

Il prit le verre, qui était encore froid. Les portes du placard qui se trouvait sous l'évier étaient ouvertes. Bizarre...

Alors qu'il les fermait, il aperçut une lueur orange. Il se précipita à la fenêtre. La cabane à outils était en feu.

Il courut dehors. En chemin, il trouva l'appareil photo de sa mère dans la neige.

Son sang se glaça dans ses veines.

— Whitney ! hurla-t-il, tout en sachant, au plus profond de lui, qu'elle ne répondrait pas.

Il courut vers le brasier. Quand il ne fut plus qu'à quelques mètres, il vit du sang dans la neige. Il y avait un extincteur un peu plus loin. Whitney avait dû essayer d'éteindre l'incendie. Mais que lui était-il arrivé ? Où était-elle ?

La neige avait été piétinée dans toute la zone où il se trouvait. Il repéra une grande tache de sang et s'en rapprocha. Alors qu'il la contournait largement pour ne pas détruire un indice, il vit des empreintes de pas et une longue trace, comme si on avait traîné quelque chose ou quelqu'un.

Il suivit la piste, qui menait de l'autre côté de la cabane, où il trouva Whitney. Elle était immobile dans la neige. La tache de sang, autour de sa tête, lui faisait comme une auréole.

Il se précipita auprès d'elle et posa deux doigts sur sa gorge. Il fut soulagé de trouver un pouls, même s'il était très faible. Elle était en vie.

— Réveille-toi, chérie ! la supplia-t-il.

Il écarta ses cheveux de son visage. Il fallait qu'elle revienne à elle. Il fallait qu'il soit sûr que ses jours n'étaient pas en danger.

Elle avait une grosse bosse sur le côté de la tête, avec une entaille au milieu, qui saignait abondamment.

— Réveille-toi...

Ses yeux restèrent clos.

Il ne pouvait pas la laisser là, si près de l'incendie, alors qu'il y avait un tueur dans les parages. Mais il devait faire quelque chose pour l'aider.

Il tira son téléphone de sa poche et appela Wyatt. Son frère répondit d'une voix enjouée dès la première sonnerie.

— Wyatt ! s'écria Colter. Il y a un tueur dans la propriété. Whitney a été agressée. La cabane à outils est en feu. Appelle des renforts ! On a besoin de toute l'aide qu'on peut trouver.

22

La rage et la haine l'aveuglaient. Pour la première fois de sa vie, Colter se sentait capable de meurtre.

Il glissa les doigts entre ceux de Whitney et pria pour que l'ambulance arrive vite.

— Ça va aller, chérie, murmura-t-il sans savoir si elle l'entendait. Les secours arrivent. Tu vas t'en sortir. Tu ne risques plus rien, maintenant.

Il n'aurait pas dû la laisser seule. Il n'aurait pas dû dissuader sa mère d'annuler la fête. Il n'aurait pas dû mettre tant de gens en danger. Il avait été stupide ! Naïf. Comment avait-il pu être assez idiot pour croire que l'univers et tous les gens malintentionnés qu'il contenait allaient laisser sa famille tranquille pour la soirée ?

Il aurait dû prendre la lettre de menace qu'il avait trouvée plus au sérieux, mais non… Il était trop occupé à assouvir ses désirs et à suivre les élans de son cœur. L'amour l'avait aveuglé. L'amour avait faussé son jugement et l'avait empêché de protéger ceux auxquels il tenait.

À cet instant, il était de nouveau le gamin terrifié assis devant la porte de la caserne, le monde en ruine autour de lui.

Wyatt apparut au pas de course avec deux de ses hommes.

— Que s'est-il passé ? demanda-t-il.

Colter secoua la tête.

— Je n'en sais rien, répondit-il. Mais nous devons trouver celui qui a fait ça. Il ne peut pas être loin.

Wyatt s'arrêta à quelques pas de lui parce qu'un objet avait craqué sous son pied. Il se pencha pour ramasser un téléphone noir, qu'il essuya sur son jean. L'écran était cassé, mais Wyatt réussit tout de même à l'allumer.

— Est-ce celui de Whitney ? demanda-t-il en le lui tendant.

Il y avait la photo d'un énorme camion en fond d'écran.

Colter secoua la tête.

— Celui de Whitney est rose, répondit-il.

— Est-elle... en vie ? demanda timidement Wyatt.

— Pour le moment. Tu as bien appelé les secours ?

Wyatt acquiesça.

— L'ambulance ne devrait plus tarder.

L'un des policiers qui accompagnaient Wyatt s'accroupit auprès de Whitney et prit son poignet entre ses doigts.

— Son pouls est normal, dit-il une minute plus tard comme si cela pouvait suffire à rassurer Colter.

Son cœur battait peut-être, mais cela ne prouvait pas qu'elle reviendrait à elle — qu'elle *lui* reviendrait.

Sa gorge se serra. Pourquoi fallait-il que le destin lui prenne la femme avec laquelle il voulait passer le reste de sa vie alors qu'il venait juste de la trouver ? Il était maudit. Il n'aurait peut-être jamais ce qu'il désirait de tout son cœur.

Wyatt consulta l'historique du téléphone.

Le dernier numéro appelé était enregistré sous le prénom « William ».

Wyatt appela et mit le haut-parleur.

On décrocha à la deuxième sonnerie. La voix de William Poe s'éleva, goguenarde.

— Salut, frangin. Comment se passe la fête ?

Frangin ?

C'était un scoop. D'après Wyatt, Daryl venait du Canada. Et il ne s'appelait pas Poe. William et lui ne devaient être que demi-frères, mais Colter ne savait même pas qu'ils se connaissaient.

— Daryl ? Tu es là ? Que s'est-il passé ? insista William. As-tu fait ce que je t'ai demandé ? Personne ne t'a vu, j'espère ? Il est vital que personne ne découvre qu'il y a un lien entre nous.

Colter tendit la main pour mettre fin à l'appel.

William et son demi-frère allaient payer pour le mal qu'ils avaient fait.

Wyatt posa la main sur son épaule.

— Essaye de rester calme, lui dit-il. On les aura.

Colter repoussa la main de son frère.

— Si elle meurt, je te jure que je tuerai William Poe et son maudit frère de mes propres mains, grogna-t-il.

Wyatt se tourna vers ses hommes.

— Nous devons trouver Daryl Bucket, leur dit-il. Lancez un mandat d'arrêt contre lui. S'il est malin, il a déjà quitté le ranch, mais il ne peut pas être très loin. Et l'un d'entre vous doit aller s'assurer que tout va bien dans la grange. Essayez de garder tout le monde à l'intérieur, mais ne dites rien, pour le moment. Il ne faudrait pas que les gens paniquent. Restez calmes. Ne perdez pas le contrôle de la situation. Allez-y !

Colter savait qu'il pouvait avoir confiance en ces hommes pour faire ce qu'il fallait, mais cela ne calmait pas son inquiétude et sa colère. Ils ne trouveraient pas Daryl. Personne ne le trouverait. S'il ressemblait à son frère, il se révélerait plus glissant qu'une anguille.

— Va inspecter la maison, dit-il à Wyatt. Nous devons nous assurer qu'il n'a rien fait d'autre.

Il repensa aux cocktails Molotov. De quelles autres actions criminelles Daryl était-il capable ?

Wyatt acquiesça.

— Ça ira ? s'inquiéta-t-il.

— Oui, répondit-il. Je reste avec elle. Maintenant, nous devons nous assurer que personne d'autre n'est en danger. Les deux frères en veulent à la famille tout entière. Daryl a peut-être attaqué Whitney pour faire diversion avant de s'en prendre à quelqu'un d'autre. Tu dois tout faire pour que ça n'arrive pas.

— J'ai mon téléphone, si tu as besoin de quoi que ce soit, répondit Wyatt avant de lui tourner le dos.

— Attends !

Son frère se retourna.

— Laisse-moi une arme, demanda Colter.

Wyatt fronça les sourcils.

— Pour quoi faire ?

— Si je tombe sur Daryl...

Wyatt secoua la tête.

— Il faut qu'on lui mette la main dessus et il doit payer pour ses crimes, dit-il. Mais tu dois rester fidèle à tes valeurs. Ils auront gagné si tu t'abaisses à agir comme eux. Nous sommes des Fitzgerald. Nous valons mieux que ça.

Colter comprenait la logique des paroles de son frère, mais elle n'avait aucun effet sur lui. Il y avait des moments où l'option la plus digne n'était pas la plus simple, ni la plus satisfaisante. Le monde ne serait-il pas meilleur, une fois débarrassé de cette ordure de Daryl ? Tous ceux qui faisaient du mal aux femmes méritaient de mourir.

Wyatt s'éloigna en direction de la maison.

Whitney laissa échapper un petit gémissement.

— Chérie ! Ça va aller, murmura-t-il en lui caressant les cheveux. On retrouvera Daryl. Il payera pour ce qu'il t'a fait.

Les paupières de Whitney tremblèrent comme si elle essayait de reprendre conscience.

— Ça va aller, répéta-t-il.

Il la regarda lutter, le cœur empli de rage.

Ça ne serait pas arrivé s'il ne l'avait pas laissée seule. Il aurait dû être là pour la protéger. Il aurait dû savoir qu'elle était en danger.

— Quoi qu'il arrive, n'oublie jamais que je t'aime, chérie, dit-il en lui caressant la joue.

Ses paupières recommencèrent à trembler, mais elle perdit la bataille et sa tête roula sur le côté.

Pourquoi fallait-il que cela finisse en tragédie ? Tout ce qu'il voulait, c'était bâtir un avenir avec la femme qu'il aimait.

Pourquoi le monde était-il si cruel ?

— Comme c'est mignon ! s'exclama quelqu'un d'une voix rauque de fumeur.

Colter tourna la tête. Daryl se tenait près de la cabane en flammes, habillé tout en noir. Il avait de la suie sur le visage et ses cheveux lui collaient au crâne. Il tenait une batte de base-ball ensanglantée.

— Va en enfer, Daryl ! grogna Colter en se levant lentement.

L'autre éclata de rire.

— Oh non ! C'est là où *vous* allez, ta famille et toi ! Et, quand vous y serez, mon frère et moi raserons ce ranch. Nous détruirons tout ce à quoi vous tenez.

— Dans tes rêves ! grogna Colter en avançant.

Daryl leva sa batte.

— Si tu fais un pas de plus, tu finiras comme ta copine, le menaça-t-il. Tu aurais dû la voir tomber... Comme un sac de patates !

Colter repéra l'extincteur abandonné à deux pas de lui. Il se pencha pour le ramasser sans quitter son ennemi des yeux.

Daryl se remit à rire.

— Tu es un sacré pompier si tu réussis à éteindre cet incendie avec ce petit truc, pouffa-t-il.

L'un des murs de la cabane penchait déjà dangereusement de leur côté.

— Je n'ai pas l'intention d'éteindre cet incendie, répliqua Colter.

Cette fois, il comptait se battre — jusqu'à ce que mort s'ensuive, si nécessaire. Il donnerait tout ce qu'il avait en lui pour sa famille et pour Whitney.

Il se jeta sur Daryl, qui leva sa batte pour frapper. Elle heurta l'extincteur si violemment qu'il vibra comme une cloche entre les mains de Colter. Celui-ci eut le réflexe d'attraper la batte de Daryl avant qu'il ne reprenne de l'élan. Il tira de toutes ses forces, mais Daryl la tenait bien.

Colter leva son extincteur et l'abattit sur le crâne de Daryl. Un jet de sang traça un arc de cercle sur la neige qui commençait à fondre.

Daryl leva sa batte en titubant comme un homme ivre. Il vacilla et pencha du côté de la cabane. Il essaya visiblement de retrouver l'équilibre, mais son corps refusa de lui obéir.

Il tomba contre le mur de la cabane, qui s'effondra autour de lui dans une grande gerbe d'étincelles.

Pendant quelques secondes, Colter se contenta de regarder les flammes. Il pouvait laisser mourir Daryl. Seul William Poe pouvait avoir envie de venger sa mort et Colter se trouvait déjà sur la liste de ses ennemis.

La fumée le fit tousser.

Non, Wyatt avait raison. S'il laissait mourir Daryl, s'il restait les bras croisés, il ne vaudrait pas mieux que ses ennemis. Pire : il serait le digne fils de son père biologique, qui avait trahi ses principes et renoncé à ce qui donnait du sens à sa vie pour satisfaire les désirs primitifs de sa part animale.

Il poussa une poutre enflammée, attrapa le pied de Daryl et tira.

Il était un homme de principes et il le resterait. Il était un homme qui croyait que la plupart des humains étaient bons et que tout le monde, même ceux qui avaient fait du mal aux gens qu'il aimait, pouvait se racheter.

23

Dix points de suture et deux jours plus tard, Whitney commença enfin à se sentir mieux. Elle ne voyait plus des flammes à chaque fois qu'elle fermait les yeux et l'odeur de fumée qui avait envahi le ranch se dissipait. Colter avait été formidable. Il avait même passé la nuit à l'hôpital avec elle quand les médecins l'avaient gardée en observation.

Il était au téléphone avec Wyatt. D'après ce qu'elle avait suivi de la conversation, elle avait cru comprendre que Daryl était encore à l'hôpital sous bonne garde. Il était gravement brûlé. Dans une crise d'honnêteté due à la morphine, il avait avoué avoir mis le feu au café de Sarah. S'il guérissait, il irait en prison. Elle aurait dû être soulagée qu'il paye pour ce qu'il lui avait fait, songea-t-elle en effleurant le bandage qu'elle avait à la tête. Mais elle ne tirait de réconfort que de la présence de Colter. Désormais, elle savait qu'ils se protégeraient l'un l'autre de tout ce que le monde leur ferait subir.

La porte de son bureau s'ouvrit et le couple de snobs entra. La femme portait une autre paire d'escarpins aux talons tout aussi hauts et tout aussi peu adaptés à la neige que ceux qu'elle portait le premier jour.

— Bonjour. Avez-vous apprécié votre séjour ? leur demanda Whitney aussi chaleureusement qu'elle en était capable.

La femme évita soigneusement de la regarder, mais le mari hocha la tête.

— C'était très agréable, répondit-il. Nous souhaitons régler la note et récupérer Francesca.

— C'est donc comme ça qu'elle s'appelle, pouffa tristement Whitney avant de tourner la tête vers Lassie et Milo qui dormaient l'un contre l'autre dans le panier de Milo.

La femme se tourna vers la chienne et claqua des doigts.

— Viens, Francesca !

La chienne leva la tête quelques instants, puis la cacha sous la patte de Milo.

— On dirait qu'elle n'a pas envie de rentrer chez elle, dit Whitney en espérant que sa voix ne trahissait pas trop son chagrin.

— C'est ridicule ! cracha la femme. Elle refuse d'obéir, c'est tout.

Elle frappa dans ses mains, ce qui produisit un son aussi désagréable que sa voix aiguë.

Cela incita la chienne à s'enfoncer davantage sous la patte de Milo.

— Au pied ! cria la femme en pointant son index vers le sol devant elle.

Whitney comprenait de mieux en mieux pourquoi la chienne ne voulait pas avoir affaire à elle.

La pauvre bête se mit à trembler.

Quand la femme s'approcha d'elle pour la prendre, Milo leva la tête et grogna comme Whitney ne l'avait jamais entendu grogner. La femme recula.

— Vous avez vu ça ? s'écria-t-elle. Votre chien a failli me mordre !

Et Whitney ne pouvait vraiment pas lui en vouloir.

— Je crois qu'ils sont tombés amoureux, répondit-elle. Il ne veut pas qu'elle s'en aille.

— Et nous non plus, dit Colter, qui venait de raccrocher. Si vous n'y voyez pas d'inconvénient, on aimerait garder Francesca. On vous promet qu'elle ne manquera jamais ni de confort ni d'amour.

Whitney lui décocha un sourire.

— Oui, on serait ravis de la garder, renchérit-elle.

La femme fronça les sourcils.

— Mais elle m'appartient, protesta-t-elle.

Son mari haussa les épaules.

— Ne t'en fais pas, je t'en achèterai un autre, dit-il. On en choisira un mieux dressé.

— Soit, répondit la femme. Mais je veux aussi qu'il soit plus joli.

Elle n'attendit pas que son mari ait fini de payer pour sortir.

Il ne laissa pas de pourboire.

Colter éclata de rire quand celui-ci ferma la porte.

— Alors c'est à ça que tu as affaire tous les jours ? demanda-t-il.

— La plupart des clients sont plus aimables que ça, lui assura-t-elle. Au moins, il en est sorti quelque chose de bon.

Elle se tourna vers la chienne.

— Viens ici, Lassie !

La chienne se dégagea de la patte de Milo et accourut pour lui lécher la main. Whitney lui gratta la tête.

— Je suis sûr qu'elle est encore plus contente que nous, dit Colter. Et nous avons notre premier animal ensemble !

Cela la fit sourire.

— Tu es exactement le genre d'homme avec lequel j'ai envie de partager un chien, répondit-elle.

Colter pouffa.

— Je prends ça comme un grand compliment. Si tu es prête à adopter un animal, puis-je en déduire que tu as l'intention de rester ?

— Si on me le propose, c'est possible, le taquina-t-elle.

— Ça peut se faire, répondit-il. Tu as fait l'impossible pour arrêter un tueur, après tout.

— Je me suis retrouvée sur son chemin, tu veux dire... Mais peu importe. Je veux bien passer pour une héroïne.

Elle s'approcha de la fenêtre et regarda la vieille camionnette bleue de Daryl — équipée de pneus tout-terrain flambant neufs — plantée au milieu du parking.

— Va-t-on enfin nous en débarrasser ? demanda-t-elle.

— Wyatt a promis de charger quelqu'un de l'emmener à la fourrière dans la journée, répondit Colter.

Elle se moquait éperdument du destin de cette voiture tant qu'elle ne la voyait plus.

— Si on sortait un peu ? suggéra Colter. Tous les clients ont payé, n'est-ce pas ?

— Bonne idée, répondit-elle.

Elle ne demandait qu'à sortir de son bureau, qui empestait encore le parfum de la dernière cliente.

Ils enfilèrent leurs manteaux et prirent la direction de la grange.

Avant d'y entrer, Colter chargea une botte de foin dans une brouette. Il en détacha une poignée pour la tendre à la jument qui occupait la première stalle. Le sol était encore couvert de copeaux de cèdre, et le sapin de Noël se dressait fièrement au milieu du bâtiment. Ils ne le démonteraient pas avant la fin des vacances.

Lassie et Milo, qui les avaient suivis, s'assirent près de la porte et les observèrent avec des airs approbateurs.

La jument prit la poignée de paille que lui tendait Colter et la mâcha avec satisfaction. Whitney détacha une poignée à son tour et la tendit par l'ouverture de la stalle suivante. Clark s'approcha, mais il bouda la paille pour réclamer son attention d'un coup de tête dans l'épaule.

— Petite canaille ! dit-elle en lui souriant.

— C'est moi que tu traites de petite canaille ? s'offusqua Colter.

Son sourire prouvait qu'il avait parfaitement compris qu'elle s'adressait au cheval.

— Je choisirais quelque chose de plus fort pour te qualifier, Colter Fitzgerald, répondit-elle.

— Quoi, moi ? L'homme qui t'a sauvé la vie ? répliqua-t-il avec un air innocent.

— Tu veux que je t'appelle « le plus beau cadeau que Dieu a fait aux femmes », c'est ça ? pouffa-t-elle.

— Ça irait. Tu pourrais aussi m'appeler Superman, le roi des pompiers, ou mieux : ton mari.

Il avait prononcé ces derniers mots sur le même ton que le reste, comme s'il n'était pas en train de lui assener un coup qui l'avait pétrifiée de joie et de stupeur.

— Pourquoi t'appellerais-je comme ça ? balbutia-t-elle.

Le sourire de Colter s'élargit.

— Tu n'es pas obligée, répondit-il.

Il tira de la botte de paille un petit écrin recouvert de velours noir et vint s'agenouiller devant elle.

Elle mit la main sur sa bouche.

— Whitney Barstow, je sais que nous n'avons pas abordé le sujet et que c'est un peu impulsif de ma part, mais il y a certaines choses dans la vie qui sont juste *évidentes*. Je sais que je t'aime. Je sais que je veux passer le reste de ma vie avec toi.

— Mais... et mon passé ? Et Daryl et William ?

— Quoi, ton passé ? répondit-il. Quoi, Daryl et William ? Nous avons tous un passé et, si quelqu'un essaye de s'en prendre à toi je serai à tes côtés pour te protéger. Je te jure que plus personne ne te fera de mal. Quand je t'ai vue près de la cabane...

— Ça va, Colter, le coupa-t-elle en glissant les doigts dans ses cheveux. Ce n'était pas ta faute. Tu ne pouvais pas l'empêcher. Il arrive que des choses terribles se produisent sans que nous n'y puissions rien.

— Alors choisissons de nous concentrer sur le positif ! Marions-nous et commençons une vie de bonheur.

Il ouvrit l'écrin, qui contenait un diamant monté sur un anneau en or blanc. C'était une bague simple et élégante.

— Ce diamant est unique, tout comme toi, dit Colter.

— Oh ! Colter ! murmura-t-elle avant de se pencher pour l'embrasser.

— Est-ce un oui ? demanda-t-il contre ses lèvres.

Elle acquiesça et enroula les bras autour de son cou.

— Je t'aime, Colter Fitzgerald, déclara-t-elle.

— Moi aussi, je t'aime, répondit-il. Je t'aimerai toujours.

Il sortit la bague de l'écrin pour la passer à son doigt.

Clark poussa un long hennissement.

— On dirait qu'il est aussi excité que nous, dit Whitney en contemplant sa bague. Si c'est un nouveau commencement, tu sais ce que j'aimerais faire ?

Colter se releva et lui prit la main.

— Quoi ?

— Et si on allait faire une promenade ? suggéra-t-elle en indiquant Clark d'un signe de tête.

— J'ai cru que tu ne me le proposerais jamais, répondit Colter.

Il la prit dans ses bras et la souleva. Les jambes enroulées autour de sa taille, elle prit son visage entre ses mains et l'embrassa. C'était sa manière de lui promettre en silence qu'ils seraient toujours ensemble et qu'elle l'aimerait jusqu'à la fin des temps.

Leur avenir lui semblait aussi radieux que le sourire de son futur mari.

DANICA WINTERS

Un protégé si troublant

INTÉGRALE
LES MYSTÈRES DE L'HIVER

Traduction française de
KAREN DEGRAVE

SAGAS
HARLEQUIN

Titre original :
MS. DEMEANOR

Ce roman a déjà été publié en 2018

1

Rainier n'avait jamais rien ressenti d'aussi intense que ce qui l'avait habité quand il avait essayé de tuer son père.

C'était comme une charge électrique qui aurait parcouru tout son corps avant de s'échapper en un coup de poing malavisé et parfaitement bien placé. Cet unique coup de poing lui avait coûté trois ans de sa vie, plusieurs milliers de dollars et presque toutes ses relations.

Par moments, il regrettait de ne pas avoir tué son géniteur. S'il avait frappé encore un peu plus fort ou donné quelques coups de plus, il aurait eu la satisfaction de voir la vie s'échapper de son corps. Alors il se serait peut-être senti coupable au lieu d'avoir pour seul regret de ne pas avoir frappé plus tôt.

La porte de la prison s'ouvrit avec un grincement assourdissant. Rainier rêvait de ce jour, celui de sa remise en liberté, depuis la seconde où il avait mis les pieds dans cet enfer.

Il inspira profondément. L'air froid sentait le béton, la poussière et les rêves brisés, mais il s'en moquait éperdument. Pour la première fois depuis des années, il était libre.

On pouvait deviner que Noël approchait à l'épaisse couche de neige et aux bois de renne en peluche qui dépassaient des vitres d'une voiture noire garée sur le parking.

Ils étaient ridicules, ces bois de renne, mais ils lui arrachèrent un rire rauque qui le surprit. Cela faisait longtemps qu'il n'avait pas ri.

Il y avait une vignette de la prison d'État du Montana dans un coin du pare-brise. Soit le propriétaire de cette voiture travaillait là, soit il venait assez souvent pour qu'on ait jugé utile de lui faciliter l'entrée.

Cela rendait les décorations de Noël de sa voiture encore plus idiotes et presque obscènes. C'était comme une provocation. Comme si cet homme fêtait le seul fait de pouvoir jouir de sa liberté — en l'occurrence, celle d'acheter des décorations de mauvais goût qui ne pouvaient pas manquer de narguer les détenus.

Rainier balaya le parking du regard à la recherche de Wyatt dans l'une des camionnettes du ranch de leur père, ou peut-être dans une voiture de patrouille. L'ironie d'être attendu à sa sortie de prison par une voiture de police le fit ricaner. Un détail aussi ridicule n'était possible que dans sa vie.

Sauf qu'il n'y avait qu'une vieille camionnette au bout du parking. À en juger par l'épaisse couche de glace qui couvrait le pare-brise, elle était garée là depuis plusieurs jours.

Son frère n'était donc pas venu le chercher, finalement. Cela n'aurait pas dû le surprendre, mais une promesse était une promesse.

Rainier soupira et frotta ses mains l'une contre l'autre — en ayant bien conscience que l'absence de son frère le glaçait plus que le froid mordant de l'hiver.

Mais il ne pouvait pas en vouloir à Wyatt après tout ce qu'il avait fait subir à sa famille. C'était pour cela qu'il n'avait pas demandé à sa mère de venir le chercher. Il ne voulait pas qu'elle le voie là. Elle avait toujours pris soin de lui et l'avait enveloppé de son amour. Il l'en avait bien mal remerciée en se faisant envoyer dans un endroit où les repas étaient servis sur des plateaux et où l'on vous disait à quelle heure vous doucher.

En un sens, il était toujours l'enfant perdu qui n'avait pas sa place dans ce monde, le gosse que les Fitzgerald avaient recueilli. Alors que ces braves gens lui avaient fait sentir qu'il était un membre de la famille à part entière, il avait réussi à se retrouver seul et égaré une nouvelle fois.

La portière de la voiture noire s'ouvrit, ce qui fit tinter les grelots du bois de renne qui y était accroché comme pour attirer son attention sur la femme qui en sortit.

Dire qu'elle était belle aurait été très en dessous de la vérité. Non, elle était bien plus que cela. Ses cheveux blond cendré étaient ramassés en chignon. Elle avait une paire de lunettes à monture d'écaille posée sur la tête et de longues jambes. Rainier se laissa hypnotiser par le contour de ses hanches jusqu'à ce qu'elle lui coupe le souffle en se retournant pour prendre quelque chose dans la voiture. La trace en diagonale de sa culotte sous sa jupe fourreau lui mit l'eau à la bouche.

Il avait peut-être passé trop de temps en prison, mais il aurait juré que c'était la femme la plus sexy sur laquelle il ait jamais posé les yeux. Elle était digne, élégante, et elle appartenait clairement à la catégorie des femmes qui ne voulaient rien avoir à faire avec lui. Elle était à des années-lumière de celles dont les photos décoraient les cellules de son unité — des photos qui sortaient de magazines pour hommes, en général.

La femme se redressa et tâta méthodiquement toutes ses poches. Elle cherchait quelque chose. Rainier fut presque sûr de lire une série de jurons sur ses lèvres. L'usage de la vulgarité était en complète contradiction avec l'élégance austère de sa tenue. Il n'en désira que davantage cette fascinante inconnue.

Oui, il avait passé bien trop de temps à l'ombre. Il n'avait pas la moindre chance avec une femme comme elle, mais cela ne l'empêchait pas d'essayer, ne serait-ce que pour l'honneur.

Il s'approcha doucement d'elle alors qu'elle fouillait dans son sac à main.

— Puis-je vous aider, madame ? demanda-t-il. Avez-vous perdu quelque chose ?

Elle tressaillit comme si elle ne s'était pas aperçue de sa présence jusque-là.

— Non, tout va bien, répondit-elle avant de s'éclaircir la voix comme si elle essayait de se ressaisir.

Rainier crut lire de la peur dans son regard.

Il aurait dû s'y attendre. Voilà à quoi allait ressembler sa vie, maintenant qu'il était dehors : les gens se méfieraient toujours du Fitzgerald qui pouvait perdre son sang-froid à tout instant.

— Je suis désolé, reprit-il. Je ne voulais pas vous ennuyer. Je pensais juste… vous voyez.

Sa voix était étrangement rauque, mais il trouva que cela

convenait parfaitement à l'homme abîmé qu'il était devenu. Il s'éloigna sur ces mots.

— Attendez ! s'écria la femme, dont les talons aiguilles cliquetèrent sur le bitume derrière lui.

Il se retourna. Pendant une fraction de seconde avant que leurs regards ne se rencontrent, il crut la surprendre en train de fixer ses fesses — mais c'était sans doute sa libido qui lui jouait des tours.

— Oui ? dit-il en haussant un sourcil.

— Vous êtes Rainier Fitzgerald, n'est-ce pas ? demanda-t-elle en le rejoignant.

Elle tendit son téléphone pour lui montrer la photo qui avait été prise le jour de son arrestation.

Il l'examina. L'éclairage était si mauvais que ses yeux verts semblaient presque noirs. La seule chose qui trahissait sa crainte d'aller en prison était son léger rictus. Il avait toujours l'air d'être sur le point de sourire quand il était nerveux ou mal à l'aise.

Il effleura ses lèvres et s'aperçut qu'il avait la même expression à cet instant — sauf que les petites rides qu'il avait aux coins de la bouche s'étaient creusées pendant ses trois années d'incarcération.

— C'est bien vous, je ne me trompe pas ? insista la femme en retournant le téléphone pour regarder la photo.

— Est-ce que c'est Wyatt qui vous envoie ? demanda-t-il. Êtes-vous le comité d'accueil ? Si c'est le cas, il faudra que je le remercie.

Il n'aurait pas dû formuler les choses comme cela. Il entendit les résonances grivoises qu'il n'avait pas voulu mettre dans sa phrase.

— Pardon ? répliqua la femme. Je ne sais pas ce que vous avez en tête, monsieur Fitzgerald, mais vous êtes loin du compte. Je suis sûre que vous aimeriez recevoir un accueil chaleureux, mais je n'ai ni le temps ni l'envie de vous le procurer. Par ailleurs, il est sans doute dans votre intérêt de ne pas trop vous approcher des femmes qui se réjouiraient de vous *accueillir*.

Il n'était sorti de prison que depuis cinq minutes et il avait déjà des problèmes avec une femme qui lui expliquait qu'il pouvait faire un trait sur ses sentiments vis-à-vis du sexe opposé.

Formidable.

— Je suis désolé d'avoir imaginé que vous étiez là pour me

servir de comité d'accueil dans le monde réel, dit-il. C'était juste un espoir fou. Vous êtes si belle que...

Il laissa sa phrase en suspens. À quoi bon l'achever ? C'était peut-être à cause du froid, mais les joues de la femme rosirent. Elle ajusta sa veste de tailleur et s'éclaircit encore la voix.

— Monsieur Fitzgerald...

— Appelez-moi Rainier, la coupa-t-il.

— Laissez-moi deviner : c'est votre père qu'on appelle « M. Fitzgerald », dit-elle avec une moue un peu dégoûtée, comme si elle avait entendu cette réplique des dizaines de fois.

— Ce n'était pas ce que j'avais à l'esprit, lui assura-t-il. Et personne n'appelle mon père comme ça. Il trouverait ça ridicule.

Il tira sur la chemise hawaïenne que la prison lui avait fournie et qui devait sortir de la friperie la plus proche.

— Est-ce que j'ai l'air de quelqu'un qu'on appelle « monsieur » ? demanda-t-il.

Elle esquissa un sourire qui illumina ses traits. Elle le réprima presque aussitôt, mais Rainier sentit qu'il commençait à percer son armure.

— « Monsieur » ou non *Rainier*, vous devez bien vous conduire, reprit-elle. Je suis votre contrôleuse judiciaire. Je m'appelle Laura Blade.

Par réflexe, Rainier baissa les yeux vers les documents que la prison venait de lui fournir. Il comprenait beaucoup mieux la raideur de son attitude, à présent. Bien sûr, elle incarnait la loi.

— Je n'étais pas censé passer à votre bureau demain ? demanda-t-il.

— Je suis une amie de votre frère. Il m'a demandé de vous exposer au plus vite les conditions de votre remise en liberté.

— Vous plaisantez ? s'écria-t-il. Mon frère vous a demandé de m'attendre à la porte ? Avait-il peur que je m'attire des ennuis si vite qu'il fallait que quelqu'un me rappelle à l'ordre dès mes premiers pas dehors ?

Elle se mit à tapoter sur son téléphone comme si elle rédigeait un texto.

— J'ai d'autres visites à faire dans la foulée, répondit-elle. Vous êtes loin d'être le seul prisonnier libéré sur parole que j'ai le plaisir de fréquenter. Par ailleurs, je suis toujours prête à donner un coup de main à mes collègues.

— Je parie que Wyatt a bien rigolé quand il a organisé ça. Après votre avertissement, je suis censé me débrouiller pour regagner le ranch, c'est bien ça ?

— Vous connaissez bien mal votre frère, on dirait… J'ai proposé de vous servir de chauffeur. Je devais faire une visite à domicile, de toute manière, pour m'assurer que vous vivez dans des conditions qui vous permettent de rester un bon citoyen.

Il écarquilla les yeux.

— Vous plaisantez ? s'écria-t-il.

— Que voulez-vous dire ? demanda-t-elle en jouant avec ses clés de voiture.

— Vous avez l'intention de faire un long trajet en voiture jusqu'à Mystery avec moi — un ex-détenu ?

— Comme je ne suis pas votre père, je pense que je ne crains pas grand-chose, répondit-elle. Allons-y ! Il ne fait vraiment pas chaud.

Les grelots du bois de renne tintèrent quand elle ouvrit sa portière. Elle s'installa au volant et l'attendit en continuant à pianoter sur son téléphone.

Il fallut un moment à Rainier pour s'arracher à sa stupeur et monter en voiture. Elle avait fait des recherches sur lui, mais elle se trompait si elle croyait que ce qu'elle avait découvert prouvait qu'il n'était pas dangereux. Pour commencer, il avait envie de lui faire un certain nombre de choses qui — idéalement — l'inciteraient à gémir son nom.

Pour son malheur, il était de ceux qui désiraient toujours ce qui était hors de leur portée.

Mais cette femme lui ressemblait peut-être plus qu'il ne le supposait… Avait-elle un côté sauvage qu'elle cachait bien ?

2

Laura trouvait ce dicton stupide, mais il était vrai qu'on était toujours puni pour une bonne action, finalement. Elle avait cru que le service que Wyatt lui avait demandé serait rapide et facile, mais ce long trajet en compagnie d'un ex-détenu bien trop séduisant était décidément pénible et perturbant.

Elle jeta un coup d'œil de plus à Rainier. Il avait des mèches de différentes nuances de roux et de cuivré qui brillaient comme des métaux précieux quand le soleil s'y reflétait. Ses yeux d'un vert émeraude étaient ternis par les années qu'il avait passées derrière des barreaux. Retrouveraient-ils leur éclat avec le temps ?

Elle avait les mains moites à force d'agripper le volant. Heureusement, le ranch Dunrovin n'était plus très loin. Elle essaya de jeter un coup d'œil discret à l'horloge du tableau de bord pour se faire une idée du temps qu'il lui restait à passer piégée dans cette voiture, mais elle s'aperçut que Rainier la regardait.

Pour se donner une contenance, elle alluma la radio. Une vieille chanson country de George Jones, qui parlait de cœurs brisés et de vies détruites, meubla le silence. C'était de circonstance et un peu ironique : son cœur avait été brisé et la vie de Rainier, détruite.

Craignant que ses pensées ne se lisent sur son visage, elle offrit un sourire à son passager pour les masquer. Elle avait peut-être tort de l'englober dans sa vision amère de l'existence. Après tout, sa propre vie, elle aussi, avait été détruite en quelques minutes.

La chanson ne concernait peut-être qu'elle.

La voix métallique du chanteur lui tapa vite sur les nerfs. Elle éteignit la radio.

— Dois-je vous rappeler les conditions de votre liberté sur parole ou pensez-vous les avoir comprises ? demanda-t-elle en glissant derrière son oreille une mèche qui s'était échappée de son chignon.

Rainier pouffa de rire et souleva l'enveloppe qu'il tenait depuis sa sortie de prison.

— Grâce à cette rame de papier et aux instructions que vous me donnez depuis une heure, je crois que j'ai saisi, répondit-il.

— Je veux juste être sûre que vous avez bien compris que nous pouvons révoquer votre libération sur parole et vous renvoyer en prison à tout moment, insista-t-elle.

— Très bien, je récapitule, soupira-t-il. Je ne boirai pas excessivement et je n'irai pas dans des endroits où l'on vend ou l'on consomme de la drogue. Je ne quitterai pas les limites du territoire dans lequel j'ai été autorisé à vivre sans une permission écrite. Je vous rendrai visite entre le 1er et le 3 de chaque mois…

Il lui décocha un sourire. De plus en plus mal à l'aise, elle se redressa pour essayer de cacher sa nervosité.

— Je ne violerai aucune loi, reprit-il. Je ne fréquenterai pas de gens qui ont un casier judiciaire, je n'achèterai pas d'arme à feu et… nous connaissons tous les deux la suite.

— Tant que vous la connaissez, tout va bien, répondit-elle en tapotant le volant.

Cette année, durant laquelle ils devaient se voir tous les mois, allait être longue s'il la mettait dans cet état rien qu'en étant assis à côté d'elle et en lui souriant.

Elle avait renoncé aux hommes depuis longtemps parce qu'ils ne lui avaient apporté que des peines de cœur et dix kilos qui s'étaient confortablement installés dans ses cuisses et ses fesses.

— Laura…

— Appelez-moi « Mlle Blade », le coupa-t-elle.

— Désolé, *mademoiselle Blade*, répondit-il comme si son nom lui écorchait la bouche. Je voulais juste vous demander comment vous en étiez arrivée à endosser le costume d'une contrôleuse judiciaire.

S'engager dans une conversation avec lui était contraire à sa mission. Elle enverrait un message désastreux à Rainier si elle le laissait imaginer qu'ils pouvaient devenir amis. Son dossier lui avait été assigné. Son travail consistait à s'assurer qu'il ne s'attirerait pas de nouveaux ennuis. Elle devait le sauver de lui-même, même si cela supposait qu'elle se montre désagréable.

— Le métier de contrôleur judiciaire n'a rien d'un jeu, monsieur Fitzgerald, répondit-elle en serrant le volant encore plus fort. Et je vous assure que je prends mon métier très très au sérieux.

— « Très très », répéta-t-il avant de pouffer. Je vous crois. Je n'avais entendu personne dire ça depuis le lycée.

Comme au lycée, elle eut envie de lui décocher un coup de poing dans l'épaule pour lui apprendre les bonnes manières.

Dans d'autres circonstances, sa remarque l'aurait amusée. Ils auraient peut-être même pu devenir amis. Mais c'était lui qui avait choisi de frapper un homme, ce qui avait failli le tuer. Il devait en assumer les conséquences, à présent — même les conséquences qui n'avaient pas beaucoup d'importance, comme le fait de passer à côté de son amitié.

— Je suis surprise que vous n'ayez pas eu plus de problèmes en prison avec cette tendance à faire le malin, répliqua-t-elle.

Il éclata de rire.

— Vous ne devez pas exercer ce métier depuis très longtemps si vous pensez que je fais le malin, dit-il. Quel âge avez-vous, d'abord ? Trente-deux ?

Décidément, leur relation partait sur de mauvaises bases.

Ce n'était jamais une bonne chose qu'un homme essaye de deviner l'âge d'une femme — surtout s'il la vieillissait. Elle aurait été mieux disposée à son égard s'il avait dit vingt-quatre, mais il était trop tard. Il venait de perdre le peu d'indulgence qu'elle lui avait accordée.

Par chance, ils approchaient du sommet de la dernière colline. Le toit en tôle de la grange du ranch Dunrovin venait d'apparaître à l'horizon. Elle n'avait plus le temps de passer ses conditions de liberté sur parole en revue une nouvelle fois pour lui faire payer son erreur d'estimation.

Comme elle était venue au ranch quelques jours plus tôt pour la grande fête du solstice d'hiver, cela lui semblait étrange d'y remettre les pieds aussi vite. Une sorte de sérénité la gagna.

Cet endroit lui faisait toujours cet effet — et les drames qui l'avaient frappé ces derniers temps n'y changeaient rien. Elle arrivait presque à imaginer qu'elle pourrait vivre là. Elle se voyait marcher dans les pâturages parsemés de flaques d'eau au printemps, caresser en été les têtes des grandes herbes dont on faisait du foin et sentir le vent de l'hiver lui fouetter les joues quand venait le moment de rentrer les bêtes.

Elle inspira profondément en espérant qu'un peu du bon air du ranch s'était introduit dans la voiture. Elle sentit les odeurs des chevaux, du foin et de l'essence des tracteurs. C'était un mélange enivrant qui lui rappelait les innombrables heures qu'elle avait passées, quand elle était petite, à rêver de nature tandis que son père s'épuisait dans son cabinet d'avocat.

— Je parie que vous êtes content de rentrer chez vous, dit-elle.

Elle vit son regard s'assombrir lorsqu'il le posa sur le ranch. Cela n'avait aucun sens. Comment pouvait-il paraître aussi indifférent à un lieu qu'elle adorait alors que lui y avait grandi ?

— Je suis content d'être sorti de prison, grommela-t-il.

— Ce qui n'est pas la même chose qu'être content de rentrer chez vous.

— Je suis content, en un sens, mais vous devez comprendre qu'on ne m'accueillera pas à bras ouverts, expliqua-t-il. J'ai tout gâché. Mes frères étaient fous de rage. Je suis sûr qu'ils ont convaincu tout le monde qu'il vaudrait mieux que je fiche le camp.

— Ça m'étonnerait que ce soit l'avis de vos parents, répondit-elle.

— Ils ne sont pas venus me voir une seule fois quand j'étais en prison. Ils m'ont clairement fait comprendre que je ne leur apportais que des ennuis.

— Si vous pensez que vivre ici ne vous aidera pas à rester dans le droit chemin, je peux vous aider à vous installer ailleurs, proposa-t-elle.

Il grimaça comme si elle venait de le placer à l'isolement.

— Non, je ne fuirai pas, répondit-il. Je ferai face à ce qui m'attend, c'est tout.

Comme elle avait envie de presser ses doigts pour le rassurer, elle serra le volant encore plus fort.

— Vous pouvez compter sur moi quoi qu'il arrive, lui dit-elle. Je suis votre alliée.

— Alors j'en ai au moins une, conclut-il en retrouvant son sourire irrésistible.

Elle s'arrêta au bout de l'allée gravillonnée couverte de neige. Le ranch baignait dans l'atmosphère chaleureuse de Noël. Il était décoré de guirlandes lumineuses et des couronnes avaient été accrochées à presque tous les poteaux. Il semblait sorti d'un tableau de Norman Rockwell — de même que la femme qui les regardait approcher depuis le porche.

Elle reconnut Eloise Fitzgerald, dont elle n'était pas proche, mais qu'elle saluait quand elles se croisaient dans la rue.

Eloise sourit et agita la main tandis qu'ils détachaient leurs ceintures, mais ce n'était que l'accueil poli qu'on réservait à de vagues connaissances. Laura s'attendait à autre chose de la part d'une mère qui retrouvait son fils.

L'expression de Rainier s'assombrit. La froideur de sa mère le blessait, évidemment.

— Ne vous en faites pas : elle ne vous a sans doute pas vu, dit Laura en espérant qu'elle ne se trompait pas.

Ils sortirent de la voiture. Eloise plaça la main au-dessus de ses yeux pour mieux les voir. Laura comprit qu'elle venait de reconnaître son fils quand elle la vit tressaillir et ouvrir la bouche.

Elle se redressa et sourit.

— Rainier ! s'écria-t-elle. C'est bien toi, chéri ? Je n'arrive pas à le croire !

Elle se précipita à leur rencontre et se jeta dans les bras de son fils.

— On ne t'attendait pas avant demain, ajouta-t-elle. Wyatt avait dit…

La fin de sa phrase fut étouffée par la chemise de Rainier contre laquelle elle pressait le visage.

La gorge de Laura se serra. Dieu merci, ce n'était pas l'accueil glacial auquel Rainier s'attendait et qu'elle avait redouté pendant quelques instants.

Eloise étreignit son fils un long moment, les joues inondées de larmes.

— Je suis si contente que tu sois rentré, répétait-elle.

Rainier déposa un baiser sur la tête de sa mère et s'échappa le plus doucement qu'il put de son torrent d'affection. Alors Eloise se tourna vers Laura, dont elle semblait avoir complètement oublié la présence depuis qu'elle avait reconnu son fils.

— Je vous remercie infiniment de nous avoir ramené notre fils, Laura, lui dit-elle avant de lui serrer chaleureusement la main. Entrez ! Les filles et moi venons de sortir des cookies du four et la sauce au chocolat est en train de refroidir.

Des cookies et de la sauce au chocolat... Laura glissa un doigt sous la ceinture de sa jupe par réflexe. À cette période de l'année, il lui semblait qu'il suffisait qu'elle s'approche de ces délices pour prendre du poids. Elle pouvait presque se sentir gonfler si elle y pensait en fermant les yeux.

— J'adorerais, mais je dois d'abord m'assurer que les conditions sont réunies pour que votre fils reste dans le droit chemin, répondit-elle en tirant machinalement sur le bas de sa jupe. Avez-vous l'intention d'héberger Rainier et de le faire travailler au ranch ? Est-il le bienvenu ?

Eloise lui jeta un regard incrédule.

— Vous plaisantez ? s'écria-t-elle. Tout le monde est le bienvenu au ranch. Mon fils a commis des erreurs, mais il a payé sa dette envers la société. Je ne veux surtout pas rendre sa vie encore plus compliquée. Je ferais n'importe quoi pour lui.

La réaction d'Eloise inspira de l'admiration à Laura. Ce n'était pas tous les jours qu'on voyait un ex-détenu traité avec autant de gentillesse, même par les membres de sa famille.

Laura jeta un coup d'œil à Rainier tandis qu'Eloise les entraînait vers la maison où un festin sucré les attendait. Il lui décocha un sourire éblouissant. Il avait tant de charme... Elle comprenait sans peine comment les gens pouvaient lui pardonner ses erreurs et lui accorder leur affection.

3

La maison était en effervescence. Gwen et Eloise s'agitaient dans la cuisine pour préparer un festin digne de la Rome antique. Toutes les surfaces disponibles étaient couvertes de nourriture. Il y avait de tout : de la charcuterie, du fromage, des salades et différentes sortes de gâteaux. Rainier en eut l'eau à la bouche. C'était bien mieux que ce qu'il trouvait sur son plateau en prison et les paquets de chips qu'il achetait de temps à autre. Décidément, il était bon d'être rentré à la maison.

Sa mère lui tendit une assiette remplie à ras bord, puis elle servit Laura comme si elle était un membre de la famille et non quelqu'un qui avait le pouvoir de le renvoyer en prison. Il ne savait pas si c'était une stratégie de la part de sa mère, qui espérait gagner la complicité de Blade en la noyant sous un déluge de gentillesse, ou si c'était juste sa nature généreuse qui s'exprimait. Peu importait. Dans les deux cas, cela lui réchauffait le cœur.

Son père adoptif, Merle, entra dans la cuisine en examinant le courrier. Dans son enthousiasme, sa mère avait dû oublier de dire à son mari que leur fils était rentré. Quand Merle leva les yeux des enveloppes, la joie illumina son visage.

— Que fais-tu ici, fiston ? demanda-t-il. Je croyais que tu ne sortais que demain…

Il jeta un regard interrogateur à Eloise.

— Oh ! Je suis désolée, chéri ! s'écria-t-elle. J'allais te prévenir. Je voulais juste m'assurer d'abord que Rainier et Laura ne manquaient de rien.

Elle se couvrit la bouche et secoua la tête.

— Je n'arrive pas à croire que..., balbutia-t-elle.

— Ce n'est pas grave, la coupa Merle.

Il déposa un baiser sur son front avant de se tourner vers Rainier.

— Tu es là depuis longtemps ? lui demanda-t-il.

Rainier haussa les épaules. Il y avait tant d'agitation autour de lui et sa mère l'avait bombardé de tant de questions qu'il ne savait pas s'il était arrivé cinq minutes ou cinq heures plus tôt. Il n'avait pas l'habitude d'être l'objet de tant d'attention. Il avait l'impression étrange que le monde s'était brusquement mis à tourner autour de lui. Cela l'embarrassait autant que cela lui faisait plaisir. C'était presque trop intense.

Son père, qui parut comprendre ce qu'il ressentait, hocha la tête pour le dispenser de répondre.

— Nous n'avons pas touché à ta chambre, dit sa mère. On pourrait aller t'acheter de nouveaux vêtements dans la semaine, qu'en penses-tu ?

Elle s'approcha de lui et tira sur sa chemise hawaïenne avec l'air de regretter de ne pas pouvoir la jeter immédiatement.

— Si tu as besoin de quoi que ce soit d'autre, dis-le-nous, reprit-elle. Waylon, Christina et Winnie nous rejoindront bientôt. Ce sera merveilleux de passer Noël tous ensemble ! Il faut que vous veniez, Laura.

Laura les regarda tour à tour, sa mère et lui, comme si elle espérait lire sur leurs visages la réaction qu'elle était censée avoir face à cette requête inhabituelle.

— Je...

— Vous êtes la bienvenue, Laura, intervint son père. Mais rien ne vous oblige à venir et vous n'avez pas à nous répondre tout de suite. Vous avez sans doute des projets avec votre famille.

Laura parut un peu soulagée. Le cœur de Rainier se serra comme si une part de lui aurait aimé qu'elle accepte de passer plus de temps avec lui et sa famille.

Perturbé par cette sensation, il inspira profondément et essaya de comprendre ce qui lui arrivait. Il connaissait à peine cette femme et ils n'avaient parlé que de choses sérieuses. D'un autre côté, il ne pouvait pas nier qu'il y avait une étincelle entre eux. Il avait presque l'impression de sentir de l'électricité au bout de ses doigts quand il était en sa présence.

C'était peut-être simplement parce que Laura était la seule personne qui comprenait ce qu'il avait vécu en prison. C'était son alliée, comme elle le lui avait dit, la seule qui pouvait comprendre pourquoi il avait changé.

— Je... Vous..., balbutia-t-il.

Il avait envie de dire quelque chose de poli, comme son père, mais rien ne vint.

Merle sourit.

— Tu veux bien me donner un coup de main, Rainier ? lui demanda-t-il. J'ai des tuyaux d'irrigation à changer avant que la pompe ne nous lâche.

Son père lui tendit un manteau, qu'il s'empressa d'enfiler.

Il était soulagé et profondément reconnaissant à Merle de lui permettre d'échapper au bourdonnement d'activité de la cuisine, dans laquelle il se sentait de moins en moins à sa place.

Laura se détendit et eut un sourire approbateur.

— Puisqu'il est rentré, il va se rendre utile, ajouta Merle à son intention.

Elle pouffa.

— C'est bien ce que j'espère, monsieur Fitzgerald, répondit-elle. Si ça ne vous ennuie pas, puisque vous êtes tous occupés, je vais en profiter pour faire un tour rapide de la maison pour mon rapport.

— Comme vous voudrez, mais appelez-moi Merle, s'il vous plaît, répondit son père en fronçant les sourcils.

— Merci, *Merle*, dit Laura.

— C'est mieux. Seule ma femme m'appelle « M. Fitzgerald », et elle ne le fait que quand elle a quelque chose à me reprocher, expliqua son père avant de se tourner vers lui. Allons-y ! Le jour baisse.

Rainier suivit son père dehors avec gratitude et inspira une grande bouffée d'air froid. Il était soulagé d'avoir fui la cuisine. Il adorait sa mère et tous les membres de sa famille, mais il avait besoin de quelques minutes de tranquillité pour redécouvrir une existence qui n'était pas limitée par des barreaux.

Son père l'entraîna vers le tracteur, dont il lui tendit les clés.

— Parfois, quand c'est le chaos autour de nous, le mieux qu'on puisse faire, c'est de se noyer dans le travail jusqu'à ce que nos idées s'éclaircissent, lui dit-il. Les vraies prisons sont celles dans lesquelles on s'enferme dans nos têtes.

Il avait raison. Pour Rainier, les pires moments de son incarcération avaient été ceux où il pensait au mal qu'il avait fait à sa famille. Il voulait dire tant de choses à son père... L'une d'elles lui parut plus urgente que les autres.

— Merci pour tout, papa.

Cela lui semblait bien trop peu, mais il n'avait jamais été doué pour exprimer ses sentiments. Il était tellement plus simple de tout garder pour soi... Sauf que cette attitude avait tendance à lui attirer des ennuis.

— Quels tuyaux veux-tu changer ? demanda-t-il pour empêcher la conversation de glisser sur une pente sentimentale.

Il avait déjà fait face à plus d'émotions qu'il ne pouvait en supporter dans une journée.

Heureusement, son père retrouva le stoïcisme que Rainier appréciait. Merle était un homme calme et patient — solide. Mais Rainier s'aperçut que les rides de son père s'étaient creusées depuis son départ. Il remarqua même quelque chose de sombre dans son regard, qui le rendit profondément triste. Il avait une part de responsabilité dans ces changements et il ne pouvait rien faire pour arranger les choses. Il ne pouvait pas revenir en arrière.

— Ceux de l'abreuvoir du grand pâturage, répondit son père. Tu creuses, je m'occupe des tuyaux.

Merle partit vers l'arrière de la maison. Rainier monta dans le tracteur. De sa position surélevée, il remarqua une zone de terre brûlée à l'endroit où se trouvait autrefois la cabane à outils.

Le tracteur grogna et crachota au démarrage. Rainier partit en direction de l'abreuvoir en songeant aux épreuves que sa famille avait traversées en son absence — et ses parents ne lui avaient probablement pas tout dit.

Il commença à creuser le sol gelé autour de l'abreuvoir où les bêtes venaient se désaltérer depuis des décennies. Quand la pelle du tracteur eut percé la couche de terre durcie par le froid, il tomba sur un mélange de graviers et d'argile détrempé par la fuite des tuyaux. Il en fit un monticule à côté de l'abreuvoir, que sa manœuvre fit déborder.

Il était bon de travailler, songea Rainier, de contribuer au bien-être de sa famille et au bon fonctionnement du ranch. Il était sûr qu'il mourrait heureux s'il pouvait faire cela jusqu'à la fin de ses jours. Il ne voulait pas d'un travail de bureau, comme celui de Laura.

Alors qu'il déplaçait une nouvelle pelletée de terre, quelque chose de blanc qui dépassait de la boue, au fond du trou, attira son attention. C'était un objet long comme un bâton, mais son extrémité était arrondie et bosselée.

Son estomac se noua. Il coupa le moteur du tracteur en laissant la pelle à mi-hauteur et sortit de l'engin pour aller voir cela de plus près.

Tandis qu'il s'en approchait, l'objet pencha et s'enfonça doucement dans la boue. Oui, c'était bien un os. La gorge serrée, il déglutit et se répéta que ce n'était sûrement rien. Cet os était sans doute celui d'un animal qui était mort là ou un détritus d'une époque lointaine.

Il ramassa l'os, l'essuya et l'examina. Les tannins de l'argile l'avaient bruni — plus sur sa longueur qu'aux articulations. Rainier n'était pas tout à fait sûr de lui, mais cela ressemblait terriblement à un fémur humain.

Il le posa par terre et se tourna vers le monticule en espérant ne pas en voir un autre en dépasser. Rien. Il se mit à gratter la pile de terre à la recherche de quelque chose qui aurait pu l'aider à comprendre ce qu'il venait de trouver.

Ses doigts s'engourdirent vite, mais il persévéra. Il se figea quand il toucha quelque chose d'encore plus froid que le précédent objet. Celui-ci était en forme de L. Il étouffa un cri quand il l'arracha au tas de terre. Il s'agissait d'un revolver.

Il entendit des bruits métalliques derrière lui. Il se tourna vers Laura et son père qui venait de laisser tomber les tuyaux qu'il portait. Merle écarquilla les yeux.

Rainier lâcha l'arme boueuse et fixa le visage blême de Laura.

— Que faites-vous avec une arme à feu, Rainier ? demanda-t-elle avec une expression d'horreur et de dégoût. Vous n'avez passé que cinq heures en liberté et vous retrouvez déjà vos mauvaises habitudes.

— Je vous jure… que ce n'est pas ce que vous croyez, balbutia-t-il en levant ses mains sales. Je ne savais pas que c'était un revolver quand je l'ai ramassé.

Laura secoua la tête.

— Vous expliquerez ça au juge, répondit-elle. D'ici là, vous pouvez dire adieu à votre liberté sur parole.

4

Il ne pouvait pas retourner en prison. Un instant, Rainier envisagea de s'enfuir. Il suffisait qu'il monte dans l'une des camionnettes du ranch et qu'il file vers un autre État. Les représentants des forces de l'ordre, dans le Montana, étaient peu nombreux et dispersés. Il avait ses chances... D'un autre côté, sa propre expérience prouvait qu'il arrivait aussi à la police d'être efficace, sinon il ne se serait pas retrouvé en prison.

— Laura...

— *Mlle Blade*, le coupa-t-elle sèchement en pianotant sur son téléphone.

— Je suis désolé, mademoiselle Blade, reprit-il en évitant soigneusement d'employer le même ton. C'est juste que... je ne peux pas retourner en prison. Cette arme ne m'appartient pas, je vous le jure. Je ne savais même pas que c'était un revolver avant de l'avoir dans la main. Vous devez me croire... Je n'ai aucune envie de passer une seconde de plus derrière des barreaux.

Elle le fixa un long moment. Il voyait bien à la crispation de sa mâchoire et à ses yeux plissés qu'elle avait du mal à le croire. Il ne savait pas quoi dire d'autre pour la convaincre. Son expérience de contrôleuse judiciaire avait dû lui apprendre que peu de gens disaient la vérité — surtout parmi les anciens détenus.

Il avait abandonné ses illusions idéalistes depuis longtemps. Non, on ne prenait pas ce qu'il disait pour argent comptant, en général. Quand le marteau du juge s'était abattu, il avait compris qu'il porterait une lettre écarlate sur le torse jusqu'à la fin de ses jours. Une partie de sa peine consistait à être toujours suspecté de malhonnêteté, quoi qu'il fasse.

— Ne pouvons-nous pas simplement oublier cet incident fâcheux, mademoiselle Blade ? demanda son père en joignant les mains comme s'il priait pour qu'elle lui accorde sa requête.

Rainier grimaça. Il avait compris depuis longtemps que ce genre d'attitude avait des effets désastreux sur la plupart des gens.

— Monsieur Fitzgerald..., répondit Laura en fronçant les sourcils. Je sais que votre famille a traversé des épreuves, ces dernières semaines, mais ce n'est pas une raison pour que je ferme les yeux sur ce qui se passe. J'ai expliqué très clairement à votre fils que sa remise en liberté était soumise à plusieurs conditions qu'il ne devait absolument pas violer. Et voilà où nous en sommes quelques heures plus tard... Je n'ose pas imaginer dans quel pétrin votre fils se serait déjà mis si *je* n'étais pas là.

— Je peux vous assurer que mon fils a toujours été quelqu'un de bien, le défendit son père. Vous vous trompez sur lui.

— Laissez-moi deviner, monsieur Fitzgerald : il est juste *incompris*, ironisa-t-elle en crachant ces mots comme des pépins de pastèque.

— Je ne cherche pas à excuser ce que mon fils a fait, mais vous devez admettre qu'il serait stupide de se placer intentionnellement dans une situation délicate comme celle-ci, insista Merle.

Laura jeta un coup d'œil à Rainier, qui hocha la tête en priant pour qu'elle écoute son père.

— Je ne vous demande pas de m'accorder une deuxième chance, mademoiselle Blade, dit-il. Je vous demande de m'accorder une chance tout court. J'ai l'intention de respecter vos règles.

Il détesta son ton suppliant. Il n'avait jamais supplié personne — mais on ne l'avait jamais menacé de le priver de la liberté qu'on venait de lui rendre. Il y avait une première fois à tout.

— La police est en route, finit par dire Laura en glissant son téléphone dans la poche intérieure de sa veste. Très bien... Je ne vous associerai pas à l'arme que j'ai vue dans votre main et à l'os qui se trouve à vos pieds, mais vous devez me jurer que ce n'est qu'un hasard malheureux. Sur votre honneur, est-il vrai que vous étiez simplement au mauvais endroit au mauvais moment ?

Le soulagement étourdit Rainier, mais un bruit de sirène qui se rapprochait se chargea de le ramener à la réalité. Il tourna la tête en direction du son sans rien voir. La voiture devait encore être loin et il avait le soleil de fin d'après-midi dans les yeux. Il croisa les doigts pour que son frère ne soit pas en service. Wyatt était bien la dernière personne qu'il voulait voir dans l'immédiat.

— Alors ? Me le jurez-vous, Rainier Fitzgerald ? insista Laura.

— Bien sûr que je vous le jure, répondit-il le plus sincèrement possible.

— Et vous ne vous attirerez pas de nouveaux ennuis ? demanda-t-elle.

— Vous pouvez me servir de chaperon aussi longtemps que vous le souhaitez, mademoiselle Blade, répondit-il avec un sourire espiègle, dans l'espoir de détendre un peu l'atmosphère.

Laura baissa les yeux. Le sourire qu'il lui avait décoché avait-il eu l'effet désiré ?

— Il vaudrait peut-être mieux que tu rentres dans la maison pour ne pas te retrouver sous le feu des projecteurs, fiston, suggéra Merle.

Sur le trajet, Rainier avait dit à Laura qu'il n'avait pas peur de la liberté, qu'il était prêt à faire face à ce que la vie lui réservait. Sauf qu'il était vivement tenté d'aller se réfugier dans la maison pour ne pas revoir son frère dans ces conditions après tout ce temps. Il pouvait même prétendre qu'il n'était pas sur les lieux quand son père avait découvert l'arme et les ossements et faire semblant d'apprendre l'incident quand Wyatt l'interrogerait. Son frère n'y verrait sans doute que du feu et il en tirerait bien moins de conclusions hâtives que s'il lui tombait dessus à côté d'ossements humains.

Son frère commençait toujours par présumer le pire en ce qui le concernait. Bien sûr, Rainier ne pouvait pas lui en vouloir. Il s'était attiré tant d'ennuis... Son tempérament rebelle lui avait conféré le rôle de brebis galeuse de la famille. Mais l'attitude condescendante de Wyatt ne l'avait sûrement pas aidé. Presque à chaque fois qu'il avait commis une boulette, Wyatt était dans le coin pour lui rappeler qu'il l'avait prévenu.

Une fois, quand ils étaient enfants, leurs parents les avaient chargés d'aller ramasser des œufs dans le poulailler. Rainier avait vite introduit un élément ludique dans la corvée en proposant aux autres de ramasser des pierres pour voir qui les lancerait le plus loin. Colter et Waylon s'étaient immédiatement pris au jeu. Ils avaient ramassé des cailloux de différentes tailles et employé différentes techniques pour essayer de battre les autres. Pas Wyatt. Il était resté à l'écart et leur avait répété qu'ils auraient des ennuis si leurs parents les surprenaient ou si quelque chose tournait mal.

Bien sûr, Colter, Waylon et lui ne l'avaient pas écouté. Il ne lui avait fallu que cinq minutes pour réussir un lancer parfait qui avait atterri dans l'une des vitres de la vieille jeep de son père. S'il fermait les yeux, il pouvait encore entendre le son de la vitre brisée, qui ressemblait à celui de la glace d'un lac quand on posait le pied à un endroit où elle était trop fine.

Cette vitre avait été sa première leçon. Il avait compris qu'il devait tenir Wyatt à l'écart de tout ce qu'il jugeait amusant. Il avait aussi découvert qu'il fallait beaucoup travailler pour gagner les deux cents dollars que coûtait la nouvelle vitre de la jeep. Son père s'était fâché, ce qui était bien normal, mais — comme à présent — il avait eu l'air de comprendre que les gens commettaient parfois des erreurs. On pouvait vivre sur le fil du rasoir et ne pas s'attirer de gros ennuis pour autant. Il n'avait pas eu de chance... Mais il n'était peut-être pas du genre à éviter les ennuis. Il était peut-être simplement aussi néfaste que tout le monde le pensait autour de lui.

— M'écoutez-vous, Rainier ? demanda Laura.

Non, il n'avait pas entendu un mot de ce qu'elle venait de dire.

— Pardon ? répondit-il en s'arrachant à ses souvenirs d'un temps lointain.

Il aurait payé cher pour remonter le temps et retourner à cette époque pleine d'enfantillages et d'insouciance, où ses frères et lui s'entendaient vraiment. Quand ils étaient petits, ils étaient inséparables. Ils auraient fait n'importe quoi les uns pour les autres.

— Et si je vous accompagnais à l'intérieur pour bien remplir mon rôle de chaperon ? répéta-t-elle en lui tendant la main comme s'il était un enfant égaré dans un supermarché.

Il ne savait pas s'il devait se sentir encouragé ou offensé par la manière dont elle le traitait, mais l'expression de Laura était certainement moins hostile que quelques minutes plus tôt, quand elle l'avait surpris avec l'arme dans la main et l'os à ses pieds.

Quand il glissa la main dans la sienne en lui souriant, elle tressaillit comme si elle ne s'attendait pas à ce qu'il joue le jeu et le lâcha immédiatement. Rainier jeta un coup d'œil à son père, qui observait leur manège avec un air étonné.

Rainier était aussi surpris que Merle. Il avait entendu des tas d'histoires sur les contrôleurs judiciaires quand il était en prison. Il en avait tiré l'impression qu'ils étaient tous des durs à cuire, mais cela ne semblait pas être le cas de Laura. Bien sûr, elle avait de l'autorité, et seul un imbécile aurait essayé de la berner, mais elle était aussi pleine d'une douceur presque maternelle. Cela incita Rainier à se demander si elle avait des enfants.

Il n'était sans doute pas prudent de poser la question alors qu'elle venait d'accepter de l'accompagner à l'intérieur et de taire sa présence au moment de la découverte des ossements. Il ne voulait pas risquer de la perturber et de la braquer contre lui. Et puis elle lui avait clairement fait comprendre qu'elle tenait à ce que leur relation reste strictement professionnelle.

Ils se dirigèrent vers la maison alors que le bruit de la sirène s'amplifiait derrière eux. Sa mère et Gwen, la fiancée de Wyatt, apparurent à la porte quand ils approchèrent du perron.

Rainier, qui était couvert de boue, s'essuya les mains sur son jean.

— Que se passe-t-il ? demanda sa mère en guettant l'arrivée de la voiture de patrouille.

Laura lui offrit un sourire un peu forcé.

— Ne vous en faites pas, je vais arranger ça...

Elle laissa sa phrase en suspens et écarquilla les yeux, sans doute parce qu'elle s'était rendu compte que ces mots ne pouvaient que paraître étranges à des gens qui n'étaient au courant de rien.

— On a trouvé quelque chose de bizarre et Mlle Blade a jugé utile de demander à la police de venir enquêter, dit Rainier pour la tirer d'embarras.

— Pour enquêter sur quoi ? demanda Gwen. Et où est ton père ?

Rainier tourna la tête vers l'abreuvoir.

— Il attend l'arrivée des policiers, répondit-il. Ce sera Wyatt, à ton avis ?

Gwen fronça les sourcils.

— Il ne débarquerait pas au ranch toutes sirènes hurlantes, dit-elle en indiquant le véhicule qui approchait du menton. Il a bien conscience qu'il y a eu assez d'agitation dans le coin, ces derniers temps. Il éviterait d'attirer l'attention des voisins. Ce doit être quelqu'un d'autre.

Rainier s'aperçut qu'une deuxième voiture de patrouille suivait la première. Celle-là n'avait allumé ni sa sirène ni son gyrophare.

La première voiture freina trop brusquement sur le parking et dérapa un peu sur le verglas. Une brune avec une queue-de-cheval en sortit et fonça vers eux. Merle lui courut après.

— Voilà Wyatt, dit Gwen en indiquant le deuxième véhicule.

— Qui est la fille ? chuchota Rainier.

— Une nouvelle recrue, répondit Gwen, les sourcils froncés. Elle s'appelle Penny Marshall.

Rainier crut entendre une pointe de jalousie dans sa voix, mais il ne comprenait vraiment pas ce qui inquiétait sa future belle-sœur. Wyatt, son frère, était l'homme le plus loyal de la planète.

Celui-ci sortit de la deuxième voiture.

— Attends, Penny ! cria-t-il. Il faut vraiment que tu lèves le pied. C'est ma famille !

La policière se retourna.

— Eh ! Si tu veux conduire comme un petit vieux, c'est ton problème. Quelqu'un aurait pu être en danger de mort et tu conduisais comme si tu partais à la pêche. J'ai juste été plus réactive.

— Si quelqu'un avait été en danger, on l'aurait su, Penny, répondit Wyatt. C'est à ça que sert le standard. Je te l'ai déjà dit : il ne faut pas courir de risques absurdes si la situation ne l'exige pas.

— Très bien, je ne courrai plus de risques absurdes, répondit la policière sur un ton qui prouvait qu'elle entendait bien continuer à agir comme bon lui semblait, quoi qu'en pense Wyatt.

Rainier la trouva immédiatement sympathique. Elle devait avoir une vingtaine d'années. D'après le ton exaspéré de Wyatt, elle sortait de l'école de police et ne manquait pas d'enthousiasme.

Wyatt pinça les lèvres lorsqu'il s'aperçut de la présence de Rainier.

— Alors tu es rentré au ranch ? lui lança-t-il en claquant sa portière avec mauvaise humeur. Est-ce que c'est pour ça qu'on nous a appelés ?

Rainier ravala un grognement. Il savait qu'il ne devait pas s'attendre à un accueil chaleureux de la part de son frère, mais la réalité dépassait ses espérances.

À vrai dire, ce n'était peut-être pas le manque de chaleur de son frère qui l'ennuyait. C'était peut-être le fait qu'il avait raison une fois de plus : en un sens, c'était bien à cause de lui qu'on les avait appelés. Mais il n'était pas question qu'il l'admette. Wyatt n'aurait pas cette satisfaction.

— C'est bon de te voir, frérot, répondit-il en cachant sa déception.

— Wyatt, Penny, dit Laura en les saluant d'un signe de tête. Merci d'être venus si vite, mais il n'y avait pas d'urgence. En fait, vous pouvez même revenir plus tard si vous avez quelque chose de plus pressé à faire.

À en juger par son ton peu convaincu, Laura savait elle-même que c'était une remarque absurde. S'il s'était passé quelque chose dans Mystery qui requérait la présence de la police, ils auraient été là-bas. La ville n'avait pas un taux de criminalité alarmant.

— Tu sais bien qu'on accourra si tu appelles, Laura, pouffa Wyatt avant de s'approcher de Gwen pour déposer un baiser sur sa joue. Mais j'avoue que j'ai conduit un peu plus vite parce que je savais que ma fiancée m'attendait.

Gwen lui sourit. Rainier ne vit plus la moindre trace de jalousie sur son visage.

Il se réjouissait que son frère soit engagé dans une relation, mais il était surpris de le voir aussi amoureux. Wyatt avait toujours été un peu trop sérieux, à la limite de la rigidité. En le voyant se détendre en sa présence, Rainier se prit à espérer que leur relation puisse s'arranger. Bien sûr, Wyatt pouvait très bien être amoureux de Gwen sans avoir la moindre affection à l'égard de la brebis galeuse de la famille...

— Le standard a parlé d'une violation de parole, c'est bien ça ? De quoi s'agit-il ? demanda Penny en regardant Rainier droit dans les yeux.

— Non, tout va bien, répondit Laura avec un peu trop

d'indifférence. Ça n'a rien à voir avec une violation de parole. Votre standard s'est trompé.

— Wyatt ? lança Merle en les rejoignant. Qu'est-ce qui t'a retardé ?

Wyatt éclata de rire.

— On s'est dit que tu étais peut-être tombé, ou quelque chose comme ça, répliqua-t-il. On était inquiets.

Leur père éclata de rire à son tour.

— Non, j'ai juste trouvé quelque chose derrière la grange, dit-il. Laura pense que ton amie et toi devriez jeter un coup d'œil. Ce n'est sûrement rien, juste les os d'un animal… À vrai dire, je peux me contenter de m'en débarrasser, si vous avez mieux à faire.

— Pourquoi voulez-vous tous nous voir partir, tout à coup ? demanda Penny. On vient juste d'arriver. Accueillez-vous toujours les gens comme ça ?

Eloise rougit.

— Bien sûr que non, Penny ! s'écria-t-elle. Je serais chagrinée que vous pensiez ça. On aime nos fils et on ne demande qu'à vous garder, mais on sait que vous êtes très occupés. Vous êtes les piliers de notre communauté, après tout.

— Tu n'en fais pas un peu trop, maman ? lança Wyatt en haussant un sourcil. Papa, si tu me montrais ces os d'animal ?

Merle jeta un coup d'œil à Rainier comme s'il ne savait pas ce qu'il devait dire à Wyatt à propos de leur découverte. Rainier secoua discrètement la tête pour lui rappeler qu'ils avaient décidé de ne pas mentionner son rôle. C'était de l'égoïsme de sa part, il le reconnaissait. Mais il pouvait dire adieu à ses rêves d'harmonie familiale si Wyatt le soupçonnait d'être impliqué dans quoi que ce soit.

5

Laura n'était pas certaine que Rainier soit aussi innocent que son père le prétendait, mais elle battrait le record de la libération la plus courte si elle le renvoyait en prison. Dans son département, c'était son ami Jim qui le détenait, pour le moment. Il avait renvoyé l'un des prisonniers en liberté conditionnelle derrière les barreaux trois jours après sa sortie, parce qu'il l'avait trouvé en possession d'une grosse quantité d'héroïne. Les collègues le taquinaient en disant qu'il avait suffi que l'homme passe une journée avec lui pour replonger dans la drogue.

Elle imaginait sans peine les plaisanteries dont elle deviendrait l'objet si ses collègues apprenaient qu'elle avait trouvé Rainier une arme à la main, avec des restes humains à ses pieds, quelques heures à peine après sa sortie de prison. Et ce ne serait rien à côté de ce que son père, le puissant avocat Dennis Blade, dirait s'il apprenait que les Fitzgerald avaient de nouveaux ennuis. Il lui avait clairement fait comprendre qu'il ne pensait rien de bon de toute cette famille.

À vrai dire, elle ne comprenait pas pourquoi son père les détestait autant. Il y avait de la tension entre Wyatt et Rainier, mais elle sentait qu'ils avaient encore de l'affection l'un pour l'autre. Et la chaleur avec laquelle Merle avait défendu son fils parlait en sa faveur.

Son père répétait qu'on ne pouvait pas se fier aux Fitzgerald, mais il ne lui avait jamais expliqué d'où il tenait cette certitude.

Cela n'avait pas beaucoup d'importance. De son côté, elle n'avait jamais été douée pour suivre les conseils de son père.

Avec un peu de chance, cela ne lui coûterait rien, cette fois-ci. Malheureusement, elle avait un mauvais pressentiment.

Wyatt et Penny disparurent derrière la grange avec Merle. C'était peut-être pour cela qu'elle avait l'estomac noué — à cause de ce qu'ils s'apprêtaient à découvrir. Bientôt, il y aurait des policiers et des techniciens partout. Le médecin légiste viendrait faire les premières constatations. Alors les questions commenceraient. Elle devrait s'en tenir à sa version des faits et cela la rendait nerveuse parce qu'elle mentait très mal.

— Si on rentrait, Laura ? suggéra Mme Fitzgerald. À moins que vous n'ayez des choses à faire…

Elle lui fournissait une porte de sortie et la tentation de s'engouffrer dans la brèche était grande. Une part d'elle mourait d'envie de poursuivre sa journée en faisant comme s'il ne s'était rien passé, mais elle ne pouvait pas s'en aller comme cela. Elle savait que des policiers l'interrogeraient et elle leur paraîtrait louche si elle ne se tenait pas à leur disposition.

— Je prendrais bien un café, répondit-elle. Merci, madame Fitzgerald.

— Moi aussi, dit Rainier, qui regardait encore le coin de la grange derrière lequel son frère avait disparu avec sa collègue.

Ils rentrèrent dans la maison. Ils ne l'avaient pas quittée très longtemps auparavant, mais il s'était passé tant de choses au cours de la dernière heure qu'il semblait à Laura que des jours s'étaient écoulés depuis qu'elle y avait mis les pieds. Quand ils traversèrent le salon, elle fut frappée par le tas impressionnant que formaient les cadeaux de Noël. Il y en avait des rouges, des verts, des bleus et toute une pile d'autres enveloppés dans un papier rose couvert de princesses de Disney.

— Avez-vous des petits-enfants, madame Fitzgerald ? demanda-t-elle pour ne pas parler du sujet qui la préoccupait : l'enquête qui était sur le point de commencer et à laquelle elle aurait préféré ne pas être mêlée.

Un sourire illumina le visage d'Eloise.

— Juste une adorable petite-fille, pour le moment, répondit-elle. Elle s'appelle Winnie. Christina, Waylon et elle arriveront bientôt.

Ils passeront Noël avec nous. Waylon est enquêteur dans l'armée. Ils vivent sur une base militaire. Je suis très fière d'eux.

— Je suis sûre qu'il y a de quoi l'être, répondit poliment Laura.

Du coin de l'œil, elle vit Rainier se raidir. L'enthousiasme avec lequel Eloise parlait de son frère semblait le mettre mal à l'aise.

— Ils vont bientôt se marier, poursuivit celle-ci avant de presser la main de Gwen. Tout comme ma Gwen et Wyatt, et Whitney et Colter. J'espère qu'ils se marieront tous en même temps. Je rêve d'une grande cérémonie, pendant les vacances, qui nous permettrait de tourner la page et d'entrer dans la nouvelle année du bon pied. Whitney et Colter sont en train de faire leurs emplettes à Spokane. Whitney m'a envoyé une photo de la robe qu'elle a choisie. Elle est magnifique !

Ainsi, tous les fils Fitzgerald étaient fiancés sauf Rainier. Laura imaginait facilement ce qu'il ressentait. Elle était dans la même situation : ses deux sœurs étaient mariées, pas elle. Sa vie sentimentale ratée était l'un des sujets de conversation préférés de sa mère. Elle adorait aussi lui donner des conseils de beauté. La semaine précédente, elle lui avait suggéré de se teindre les cheveux, parce que, selon ses termes : « Ils commencent à perdre leur éclat. Ça arrive, quand on prend de l'âge. »

Laura ne croyait pas que se teindre les cheveux les rendrait plus brillants, mais ce n'était sans doute qu'une nouvelle pique de sa mère, qui prenait plaisir à lui rappeler qu'elle ne rajeunissait pas. Comme elle ne s'entendait pas beaucoup mieux avec ses sœurs, elle les voyait rarement. Le souvenir des dernières insultes de sa mère l'emplit d'une colère qu'elle parvint pourtant à contrôler. Contrairement à ce que pensait cette harpie, Laura n'avait pas l'intention de rester célibataire toute sa vie. C'était juste qu'elle n'avait aucune envie de laisser sa famille mettre le nez dans sa vie sentimentale. L'expérience lui avait appris que cela ne pouvait conduire qu'au désastre.

Les femmes entrèrent dans la cuisine. Rainier, de son côté, s'approcha du sapin et en caressa délicatement une branche. Ce geste fit sourire Laura.

Durant ces trois dernières années, il avait été privé de beaucoup de choses qui paraissaient simples quand on était libre. En prison, il n'avait dû voir de sapins de Noël que dans des magazines.

— Ça vous a manqué, tout ça ? demanda-t-elle en embrassant d'un geste le sapin et l'impressionnante pile de cadeaux.

Elle prit subitement conscience qu'ils étaient seuls dans la pièce et qu'elle avait presque... envie de lui. Elle refoula cet élan absurde.

Mais elle avait peut-être mal identifié ce qu'elle ressentait. Elle avait peut-être pitié de lui, tout simplement. Dans ce cas, elle ne devait pas tomber dans le piège et laisser son empathie se transformer en quelque chose qu'elle n'était pas censée être.

— J'adorais Noël, quand j'étais petit, répondit Rainier. On avait toujours un sapin comme celui-ci. Il en pousse dans toute la région. C'était toute une affaire d'en choisir un. On passait la journée dans les bois. Papa sélectionnait ce qui lui semblait être le sapin parfait et maman lui trouvait des défauts. C'était un jeu entre eux. Ça ne se terminait que quand la tombée de la nuit les obligeait à faire des compromis.

On était loin du sapin en plastique rangé au grenier que les parents de Laura montaient tous les ans en quelques minutes. Une année, ils l'avaient même enveloppé avec ses boules et ses guirlandes pour ne pas avoir à le décorer de nouveau l'année suivante.

— Ma mère nous faisait des chocolats chauds sur un réchaud à gaz, dans la camionnette, poursuivit Rainier en ramassant par terre une boule rouge, qu'il raccrocha à une branche.

— Ça avait l'air d'être un moment très particulier pour vous, dit Laura en hésitant à l'interrompre dans ses souvenirs.

Rainier hocha la tête avec un air distant. Il était toujours plongé dans son passé.

— Oui, répondit-il.

Quand il se tourna vers elle, il avait les yeux emplis de larmes.

— C'est juste que je n'arrive pas à croire que je risque de tout reperdre, lui confia-t-il.

Voilà donc de quoi il s'agissait ! C'était une tentative à peine voilée de faire jouer sa corde sensible pour qu'elle soit bienveillante envers lui. Elle ne le laisserait pas s'engager sur cette voie...

— Vous vous trompez lourdement sur mon compte si vous croyez pouvoir m'embobiner, déclara-t-elle en reculant de deux pas.

— Pardon ? s'écria-t-il. De quoi parlez-vous ?

— Ce n'est pas la peine d'essayer de me manipuler pour obtenir ce que vous voulez. Je connais les hommes de votre espèce.

— De mon espèce ? répéta-t-il en crachant ces mots. Vous parlez des anciens détenus ou des orphelins ?

Il essayait de provoquer une dispute pour détourner son attention du véritable problème. C'était une bonne tactique, elle devait le reconnaître, mais elle ne s'y laisserait pas prendre.

— Je dis juste que vous n'êtes pas le premier ancien détenu à se croire plus malin que moi, répondit-elle.

Ni le premier homme tout court, songea-t-elle avec amertume.

Elle se mordit la langue pour ne pas le dire à voix haute. Elle ne voulait pas qu'il la soupçonne d'avoir une dent contre les hommes, parce que ce n'était pas le cas. Mais il fallait qu'elle rappelle à Rainier quels étaient leurs rôles respectifs : elle donnait des ordres et il obéissait.

— Si j'étais malin, je ne serais pas revenu ici, dit-il en la regardant droit dans les yeux.

— Si quelqu'un découvre que j'ai menti sur les circonstances de la découverte des ossements, on peut m'accuser de complicité, chuchota-t-elle pour ne pas être entendue depuis la cuisine. À présent, nous risquons tous les deux d'aller en prison. Y avez-vous songé ?

— Je sais que vous avez fait un pari, tout à l'heure, répondit-il en indiquant le côté de la grange d'un coup de tête. Votre sacrifice n'est pas passé inaperçu. Mais vous pouvez me croire quand je vous dis que je n'ai rien à voir avec ce corps.

Lorsqu'il s'approcha d'elle, elle recula par réflexe jusqu'à buter contre le canapé en velours des années 1980 de Mme Fitzgerald. L'étoffe lui chatouilla les mollets, mais ce n'était pas aussi inconfortable que ce que Rainier lui faisait ressentir quand il la regardait comme cela, avec un mélange de compassion, de respect… et peut-être de quelque chose d'autre.

— Vous devez avoir compris que je ne vous mettrai jamais dans une posture délicate, ajouta-t-il. Même si je ne vous connais que depuis… quoi ? Quelques heures ? Je pense que vous êtes quelqu'un de bien. Et je pense que vous n'auriez pas pris de risques pour moi si vous n'étiez pas certaine que je disais la vérité.

La libido de Laura se réveilla. Était-elle donc incapable de contrôler les réactions de son corps quand Rainier disait quelque chose qui lui donnait envie de sourire ?

Il s'approcha encore. Comme elle ne pouvait plus battre en retraite qu'en s'asseyant sur le canapé, elle le fit d'une manière assez peu gracieuse — et le soupir qu'elle poussa n'arrangea rien.

— Il m'est déjà arrivé de me tromper, Rainier, dit-elle en joignant les mains sur ses genoux pour ne pas être tentée de le toucher.

À son grand soulagement, il s'arrêta et jeta un coup d'œil au sapin par-dessus son épaule.

— On commet tous des erreurs, Laura, répondit-il. J'en ai commis plus que la moyenne des gens.

— Alors vous admettez que vous avez eu tort de frapper votre père ?

— Non, je n'ai pas eu tort. Mes parents biologiques étaient les pires parents de la planète. Je ne sais même pas comment j'ai fait pour leur survivre.

Il soupira.

— Que savez-vous sur eux ? demanda-t-il.

Elle avait fait des recherches sur Rainier Fitzgerald, mais son dossier commençait par une amende pour excès de vitesse qu'il avait reçue à seize ans. Dans l'ensemble, il ne contenait que les délits mineurs que commettaient les adolescents turbulents. Rainier avait franchi un cap quand il avait agressé et failli tuer son père biologique dans un bar miteux au sud de la ville.

— Pas grand-chose, reconnut-elle en secouant la tête.

— Ce soir-là, quand je l'ai frappé, ça lui pendait au nez depuis longtemps, dit Rainier en retournant près du sapin. Mon père biologique est un sale type. Avec tout ce qu'il a fait, il aurait dû être condamné à moisir en prison jusqu'à la fin de ses jours. Mais il s'est toujours tiré de toutes les situations... Et c'est moi qui me suis retrouvé derrière les barreaux, finalement. La vie a un drôle de sens de l'humour.

Laura s'apprêtait à lui demander ce que son père avait fait, au juste, lorsqu'on frappa à la porte.

Mme Fitzgerald sortit de la cuisine. Elle portait un tablier blanc et elle avait les mains couvertes de farine. Elle leur décocha un sourire en passant près d'eux alors que de nouveaux coups résonnaient.

— J'arrive ! cria-t-elle.

Elle s'essuya les mains sur son tablier en marmonnant :

— Je ne comprends pas pourquoi ils frappent. Si Wyatt et sa collègue ont terminé, ils n'ont qu'à entrer.

Elle ouvrit la porte et recula d'un pas.

— Que faites-vous là, William ? s'écria-t-elle.

Un homme vêtu d'un costume élégant se tenait à la porte, une expression peu aimable sur le visage. Il esquissa un sourire aussi lisse et crispant que le reste de sa personne.

— Je me disais qu'il était grand temps que je fasse un saut au ranch pour vous dire bonjour, dit William Poe avant de se tourner vers Laura. Comment allez-vous, mademoiselle Blade ? Votre père m'a dit que vous viendriez ici de temps à autre grâce au mauvais garçon de la famille. S'il ne tenait qu'à moi, il y aurait plusieurs Fitzgerald en prison.

Cet homme était aussi peu à sa place à Dunrovin qu'un renard dans un poulailler — et il ressemblait autant à un prédateur.

— Quelle est la vraie raison de votre visite, William ? demanda Laura.

Elle se leva du canapé en prenant soin de baisser sa jupe. Elle connaissait la réputation de cet homme et elle n'avait aucune envie qu'il jette son dévolu sur elle.

Il déboutonna sa veste et tira une lettre de la poche intérieure. Les mots « Dernier rappel » étaient tamponnés sur l'enveloppe à l'encre rouge.

— Quelque chose m'a été envoyé par erreur, dit-il. Je crois que ça vous est destiné.

Il lança la lettre à Mme Fitzgerald, qui n'essaya même pas de l'attraper. La lettre tomba à ses pieds.

— Pourquoi recevriez-vous notre courrier, monsieur Poe ? demanda Eloise sur un ton menaçant dont Laura ne l'aurait pas crue capable si elle ne l'avait pas entendu de ses propres oreilles.

— Je n'en ai aucune idée, madame Fitzgerald, répondit William avec un sourire plein de fiel.

Il poussa l'enveloppe avec son pied en y laissant un bout d'empreinte de sa chaussure.

— Je ne voudrais pas entraver la justice, ajouta-t-il. Vous me connaissez. J'essaye toujours de me rendre utile.

— Tout ce qu'on sait de vous, c'est que vous êtes une épine dans notre pied, répliqua Mme Fitzgerald.

Rainier fonça vers Poe.

— Et si tu fichais le camp ? grogna-t-il avant de le pousser dehors.

— Comment oses-tu me toucher ? s'écria Poe, fou de rage.

Rainier ricana.

— Tu as de la chance que je ne fasse que te toucher. La prochaine fois que tu mettras les pieds ici, tu regretteras que je ne me sois pas contenté de faire ça.

— C'est toi qui le regretteras ! aboya Poe en ajustant sa veste, sans doute pour rassurer son ego. Je vous attaquerais bien en justice, mais vous n'auriez pas de quoi payer si je gagnais, d'après ce que je sais.

Il éclata d'un rire mauvais, puis se tourna vers Laura.

— Si vous étiez la digne fille de votre père, vous gagneriez du temps en arrêtant Rainier sur-le-champ, lui lança-t-il.

L'estomac de Laura se noua. Avait-il vu quelque chose ? Savait-il qu'elle avait menti pour couvrir Rainier ?

— Il est impossible que cet homme se tienne à carreau, poursuivit Poe, qui ne semblait pas avoir conscience de ses angoisses. C'est à cause de lui qu'il y a la police dehors, n'est-ce pas ? Ils sont venus l'arrêter ? Ça ne me surprendrait pas. Cette famille ne vaut rien.

— Vous savez quoi, William ? Je pense que Rainier a raison, déclara Laura en s'approchant de la porte. Allez-vous-en et ne revenez pas !

Elle lui claqua la porte au nez.

Elle savait qu'elle ne l'emporterait pas au paradis, mais elle ne voulait pas que les gens lui disent ce qu'ils pensaient des Fitzgerald. Pour elle, ils n'étaient qu'une famille de plus qui avait besoin de son aide.

6

L'affection que Laura inspirait à Rainier se décupla en quelques secondes. La voir tenir tête à William Poe, l'ennemi juré de sa famille, était bien la dernière chose à laquelle il s'attendait.

Il la regarda se pencher pour ramasser l'enveloppe. La manière dont sa jupe moula ses hanches ne fit qu'amplifier son désir.

Il se força à détourner les yeux. Sa famille n'avait pas besoin de nouveaux drames. Depuis qu'il était rentré, ils avaient trouvé un corps dans le pâturage, il avait failli être renvoyé en prison et William leur était tombé dessus. Il redoutait la suite. Bien sûr, cela ne le dérangerait pas de se retrouver dans un lit avec Laura, si c'était ce que l'avenir lui réservait... À condition que personne ne le sache. Ce serait sans doute la goutte d'eau qui ferait déborder le vase aux yeux de sa mère.

Laura tendit la lettre à Eloise.

Sa mère la prit sans cesser de fixer la porte comme si elle s'attendait à une réapparition de William. Ses mains tremblaient.

— Et si tu t'asseyais, maman ? suggéra-t-il.

Il lui prit le bras, l'entraîna jusqu'au canapé et l'aida à s'y asseoir. Elle fixait toujours la porte.

— Est-ce que je peux jeter un coup d'œil à ce courrier ? demanda-t-il.

Sa mère le lui tendit sans dire un mot.

Il n'avait vu Eloise dans un tel état qu'une seule fois : le jour de sa condamnation.

Un frisson le parcourait à chaque fois qu'il repensait à ce jour et qu'il la revoyait toute tremblante sur son banc, au tribunal. Il s'était juré de ne plus jamais lui imposer une telle épreuve et voilà qu'elle était de nouveau sur le point de craquer…

Mais il n'était pas sûr que ce soit entièrement sa faute, cette fois. La visite de William ne devait être qu'une coïncidence malheureuse. Il l'espérait, du moins.

D'un autre côté, William semblait savoir que c'était le jour de sa libération. Il avait peut-être fait exprès de venir aujourd'hui dans l'espoir de gâcher son retour parmi les siens. William ne le savait sans doute pas, mais il avait fait un effort inutile : son retour avait déjà été gâché par autre chose.

Maintenant, il devait réparer ce qui pouvait encore l'être et aider ses parents à surmonter ce contre quoi il ne pouvait rien, songea tristement Rainier.

Il prit la lettre, qui était adressée à ses parents, au ranch, et l'ouvrit. La feuille qu'il déplia portait le même tampon que l'enveloppe.

Ce courrier venait de l'administration fiscale du comté. Les mots qu'il lut se brouillèrent devant ses yeux tandis qu'il essayait de comprendre comment des « arriérés d'impôts » et des « taxes sur la productivité du ranch » pouvaient aboutir à un tel résultat : un « paiement de cent cinquante mille quatre cent quatre-vingt-neuf dollars, dû le 31 décembre au plus tard ».

Un goût amer lui envahit la bouche. Ses parents ne pouvaient pas posséder l'argent qu'on leur réclamait. Il y avait forcément une erreur. D'où sortiraient-ils une telle somme ?

D'après les lettres que sa mère lui avait écrites quand il était en prison, ses parents avaient du mal à joindre les deux bouts, ces derniers temps. Ils n'avaient réussi à payer leurs factures du mois en cours que grâce à la fête qu'ils avaient organisée pour le solstice d'hiver. Comment allaient-ils faire ?

Il baissa les yeux vers sa mère, qui n'avait pas cessé de fixer la porte.

Connaissait-elle déjà le contenu de cette lettre ? S'attendait-elle à ce que ce jour arrive ? Était-ce pour cela qu'elle s'était ainsi recroquevillée dans sa coquille ?

Il relut l'injonction plus attentivement. Il devait bien être possible de demander un délai supplémentaire… Ses parents avaient besoin de temps pour rassembler une somme aussi importante.

Son estomac se noua quand il relut la dernière ligne de la missive : « En cas de défaut de paiement, le ranch sera saisi immédiatement. »

— Qu'est-ce que ça dit ? demanda Gwen, qui venait d'apparaître à la porte de la cuisine.

Rainier ne savait pas comment gérer cette situation, mais il doutait que dire la vérité à Gwen soit la meilleure option. À vrai dire, en parler à qui que ce soit lui semblait une très mauvaise idée.

— Tu veux bien t'occuper de maman, s'il te plaît, Gwen ? lui demanda-t-il. Maman, veux-tu une tasse de thé ou autre chose ?

À son grand soulagement, Eloise détourna enfin les yeux de la porte et acquiesça.

— Je veux bien, s'il te plaît, Gwen, dit-elle avec un sourire tremblant.

— Je vais lui donner un coup de main, proposa Laura avec empressement. Comme ça, vous pourrez discuter, tous les deux.

Il la remercia d'un signe de tête et la regarda disparaître dans la cuisine avant de s'asseoir à côté de sa mère.

— Étais-tu au courant de ça ? demanda-t-il en lui tendant le courrier.

Sa mère déplia les lunettes qu'elle portait au bout d'une chaîne et les mit avant de prendre la lettre.

Après l'avoir lue lentement, elle essaya de lui dire quelque chose, mais elle ne réussit qu'à prononcer une suite de propos incohérents. Elle finit par renoncer et secoua la tête.

— Et papa ?

Elle secoua à nouveau la tête.

— Est-ce seulement un document authentique ? demanda Rainier avec méfiance. Comment pouvez-vous devoir payer quelque chose la semaine prochaine sans avoir été prévenus plus tôt ?

— Je suis sûre que ce document est authentique, répondit sa mère d'une voix résignée. Si je sais quelque chose sur William Poe, c'est qu'il est capable de tout. Il veut ruiner notre famille et il a le pouvoir de le faire. Il ne s'arrêtera pas avant d'avoir atteint son but.

— Mais ce doit être le fruit de mois de travail, fit-il remarquer en tapotant la lettre. Pourquoi vous tomber dessus maintenant ?

— Je ne sais pas, répondit Eloise. William ne nous a jamais

aimés. On a réussi à le tenir à distance pendant plusieurs années, mais on a fini par comprendre qu'il nous ferait un sale coup quand il est devenu le comptable du comté. Les événements des dernières semaines n'ont rien arrangé. Je t'ai parlé dans mes lettres de son frère Daryl et de l'incendie, non ?

Il acquiesça.

William Poe en voulait aux Fitzgerald depuis un bon moment, apparemment. Il leur en voulait déjà avant le meurtre de sa femme, dont la belle-sœur de Rainier avait été accusée.

— Je dois l'arrêter ! grogna-t-il.

Il se leva pour foncer vers la porte.

— Non, Rainier ! s'écria sa mère en le retenant. Rien de ce que tu pourras dire ou faire ne l'arrêtera. William est comme un chien qui a déterré un os. Nous pouvons seulement espérer...

— Nous pouvons commencer par engager un bon avocat, quelqu'un qui n'aura pas peur d'affronter ce salaud, la coupa-t-il.

— Nous le ferons, lui assura-t-elle. Mais, Rainier... Tu dois admettre la possibilité que ce soit la fin de Dunrovin. C'est peut-être la manière que le destin a choisie pour nous faire comprendre qu'il est temps de passer à autre chose, de faire de nouveaux projets...

— Non, maman, ne dis pas ça. Vous êtes juste les victimes d'un salopard qui croit pouvoir faire ce qu'il veut sans conséquences.

Il ouvrit la porte. William était à côté de sa Mercedes, en train de parler à Penny.

— J'espère que vous avez l'intention d'escorter cet homme hors de notre propriété, agent Marshall ! lança Rainier à Penny alors que Wyatt et son père apparaissaient au coin de la grange.

— M. Poe me posait des questions sur mon travail, répondit la policière.

— Vous demandait-il pourquoi vous êtes ici, par hasard ? ricana Rainier.

D'après le coup d'œil que Penny lui jeta, c'était exactement ce que William était en train de faire. Et, connaissant cette vipère, Rainier était sûr qu'il en profitait pour faire des avances lourdes et déplacées à la jolie policière.

— Que se passe-t-il ? demanda Wyatt.

Son ton prouvait qu'il avait senti la tension qu'il y avait dans l'air.

— J'incitais juste William à monter dans sa voiture sans tarder, répondit Rainier en indiquant Poe du menton avec dégoût. Il n'est pas le bienvenu ici.

— Si vous croyez que j'ai envie de passer mon temps libre dans ce trou à rat, vous me connaissez bien mal, répliqua William. J'ai bien mieux à faire. J'ai de l'argent à gagner. Je vous l'ai dit : je ne suis passé que pour vous faire une faveur. C'est bien la dernière fois que j'essaye de vous rendre service.

— Vous saviez ce qu'il y avait dans cette lettre, grogna Rainier. Ça vous a procuré beaucoup de plaisir de nous la remettre en main propre. Vous vouliez voir de vos propres yeux l'effet qu'elle nous ferait.

William éclata de rire.

— Vous avez l'air de me prendre pour l'incarnation du mal, ricana-t-il. Mais je peux vous assurer que je ne suis pas le personnage diabolique que vous avez fait de moi, dans votre famille.

Il prit la main de Penny et y déposa un baiser.

— Je suis navré que vous ayez assisté à cette scène, agent Marshall, dit-il. D'un autre côté, c'est une bonne chose que vous ayez eu l'occasion de constater à quel point ces gens me haïssent.

Penny lui arracha sa main, mais Rainier remarqua la rougeur de ses joues.

Il ne comprenait vraiment pas ce que les femmes trouvaient à ce type. C'était un égoïste et un manipulateur qui n'avait aucun respect pour ses nombreuses conquêtes.

William s'approcha de sa voiture et salua Penny d'un signe de tête avant d'y monter. Quand ils ne virent plus que ses feux arrière au loin, Wyatt se tourna vers Rainier, les sourcils froncés.

— De quoi s'agissait-il ? demanda-t-il.

Rainier jeta un coup d'œil à Penny en espérant faire comprendre à son frère qu'il n'avait pas envie de parler de William devant ce qui était peut-être l'une de ses admiratrices.

Wyatt répondit par un hochement de tête presque imperceptible.

— Qu'avez-vous trouvé ? demanda Rainier, soulagé que son frère le comprenne. Ce sont des ossements humains ou des os d'animal ?

— Ce sont clairement des ossements humains, malheureusement, répondit Wyatt. Ils sont là depuis un bon moment, de même que le revolver. Nous avons condamné la scène de crime. Notre équipe commencera à creuser demain matin.

Un frisson parcourut Rainier.

— La scène de crime ? répéta-t-il.

— Quand on trouve les restes d'un humain, on doit considérer la zone comme une scène de crime jusqu'à ce qu'on comprenne ce qui s'est passé, expliqua son frère.

— As-tu une idée de l'âge de ces os ? demanda Rainier. Ou de qui il s'agit ?

Wyatt secoua la tête.

— Comme je te l'ai dit, nos techniciens se mettront au travail demain matin. Je ne saurai rien de plus avant d'avoir reçu les résultats du labo.

Wyatt plissa les yeux.

— Y a-t-il une raison pour que cette histoire t'intéresse autant ? demanda-t-il.

Voilà, songea Rainier. *Il n'aura pas fallu longtemps pour que Wyatt exprime ce qu'il ressent vraiment pour moi.*

— Je veux le bien de tout le monde au ranch, lui rappela-t-il. On ne pourrait pas faire une trêve, ou quelque chose comme ça ?

Il agita la main dans la direction où la voiture de William avait disparu.

— C'est lui, notre véritable ennemi, ajouta-t-il.

— Je ne suis pas ton ennemi, frangin, répondit Wyatt. Mais je me soucie de ce qui se passe au ranch. Je ne pardonnerai pas qu'on agisse à l'encontre de l'intérêt de nos parents, même si c'est l'un des nôtres qui est responsable.

Wyatt se tourna vers Penny.

— Je veux que tu surveilles la scène de crime jusqu'à l'arrivée de Lyle et de Steve, lui dit-il. Ne laisse personne s'en approcher — surtout pas mon frère.

Sur ces mots, Wyatt s'engouffra dans sa voiture, claqua la portière et démarra.

Rainier ne savait pas comment s'y prendre pour améliorer leur relation, mais il savait qu'il devait le faire — non seulement dans leur intérêt, mais aussi dans celui de leurs parents. Leur situation était bien assez difficile comme cela.

— Si vous voulez bien m'excuser, il faut que j'aille à mon poste, dit Penny avec un mélange de compassion et de méfiance.

Visiblement, elle se demandait encore à quel genre d'homme elle avait affaire.

— Bien sûr, répondit-il. Et ne vous en faites pas : je n'ai pas l'intention de m'approcher de votre scène de crime, quoi que mon frère en pense. Si vous avez besoin de quoi que ce soit — un en-cas ou une boisson, par exemple — faites-le-moi savoir. Je vous l'apporterai.

Penny perdit son expression de méfiance et lui sourit.

— Merci, Rainier, dit-elle. Je le ferai.

Rainier hocha la tête. Son père et lui la regardèrent s'éloigner. Dès qu'il fut certain qu'elle ne pouvait plus les entendre, Merle se tourna vers lui.

— Que se passe-t-il avec William Poe ? demanda-t-il. Que dit la lettre ?

Rainier grimaça. Il n'avait aucune envie d'annoncer la mauvaise nouvelle à son père.

— Tu devrais aller voir maman, lui suggéra-t-il. Elle est secouée.

Ils rentrèrent dans la maison. Rainier fut soulagé de se mettre au chaud. Il ne s'était pas aperçu que le froid le gagnait, mais il ne sentait presque plus ses doigts ni ses pieds. Il pénétra dans le salon en serrant les poings pour encourager la circulation. Tout le monde était assis autour de la table. Cela lui rappela leurs dîners familiaux — à ceci près que personne ne souriait.

On était loin de l'accueil dont il avait rêvé. En observant les visages inquiets et fatigués des membres de sa famille, il ne put s'empêcher de se demander s'il n'aurait pas mieux valu pour eux qu'il reste derrière les barreaux.

Laura se leva et s'approcha de lui.

— Est-ce que tout va bien, dehors ? demanda-t-elle en chuchotant. William est parti ?

— Oui.

— Que font Wyatt et ses hommes ?

— Ils viendront demain, répondit-il. Wyatt a l'air d'estimer qu'il n'est pas nécessaire d'enquêter immédiatement sur des ossements aussi vieux. Mais j'imagine qu'ils débarqueront à l'aube.

— Alors ils ne nous interrogeront pas ce soir ? demanda-t-elle avec un soulagement visible.

Il secoua la tête.

— Non. Et ne vous en faites pas : tout se passera bien.

— Même pour la lettre ? s'inquiéta-t-elle en jetant un coup d'œil vers la table pour s'assurer que personne ne l'entendait. Vos parents peuvent-ils payer ?

Rainier regarda sa mère.

— Je ne pense pas. Le mieux qu'ils ont à faire, c'est de trouver un bon avocat. Ils vont devoir se battre et ils n'ont pas beaucoup de temps. D'après la lettre, ils doivent payer avant le 31 décembre. Vous savez comment c'est, à cette période de l'année : les administrations sont fermées pour les fêtes. Ils auront beaucoup de mal à trouver quelqu'un à qui parler, et encore plus quelqu'un qui soit capable de les conseiller ou d'arranger les choses.

Laura se mordilla la lèvre.

— Ont-ils un avocat ? demanda-t-elle.

— Je ne crois pas, répondit-il en haussant les épaules. Mais ils feraient bien d'en engager un. Avec tout ce qui se passe, ils auraient sans doute droit à une carte de fidélité.

Laura pouffa, mais elle retrouva son sérieux presque aussitôt.

— S'ils ont besoin de quelqu'un… vous savez que mon père est avocat, dit-elle.

— C'est un ami de William Poe, si j'ai bien compris, répondit-il.

— Ils travaillent ensemble. Vous savez comment c'est dans les petites villes. Tout le monde est amené à se croiser et il vaut mieux rester civilisé. Au bout du compte, on ne fait que s'utiliser les uns les autres.

Elle baissa les yeux comme si elle avait compris avec un temps de retard de quoi elle venait d'accuser les employés du comté.

— Il est difficile de s'entendre avec mon père, et il n'acceptera peut-être pas de vous représenter, mais je peux lui en parler, si vous voulez, reprit-elle.

Rainier comprit à son air hésitant qu'elle n'avait jamais proposé cela à personne. Il apprécia d'autant plus qu'elle essaye de les aider.

— Si ça ne vous ennuie pas, nous pourrions aller le voir ensemble, lui suggéra-t-il. Je pourrais lui faire comprendre ce qui se passe.

Elle baissa encore les yeux.

— Je suis désolée, Rainier, mais je ne suis pas sûre que ce soit une bonne idée. Mon père sait... d'où vous sortez. Ce n'est pas votre plus grand admirateur. Si on veut qu'il défende la cause de vos parents, il vaudrait sans doute mieux que quelqu'un d'autre m'accompagne.

Merle s'éclaircit la voix pour leur rappeler qu'ils n'étaient pas seuls.

— Si ça vous va, Laura, ma femme et moi serons ravis d'aller lui parler, dit-il.

Laura rougit.

— Je suis désolée, balbutia-t-elle. Je ne pensais pas que vous entendiez...

— Ne vous en faites pas, la coupa Merle. Je veux dire... nous apprécions votre soutien.

— Alors retrouvons-nous à son bureau demain matin, répondit-elle.

Elle posa la main sur le bras de Rainier, qui trouva cela aussi agréable que déplacé.

— Si vous veniez, finalement ? ajouta-t-elle. Même si vous n'assistez pas à la réunion, je suis sûre que vos parents seront contents de vous avoir à leurs côtés... et moi-même je le serai.

Rainier sourit. Pour la première fois de la journée, quelque chose se passait bien.

7

Laura avait trouvé sa messagerie bien remplie à son réveil. La plupart des mails qu'elle avait reçus provenaient d'employeurs potentiels qui lui posaient des questions sur d'anciens prisonniers dont elle avait la charge. Elle y répondit rapidement et passa même quelques coups de fil, pourtant elle avait l'impression de travailler en pilote automatique. Elle ne songeait qu'au moment où elle verrait son père, le terrifiant Dennis Blade.

Beaucoup de gens trouvaient son père charmant, soucieux de la communauté et prêt à donner de sa personne pour rendre service. Mais elle connaissait bien mieux son autre facette : son besoin de tout contrôler, sa tendance à manipuler les gens, son goût du pouvoir et son manque de scrupules. C'était un homme puissant qui était prêt à tout pour obtenir ce qu'il voulait. Si quelqu'un avait demandé à Laura si son père était quelqu'un de bien, elle aurait eu du mal à répondre oui. Elle aurait plutôt répondu que c'était simplement un homme. Il était à la fois bon et mauvais, généreux et égoïste. Elle était au moins sûre d'une chose : malgré tous ses défauts, il l'avait toujours aimée, à sa manière.

Même si cet amour n'avait jamais été qu'une source d'anxiété pour elle.

Comme les relations familiales l'angoissaient, elle trouvait l'harmonie des Fitzgerald fascinante. La générosité des parents de Rainier et leur ouverture d'esprit étaient une énigme pour elle. Il ne semblait y avoir de tension qu'entre Rainier et Wyatt, mais il était évident qu'ils tenaient l'un à l'autre, malgré leur animosité réciproque.

Le bureau de son père n'était pas très loin de son appartement. Quand elle l'atteignit, Rainier, Merle et Eloise étaient déjà là. Ils l'attendaient près de leur voiture. Elle consulta sa montre et constata qu'elle avait un quart d'heure d'avance.

Elle se gara à côté d'eux et ouvrit sa portière. Un petit frisson de plaisir la parcourut quand elle rencontra le regard de Rainier.

— Bonjour, dit-il en lui tendant la main pour l'aider à sortir de sa voiture.

Elle l'accepta. Malgré la température négative, les doigts de Rainier étaient chauds. Elle ne put s'empêcher de se demander si c'était sa présence qui lui réchauffait le sang. Elle aurait aimé ne pas être la seule à être trahie par son corps en présence de l'autre.

— Bonjour, répondit-elle.

Sa voix d'adolescente enamourée lui fit honte. Elle se racla la gorge, se rappela que sa relation avec Rainier était strictement professionnelle et tâcha de reprendre le contrôle de ses émotions.

— Monsieur et madame Fitzgerald, dit-elle en saluant ses parents et en retirant sa main de la sienne.

— Appelez-nous Merle et Eloise, s'il vous plaît, répondit Mme Fitzgerald. À quoi bon faire des chichis ?

Laura acquiesça.

— Vous avez raison, Eloise. Vous êtes là depuis longtemps ?

Rainier secoua la tête.

— Une dizaine de minutes, tout au plus, répondit-il. Nous voulions être sûrs d'avoir le temps de vous parler avant d'entrer.

Ainsi, ils étaient là depuis un certain temps, et les mains de Rainier auraient dû avoir le temps de refroidir. Cette pensée fit sourire Laura. Elle n'avait peut-être pas rêvé quand elle avait eu l'impression qu'elle lui plaisait…

Mais c'était une satisfaction absurde parce qu'il ne pouvait rien se passer entre eux, se rappela-t-elle.

— Que vouliez-vous me dire ? demanda-t-elle en essayant de se concentrer sur leur mission.

Merle et Eloise se regardèrent brièvement comme s'ils étaient capables de communiquer par télépathie — ce qui était peut-être le cas, après avoir passé presque toute leur vie ensemble.

— Nous voulions juste vous dire que nous savons que vous

faites beaucoup pour nous aider, répondit Eloise. Nous apprécions vos efforts — y compris ceux que vous faites pour Rainier. Mais nous savons aussi qu'il sera difficile de résoudre les problèmes que nous avons avec le comté.

— Ne dites pas ça. Je suis sûre que tout finira..., commença Laura.

— Non, la coupa Eloise. Cette réunion ne se passera peut-être pas comme nous l'espérons. Nous ne voulons pas que vous soyez déçue ou que vous pensiez avoir échoué si c'est le cas.

Comment pouvait-elle faire preuve d'autant de délicatesse dans la situation dans laquelle elle se trouvait ? Laura eut envie de la serrer dans ses bras. Il fallait être vraiment altruiste pour se soucier des sentiments des autres quand on avait tant de problèmes.

Laura eut envie de la réconforter et de lui dire qu'elle se trompait, qu'ils trouveraient un moyen d'arranger les choses, mais elle n'eut pas le cœur de lui mentir. Eloise avait raison. Ils avaient peu de chances de trouver une solution, surtout dans un délai aussi court. Mais ce n'était pas une raison pour perdre espoir, bien au contraire. C'était dans les moments où tout allait mal qu'il était le plus important de continuer à croire en un avenir meilleur.

— Commençons par voir ce que mon père a à dire sur le sujet, suggéra-t-elle. Il connaît des gens influents — le genre de personnes capables de faire disparaître un problème comme le vôtre.

Après une brève hésitation, elle décida de ne pas leur parler de la tendance de son père à être versatile quand elle lui demandait un service.

Eloise poussa un soupir de soulagement. Ils franchirent les grandes portes sculptées, en érable, du cabinet de son père. La nervosité de Laura s'accrut à chaque pas. Elle essuya ses mains moites sur sa jupe et baissa les yeux. Oui : elles y avaient laissé des marques d'humidité. Son père ne manquerait pas de les voir et d'en tirer des conclusions. Aucun détail ne lui échappait.

— Et si vous m'attendiez ici ? suggéra-t-elle en indiquant le canapé en cuir de l'accueil aux Fitzgerald. Je reviens tout de suite.

Elle s'approcha de la secrétaire, qui la salua avec le sourire.

— Bonjour, mademoiselle Blade, dit-elle. Votre père vous attend. Je vais l'informer que vos amis et vous êtes arrivés. Si vous voulez bien patienter un instant.

— Je vous remercie, répondit Laura.

La secrétaire appela le sanctuaire de son père et parla à voix basse. Laura déduisit de son expression apeurée que ce dernier n'était pas de bonne humeur. Sa nervosité s'accrut encore.

— J'y vais, annonça-t-elle sans attendre que la secrétaire ait raccroché. Je reviendrai chercher mes amis dans quelques minutes. J'ai besoin de parler à mon père seul à seul.

La secrétaire tendit le bras pour la retenir, mais Laura frappa à la porte du bureau de son père sans s'en soucier. Malgré l'épaisseur du bois, elle l'entendit raccrocher brutalement son téléphone de l'autre côté.

— Entre, Laura ! lança-t-il de sa voix de baryton, qu'on entendait de loin.

Elle déglutit, secoua les mains pour se débarrasser d'un peu de nervosité, entra et ferma la porte derrière elle.

— Père, dit-elle en le saluant d'un hochement de tête. Merci d'avoir trouvé le temps de nous recevoir.

— Où sont tes *amis* ? grommela-t-il. S'ils veulent que je les aide, ils auraient pu avoir la décence de venir me le dire en personne.

— Les Fitzgerald sont là, répondit-elle. Mais je leur ai demandé d'attendre à l'accueil. Je voulais te parler avant que tu ne les reçoives.

— De quoi ? grommela son père. D'eux, ou d'une autre de tes idées farfelues ?

Elle eut envie de lui tenir tête, de lui dire qu'il n'avait pas le droit de se montrer aussi condescendant, mais elle était venue pour lui demander un service. Cela ne semblait pas le moment idéal pour se disputer avec lui.

— D'eux, répondit-elle. Je voudrais t'expliquer ce que j'aimerais que tu fasses pour eux.

— J'en ai déjà une idée générale grâce à ton coup de fil de la nuit dernière, merci. As-tu oublié que je me lève à 5 heures tous les jours ?

Voilà donc pourquoi il était de si mauvaise humeur.

— Je suis désolée de t'avoir dérangé, dit-elle. Ce n'était pas mon intention. Je savais juste que je devais agir vite. Et j'imaginais que tu recevais régulièrement des appels pendant la soirée.

Le regard furieux de son père lui apprit qu'elle venait de commettre une autre erreur.

— Je ne paye pas une secrétaire pour rien, aboya-t-il. Et j'espère que tu as bien conscience que j'aurais pu faire des centaines d'autres choses de cette matinée.

Elle espéra qu'il n'était pas d'assez mauvaise humeur pour enchaîner sur Tanner, comme il l'avait fait des milliers de fois. Elle n'avait aucune envie de l'entendre encore parler de son ex.

Elle serra les dents. Elle devait faire bien attention à ce qu'elle répondait. Il ne fallait pas qu'il la trouve insolente.

— Encore une fois, j'apprécie que tu aies trouvé le temps de nous recevoir, reprit-elle. Je sais que tu es très occupé, mais il s'agit de William Poe, comme je te l'ai expliqué hier. Tu dois l'empêcher de continuer à nuire à ces pauvres gens.

Son père pouffa de rire.

— William ne peut pas leur faire de mal. Il n'est pas assez puissant.

— Mais il connaît des gens qui le sont, insista-t-elle. Et explique-moi comment il a pu se retrouver en possession d'une lettre qui leur était destinée... Je suis sûre qu'il y a quelque chose d'illégal là-dessous.

Son père fit craquer ses doigts et s'enfonça dans son fauteuil.

— Je reconnais que c'est bizarre. Même si je respecte William, j'admets que son comportement a quelque chose de louche. Mais soit il est plus malin que je ne le pensais, soit il est innocent.

— Je pense que tu sais aussi bien que moi que William est tout sauf innocent.

— Tu es bien naïve si tu n'as pas encore compris que nous sommes tous un peu innocents et un peu coupables, ricana son père. Pour réussir dans la vie et dans les affaires, il faut être capable de prendre des décisions qui font reculer les autres. William réussit dans son travail, mais ça ne prouve pas qu'il ait fait quelque chose de mal.

— Acceptes-tu de t'occuper du dossier, papa ? demanda-t-elle.

— Ce que tu me demandes est bien plus compliqué que tu ne l'imagines, répondit son père en posant les mains à plat sur son bureau. Et nous savons tous les deux que tu as tendance à t'empêtrer dans des problèmes ridicules. Pourquoi faut-il que tu te mêles des affaires des autres ? C'est comme ce foutoir avec Tanner…

Bien sûr, il remettait cela sur le tapis. À chaque fois qu'il s'apprêtait à refuser de lui rendre un service, il parlait de Tanner, son ancien petit ami.

— Il n'a rien à voir avec ça, papa.

— Peut-être, mais il est l'illustration de tes faiblesses. Tu ne peux pas t'empêcher de perdre ton temps avec des perdants.

— Les Fitzgerald ne sont pas des perdants, se défendit-elle.

Son père pouffa.

— S'ils s'en prennent à William Poe, c'est exactement ce qu'ils deviendront, répondit-il.

S'il fallait supporter cela pour que son père les aide, il valait peut-être mieux que les Fitzgerald trouvent un autre avocat. Mais elle leur ferait un sale coup en leur suggérant de battre en retraite. Ils avaient placé leurs espoirs dans sa capacité à avoir une conversation civilisée avec son père — une conversation dont leur avenir dépendait.

— De plus, l'opinion publique est en train de se retourner contre la famille, ce qui compliquera les choses s'il faut aller jusqu'à un procès. Avec ce qui vient d'être découvert au ranch… Je suis sûr que ces ossements seront la goutte d'eau qui fera déborder le vase.

— Comment es-tu au courant ? demanda-t-elle, les yeux écarquillés.

Wyatt et son équipe se trouvaient sur les lieux. Son père semblait au courant de tout alors qu'ils commençaient à peine leur enquête.

— Une pareille découverte ne pouvait pas rester secrète bien longtemps, répondit son père. Tu sais comment les choses se passent, dans le fin fond du Montana. Il suffit de passer un coup de fil pour connaître tous les ragots, et mon rôle est de superviser ce que tu décides de faire de ta vie. Tu n'imaginais quand même pas que je te laisserais travailler avec d'anciens prisonniers sans m'assurer que tout va bien ?

— Tu m'espionnes ? s'écria-t-elle.

Son père secoua la tête, manifestement à bout de patience.

— Je suis ton père, Laura, répondit-il. Quoi que tu penses de mes choix, j'agis dans ton intérêt — et je continuerai à le faire, que ça te plaise ou non.

Elle avait envie de le gifler, par moments.

— Je suis assez grande pour veiller sur moi, papa, répliqua-t-elle. Il n'est pas utile que tu passes ton temps à regarder par-dessus mon épaule. Je suis une adulte.

Son père pointa un doigt vers la porte.

— Si c'est le cas, ramène tes amis chez eux et trouve une solution toi-même. Mais retiens bien ce que je vais dire : les Fitzgerald ne se sortiront pas de cette situation. S'ils ont quelque chose à voir avec ces ossements — s'ils ont quelque chose à voir avec la mort de la personne dont on a retrouvé les restes —, et si on t'associe à eux, tu perdras tout ce pour quoi tu t'es battue. Tu te retrouveras dans le pétrin avec eux. Maintenant, va-t'en ! Le sujet est clos.

— Ils n'ont rien à voir avec la mort de cette personne, dit Laura en faisant semblant de ne pas avoir entendu qu'il la chassait. Cette personne doit être morte depuis des années. Elle l'était peut-être déjà quand les Fitzgerald ont acheté le ranch.

— Ce n'est sans doute pas le cas, d'après mes sources. Quoi qu'il en soit, tu ne devrais pas les fréquenter.

Son père se trompait lourdement. Elle ne savait pas ce qu'il croyait ou ce qu'il avait entendu, mais les Fitzgerald n'étaient pas des criminels. Non, cette famille n'avait rien fait de mal. Eloise et Merle étaient des piliers de la communauté. Ils avaient servi de famille d'accueil pendant des années, ils avaient adopté Rainier et ses frères et ils tenaient un ranch de loisirs qui apportait de la joie et de l'animation dans la région. Ce n'étaient pas des meurtriers. Ils n'avaient pas commis de crimes financiers. Ils faisaient tout pour être de bons citoyens. Pourquoi son père ne le voyait-il pas ?

— Si je te prouve que les Fitzgerald n'ont rien à voir avec les ossements qu'on vient de trouver, accepteras-tu de les aider ? demanda-t-elle.

— Voyons de quoi tu es capable, répondit-il après quelques secondes de réflexion. Mais permets-moi de te le répéter : tu ferais bien de sauter du bateau avant qu'il ne coule.

Laura savait qu'elle n'obtiendrait rien de plus. Elle tourna les talons et se dirigea vers la porte.

— Et méfie-toi de William Poe, Laura ! lui lança son père. On ne sait pas toujours dans quel genre d'eaux troubles il évolue.

Elle laissa échapper un rire cynique en songeant à la réputation de séducteur de William. Elle était sûre que ce n'était pas ce dont parlait son père, mais l'image lui parut frappante.

Elle riait encore quand elle ferma la porte du bureau derrière elle. Eloise se leva d'un bond.

— Alors tout s'est bien passé ? demanda-t-elle, le sourire aux lèvres. Il est disposé à nous recevoir ?

Laura eut envie de lui dire la vérité — à savoir qu'il n'y avait qu'un maigre espoir que son père s'occupe de leur affaire —, mais elle n'en trouva pas le courage.

— En fait, il sait déjà tout ce qu'il doit savoir, répondit-elle. J'espère qu'il se plongera vite dans le dossier.

Déformer ainsi la vérité ne la mit pas trop mal à l'aise. Elle n'avait pas vraiment menti. Elle avait présenté la situation sous un jour flatteur. Pour le moment, il faudrait que cela suffise.

— De votre côté, occupez-vous de redresser la réputation de Dunrovin, suggéra-t-elle.

— Ça, c'est dans nos cordes, n'est-ce pas, Merle ? répondit Eloise.

Sa joie donna mauvaise conscience à Laura. À cause d'elle, ils allaient peut-être au-devant d'une amère déception.

Ils sortirent du cabinet de son père. Rainier, qui marchait près d'elle, la retint par le bras sur le trottoir tandis que ses parents regagnaient leur voiture.

— Il ne nous aidera pas, n'est-ce pas ? demanda-t-il.

Laura se sentit blêmir. Il ne pouvait pas avoir entendu sa conversation avec son père, alors comment savait-il ce qui s'était passé de l'autre côté d'une porte close ?

— Je... Il... Il pense qu'il n'y a pas moyen de résoudre le problème, qu'un autre avocat répondrait la même chose.

Dès qu'elle eut commencé à parler, les mots se bousculèrent dans sa bouche.

— Et il a peur que les ossements qu'on vient de découvrir ne nuisent à la réputation de votre famille, poursuivit-elle, même si votre frère est dans les forces de l'ordre. Notre seule chance pour le convaincre de vous aider, c'est de lui prouver que vous n'avez rien à voir avec les ossements.

Rainier inspira profondément avant de répondre :

— Très bien, dit-il. Vous avez bien dit que je devais travailler pour remplir les conditions de ma liberté sur parole ? À partir de cet instant, mon travail consistera à aider Wyatt à tirer cette affaire au clair. Je jure que mes parents obtiendront l'aide dont ils ont besoin.

8

Quand ils rentrèrent au ranch, Wyatt et ses deux hommes — Lyle et Steve — creusaient autour de l'abreuvoir et passaient la terre au tamis. Apparemment, ils n'avaient rien trouvé de plus. Rainier en fut soulagé. S'ils ne faisaient pas d'autre découverte, le médecin légiste n'aurait pas grand-chose à examiner et l'affaire serait vite oubliée.

Mais auraient-ils autant de chance ?

Il regarda Laura sortir de sa voiture. Il lui était reconnaissant d'avoir accepté de les accompagner au ranch, même si cela bousculait son emploi du temps — ce dont il s'était rendu compte d'après les coups de téléphone qu'elle avait dû passer. Il n'en revenait pas qu'elle soit aussi serviable, ni qu'elle soit prête à se mettre en danger pour aider sa famille. Il avait du mal à croire qu'elle se comportait de cette manière avec tous les ex-détenus dont elle avait la charge, mais il se trompait peut-être. Elle était sûrement toujours aussi altruiste et généreuse.

Il ne pouvait pas nier qu'il avait eu beaucoup de chance de lui être assigné. Elle n'était pas ce à quoi il s'attendait — un quadragénaire chauve et coincé avec un problème de boisson.

Elle était si loin de ce stéréotype qu'il pouffa de rire.

Elle ferma la portière de sa voiture et se tourna vers lui.

— Avez-vous déjà parlé à votre frère ? demanda-t-elle.

Il secoua la tête. Il avait passé tout le trajet à se demander ce qu'il pourrait dire pour améliorer leur relation. Il n'avait rien trouvé. Sa nervosité s'était accrue à mesure qu'ils approchaient du ranch.

— Tout se passera bien, Rainier, dit Laura en le rejoignant. Vos parents lui ont parlé de leurs problèmes, non ?

Il jeta un coup d'œil à la maison dans laquelle ses parents avaient disparu. Ils n'avaient pas arrêté de parler pendant le trajet, mais c'était surtout pour exprimer leur gratitude envers Laura. Rainier n'avait pas la moindre idée de ce que Wyatt savait de leur situation.

La possibilité qu'il soit celui qui lui apprenne la mauvaise nouvelle le fit grimacer. Même s'il n'y était pour rien, cela ne ferait sûrement pas progresser les choses entre eux.

— Je ne sais pas, répondit-il.

— Commençons par parler à Wyatt, dit Laura en se tordant les doigts.

Elle semblait encore plus nerveuse que lui.

Ils se dirigèrent vers l'abreuvoir. Lyle manipulait le tamis. Il leva la tête à leur approche et passa l'une de ses mains gantées sur son front en y laissant une grande trace de boue.

— Bonjour, Lyle. Comment ça se passe ? demanda Rainier pour essayer de se montrer aimable.

— Ça progresse lentement, répondit Lyle, que rien ne semblait pouvoir troubler.

— Je suis sûr que vous faites du bon boulot, dit Rainier en hochant la tête. Avez-vous trouvé quelque chose ?

Lyle jeta un coup d'œil à Steve. Celui-ci se tenait dans le trou rempli d'eau, qui avait gelé sur les bords pendant la nuit. Steve souffla sur ses mains pour essayer de se réchauffer. Il avait les lèvres bleues. Même s'il était bien couvert, il devait avoir hâte de sortir de l'eau glacée.

— Sais-tu où est Wyatt, Steve ? demanda Lyle.

Son compagnon, qui semblait proche de l'hypothermie, secoua la tête.

— Il ne m'a pas dit où il allait, à moi non plus, répondit-il.

Rainier essaya de se convaincre que le fait que Wyatt abandonne ses hommes sans leur dire où il allait n'avait rien d'étrange. Il avait peut-être eu quelque chose d'urgent à faire, à moins qu'il ne soit en train de parler à leurs parents. Pourtant son inquiétude persista.

— Si vous le voyez, pourriez-vous lui dire qu'on le cherche ? demanda Laura.

Lyle hocha la tête avant d'ajouter une pelletée de terre dans son tamis.

— C'était bizarre, vous ne trouvez pas ? chuchota Laura alors qu'ils s'éloignaient.

— S'ils ont trouvé quelque chose, Wyatt a dû leur interdire de nous en parler, répondit Rainier.

— À vrai dire, je suis un peu surprise que votre frère soit chargé de cette enquête, lui confia-t-elle. J'aurais imaginé qu'on la confierait à quelqu'un d'autre pour éviter un conflit d'intérêts. Ces ossements ont été trouvés sur les terres de vos parents, après tout.

— Vous savez comment c'est, répondit-il. Ils ne sont pas très nombreux. S'ils écartaient les agents des enquêtes à chaque fois qu'ils connaissent quelqu'un d'impliqué, il faudrait que tous les dossiers soient pris en charge par du personnel détaché venu d'ailleurs.

Il rit doucement.

— C'est peut-être pour ça que Wyatt est arrivé avec Penny, reprit-il. Comme ça, il y a un observateur neutre, au cas où on mettrait son objectivité en doute.

Alors qu'ils passaient devant la grange, Wyatt en sortit en s'essuyant les mains sur un chiffon.

— Si vous voulez parler dans mon dos, vous devriez le faire un peu plus discrètement, dit-il. Si on m'a mis sur cette enquête, c'est parce que les gens ont confiance en moi — contrairement à toi, frangin. Ils savent que mon lien avec cet endroit ne m'empêchera pas de faire mon travail. S'il faut arrêter quelqu'un, je le ferai, même si c'est mon propre frère.

Rainier essaya de contrôler la colère qui le gagnait.

— Je n'ai rien à voir avec ces ossements, je te le jure, répondit-il le plus calmement possible. Je ne comprends pas pourquoi tu éprouves le besoin de me menacer. Je suis désolé d'avoir frappé mon père. Je sais que j'ai fait du tort à tout le monde — et sans doute à toi plus qu'aux autres.

— C'est juste. As-tu la moindre idée des plaisanteries que ça me vaut de la part des collègues ? Du nombre de questions auxquelles j'ai dû répondre ?

— J'ai purgé ma peine, Wyatt. Pourquoi tiens-tu à ce que je continue à payer pour mon crime ?

— Il ne s'agit pas de ça, grommela son frère. Tu sais bien que ce n'est pas si simple. Et tu sais aussi bien que moi que tu as une tendance à l'impulsivité qui t'attirera de nouveaux ennuis en un rien de temps.

— Ne vois-tu pas que j'ai changé ? protesta Rainier. Si j'étais toujours le même, serais-je planté là à t'écouter alors que tu me parles comme ça ?

Laura posa la main sur son bras pour le calmer.

— Je comprends qu'il s'est passé beaucoup de choses entre ton frère et toi, Wyatt, mais ne crois-tu pas qu'il est temps de tourner la page ? demanda-t-elle.

Wyatt écarquilla les yeux.

— Tu plaisantes ? s'écria-t-il. Tu connais mieux que personne les taux de récidive. Les gens ne changent pas. Ils sont qui ils sont.

Laura lâcha le bras de Rainier. Les paroles de Wyatt l'incitaient-elles à revoir son jugement ? La colère menaça de l'aveugler. Il avait envie d'envoyer son frère se faire voir, de lui dire qu'il se moquait de ce qu'il pensait de lui et de lui ordonner d'arrêter de gâcher la seule chose qui lui faisait du bien : le fait que Laura ait envie de l'aider. Cela faisait longtemps qu'il n'avait pas eu d'autre avocat que ses parents. Pourquoi Wyatt voulait-il lui retirer cela ?

D'un autre côté, son frère avait peut-être raison. Il contrôlait sa colère pour le moment, mais y parviendrait-il toujours ? Que se passerait-il s'il recroisait son père biologique dans les mêmes circonstances ? S'il était honnête, il ne pouvait pas jurer qu'il agirait différemment. Il n'avait peut-être pas changé, finalement.

— Tu as raison, Wyatt, répondit Laura. Mon métier m'a appris beaucoup de choses. Je sais que certaines personnes sont incapables de changer, mais ton frère n'en fait pas partie. Il a une chance de s'en sortir. Malheureusement, il n'y arrivera pas s'il doit se confronter aux gens qui sont censés l'aimer et l'aider. Les anciens détenus risquent davantage de récidiver quand ils ne trouvent pas un environnement accueillant à leur sortie de prison. Tu veux que ton frère s'en sorte, non ?

Wyatt parut se détendre un peu. Il soupira et se tourna vers Rainier.

— Je ne voulais pas t'agresser, dit-il. Tu le sais bien. Tu sais que je t'aime et j'admets qu'on fait tous des erreurs. Les miennes ne sont pas du même calibre que les tiennes, bien sûr, mais...

— Tu recommences à le rabaisser, intervint Laura. Ce n'est pas lui rendre service.

— Tu as raison, soupira Wyatt. Je suis désolé, Rainier. Ce n'était pas intentionnel. C'est juste que... il me faudra un peu de temps pour tourner la page.

Rainier n'en crut pas ses oreilles. Rien de ce qu'il aurait pu dire à Wyatt n'aurait été aussi efficace que l'approche calme et rationnelle de Laura. Elle était impressionnante. Il était sûr qu'elle obtenait de meilleurs résultats que ses collègues.

— Merci, frérot, dit Rainier. Je comprends. Et je suis désolé de t'avoir compliqué la vie.

— Si tu veux que je laisse ça derrière moi, tu dois me promettre de faire tout ce que tu peux pour ne plus t'attirer d'ennuis.

Rainier songea à l'enquête et à leur mensonge concernant les circonstances de la découverte des ossements. Il imaginait sans peine ce que son frère dirait s'il se rendait compte que lui et Laura lui cachaient quelque chose.

— Je te promets de faire de mon mieux, répondit-il.

Laura esquissa un sourire. Songeait-elle à leur mensonge, elle aussi ? Était-ce la prudence avec laquelle il avait manœuvré dans cette discussion qui la faisait sourire ? Était-elle simplement contente de les voir repartir sur de bonnes bases ? Quelle que soit la raison, il était heureux de la voir sourire. Cela la rendait si belle... Cela faisait pétiller un peu plus ses yeux bleus et cela illuminait son visage. Il se laissa hypnotiser par sa beauté. Et elle n'était pas seulement belle physiquement, avec son visage fin et ses courbes sensuelles. Son âme aussi était éblouissante. C'était la personne la plus séduisante qu'il ait jamais vue.

Et elle était complètement intouchable.

Wyatt posa son chiffon sale sur son épaule, se passa une main sur le visage et soupira.

— Gwen m'a parlé de la lettre, au fait, dit-il.

— Tant mieux ! répondit Rainier, soulagé. Je veux dire… je suis content qu'elle s'en soit chargée.

Wyatt ignora sa remarque.

— Comment s'est passé le rendez-vous avec ton père ? demanda-t-il à Laura.

Celle-ci jeta un regard interrogateur à Rainier.

— Je pense qu'il vaut mieux qu'il sache tout, même si on cache certaines choses à nos parents, répondit-il à la question qu'elle n'avait pas formulée. C'est le seul à pouvoir nous aider.

— De quoi parlez-vous ? demanda Wyatt. Que s'est-il passé ?

— Entrons dans la grange, suggéra Rainier, qui venait de prendre conscience que Lyle et Steve pouvaient sûrement les entendre.

Ils suivirent Wyatt à l'intérieur. Rainier s'arrêta devant la première stalle. Clark, son cheval préféré, sortit la tête pour le saluer. Rainier gratta le front, puis le menton de l'animal.

— Comment ça va, mon vieux ? demanda-t-il en le laissant renifler ses doigts.

— Alors, qu'a dit ton père, Laura ? s'impatienta Wyatt.

Rainier se retourna et répondit à sa place.

— Il pense autant de mal de moi que toi — que tu en *pensais*, du moins, dit-il. Il pense que Laura commet une erreur en essayant de nous aider. Et il prétend qu'on ne peut pas gagner contre William avec toutes les casseroles qu'on traîne derrière nous.

Wyatt s'adossa à l'établi.

— On peut engager un autre avocat, répondit-il.

— C'est le meilleur de l'État en matière de droit fiscal, intervint Laura. Son cabinet obtient des résultats extraordinaires. Il peut résoudre n'importe quel problème. De plus, il m'a dit que personne d'autre n'oserait s'attaquer à Poe. Tu sais qu'il a beaucoup d'influence dans le comté. Les autres avocats auront peur de se le mettre à dos.

— Il faudrait que cet homme disparaisse de la circulation, grommela Wyatt.

Rainier éclata de rire.

— Ne dis pas ça trop fort. Les gens se posent déjà des questions sur nous… Si Poe mourait, on se ferait tous arrêter, même toi.

Et sa *disparition* ne résoudrait pas tout. La lettre des impôts ne disparaîtrait pas avec lui.

— Tu as raison, répondit Wyatt en croisant les bras. Il vaut mieux gérer une catastrophe à la fois.

— Commençons par ces ossements, suggéra Rainier. Penses-tu que cette histoire sera vite oubliée ?

— Ça m'étonnerait, répondit Wyatt. On a trouvé un crâne, tout à l'heure. Je pense que c'est un homme et je suis sûr qu'il a reçu une balle dans la tête.

Rainier en perdit le souffle. Non. Il ne pouvait pas leur arriver une chose pareille alors qu'ils avaient besoin de retrouver une vie normale...

— Puisqu'il y avait un revolver à côté de lui, peut-il s'être suicidé ? demanda Laura.

— Ou son assassin a jeté l'arme dans le trou quand il l'a enterré, répondit Wyatt. Il n'a pas pu s'enterrer lui-même. Il y avait forcément quelqu'un d'autre sur les lieux.

Son frère avait raison, bien sûr, songea Rainier. Cette évidence aurait dû le frapper.

— Vous voulez jeter un coup d'œil au crâne ? J'étais en train de l'emballer pour l'envoyer au labo, suggéra Wyatt en leur montrant un sac posé sur l'établi.

— Bien sûr ! répondit Laura.

Rainier fut surpris qu'elle accepte d'examiner quelque chose de macabre avec autant d'enthousiasme.

Wyatt ouvrit le sac et en tira le crâne. Ce spectacle fut moins sinistre que ce à quoi Rainier s'attendait. Le crâne était en partie couvert de boue, il ressemblait presque à un accessoire de film.

— Regardez, là, dit son frère en montrant un petit trou près de l'endroit où s'était trouvée l'oreille droite. Vous voyez ?

Rainier acquiesça. Le trou était de la taille d'un pois et l'os était noirci tout autour.

— Je ne suis pas un expert, mais je dirais que le coup de feu a été tiré de près, poursuivit Wyatt. Regardez le bord du trou. Vous voyez comme il est biseauté ?

Il retourna le crâne et éclaira la cavité avec sa lampe de poche.

— Et vous voyez ces petites fractures ? reprit-il. Elles sont produites par la pression quand la balle entre dans le crâne.

— Qu'est-ce que ça veut dire ? demanda Rainier en regardant les petites lignes qui s'entrecroisaient.

— Ça veut dire que la personne qui a tiré se trouvait tout près de lui.

— Tu crois que cet homme a été exécuté ? demanda Laura.

Wyatt haussa les épaules.

— On ne peut pas tirer beaucoup de conclusions pour le moment, répondit-il. Mais je suis sûr d'une chose : ton père aura raison si ça s'ébruite. Il n'y a déjà eu que trop de morts liées au ranch. Les braves gens de Mystery vont devenir hystériques. On aura beaucoup de mal à les convaincre qu'on a juste une poisse invraisemblable.

— Chaque chose en son temps, dit Rainier — surtout pour essayer de garder lui-même la tête froide. Avant tout, on doit attendre le rapport du médecin légiste, non ?

— Oui, répondit Wyatt. Elle trouvera peut-être quelque chose qui m'a échappé et qui nous aiderait à comprendre comment ce type est mort. Au minimum, elle devrait pouvoir nous dire *quand* il est mort.

— Elle nous donnera des nouvelles dans combien de temps, à ton avis ?

Wyatt rangea sa lampe de poche dans sa ceinture et secoua la tête.

— Difficile à dire. Pour le moment, elle a le fémur et le revolver. Quand je lui aurai donné ça…

Il rangea le crâne dans le sac.

— Pour être honnête, je ne l'ai pas encore envoyé parce qu'on espérait faire d'autres découvertes. J'espérais même mettre la main sur quelque chose qui nous aiderait à savoir qui se trouvait là.

Maintenant, Rainier ne pouvait plus que prier pour qu'aucun membre de sa famille ne soit impliqué dans la mort de cet homme, sinon le clan des Fitzgerald ne s'en remettrait jamais.

9

Laura et Rainier sortirent de la grange. La découverte de Wyatt avait laissé Laura abasourdie. Cet endroit et les gens qui l'habitaient semblaient maudits. Et la malédiction ne les frappait pas que depuis un mois, comme elle le croyait jusqu'ici. D'après l'aspect du crâne, cela durait depuis des années.

C'était comme si, malgré tous ses efforts, cette famille ne pouvait rien faire pour échapper à la malchance et à la cruauté du monde.

Était-ce une épreuve à laquelle la famille de Rainier était soumise ? Y avait-il un plan cosmique visant à resserrer leurs liens familiaux derrière ces coups du sort ? Mais ce n'était peut-être que de la malchance. Non. Il devait y avoir une raison derrière l'absurdité apparente. Un tel acharnement du destin ne pouvait pas se produire par hasard. Il devait faire partie de quelque chose de plus vaste qui apporterait de la joie et du bonheur dans le monde.

Ou peut-être était-elle seulement naïve, comme son père aimait à le répéter.

Une camionnette blanche qui portait le logo du ranch se gara sur le parking. Elle reconnut ses occupants : Colter, le frère de Rainier, et sa fiancée, Whitney, qu'elle avait rencontrés à la fête du solstice. Tous deux lui sourirent et agitèrent la main pour la saluer.

Rainier se figea.

— Ça va ? s'inquiéta-t-elle.

Rainier hocha la tête.

— J'espère juste qu'il se montrera un peu plus accueillant que Wyatt, répondit-il. Je ne suis pas sûr de réussir à m'excuser une fois de plus aujourd'hui.

Elle prit sa main.

— Quoi qu'il arrive, je suis là pour vous soutenir, lui assura-t-elle. Et leurs sourires me donnent l'impression qu'ils sont contents de vous voir.

Elle espéra qu'elle avait raison de se montrer encourageante. Si Colter avait été impatient de revoir son frère, il n'aurait pas laissé presque deux jours s'écouler avant de venir.

Rainier, qui avait les sourcils froncés, devait penser la même chose.

— Ne restons pas plantés là ! Allons leur dire bonjour ! lança-t-elle en priant pour que cela se passe mieux qu'il ne s'y attendait.

Il marmonna quelque chose qu'elle ne comprit pas. Elle décida d'ignorer sa mauvaise humeur et l'entraîna vers la camionnette. Whitney en sortit.

— Bonjour, Whitney ! lui lança Laura.

Le sourire de Whitney s'élargit.

— Bonjour ! répondit-elle. Je suis contente que tu sois là : j'ai besoin d'une paire de mains supplémentaire pour ranger tout ça.

Whitney baissa les yeux vers les doigts enlacés de Rainier et de Laura et haussa un sourcil.

Rainier s'empressa de lâcher la main de Laura, qui s'efforça d'ignorer son malaise.

— Salut, frangin ! lança Colter. Ça fait un bail ! Ravi que tu réapparaisses.

Il serra Rainier dans ses bras et lui frappa l'épaule comme s'il rentrait simplement de longues vacances dans un pays lointain.

— Connais-tu Rainier, Whitney ? demanda-t-il à sa fiancée. Je ne crois pas.

Whitney tendit la main à Rainier.

— Non, mais j'ai entendu des tas de choses bien sur lui, répondit-elle.

Rainier jeta un regard surpris à son frère et éclata de rire.

— Vraiment ? s'écria-t-il.

Colter posa la main sur son épaule.

— Tu as mon soutien, frangin, dit-il avec un sourire chaleureux.

Colter et Whitney rayonnaient tant qu'il était facile de comprendre pourquoi ils se mariaient, songea Laura. Quand l'un d'eux bougeait, l'autre suivait sans avoir l'air de le faire exprès, comme s'ils étaient reliés par des fils invisibles. C'était ce genre d'amour qu'elle voulait connaître, un amour qui était plus que du désir et qui contenait la promesse d'une vie de bonheur.

Elle observa Rainier le cœur serré. Était-il l'homme qui manquait dans sa vie ? Ils pouvaient peut-être nouer un lien semblable à celui de Colter et de Whitney. S'ils avaient de la chance...

— Je suis désolé qu'on n'ait pas été là pour t'accueillir, reprit Colter. On est allés faire les boutiques à Spokane pour le mariage. Saviez-vous qu'il existe des centaines de nuances de bleu ?

Il décocha un sourire espiègle à Whitney.

— Et nous avons choisi le bleu bondi, annonça-t-il.

— Le bleu bondi ? répéta Laura. Qu'est-ce que c'est que ça ?

— Précisément, répondit Colter en riant. Tu prouves que j'avais raison.

Whitney fit une grimace et lui donna un petit coup de coude dans les côtes.

— Ne les mêle pas à ça, protesta-t-elle. Le bleu bondi est une sorte de bleu-vert.

— Ça a l'air joli, dit Laura. C'est votre seule couleur pour le mariage ?

— On a aussi choisi un gris...

— Metropolis, acheva Colter à la place de Whitney. Et saviez-vous que les couleurs ne portent pas toujours le même nom ? Ça dépend des marques. Dans d'autres magasins, notre gris était appelé « cendré ».

Il se tourna vers Rainier.

— Mon Dieu ! s'écria-t-il. C'est terrible ! Je crois que je viens de sentir ma carte bleue se suicider dans mon portefeuille !

Rainier éclata de rire. Colter ouvrit le coffre de sa camionnette, qui était rempli de sacs et de paquets.

— Tiens ! dit-il en tendant quatre sacs à Rainier. On va emporter tout ça dans le bureau de Whitney, pour le moment. On fera le tri plus tard.

Laura s'approcha et Colter lui tendit une boîte qui semblait contenir tout l'inventaire d'une boutique de décoration. De faux hortensias bleu et blanc en dépassaient. Elle fixa leurs pétales scintillants. Dire que quelques minutes seulement auparavant elle était en train d'examiner un crâne humain…

Le contraste la frappa. Même dans les périodes où tout semblait aller mal, il pouvait toujours y avoir quelque chose de beau au coin de la rue.

Ils n'attendirent pas Colter et Whitney. Rainier la précéda pour lui ouvrir la porte de la maison, puis celle du bureau de Whitney. Laura posa la boîte sur le bureau avant de chuchoter :

— Je crois qu'ils ne sont au courant de rien. Devrait-on leur expliquer ce qui se passe ?

Rainier jeta un coup d'œil par la fenêtre, sans doute pour s'assurer que Colter et Whitney étaient encore dehors et ne risquaient pas d'entrer dans la pièce.

— Ne vous inquiétez pas, ils l'apprendront vite, répondit-il. Ils sont avec Wyatt.

Laura le rejoignit à la fenêtre. Wyatt avait le sac qui contenait le crâne de la victime dans la main. Colter et Whitney perdirent leurs sourires. Laura ne pouvait pas entendre ce que Wyatt leur disait, mais il devait être en train de les mettre au parfum.

— On devrait peut-être les rejoindre…, suggéra-t-elle.

Rainier ne répondit pas. Tandis que Wyatt continuait à parler, les traits de Whitney se durcirent peu à peu. Elle finit par poser le carton qu'elle tenait sur le capot de la camionnette.

Rainier alla fermer la porte du bureau presque sans faire de bruit.

— Non, répondit-il finalement en secouant la tête.

Il n'avait pas besoin de lui fournir d'explications. La journée avait été bien chargée. Elle ne pouvait pas lui en vouloir d'esquiver un nouvel épisode qui pouvait devenir dramatique.

— Quand comptaient-ils se marier ? demanda-t-elle. Bientôt, j'imagine ?

Rainier haussa les épaules.

— Aux environs de Noël, d'après ce que ma mère m'a dit. Je ne connais pas la date exacte. Mais avec tout ce qui se passe… je ne serais pas surpris qu'ils annulent.

Laura hocha la tête en songeant à la joie qu'elle avait lue sur le visage de Whitney, quelques minutes plus tôt. Le seul fait de choisir des couleurs pour leur mariage les amusait tant… Elle imaginait à peine leur déception s'ils étaient forcés de le repousser. D'un autre côté, faire une fête de cette ampleur alors que la famille luttait pour sa survie semblait horriblement cynique.

— Tout finira peut-être bien, si on résout vite l'enquête, dit-elle avec plus d'optimisme qu'elle n'en ressentait.

— Que voulez-vous dire ? demanda Rainier en retournant observer ses frères par la fenêtre.

— Si on découvre qui a tué l'homme dont on a trouvé le corps, mon père vous aidera à résoudre vos problèmes avec les impôts, et Colter et Whitney n'auront pas à repousser leur mariage. Vous pourrez faire une grande fête, qui vous fera beaucoup de bien.

Rainier se passa la main sur le visage, puis il baissa le store, comme si le fait de ne plus voir ses frères pouvait le protéger de ses problèmes.

— Voyez-vous toujours le bon côté des choses, Laura ? demanda-t-il.

Son regard était sérieux, mais il avait prononcé son prénom comme s'il avait un goût de miel.

Un frisson la parcourut.

— J'essaye de rester positive, répondit-elle. Ça aide à surmonter les difficultés.

Il s'approcha d'elle. Il y avait tant d'électricité dans l'air qu'elle avait l'impression qu'ils risquaient de se faire mal s'ils entraient en contact. Sauf que ce ne devait pas être de l'électricité, mais quelque chose de plus rare — quelque chose qui ressemblait à l'amour.

— Pourquoi ? murmura-t-il.

— Pourquoi quoi ? demanda-t-elle en se rendant à peine compte que des mots sortaient de sa bouche.

Elle ne songeait plus qu'au parfum boisé de Rainier, qui l'enveloppait.

— Pourquoi êtes-vous toujours si positive ? demanda-t-il d'une voix un peu plus rauque. En quoi cela aide-t-il à surmonter les difficultés ?

— Parce qu'on récolte ce qu'on sème, répondit-elle, hypnotisée par ses lèvres sensuelles. Si j'étais pessimiste, je provoquerais sans le vouloir les résultats auxquels je m'attendrais.

— Mais ne vaut-il pas mieux s'attendre au pire et avoir de bonnes surprises que d'espérer le meilleur et être déçu en permanence ?

— Si vous me connaissiez un peu mieux, vous sauriez que je suis rarement déçue, répliqua-t-elle.

Elle prononça ces mots en ayant conscience qu'ils n'étaient pas tout à fait vrais. Son père la décevait souvent. C'était comme sa raison d'être. Mais elle aimait la plupart des aspects de sa vie.

Quand Rainier prit son visage entre ses mains, elle sentit la chaleur de ses doigts se répandre dans tout son corps. C'était délicieux.

— Et si je vous décevais ? demanda-t-il, le visage si près du sien que son souffle lui caressa les joues.

Il allait l'embrasser. Elle le sentait. Elle l'entendait dans sa voix. Elle en mourait d'envie, mais une petite voix lui rappela que ce serait stupide. S'il l'embrassait, les règles du jeu changeraient, leurs rôles seraient altérés et son travail serait compromis. Merde ! C'était l'avenir de Rainier qui serait mis en péril.

— Non, murmura-t-elle, le souffle court. Nous ne pouvons pas...

Mais elle ferma les yeux et se prépara à sentir la pression de ses lèvres.

Il ne tint aucun compte de sa protestation pathétique. Elle ne le repoussa pas.

Leurs lèvres se rencontrèrent. Le désir qui tenaillait Laura depuis qu'elle connaissait Rainier la submergea. C'était extraordinaire. La manière dont il l'embrassait lui ressemblait. Elle ressemblait à sa démarche, au rythme de sa voix et à la force paisible qui l'animait. Laura lui rendit son baiser avec une ardeur égale en songeant que faire l'amour avec lui devait être encore meilleur.

Elle enroula les bras autour de sa nuque et glissa les doigts dans ses cheveux. Ils étaient plus doux qu'elle ne s'y attendait, songea-t-elle tandis que Rainier se penchait pour lui embrasser la gorge. Elle poussa un soupir qui ressemblait beaucoup à un gémissement et sentit Rainier se raidir un instant.

Tout en l'embrassant, il la poussa jusqu'au mur le plus proche et la souleva pour l'inciter à enrouler ses jambes autour de sa taille. Jamais elle n'avait ressenti un désir aussi brûlant.

— Rainier..., murmura-t-elle dans un souffle comme si c'était la dernière fois qu'elle avait l'occasion de prononcer son prénom. Tu...

Elle s'interrompit pour gémir quand il pressa son bassin entre ses cuisses.

— Je resterai un bon ex-détenu, je te le promets, répondit-il. Personne n'a besoin de le savoir.

La petite voix dans la tête de Laura lui cria que ces paroles étaient destinées à revenir la hanter avec un écho ironique. Mais cela pouvait peut-être rester entre eux. Elle n'avait pas tort de suivre son instinct puisqu'elle n'avait jamais rien ressenti d'aussi intense. Ils n'étaient pas en faute. Ce qu'ils faisaient avait sa raison d'être. Et ses baisers…

Il glissa les mains le long de ses côtes tandis qu'elle ondulait pour lui faire comprendre à quel point elle le désirait.

Il épousa son rythme. Le monde, autour d'eux, disparut complètement. Elle ne songeait plus qu'au plaisir qu'il lui donnait et aux plaisirs plus grands qu'il promettait en même temps.

Elle fut tirée de sa transe érotique par un raclement de gorge.

Elle ouvrit les yeux et découvrit Merle Fitzgerald dans l'embrasure de la porte.

Elle repoussa Rainier, qui l'embrassait toujours et ne sembla même pas s'en apercevoir.

— Rainier ! chuchota-t-elle en essayant de remettre les pieds par terre.

Merle se tourna sur le côté pour lui laisser le temps de retrouver un peu de décence. Elle s'écarta de Rainier, ajusta sa jupe et se tapota les cheveux.

Rainier se retourna et s'aperçut de la présence de son père. Il s'empressa de prendre un livre sur une étagère pour le placer devant son érection.

— Papa…

Il se tourna vers elle et articula « Je suis désolé » sans émettre un son.

Il ne pouvait pas être aussi désolé qu'elle. La petite voix dans la tête de Laura avait raison. Son assurance que « personne n'avait besoin de le savoir » avait déjà un écho ironique.

Rainier se passa la main sur le visage et lissa ses cheveux ébouriffés.

— Que fais-tu là, papa ? demanda-t-il après s'être éclairci la voix.

— Je voulais juste jeter un œil sur les réservations des prochains jours, répondit Merle en indiquant l'ordinateur.

Quelque chose, dans sa posture et dans son ton, parut sonner faux à Laura, presque comme s'il mentait. Mais les circonstances brouillaient son jugement. Et il aurait été étrange que Merle se comporte tout à fait normalement après ce qu'il venait de voir.

— Oh ! D'accord, répondit Rainier. Mais tu ne pouvais pas faire ça depuis ton bureau ?

Merle fronça les sourcils.

— Si, mais… je me suis dit que Whitney n'avait peut-être pas le même planning. Je voulais juste vérifier.

Laura continua à trouver l'attitude de Merle étrange. Leur cachait-il quelque chose ?

— Ne vous inquiétez pas, je ferai ça plus tard, ajouta-t-il. Au fait, savez-vous ce que Wyatt a trouvé ? J'ai vu Lyle et Steve emballer des choses, mais ils n'ont rien voulu me dire. Êtes-vous dans la confidence ?

Il parlait un peu trop vite. Il y avait décidément quelque chose de bizarre dans son comportement, mais Laura essaya de se convaincre que ce n'était dû qu'aux circonstances.

Rainier lui jeta un regard interrogateur. Il semblait partager son sentiment.

— Tu devrais parler à Wyatt. Il ne nous a pas dit grand-chose, prétendit-il.

Son père se tordit les doigts, s'approcha de la fenêtre et écarta le store pour jeter un coup d'œil dehors.

Wyatt, Colter et Whitney discutaient encore sur le parking.

Laura ne savait pas pourquoi Rainier avait menti à Merle, mais elle était obligée de jouer le jeu.

Merle lâcha le store et se tourna vers eux.

— Si vous entendez parler de quelque chose, tenez-moi au courant, leur dit-il. Il faut que je sache ce qui se passe. Ça peut être très important pour la survie du ranch.

10

Whitney avait les yeux rougis. Elle avait pleuré pendant une heure après avoir découvert ce qui s'était passé au ranch pendant que Colter et elle faisaient les boutiques.

Toute la famille était réunie autour de la table de la salle à manger. Même Wyatt était là. Il tenait la main de Gwen. Rainier trouvait un peu bizarre d'avoir Laura à ses côtés pour une réunion de famille, mais cela lui semblait en même temps parfaitement naturel. Tout le monde avait accueilli Laura à bras ouverts — peut-être même plus chaleureusement qu'ils ne l'avaient accueilli, lui. C'était presque comme si elle était déjà un membre de la famille.

Mais il ne devait pas se laisser étourdir par ses rêves. Ce n'était pas parce qu'ils s'étaient embrassés une fois — pour se faire interrompre par son père — qu'il serait bon que cela se reproduise. Il regrettait sincèrement de contrôler aussi mal sa libido en présence de Laura, mais c'était comme si toutes les règles du monde n'étaient plus que de vagues suggestions quand ils étaient ensemble.

Il fut tenté de poser la main sur celle de Laura pour lui faire sentir qu'il la soutenait, mais il se l'interdit. Vu la réaction de son père, il valait mieux que les autres ne sachent pas ce qui se passait entre eux. Cela ne ferait que mettre la carrière de Laura en danger.

— Je ne veux pas en entendre parler, dit Eloise. Ça va se tasser. Vous savez comment c'est… Il y a souvent des obstacles à surmonter. On trouve toujours un moyen. C'est la particularité des Fitzgerald. On ne serait plus nous-mêmes si on baissait les bras.

— Nous devons regarder les choses en face, maman, répondit Wyatt avec douceur. Si nous ne trouvons pas un moyen de payer cette échéance, le ranch sera vendu. Papa et toi vous retrouverez au chômage, comme tous vos employés. Pour une fois, vous devez agir dans *votre* intérêt. Et organiser un mariage dans ces circonstances n'est pas raisonnable.

Whitney et Colter se tenaient la main si fort que leurs articulations étaient blanches.

Wyatt se tourna vers eux.

— Vous savez que je vous adore et que je veux votre bonheur, leur dit-il. Mais vous ne vous aimerez pas moins si vous attendez. Est-ce que Gwen et moi nous aimons moins ? Nous aussi, nous voulions nous marier le plus vite possible. Mais nous en avons discuté et nous avons estimé que ce n'était pas le bon moment pour la famille.

Rainier observa Laura à la dérobée. Malheureusement, elle était parfaitement impassible. Rien ne lui permettait de savoir si elle était d'accord avec Wyatt ou non. Elle n'avait pas dit un mot depuis qu'ils avaient suivi son père hors du bureau de Whitney. Elle était peut-être aussi embarrassée que lui par l'incident.

Une part de lui mourait d'envie de l'emmener ailleurs pour finir ce qu'ils avaient commencé. Il aurait aussi adoré parler un peu avec elle sans la présence des autres membres de la famille.

Depuis qu'ils se connaissaient, ils avaient passé presque tout leur temps à s'occuper des problèmes d'impôts et de l'enquête. Il avait envie d'en savoir plus sur elle. Il voulait lui demander si elle préférait le salé au sucré, si elle aimait le football ou un sport quelconque… Et il voulait l'interroger sur sa famille. Elle ressemblait peut-être à la sienne. Cela expliquerait pourquoi la réaction protectrice de Wyatt ne semblait pas la surprendre.

— Tu es un homme intelligent, Wyatt, et tu as souvent raison, répliqua sa mère. J'ai toujours pensé que tu avais une tête solide. Mais ta position sur ce sujet est stupide. Il ne s'agit pas que d'un mariage. Il s'agit de montrer au monde quel genre de famille on est.

Wyatt se tassa sur sa chaise et soupira, mais il laissa leur mère poursuivre.

— Réfléchis, dit-elle. Si nous sommes destinés à perdre cet endroit dans quelques semaines, je veux que ce soient les meilleures semaines que nous y aurons passées. Je ne veux pas qu'un homme qui nous déteste détruise jusqu'à mes souvenirs du ranch. William gagnera peut-être. Il arrive que les salauds gagnent. Mais il ne gagnera vraiment que si on renonce à ce qui fait notre force. Célébrons ce mariage comme prévu ! Faisons-en le symbole de la cohésion de notre famille ! Si nous perdons le ranch, nous aurons quand même gagné parce que nous aurons vécu la vie pleinement et parce que nous nous serons serré les coudes face à l'adversité.

Une larme roula sur la joue de Whitney. Elle se leva pour faire le tour de la table et serrer longuement Eloise dans ses bras.

Rainier n'entendit pas ce qu'elle chuchota à son oreille, mais cela devait refléter ce qu'ils pensaient tous : que sa mère était une femme extraordinaire. Il aurait de la chance s'il finissait par lui ressembler lorsqu'il serait âgé. Elle avait toujours réponse à tout. Elle avait le bon point de vue sur toutes les situations. Il ne pouvait pas imaginer meilleur chef de famille.

— Je suis d'accord avec toi pour l'essentiel, maman, concéda Wyatt. Mais tu sembles oublier qu'on a des ossements humains à gérer.

— Je ne l'oublie pas, se défendit Eloise en levant les mains. Mais leur propriétaire n'est plus parmi nous depuis longtemps. Il se moque éperdument du mariage de Colter et de Whitney.

Elle esquissa un sourire.

— Je veux dire... il serait sans doute charitable de lui offrir une sépulture, ou quelque chose comme ça, mais on ne connaîtra peut-être pas son identité avant des mois, se corrigea-t-elle. Si on finit par découvrir quelque chose... Crois-tu vraiment que Lyle et Steve vont résoudre cette enquête ?

Wyatt pinça les lèvres sans que Rainier comprenne s'il était contrarié parce que leur mère lui donnait tort ou parce qu'il savait qu'il ne devait pas trop compter sur Lyle et Steve.

Laura se tourna vers Rainier et fit une grimace tout à fait adorable.

— On devrait s'éclipser, non ? chuchota-t-elle.

Elle devait croire que cela finirait par une dispute. Bien sûr, les circonstances étaient délicates, mais sa famille n'était pas au bord de l'explosion.

Il acquiesça quand même parce qu'il la sentait mal à l'aise. Elle écarta sa main d'un geste un peu brusque quand il voulut la prendre.

Il se leva avec elle.

— Je suis désolée de vous interrompre, mais je pense que je suis de trop, dit Laura. C'est un problème familial qui ne me regarde pas.

Eloise jeta un regard interrogateur à Rainier comme si elle s'attendait à ce qu'il émette son opinion. À vrai dire, il était d'accord avec Laura. C'était une situation compliquée qui méritait qu'on en discute, mais c'était Whitney et Colter qui devaient trancher.

— Je suis désolée, Laura, finit par dire Eloise. Je ne voulais pas vous mettre dans une situation embarrassante. Je ne voulais pas non plus vous attirer dans nos ennuis. Merci encore pour tout ce que vous avez fait pour nous. Je suis très soulagée que votre père ait accepté de s'occuper de notre dossier.

Laura se raidit.

— C'est un honneur de vous aider, Eloise, répondit-elle avant de se pencher pour déposer un baiser sur sa joue.

Eloise l'attira dans ses bras. Rainier eut l'impression étrange d'avoir déjà vu cette scène. Peut-être était-ce parce que Laura représentait un rêve pour lui ? Un rêve duquel elle s'échapperait s'il essayait de la retenir. L'aimer était illusoire. Ils ne pourraient jamais être ensemble, même s'il mourait d'envie de voir son fantasme se réaliser.

Il prit la veste de Laura, qu'elle avait suspendue près de la porte, et l'aida à l'enfiler. Laura dit au revoir à tout le monde, puis ils sortirent et se dirigèrent vers sa voiture. La neige fraîchement tombée crissait sous leurs pas. Il neigeait presque sans interruption depuis plusieurs heures. Lyle et Steve fumaient près de la grange, dos à eux. Laura ne prononça pas un mot. Elle ne se tourna enfin vers lui qu'après avoir ouvert la portière de sa voiture.

Elle se mordilla la lèvre comme si elle avait quelque chose d'important à dire, mais qu'elle ne savait pas comment s'y prendre.

— Je sais ce que tu vas dire et tu ne dois pas t'inquiéter, assura-t-il. Je te promets que ce qui s'est passé dans le bureau ne se reproduira pas. Je serais désolé que tu t'en veuilles. Pour ma part, j'estime juste avoir eu beaucoup de chance de pouvoir t'embrasser.

Elle jeta un coup d'œil à Lyle et Steve comme pour s'assurer qu'ils ne pouvaient pas les entendre avant de répondre :

— Et si tu montais dans ma voiture ? On y sera mieux pour parler, tu ne crois pas ?

Il fit le tour du véhicule. Avant d'y monter, il laissa courir ses doigts sur le bois de renne en peluche qui dépassait de la portière. Il était vraiment ridicule.

Il ne comprenait pas pourquoi Laura avait affublé sa voiture de cette décoration bizarre. D'un autre côté, l'absurdité même de cette chose le faisait sourire malgré lui. Il aimait l'idée que Laura s'écartait du stéréotype du contrôleur judiciaire pour laisser un peu d'insouciance entrer dans sa vie.

Il monta dans la voiture et ferma la portière. Cette discussion n'allait pas bien se passer — mais à vrai dire, peu de choses dans sa vie se passaient bien.

Laura laissa son regard se perdre dans la nuit. De gros flocons tombaient sur le pare-brise.

— Crois-tu qu'il cessera de neiger, un jour ? demanda-t-elle après un long moment.

Était-ce sa manière de détendre l'atmosphère ou allait-elle simplement ignorer ce qu'il lui avait dit quelques minutes plus tôt ?

— Tu as grandi dans le Montana, non ? demanda-t-il.

Elle acquiesça et mit le moteur en marche. De l'air froid jaillit des ventilateurs.

— Alors tu sais comment c'est : on peut avoir les quatre saisons dans la même journée. Néanmoins…

Il se pencha pour consulter le thermomètre du tableau de bord.

— … À moins deux degrés, je pense qu'on peut raisonnablement admettre qu'on a affaire à une simple journée d'hiver, acheva-t-il.

Elle éclata de rire, ce qui le rassura un peu.

— Je me suis promis de prendre ma retraite en Arizona, dit-elle.

— Alors tu veux migrer au soleil ?

Elle lui sourit.

— Tu ne peux quand même pas me dire que moins deux et de la neige c'est mieux que vingt-cinq degrés et du soleil, répondit-elle.

— Si tu n'aimes pas le climat de la région, pourquoi es-tu encore là ? demanda-t-il.

— Veux-tu faire un tour ? suggéra-t-elle en indiquant d'un signe de tête Lyle et Steve, qui s'étaient mis à les regarder sans discrétion.

— Où veux-tu aller ?

— Je ne sais pas.

— As-tu faim ?

Ils avaient mangé copieusement. Sa mère s'en était assurée avant leur réunion de famille. Mais, si un deuxième dîner lui permettait de passer plus de temps avec Laura, il était prêt à recommencer.

— J'ai encore de la place, mentit-il.

Il vit à son air sceptique qu'elle avait la même opinion que lui sur la cuisine de sa mère, mais elle démarra sans rien répondre.

Le silence, qui n'était interrompu que par de petits chocs quand la voiture tombait sur une ornière ou une bouse de vache gelée, mit Rainier mal à l'aise.

Laura n'ouvrit enfin la bouche que lorsqu'ils atteignirent la voie rapide.

— Il se trouve que j'ai deux steaks à la maison, dit-elle. Je parie que tu n'as pas mangé une bonne viande depuis longtemps. Ça t'intéresse ?

Rainier n'en revint pas qu'elle l'invite chez elle. Si c'était sa manière de lui faire comprendre qu'ils devaient prendre de la distance, cela ne marchait pas.

— Je ne refuse jamais un steak, répondit-il. Je suis comme la plupart des hommes.

Elle éclata de rire.

— Moi non plus, et je ne suis pas un homme, répondit-elle. Quel est le rapport ? Tout le monde peut aimer la bonne viande, non ?

— Je ne sais pas, répondit-il en essayant d'avoir un ton aussi léger que le sien. J'ai toujours cru que c'étaient les hommes qui aimaient les steaks et les pommes de terre au four.

— Es-tu sorti avec beaucoup de femmes ? demanda-t-elle à brûle-pourpoint.

— Tu veux savoir ça parce que tu as peur que je manque d'expérience ou pour le mettre dans ton rapport ?

Elle éclata de nouveau de rire.

— C'est purement professionnel, répondit-elle. En tant que contrôleuse judiciaire, j'ai le devoir d'être pleinement informée.

— Sur ma vie sexuelle ? demanda-t-il en haussant un sourcil.

Soit le chauffage s'était enfin mis en route, soit cette discussion embarrassait Rainier. Il ouvrit un peu sa veste pour se rafraîchir.

— Rougis-tu ? le taquina-t-elle.

— Certainement pas ! se défendit-il. C'est juste que d'entendre parler de steaks m'a donné faim. J'ai hâte qu'on arrive.

— C'est ça ! ricana-t-elle.

Il ne savait plus où il en était. Elle flirtait avec lui et c'était bien la dernière chose à laquelle il s'attendait après la scène du bureau. Ne craignait-elle pas ce qui se passerait si leur relation était découverte ?

Il avait toujours cru que les femmes étaient les freins d'une relation, et les hommes les accélérateurs. Elle renversait les rôles et il ne savait pas comment réagir. Il ne savait même pas s'il devait aborder le sujet. C'était peut-être sa manière de passer à autre chose, comme si rien ne s'était produit... Cela faisait vaguement sens.

— Je crois que tu confonds la faim et les bouffées de chaleur, dit-elle.

Ou bien il se trompait du tout au tout. Elle n'essayait visiblement pas de le repousser dans la zone amicale. L'invitait-elle chez elle pour qu'ils y fassent l'amour ? Pouvait-il avoir autant de chance ?

Il s'éventa.

— En fait, je n'ai pas vraiment chaud. Je voulais juste mettre mon corps sublime en valeur, plaisanta-t-il.

— Mon Dieu ! s'exclama-t-elle en riant. Viens-tu réellement de prononcer cette phrase ? Ce n'est pas l'humilité qui t'étouffe, on dirait !

— Je suis modeste, mais tu ne peux pas nier que j'ai un corps remarquable, répondit-il en laissant courir ses mains sur son torse.

— Si c'est ton seul atout, je fais demi-tour et je te ramène chez toi, le menaça-t-elle.

Ça aurait été la chose la plus raisonnable à faire, mais il voulait voir où cette route les menait, quelles qu'en soient les conséquences.

11

Laura n'avait jamais été douée pour flirter — ni pour les relations amoureuses en général —, mais elle était très fière d'elle quand elle coupa le moteur dans son garage. Elle avait réussi. Elle avait fait comprendre à Rainier ce qu'il lui inspirait et elle s'était laissé porter par la vague au lieu de jouer les timides.

Elle ouvrit la porte de sa maison, qui se trouvait en périphérie de Mystery. Celle-ci fleurait bon la cannelle et le pin.

— Eh bien ! s'écria Rainier quand ils entrèrent dans la cuisine. Tu aimes vraiment Noël !

Il s'approcha du rebord de la fenêtre, au-dessus de l'évier, qui était couvert de petits bonshommes de neige.

Laura balaya la pièce du regard et vit pour la toute première fois ce qu'était vraiment son environnement : un vaste hommage à cette période de l'année. Il y avait au moins une décoration de Noël sur chaque surface disponible de la pièce. Cela allait de rennes en peluche à des tasses en porcelaine délicatement peintes.

— C'est ma saison préférée, reconnut-elle en laissant courir ses doigts sur un plateau doré dont elle ne se servait jamais. Il se trouve que j'ai une boutique en ligne. Je vends des décorations de Noël sur Internet.

Rainier éclata de rire.

— Je comprends mieux pourquoi il y a des bois de renne sur ta voiture !

— Comment ça ? demanda-t-elle.

Il lui décocha un sourire sexy, sans doute pour ne pas avoir à lui dire ce qu'il en pensait.

— Eh ! s'écria-t-elle. Ne critique pas mes bois ! Rien que le dessin m'a pris des heures et c'est l'une de mes meilleures ventes.

— Des bois de renne pour voiture ? demanda-t-il, les yeux écarquillés.

— Les gens les adorent. Étrangement, ce sont surtout des gens du Sud qui me les achètent... Il est toujours difficile de bien interpréter son marché.

Il la regarda comme si elle avait brusquement perdu la raison.

Elle retira sa veste et la posa sur une chaise, par-dessus une housse représentant la tête du Père Noël. Elle sourit en essayant d'imaginer l'effet que sa maison faisait à Rainier. Elle espéra que son passe-temps n'était pas un tue-l'amour — comme une maison remplie de chats quand on ne les aimait pas.

Par ailleurs, elle avait trois chats : Albert, Einstein et Sappho. Sappho avait l'habitude de se cacher en haut de la bibliothèque, dans son bureau.

Son euphorie retomba quand elle songea à toutes les raisons pour lesquelles il risquait de s'enfuir en courant, maintenant qu'il avait un aperçu de sa vie. Et elle ne prenait même pas en considération le problème que posait son travail.

Un gémissement lui échappa.

— Ça va ? s'inquiéta Rainier en posant sa veste par-dessus la sienne.

— Oui, mentit-elle.

C'était une idée stupide. Elle n'aurait pas dû l'inviter chez elle. Elle n'aurait pas dû l'embrasser. Il ne pouvait rien se passer entre eux. Si quelqu'un d'autre que Merle découvrait qu'ils avaient une liaison, elle perdrait son travail.

Elle fut surprise de s'apercevoir que la perspective de perdre son emploi ne la terrifiait pas. Elle ne lui inspirait rien. C'était comme si elle s'en moquait, mais c'était aussi stupide que d'avoir invité Rainier chez elle. Elle ne pouvait pas ne pas travailler. Elle avait des factures à payer et une vie à gérer. Et puis elle voulait aider les gens. Sans compter ce que son père dirait si elle se faisait renvoyer...

C'était à cause de lui qu'elle avait pris cette voie. Il avait tenu à ce qu'elle exerce un « vrai » métier, comme il disait.

Elle effleura Rainier en se dirigeant vers le réfrigérateur. Elle eut l'impression qu'un courant électrique lui parcourait tout le corps. C'était une sensation étrange et plaisante — et elle ne pouvait pas nier qu'elle lui donnait envie de le toucher encore.

Elle mêla ses doigts à ceux de Rainier dans un geste parfaitement naturel. Il souleva sa main pour déposer un baiser délicat sur chacun d'eux. Son souffle chaud sur sa peau la fit frissonner.

Elle avait envie de lui.

Elle se pressa contre lui comme si ses hanches, de leur propre initiative, l'emmenaient là où elle avait envie de se retrouver.

— Il faut qu'on parle, Laura, dit Rainier en reculant, ce qui lui fit heurter le mur, près du bar. Je n'en ai pas envie, mais...

— Alors taisons-nous, le coupa-t-elle.

Elle avait envie de s'approcher encore, mais elle se l'interdit. Elle ne voulait pas avoir l'air collante et elle savait qu'il la désirait. Ses baisers l'avaient prouvé.

— Non, insista-t-il en secouant la tête. Et crois-moi : la seule chose dont j'ai envie de parler, c'est de ce que ton corps m'inspire. Mais je pense... qu'après ce qui s'est passé dans le bureau... Si quelqu'un découvrait qu'on...

— Ton père n'en parlera à personne, j'espère ?

Elle n'avait même pas envisagé cette possibilité.

— Je pense que non. Il respecte la vie privée des gens, mais je n'ai pas eu l'occasion d'en discuter avec lui. À mon avis, ça le contrarie. Il doit se demander à quoi on joue. Pour être honnête, je me le demande aussi.

— Tu n'aimes pas ce qu'on fait ? demanda-t-elle en ouvrant les deux premiers boutons de son chemisier.

— Je ne pense quasiment qu'à ça depuis que j'ai posé les yeux sur toi, je t'assure, se défendit-il. Mais nous devons être prudents. Poursuivre sur cette voie n'est sans doute pas très malin.

— J'ai fait ce qu'il fallait faire et je me suis bien conduite toute ma vie, répondit-elle. C'est comme ça que je suis devenue une contrôleuse judiciaire. Mais tu sais ce que j'ai *vraiment* envie de faire ?

Elle s'approcha de lui et glissa les doigts sous la ceinture de son jean.

Rainier écarta une mèche rebelle de son visage. Au lieu de laisser retomber sa main, il lui effleura la joue.

— Quoi ? demanda-t-il avec un regard d'une intensité qui la fit fondre.

— Je veux arrêter de parler. Je veux arrêter de réfléchir. Je veux arrêter d'être raisonnable. Je veux me contenter de ressentir, pour une fois.

— Il faut que je te prévienne que le simple fait de me contenter de ressentir m'a attiré beaucoup d'ennuis, répondit-il.

— Je ne cours pas ce risque, d'habitude. Je respecte bien les règles...

Elle tourna la tête pour lécher le pouce de Rainier tout en déboutonnant son jean.

— ... d'habitude, acheva-t-elle.

Si l'on éprouvait toujours autant de plaisir à violer les règles, elle comprenait mieux pourquoi les gens faisaient des choix qui les conduisaient dans son bureau. Laisser courir ses doigts sur le boxer de Rainier en sachant que c'était mal... était terriblement excitant. Plus excitant que tout ce qu'elle aurait pu imaginer. Que ressentirait-elle quand il serait entre ses cuisses ?

Elle enroula les jambes autour de sa taille lorsqu'il la souleva.

— Où est la chambre ? demanda-t-il.

— À l'étage, la première porte à gauche, dit-elle en montrant l'escalier, au fond du salon. Si tu trouves que c'est trop loin, il y a aussi le canapé.

Ou le sol, ou un mur, ou le tapis devant la cheminée... Ils pouvaient faire l'amour n'importe où.

Elle ondula contre son érection pour l'encourager à se décider vite.

— En route pour la chambre ! annonça-t-il.

Soit il avait la force de volonté d'un saint, soit il avait une raison qu'elle ne comprenait pas pour freiner ainsi les choses. Il ne semblait pas craindre de la décevoir au lit. Elle était sûre qu'elle serait tout à fait satisfaite — et peut-être même un peu endolorie — au réveil.

— Pourquoi se donner la peine de monter là-haut alors qu'on peut s'amuser ici ? demanda-t-elle en se tortillant contre lui.

Il plongea son regard dans le sien.

— Si on fait quelque chose qu'on ne devrait pas faire, je veux au moins le faire bien, répondit-il.

— C'est-à-dire dans la chambre ? Tu veux dire que tu fais

partie de ces hommes qui ne font l'amour que dans un lit et dans la position du missionnaire ?

S'il était aussi insipide que la glace à la vanille, il pouvait la reposer tout de suite. Elle s'était juste trompée sur son compte.

Il éclata de rire si fort que cela la secoua.

— Tu es complètement à côté de la plaque, chérie ! dit-il.

Il enfouit le visage au creux de son cou et longea le bord de son soutien-gorge du bout de la langue.

Ils vacillèrent quand Rainier buta contre le canapé, mais il continua à l'embrasser jusqu'au pied de l'escalier.

— Tu peux me poser, tu sais, dit-elle. Je suis tout à fait capable de marcher.

— J'en ai bien conscience, répondit-il en commençant l'ascension.

La porter semblait ne lui coûter aucun effort alors qu'elle avait quelques kilos en trop. Elle ne l'en aima que plus.

— Mais il y a une chose que tu dois savoir sur moi : quand je suis avec une femme — surtout une femme aussi merveilleuse que toi —, je m'investis entièrement dans la relation, lui confia-t-il.

L'estomac de Laura se noua. Il pensait donc que c'était le début d'une relation, et non une simple aventure. Cela aurait dû lui faire plaisir. Elle aurait dû se réjouir qu'il ne soit pas de ceux qui ne pensent qu'à déguerpir quand ils ont obtenu ce qu'ils veulent.

Il ne cessait de la surprendre. Il était très différent des autres ex-détenus auxquels elle avait eu affaire — ce qui rendait ce qu'ils étaient en train de faire moins scandaleux à ses yeux. Contrairement à la plupart des prisonniers, Rainier ne rejetait pas ses fautes sur le monde extérieur et n'essayait pas de se justifier. Il assumait ses erreurs.

Mais pourquoi pensait-elle à cela maintenant, alors que tout son corps vibrait de désir ?

C'était son moment… Non, c'était *leur* moment et elle devait le savourer. Au réveil, tout serait différent.

Au réveil, ils devraient retrouver leurs rôles, même si Rainier ne le savait pas encore.

Ils ne pouvaient pas s'engager dans une relation. Ils devaient au moins attendre que l'un d'eux change de situation. Mais ils pouvaient avoir cette nuit, une nuit secrète de passion dont elle chérirait le souvenir jusqu'à la fin de ses jours.

Quand ils entrèrent dans la chambre, elle jeta un coup d'œil à son lit couvert d'ours en peluche et pouffa pour cacher son embarras.

Si elle avait su comment cette journée s'achèverait, elle les aurait cachés pour que cet homme sexy ne voie pas à quoi ressemblait l'intimité d'une célibataire endurcie. Elle ne reconnaissait pas pour autant que la présence d'un homme améliorerait son environnement. Par contre, elle admettait qu'elle apprécierait parfois la présence de quelqu'un de plus grand qu'elle pour l'aider à décorer ou à décrocher un rideau. Mais elle n'avait pas besoin d'un homme dans sa vie, pour l'essentiel — pas tant que YouTube serait là pour lui expliquer comment faire les choses.

— Pourquoi ris-tu ? demanda-t-elle alors qu'il la posait sur le lit. T'apprêtes-tu à critiquer ma collection d'ours en peluche ?

Il lui offrit un sourire irrésistible.

— On a tous droit à une ou deux lubies, répondit-il. Et je pense qu'il vaut mieux collectionner les décorations de Noël et les ours en peluche que les machettes.

— Tu en es sûr ? Tu ne préférerais pas une femme un peu plus sanguinaire ? le provoqua-t-elle.

— La seule femme que je désire est devant moi.

Il recommença à la regarder de la manière qui la faisait fondre. Ce regard associé à sa réplique parfaite incita Laura à réexaminer la question de leur relation. Ils trouveraient peut-être un moyen d'être ensemble... Mais ce n'était pas le moment d'y réfléchir. C'était le moment d'admirer le physique de l'homme qui se tenait devant elle.

Il la poussa avec douceur pour qu'elle s'allonge, se pencha au-dessus d'elle et acheva de déboutonner son chemisier. Il reporta ensuite son attention sur sa jupe et la fixa quelques instants comme si c'était un casse-tête compliqué.

— Laisse-moi t'aider, dit-elle en attrapant la fermeture Éclair.

— Non, non ! Je m'en charge, protesta Rainier.

Il repoussa ses mains et ouvrit la fermeture avec les dents, ce qui la fit chavirer.

Il tira sur sa jupe pour la faire glisser le long de ses jambes et la laissa tomber par terre. Il n'attendit pas qu'elle le déshabille. Comme s'il était pressé, tout à coup, il se débarrassa de son pantalon et retira sa chemise de la manière dont on retire un T-shirt. Il la lança derrière lui en riant et se plaça au-dessus de Laura.

— Attends ! s'écria-t-elle. As-tu un préservatif ?

— Et toi ?

Évidemment qu'elle avait des préservatifs, mais elle n'était pas sûre de vouloir l'admettre.

Elle ne voulait surtout pas admettre qu'il y avait un risque pour qu'ils soient périmés alors qu'elle n'avait même pas encore ouvert la boîte. Elle se tortilla pour atteindre la table de nuit et les sortit du tiroir. Elle jeta un bref coup d'œil à la date d'expiration et poussa un soupir de soulagement. Ils étaient encore bons.

Elle ouvrit la boîte, en tira un préservatif et se tourna vers Rainier.

— Veux-tu que je te le mette ? demanda-t-elle.

Il parut surpris qu'elle le lui propose, ce qui lui donna de nouveau l'impression qu'il n'était pas sorti avec beaucoup de femmes. Elle aimait cette idée, parce que Rainier avait sans doute toujours eu l'embarras du choix.

Elle sortit le préservatif de l'emballage, qu'elle jeta par terre, et le déroula sur son membre. Sa peau était chaude. Quand elle atteignit la base de son érection, il murmura son prénom d'une voix pleine de désir.

Elle portait encore son soutien-gorge et sa culotte, mais cela ne parut pas le déranger. Il tira sur son soutien-gorge pour dégager ses seins dont il suça les pointes l'une après l'autre avec ardeur. La sensualité des caresses de sa langue contrastait délicieusement avec la friction de son soutien-gorge contre sa peau.

Il savait peut-être ce qu'il faisait, finalement.

— S'il te plaît ! le supplia-t-elle.

— Hmm ? répondit-il sans lâcher sa pointe de sein.

— Je veux te sentir.

Il émit un grognement avant d'écarter sa culotte et de la pénétrer d'un seul coup. Elle cria. Jamais elle n'avait ressenti une sensation aussi délicieuse.

Elle posa les mains sur ses fesses — qui étaient plus musclées qu'elle ne le croyait —, et le força à rester immobile. C'était si bon...

Elle gémit. Elle voulait lui expliquer ce qu'elle ressentait... Qu'elle en voulait plus... Qu'elle voulait lui appartenir pour toujours... Mais elle n'était plus capable de formuler sa pensée.

Elle le laissa libre d'aller et venir. Il la prit, de plus en plus vite et de plus en plus fort, puis il se retira pour la tourner sur le ventre et la mettre à quatre pattes. Sa joue se retrouva écrasée contre l'oreiller quand il revint en elle.

— Je ne suis plus très loin..., grogna-t-il.

Il n'était pas nécessaire qu'il la prévienne, parce qu'elle y était déjà.

12

Depuis son adolescence, Rainier n'avait pas eu à affronter le retour difficile au foyer familial après avoir découché. Cela ne lui semblait pas plus facile maintenant qu'il était adulte. Il se dirigea vers la maison de ses parents, dans laquelle il y avait de la lumière malgré l'heure matinale. Il avait presque oublié les horaires des ranchs.

Il jeta un coup d'œil à la grange. La porte était entrebâillée. Le filet de lumière qui en sortait dessinait une ligne bien nette sur la neige.

— Ça va ? s'inquiéta Laura derrière lui. Es-tu sûr de vouloir que j'entre avec toi ? Je peux retourner chez moi et revenir plus tard si tu préfères.

Il secoua la tête. À présent, tout le monde devait savoir que Laura l'avait emmené chez elle et qu'elle ne l'avait pas ramené — jusqu'à maintenant en tout cas.

Leur relation semblait reposer sur une inversion systématique des genres, mais il s'en moquait éperdument. S'il était honnête, il trouvait même excitant qu'une femme puissante s'intéresse à lui. Elle aurait pu trouver bien mieux. Elle pouvait sortir avec qui elle voulait et c'était lui — un ex-détenu — qu'elle voulait.

Il aurait menti s'il avait dit qu'il ne voulait pas s'engager dans une relation sérieuse avec Laura, mais tout avait changé entre eux depuis qu'ils avaient fait l'amour. Bien sûr, ils pouvaient toujours faire semblant qu'il ne s'était rien passé et reprendre leurs anciens rôles, mais ce ne serait qu'une comédie cruelle.

Maintenant que leurs sentiments s'en mêlaient, tout était confus et contradictoire. Ils avaient eu tort de céder à la tentation. Mais, puisqu'ils l'avaient fait, il ne voulait pas que leur relation s'arrête.

Ils trouvèrent son père dans le salon en train d'allumer la cheminée. Une odeur familière de bougies et d'allumettes flottait dans l'air.

Merle se tourna vers eux et les accueillit avec un grand sourire.

— Bonjour, vous deux ! Avez-vous bien dormi ? leur lança-t-il.

Rainier fut surpris de ne plus ressentir aucune gêne chez son père.

— Euh, oui, répondit-il. Et ici, ça va ? J'ai vu que Lyle et Steve étaient partis. Ils ont fini leurs fouilles ? On ne les reverra pas ?

Merle acquiesça.

— Oui, et j'ai enfin pu changer le tuyau qui fuyait avec Wyatt. Si on a de la chance, la pompe tiendra le coup malgré sa longue période en surrégime.

Son père lui parlait-il vraiment de tuyaux et de pompes ? Sa gêne s'était peut-être simplement muée en stratégie d'évitement.

— Wyatt et ses hommes ont-ils trouvé autre chose ? demanda-t-il.

Son père secoua la tête.

— Heureusement non.

— Comment ça, *heureusement* ? demanda Rainier. Ça aurait aidé l'enquête.

Merle pinça les lèvres.

— Je veux dire que je suis content qu'ils ne soient plus en train de faire des trous dans mon pâturage, répondit-il. Maintenant, on peut reporter notre attention sur des choses plus importantes.

— Vous ne trouvez pas que la découverte du corps d'un homme assassiné sur vos terres soit une chose importante ? s'étonna Laura.

— Non, vous m'avez mal compris, se défendit Merle. Je veux juste dire que nous avons d'autres sujets d'inquiétude. Les morts sont morts, après tout.

Oui, il y avait toujours quelque chose de bizarre dans le comportement de son père, mais Rainier n'était pas sûr que ce soit une bonne idée de l'interroger devant Laura. Elle s'était montrée solidaire jusqu'ici, mais il viendrait un moment où elle devrait donner la priorité à son travail. Elle ne semblait pas se soucier de son rôle de contrôleuse judiciaire, la nuit précédente, mais c'était au creux de ses bras et dans l'intimité de sa propre maison. Si son père avait quoi que ce soit à voir avec la mort de l'homme dont on avait trouvé les ossements, il ne s'agirait plus d'un problème d'éthique. Et elle devrait accomplir son devoir de membre du système judiciaire.

Sauf que Merle Fitzgerald n'était pas un meurtrier, Rainier le savait. Il ne ferait certainement rien qui risquerait de mettre sa famille en danger. C'était par leur générosité que ses deux parents se ressemblaient le plus. Pour eux, la famille passait avant tout.

Et son père avait peut-être raison. Ils n'avaient certainement pas besoin de se retrouver mêlés à une vieille histoire. D'un autre côté, cet homme devait être le frère, le père ou le fils de quelqu'un. Sa famille méritait de savoir ce qu'il lui était arrivé, même si cette nouvelle lui faisait traverser une période plus douloureuse avant que la page ne soit tournée.

— Je te comprends, papa, et tu as raison dans une certaine mesure, mais nous devons faire la lumière sur ce meurtre. Le problème ne disparaîtra pas par magie. Et je ne t'accuse de rien mais, si tu sais quelque chose dont tu n'as pas parlé à la police, il est sans doute temps de le faire. Il vaut mieux tout mettre sur la table maintenant et éviter que des secrets ne viennent compliquer les choses.

— Mais de quoi parles-tu ? s'écria Merle en rougissant de colère.

Rainier avait visé juste. Si Merle perdait son sang-froid, il leur cachait effectivement quelque chose.

— Et si on prenait le petit déjeuner ? suggéra Laura, que la situation semblait mettre aussi mal à l'aise que lui.

— Bonne idée. Je vais faire cuire des œufs. As-tu faim, papa ? demanda-t-il à Merle, qui avait recommencé à s'occuper du feu.

— Non, répondit sèchement son père.

Merle Fitzgerald n'était pas connu que pour sa générosité. On vantait aussi sa capacité à rester calme en toutes circonstances. Ils avaient subi de nombreux coups durs, au fil des années, mais Rainier ne l'avait vu aussi énervé qu'une seule fois : quand sa mère biologique l'avait enlevé. La police avait mis plusieurs jours à le retrouver. Quand Rainier avait été ramené au ranch, Merle avait crié aux policiers qu'ils devaient arrêter le vrai coupable : le père biologique de Rainier, qui, selon lui, avait convaincu sa femme de kidnapper leur enfant.

Rainier était très jeune quand cela s'était produit. Il avait peu de souvenirs de l'incident, mais il se rappelait avec une grande netteté qu'il avait été frappé par les petites rides qui étaient apparues au coin des yeux de son père à ce moment-là. Il avait brusquement paru plus âgé que quelques jours auparavant. Rainier avait prié pour que ces rides disparaissent, mais elles n'avaient fait que se creuser avec le temps.

Il se souvenait aussi très bien du jour où la police les avait appelés pour les informer que son père biologique avait tué sa mère. Tout le monde le savait coupable. Malheureusement, le dossier, mal ficelé, était tombé en miettes. Son père n'avait pas été mis en prison. Certains avaient prétendu qu'il avait échappé à la justice grâce à des politiciens corrompus, d'autres que la police avait fait un travail lamentable. Rainier pensait seulement que c'était une grave injustice. Son père devait payer pour ses crimes. Le jour où on l'avait acquitté, Rainier avait juré de venger sa mère.

Depuis ces événements, Rainier n'avait jamais vu cette expression de colère mêlée de peur sur le visage de Merle. Et cette expression lui donna la chair de poule. Elle n'augurait rien de bon.

Rainier et Laura allèrent dans la cuisine, où Rainier se lança dans la préparation du petit déjeuner. Il mit une poêle sur la cuisinière et sortit des œufs du réfrigérateur. Ses gestes étaient machinaux, déliés. En attendant que la plaque électrique chauffe, il se rendit compte que presque rien n'avait changé dans la maison depuis son départ. Tout était tel qu'il l'avait laissé. Les poêles étaient à leur place, les tasses et les assiettes n'avaient pas été remplacées et il avait trouvé les mêmes ingrédients dans le réfrigérateur.

C'était comme si la vie avait suspendu son cours en son absence.

Mais cela n'avait aucune importance. Ce qui comptait, c'était son père. Comment le faire parler ?

Il ne pouvait pas consulter sa mère. Cela risquait de l'affoler.

Laura s'approcha doucement et se mit à casser des œufs dans la poêle.

— Que se passe-t-il, Rainier ? demanda-t-elle.

— Pardon ? murmura-t-il en s'arrachant à ses pensées.

— Que se passe-t-il avec ton père ? Je ne le connais pas très bien, mais je sens que quelque chose ne va pas. Est-ce que c'est grave ? Est-ce que ça a un rapport avec nous ? Est-ce qu'on peut faire quelque chose ?

Leur relation avait profondément changé en très peu de temps, songea Rainier avec émerveillement. Deux jours plus tôt, Laura avait appelé la police parce qu'elle l'avait trouvé une arme à la main. À présent, elle semblait faire passer leur relation avant tout le reste. Cela l'emplissait de joie.

— Ça t'ennuie si je vais lui parler un moment ? demanda-t-il. Tu peux t'occuper du petit déjeuner ?

Elle se mordilla la lèvre avant de répondre :

— Prends tout le temps qu'il te faut.

Il s'éloigna.

— Je peux rentrer chez moi, tu sais, lança-t-elle. J'ai peur de vous compliquer les choses. Je sais que c'est difficile pour tout le monde.

Il aurait dû la laisser partir, mais sa présence lui rappelait ce que la vie pouvait être quand on n'était pas seul. C'était absurde, mais son estomac se nouait s'il envisageait d'être séparé d'elle, même pour quelques heures. Sa part puérile avait peur que cela gâche tout, qu'ils ne reprennent pas là où ils en étaient.

C'était égoïste, mais il ne pouvait pas la laisser partir.

— Non, tu ne déranges pas, répondit-il. Je suis sûr que mon père est juste stressé. Ça ira sans doute mieux quand je lui aurai parlé.

Il lui offrit un sourire qu'il espéra rassurant en priant pour que le problème de Merle ne soit pas aussi grave qu'il le pressentait.

Il ne put s'empêcher de retourner auprès de Laura pour l'embrasser. Il repensa aussitôt à l'abandon avec lequel ils avaient fait l'amour presque toute la nuit. S'il était mort entre les bras de Laura quelques heures plus tôt, il serait mort heureux.

Quand ils s'écartèrent, elle prit son visage entre ses mains et plongea son regard dans le sien. Il fut presque sûr de voir de l'amour dans ses yeux.

Non, elle ne pouvait pas l'aimer. Ce n'était qu'une réaction fugace, comme la sienne. Elle aussi avait envie de retrouver l'insouciance qu'ils avaient partagée.

Elle le lâcha.

— Va parler à ton père, l'encouragea-t-elle. Il a besoin de toi.

Elle avait raison, mais il ne put s'empêcher de songer que Merle n'était pas le seul à avoir besoin de quelqu'un.

Rainier était célibataire depuis longtemps et il ne s'était pas cru amoureux depuis encore plus longtemps. C'était peut-être leur lune de miel, la phase d'une relation où l'on ne trouve que des qualités à l'autre avant de découvrir qui il est vraiment. Il ne craignait pas que Laura soit différente de ce qu'il percevait d'elle, mais lui… Il n'était pas un ange, loin de là. Elle n'aurait sans doute pas envie de rester avec lui quand elle connaîtrait tous ses défauts.

Tout changerait. Elle le quitterait et il ne pourrait pas lui en vouloir.

Il avait fait certains choix. Il s'était toujours dit qu'il était prêt à en assumer les conséquences. Il n'avait juste pas envisagé la possibilité que perdre Laura soit l'une de ces conséquences, simplement parce qu'il n'avait jamais imaginé qu'une femme comme elle s'intéresserait à lui.

— Vas-y ! insista-t-elle en le poussant vers la porte. Tu trouveras des œufs brouillés à ton retour.

Il hocha la tête, mais il la regarda encore un moment, le cœur empli de tristesse. C'était peut-être son pessimisme qui parlait. Il avait peut-être tort de craindre qu'elle ne se lasse de lui. Il n'était sûr que d'une chose : il n'était pas dans sa tête. Il ne pouvait pas influer sur ses décisions ni sur ce qu'elle ressentait.

Il se tourna vers la porte.

— Je t'attends, conclut-elle en lui pinçant les fesses.

— Eh ! protesta-t-il en riant. Ce n'est pas juste si je n'ai pas le droit d'en faire autant.

— Tu as le droit, répondit-elle. À vrai dire, je serais déçue si tu ne me tripotais pas un peu quand tu reviendras.

Son humeur badine le rassura sur leur avenir. Ils s'en sortiraient. S'ils étaient faits pour être ensemble, ils trouveraient un moyen.

Quand il arriva dans le salon, son père fixait les flammes.

— Comment le sais-tu ? demanda Merle en se tournant vers lui tandis qu'il fermait la porte de la cuisine.

— Comment je sais quoi ?

— Que je te cache quelque chose.

Les flammes de la cheminée se reflétaient dans ses yeux, ce qui produisait un effet perturbant.

— Je t'ai connu toute ma vie, répondit Rainier. Je suis surpris que tu me poses la question. Ne serait-ce pas plus bizarre si je ne me rendais pas compte qu'il t'arrive quelque chose ?

Ce qui le surprenait le plus, c'était que personne ne semblait s'être aperçu de l'état de Merle. Du moins, personne ne lui en avait parlé.

— Qu'y a-t-il, papa ?

Son père se passa la main sur le visage en laissant une trace de cendre sur sa joue. Avec les reflets qu'il avait dans les yeux, il semblait être en enfer.

— Je croyais que je ne serais jamais renvoyé à ça. Je me sens stupide. Honteux... Et soulagé.

Rainier fut abasourdi. Il était difficile de faire avouer quoi que ce soit à son père, même un simple mal de tête. C'était le pilier de la famille. L'entendre parler de ses sentiments était encore plus perturbant que son apparence.

— Renvoyé à quoi, papa ? De quoi parles-tu ?

— Je pensais que je n'aurais plus jamais à gérer ça. Le corps... La disparition...

Rainier se figea et en oublia presque comment respirer.

— Tu sais quelque chose sur ce corps ?

Merle tomba à genoux devant la cheminée et cacha son visage dans ses mains.

— Je suis désolé, Rainier.

— As-tu... as-tu tué cet homme ? demanda Rainier en ayant l'impression de mâcher une poignée de sable.

Non, son père ne pouvait pas avoir fait cela. Trop de gens dépendaient de lui. Il ne pouvait pas avoir appuyé sur la détente.

Rainier avait croisé le chemin de plusieurs prisonniers qui purgeaient des peines pour meurtre. Ils disaient presque tous qu'ils étaient innocents, mais il y avait quelque chose de sombre et de voilé dans le regard de ceux qui avaient tué, comme si une part d'eux était morte avec leur victime.

Il n'avait jamais vu cela dans les yeux de son père. Ce n'étaient pas les yeux d'un tueur.

— C’est tout comme, répondit Merle entre ses mains.

Que voulait-il dire ?

— Si tu n’as pas appuyé sur la détente, tu n’es pas coupable, lui rappela-t-il. Tu n’as pas appuyé sur la détente, n’est-ce pas ?

Son père releva vivement la tête.

— Bien sûr que non ! Je ne ferais jamais une chose pareille.

— Mais ?

— Mais je savais que son corps était là, quelque part, avoua-t-il en agitant la main du côté du pâturage. J’aurais dû prévenir la police.

13

La porte d'entrée claqua. Laura ne sut pas ce qu'elle devait faire : rester dans la cuisine pour ne pas déranger Rainier et son père ou en sortir pour s'assurer qu'ils allaient bien ? Elle tendit l'oreille un moment, mais elle n'entendait que le crépitement du beurre dans la poêle.

La discussion entre Rainier et Merle ne pouvait pas avoir dégénéré au point que l'un d'eux parte en claquant la porte. Et Rainier n'aurait pas quitté la maison en l'abandonnant dans la cuisine. Il serait venu la chercher ou il lui aurait dit où il allait. Ses problèmes ne l'empêchaient pas de se soucier des autres.

D'un autre côté, si c'était son père qui était sorti, elle ne comprenait pas pourquoi Rainier ne venait pas lui expliquer ce qui s'était passé — même si rien ne l'obligeait à la mettre au courant. Ce que le père et le fils se disaient ne la regardait pas. Après tout, elle n'était qu'une intruse dans le clan uni des Fitzgerald.

Elle éteignit la cuisinière et posa la poêle sur une plaque froide.

La maison lui parut étrangement silencieuse, tout à coup.

Incapable de le supporter plus longtemps, elle ouvrit la porte de la cuisine et jeta un coup d'œil dans le salon. Merle, et Rainier se trouvaient près du sapin de Noël... avec Wyatt. Wyatt était en uniforme. Il parlait à Rainier et à leur père, les pouces glissés dans les poches de son gilet pare-balles. Il avait l'air grave,

Il fronça les sourcils en voyant apparaître Laura.

— Que fais-tu là ? demanda-t-il.

Elle aurait dû rester dans la cuisine.

— Bonjour, Wyatt, répondit-elle.

Il sortit les pouces de ses poches et se tourna vers son frère.

— Que fait-elle là à cette heure ? demanda-t-il sur un ton accusateur.

— Je l'ai déposé, c'est tout, répondit-elle à la place de Rainier. J'allais partir.

Elle tourna les talons et fonça vers la porte en espérant réussir à sortir avant que Wyatt ne pose une nouvelle question.

Elle n'avait pas à lui fournir d'explications. Il était même la dernière personne qui avait besoin de savoir ce qui se passait entre Rainier et elle. Les deux frères avaient fait des efforts pour apaiser leur relation, mais elle était sûre que les tensions reviendraient si Wyatt découvrait que Rainier et elle couchaient ensemble.

— Rien ne t'oblige à partir, intervint Rainier. Wyatt, de quel droit m'interroges-tu sur mon invitée ?

— Ton *invitée* ? répéta son frère en ricanant. Je vois.

— Non, tu ne vois rien, répondit Rainier. Si tu arrêtais de me chercher des poux dans la tête et si tu me disais plutôt ce que tu fais là, Wyatt ?

— Peu importe, grommela Wyatt. Pour que les choses soient claires, je t'aime bien, Laura, mais je ne veux pas être mêlé à l'erreur que vous êtes en train de commettre, tous les deux. Rainier, arrange-toi pour que ça n'éclabousse pas les autres, cette fois.

— Que fais-tu là, Wyatt ? insista Rainier.

Wyatt jeta un dernier regard accusateur à Laura avant de répondre :

— Je suis venu vous dire qu'on a reçu les résultats du labo. Comme je le pensais, il s'agit d'un homme. Il était de type caucasien et brun. Il avait cinquante-deux ans, il mesurait un mètre soixante-quinze et il est mort d'une balle de petit calibre dans la tête.

— Sait-on s'il s'agit d'un meurtre ou d'un suicide ? demanda Rainier.

Wyatt esquissa un sourire cynique.

— C'est difficile à dire.

— Comment peux-tu nous donner une description aussi précise de cet homme en n'ayant que son crâne et un fémur, et ne pas savoir qui a appuyé sur la détente ? s'étonna Rainier.

— C'est une bonne question, reconnut Wyatt en posant la main sur l'épaule de son frère. Le médecin légiste a réussi à l'identifier grâce à son dossier dentaire.

Merle alla s'asseoir sur le canapé et jeta un bref regard à Laura. Elle lut de la terreur dans ses yeux. C'était si effrayant qu'elle fut tentée de s'enfuir. Elle se força à se ressaisir. Elle devait se tromper. Merle n'avait aucune raison d'avoir peur, à moins que…

Wyatt prit une grande inspiration avant d'annoncer :

— La victime est Paul Poe, le père de William Poe.

Rainier jeta un coup d'œil à son père.

— Tu plaisantes ? s'écria-t-il.

— J'ai peur que non, répondit Wyatt. Le médecin légiste dit qu'il n'y a aucun doute.

— L'as-tu dit à William ? demanda Laura.

Wyatt tourna la tête vers elle. Il y avait un peu moins de dégoût dans son regard. Les problèmes qu'il avait à gérer devaient avoir relégué ce qu'il pensait de sa relation avec son frère au second plan. Elle n'était plus sous les projecteurs. Pour une fois, la mort de quelqu'un lui inspirait du soulagement.

— Tu es là pour des raisons personnelles ou professionnelles ? lui demanda Wyatt, qui décidément ne semblait pas vouloir lâcher prise.

Elle interrogea Rainier du regard.

— Je…, balbutia-t-elle.

— Elle est là en tant qu'amie, intervint Rainier. N'est-ce pas, Laura ?

— Oui, C'est ça, dit-elle. Je suis là en tant qu'amie. Pourquoi ?

— Alors tu peux garder mon petit secret ? demanda Wyatt.

Elle acquiesça.

— Bien, dit Wyatt. Dans des circonstances normales, j'aurais informé le parent le plus proche en premier : c'est-à-dire William. Mais vu la situation… j'ai pensé qu'il valait mieux vous en parler d'abord.

— Poe sera fou de rage quand il l'apprendra, murmura Merle, qui semblait avoir à peine la force de parler. Il nous haïra encore plus.

— Peut-on faire quoi que ce soit pour se protéger de lui ? demanda Rainier en se laissant tomber sur le canapé à côté de son père.

Laura comprenait qu'il ait besoin de s'asseoir. Ses propres

genoux flanchaient quand elle imaginait la réaction de William à la nouvelle, alors qu'elle n'était pas directement concernée. Il était déjà prêt à tout pour anéantir le ranch et ses habitants.

— Mais… ce rebondissement me permettra peut-être de convaincre mon père de s'occuper du dossier, dit-elle, réfléchissant à voix haute.

— Comment ça ? demanda Merle. Je croyais que c'était déjà le cas.

Elle se mordilla la lèvre.

— Je ne vous ai peut-être pas dit toute la vérité. Il s'est montré… réticent. Mais j'espérais le faire changer d'avis et je ne voulais pas vous donner un sujet d'inquiétude supplémentaire. Vous en avez assez comme ça.

Merle hocha la tête.

— Je vois. Il vaut peut-être mieux ne pas en parler à Eloise. Elle est si reconnaissante envers votre père… Elle pense qu'il va nous tirer d'affaire.

— Et il le fera peut-être, mais il faut que j'insiste, répondit Laura.

— Crois-tu qu'il finira par accepter ? demanda Wyatt en croisant les bras. C'est un ami de William Poe.

Elle haussa les épaules.

— Tu sais comment ça marche, en politique. William et mon père sont courtois l'un envers l'autre parce que ça les arrange. Ils se sont rendu des services, mais ça ne veut pas dire qu'ils sont amis.

— Mais pourquoi ton père accepterait-il de se dresser contre William ? insista Wyatt.

À la vérité, elle n'en savait rien. Elle pouvait seulement espérer que son père serait incapable de refuser de l'aider quand elle le supplierait. Au moins, elle aurait des informations à lui fournir, cette fois.

Son père était un homme dur qui aimait tout contrôler, mais elle pouvait peut-être lui faire comprendre qu'il s'était trompé dans cette affaire et que les Fitzgerald méritaient son soutien.

Il ne pouvait pas en rester là avec son père, songea Rainier. Il avait des dizaines de questions à lui poser. Malheureusement, il n'était pas sûr de pouvoir l'entraîner à l'écart pour obtenir des réponses.

Ce que Merle avait dit était si vague… Comment le père de William avait-il « disparu » ? Paul Poe était-il parti de son plein gré, ou était-il arrivé quelque chose de plus grave ? Son père semblait convaincu qu'il avait joué un rôle dans sa mort. Pourquoi ? Ce devait être une histoire compliquée pour que les réactions de Merle soient si difficiles à déchiffrer.

La vie l'était, en général, songea-t-il amèrement avant de se concentrer sur le problème du moment. Les ossements appartenaient donc au père de William. Ils n'étaient sûrs que d'une chose, au point où ils en étaient, c'était que William ferait tout ce qui était en son pouvoir pour leur nuire. Ils devaient se préparer à la guerre.

La guerre.

Ce mot résonna douloureusement dans son esprit. Il devrait faire tout ce qui était en son pouvoir pour protéger sa famille et Laura. Poe s'en prendrait-il à elle ? Il n'était sans doute pas assez influent pour la faire renvoyer, mais il pouvait peut-être nuire à sa carrière. Pour le moment, il ne savait pas ce qu'il y avait entre eux. Il était plus important que jamais que cela reste un secret.

Rainier jeta un coup d'œil à Laura, qui était en train d'enfiler ses bottes. Malgré la tension qu'il y avait dans la pièce, sa beauté l'hypnotisa. Elle était magnifique. S'ils se retrouvaient ensemble en présence de William, il lui faudrait cacher l'effet qu'elle avait sur lui. Ce serait l'une des choses les plus difficiles qu'il aurait faites de sa vie.

Il s'approcha d'elle pour l'aider à enfiler sa veste.

— Merci, dit-elle avec un sourire las.

Merle et Wyatt échangèrent un regard lourd de sous-entendus que Rainier fit semblant de ne pas voir. Ils pouvaient penser ce qu'ils voulaient tant que William n'était au courant de rien.

Si sa famille était fidèle à elle-même, ils se serreraient les coudes face à l'adversité. Mais cela supposait que Wyatt ait réellement enterré la hache de guerre, ce dont Rainier n'était pas sûr. Wyatt avait dit qu'il aimait bien Laura, mais il était évident qu'il n'approuvait pas ses choix.

Rainier ouvrit la bouche. Il devait convaincre son frère qu'il ne commettait pas une erreur en obéissant à son cœur, mais rien ne lui vint. Peut-être parce qu'il n'était pas tout à fait sûr d'avoir fait le bon choix. Il s'en voulait de mettre Laura en danger.

Non ! Ils étaient tous les deux des adultes. Ils savaient ce qu'ils faisaient. Il fallait être deux pour tomber amoureux et Laura savait ce qu'elle risquait aussi bien que lui. Et pouvait-il vraiment lutter contre ce qu'il ressentait auprès d'elle ? Pouvait-il résister à l'image qu'il se faisait de leur avenir ? Deux enfants, une clôture blanche, lui travaillant au ranch, elle réalisant son rêve en remplissant le monde de décorations de Noël…

On ne pouvait pas contrôler l'amour. C'était l'une de ces forces mystérieuses qui nous dépassaient et nous gouvernaient. Aucun argument ne tenait la route face à lui. Si deux personnes s'aimaient, rien ne pouvait les empêcher d'être ensemble.

C'était ce qu'il pensait, du moins.

Laura s'écarta de lui et ramassa son sac.

— J'espère que mon père ne nous en voudra pas de passer sans prévenir, dit-elle. Il est sûrement très occupé.

Rainier la trouva distante et cela l'inquiéta. Bon sang ! Il ne comprenait rien. Il avait oublié que c'était si compliqué d'être amoureux. Survivre en prison était plus facile que de gérer des sentiments aussi intenses.

Le cabinet du père de Laura n'était pas tout près du ranch, mais le trajet parut court à Rainier parce que Laura était auprès de lui.

Quand ils arrivèrent, un jeune couple attendait dans l'entrée. L'homme semblait perdu dans ses pensées. Il devait appréhender sa conversation avec son avocat. Rainier se demanda quel était son problème, puis il se demanda s'il avait l'air aussi préoccupé et tenté de s'enfuir que lui.

Il regarda son père. Même s'ils n'avaient aucun lien biologique, ils se ressemblaient comme deux gouttes d'eau — si l'on faisait abstraction des rides de Merle et de ses cheveux gris.

Son père avait la même expression que l'homme assis sur le canapé, et Rainier aurait fait n'importe quoi pour la voir disparaître.

Laura s'approcha du bureau de la secrétaire.

— J'aimerais voir mon père, dit-elle. Je ne l'ai pas prévenu, mais j'espérais qu'il pourrait nous glisser entre deux rendez-vous.

La secrétaire lui sourit.

— Je vais lui faire savoir que vous êtes là, répondit-elle. Nous verrons ce que nous pourrons faire. Si vous voulez bien patienter un moment...

Quand Laura se détourna du bureau, Rainier vit qu'elle avait la même expression que Merle. Il ne pouvait pas le lui reprocher. La dernière fois qu'elle avait parlé à son père, il lui avait bien fait comprendre ce qu'il pensait des Fitzgerald et de leur dossier. Il pria pour que ce qu'ils avaient fait suffise à le convaincre de les aider. Il espérait que le père de Laura aurait au moins l'obligeance de leur donner quelques conseils.

La secrétaire passa un coup de téléphone. Quelques secondes plus tard, Me Blade se tenait devant eux. S'il ne l'avait pas su, Rainier aurait facilement deviné qu'il était le père de Laura. Ils avaient le même nez aquilin et les mêmes yeux d'un bleu lumineux. Mais Me Blade avait une expression amère, contrairement à sa fille, et Rainier fut certain de lire du mépris dans son regard.

— Si on allait dans mon bureau ? suggéra-t-il.

Ses traits s'assombrirent quand il les regarda.

Son expression rappela le jour de son procès à Rainier. Le procureur avait la même expression, qui indiquait que rien ne pourrait le faire fléchir.

Rainier suivit les autres dans le bureau de l'avocat.

En prison, il s'était juré de ne plus jamais se retrouver dans un bureau comme celui-ci, en face d'un avocat au regard haineux. Il n'avait fallu que quelques jours pour qu'il trahisse ce serment.

Tout, dans cette pièce, du bureau en acajou aux livres reliés qui couvraient les murs, soulignait l'importance et le prestige de l'homme qui y travaillait. Il n'y avait rien d'étonnant à ce que Dennis Blade et William Poe soient liés. D'après ce que Rainier percevait du père de Laura, ils étaient tous les deux obsédés par leur image sociale et avides de pouvoir.

Me Blade ferma la porte.

Laura n'attendit pas qu'il l'invite à parler.

— Connais-tu les derniers éléments de l'enquête de Dunrovin ? demanda-t-elle.

Elle serra les poings, sans doute pour essayer d'empêcher ses mains de trembler.

— Quels éléments ? demanda son père.

Il s'installa dans son grand fauteuil en cuir et les invita à s'asseoir. Rainier prit place entre son père et Laura. Comme leurs chaises étaient plus basses que son fauteuil, ils devaient lever légèrement les yeux pour regarder l'avocat, ce qui était sans doute fait exprès pour leur rappeler que c'était lui qui contrôlait tout ce qui se passait dans ce bureau.

— Nous savons à qui appartiennent les ossements qui ont été découverts à Dunrovin, dit Laura. Ce sont ceux de Paul Poe, le père de William.

Rainier vit Merle se raidir.

— Ma famille a désespérément besoin de conseils juridiques, monsieur, intervint Rainier pour retirer un peu de poids des épaules de Laura.

L'avocat hocha la tête.

— J'ai fait quelques recherches depuis votre dernière visite, répondit-il. Je n'ai pas trouvé grand-chose, mais je pense qu'il est possible de vous entendre avec le fisc sur un échéancier pour vous faciliter le paiement de votre dette.

Merle posa les mains sur le bureau et se pencha vers l'avocat.

— Il ne s'agit pas que de notre dette, dit-il. Il s'agit d'obtenir justice. Nous savons tous que l'argent n'est pas le vrai problème. Le vrai problème, c'est que William Poe veut anéantir ma famille. Si vous ne vous en rendez pas compte, vous ne valez pas mieux que lui.

Rainier était assez d'accord avec son père, mais agresser l'homme dont ils espéraient le secours ne semblait pas une très bonne stratégie.

— Ce que mon père veut dire, monsieur Blade, c'est que nous vous sommes reconnaissants d'avoir fait des recherches, intervint-il encore. Nous apprécions votre aide.

Il jeta un bref coup d'œil à Merle pour essayer de lui faire comprendre qu'il devait garder son sang-froid.

— Nous essayerons d'établir un échéancier avec le fisc,

poursuivit-il. Néanmoins, nous aimerions aussi résoudre le problème que nous avons avec William Poe. Pouvons-nous compter sur votre soutien ?

Dennis Blade lui offrit un sourire approbateur.

— Je vois que l'expérience vous a enseigné certaines choses, dit-il.

Cette remarque blessa Rainier, mais il n'était pas sûr que l'avocat ait voulu se montrer insultant.

— Papa ! s'écria Laura.

— Je dis seulement qu'il a su tourner la page, répondit son père en haussant les épaules. Un homme a de quoi être fier quand il apprend quelque chose de ses erreurs. Il faut de la force pour surmonter un passé qui nous attire la méfiance de la société.

Laura se tassa sur sa chaise et chuchota :

— Je suis désolée, Rainier.

Il essaya de la rassurer d'un signe de tête. À vrai dire, elle ne devait pas en vouloir à son père pour sa franchise. Lui-même partageait le point de vue de l'avocat. Il ne pouvait qu'aller de l'avant en essayant de ne pas tomber dans le piège de la colère et du ressentiment que son passé lui tendait.

Il réprima avec peine la tentation de poser la main sur celle de Laura.

— Merci, maître. Concernant ma famille…

L'avocat le fixa pendant un long moment. Il fit craquer ses doigts, puis se tapota le menton.

— Ce dossier demandera beaucoup d'heures de travail, finit-il par dire. Ça peut revenir cher.

Évidemment, il avait peur qu'ils ne puissent pas régler ses honoraires.

— Je les aiderai, papa, dit Laura.

Son père écarquilla les yeux.

— Laura…

— Non, intervint Merle. Nous ne voulons pas qu'on nous fasse la charité. Nous vous payerons quoi qu'il arrive, monsieur Blade. Mais nous voulons gagner. Nous voulons mettre William Poe à genoux. Il ne faut plus qu'il utilise son prestige et son influence pour harceler les gens. On ne doit pas le laisser croire qu'il est tout-puissant.

— Comme disait Lord Acton : « Le pouvoir corrompt et le pouvoir absolu corrompt absolument », répondit Me Blade avec un fin sourire. S'il est aussi coupable qu'avide de pouvoir, il doit être possible de le faire tomber.

14

Le lendemain matin, une atmosphère bien plus légère régnait dans la maison. À en juger par les rires et l'odeur de bacon qui s'échappaient de la cuisine, les femmes étaient debout et occupées.

En passant, Rainier jeta un coup d'œil au canapé sur lequel Laura avait dormi. Il mentirait s'il disait qu'il n'avait pas pensé à elle et espéré la voir entrer dans sa chambre. Il avait même failli aller la chercher plusieurs fois. Mais il avait résisté à la tentation. Si elle ne voulait pas passer la nuit dans ses bras, il ne devait pas se montrer pressant.

Il entra dans la cuisine. Sa mère, Gwen et Whitney s'agitaient autour de la table. Laura, devant la cuisinière, faisait frire du bacon. Elle semblait reposée. Ses cheveux blonds étaient détachés et elle portait un pull orné d'un chat qui devait appartenir à Eloise. Cette idée perturba encore plus Rainier que le pull lui-même. Mais cela n'avait aucune importance. Laura pouvait porter ce qu'elle voulait. Elle était toujours adorable.

— Bonjour, mesdames ! lança Rainier à la cantonade. Avez-vous besoin d'aide ?

Il décocha un clin d'œil à Laura.

— Bonjour, chéri. N'est-ce pas une journée merveilleuse ? demanda sa mère en regardant le paysage enneigé et le ciel gris par la fenêtre. La température devrait descendre jusqu'à moins huit, aujourd'hui.

Il n'était pas sûr de trouver merveilleuse une journée pendant laquelle il risquait de perdre ses doigts, mais il hocha la tête.

Eloise coupa deux tranches de pain qu'elle enfonça dans le grille-pain.

— Waylon a appelé, reprit-elle. Il arrivera avec les filles dans la journée. J'ai tellement hâte de revoir ma petite Winnie ! Je sais qu'elle était là la semaine dernière, mais la maison est si calme sans elle... Sais-tu qu'elle aura trois ans au printemps ? Comme le temps passe !

Dans ses lettres, sa mère lui avait beaucoup parlé de la fille de Waylon, qui venait juste de découvrir qu'il était son père. D'après ce que Rainier avait compris, ses parents avaient gardé le secret de l'existence de Winnie pendant trois ans pour ne pas perturber la carrière de Waylon. Décidément, ses parents étaient doués pour garder des secrets...

Il repensa à la confession de son père. D'après le médecin légiste de Wyatt, Paul Poe était mort vingt-cinq ans plus tôt, c'est-à-dire à peu près au moment où les Fitzgerald les adoptaient, ses frères et lui. Pouvait-il en déduire que ses parents savaient depuis vingt-cinq ans qu'il y avait le corps d'un homme sur leurs terres ? Comment avaient-ils pu ne jamais se trahir ?

Non, il devait se tromper. Ils ne devaient pas savoir que Paul Poe était enterré là. Son père n'avait pas dit qu'il le savait mort, il avait parlé de sa « disparition ». Mais Merle se sentait si coupable apparemment... Il devait au moins se douter que Paul Poe s'était fait tuer. Ce qui signifiait qu'il savait peut-être qui avait appuyé sur la détente, et pourquoi.

Il devait parler à son père Aujourd'hui même. Il devait connaître le fin mot de cette histoire. Ce secret était trop grave pour qu'il le laisse enfoui.

Il risquait d'avoir des répercussions sur eux tous.

— Qu'y a-t-il, chéri ? demanda sa mère. Tu es bien pensif. N'es-tu pas content que tout le monde soit réuni pour les fêtes ? Et Laura nous a tant aidés ! Nous avons des raisons de nous réjouir.

Elle décocha un grand sourire à Laura.

— C'était le moins que je pouvais faire, répondit celle-ci en rougissant.

Oui, le secret de son père pouvait avoir des répercussions sur eux tous — y compris sur Laura.

Pourtant Rainier se prit à douter. Ne valait-il pas mieux que cela reste un secret ? Si Me Blade découvrait qu'ils lui cachaient des choses qui mettaient sa fille en danger, il arrêterait certainement de les aider. Bien sûr, ils pouvaient engager un autre avocat, mais alors ils se retrouveraient à la case départ, et le temps pressait. Et Rainier était sûr que Laura se ferait longtemps reprocher d'avoir tendu la main à sa famille. D'après ce qu'il avait vu la veille, sa relation avec son père était très différente de celle qu'il avait avec Merle. Elle semblait faite d'années de malentendus et de ressentiment.

— Et si vous alliez voir les chevaux, Laura et toi ? suggéra sa mère. Je crois qu'on peut se débrouiller sans vous, n'est-ce pas, mesdames ? Nous prendrons le petit déjeuner avec ton père et tes frères quand ils se réveilleront, mais vous pourrez manger quand vous voudrez dès que ce sera prêt. En attendant, allez donc prendre l'air.

Il n'avait pas vu sa mère aussi joyeuse depuis son retour. D'après son agitation et la rougeur de ses joues, cela devait faire un long moment qu'elle ne s'était pas sentie aussi insouciante. C'était comme si on l'avait libérée d'un poids qui l'oppressait depuis des années.

Il n'avait pas passé beaucoup de temps dans la grange depuis son retour, aussi se réjouit-il d'aller voir les chevaux. Comme tout le monde dans la famille, il avait adoré faire de l'équitation quand il était petit, et il aimait le mode de vie du ranch dans son ensemble. La sensation de liberté que procurait une promenade à cheval et l'odeur de la paille lui manquaient terriblement. Non seulement il avait l'occasion de renouer avec une part de lui-même, mais il avait maintenant quelqu'un avec qui partager ce plaisir.

Laura et lui enfilèrent leurs vestes et sortirent. Quand ils entrèrent dans la grange, une jument noire sortit la tête de sa stalle. Elle prit une grande inspiration pour sentir leur odeur et hennit, sans doute parce qu'elle ne les connaissait pas.

— On dirait que je dois me présenter aux autres enfants de ma mère, pouffa Rainier. Aimes-tu les chevaux ?

Laura secoua la tête.

— De loin, malheureusement, répondit-elle. Quand j'étais petite, j'ai supplié mes parents de me laisser prendre des cours d'équitation, mais mon père trouvait les chevaux trop dangereux. L'un de ses amis avait défendu les parents d'une petite fille qui avait été renversée par un cheval et qui était morte sur le coup. Cela avait coûté des centaines de milliers de dollars au propriétaire du cheval.

D'après son ton, il supposa que son père s'était davantage intéressé aux détails techniques du procès qu'au sort de la petite fille.

— Vous n'êtes pas très proches, ton père et toi, n'est-ce pas ? demanda-t-il.

— On se parle et on se voit souvent, répondit Laura. Il s'implique beaucoup dans ma vie et je suis sûre qu'il veut mon bonheur.

— Quand tu dis qu'il s'implique, veux-tu dire qu'il essaye de tout contrôler ? demanda-t-il.

Laura prit une poignée de friandises dans le seau et la tendit à la jument, qui l'engloutit avec joie.

— Tu n'es pas obligée de me répondre, reprit-il, bien conscient qu'il l'interrogeait sur un sujet qui la mettait mal à l'aise.

— Non, ça va... Et tu n'as pas tort, dit-elle d'une voix hésitante. Mon père n'est pas comme le tien. Il n'est à l'aise que dans la routine. Toute mon enfance a été rythmée par des emplois du temps précis. Aujourd'hui encore, mes parents dînent à six heures et demie. Je jouais au volley, quand j'étais au lycée. Un jour, l'entraînement a pris du retard. Mes parents et mes sœurs m'ont attendue pour dîner. Ils m'en voulaient tous terriblement.

— Pourquoi ?

— Parce qu'on était censés dîner à six heures et demie. Ils estimaient que j'aurais dû rentrer à temps. Pour eux, ce n'était pas la faute de mon entraîneur si j'étais en retard, mais la mienne parce que je n'avais pas fait passer la famille avant tout le reste.

Son histoire rappela à Rainier la vie qu'il avait menée en prison. Lui aussi avait été obligé d'obéir à des règles contraignantes et de suivre un emploi du temps précis. En un sens, ils avaient tous les deux connu la prison, dans des registres différents.

— Es-tu proche de tes sœurs ?

Laura haussa les épaules.

— Ma sœur aînée a fait du droit, répondit-elle. Elle est devenue avocate et elle a un cabinet à Los Angeles. Mon autre sœur a fait médecine. Elle est gynécologue à Baltimore. Je suis le mouton noir de la famille. Je n'ai jamais été qu'une source de déception pour mon père. Il pense que j'aurais dû faire droit ou médecine, comme mes sœurs, et obtenir un diplôme dans une université prestigieuse. Il ne manque jamais une occasion de m'accuser d'avoir gâché ma vie.

— En devenant contrôleuse judiciaire ?

Elle flatta le cou de la jument, qui poussa son bras du museau pour réclamer d'autres friandises.

— Je n'ai pas voulu devenir contrôleuse judiciaire. C'est mon père qui m'a trouvé ce travail.

Cela semblait être un sujet sensible.

— Et il te plaît ? demanda-t-il.

Elle esquissa un sourire.

— Il y a certains aspects que j'adore.

Rainier scruta son visage. Faisait-elle allusion à leur rencontre ?

— Mais il y a des jours où je regrette d'avoir laissé mon père me pousser dans cette voie. La plupart des anciens prisonniers auxquels j'ai affaire ne sont pas comme toi. Beaucoup d'entre eux sont vraiment des dangers pour la société. Quand je lis leur dossier et que je vois ce qu'ils ont fait, je sais qu'ils vont probablement récidiver. C'est démoralisant.

— Tu ne crois pas que certains peuvent se réinsérer dans la société ? demanda-t-il en s'apercevant que sa question était très égoïste.

— Comme je te l'ai dit, je ne parle pas de toi, Rainier, répondit Laura. Je ne sais pas ce qui s'est passé entre ton père biologique et toi, mais je me rends bien compte que tu es différent de la plupart des prisonniers que j'ai rencontrés. Certains d'entre eux sont capables de tuer sans l'ombre d'un scrupule. Ils sont dépourvus d'empathie. Ils ne regrettent pas leurs erreurs.

Il n'était pas tout à fait d'accord avec elle.

— J'ai entendu tant d'histoires différentes, quand j'étais en prison..., soupira-t-il. Sais-tu ce qu'elles avaient toutes en commun ?

Laura secoua la tête.

— Tous les hommes que j'ai croisés s'estimaient injustement persécutés, dit-il. Je n'ai jamais entendu un prisonnier dire : « J'ai eu ce que je méritais. » Ils se considèrent tous comme des victimes, pas comme des bourreaux.

— Toi aussi ? demanda-t-elle.

— Je vais sans doute te décevoir, mais j'ai sans doute plus de choses en commun avec ces hommes que tu ne le crois, répondit-il.

Il posa les mains sur ses épaules et la força à se tourner vers lui.

— Je ne regrette pas ce que j'ai fait, avoua-t-il. Je ne regrette pas d'avoir frappé mon père. Si je me retrouvais dans la même situation, je le referais. Mon père est un monstre.

— Alors tu ne te crois pas coupable ? Tu penses être la victime, dans cette histoire ?

Elle avait les yeux emplis de larmes et il n'y avait plus la moindre douceur dans sa voix.

— En tant qu'adulte, je ne suis pas une victime, répondit-il. Je savais ce que je faisais quand je lui ai mis mon poing dans la figure. Je méritais d'être puni pour ce coup. Mais en tant qu'enfant... en tant que l'enfant de *cet* homme... j'étais une victime.

Elle enroula les bras autour de sa taille et pressa la joue contre son torse. Ses cheveux sentaient l'air frais et la lavande.

— Je ne sais pas quoi dire, murmura-t-elle. « Je suis désolée » paraît bien insuffisant, vu tout ce que tu as traversé.

Elle releva la tête.

— Veux-tu en parler ? demanda-t-elle.

Non, il n'avait pas envie d'en parler Il n'avait jamais envie de parler de ses parents biologiques avec personne. Il les voyait comme des démons qui vivaient dans sa tête. C'était puéril, mais il avait peur qu'ils ne se mettent à hanter aussi Laura s'il les laissait sortir. D'un autre côté, s'ils s'engageaient dans une relation, il fallait qu'elle connaisse son passé — et pas seulement ce qui se trouvait dans les rapports de police.

— La nuit où j'ai frappé mon père... ce n'était que l'aboutissement de tout ce qui a précédé, lui confia-t-il. Il savait bien qu'il ne fallait pas qu'on se retrouve dans la même pièce, et voilà qu'il faisait le coq dans un vieux bar, en ville.

Elle hocha la tête.

— Je sais que c'est dans un bar que ça s'est produit, dit-elle. Ton père est-il de Mystery ?

— Après la mort de ma mère, il n'a plus vraiment été de nulle part. Il voyageait dans tout le pays comme un nomade, en ne s'arrêtant que quelques jours à chaque endroit. Ses amis m'ont dit que c'était parce qu'il se sentait seul et sans attaches, mais je sais que ce n'était pas la véritable raison. Il avait peur que les gens ne comprennent quel genre d'homme il était s'il restait trop longtemps au même endroit et qu'ils ne finissent par découvrir son rôle dans la mort de ma mère. C'était sa manière d'échapper à la justice.

Elle fronça les sourcils.

— Tu m'as dit que c'était un monstre, mais qu'a-t-il fait au juste ?

La jument lui donna un coup de tête dans l'épaule pour réclamer des friandises.

— Tu ferais bien de t'occuper d'elle, sinon elle finira par te mordre, indiqua Rainier.

Il offrit un sourire un peu forcé à Laura et la lâcha pour la laisser satisfaire la jument.

S'il était honnête, cette distraction était bienvenue. Cette discussion lui était décidément pénible. Il avait déjà les mains moites et le cœur qui battait trop vite, comme à chaque fois qu'il repensait à son enfance. Il fixa ses bras comme s'il pouvait voir les cicatrices de brûlures qui les couvraient à travers ses manches.

Laura le considéra avec l'air de comprendre qu'il avait besoin d'un moment pour reprendre le contrôle de ses émotions. Elle donna une poignée de friandises à la jument sans dire un mot. S'il voulait que leur relation marche, il devait apprendre à se confier à elle. Mais la confiance n'était pas son fort. On évitait de se rendre vulnérable quand notre compagnon de cellule pouvait aussi bien nous étrangler en pleine nuit que nous offrir un chewing-gum.

— Ta mère a été tuée, c'est bien ça ? finit par demander Laura.

Une colère familière le gagna.

— Oui, je vivais chez les Fitzgerald depuis un an quand elle est morte.

— Comment t'es-tu retrouvé à vivre chez eux ? demanda-t-elle.

— Mes parents ont toujours eu des problèmes, mais ceux-ci se sont brusquement aggravés quand j'avais trois ans. Ce que je sais, c'est qu'on rentrait de Washington et qu'on a été contrôlés sur la route. C'est ma mère qui conduisait.

Au grand soulagement de Rainier, Laura regardait toujours la jument. Raconter son histoire était plus facile ainsi.

— La police a fouillé la voiture. Je dormais sur la banquette arrière, au soleil…

Toute cette scène était floue dans sa mémoire, mais il avait un souvenir très vif de la sensation du soleil sur sa peau.

— Les policiers ont trouvé plusieurs sacs de méthamphétamine et divers ustensiles dans le coffre. D'après leur rapport, mes parents étaient complètement défoncés.

Laura secoua la tête et gratta le front de la jument.

— Que s'est-il passé ensuite ?

— J'ai été pris en charge par les services sociaux et mes parents ont été arrêtés. Je suis arrivé chez les Fitzgerald quelques semaines plus tard. Ils servaient de famille d'accueil, à cette époque. Ils avaient déjà adopté Wyatt et ils étaient en train d'accomplir les formalités pour adopter Waylon et Colter.

— Tu te souviens de ton arrivée au ranch ?

— Je me rappelle m'être dit que c'était l'endroit le plus beau de la planète. C'était ma version personnelle de Disneyland.

Elle esquissa un sourire triste.

— Je suis sérieux ! dit-il. C'était génial. Avant, il n'y avait que de l'obscurité, de la faim et de la douleur dans ma vie. Les seuls souvenirs que j'ai de mon père quand j'étais tout petit, c'est ceux qui m'ont laissé ça…

Il retira sa veste et retroussa ses manches pour lui montrer les petits cercles de peau fripée qu'il avait à l'intérieur des bras.

— Il aimait éteindre ses cigarettes en les écrasant sur moi. Il trouvait ça amusant.

Laura tressaillit et prit l'un de ses bras entre ses mains. Rainier se délecta de la douceur avec laquelle elle le touchait au point de fermer les yeux.

— Qui ferait une chose pareille à un enfant ? murmura-t-elle en effleurant ses cicatrices.

— Je te l'ai dit : mon père est un monstre. C'est un homme

cruel. Et ce qu'il m'a fait n'est rien en comparaison de ce qu'il a fini par faire à ma mère.

Laura déposa un baiser au creux de son coude. Ses cicatrices étaient difficiles à voir. Elle ne les aurait sans doute pas remarquées s'il ne les lui avait pas montrées. Elle posa la joue contre son bras et ferma les yeux, comme si elle essayait de faire disparaître les souffrances de son enfance par magie.

— Pourquoi ne me les as-tu pas montrées l'autre soir ? demanda-t-elle.

Il haussa les épaules, dégagea son bras et baissa ses manches. Il se sentait plus vulnérable que s'il s'était retrouvé nu devant la terre entière quand il montrait ses cicatrices. Même s'il était sûr que Laura ne se servirait pas de ses faiblesses contre lui, ces cicatrices lui faisaient honte.

— Je n'aime pas en parler, répondit-il. En fait, tu es la seule personne en dehors de ma famille à savoir d'où elles me viennent.

Elle posa une main tremblante sur son bras.

— Merci, dit-elle. J'espère que tu sais que tu peux tout me dire.

Le téléphone de Laura sonna, ce qui rappela à Rainier qu'ils n'étaient pas seuls au monde. Même s'il n'aspirait qu'à l'oublier, elle avait le pouvoir de le renvoyer en prison si les choses tournaient mal. La plupart des gens se serviraient de ce qu'il venait de lui confier pour convaincre un juge qu'il était un danger pour la société. Il était trop abîmé pour être lâché dans la nature.

— Faut-il que tu répondes ? demanda-t-il avec une dureté qui le surprit lui-même.

— Je rappellerai, répondit-elle en lui prenant les mains.

Il résista à la tentation de la repousser. Il n'avait pas envie de s'ouvrir davantage, même s'il ne s'agissait que de lui tenir les mains.

— Qu'est-il arrivé à ta mère ? demanda-t-elle avec une douceur qui calma un peu ses craintes.

Laura ne lui ferait pas de mal. Elle n'avait rien à voir avec ses parents biologiques.

— Quand ma mère est sortie de prison, elle a essayé de me retrouver. On vivait dans une ville voisine, à l'époque. Grâce aux ragots, elle a vite découvert que j'avais été placé à Dunrovin. Elle a débarqué ici quelques jours plus tard. Je jouais avec Waylon dans un pâturage quand elle m'a enlevé.

— Ta mère t'a enlevé ?

— Oui, mais la police m'a retrouvé et m'a rendu aux Fitzgerald. J'ai passé le reste de ma vie ici — sauf quand j'étais à l'ombre.

Il pressa les doigts de Laura et lui sourit.

— Plus tard, quand ma mère a eu fini de purger sa deuxième peine, mon père l'attendait à sa sortie de prison, poursuivit-il. Le fait qu'elle ait essayé de m'enlever l'avait rendu fou. Il lui a tiré une balle dans la tête.

— Il a tué ta mère ? s'écria Laura. Parce qu'elle t'avait enlevé ? Je ne comprends pas.

— D'après ce qu'on m'a dit, il a cru qu'elle voulait m'emmener loin de lui. Il espérait encore que notre famille serait réunie.

— Et, parce qu'il a eu peur que ta mère t'éloigne de lui, il l'a *tuée*, insista Laura.

Il haussa les épaules.

— Les drogues perturbent le cerveau. Avant tout, elles rendent paranoïaque. Et qui sait ? Il ne l'a peut-être tuée que parce que c'était la seule personne qui le connaissait vraiment.

— Pourquoi n'est-il pas allé en prison ?

— Quand on l'a arrêté, il n'y avait pas d'arme sur les lieux. Les policiers étaient sûrs de sa culpabilité. Comme ils n'arrivaient pas à le faire avouer, ils ont fabriqué une fausse pièce à conviction en prétendant qu'ils avaient trouvé une arme. Ça a été découvert pendant le procès et mon père s'en est tiré.

Laura ouvrit la bouche, puis la referma sans avoir rien dit. À la place, elle secoua la tête.

Il ne savait plus quoi dire, lui non plus.

— Je comprends, finit-elle par murmurer. Je comprends pourquoi tu l'as frappé.

— Je t'ai dit que je ne le regrettais pas. Le frapper n'était pas une erreur. Si je ne m'étais pas laissé surprendre, si j'avais su qu'il se trouverait là, je crois que je l'aurais tué. Comme ça, plus personne n'aurait souffert à cause de lui.

En tant que contrôleuse judiciaire, Laura avait le devoir de mettre ce que Rainier venait de dire dans son rapport. Il voulait clairement tuer son père. D'un autre côté, en tant qu'amie et amante, elle admettait que ses sentiments avaient une certaine légitimité. À sa place, elle aurait sans doute eu des envies meurtrières aussi. Si elle était honnête, le seul fait d'avoir vu ses cicatrices lui donnait envie de mettre une balle dans la tête de son père.

Les enfants devaient être protégés. Les blessures physiques ne guérissaient pas toutes, et celles de l'âme presque jamais. Elle comprenait mieux pourquoi le regard de Rainier avait quelque chose d'inquiétant. Il avait eu une petite enfance horrible et cela laissait des traces.

Mais ils ne pouvaient pas remonter le temps, obtenir justice pour les victimes de son père, ni sauver le petit garçon qu'il avait été. Ils ne pouvaient sauver que l'homme qu'il était à présent. Même si ce n'était pas la seule à pouvoir l'aider, c'était la mieux placée pour le dissuader de suivre une voie qui mènerait au désastre.

— Tu as bien raison de le haïr, Rainier, dit-elle. Moi aussi, je le hais, sur la seule base de ce que tu m'as raconté. Mais le tuer n'est pas la solution. Tuer n'est jamais la solution. Prendre une vie change les gens pour toujours, même si c'est de la légitime défense. Quand tu fermeras les yeux, tu ne pourras plus penser à autre chose qu'au choix que tu auras fait. Et, quand on pense à la mort en permanence, on n'a aucune chance de profiter de la vie et d'être heureux.

— En gros, tu me dis que je ne devrais pas le tuer parce que ça me traumatiserait ? plaisanta-t-il.

— Ne me regarde pas comme ça ! Les traumatismes sont des choses sérieuses. Le meurtre aussi.

— Je sais que c'est sérieux. Ce n'est pas ce que je voulais dire, se défendit-il en levant les mains. C'est juste que ça ne me paraît pas une raison suffisante pour laisser courir un meurtrier. Ne crois-tu pas qu'il devrait payer pour ses crimes ?

— Ce n'est pas parce qu'il n'a pas fait de prison qu'il ne paye pas pour ses crimes, répondit-elle. Si ce n'est pas un sociopathe, il doit être hanté par la mort de ta mère. Il devra vivre avec le poids de son crime jusqu'à la fin de ses jours. Et, même s'ils avaient des problèmes, je suis sûre qu'il a aimé ta mère, à un moment. Ça doit tout rendre encore plus dur.

— Mais tu pars de l'hypothèse que mon père n'est pas un sociopathe, lui rappela-t-il, ce qui le fit ricaner. Tu ne le connais pas aussi bien que moi.

— Je ne le connais peut-être pas, mais je *te* connais, répliqua-t-elle. Je sais que tu ne veux pas lui ressembler. Si tu le tues, tu feras ce qu'il a fait à ta mère. Tu deviendras comme lui.

Il fallait qu'elle l'emporte dans cette discussion, mais ces mots eurent un goût affreux et lui brûlèrent la langue.

Rainier grimaça comme s'ils l'avaient brûlé aussi.

— Je veux ton bien, c'est tout, lui assura-t-elle en résistant à la tentation de le prendre dans ses bras. À la fois en tant qu'amie et en tant que contrôleuse judiciaire. Tu mérites d'être aimé et d'avoir une belle vie. Ne gâche pas tes chances pour satisfaire ta colère et ton désir de vengeance. C'est à toi que tu ferais du mal. Parfois, le mieux qu'on puisse faire, c'est de tourner la page.

Il la regarda droit dans les yeux.

— C'est peut-être le mieux à faire, mais tu sais aussi bien que moi qu'il est difficile de le faire quand les sentiments s'en mêlent, qu'ils soient bons ou mauvais.

Parlait-il de leur relation ? Oui, ils auraient sans doute dû tourner la page, mais cela ne lui semblait plus une option depuis un moment.

Et Rainier essayait d'esquiver le vrai problème. Il ne s'agissait pas d'eux, mais de son père, de ses choix et de son avenir.

Ils entendirent un bruit de moteur et des crissements de pneus sur le gravier.

— Crois-tu que ce soit Waylon et Christina ? demanda Rainier.

Il était visiblement soulagé d'échapper à leur conversation sur les sentiments et sur le bien et le mal.

Si elle était honnête, elle était assez soulagée, elle aussi. À chaque fois qu'ils parlaient de choses sérieuses, ils semblaient se diriger vers la décision de se séparer en dépit de leurs sentiments. Or suivre son cœur avec Rainier était la première décision qu'elle prenait sans se soucier de ce que les autres — et surtout son père — en pensaient. Elle était prête à la défendre bec et ongles.

Une portière claqua alors qu'ils sortaient de la grange.

Laura tressaillit en reconnaissant William Poe dans les lumières clignotantes de Noël. Contrairement à son habitude, il avait les cheveux ébouriffés et le costume froissé. Il tourna la tête vers eux et leur décocha un sourire cruel.

— Rainier Fitzgerald ! dit-il comme si ce nom était une malédiction. Tu es une ordure de meurtrier ! Il est temps que ta famille et toi payiez pour vos crimes.

15

Rainier fonça vers celui qui était devenu le pire ennemi de sa famille. Il s'aperçut qu'il ouvrait et fermait les poings compulsivement. Ce geste lui parut à la fois vivifiant et effrayant. Il n'arrivait pas à croire que William Poe puisse être assez stupide pour estimer qu'il pouvait débarquer ainsi chez eux et lui parler de cette manière.

— William, avant que vous ne disiez quelque chose que vous regretterez, vous devriez remonter dans votre voiture et partir, grogna-t-il entre ses dents.

Laura essaya de le retenir par le bras, mais il continua à avancer. Elle ne pouvait pas empêcher ce qui était sur le point de se produire, et lui non plus. Il y avait des moments, dans la vie, où les situations nous échappaient. C'était l'un de ces moments.

William regarda la main de Laura et ricana.

— Tu n'as pas d'ordres à me donner, taulard, riposta-t-il. Si tu étais malin, tu écouterais ton redresseur de torts et tu resterais où tu es.

— Tu as donc peur de moi ! s'écria Rainier. C'est bien. Tu as raison.

William tira sur sa veste froissée comme si cela pouvait suffire à lui rendre sa dignité.

— Je ne te crains pas, dit-il. Tu es un moins que rien, comme tous les membres de ta famille.

Rainier serra les dents si fort qu'elles grincèrent.

Laura courut devant lui pour lui barrer le passage.

— Tu devrais rentrer dans la maison, Rainier, dit-elle. Il te provoque. Dois-je te rappeler de quoi on parlait il y a deux minutes ?

Sauf qu'il était plus facile de tourner la page quand il n'y avait pas un fou dans votre allée en train d'insulter votre famille.

— Je suis sûre que M. Poe n'est pas assez stupide pour chercher la bagarre, ajouta Laura. N'est-ce pas, William ?

— Je suis venu pour régler un problème, dit Poe. Ton frère Wyatt est-il là ?

La porte de la maison s'ouvrit avec un grincement sinistre. Wyatt et son père sortirent sur le perron.

— Que me voulez-vous, William ? lança Wyatt.

Son frère avait les yeux gonflés par le sommeil, mais il était en uniforme. Rainier le plaignit. Il n'aurait pas aimé tomber sur William à son réveil.

— Pensiez-vous vraiment pouvoir me cacher que le corps que vous avez trouvé est celui de mon père ? aboya William.

Wyatt s'accouda à la balustrade du porche. Pendant un long moment, il se contenta de fixer William comme s'il espérait le faire disparaître.

— Je pense que vous avez commis une erreur en venant ici, William, finit-il par dire.

— Alors vous ne niez pas que vous avez essayé de me cacher la mort de mon père ?

William fit un pas vers Wyatt, puis il regarda Rainier par-dessus son épaule comme s'il essayait d'évaluer les risques qu'il courait en lui tournant le dos.

Il n'était peut-être pas aussi stupide qu'il en avait l'air.

— Je ne vous ai rien caché, Poe, répondit Wyatt. J'avais l'intention de vous informer de la mort de votre père aujourd'hui.

— Après en avoir parlé à tout le reste de la planète hier ?

Rainier se raidit. Wyatt n'avait dit que le corps était celui de Paul Poe qu'aux membres de la famille et à Laura. D'où venait la fuite ? Était-ce l'un de ses collègues qui avait prévenu William ?

— Vous devriez arrêter d'accuser tout le monde à tort et à travers, grommela Wyatt. Ça vous attirera des ennuis.

William éclata de rire.

— Ce n'est pas moi qui ai des ennuis pour le moment, répliqua-t-il. Dois-je vous rappeler que vous avez un problème d'impôts sur les bras, en plus du problème concernant la mort mystérieuse de mon père ?

— On réglera ça, intervint Laura. On négociera un échéancier. Votre coup bas ne suffira pas à briser cette famille.

— C'est ce que j'ai entendu dire, ricana William. Sauf que vous n'avez aucune chance de négocier un échéancier dans les temps.

Laura plissa les yeux.

— Comment ça ? demanda Merle.

William se passa la main dans les cheveux.

— Dans quelle langue faut-il que je vous le dise, bande de ploucs ? cracha-t-il. Vous ne pourrez rien faire pour empêcher le comté de saisir votre ranch. C'est trop tard.

— Nous savons que vous êtes derrière tout ça, William, dit Merle. Nous le prouverons et vous serez renvoyé. Vous aurez bien plus d'ennuis que nous n'en avons.

Malheureusement, sa voix n'avait pas autant de combativité que son discours.

William s'adossa à sa voiture.

— Vous parlez pour ne rien dire, ricana-t-il. Si vous étiez capable de voir plus loin que le bout de votre nez, vous vous rendriez compte que votre monde est sur le point de s'effondrer. J'y veillerai, mais ça ne veut pas dire que je suis à blâmer. Si vous voulez voir le véritable responsable, ouvrez un peu les yeux.

Merle rentra dans la maison à ce moment en claquant la porte. Wyatt interrogea Rainier du regard, mais il ne comprenait pas plus que son frère de quoi William accusait leur père.

— Si vous ne partez pas immédiatement, je vous arrête pour intrusion, dit Wyatt.

— Profitez de votre pouvoir tant que vous l'avez, parce que vous êtes le prochain sur ma liste, répondit Poe.

— Je n'ai pas peur de vous, William. Vous n'êtes qu'un salaud à l'ego démesuré, qui croit pouvoir manipuler tout le monde pour obtenir ce qu'il veut.

William se redressa et fonça vers Wyatt.

Rainier contourna Laura et le suivit.

— Gare à toi si tu fais un pas de plus ! lui lança-t-il.

William se retourna, le regarda de la tête aux pieds et leva le menton.

— Pour qui te prends-tu, Rainier Fitzgerald ?

— Pour l'homme qui t'empêchera de nuire, répondit Rainier. J'ai entendu parler de toi.

— Ah oui ? Et qu'as-tu entendu, en dehors de la brillante analyse de ton frère ?

— Je sais que tu traites tes conquêtes comme de simples jouets. Tu faisais honte à la mémoire de ta femme. Même si tu ne veux pas l'admettre, elle est morte par ta faute. Elle serait encore en vie si tu avais su te contrôler.

— Tu ne sais pas de quoi tu parles, grogna William.

Ils étaient si près l'un de l'autre que Rainier sentait l'odeur rance de sa transpiration.

— Nous savons tous les deux qui est le meurtrier, ici, ajouta William. C'est toi qui as tué mon père. Sinon comment aurais-tu su où il était enterré ? C'est un peu étrange que tu tombes sur son cadavre le jour même de ta libération, tu ne trouves pas ? Je pense que tu voulais le déplacer avant que quelqu'un ne le trouve. Ta famille t'a surpris, mais tout le monde t'a couvert.

Il pointa un doigt accusateur vers Wyatt.

— Même ton maudit frère ! conclut-il.

Rainier serra les poings pour essayer de contrôler sa rage. Il n'aspirait qu'à sauter à la gorge de ce salaud.

— C'est la chose la plus stupide que j'aie jamais entendue ! s'écria-t-il. D'après ce qu'on sait — et je supposais que tu le savais aussi — ton père est mort il y a vingt-cinq ans. Je savais à peine marcher à l'époque. Comment aurais-je pu appuyer sur la détente ?

William se tourna vers Wyatt, sans doute pour qu'il le lui confirme.

— Ne regarde pas mon frère, grogna Rainier. Regarde-moi !

William le fit et recula d'un pas.

— Je ne savais pas que ça s'était passé il y a aussi longtemps..., marmonna-t-il. Mais rien ne me le prouve ! Tu as sûrement fait quelque chose au corps pour donner l'impression qu'il était enterré là pendant toutes ces années. C'est encore une de vos arnaques !

Il disait n'importe quoi pour étayer sa théorie et tout le monde s'en rendait compte.

— Avec de pareilles hypothèses, on pourrait aussi bien t'accuser de l'avoir tué, lui fit-il remarquer.

— C'est absurde ! s'emporta William. Je n'ai jamais voulu faire de mal à mon père, contrairement à toi.

Rainier était sur le point de craquer. Un instant plus tard, il avait les doigts enroulés autour de la gorge de William sans avoir eu conscience de bouger. Il les enfonça dans sa chair tendre. Il aurait été si facile d'appuyer pour en finir... Il n'en fallait pas plus pour que le cauchemar de sa famille s'arrête. Alors la vie pourrait redevenir ce qu'elle était avant que l'enfer ne leur tombe dessus sous la forme de William Poe.

— Non, Rainier, ne fais pas ça ! s'écria Laura. Il n'en vaut pas la peine. Tu gâcherais ta vie.

Il serra un peu plus fort. Il violait déjà les conditions de sa parole, de toute manière. S'il se sacrifiait en tuant William, il aurait au moins fait quelque chose pour sa famille.

— Ce n'est pas ton père, dit Laura. Le tuer ne résoudra rien.

— Mais il est tellement nuisible ! Il faut bien que quelqu'un l'arrête, répondit-il sans cesser de fixer William.

Celui-ci avait déjà le visage violet et ses yeux commençaient à gonfler sous l'effet de la pression.

— Laisse la justice s'occuper de lui, Rainier, insista Laura. L'époque du Far West est révolue. Nous ne serions que des brutes si nous réglions nos problèmes par la violence. Tu ne vaudrais pas mieux que ton père. Ne deviens pas comme lui, Rainier. Si tu m'aimes, ne serait-ce qu'un peu, ne fais pas ça, je t'en supplie !

Rainier lâcha le cou de William — sur lequel il avait laissé les marques de ses doigts. William s'effondra en se tenant la gorge.

— Va te faire foutre ! dit-il d'une voix rauque quand il eut un peu retrouvé son souffle. Je jure de te renvoyer en prison ! Toute ta famille payera pour ce que tu viens de faire.

William se redressa péniblement en le fusillant du regard.

Rainier jeta un coup d'œil à Laura. Elle avait l'air terrifiée. William disait vrai. Il venait de violer les conditions de sa parole en l'agressant.

Mais, s'il devait retourner en prison, il voulait que ce soit pour une bonne raison, un motif qui lui aurait procuré un minimum de satisfaction.

Il serra le poing, prit son élan et frappa de toutes ses forces. William s'écroula.

— Rainier ! Non ! cria Laura.

— Merde ! rugit Wyatt en se précipitant vers eux.

William resta par terre, le visage caché dans les mains. Il y avait des gouttes de sang sur la neige autour de sa tête. Rainier savait qu'il n'aurait pas dû le frapper, mais qu'il était bon de donner un peu de ce qu'il méritait à l'homme qui harcelait sa famille depuis des mois ! En comparaison du mal qu'il avait fait, un coup de poing dans la figure était bien peu de chose.

Il laissa William gémir pour se tourner vers Wyatt et lui tendre ses poignets.

— Arrête-moi, lui dit-il.

Wyatt décrocha ses menottes de sa ceinture.

— Je ne prends aucun plaisir à faire ça, je t'assure, grommela-t-il. Pourquoi n'es-tu pas capable de te contrôler ?

— Je me suis contrôlé, répondit Rainier.

Il regarda ses mains. Ses paumes saignaient parce qu'il y avait enfoncé ses ongles.

Laura se pendit à son cou.

— Non, non, non..., répéta-t-elle comme si elle n'arrivait pas à croire ce qu'elle venait de voir.

Il la prit dans ses bras et lui caressa la joue.

— J'ai fait ce choix, dit-il. Qu'il soit bon ou mauvais, je dois l'assumer. Mais sache que je l'ai fait pour ma famille, pour arranger un peu les choses. Ça doit te paraître stupide et je comprendrais que tu m'en veuilles, mais William ne l'a pas volé.

— Tu n'aurais pas fait ça si tu m'aimais, gémit-elle.

Ces mots brisèrent le cœur de Rainier.

— Ça n'a rien à voir avec ce que je ressens pour toi, Laura, se défendit-il.

— Tu te trompes, répondit-elle avant de le lâcher pour rentrer dans la maison.

Rainier la regarda s'éloigner. Ses mains avaient laissé des empreintes ensanglantées sur sa veste.

16

Après leur longue discussion et alors qu'il avait bien conscience des conséquences qu'auraient ses actes, Rainier s'était comporté comme si la prison ne lui avait rien appris. Il avait échoué et Laura avait échoué avec lui. Elle ne pouvait sauver personne, pas même ceux en qui elle avait confiance. Rainier ne changerait jamais. Son père avait raison. Il aurait sans doute mieux valu qu'elle ne se mêle de rien.

En regardant par la fenêtre du salon, elle vit Wyatt raccrocher ses menottes à sa ceinture. Il ne devait pas avoir eu le courage de les passer à son frère. Il ouvrit une des portières à l'arrière de sa voiture et attendit que Rainier y monte de son plein gré. Observer cette scène était l'une des choses les plus difficiles qu'elle ait jamais faites. C'était comme si une part d'elle était envoyée en prison avec Rainier. En un sens, c'était bien le cas.

Elle avait eu tort de lui donner son cœur.

Eloise approcha derrière elle et passa un bras autour de ses épaules.

— Je suis désolée, Laura, murmura-t-elle.

Laura hocha la tête.

— Vas-tu les accompagner au poste ? demanda la mère de Rainier.

— Non, je... je ne peux pas. Je ne supporte pas de le voir retourner là-bas.

Rainier attendait dans la voiture pendant que Wyatt discutait avec William. Un mouchoir pressé sur le nez, ce dernier parlait avec animation en faisant de grands gestes de sa main libre. Il devait expliquer à Wyatt comment il comptait anéantir sa famille.

Il n'avait peut-être pas volé son coup de poing, après tout, mais elle ne comprenait pas le choix que Rainier avait fait, même si elle comprenait sa colère. Non, ils ne pourraient jamais être ensemble. Elle ne pouvait pas envisager de faire sa vie avec un homme qui n'était pas capable de contrôler son agressivité. Il y avait des tas de situations dans la vie où il était plus simple d'avoir recours à la violence que d'obéir à la raison. Cela n'autorisait pas les gens à le faire.

Et Rainier lui avait fait peur. L'homme qui avait frappé William n'était pas celui dont elle avait fait la connaissance au cours des derniers jours. Celui-là ressemblait terriblement aux prisonniers auxquels elle avait affaire en général. Tous ses souvenirs de rendez-vous manqués, de menaces, d'ex-détenus qui arrivaient ivres ou drogués dans son bureau lui revinrent à l'esprit d'un seul coup. C'était un cliché, certes, mais les stéréotypes ne sortaient pas de nulle part. Ils étaient enracinés dans la réalité.

Elle avait été stupide et naïve de croire que Rainier n'était pas comme les autres.

Elle se détourna de la fenêtre pour se blottir contre Eloise. Elle enfouit le visage au creux de son cou et laissa couler ses larmes. Elle se moquait éperdument de craquer devant une femme qu'elle connaissait à peine. Son cœur brisé la faisait trop souffrir pour qu'elle se soucie de quoi que ce soit d'autre.

— Je ne sais pas quoi dire pour te consoler, Laura, murmura Eloise en lui tapotant le dos. Sache que je souffre aussi. Je ne voulais pas qu'on me prenne l'un de mes fils — et surtout pas pour la deuxième fois.

Laura eut brusquement honte d'elle-même. Elle n'avait pas songé un instant à ce que la mère de Rainier devait ressentir. La pauvre femme avait espéré voir enfin sa famille réunie, mais son rêve ne se réaliserait pas. Et Eloise ne le savait pas encore, mais William avait juré de les empêcher de négocier un échéancier à temps. Elle était sur le point de perdre son ranch.

Malgré sa souffrance, Laura se rendait compte que la situation d'Eloise était bien pire que la sienne. Le même jour, elle perdait son fils et ses chances de garder le ranch dans lequel elle avait passé sa vie.

Laura pleura de plus belle. Eloise se mit à trembler dans ses bras. Elle pleurait, elle aussi...

Laura releva la tête et vit Gwen et Whitney, pâles et silencieuses, près du sapin de Noël.

Au moins, elle ne traversait pas cette épreuve seule. Elle avait tout le clan Fitzgerald pour la soutenir. C'était étrange, mais elle se sentait plus proche de cette famille que de la sienne, alors qu'elle ne fréquentait les Fitzgerald que depuis quelques jours. Les membres du clan s'aimaient, se soutenaient et essayaient de se comprendre les uns les autres. Ils ne passaient pas leur temps à se manipuler ou à se damer le pion. Ils étaient là les uns pour les autres, même quand ils ne savaient pas quoi faire pour arranger les choses.

Mais elle n'avait plus aucune raison de passer du temps avec eux. Rainier était parti. Son espoir de le sauver avait été réduit à néant par un coup de poing parfaitement bien placé. L'avenir dont elle rêvait depuis quelques jours était inaccessible, comme il l'avait toujours été.

Elle n'avait plus qu'à retourner dans sa maison remplie de décorations de Noël.

Elle s'arracha aux bras d'Eloise et jeta un coup d'œil par la fenêtre juste à temps pour voir la voiture de Wyatt quitter le ranch. William Poe était déjà parti. C'était fini. Tout était fini.

L'alarme à incendie se mit à hurler. Laura sursauta et tourna la tête vers la cuisine, d'où sortait un gros nuage de fumée.

— Nom de... ! s'écria Eloise en fonçant vers la catastrophe. J'ai dû oublier le bacon sur le feu !

— Elle en faisait cuire beaucoup ? demanda-t-elle à Gwen et Whitney pour essayer de penser à autre chose qu'à sa douleur.

— Eloise fait tout en grand, répondit Whitney en se forçant à sourire. Tout.

— Elle espérait que Waylon et Christina arriveraient dans la matinée, dit Gwen. Au lieu de cela...

Elle tourna la tête vers la fenêtre.

— Peux-tu faire quelque chose pour aider Rainier, Laura ? demanda-t-elle.

Laura eut envie de répondre qu'elle le pouvait, en effet, de lui dire qu'elle avait le pouvoir de sauver Rainier Fitzgerald de ses penchants autodestructeurs, mais elle ne trouva pas la force de lui mentir.

— Je ne sais pas, répondit-elle.

Merle entra dans la maison. Un courant d'air glacé y pénétra avec lui.

— Qu'allons-nous faire, Merle ? lui demanda Whitney. Où en sont-ils ?

Laura lui fut reconnaissante de se charger de l'interroger. Elle craignait de s'effondrer en larmes une nouvelle fois. Elle pouvait faire semblant d'être forte un certain temps, mais elle savait que bientôt le masque glisserait et que tout le monde verrait l'état lamentable dans lequel elle se trouvait.

Merle ferma la porte et retira son manteau.

Hésitait-il à répondre parce qu'il ne voulait pas aborder le sujet ou parce qu'il ne voulait pas l'aborder *devant elle* ?

— Tu peux tout me dire, Merle, dit-elle d'une voix qui menaçait de se briser. On me fournira le rapport de Wyatt, de toute manière.

Elle toussa pour s'éclaircir la gorge.

Merle hocha la tête.

— William est fou de rage, dit-il. Il menace de porter plainte et... nous savons tous ce qui arrivera à Rainier s'il le fait.

Il plia son manteau sur son bras et regarda Laura comme s'il voulait lui dire quelque chose sans savoir comment.

Il finit par tourner la tête vers la cuisine, dans laquelle résonnaient des bruits de casseroles et d'eau. Il ne s'en échappait plus de fumée. Eloise semblait avoir maîtrisé l'incendie.

— Avez-vous dit à Eloise ce que William a juré... à propos des impôts ? demanda Merle.

Elle s'était peut-être trompée sur le compte des Fitzgerald, finalement, songea Laura. Ils n'étaient peut-être pas aussi solidaires qu'elle l'avait cru.

— Vous êtes sérieux ? s'écria-t-elle. Votre fils vient de se faire arrêter et vous vous inquiétez pour vos impôts ?

— Non, ce n'est pas ça, c'est juste que...

Il jeta un nouveau coup d'œil en direction de la cuisine.

— ... je ne veux pas lui imposer un fardeau supplémentaire, acheva-t-il.

C'était compréhensible. Et elle s'était montrée terriblement maladroite.

— Je suis désolée, dit-elle en essuyant la larme qui venait de rouler sur sa joue. Je ne sais pas ce qui m'a pris.

— Ce n'est pas grave, répondit Merle avec un sourire plein de compassion. Nous sommes tous à cran.

Gwen s'approcha d'elle et prit sa main.

— Sache que nous sommes là pour toi, quoi qu'il arrive, lui dit-elle.

Une autre larme coula.

Il fallait qu'elle arrête de pleurer. Elle ne pouvait pas s'effondrer comme cela à cause d'un homme qu'elle connaissait depuis moins d'une semaine. Elle était adulte après tout !

— Merci, murmura-t-elle.

Gwen pressa ses doigts.

— Je sais que tu l'aimes, et je sais ce que c'est que de tomber amoureuse de l'un des Fitzgerald, ajouta-t-elle. Ils sont tous impulsifs et passionnés. N'importe lequel d'entre eux aurait pu faire ce que Rainier vient de faire. Ils aiment de tout leur cœur et ils défendent férocement ce qu'ils aiment.

Laura avait du mal à croire Wyatt capable d'agresser William Poe. Il semblait si maître de lui... Mais Gwen le connaissait mieux qu'elle.

Elle lui sourit pour la remercier d'essayer de la réconforter.

— Je remarque que tu ne nies pas que tu aimes Rainier, dit Merle. Ça me fait plaisir.

Elle ouvrit la bouche pour leur dire qu'ils se trompaient tous sur ce qu'elle ressentait pour Rainier. Quelques heures plus tôt, elle aurait admis que c'était de l'amour. À présent, elle n'en était plus si sûre.

Son téléphone sonna. Elle le tira de sa poche pour voir qui l'appelait. C'était son père. L'angoisse lui coupa le souffle. Il ne pouvait pas avoir déjà appris ce qui s'était passé... Mais si, il le pouvait.

William avait dû l'appeler dès qu'il avait démarré.

Elle préféra ignorer l'appel...

Son père rappela. Ne pouvait-il pas comprendre qu'elle n'avait pas envie de lui parler dans l'immédiat ? L'un de ses sermons était bien la dernière chose dont elle avait besoin.

Elle appuya de nouveau sur « Ignorer ».

Cela sonna encore.

Comprenant qu'il continuerait à appeler jusqu'à ce qu'elle décroche, elle s'exécuta à contrecœur.

— Quoi ? grogna-t-elle.

— Je savais que tu étais là, dit son père qui manifestement était d'aussi mauvaise humeur qu'elle. Tu te permets de ne pas répondre, maintenant ? Comme c'est pratique ! Tu es ravie de me parler quand tu as besoin de quelque chose, mais tu es indisponible quand c'est moi qui veux te parler.

Ce n'était pas de cela qu'il s'agissait et il le savait forcément. C'était de la provocation.

— Je n'ai aucune envie de me disputer avec toi, répondit-elle. Que veux-tu ?

— Je veux que tu corriges ton attitude.

Elle avait beau vieillir, il la traitait toujours comme une adolescente de seize ans. Il le ferait sans doute jusqu'à la fin de ses jours. Cela l'exaspéra.

— Je te préviens que je vais raccrocher si tu n'appelles que pour me chercher des poux dans la tête, le menaça-t-elle. J'ai des choses plus importantes à faire.

— Mon coup de fil concerne ces choses « plus importantes », répondit son père. William Poe m'a appelé il y a quelques minutes. Il veut s'offrir mes services.

L'estomac de Laura se noua.

— Sais-tu quelque chose sur un coup de poing que Rainier lui aurait donné ? William dit que tu peux témoigner.

Elle n'en revenait pas de la rapidité avec laquelle William avait riposté. Il devait effectivement avoir appelé son père dès qu'il avait démarré.

— Et tu vas accepter de le défendre ? demanda-t-elle.

Son père mit un long moment à répondre.

— J'ai besoin de ton opinion sur certaines choses avant de

prendre une décision, finit-il par dire. Je veux être bien informé. Rainier Fitzgerald est-il tel que William le dépeint ?

— Du genre ex-détenu incorrigible, tu veux dire ?

Elle eut envie de défendre Rainier et de convaincre son père qu'il n'était pas celui qu'il croyait, mais aucun mot ne vint — sans doute parce qu'elle n'en était plus si sûre elle-même.

— Et il sera difficile de me persuader du contraire, reconnut son père. Mais j'ai remarqué la manière dont tu le regardais, l'autre jour, dans mon bureau... Alors je ne sais pas très bien comment gérer la situation.

Ainsi, son père s'était aperçu de l'effet que Rainier avait sur elle. Elle devait vraiment apprendre à cacher ses émotions.

— Tu sais que je ne suis pas stupide, n'est-ce pas ? demanda-t-elle dans l'espoir d'esquiver la question.

Son père ne l'appelait pas pour la consulter avant de prendre une décision concernant William. Il appelait pour savoir où elle en était avec Rainier.

— Oui, pourquoi dis-tu ça ? demanda son père en feignant l'innocence.

— Tu as accepté de t'occuper du dossier des Fitzgerald. Il y aurait un conflit d'intérêts si tu représentais aussi William, alors arrête de tourner autour du pot.

Son père éclata de rire.

— Je t'accorde qu'il m'arrive d'oublier à quel point tu es intelligente.

Comme elle ne savait pas comment le prendre, elle ignora son compliment — si c'en était un.

— Quelle est la vraie raison de ton appel, papa ? Voulais-tu juste me faire savoir que tu étais au courant de la situation ?

Son père cessa de rire.

— Ça et te prévenir que William Poe est plus remonté que jamais contre les Fitzgerald. Je vais essayer de le convaincre de ne pas porter plainte, mais je ne suis pas sûr de pouvoir faire grand-chose. Il était hors de lui quand il m'a appelé.

Elle fut surprise qu'il veuille les aider.

— Que t'a fait William, papa ? demanda-t-elle, méfiante. Pourquoi es-tu prêt à l'affronter, tout à coup ? Et ne me dis pas que c'est par amour de la justice ou parce que tu éprouves un besoin altruiste d'aider les Fitzgerald.

Son père poussa un long soupir.

— Que tu le croies ou non, je t'aime, répondit-il. Je n'approuve pas toujours tes choix et je suis surpris par tes goûts en matière d'homme, mais je ne te laisserai pas t'attirer des ennuis pour autant.

Laura s'attirerait sans doute des ennuis quoi que fasse son avocat de père, mais elle apprécia qu'il veuille faire quelque chose pour elle sans arrière-pensée, pour une fois. Mais n'en avait-il vraiment aucune ? L'avenir le dirait.

— Tu n'as pas répondu à ma question, papa, insista-t-elle. William t'a-t-il fait quelque chose ? As-tu une raison de te venger de lui ?

— Je ne sais pas pour quel genre d'homme tu me prends, Laura, mais tu te trompes.

— Tu as passé des années à me montrer quel genre d'homme tu étais réellement, j'ai du mal à croire que tu fasses ça par pure bonté d'âme ou parce que tu m'aimes, ironisa-t-elle. Je suis sûre que tu m'aimais déjà, il y a quelques jours, quand je suis venue te parler des Fitzgerald et que tu as refusé de m'aider. Je veux juste comprendre ce qui t'a fait changer d'avis.

— Disons que j'ai découvert certaines choses qui ont altéré ma perception de la communauté de Mystery. Inutile d'en dire plus. Mais je t'assure que c'est mon amour pour toi qui me guide dans cette affaire. Tu devrais le comprendre, puisque j'ai l'impression que tu as aussi pris ton amour pour guide.

17

Il avait tout gâché. Il avait perdu sa liberté et sa chance d'être heureux. Le temps d'un battement de cils, il était redevenu l'homme qu'il s'était juré de laisser derrière lui. Il se détestait plus que jamais. Surtout, il détestait ce qu'il avait fait à Laura. Il l'avait placée dans une position intenable. Elle l'avait soutenu, elle s'était portée garante pour lui et elle avait même convaincu son père d'aider les Fitzgerald alors qu'il le lui ferait sûrement payer, d'après ce qu'il devinait de leur relation.

Elle avait fait tant de choses pour lui… Et il l'en avait remerciée en atterrissant à l'arrière de la voiture de patrouille de Wyatt.

Il se passa la main sur le visage et soupira.

— J'aurais aimé pouvoir dire que je suis surpris, grommela Wyatt, ce qui ne fit qu'amplifier sa détresse.

— Laisse tomber, Wyatt. Je n'ai pas envie d'entendre ce que tu as à dire. Si ça peut te consoler, sache que je m'en veux terriblement.

Wyatt le regarda un instant dans le rétroviseur.

— Pour être honnête, je ne sais pas combien de temps j'aurais encore pu l'écouter sans rien faire si tu n'avais pas réagi le premier, dit-il.

Rainier n'en crut pas ses oreilles. Wyatt et lui étaient rarement d'accord, surtout depuis son retour. Il avait du mal à croire que les sentiments de Wyatt puissent être aussi semblables aux siens.

— Alors tu aurais fini par lui mettre ton poing dans la figure si je ne l'avais pas fait ? demanda-t-il avec un sourire amusé.

Wyatt haussa les épaules.

— Tu sais, quand on est flic, il ne se passe pas une journée sans que quelqu'un nous insulte ou nous dise qu'on fait mal notre travail. On doit s'endurcir un minimum, sinon on passerait notre temps à frapper des gens qui disent des choses stupides. Neuf fois sur dix, je n'ai aucun mal à ne pas faire attention à ce que j'entends, mais ce n'est pas pareil quand quelqu'un insulte ma famille et traîne les gens que j'aime dans la boue.

Rainier imaginait facilement que son frère avait entendu d'innombrables commentaires désobligeants à cause de lui.

— Dans ce cas, tu as dû avoir envie de frapper pas mal de gens par ma faute, répondit-il.

Wyatt éclata de rire.

— C'est vrai qu'il y a eu une période difficile après ton arrestation, mais beaucoup de gens ont compris pourquoi tu avais frappé ton père biologique quand ils ont appris ce qu'il avait fait. Ça a sûrement aidé que la plupart des habitants de Mystery aiment nos parents.

— Maman m'a écrit une longue lettre sur la fête du solstice. Je sais que beaucoup de gens sont venus et ont fait des dons pour les aider à garder le ranch. Le destin est si cruel envers eux, en ce moment...

Il repensa au coup de poing qu'il avait donné à William.

— Et il a fallu que j'aggrave la situation ! soupira-t-il.

— Voyons comment ça évolue, répondit Wyatt. Maintenant que William est obsédé par ton anéantissement, il aura peut-être moins d'énergie à consacrer à la ruine du ranch.

Rainier essaya de rire, mais cela sonna faux. Après cette plaisanterie ratée, ils roulèrent en silence pendant quelques minutes.

Il se remit à neiger — de petits flocons qui semblaient danser autour de la voiture.

— Que se passerait-il si William ne portait pas plainte ? finit par demander Rainier en s'interdisant d'espérer. C'est une hypothèse très improbable, je sais, mais que se passerait-il ?

— Mon plan ne te plaît pas, c'est ça ? plaisanta son frère. Soyons réalistes : tu sais aussi bien que moi que William ne passera pas l'éponge. Il fera tout ce qu'il pourra pour te renvoyer en prison.

— Et si personne ne témoignait pour lui ?

Wyatt rit à nouveau.

— Tu as l'intention de nous éliminer tous ? S'ils nous font

témoigner sous serment, nous serons obligés de dire la vérité. Tu sais ce que ça nous coûterait de faire un faux témoignage, non ?

— Oui, je sais. Je me raccroche à n'importe quoi... Je ne veux évidemment pas que vous preniez des risques pour moi.

Il n'y avait pas de porte de sortie. Ce qui était fait était fait. Une fois de plus, il ne lui restait plus qu'à accepter les conséquences de ses actes.

— Je suis content d'entendre ça, conclut Wyatt.

Il jeta un coup d'œil dans son rétroviseur et fronça les sourcils.

Rainier se retourna pour comprendre pourquoi. William les suivait dans sa voiture noire.

— Va-t-il nous suivre jusqu'au poste ? demanda-t-il.

— Il n'a pas encore porté plainte, techniquement, répondit Wyatt. Je lui ai expliqué qu'il devait venir au poste pour signer des papiers.

— Je comprends qu'il ne veuille pas perdre une minute..., dit Rainier d'un ton ironique.

Il réfléchit quelques secondes et s'écria soudain :

— Attends ! S'il n'a rien signé, je ne suis pas en état d'arrestation ?

— T'ai-je lu tes droits ? répondit Wyatt.

Un frisson d'excitation parcourut Rainier. La situation n'était sans doute pas aussi désespérée qu'il le croyait. Il avait peut-être encore un moyen de se tirer de ce faux pas. Les probabilités n'étaient pas en sa faveur, mais tout n'était pas perdu.

Quand ils approchèrent du poste de police, Rainier eut envie de se retourner pour savoir si William était toujours derrière eux. Il se sentait stupide de croire qu'il y avait une chance, même infime, qu'il oublie ce qui venait de se passer et qu'il reporte son attention sur autre chose. C'était un espoir ridicule. Il savait qu'il verrait la voiture de William s'il se retournait. Depuis quelques mois, William était toujours là quand un Fitzgerald avait des ennuis. Il ne serait satisfait que lorsqu'il aurait mis la main sur le ranch et anéanti leur famille — même s'il lui fallait les tuer tous. Cette pensée fit frémir Rainier.

— As-tu pensé à jeter un coup d'œil dans sa voiture, tout à l'heure ? demanda-t-il.

Wyatt secoua la tête.

— Pourquoi ?

— Tu ne trouves pas bizarre qu'il ait débarqué comme ça, tout seul, pour nous insulter ? Il savait qu'il n'était pas le bienvenu. Il devait même savoir qu'il y avait de bonnes chances pour qu'il n'en sorte pas indemne.

— Il t'a provoqué, personne ne le conteste. Mais quel est le rapport avec sa voiture ? Je ne te suis pas.

— Et s'il était venu pour nous attaquer ?

Wyatt y réfléchit quelques instants.

— William Poe a beaucoup de défauts, mais il n'est pas idiot, répondit-il. Et ça serait vraiment la chose la plus stupide qui soit de venir au ranch pour nous attaquer. Seul contre nous tous, il ne s'en serait pas tiré.

— C'est sans doute pour ça qu'il s'est dégonflé. Il a peut-être compris qu'il commettait une erreur quand il nous a vus réagir à ses insultes.

Rainier n'y tint plus et se retourna. William était au téléphone. À en juger par la couleur de son visage, il était en colère.

Ils s'arrêtèrent à un feu rouge. Rainier rencontra le regard de William, qui arrêta de parler. Ils se fixèrent longuement. La haine et le dégoût que Rainier lut dans les yeux de leur ennemi le stupéfièrent. Comment pouvait-on en arriver là ?

Le feu passa au vert. Quand ils démarrèrent, William tourna à gauche au lieu de les suivre.

— Que fait-il ? s'écria Rainier.

Wyatt regarda la voiture disparaître au coin de la rue dans son rétroviseur.

— Comment le savoir ? répondit-il. Il est capable de tout.

Ils n'étaient plus qu'à quelques rues du poste de police. William partait-il dans une autre direction parce qu'il avait renoncé à porter plainte ? Était-ce un jeu cruel ? William en était bien capable et Rainier était sûr de ne pas l'avoir effrayé d'un seul regard. William n'était pas si lâche.

Wyatt se gara devant le poste de police et vint ouvrir sa portière.

En sortant de la voiture, Rainier inspira une grande bouffée d'air froid. C'étaient peut-être ses derniers instants de liberté.

— Que veux-tu faire ? demanda-t-il à son frère.

— Si William vient porter plainte, il vaudrait mieux que tu sois là, répondit Wyatt. Ça prouvera au juge que tu n'as pas tenté de fuir et que tu voulais arranger les choses. S'il fait preuve de clémence, il n'allongera pas ta peine.

Rainier avait encore cinq ans à tirer s'il perdait sa liberté conditionnelle. Il prit brusquement conscience que cela pourrait atteindre dix ans si William portait plainte. La nausée le gagna. Il pouvait très bien ne sortir de prison qu'à trente-six ans. Il aurait passé un tiers de sa vie d'adulte derrière des barreaux. Quel gâchis !

— Alors on ferait bien d'entrer, conclut Rainier d'une voix aussi neutre que celle d'un juge qui rend son verdict.

— Tu en es sûr ? demanda Wyatt. Si tu veux... la cabane de vacances des parents de Gwen est libre. Ils ont l'intention de la vendre. Personne n'y mettra les pieds avant un bon moment. Si tu veux te faire discret le temps que ça se tasse... Personne ne saura que tu es là-bas.

— Toi, tu le sauras, répondit Rainier avec un sourire triste. Ça te forcera sans doute à mentir. Je ne veux pas t'entraîner dans mes problèmes. Tu ne dois pas mettre ta carrière en danger.

Rainier appréciait la proposition de Wyatt, mais l'expression de son frère prouvait qu'il ne croyait pas lui-même que cette solution soit viable.

— On s'en remettra, lui assura Rainier. Emmène-moi là où je dois attendre William. Je me débrouillerai à partir de là.

— Quoi qu'il arrive, tu peux compter sur moi, répondit Wyatt. Je sais qu'on a eu beaucoup de différends, mais tu seras toujours mon frère.

Rainier n'était pas un grand adepte des câlins, mais il ne vit pas d'autre manière d'exprimer son affection et sa reconnaissance. Il serra son frère dans ses bras.

— Je ne sais pas ce que je ferais sans toi, dit-il d'une voix rauque. Et je suis désolé.

Wyatt haussa les épaules quand ils se lâchèrent.

— Comme je te l'ai dit, j'aurais sans doute fini par frapper William si tu ne l'avais pas fait. En un sens, tu m'as sauvé.

La gorge de Rainier se serra. Son frère allait terriblement lui manquer.

— Tu veilleras sur Laura si on m'enferme ? demanda-t-il.

Wyatt acquiesça.

— Elle sera toujours la bienvenue chez moi et je sais que maman l'adore.

Wyatt ouvrit la porte du poste et s'écarta pour le laisser passer.

— C'est vrai qu'elle a eu une sorte de coup de foudre pour elle ! pouffa Rainier. Sais-tu qu'elle a proposé à Laura de passer Noël avec nous le jour où elle l'a rencontrée ?

— Tu connais maman. Elle sait tout de suite si elle aime quelqu'un ou non. Si elle a invité Laura pour Noël, tu peux considérer que tu as sa bénédiction.

— Que penses-tu de Laura ? demanda Rainier.

La policière en poste à l'accueil leur sourit quand ils traversèrent le hall.

— À part qu'on ne devrait pas être ensemble, je veux dire, ajouta-t-il.

— Je sais que je vous ai dit que je ne voulais pas être mêlé à vos histoires, mais nous savons tous les deux qu'il est trop tard pour vous détourner de ce qui se passe entre vous, répondit Wyatt. Crois-moi, je sais mieux que personne qu'on ne peut pas lutter contre ses sentiments. Regarde ce qui s'est passé entre Gwen et moi…

— Comment vous êtes-vous retrouvés ensemble, déjà ?

— C'est une longue histoire. Disons juste qu'on a compris qu'on était *faits* pour être ensemble après la mort de sa sœur.

— Et sa mère ? N'avait-elle pas une dent contre toi, surtout après la mort du père de Gwen ? Il a eu un accident avec une moissonneuse, c'est ça ?

— Oui, et tu as raison : la mère de Gwen ne voulait pas entendre parler de notre relation.

Wyatt fronça les sourcils.

— À la réflexion, mon histoire ressemble assez à la tienne, ajouta-t-il. Notre relation dérangeait beaucoup de gens. Mais, si mon histoire prouve quelque chose, c'est qu'on ne choisit pas la personne dont on tombe amoureux. Rien ne devrait faire obstacle à l'amour.

Quand ils tournèrent à l'angle du couloir, ils découvrirent M^e^

Blade dans le bureau vitré de Wyatt. Il se tenait au milieu de la pièce, sa mallette à la main.

Rainier s'arrêta net.

— Merde ! grommela-t-il. Que fait-il ici ?

— J'allais te poser la même question, répondit Wyatt. Crois-tu que Laura l'a appelé ?

L'avocat leur tournait le dos, ce qui ne leur permettait pas de voir son expression, et c'était bien dommage. Rainier aurait aimé avoir une vague idée de ce qui l'attendait.

— Veux-tu attendre ici ? suggéra Wyatt.

Rainier secoua la tête, puis il entra avec assurance dans le bureau de son frère. Me Blade parut surpris par la brusquerie de son apparition.

— Êtes-vous venu me faire la leçon ou me menacer ? lui lança Rainier. Sachez que rien de ce que vous pourrez dire ne changera ce que je ressens pour votre fille.

L'avocat secoua la tête avant de pointer un doigt menaçant vers lui.

— Non, mais sachez que je deviendrai bien plus dangereux que William Poe si vous lui brisez le cœur, répliqua-t-il.

— Je n'ai pas l'intention de faire plus de mal à votre fille que je ne lui en ai déjà fait, soupira Rainier.

Étrangement, il n'arrivait pas à soutenir le regard de l'avocat. Il se concentra sur un manuel dans la bibliothèque de son frère, juste derrière lui, pour sauver les apparences.

— Je suis ravi d'entendre ça, mais vos bonnes intentions ne garantissent pas sa sécurité, ironisa Me Blade.

— Non, mais je la garantis, moi, intervint Wyatt. Si Rainier retourne en prison, votre fille pourra toujours compter sur moi.

L'avocat dévisagea Wyatt un long moment avant d'esquisser un sourire. Il était presque imperceptible, mais Rainier avait l'impression que c'était le mieux que le père de Laura pouvait faire.

— Laura n'avait pas tort en ce qui vous concerne, finit-il par dire. Vous êtes des gens bien.

Sur ces mots, l'avocat s'assit devant le bureau de Wyatt.

— Et c'est pour ça que je suis ici, reprit-il. Je sais ce qui s'est passé avec William.

— Laura vous a appelé ? demanda Rainier, un peu surpris qu'elle ait requis l'aide de son père.

— Non, c'est William qui l'a fait.

Être des gens bien ne suffisait pas à les faire entrer dans ses bonnes grâces, apparemment.

— Êtes-vous venu nous dire que vous cessiez de vous occuper du dossier de notre famille ? demanda Rainier.

— Bien au contraire ! s'écria Me Blade avant de perdre son sourire. William m'a demandé de le défendre contre vous. Certaines découvertes récentes m'ont incité à refuser. Je lui ai aussi expliqué que je serais forcé d'accélérer la procédure dans le dossier de votre famille s'il portait plainte contre vous et que nous nous retrouverions au tribunal plus vite que je ne l'envisageais.

— Qu'avez-vous découvert ? demanda Rainier en essayant de tempérer son enthousiasme. Est-ce que ça veut dire qu'il ne portera pas plainte ?

Me Blade acquiesça.

— Il a compris qu'il était dans son intérêt de passer l'éponge sur l'incident du ranch. Néanmoins, je vous recommande vivement de mieux contrôler vos impulsions. Avec n'importe quel autre contrôleur judiciaire que ma fille, vous auriez déjà retrouvé votre cellule. Vous avez de la chance qu'elle vous aime bien, et aussi d'avoir un frère dans la police. Avoir des relations est important, j'en conviens, mais ça ne vous protégera pas indéfiniment.

Rainier fut si soulagé que ses jambes flageolantes le forcèrent à s'asseoir.

— Merci, monsieur, dit-il. Vous n'imaginez pas comme je suis content d'entendre ça. Je suis vraiment désolé d'avoir agi sans réfléchir. Ça ne se reproduira pas.

— Je l'espère bien, répondit le père de Laura.

Il ouvrit sa mallette et en tira des documents qu'il posa sur le bureau de Wyatt.

— Maintenant, passons à la suite et à mes découvertes, reprit-il. Vos parents vous ont-ils dit comment ils avaient acquis Dunrovin ?

Les deux frères échangèrent un regard interrogateur, puis Wyatt secoua la tête.

— Je m'en doutais, poursuivit Me Blade avant de tapoter ses

documents. J'ai réussi à retrouver l'acte de vente du ranch. Saviez-vous qu'il avait fait l'objet d'une saisie, il y a vingt-cinq ans ?

— Comment ça ? demanda Rainier.

Il baissa les yeux vers les documents. La première page lui parut remplie d'un charabia juridique que seul un avocat pouvait comprendre.

— Je veux dire que la famille qui possédait le ranch avant vos parents s'est retrouvée dans une situation très semblable à celle dans laquelle ils sont aujourd'hui.

— C'est impossible, dit Wyatt en s'asseyant à son tour. William Poe ne travaille pour le comté que depuis dix ans. Il ne peut pas avoir ruiné des gens il y a vingt-cinq ans.

— Effectivement, répondit Me Blade en hochant la tête. Il n'a ruiné personne il y a vingt-cinq ans, mais c'est sa famille qui possédait le ranch avant la vôtre.

— Non ! s'écria Wyatt. Ça ne peut pas être vrai. Mes parents ne m'ont pas dit grand-chose, mais ils m'ont parlé d'une famille qui ne voulait plus vivre à la campagne.

L'avocat haussa un sourcil.

— Dans ce cas, vos parents vous ont menti, dit-il. D'après ce que j'ai compris, Paul Poe, le père de William, a perdu le ranch à cause d'un arriéré d'impôts. Il espérait le récupérer pendant la vente aux enchères, mais vos parents l'ont emporté.

— William veut-il recréer la même situation pour se venger en achetant le ranch ? demanda Rainier.

— Je ne peux pas en jurer, mais ça expliquerait son comportement des derniers mois, répondit l'avocat. En tout cas, nous aurons un dossier solide contre lui si nous pouvons prouver qu'il a trafiqué les impôts de vos parents pour mettre la main sur leur ranch.

— Merci, monsieur Blade, dit Rainier. Nous verrons…

— Une minute ! le coupa Wyatt. Et le corps ? Comment les ossements de Paul Poe se sont-ils retrouvés près de l'abreuvoir ?

— Je n'en ai aucune idée, répondit Me Blade. Espérons que vos parents ne sont pas impliqués dans sa mort, sinon nous faisons tout ça pour rien.

18

Rainier n'en revenait pas que ses parents leur aient menti. Ils l'avaient sans doute fait avec les meilleures intentions du monde et ils ne s'attendaient sans doute pas à ce que cela ait des conséquences. Pourtant, cela en avait. Mais peut-être Merle et Eloise ne savaient-ils pas eux-mêmes dans quelles circonstances le ranch avait été vendu. Ils ignoraient peut-être que la propriété avait été saisie. Rainier pria pour que ses parents ne soient pas mêlés à une histoire qui jetterait l'opprobre sur toute la famille.

Wyatt quitta la voie rapide. L'estomac de Rainier se nouait à mesure qu'ils approchaient du ranch. Il était encore plus nerveux que le jour où il était sorti de prison. C'était une chose d'être coupable, c'en était une autre de craindre que des gens qu'on aimait ne soient coupables.

— Sais-tu qu'on est la veille de Noël ? demanda Wyatt.

— Merde ! grommela Rainier.

Depuis sa sortie, il ne songeait qu'aux problèmes du ranch et à Laura. La succession des jours avait échappé à son attention. Il n'avait de cadeau pour personne. Avec un peu de chance, il avait assez déçu son entourage pour que cela ne fasse aucune différence. Il en avait assez de tout rater. Il lui semblait que tous ses choix provoquaient des désastres.

Si c'était cela, la vie dehors, il n'était pas sûr qu'elle soit plus facile que la vie en prison. Au moins, on n'attendait pas grand-chose de lui, derrière les barreaux. Mais il ne pouvait pas y retourner. Il y avait laissé un morceau de son âme.

— J'imagine que tu n'as pas trouvé le temps d'acheter un

cadeau pour Laura, dit son frère. Ne t'inquiète pas : d'après mon expérience, les cadeaux que les femmes apprécient le plus sont ceux qui viennent du cœur.

— Tu crois que je devrais lui écrire un poème ? Du genre : « Les roses sont rouges, les violettes sont bleues... »

Il éclata de rire.

— Ce n'est pas ce que je voulais dire, crétin, grommela Wyatt. Mais je suis content que tu te sentes assez bien pour faire de l'esprit.

— C'est épatant le bien que ne pas aller en prison peut faire à un homme, répondit Rainier, le sourire aux lèvres.

— Sais-tu si ton père biologique est encore en vie ? demanda Wyatt.

Pourquoi mettait-il ce sujet sur le tapis ?

— Tu as appris quelque chose ?

Wyatt secoua la tête.

— Non. Je repensais juste à ce qui s'est passé entre vous. Que lui feras-tu, si tu le revois ? Ce que tu viens de faire à William Poe ou pire ?

— Tu as compris que je regrettais d'avoir frappé William, répondit Rainier. Je ne commettrai plus cette erreur. Quant à mon père, si je le croisais, je pense que je me contenterais de changer de trottoir. Si j'ai appris une chose en prison, c'est qu'il n'y a pas de pire châtiment que la solitude. Il se passe de drôles de choses dans la tête des gens quand ils sont forcés de vivre en permanence avec le souvenir de leurs fautes. J'espère que mon père et William Poe sont hantés par leurs crimes.

— Tu devrais en faire une jolie carte de vœux, suggéra Wyatt avant de lui donner un petit coup de poing dans le bras.

Qu'il était bon d'avoir des frères ! songea Rainier.

Wyatt se gara à côté de la voiture de Laura. Les bois de renne en peluche le firent éclater de rire.

— Ces trucs sont trop marrants ! déclara-t-il. Gwen les adorerait. Elle raffole des décorations de Noël. Comme sa mère est en cure de désintoxication pour son alcoolisme, elle est allée chercher toutes celles qui se trouvaient chez elle. Notre maison ressemble à l'atelier du Père Noël.

— Celle de Laura aussi. Ça doit même être pire parce que *c'est* l'atelier du Père Noël. Elle m'a dit qu'elle fabriquait des décorations de Noël pour les vendre sur Internet.

— Sur Etsy, ou quelque chose comme ça ? demanda Wyatt.

Rainier acquiesça même s'il n'avait pas la moindre idée de ce qu'Etsy pouvait être.

— Elle a l'air d'aimer faire ça, dit-il.

La manière dont Laura et lui s'étaient séparés lui revint brusquement à l'esprit. Il s'arrêta net à mi-chemin du porche et jeta un coup d'œil à sa voiture par-dessus son épaule, surpris qu'elle ne soit pas rentrée chez elle.

— Ça va bien se passer, tu verras, l'encouragea Wyatt.

— Non. Je sens que ce ne sera pas très grave que je n'ai pas de cadeau pour Laura. Elle doit me haïr. Et c'est bien normal. Je n'en reviens pas de ce que je lui ai fait. Je l'ai placée dans une situation impossible.

— Tu as commis une erreur, c'est tout, répondit Wyatt. Par chance, tu as échappé de justesse aux conséquences. Je pense qu'elle sera contente de te voir. Il est évident que vous êtes amoureux. Quand on s'aime — quand on s'aime *vraiment*, je veux dire — on peut surmonter beaucoup de choses.

— Mais n'y a-t-il pas un moment où c'est trop ?

— « Trop » n'a pas vraiment de sens quand on s'aime. Un amour aussi grand se traduit par toute une vie à apprendre à pardonner les erreurs de l'autre et à l'accepter tel qu'il est — avec ses décisions stupides, ses échecs et son mauvais sens de l'humour.

— Eh ! Ce n'est pas moi qui ai un mauvais sens de l'humour ! protesta Rainier.

Son frère avait raison. C'était des sentiments de Laura que tout dépendait. Si elle l'aimait, comme Wyatt le croyait, elle lui pardonnerait. Si elle ne réussissait pas à laisser cet incident derrière eux, cela signifierait qu'elle ne l'aimait pas autant qu'il l'aimait et il devrait faire marche arrière. Leur relation ne fonctionnerait pas si elle était déséquilibrée.

Ils entrèrent. Le cœur de Rainier tambourinait dans sa poitrine. Un calme inhabituel régnait dans la maison. C'était même si silencieux que Rainier croyait entendre les battements de son cœur.

— Il y a quelqu'un ? lança Wyatt.

Personne ne répondit.

— Ils sont peut-être dans le bureau d'accueil, suggéra Rainier. As-tu remarqué s'il y avait de la lumière quand on est passés devant ?

— Non, il n'y en avait pas.

— Waylon, Christina et Winnie n'étaient-ils pas censés arriver aujourd'hui ? Ils sont peut-être allés les chercher à l'aéroport.

— Tous ensemble ? Avec Laura ? répondit Wyatt. Non. J'ai l'impression que quelque chose ne va pas.

Il posa la main sur son arme.

Rainier rit doucement pour essayer d'alléger l'atmosphère même s'il était aussi inquiet que son frère.

— Tu ne crois pas que tu en fais un peu trop ? demanda-t-il.

Wyatt laissa retomber son bras le long de son corps, mais Rainier sentit qu'il faisait un gros effort pour ne pas dégainer.

— Cherchons-les, suggéra Rainier. Commence donc par envoyer un texto à maman ou à Gwen.

Wyatt tira son téléphone de sa poche et pianota dessus quelques instants avant de le ranger.

— Tu as raison, ce n'est sans doute rien, dit-il. Je suis sûr qu'ils vont tous bien. Je suis juste un peu nerveux à cause des incidents de ces derniers temps.

Il émit un petit rire qui sonna faux.

— Si on faisait un tour dans la grange en attendant qu'ils te répondent, proposa Rainier. Ils y sont peut-être, à moins qu'ils ne soient dans un pâturage… On tombera sûrement sur eux.

Ils trouvèrent la porte de la grange entrebâillée. Il y avait de la lumière à l'intérieur. Rainier soupira de soulagement quand il entendit la voix de sa mère.

— On ne voulait pas de mal à votre frère, à votre femme ou à votre petite amie, dit-elle. On ne *vous* voulait pas de mal, à vous non plus.

Rainier jeta un coup d'œil à l'intérieur, mais il n'y avait rien dans la partie qu'il pouvait voir. Il voulut entrer, mais Wyatt le retint par le bras et secoua la tête. Il avait de nouveau la main sur son arme.

— Vous commettez une grave erreur, dit à son tour Laura d'une voix qui tremblait un peu.

— Et vous vous y connaissez en erreurs, n'est-ce pas, mademoiselle

Blade ? Je n'en reviens pas que vous ayez atterri dans le lit de Rainier Fitzgerald ! Vous auriez pu trouver tellement mieux... Je sais que votre père n'approuve pas ce choix.

C'était la voix de William Poe et elle venait de la soupente.

— Je me moque de votre opinion, répondit Laura. D'après ce que je sais, vous êtes très mal placé pour juger la vie sentimentale des autres.

Rainier fut impressionné de l'entendre tenir tête à William. Elle était si forte... D'un autre côté, provoquer ce salaud n'était peut-être pas la chose la plus maligne à faire dans ces circonstances. Bien sûr, lui-même était mal placé pour juger de la manière dont les autres géraient cet homme.

— Je sais ce que votre père a l'intention de faire, dit William. Il est stupide s'il croit pouvoir s'opposer à moi. J'obtiens toujours ce que je veux.

— Ah oui ? ricana Merle. Alors que faites-vous là ? Si vous pensiez avoir une chance de saisir notre ranch, vous ne seriez pas ici, une arme à la main.

Une arme ?

William devait être désespéré. D'après ce qu'Eloise avait dit à Rainier, il était mauvais comme une teigne, mais il s'arrangeait toujours pour que d'autres exécutent les sales besognes à sa place. Il avait manipulé beaucoup de gens, dont Alli, l'ex-femme de Waylon. William était toujours resté dans l'ombre. S'il avait décidé de se montrer, c'est qu'il ne comptait pas laisser de témoins.

Wyatt et lui devaient entrer pour aider leur famille et Laura. Ils devraient agir vite. William leur tirerait sans doute dessus s'ils le dérangeaient.

— Tu dis n'importe quoi, vieil homme, cracha William. J'en ai juste assez d'avoir affaire à vous. J'en ai assez que tous les gens auxquels je tiens souffrent ou se fassent tuer à cause de vous.

— Nous n'avons rien à voir avec le meurtre de votre femme, ni avec l'incarcération de votre frère, répondit Merle. Si quelqu'un est responsable, c'est vous. Ce n'est pas parce que vous faites les mauvais choix que vous avez le droit de nous montrer du doigt. Mûrissez un peu !

— Pour qui te prends-tu pour me faire la leçon ? s'écria William Tu n'es pas mon père !

Rainier et Wyatt échangèrent un regard et grimacèrent. On ne parlait pas à Merle sur ce ton.

— Et c'est à cause de votre maudite famille que mon père n'a pas été là pour m'élever, poursuivit William. Vous êtes tous des assassins !

— Nous n'avons rien à voir non plus avec la mort de votre père, William, répondit Merle.

— Alors comment se fait-il qu'on ait retrouvé son corps sur vos terres ? Ça ne peut pas être une coïncidence, puisque vous veniez de voler notre maison. Il a dû venir vous voir et vous l'avez tué.

— Pourquoi aurait-on fait ça ? demanda Merle.

William poussa un grognement de frustration.

— Il est peut-être venu vous demander des comptes. Il a sans doute découvert quelque chose de louche sur vous ou sur la vente. Vous avez dû payer quelqu'un pour connaître l'état de ses comptes ou quelque chose comme ça. Peu importe ! Il voulait sûrement se venger et vous avez tiré les premiers.

Rainier entendit un petit clic — celui d'une arme dont on retirait le cran de sécurité.

— Mais vous ne serez pas plus rapides que moi, reprit William. Je récupérerai ce ranch et j'aurai ma vengeance. Ma délicieuse vengeance...

Ils entendirent de l'agitation pendant quelques secondes.

— Ne me touchez pas ! cria Laura.

William ricana. Rainier n'en pouvait plus. Il fallait qu'ils interviennent. Il interrogea Wyatt du regard. Son frère acquiesça, dégaina et se prépara à entrer.

Merde, songea Rainier. Il aurait aimé avoir une arme, lui aussi. À côté de son frère, qui était prêt à faire face à n'importe quoi, il n'était qu'un amateur ridicule. Il n'était pas capable de protéger ceux qu'il aimait. Une seule chose parlait en leur faveur : William ne semblait pas savoir qu'ils étaient rentrés. Ils avaient l'avantage de la surprise.

Rainier suivit Wyatt dans la grange. Son frère y entra en restant baissé et balaya tout le rez-de-chaussée du bout de son arme.

Quelques chevaux les regardèrent. La jument noire poussa un petit hennissement.

Rainier posa un doigt sur ses lèvres par réflexe pour lui demander de se taire. Il prit aussitôt conscience de l'absurdité de son geste et se sentit grotesque. Laura aurait aimé voir cela. Elle aurait beaucoup ri.

Il leva les yeux. Les pieds de Laura dépassaient au bord de la soupente. D'après leur angle, elle était couchée sur le ventre, comme un suspect que la police venait d'arrêter.

William leur tournait le dos. Il se tenait au bord de la soupente, adossé à une poutre. Il avait une arme dans la main droite, mais elle pendait au bout de son bras.

Au moins, il n'était pas sur le point de tirer. Mais Rainier n'avait pas la moindre idée de la manière dont Wyatt comptait s'y prendre pour le neutraliser par surprise. Là où ils étaient, tout échange de coups de feu tournerait à leur désavantage.

Ils devaient ruser.

Il tapota l'épaule de Wyatt et lui fit signe de le suivre dehors. Ils battirent en retraite sans un bruit.

— Appelle des renforts, chuchota Rainier quand il fut certain que William ne pouvait plus les entendre. On n'arrivera pas à le neutraliser à nous deux.

Wyatt envoya un texto.

— C'est fait, dit-il en rangeant son téléphone. Mais il faudra un moment pour que quelqu'un vienne. La plupart de nos hommes sont en congé pour les fêtes.

Évidemment. Rainier n'avait pas songé que la police avait des effectifs réduits à cette période de l'année. À la réflexion, il aurait dû être frappé de ne croiser presque personne quand il était allé au poste.

Du coup, il trouva un peu étrange que le père de Laura ne soit pas en congé. Peut-être qu'un homme comme lui n'arrêtait jamais de travailler, même une journée. L'avocat avait peut-être plus de choses en commun avec sa fille que Rainier ne l'avait d'abord cru — comme le dévouement professionnel.

— Alors nous devons faire quelque chose en attendant, chuchota Rainier.

Il poussa Wyatt contre le mur de la grange et y entra sans laisser le temps à son frère de réagir. La porte grinça quand il l'ouvrit en grand.

— Il y a quelqu'un ? cria-t-il.

William se tourna vers lui, son arme cachée derrière son dos.

— Rainier ! L'homme que je voulais voir !

Il avait une large entaille sur la pommette gauche et son œil était si enflé qu'il ne devait plus y voir de ce côté. C'était leur deuxième avantage. Non, c'était devenu le premier, puisqu'ils venaient de perdre l'effet de surprise.

— Tu ne gagneras pas de concours de beauté ces prochains temps, pouffa Rainier. Mais la beauté n'est sans doute pas ton point fort, de toute manière.

William tira le revolver de derrière son dos et le pointa sur lui.

— Dis bonjour à ton amant, Laura, grogna William. C'est sans doute la dernière fois.

Laura roula sur le dos et s'assit au bord de la soupente. Elle avait les mains attachées dans le dos, mais elle ne semblait pas blessée.

— Que fais-tu là, Rainier ? lui lança-t-elle.

Il esquissa un sourire.

— Un allié inattendu m'a évité de retourner en prison, répondit-il. Ton père n'est pas un si mauvais bougre, dans le fond.

— Savait-il que tu revenais...

— La ferme ! cria William en la tirant par les cheveux pour la faire reculer.

Rainier soupesait le pour et le contre depuis cinq minutes mais, non, Wyatt ne pouvait pas tirer sur William d'en bas. Ils ne voyaient pas ce qui se passait dans la soupente et ils pouvaient supposer que les autres n'étaient pas loin. Quelqu'un pouvait être tué par accident. Ils ne devaient pas courir ce risque.

— Ne lui parle pas comme ça ! lança-t-il à William pour détourner son attention de la femme qu'il aimait.

— Tu es vraiment stupide ! cracha William.

— Ce n'est pas moi qui suis stupide, riposta Rainier. Ce n'est pas moi qui ai pris quatre personnes en otage avec l'intention de les tuer.

— Te crois-tu meilleur que moi ? De quel droit me juges-tu ? Tu es un moins que rien. Ton opinion n'a aucune valeur à mes yeux.

— Je sais ce qui est arrivé à votre père, William, intervint Eloise d'une voix tremblante.

À quoi jouait-elle ? Dieu seul savait de quoi William était capable à ce degré de rage. Il ne lui fallait qu'un instant pour la tuer.

— Quoi ? s'écria William.

— Vous avez raison, reprit sa mère. Votre père est venu ici pour se venger. Comme vous maintenant, il espérait avoir une chance de récupérer son ranch s'il nous tuait.

— Alors vous l'avez tué ? demanda William.

— Non, ce n'est pas ça, répondit Eloise d'une voix étrangement douce. Vous souvenez-vous de la grange qu'il y avait, à l'époque ? Elle était à une cinquantaine de mètres d'ici. Je suis tombée sur votre père près de la porte de la grange. Il fumait une cigarette. Tout le monde fumait, en ce temps-là, mais il y avait une règle tacite : on ne fumait pas près des granges, pour ne pas mettre les animaux en danger. Je lui ai demandé d'éteindre sa cigarette. À la place, il l'a jetée derrière lui dans un tas de paille.

— Tu mens ! rugit William. Mon père n'aurait pas fait de mal à des animaux. Ce n'était pas un monstre. Il avait juste la poisse, et ça n'a fait qu'empirer quand vous êtes arrivés.

— Je dis la vérité, William. Tout a pris feu en quelques secondes. Malheureusement, j'étais seule, ce soir-là. Merle dînait en ville avec un vieil ami vétéran. J'ai voulu courir dans la maison pour appeler les pompiers, mais votre père s'est jeté sur moi.

— La ferme, menteuse ! hurla William. Mon père n'aurait jamais fait ça !

— Il a posé une arme sur ma tempe et je me suis débattue. Je ne sais pas ce qui s'est passé. À un moment, le coup est parti. Je ne voulais pas qu'il meure. C'était un horrible accident.

William s'adossa à une poutre. Il baissa lentement son arme, mais il la garda pointée vers l'endroit où devait se trouver Eloise.

— Ça n'a aucun sens, balbutia-t-il. Il n'est pas possible que… Si c'est vrai, si ce n'était qu'un accident, pourquoi n'avez-vous pas prévenu la police ?

Il y eut un long silence.

— Vous devez comprendre, William, que ça s'est passé à l'époque où on essayait d'adopter les garçons, finit par répondre Merle. L'adoption est un processus long et difficile. Si ce qui s'est passé avec votre père s'était su, on n'aurait pas pu adopter nos fils, ni servir de famille d'accueil.

— Ma mère méritait de connaître la vérité ! s'écria William. Je méritais de savoir ce qui était arrivé à mon père. Savez-vous pendant combien d'années je l'ai cherché ?

— Je suis désolée, murmura Eloise. On ne pouvait pas vous le dire. On ne pouvait pas risquer de tout perdre. Notre mensonge nous a hantés toutes ces années et je suis terriblement désolée que vous ayez découvert la vérité de cette manière. Mais vous devez poser votre arme, maintenant. Si vous le faites, on vous pardonnera. Personne n'a besoin de savoir ce qui vient de se passer. Vous avez pardonné à Rainier. Vous n'avez pas porté plainte. Nous en ferons autant pour vous.

— La ferme ! Je n'en peux plus d'entendre vos salades ! grogna William avant de se passer la main sur le visage.

— C'est moi qui ai enterré votre père, dit Eloise. Si ça peut vous réconforter, j'ai fait une petite cérémonie et dit une prière par respect pour votre famille.

— Juste après l'avoir tué ? s'écria William. Si tu as fait quelque chose de gentil, c'est parce que tu te sentais coupable.

Il glissa son arme dans la ceinture de son pantalon.

— Descends rejoindre ton fils ! ordonna-t-il.

À quoi jouait-il ? Pourquoi voulait-il qu'Eloise descende de la soupente ?

Sa mère descendit lentement l'échelle, puis elle se retourna et se pendit à son cou.

— Je suis si contente que tu sois là ! dit-elle. J'espère que tu sais que je t'aime.

Elle semblait avoir peur que ce ne soient ses dernières paroles.

— Descends, William ! cria Rainier. Arrête de jouer les stars sur ton podium. Si tu dois nous tuer, fais-le comme un homme. Je veux pouvoir te regarder droit dans les yeux quand tu appuieras sur la détente.

William éclata de rire. Ce son aigu et agressif effraya les chevaux, qui se mirent à tourner dans leurs stalles.

Quand il se fut calmé, William descendit de la soupente sans quitter Rainier des yeux.

— Tu n'es pas aussi lâche que je le croyais, déclara celui-ci.

William dégaina son arme et en posa le canon entre les deux yeux de Rainier.

— Je tuerai Laura en dernier, dit-il. Je veux qu'elle assiste à l'extinction de ta famille.

Le temps d'un battement de cils, Rainier fit une clé de bras à William pour éloigner l'arme de sa tête. Le coup partit. Par chance, la balle s'enfonça dans le sol près de leurs pieds. La détonation résonna un long moment et l'air se chargea d'une odeur de poudre. Les oreilles de Rainier bourdonnaient, mais cela ne l'empêchait pas d'entendre les hennissements des chevaux affolés.

Il essaya d'arracher l'arme des doigts de William, mais celui-ci était plus fort qu'il n'en avait l'air — ou bien la rage décuplait ses forces. Rainier lui donna un coup de coude dans le torse, puis tira encore. Cette fois, William lâcha prise. Rainier s'empressa de reculer et pointa l'arme sur lui.

Il n'avait qu'à appuyer sur la détente pour que tout soit fini, pour que sa famille ne risque plus rien.

Ce serait de la légitime défense. Personne ne le lui reprocherait. Mais il avait fait une promesse à son frère et il ne pouvait pas mettre Laura dans une situation encore plus difficile. Il avait déjà eu la chance d'échapper à la prison une fois dans la journée.

William sourit nerveusement.

— Pose-le, dit-il. Je sais que tu n'auras pas le cran d'appuyer sur la détente. Je me suis trompé sur ton compte. Tu es un ex-détenu et un moins que rien, mais tu n'es pas un meurtrier.

Pour une fois, il avait raison. Rainier n'avait pas envie de prendre une vie, pas même celle de William. S'il le tuait, il ne pourrait plus se regarder dans le miroir.

Il prit le bras de sa mère et l'entraîna lentement vers la porte.

— Wyatt est dehors et les renforts sont en route, lui chuchota-t-il à l'oreille.

S'il arrivait à retenir William encore quelques minutes, il était possible que personne n'ait à prendre la décision terrible de le tuer.

Il lâcha Eloise, qui disparut dans l'obscurité. Après avoir balayé les environs de la grange du regard sans repérer Wyatt, il jeta l'arme au loin. Elle atterrit dans l'herbe. Il n'aurait pas su dire précisément où.

Cela valait mieux.

William éclata de rire. Quand Rainier se retourna, il se retrouva avec le canon d'un autre revolver pointé sur lui.

— Seuls les imbéciles vont à la bataille avec une seule arme, ricana William.

Une détonation retentit.

William s'effondra, une balle dans la tête. Son sang fit vite une flaque dans la poussière.

Rainier se retourna. Wyatt se tenait à la porte de la grange.

Son frère avait appuyé sur la détente. Il lui avait sauvé la vie.

Wyatt visait toujours le corps, comme s'il craignait que William ne ressuscite. Mais William Poe était bien mort. Il ne ferait plus jamais de mal à qui que ce soit.

19

Le ranch était calme, le lendemain matin, après une nuit d'activité frénétique. Il y avait eu des journalistes, des policiers et des voisins partout jusqu'au petit matin. Rainier croyait encore voir le corps de William mitraillé par les photographes dans une mare de sang.

Il tenait Laura dans ses bras. Ils regardaient dehors par la fenêtre du salon sans dire un mot. La peau de Laura était froide alors qu'elle n'avait pas mis les pieds dehors depuis qu'elle s'était levée.

Elle avait traversé une épreuve si difficile qu'il ne savait pas quoi faire pour l'aider à s'en remettre. Quand ils s'étaient couchés, cela avait été plus symbolique qu'autre chose. Ils n'avaient dormi ni l'un ni l'autre. Ils étaient simplement restés immobiles dans les bras l'un de l'autre. Il aimait la tenir dans ses bras et écouter le son apaisant de sa respiration.

Il n'y avait plus le moindre doute dans son esprit ni dans son cœur : ils étaient faits pour être ensemble. Quand il était avec elle, il était sûr que tout irait bien. Quoi que la vie leur réserve, ils pourraient le surmonter s'ils étaient là l'un pour l'autre.

— Drôle de manière de passer Noël, non ? finit-il par dire.

Elle lui sourit, mais elle ne répondit pas. Elle s'écarta de lui pour les couper du monde extérieur en fermant les rideaux.

— Je n'arrête pas de repenser à la nuit dernière et j'arrive toujours à la même conclusion : William Poe a eu ce qu'il méritait, lui confia-t-elle. Il était corrompu. Il est en partie responsable de toutes les morts qui se sont produites ces derniers mois. Il se croyait au-dessus de la loi. Il pensait qu'avec assez d'argent et de pouvoir il obtiendrait tout ce qu'il voulait — et il ne voulait qu'une chose : faire du mal aux autres.

— Tu as raison, mais ne t'oublie pas dans le bilan, répondit-il. Ce que William t'a fait est inexcusable. Plus personne ne posera la main sur toi tant que je vivrai.

Elle lui sourit et parut se délivrer d'un peu de sa tristesse et de sa fatigue.

— Tant que tu vivras ? répéta-t-elle en haussant un sourcil. Ça ressemble à une promesse.

— C'en est une si tu m'accordes cet honneur, dit-il.

Alors qu'elle ouvrait la bouche pour répondre, ils entendirent une cavalcade dans le couloir. Winnie, la fille de Waylon, courut dans le salon. Ses cheveux bruns étaient tout emmêlés et elle avait des traces d'oreiller sur la joue. Elle avait dû dormir profondément après leur arrivée à minuit.

— Le Père Noël est passé ? demanda-t-elle en mangeant la moitié de ses mots comme tous les enfants de trois ans.

Laura alla s'accroupir près d'elle.

— As-tu regardé par là-bas ? lui demanda-t-elle en montrant la cheminée, au manteau de laquelle on avait accroché de grandes chaussettes. Mais tu devrais aller chercher ton père et Christina avant d'ouvrir tes cadeaux. Ton grand-père et ta grand-mère, aussi. Je suis sûre qu'ils ne veulent pas manquer la fête.

Winnie jeta un regard languissant aux cadeaux empilés sous les chaussettes — surtout à ceux qui avaient un papier rose avec des princesses de Disney et des rubans scintillants.

— Je peux en ouvrir juste un ? demanda Winnie en faisant les yeux doux à Laura.

— Non, mademoiselle, répondit Laura.

Elle se leva et posa la main dans le dos de la fillette.

— Va réveiller tout le monde. Je m'occupe de préparer du chocolat chaud. Combien de marshmallows veux-tu dedans ? Mais tu n'aimes peut-être pas les marshmallows ?

Winnie la regarda comme si elle était folle.

— J'adore les *mushmellows* ! répondit-elle.

— Alors tu en auras un ou deux de plus, conclut Laura.

La fillette partit en courant pour frapper à toutes les portes en criant les prénoms des membres de la famille.

Laura éclata de rire.

— J'aurai besoin de ton aide pour me repérer dans la cuisine, dit-elle. Tu veux bien me donner un coup de main ?

— Tout ce que tu voudras, répondit-il. Comme je te l'ai dit, je serai toujours là pour toi.

Il prit sa main et l'entraîna dans la cuisine.

Il l'aimait encore plus depuis qu'il l'avait vue avec Winnie. Laura était incroyable. Il était stupéfié par la rapidité avec laquelle elle s'était intégrée dans sa famille. C'était presque comme s'il y avait toujours eu une place pour elle parmi les siens. Dès qu'elle était entrée dans leurs vies, elle avait endossé le rôle qui lui était destiné depuis toujours.

— Tu crois que ça ira, pour Wyatt ? demanda-t-elle en sortant des tasses d'un placard.

— Je pense que oui. Il sera en congé jusqu'à la fin de l'enquête, mais elle ne devrait pas être longue, puisque n'importe quel policier aurait fait la même chose à sa place.

Laura hocha la tête et alla chercher du lait dans le réfrigérateur.

— Tant mieux, dit-elle. Je sais que Wyatt et toi n'avez pas toujours été en bons termes, mais c'est quelqu'un de bien, comme tes autres frères. Tu as une famille fantastique.

Une famille dans laquelle il rêvait de la faire entrer... S'il demandait sa main, il devait ne le faire qu'une fois et le faire dans les règles de l'art. Elle méritait qu'on y mette les formes.

Il lui prit le carton de lait, qu'il posa sur le comptoir, puis il l'attira dans ses bras.

— J'ai beaucoup de chance, murmura-t-il.

— Ah oui ? demanda-t-elle, le sourire aux lèvres. Comment ça ?

— Cherches-tu les compliments ? la provoqua-t-il en lui caressant les reins.

— Ce serait un grand crime ?

— Non.

Il déposa un baiser sur son front. Elle sentait les draps propres et la cannelle.

— Je n'ai jamais eu autant de chance que le jour où j'ai franchi les portes de la prison et où je t'ai vue. Tu m'as coupé le souffle. C'était comme un rêve. Comment ai-je pu te trouver à la seconde où j'ai retrouvé ma liberté ? Depuis cet instant, j'ai eu envie d'être auprès de toi en permanence. Tu es mon miracle de Noël. Je veux passer le reste de ma vie avec toi.

Elle le serra plus fort et pouffa.

— Tu dis ça maintenant, mais seras-tu capable de supporter toutes mes bizarreries ? Tu ne m'as pas encore vue quand j'ai une crise de créativité. Il y a du feutre qui vole, je manie des pistolets à colle et des paillettes...

Une image d'elle avec de la colle dans les cheveux et une paillette au milieu du front le fit éclater de rire.

— Tu dois être adorable, dit-il.

— Adorable ? répéta-t-elle en haussant un sourcil.

— J'allais dire magnifique, mais tu es la plus belle des femmes dans toutes les circonstances. Avec ou sans paillettes, tu es éblouissante.

Elle lui offrit un sourire qui illumina son visage.

— Tu es bien charmeur, ce matin, le taquina-t-elle.

— Vas-tu enfin répondre à ma question ?

La nervosité le gagnait, comme ses mains moites en témoignaient.

— Quelle question ?

— Tu sais très bien ce dont il s'agit !

— Si on s'engage sur cette voie, je devrai quitter mon travail, dit-elle.

Étrangement, cette perspective ne semblait pas la déranger beaucoup.

— Quelqu'un d'autre s'occupera de toi, précisa-t-elle.

— Si tu veux démissionner, fais-le ! l'encouragea-t-il. Je me moque de qui s'occupe de moi. Je me tiendrai tranquille. Réfléchis... Tu pourrais te concentrer sur ton commerce. J'ai toujours pensé que la meilleure chose dans laquelle les gens pouvaient investir était ce qu'ils avaient créé eux-mêmes. Tu pourrais suivre tes rêves... De mon côté, je pourrais travailler au ranch. Mes parents commencent à avoir des réservations pour l'été prochain. Je pourrais les aider pour les bricolages, ou quelque chose comme ça. Alors, maintenant que ce problème est réglé, qu'en dis-tu ?

Elle recula d'un pas sans le lâcher.

— Je ne vois aucun homme à genoux, dit-elle. Je croyais que c'était indispensable quand il était question de mariage.

Sa voix tremblait un peu. Elle essayait de contrôler la situation, mais elle était aussi nerveuse que lui.

— Que tu es exigeante ! Ce sera toujours comme ça ? demanda-t-il avec un sourire espiègle.

— C'est à prendre ou à laisser, monsieur le charmeur ! répliqua-t-elle. Je serai toujours aussi imparfaite et merveilleuse.

— Et c'est comme ça que je t'aime. Je ne veux surtout pas que tu changes.

Il prit ses mains et posa un genou à terre.

— M'aimes-tu ? demanda-t-elle.

— Plus que tout.

— Tant mieux, parce que je t'aime, moi aussi.

Elle se pencha et déposa un baiser sur l'une de ses mains.

— Et... si on s'apprête à passer notre vie ensemble, je ne veux pas que ça commence sur des bases inégales. Je veux qu'on soit amis et complices. Je ne veux pas que tu te sentes obligé de t'agenouiller devant moi.

— Mais tu viens de me demander...

Elle éclata de rire.

— Bienvenue dans mon monde ! Je veux qu'on soit égaux, mais... il y a encore en moi une petite fille qui a rêvé de ce moment et qui tient à la tradition.

Elle pressa ses doigts.

— Que penses-tu de ça ? demanda-t-elle en s'agenouillant en face de lui. À partir de cet instant, je veux que nous soyons des partenaires pleinement égaux.

Dire qu'il croyait ne pas pouvoir l'aimer davantage...

— Tu pourras avoir la vie que tu veux à condition d'être ma femme, lui dit-il. Je n'ai pas de bague à t'offrir mais, si j'en avais une, il y aurait une grosse émeraude au milieu et je te la présenterais dans un écrin en velours rouge. Ce serait ton cadeau de Noël. Ce serait aussi un symbole de la rareté des amours comme le nôtre.

Il embrassa ses mains et les pressa contre son torse, dans lequel elle sentit sûrement son cœur battre à tout rompre.

— Laura Blade, veux-tu m'épouser ?

La porte s'ouvrit et Winnie se précipita dans la cuisine. Elle s'arrêta juste avant de leur foncer dedans.

— Ils sont prêts ! dit-elle, à bout de souffle et sans se douter qu'elle dérangeait. Papa veut deux *mushmellows*.

Son erreur de prononciation adorable fit rire Laura.

— Ça vient, chérie, dit-elle.

Il retint Laura quand elle voulut se lever.

— Réponds-moi, s'il te plaît.

Il la suppliait, mais il était à bout de patience.

Laura plongea son regard dans le sien.

— Rainier Fitzgerald, je serai honorée de passer le reste de ma vie auprès de toi. Tu m'as fait découvrir un bonheur dont je ne me croyais pas capable. Je t'aime, et je sais que je t'aimerai de plus en plus chaque jour.

— Vous vous mariez ? s'écria Winnie.

— Tu es d'accord ? lui demanda Rainier.

Elle enfonça le pouce dans sa bouche et hocha la tête. Alors elle tourna les talons et disparut aussi vite qu'elle était apparue.

— Ils se marient ! cria-t-elle.

Des cris de joie et des applaudissements résonnèrent dans le salon.

— J'espère que tu ne voulais pas que ce soit un secret, dit Rainier en essayant d'avoir l'air désolé. Dans cette famille, les secrets ont tendance à être découverts. Ce n'est qu'une question de temps.

— Même les corps vieux de vingt-cinq ans, murmura Laura.

Il éclata de rire.

— J'espère bien qu'il n'y avait qu'un seul secret de ce genre !

— Moi aussi mais, par prudence, je t'interdis de déterrer d'autres tuyaux. C'est d'accord ?

Il se leva et l'aida à en faire autant.

— C'est promis, répondit-il. Plus de tuyaux.

Ils préparèrent les chocolats chauds et les emportèrent dans le salon sur un plateau. Son père et sa mère étaient installés dans leurs fauteuils respectifs, ses trois frères et leurs fiancées occupaient les canapés. Toutes les têtes se tournèrent vers eux quand ils entrèrent dans la pièce. Sa mère se leva d'un bond. Elle attendit à peine qu'il ait posé le plateau sur la table basse pour se jeter dans ses bras, puis dans ceux de Laura.

— Félicitations, tous les deux ! Je ne pourrais pas être plus heureuse. Tous nos garçons se marient !

De grosses larmes roulaient sur ses joues, mais elle ne semblait pas s'en apercevoir.

Son père se leva à son tour pour les serrer dans ses bras.

— Si vous avez besoin de quoi que ce soit, nous serons toujours là pour vous, leur dit-il.

Il se tourna vers les autres.

— C'est valable pour vous tous ! ajouta-t-il. Vous serez toujours les bienvenus sous notre toit et dans nos vies. C'est pour vous qu'on fait tout ce qu'on fait. Vous êtes notre raison de nous battre, et nous nous battrons toujours pour cette famille, quoi que l'avenir nous réserve !

Rainier songea aux menaces qui planaient encore sur la famille. Il y avait toujours le problème avec les impôts. La mort de William Poe ne le faisait pas disparaître. Ils devaient trouver un moyen de payer ce qu'on leur réclamait avant de se lancer dans une procédure pour démonter les magouilles de William et obtenir justice. Ils avaient gagné cette bataille, mais la guerre était loin d'être terminée.

Il se ressaisit. Il ne pouvait pas laisser ce sur quoi il n'avait aucun contrôle lui gâcher Noël. Ils avaient le lendemain, le jour d'après et tous les autres pour poursuivre le combat. Pour le moment, ils avaient besoin de se réjouir ensemble et il avait besoin de Laura. Le reste du monde pouvait attendre.

Winnie but une gorgée de chocolat en faisant un bruit qui amusa tout le monde.

— Si tu m'aidais à distribuer les cadeaux, Winnie ? proposa Waylon.

Elle reposa sa tasse si brutalement qu'elle renversa du chocolat sur la table.

Personne n'ouvrit ses cadeaux, sauf Winnie. Elle fit des confettis des emballages et poussa des cris de joie en découvrant des petites voitures, des Lego et toute une collection de chevaux en plastique.

Tandis qu'elle s'émerveillait, Waylon sortit discrètement de la maison.

On frappa à la porte quelques minutes plus tard.

Rainier alla ouvrir en pensant que c'était Waylon.

— As-tu besoin d'un coup de main pour...

Il s'interrompit net en découvrant le père de Laura sur le perron, une enveloppe à la main.

— J'espère que je ne vous dérange pas, dit Dennis Blade. Je sais que ma fille est ici et que vous êtes tous réunis pour Noël... Je suis désolé de débarquer comme ça, mais j'ai un cadeau pour vos parents.

— Entrez, je vous en prie, répondit Rainier en s'écartant.

— Monsieur Blade ! C'est un plaisir de vous voir ! s'écria sa mère comme si elle s'attendait à cette visite.

— Merci pour votre accueil, Eloise, répondit le père de Laura avant de lui tendre l'enveloppe.

La porte s'ouvrit de nouveau et Waylon entra.

— Winnie, ma chérie, nous savons que tu aimes beaucoup les chiens du ranch, Milo et Lassie, et que tu voulais en avoir un, dit-il après avoir décoché un clin d'œil à Christina.

Il avait une petite boule de poils noire dans les bras.

Winnie poussa un cri de joie. Le chiot leva la tête et aboya. Quand Waylon le posa, il courut droit vers Winnie comme s'il sentait à quel point elle l'aimait déjà. Il lui sauta dessus et la fit rire aux éclats en léchant le chocolat qu'elle avait sur le menton.

— Je l'adore, papa ! cria-t-elle.

Le chiot aboya joyeusement comme s'il avait compris ce qu'elle venait de dire.

— On peut l'appeler Mush ? demanda Winnie. Comme dans mushmellows ?

Waylon pouffa.

— On l'appellera comme tu voudras, chérie.

— Vivra-t-il avec vous sur ta base ? demanda Eloise.

Elle tenait toujours l'enveloppe que le père de Laura lui avait donnée.

— Eh bien... je comptais attendre un peu avant d'annoncer la nouvelle, mais j'ai décidé de ne pas rempiler, répondit Waylon.

Nous viendrons nous installer ici dans six mois, quand j'aurai fini mon engagement. J'espère trouver du boulot, peut-être comme adjoint du shérif... Qu'en penses-tu, Wyatt ?

Leur frère éclata de rire.

— Es-tu sûr de vouloir entrer dans mon équipe ? répondit-il. Il faudrait que tu travailles pour de vrai. Et que tu arrêtes de nous donner des surnoms ridicules...

— Je te promets de faire de mon mieux pour gagner des insignes de mérite, répliqua Waylon.

Rainier regarda leur mère. Elle sanglotait dans un mouchoir que Merle lui avait tendu.

— Ça va, maman ? s'inquiéta-t-il.

Eloise hocha la tête.

Me Blade s'écarta d'elle et jeta un coup d'œil à Laura comme s'il se demandait s'il devait partir.

Celle-ci lui prit le bras, l'entraîna vers un canapé et s'assit à côté de lui.

— Je suis désolée, balbutia Eloise entre deux sanglots. Je suis tellement heureuse ! Je ne croyais pas qu'un aussi beau jour viendrait.

— Alors vous ne devriez peut-être pas ouvrir cette enveloppe, dit le père de Laura.

Le silence s'abattit sur la pièce. On n'entendit plus que Mush, qui jouait avec des débris de papier cadeau autour de Winnie.

— Ce n'est pas ce que je voulais dire, s'empressa d'ajouter le père de Laura. Vous y trouverez beaucoup de documents à remplir.

— Pour quoi faire ? demanda Merle.

— Pour commencer, je me suis entretenu avec le procureur concernant votre rôle dans la mort de Paul Poe. Vu le temps qui s'est écoulé depuis les faits, l'État ne se constituera pas partie publique.

Eloise se couvrit la bouche.

— Mon Dieu ! s'écria-t-elle. Merci. Merci beaucoup...

— Ce n'est pas tout, poursuivit Me Blade. J'ai aussi chargé mes assistants d'éplucher tous les documents qui concernent votre ranch, ainsi que les documents comptables du comté qui sont accessibles au public. Ils ont découvert que William avait déjà mis en œuvre le stratagème dont vous avez été victimes. Il a ruiné des gens en trafiquant leurs impôts et acheté leur maison — celle dans laquelle il vivait. Nous pouvons prouver qu'il avait l'intention de mettre la main sur votre ranch de la même manière. Au vu de ces éléments, j'ai pris la liberté de porter plainte contre le centre des impôts en votre nom. Pour dire les choses simplement : s'il n'y a pas de rebondissements, cette affaire est virtuellement gagnée. Vous ne devez aucun arriéré d'impôts et nous pouvons aller jusqu'au tribunal si vous le souhaitez. À vrai dire, le dossier est si solide que le centre des impôts accepterait un règlement à l'amiable — je le tiens d'une source sûre. Personnellement, je vous recommande cette approche.

— Qu'est-ce que ça veut dire ? demanda Eloise.

— Ça veut dire que vous pouvez leur soutirer assez d'argent pour ne plus avoir peur de perdre votre ranch, répondit Me Blade.

— Oh ! papa ! s'écria Laura. Merci !

Rainier observa la scène avec émotion. Alors qu'il avait passé toutes ses nuits dans une cellule en béton à rêver de ce qu'il ferait de sa liberté, il n'avait jamais imaginé vivre quelque chose d'aussi merveilleux. Même si la vie leur réservait certainement des surprises, Laura et lui avaient déjà ce qui la rendait riche et complète : l'amour, une famille et un avenir plus lumineux que les plus lumineuses guirlandes de Noël.

Parce qu'ils pourraient toujours compter l'un sur l'autre.